D1380584

AFGESCHREVEN

MINI SHOPAHOLIC

Eerder verschenen:

Shopaholic
Shopaholic in alle staten
Shopaholic zegt ja
Shopalicious
Shopaholic & baby

Hou je mond!
Aanpakken!
Ken je me nog?
Wat spook jij uit?

Sophie Kinsella

MINI
SHOPAHOLIC

the house of books

Oorspronkelijke titel
Mini Shopaholic
Uitgave
TRANSWORLD PUBLISHERS, a Random House Group Company, Londen
Copyright © 2010 by Sophie Kinsella
Copyright voor het Nederlandse taalgebied © 2010 by The House of Books,
Vianen/Antwerpen

Vertaling
Mariëtte van Gelder
Omslagontwerp
marliesvisser.nl
Omslagfoto's
Getty Images
Foto auteur
Henry Wickham
Opmaak binnenwerk
ZetSpiegel, Best

ISBN 978 90 443 2276 7
D/2010/8899/116
NUR 302

www.thehouseofbooks.com

All rights reserved.
Niets uit deze uitgave mag worden verveelvoudigd en/of openbaar gemaakt door
middel van druk, fotokopie, microfilm of op welke wijze ook, zonder voorafgaande
schriftelijke toestemming van de uitgever.

Dankwoord

Heel veel dank aan alle geweldige mensen bij The House of Books. Te veel om op te noemen, maar zeer gewaardeerd.

Zoveel fantastische mensen steunen mij – in het bijzonder Araminta Whitley, Harry Man, Peta Nightingale, Nicki Kennedy, Sam Edenborough, Valerie Hoskins, Rebecca Watson, en mijn gezin. Hartelijke dank – alleen zou ik het niet gekund hebben.

De naam 'Nicole Taylor' komt voor in dit boek vanwege een veiling ten behoeve van The Children's Trust die ik mocht ondersteunen. The Children's Trust voorziet in speciale zorg voor ernstig gehandicapte kinderen en is zeer inspirerend. Graag wil ik Nicole bedanken voor haar grootmoedige bod.

En als laatste wil ik alle lezers bedanken voor hun jarenlange trouwe steun aan Becky en mij. En welkom aan alle lezers op mijn Facebook!

Voor Allegra,
een mini shopaholic in opleiding

Peuterspeelzaal Tik Tak

De Oude Schuur
Spence Hill 4
Oxshott
Surrey

Mw. R. Brandon
Dennenlust
Elton Road 43
Oxshott
Surrey

Oxshott, 1 september 2005

Geachte mevrouw Brandon,

We vonden het heel leuk om Minnie en u gisteren te zien. We zijn ervan overtuigd dat ze het naar haar zin zal hebben in onze leuke, ontspannen speelgroep en we verheugen ons erop u volgende week te zien.

Met vriendelijke groet,

Teri Ashley,
Peuterleidster

PS: Maakt u zich vooral geen zorgen om het verfspuitincidentje. We weten hoe kinderen zijn en we kunnen die muur altijd overschilderen.

Peuterspeelzaal TikTak

De Oude Schuur
Spence Hill 4
Oxshott
Surrey

Mw. R. Brandon
Dennenlust
Elton Road 43
Oxshott
Surrey

Oxshott, 4 oktober 2005

Geachte mevrouw Brandon,

Mogen we u in vertrouwen wijzen op onze zorgen met betrekking tot Minnie? Het is een heerlijk, levendig kind, maar ze moet leren dat ze niet elke dag álle verkleedkleren mag dragen, en dat de 'prinsessenschoentjes' niet geschikt zijn voor spelletjes buiten. Misschien kunnen we het bespreken tijdens de activiteitenochtend voor ouders en kinderen?

Met vriendelijke groet,

Teri Ashley,
Peuterleidster

PS: Maakt u zich vooral geen zorgen om het lijmspuitincidentje. We weten hoe kinderen zijn en we kunnen die tafel altijd opnieuw lakken.

Peuterspeelzaal Tik Tak

De Oude Schuur
Spence Hill 4
Oxshott
Surrey

Mw. R. Brandon
Dennenlust
Elton Road 43
Oxshott
Surrey

Oxshott, 9 november 2005

Geachte mevrouw Brandon,

Dank u voor uw brief. Fijn dat u zich verheugt op de activiteitenochtend voor ouders en kinderen. Helaas zullen er geen
verkleedkleren voor ouders zijn, en bieden we evenmin gelegenheid
om 'van kleren te ruilen met andere ouders', zoals u voorstelde.

Het doet me plezier u te kunnen zeggen dat Minnie haar bezigheden
in de speelgroep heeft uitgebreid en veel tijd doorbrengt in ons nieuwe
'shophoekje'.

Met vriendelijke groet,

Teri Ashley,
Peuterleidster

PS: Maakt u zich vooral geen zorgen om het inktspuitincidentje.
We weten hoe kinderen zijn en mevrouw Soper kan haar haar altijd
opnieuw verven.

1

Oké. Geen paniek. Ik ben de baas. Ik, Rebecca Brandon (geboren Bloomwood) ben hier de volwassene. Níét mijn dochter van twee.

Alleen vraag ik me af of zij dat wel doorheeft.

'Minnie, lieverd, hier met die pony.' Ik probeer net zo kalm en zelfverzekerd te klinken als Nanny Sue van de tv.

'Po-nié-híé.' Minnie knijpt nog iets harder in de speelgoedpony.

'Nee.'

'Hebben!' krijst ze hysterisch. 'Míjn pony!'

Argh. Ik heb een miljoen boodschappentassen aan mijn armen hangen, het zweet staat op mijn gezicht en ik kan dit er echt niet meer bij hebben.

Het ging allemaal zo goed. Ik heb het hele winkelcentrum doorkruist en alle laatste dingetjes van mijn kerstlijst gekocht. Minnie en ik waren op weg naar de Kerstman, en ik bleef alleen even staan om naar een poppenhuis te kijken. Toen griste Minnie die speelgoedpony van een plank en weigerde hem terug te zetten. En nu zit ik midden in de 'slag om de pony'.

Een moeder in skinny jeans van J Brand met een onberispelijk geklede dochter neemt me in het voorbijgaan op met de 'kritische moederblik', en ik krimp in elkaar. Sinds ik Minnie heb, ben ik erachter gekomen dat de 'kritische moederblik' nog erger is dan de 'kritische Manhattan-blik'. Met de 'kritische moederblik' stellen ze niet alleen in een oogopslag vast wat je aanhebt en wat het heeft gekost, tot op de cent nauwkeurig, o, nee, ze kijken ook naar de kleren van je kind, het merk buggy, je luiertas, de snacks die je je kind geeft en of je kind glimlacht, snottert of schreeuwt.

Ik weet dat het veel is om in een oogopslag te zien, maar neem maar van mij aan dat moeders weten wat multitasken is.

Minnie scoort beslist een tien voor haar outfit (jurk: een unieke Danny Kovitz, jas: Rachel Riley, schoenen: Baby Dior) en ik wil haar veilig in haar tuigje gespen (leer, Bill Amberg, echt cool, heeft in *Vogue* gestaan). Alleen glimlacht ze niet zo engelachtig als het meisje op de foto's, maar verzet ze zich tegen het tuigje als een stier die de ring in wil stormen. Haar wenkbrauwen zijn woedend gefronst, haar wangen zijn knalrood en ze ademt in om het weer op een krijsen te zetten.

'Minnie...' Ik laat de teugels los en sla mijn armen om haar heen zodat ze zich veilig en beschermd weet, zoals wordt aanbevolen in *Tem je lastige peuter*, het boek van Nanny Sue. Ik heb het pas gekocht om door te bladeren. Gewoon, uit belangstelling. Ik bedoel, ik heb geen problémen met Minnie of zo. Ze is niet lástig. Of 'driftig en koppig', zoals die stomme juf van de peutermuziekgroep zei. (Wat weet die er nou van? Ze kan niet eens fatsoenlijk triangel spelen.)

Wat het met Minnie is, is dat ze... pit heeft. Ze heeft een uitgesproken mening. Over spijkerbroeken, bijvoorbeeld (die wil ze niet aan) en over worteltjes (die eet ze niet). Op dit moment is ze de uitgesproken mening toegedaan dat ze recht heeft op een speelgoedpony.

'Minnie, lieverd, ik hou heel veel van je,' kir ik sussend, 'en het zou me heel blij maken als je me die pony gaf. Goed zo, geef maar aan mammie...' Ik heb het bijna voor elkaar. Mijn vingers omsluiten het hoofd van de pony...

Ha. Vaardigheden. Ik heb ze. Ik kan het niet laten om me heen te kijken of iemand dit staaltje moederlijk vakmanschap heeft gezien.

'Van míj!' Minnie rukt de pony uit mijn handen en zet het op een lopen. Shit.

'Minnie! Minníé!' gil ik.

Ik pak mijn tassen en ren woest achter Minnie aan, die al op de Action Man-afdeling is. God, waarom trainen we al die sportmensen voor de Olympische Spelen? We kunnen gewoon een ploeg peuters inzetten.

Tegen de tijd dat ik haar heb ingehaald, ben ik buiten adem. Ik moet echt eens aan die gym voor pas bevallen vrouwen beginnen.

'Hier die pony!' Ik probeer hem te pakken, maar ze klampt zich eraan vast alsof haar leven ervan afhangt.

'Míjn po-níéhíé!' Haar donkere ogen vonken koppig naar me. Soms lijkt Minnie zo sprekend op haar vader dat ik ervan schrik. Over Luke gesproken, waar is hij? We zouden sámen kerstinkopen gaan doen. Als gezínnetje. Maar hij is een uur geleden verdwenen, iets mompelend over een telefoontje dat hij moest plegen, en daarna heb ik hem niet meer gezien. Waarschijnlijk zit hij ergens beschaafd cappuccino te drinken en de krant te lezen. Typisch Luke.

'Minnie, we kopen die pony niet,' zeg ik zo streng mogelijk. 'Je hebt al bergen speelgoed en je hebt geen pony nodig.'

Een vrouw met warrig donker haar, grijze ogen en een tweeling in een buggy werpt me een goedkeurende blik toe. Onwillekeurig laat ik de 'kritische moederblik' over haar glijden en zie dat ze er zo eentje is die Crocs draagt met bobbelige zelfgebreide sokken erin. (Waarom zou iemand dat willen? Waarom?)

'Is het niet monsterlijk?' zegt ze. 'Die pony's kosten veertig pond!' Ze werpt een blik op haar zoontjes, die onderuitgezakt liggen te duimen en geen kik geven, en vervolgt: 'Mijn kinderen zijn wel zo verstandig er niet om te vragen. Als je één keer toegeeft, is het eind zoek. Ik heb de mijne goed afgericht.'

Opschepper.

'Absoluut,' zeg ik waardig. 'Ik ben het helemaal met u eens.'

'Sommige ouders zouden die pony gewoon voor de lieve vrede aan hun kind geven. Geen discipline. Walgelijk is het.'

'Vreselijk,' beaam ik, en ik tast heimelijk naar de pony. Minnie ontwijkt mijn greep behendig. Shit.

'Toegeven is het ergste wat je kunt doen.' De vrouw kijkt met keiharde ogen naar Minnie. 'Dat is het begin van alle ellende.'

'Nou, maar ik geef nooit toe,' zeg ik gedecideerd. 'Je krijgt die pony niet, Minnie, en dat is dat.'

'Po-níéhíé!' Minnies gejammer gaat over in een hartverscheurend snikken. Het is ook zo'n drama-queen (dat heeft ze van mijn moeder).

'Succes ermee.' De vrouw loopt weg. 'Vrolijk kerstfeest.'

'Minnie, ophouden!' zeg ik woest zodra de vrouw weg is. 'Je zet ons allebei voor schut! Wat wil je eigenlijk met die stomme pony?'

'Po-níéhíé!' Ze drukt de pony tegen zich aan alsof het haar lang verloren gewaande, trouwe hondje is dat vijfhonderd kilometer verderop op de markt is verkocht en net terug is komen strompelen naar de boerderij, met blaren op zijn pootjes en om haar jankend.

'Het is maar een stom speeltje,' zeg ik ongeduldig. 'Wat is er nou helemaal zo bijzonder aan?'

Dan kijk ik voor het eerst goed naar de pony.

Wauw. Ik moet zeggen... hij is echt gaaf. Hij is van witgeschilderd hout met overal glittersterretjes en een schattig met de hand geschilderd snoetje. En hij heeft rode wieltjes.

'Je hebt echt geen pony nodig, Minnie,' zeg ik, maar nu iets minder zeker van mijn zaak. Mijn oog valt net op het zadel. Is dat echt leer? En hij heeft een echt tuig met gespen en zijn manen zijn van echt paardenhaar. En dan zit er ook nog eens een roskam bij!

Veertig pond is echt niet duur voor zo'n pony. Ik duw tegen een van de rode wieltjes, en het draait perfect rond. Nu ik erover nadenk: Minnie heeft nog geen speelgoedpony. Het is een opvallende lacune in haar speelgoedkast.

Ik bedoel, niet dat ik door de knieën wil gaan.

'Je kunt hem ook opwinden,' zegt een stem achter me. Ik kijk om en zie een oudere verkoopster naar ons toe komen. 'Er zit een sleuteltje aan de onderkant. Kijk!'

Ze windt de pony op en Minnie en ik kijken gefascineerd toe hoe hij als in een carrousel steigert en zijn benen weer laat zakken, begeleid door tinkelende muziek.

O, mijn god, ik ben gek op die pony.

'Het is een speciale kerstaanbieding, veertig pond,' vervolgt de verkoopster. 'Normaal kost hij zeventig. Het is een handgemaakt Zweeds product.'

Bijna vijftig procent korting. Ik wíst dat het een koopje was. Had ik niet gezegd dat het echt niet duur was?

'Mooi, hè, snoesje?' De verkoopster glimlacht naar Minnie, die stralend terugglimlacht, absoluut niet obstinaat meer. Ik wil niet opscheppen, maar eigenlijk ziet ze er best aanbiddelijk uit met haar rode jasje, donkere staartjes en kuiltjeswangen. 'Dus, wilt u hem hebben?'

13

'Ik, eh…' Ik schraap mijn keel.

Kom op, Becky. Zeg nee. Wees een goede moeder. Loop weg.

Mijn hand schiet uit en aait nog eens over de manen.

Maar het is zo'n schatje. Moet je dat lieve snoetje zien. En een pony is toch geen stomme bevlieging? Van een pony krijg je nooit genoeg. Het is een klassieker. Het is, zeg maar, het Chanel-jasje onder het speelgoed.

En het is Kerstmis. En het is een speciale aanbieding. En wie weet ontpopt Minnie zich als een geboren amazone, valt me opeens in. Een pony zou precies de aansporing kunnen zijn die ze nodig heeft. Ik zie haar in een visioen voor me, twintig jaar oud in een rood jasje op de Olympische Spelen, naast haar schitterende paard. Ze zegt tegen de camera's: 'Het is allemaal met Kerstmis begonnen, lang geleden, toen ik het cadeau kreeg dat mijn leven zou veranderen…'

Mijn gedachten malen als een computer die een DNA-bepaling doet. Het moet toch mogelijk zijn om tegelijkertijd 1) niet toe te geven aan Minnies driftbui; 2) een goede moeder te zijn; en 3) die pony te kopen. Er moet zo'n oplossing uit de lucht vallen, zo eentje waarvoor Luke adviseurs altijd bergen geld betaalt…

Dan weet ik het. Het is een geniaal idee en ik snap niet dat ik er niet eerder op ben gekomen. Ik pak mijn mobiel en sms Luke. Luke! Heb geniale inval gehad. Minnie moet zakgeld hebben.

Ik hoor meteen daarop de *ping* van zijn antwoord: Waarom? Hoezo?

Omdat ze dan dingen kan kopen, natuurlijk! typ ik, en dan bedenk ik me. Ik wis de tekst en typ in plaats daarvan met zorg: Kinderen moeten van jongs af aan met geld leren omgaan. Lees artikel maar. Geeft gevoel van zelfstandigheid en verantwoordelijkheid.

Even later antwoordt Luke: Kunnen we haar niet gewoon de Financial Times geven?

Kop dicht! antwoord ik. 2 pnd pr wk?

Ben je gek? lees ik prompt. 10 p per week is zat.

Ik kijk verontwaardigd naar het schermpje. Tien penny? Die oude vrek. Wat kan Minnie daar nou van kopen?

Op tien penny per week kunnen we ons die pony nooit veroorloven.

50 p per week, typ ik resoluut, is landlk gemddld. (Dat controleert hij nooit.) Wr zit je eigenlijk? Bijna tijd voor de Kerstman!

Oké, zie maar. Ik kom eraan, antwoordt hij.

Gelukt! Ik berg mijn mobieltje op en maak een snelle berekening. Vijftig penny per week, twee jaar lang, is samen tweeënvijftig pond. Makkelijk zat. Waarom heb ik in vredesnaam niet eerder aan zakgeld gedacht? Het is perfect! Onze shopmiddagjes zullen er een heel nieuwe dimensie door krijgen.

Ik wend me zelfvoldaan tot Minnie.

'Moet je horen, snoes,' zeg ik. 'Ik koop die pony niet voor je, want ik heb al nee gezegd, maar bij wijze van extraatje mag je hem van je eigen zakgeld kopen. Is dat niet leuk?'

Minnie neemt me onzeker op, waar ik uit afleid dat ze het met me eens is.

'Je bent nog nooit aan je zakgeld gekomen, dus je hebt alles van de afgelopen twee jaar nog, en dat is meer dan genoeg. Zie je wel hoe fantastisch sparen is?' zeg ik blij. 'Zie je wel hoe leuk het is?'

Ik loop helemaal in mijn nopjes met mezelf naar de kassa. Over verantwoord ouderschap gesproken. Ik laat mijn kind op jonge leeftijd kennismaken met de beginselen van financiële planning. Ik zou zelf zo'n tv-goeroe kunnen worden! *Super Becky's adviezen voor fiscaal verantwoord ouderschap.* Ik zou in elke uitzending andere laarzen kunnen dragen...

'Karretje.'

Ik schrik op uit mijn dagdroom en zie dat Minnie de pony heeft laten vallen en nu een gedrocht van roze plastic omklemt. Waar heeft ze dat ding vandaan? Het is het karretje van Winnie de Poeh, uit die tekenfilms.

'Karretje?' Ze kijkt hoopvol naar me op.

Wat krijgen we nou?

'Je krijgt dat karretje niet, lieverd,' zeg ik geduldig. 'Je wilde de pony hebben. Die lieve pony, weet je nog?'

Minnie werpt een totaal onverschillige blik op de pony. 'Karretje.'

'Pony!' Ik raap de pony op van de vloer.

Wat is dít frustrerend. Hoe kan ze zo wispelturig zijn? Dat moet ze beslist van mam hebben.

15

'Karretje!'

'Pony!' Het komt er harder uit dan ik had bedoeld. Ik zwaai met de pony naar Minnie. 'Ik wil de poníéhíé...'

Opeens gaan mijn nekharen overeind staan. Ik kijk om en zie de vrouw met de tweeling met haar keiharde ogen van een afstandje naar me kijken.

'Ik bedoel...' Mijn gezicht gloeit en ik laat de pony snel zakken. 'Ja, je mág de pony van je zakgeld kopen.' Ik richt me tot de vrouw met de harde ogen. 'Elementaire financiële planning. Wat we vandaag hebben geleerd, is dat je moet spáren voordat je iets kunt kopen, hè, lieverd? Minnie heeft al haar zakgeld uitgegeven aan de pony, en dat is een heel verstandige keus...'

'Ik heb de andere pony gevonden!' De verkoopster duikt uit het niets op, ademloos en met een stoffige doos in haar handen. 'Ik wist dat we er nog een in het magazijn hadden liggen, het was oorspronkelijk een set, weet u...'

Is er nóg een pony?

Ik snak onwillekeurig naar adem bij het zien van de tweede pony. Die is nachtblauw met ravenzwarte manen, bespikkeld met sterretjes en met gouden wieltjes. Hij is adembenemend. Hij past perfect bij de andere pony. O god, we moeten ze allebei hebben. Het moet.

Tot mijn ergernis staat de vrouw met de harde ogen en de buggy nog steeds naar ons te kijken.

'Jammer dat je al je zakgeld al hebt uitgegeven, hè?' zegt ze tegen Minnie met zo'n strak, onvriendelijk glimlachje waaraan je kunt zien dat ze nooit lol of seks heeft. Dat kun je altijd aan mensen zien, volgens mij.

'Ja, hè?' zeg ik beleefd. 'Dat is een probleem. We zullen dus een oplossing moeten verzinnen.' Ik denk even diep na en wend me dan tot Minnie.

'Lieverd, hier komt je belangrijke tweede les financiële planning. Soms, als we een verbijsterend nu-of-nooitkoopje zien, kunnen we een uitzondering maken op de spaarregel. Dat heet "grijp je kans".'

'Gaat u die pony zomaar kopen?' zegt de vrouw met de harde ogen ongelovig.

Waar bemoeit ze zich mee? God, wat heb ik de pest aan andere moeders. Ze moeten zich altijd opdringen. Zodra je een kind krijgt, is het alsof je een kadertje op een website bent geworden met de tekst: *Vul hier al uw onbeschofte, kwetsende opmerkingen in a.u.b.*

'Natuurlijk ga ik hem niet kopen,' zeg ik koeltjes. 'Ze zal hem van haar eigen zakgeld moeten betalen.' Ik hurk om Minnies aandacht te trekken. 'Schatje, als je die andere pony van je zakgeld betaalt, vijftig penny per week, kost dat je ongeveer... zestig weken. Je moet een voorschot nemen. Zoiets als "rood staan".' Ik spreek heel duidelijk. 'Dan komt het er eigenlijk op neer dat je al je zakgeld tot je drieënhalf bent al hebt opgemaakt, snap je?'

Minnie lijkt een beetje perplex, maar ik zal er ook wel perplex hebben uitgezien toen ik voor het eerst rood kwam te staan. Dat hoort erbij.

'Opgelost.' Ik kijk stralend naar de verkoopster en geef haar mijn creditcard. 'Allebei de pony's, alstublieft.' Ik wend me weer tot Minnie. 'Zie je wel, schattebout? De les die we vandaag hebben geleerd, is: geef het nooit op als je iets echt wilt. Hoe onmogelijk iets ook lijkt, er is altijd iets op te verzinnen.'

Tegen wil en dank maakt het me trots dat ik dit pareltje van wijsheid kan overdragen. Daar draait het hele ouderschap om. Je kind leren hoe de wereld in elkaar zit.

'Weet je, ik heb ook eens een verbijsterende kans gekregen,' zeg ik terwijl ik mijn pincode intoets. 'Het was een paar laarzen van Dolce&Gabbana met negentig procent korting! Alleen zat ik aan de limiet van mijn creditcard. Maar heb ik het toen opgegeven? Nee! Natuurlijk niet!'

Minnie luistert zo aandachtig alsof ik haar over de drie beertjes vertel.

'Ik ging terug naar huis, doorzocht al mijn zakken en tassen, raapte al mijn kleingeld bij elkaar... en raad eens?' Ik zwijg even om de spanning op te voeren. 'Ik had genoeg geld! Ik kon die laarzen kopen! Joepie!'

Minnie klapt in haar handen en tot mijn verrukking begint de tweeling woest te juichen.

'Zal ik nog een verhaaltje vertellen?' Ik kijk de peuters stralend aan. 'Willen jullie horen over die sample sale in Milaan? Op een dag liep ik door de stad en toen zag ik een raadselachtig bord.' Ik zet grote ogen op. 'Wat denken jullie dat er op dat bord stond?'

'Bespottelijk.' De vrouw met de harde ogen keert de buggy abrupt. 'Kom op, we gaan naar huis.'

'Verhaaltje!' dreint een van haar zoontjes.

'Niks verhaaltje,' snauwt ze. 'En jij bent knettergek,' roept ze over haar schouder terwijl ze met grote passen wegloopt. 'Geen wonder dat je zo'n verwend kind hebt. Wat zijn dat voor schoentjes die ze aanheeft, hm? Gucci?'

Verwend?

Het bloed stijgt naar mijn wangen en ik kijk het mens sprakeloos van ontzetting aan. Waar komt dát vandaan? Minnie is niet verwend!

En Gucci máákt niet eens zulke schoenen.

'Ze is niet verwend!' roep ik zodra ik mijn stem terug heb, maar de vrouw is al verdwenen achter het rek met Bob de Bouwer. Nou, ik ben echt niet van plan achter haar aan te rennen en te roepen: 'Mijn kind hangt tenminste niet de hele dag duimzuigend in haar buggy en trouwens, ben je wel eens op het idee gekomen die snotneuzen af te vegen?'

Want dan zou ik Minnie niet het goede voorbeeld geven.

'Kom op, Minnie.' Ik probeer me te vermannen. 'Ga mee naar de Kerstman. Daar zullen we van opknappen.'

2

Het bestaat gewoon niet dat Minnie verwend is. Dat kan gewoon niet. Oké, ze heeft haar buien. Zoals iedereen. Maar ze is niet verwend. Dan zou ik het wel weten. Ik ben haar móéder.

Toch blijf ik me op weg naar de Kerstman gepikeerd voelen. Hoe kan iemand zo gemeen zijn? En dat op de dag vóór Kerstmis.

'Laat iedereen maar eens zien hoe beleefd je bent, schat,' brom ik vastberaden tegen Minnie, die mijn hand vasthoudt. 'Jij bent een engeltje bij de Kerstman, afgesproken?'

'Jingle Bells' klinkt uit het geluidssysteem en hoe dichter we bij de Kerstman komen, hoe meer ik opfleur. Toen ik nog klein was, ging ik naar precies dezelfde Kerstman.

'Minnie, kijk!' Ik wijs opgewonden. 'Moet je die rendieren zien! Moet je al die cadeautjes zien!'

Er is een slee met twee levensgrote rendieren, alles zit onder de kunstsneeuw en er zijn veel als elf verklede meisjes in groene kostuums, wat nieuw voor me is. Bij de ingang moet ik wel verbaasd met mijn ogen knipperen wanneer we worden begroet door een elf met een gebruind decolleté. Haalt de Kerstman zijn elfjes tegenwoordig bij het modellenbureau? En horen elfen wel paarse harsnagels te hebben?

'Vrolijk kerstfeest,' begroet ze ons, en ze stempelt mijn kaartje af. 'Denk erom dat u naar onze kerstwensput gaat en uw kerstwens erin gooit. De Kerstman gaat de wensen voorlezen!'

'Hoor je dat, Minnie? We mogen een wens doen!' Ik kijk naar Minnie, die de elf sprakeloos van ontzag aangaapt.

Zie je nou? Ze gedraagt zich perfect.

'Becky! Hierheen!' Ik kijk op en zie mam, die al in de rij staat, met een feestelijk flonkerende sjaal om en de handvatten van Minnies buggy, die beladen is met tassen en pakjes, in haar handen. 'De Kerstman heeft net even pauze genomen,' zegt ze wanneer we haar hebben bereikt. 'Ik denk dat we nog zeker een halfuur moeten wachten. Pap is op zoek naar geheugenkaartjes voor zijn camcorder en Janice is haar kerstkaarten aan het kopen.'

Janice is mams buurvrouw. Ze koopt haar kerstkaarten voor de halve prijs op de dag voor kerstmis, schrijft ze op 1 januari en legt ze dan in een la, waar ze de rest van het jaar blijven liggen. Dat noemt ze 'er vroeg bij zijn'.

'Zo, lieverd, wil je mijn cadeautje voor Jess zien?' Mam wroet in een tas en diept er gespannen een houten kistje uit op. 'Is dit iets?'

Jess is mijn zus. Mijn halfzus, zou ik moeten zeggen. Over een paar dagen komt ze terug uit Chili en dan vieren we nog een keer Kerstmis voor haar en Tom, met kalkoen en cadeautjes en de hele mikmak! Tom is het vriendje van Jess. Hij is de enige zoon van Janice en Martin en ik ken hem al mijn hele leven en hij is heel…

Hm. Hij is heel…

Nou ja. Waar het om gaat, is dat die twee van elkaar houden. En in Chili zullen zweethanden wel niet zo belangrijk zijn, toch?

Het is fantastisch dat ze overkomen, vooral omdat we Minnie dan eindelijk kunnen laten dopen (Jess wordt peetmoeder). Toch begrijp ik wel dat mam zo gestrest is. Het valt niet mee om iets voor Jess te kopen. Ze wil niets dat nieuw is, of duur, plastic of parabenen bevat of in een tas zit die niet van hennep is.

'Dit heb ik gekocht.' Mam maakt het kistje open en ik zie een verzameling duur ogende glazen flesjes op een bedje van stro. 'Het is douchegel,' zegt mam snel. 'Niet voor in bad. We hebben geen zin in weer een Derde Wereldoorlog!'

Ze doelt op een diplomatiek incidentje tijdens Jess' laatste bezoek. We vierden haar verjaardag en Janice gaf haar een fles bubbelbad, waarop Jess een preek van tien minuten hield over hoeveel water er in een bad gaat en dat de mensen in het Westen bezeten zijn van reinheid en dat iedereen genoegen zou moeten nemen met vijf minuten douchen per week, net als Jess en Tom.

Nou hadden Janice en Martin net een jacuzzi laten installeren, dus dat viel niet zo goed.

'Wat denk je?' vraagt mam.

'Kweenie.' Ik neem het etiket omzichtig op. 'Zitten er additieven in? Worden er mensen voor uitgebuit?'

'O, schat, ik zou het echt niet weten.' Mam kijkt naar het kistje alsof het een kernwapen is. 'Hier staat "natuurproduct",' zegt ze uiteindelijk. 'Dat is toch goed?'

'Ik denk het wel,' zeg ik met een knikje, 'als je haar maar niet vertelt dat je het in een winkelcentrum hebt gekocht. Zeg maar dat je het bij een kleine, zelfstandige coöperatie hebt gevonden.'

'Goed idee.' Mams gezicht klaart op. 'En ik verpak het in een oude krant. Wat heb jij voor haar?'

'Een yogamatje, met de hand gemaakt door boerenvrouwen in Guatemala,' zeg ik tegen wil en dank zelfvoldaan. 'Van de opbrengst worden landbouwprojecten opgezet én er zijn gerecyclede plastic computeronderdelen in verwerkt.'

'Becky!' zegt mam vol bewondering. 'Hoe heb je dát gevonden?'

'O, een beetje zoeken.' Ik haal nonchalant mijn schouders op.

Ik ga niet toegeven dat ik *groen deugdzaam cadeau recycling milieu linzen cadeauverpakking* heb gegoogeld.

'Kus-mis! Kús-mis!' Minnie trekt zo hard aan mijn hand dat ze mijn arm bijna uit de kom rukt.

'Ga jij maar met Minnie naar de wensput, kind,' stelt mam voor. 'Ik hou je plaats wel bezet.'

Ik leg de pony's op de buggy en loop met Minnie naar de wensput. Die staat tussen kunststoffen zilverberken waarin elfjes hangen en als er niet overal kinderen hadden lopen krijsen, was het echt sprookjesachtig geweest.

De kaartjes voor de wensen liggen op een nepstammetje dat je als tafel kunt gebruiken. Ik pak er een. *Kerstwens* staat er in groene krulletters op. Ik geef Minnie een viltstift.

Goh, ik weet nog dat ik de Kerstman brieven schreef toen ik klein was. Ze werden vaak lang en ingewikkeld, met tekeningen en plaatjes uit folders, voor het geval hij het niet zou snappen.

Een paar blozende meisjes van een jaar of tien posten giechelig en smiespelend hun verlanglijstje, en die aanblik alleen al dompelt me onder in nostalgie. Het lijkt me fout om niet mee te doen. Ik zou een vloek over het feest kunnen afroepen of zo.

Lieve Kerstman, schrijf ik dus op een kaart. *Daar ben ik weer, Becky.* Ik denk even na en noteer dan snel een paar dingen.

Een stuk of drie maar, hoor. Ik ben echt niet hebberig of zo.

Minnie, die viltstiftvlekken op haar handen en neus heeft, krabbelt ernstig haar hele kaart vol.

'De Kerstman begrijpt vast wel wat je bedoelt,' zeg ik vriendelijk, en ik pak haar kaart. 'Kom, we gaan hem in de wensput gooien.'

Ik gooi de kaarten een voor een in de put. Er dwarrelen sneeuwvlokjes op ons neer. 'O dennenboom' klinkt uit een luidspreker vlakbij en ik voel me opeens zo kerstachtig dat ik mijn ogen sluit, Minnies hand stevig vastpak en een wens doe. Je weet het maar nooit…

'Becky?' doorboort een diepe stem mijn gedachten. Mijn ogen vliegen open. Daar staat Luke. Zijn zwarte haar en donkerblauwe jas zijn bespikkeld met kunstsneeuw en hij neemt me geamuseerd op. Ik besef te laat dat ik verwoed 'alstublieft, alstublieft…' stond te fluisteren met mijn ogen dicht.

'O,' zeg ik verbouwereerd. 'Hoi. Ik stond net…'

'Met de Kerstman te praten?'

'Doe niet zo gek.' Ik hervind mijn waardigheid. 'Waar zat je eigenlijk?'

Luke loopt zonder antwoord te geven weg en wenkt me.

'Breng Minnie maar even naar je moeder,' zegt hij. 'Ik moet je iets laten zien.'

Ik ben nu drieënhalf jaar met Luke getrouwd, maar er zijn nog steeds momenten dat ik hem niet kan doorgronden. Zijn mond is een strakke streep en ik word bijna zenuwachtig. Wat kan er zijn?

'Hier.' Hij blijft in een verlaten hoekje van het winkelcentrum staan en pakt zijn BlackBerry.

Ik zie een bericht van Tony, zijn juridisch adviseur, op het scherm. Het bestaat uit maar één woord: **geregeld**.

'Geregeld?' Een fractie van een seconde ben ik verbaasd – en dan dringt het opeens tot me door.

'Het gaat toch niet over... Arcodas? Willen ze schikken?'

'Ja.' Nu zie ik een sprankje van een glimlach.

'Maar je had helemaal niet gezegd... Ik had geen idee...'

'Ik wilde je geen valse hoop geven. We hebben drie weken onderhandeld. Het is niet de meest gunstige deal voor ons, maar het is genoeg. We redden ons wel. Waar het om gaat, is dat het achter de rug is.'

Ik sta te trillen op mijn benen. Het is voorbij. Zomaar. We leven al zo lang met de zaak-Arcodas dat het een soort familielid is geworden. (Geen lievelingsoom, uiteraard. Meer de boosaardige oude heks van een tante met wratten op haar neus en een kakelende lach.)

Luke heeft twee jaar geleden de strijd met Arcodas aangebonden. Ik zeg 'strijd', maar hij heeft niet met brandbommen gegooid of zo. Hij wilde gewoon niet meer voor die mensen werken, op principiële gronden: het principe was dat hij niets te maken wilde hebben met een stel tirannen dat zijn personeel slecht behandelde. Hij heeft een pr-bedrijf, Brandon Communications, en het grootste deel van zijn personeel werkt al jaren voor hem. Toen hij erachter kwam hoe Arcodas zich misdroeg tegenover die mensen, werd hij woester dan ik hem ooit had gezien.

Hij hield er dus mee op, en Arcodas sleepte hem voor de rechter wegens contractbreuk (wat maar bewijst wat een vreselijke, aanmatigende mensen het zijn). Vervolgens sleepte Luke Arcodas voor de rechter omdat ze de verleende diensten nog niet hadden betaald.

Je zou denken dat de rechter meteen kon zien wie de slechterik was en Luke gelijk zou geven. Ik bedoel, hallo, rechters hebben toch ogen? Maar nee, het werd een aaneenschakeling van stomme hoorzittingen en verdagingen en de zaak bleef maar slepen, en het was een en al stress. Het moet me van het hart dat ik sindsdien niet meer zo'n hoge dunk heb van advocaten, rechters, mensen die zich 'mediator' noemen en het hele rechtssysteem. Dat had ik ook willen zeggen, als ze me aan het woord hadden gelaten.

Ik wilde niets liever dan dat Luke me als getuige zou laten oproepen. Ik had mijn outfit al klaar en alles (donkerblauwe kokerrok, witte bloes met ruches, lakpumps). En ik had een briljante toespraak geschreven die ik nu nog uit mijn hoofd kan opzeggen. Hij begint zo: 'Dames en heren van de jury, ik wil u vragen in uw hart te kijken. En dan wil ik u vragen naar die twee mannen voor u te kijken. Een eerzame, oprechte held die het welbevinden van zijn personeel belangrijker vindt dan geld...' – dan zou ik naar Luke wijzen – '... en een afschuwelijke, seksistische vent die iedereen koeioneert en in zijn gedrag net zo smakeloos is als in zijn kleding-keuze.' Dan zou ik naar Iain Wheeler van Arcodas wijzen. Iedereen zou opleven en juichen en de rechter had met zijn hamer geslagen en 'orde, orde!' geroepen. Vervolgens had ik listig de juryleden be-oordeeld, net als in de boeken van John Grisham, en uitgezocht wie er aan onze kant stonden.

Nou ja. Al mijn plannen vielen in duigen toen Luke zei dat er geen jury was, dat het niet zo'n soort rechtszaak was. Toen zei hij dat het een troebel moeras vol smerige trucjes was en dat hij mij er niet ook bij wilde betrekken, over zijn lijk, ik kon beter thuis bij Minnie blijven. Dat deed ik dus, al was de frustratie bijna mijn dood geworden.

Nu blaast Luke uit en haalt zijn handen door zijn haar.

'Afgelopen,' zegt hij bijna in zichzelf. 'Eindelijk.'

'Goddank.'

Ik ga op mijn tenen staan om hem te zoenen en zie nog steeds sporen van vermoeidheid op zijn gezicht. Het hele gedoe heeft Luke bijna genekt. Hij heeft geprobeerd zijn bedrijf te leiden, de zaak op te lossen, zijn personeel gemotiveerd te houden én nieuwe cliënten binnen te halen.

'Dus.' Hij legt zijn handen op mijn schouders en kijkt me aan. 'We kunnen door. Op allerlei manieren.'

Het duurt even voordat ik begrijp wat hij bedoelt.

'We kunnen het huis kopen!' hijg ik.

'Ik heb meteen een bod gedaan,' zegt hij knikkend. 'Ik zou aan het eind van de dag horen of het is aangenomen.'

'O, mijn god!' Ik maak onwillekeurig een sprongetje van opwin-ding. Ongelooflijk dat het nu eindelijk zover is. De zaak is afgeslo-ten! We kunnen eindelijk bij pap en mam weg en ons eigen huis kopen!

We hebben vaker geprobeerd te verhuizen. Vier keer, om precies te zijn. We stonden telkens op het punt onze handtekening te zetten, maar er rustte een vloek op elk huis. Of de verkoper wilde het huis toch niet kwijt (huis 3), of hij wilde opeens veel meer geld (huis 1), of het huis was niet echt van hem maar van een oom in Spanje en het was allemaal zwendel (huis 4) of het huis brandde af (huis 2). Ik begon te denken dat we behekst waren, en toen zei Luke dat we misschien beter konden wachten tot het gedoe met Arcodas achter de rug was.

'Vijf keer is scheepsrecht?' Ik kijk hoopvol naar Luke, die grinnikend begint te duimen.

Dit huis heeft alles mee. Het staat in een fantastische straat in Maida Vale, het heeft een prachtige tuin met een schommel aan een boomtak en vanbinnen is het verbluffend ruim. En we hebben het bijna! Ik knap opeens van blijdschap. Ik moet nu meteen alle woontijdschriften kopen die er zijn…

'Zullen we teruggaan?' zeg ik nonchalant. 'Ik zou onderweg even bij Smiths langs kunnen wippen om een paar tijdschriften te kopen…'

En dan kan ik maar beter ook wat boeken aanschaffen…

'Zo meteen.' Iets in Lukes stem waarschuwt me. Ik kijk op en zie hem een paar passen verderop staan, met afgewend hoofd en gespannen kaakspieren. Er klopt iets niet.

'Hé, gaat het wel?' vraag ik omzichtig. 'Je hebt toch geen slecht nieuws gekregen?'

'Nee, maar ik wil iets… aan je voorleggen.' Hij zwijgt, vouwt zijn handen in zijn nek en staart in de verte, bijna alsof hij me niet aan durft te kijken. 'Er is iets geks gebeurd. Ik was in Waterstones in afwachting van bericht over Arcodas. Ik slenterde gewoon wat rond…' Hij zwijgt weer, nu langer. 'En toen kocht ik zonder erbij na te denken een boek voor Annabel. De nieuwe Ruth Rendell. Ze had het prachtig gevonden.'

Het blijft even stil. Ik weet niet wat ik moet zeggen.

'Luke…' begin ik aarzelend.

'Ik heb verdomme een kerstcadeau voor haar gekocht.' Hij drukt zijn vuisten tegen zijn slapen. 'Ben ik krankzinnig aan het worden?'

'Natuurlijk niet! Het is gewoon…' Ik breek machteloos mijn zin

25

af. Kon ik maar iets wijs en dieps zeggen; ik doe wanhopige pogingen me iets te herinneren uit dat boek over rouwverwerking dat ik heb gekocht.

Want dat is het andere erge van het afgelopen jaar. Lukes stiefmoeder is in mei overleden. Ze was een maand ziek en toen was ze weg en Luke was er helemaal kapot van.

Ik weet wel dat Annabel niet zijn biologische moeder was, maar ze was zijn echte moeder. Zij had hem grootgebracht, en ze begreep hem beter dan wie ook, en het ergste was nog wel dat hij amper afscheid van haar heeft kunnen nemen. Ook toen ze echt heel ziek was, kon hij niet zomaar alles laten vallen en naar Devon racen, want hij had hoorzittingen over Arcodas in Londen en die waren al zo vaak uitgesteld dat ze nu wel moesten doorgaan.

Hij hoeft zich niet schuldig te voelen, heb ik al wel duizend keer tegen hem gezegd. Hij kon niets doen. En toch voelt hij zich schuldig, weet ik. En nu zit zijn vader met zijn zus in Australië, dus Luke kan niet eens iets goedmaken door tijd met hém door te brengen.

Wat zijn echte moeder betreft... Die wordt niet eens genoemd.

Nooit.

Luke had altijd een soort haat-liefdeverhouding met Elinor. Logisch, want ze had zijn vader en hem in de steek gelaten toen Luke nog heel klein was, maar ze gingen redelijk beschaafd met elkaar om tot ze het verknalde, en niet zo zuinig ook.

Het was rond de tijd van de uitvaart. Luke ging naar Elinor toe vanwege familiezaken. Ik weet nog steeds niet precies wat ze tegen hem heeft gezegd. Iets over Annabel. Iets tactloos en vermoedelijk ronduit onbeschofts, denk ik. Hij heeft het me nooit verteld en is ook nooit meer over het incident begonnen; ik weet alleen dat ik hem nog nooit zo witheet heb gezien, zo uitzinnig kwaad. Sindsdien hebben we het niet meer over Elinor. Ik denk niet dat hij het ooit van zijn leven nog zal bijleggen. Mij best.

Ik kijk op naar Luke en voel een steek in mijn hart. De spanning van het afgelopen jaar heeft hem hard geraakt. Hij heeft twee rimpeltjes tussen zijn ogen die niet meer weggaan, ook niet als hij glimlacht of lacht. Het is net alsof hij er nooit meer helemaal gelukkig uit kan zien.

'Kom op.' Ik haak mijn arm door de zijne en geef hem een kneepje. 'We gaan naar de Kerstman.'

Onder het lopen loods ik Luke onopvallend naar de andere kant van het winkelcentrum. Zomaar, eigenlijk. Gewoon omdat de etalages daar mooier zijn. Zoals die van de chique juwelier... en die winkel met zijden bloemen... en dan is er nog Enfant Cocotte, dat uitpuilt van de handgemaakte hobbelpaarden en wengé wiegjes van beroemde ontwerpers.

Ik ga steeds langzamer lopen en zet een stap naar de helverlichte etalage, beslopen door hebzucht. Moet je al die schitterende spullen zien. Die piepkleine rompertjes en die dekentjes.

Als we nog een kind kregen, zouden we allemaal mooie, nieuwe dekentjes kunnen kopen. En het zou een snoesje zijn, en Minnie kon de kinderwagen duwen en dan zouden we een echt gezin zijn...

Ik kijk naar Luke om te zien of hij toevallig hetzelfde denkt als ik en me met een zachte, liefdevolle blik wil aankijken, maar hij tuurt fronsend naar zijn BlackBerry. Nou vraag ik je. Waarom is hij niet beter afgestemd op wat er in me omgaat? We zijn toch getrouwd? Hij hoort me aan te voelen. Hij zou moeten weten waarom ik hem naar een babywinkel heb gebracht.

'Lief, hè?' Ik wijs naar een mobile met beertjes.

'Hm-hm.' Luke knikt zonder op te kijken.

'Wauw, moet je die kinderwagen zien!' Ik wijs verlangend naar een verbijsterend uitziend hightech geval op verende wielen die zo van een Hummer lijken te komen. 'Is die niet cool?'

Als we nog een kind kregen, zouden we nog een kinderwagen kunnen kopen. Ik bedoel, we zouden wel moeten. Die rottige oude kinderwagen van Minnie is finaal aan gort (niet dat ik nog een kind wil vanwege die coole kinderwagen, natuurlijk, maar het is wel mooi meegenomen).

'Luke...' Ik schraap mijn keel. 'Ik heb eens nagedacht. Over... ons. Ik bedoel... ons drieën. Ons gezin. Met Minnie erbij. En ik vroeg me af...'

Hij steekt zijn hand op en houdt zijn BlackBerry bij zijn oor.

'Ja. Hallo.'

God, wat baal ik van die trilfunctie. Zo word ik helemaal niet gewaarschuwd als hij een telefoontje krijgt.

'Ik haal je zo wel in,' fluistert hij naar mij, en hij vervolgt in zijn BlackBerry: 'Ja, Gary, ik heb je e-mail gekregen.'

Oké, dit is niet het meest geschikte moment om de aanschaf van een kinderwagen voor een denkbeeldig tweede kind te bespreken.

Geeft niet. Het komt nog wel.

Ik haast me terug naar de Kerstman, bedenk opeens dat ik Minnies beurt zou kunnen missen en zet het op een rennen, maar als ik buiten adem de hoek om slip, is de Kerstman nog niet eens terug op zijn troon.

'Becky!' Mam, die vooraan in de rij staat, wuift naar me. 'Wij zijn aan de beurt! Ik heb de camcorder al paraat... O, moet je zien!'

Een elf met een brede, wezenloze glimlach heeft het podium beklommen. Ze kijkt stralend om zich heen en tikt tegen de microfoon om de aandacht te trekken.

'Hallo, jongens en meisjes!' roept ze. 'Even stil. Voordat de Kerstman weer kinderen gaat ontvangen, is het tijd voor de kerstwens! We pakken de wens van één kleine bofkont, en die wens wordt vervuld! Wordt het een teddybeer? Of een poppenhuis? Of een scooter?'

De microfoon doet het niet goed en ze tikt er weer geërgerd tegen. Desondanks golft de opwinding door de menigte en dringt iedereen zich naar voren. Er wordt met camcorders door de lucht gezwaaid en kleine kinderen zwermen opgetogen tussen de benen van de volwassenen door om ook iets te kunnen zien.

'Minnie!' zegt mam opgewonden. 'Wat heb jij gewenst, schattebout? Misschien win jij wel!'

'En de winnaar is... Becky! Gefeliciteerd, Becky!' Ik schrik op van de plotseling weer versterkte stem van de elf.

Nee. Dat kan niet...

Het moet een andere Becky zijn. Er moeten hier wel tig kleine meisjes zijn die Becky heten...

'En kleine Becky heeft gevraagd om...' De elf tuurt naar het kaartje. 'Een Zac Posen-topje in aquamarijn, dat met de strik, maat 36.'

Shit.

28

'Is Zac Posen een nieuw tekenfilmfiguurtje?' De elf kijkt vragend naar een collega. 'Bedoelt ze verkleedkleren?'

Nou ja, hoe kun je nou in een warenhuis werken zonder ooit van Zac Posen te hebben gehoord?

'Hoe oud is Becky?' De elf glimlacht opgewekt in het rond. 'Becky, lieverd, waar ben je? We hebben geen topjes, maar misschien wil je iets anders uit de slee van de Kerstman kiezen?'

Ik heb beschaamd mijn hoofd gebogen en kan het niet opbrengen mijn hand op te steken. Ze hadden niet eens gezegd dat ze die stomme kerstwensen hardop zouden lezen. Ze hadden me wel eens mogen waarschuwen.

'Is Becky's mammie hier ook?'

'Hier!' roept mam, die vrolijk met haar camcorder zwaait.

'Mam, stil,' sis ik. 'Sorry,' roep ik met een gloeiend gezicht. 'Eh... dat ben ik. Ik wist niet dat jullie... Kies maar een ander kaartje. Van een kind. Alsjeblieft. Gooi het mijne maar weg.'

Het is zo'n lawaai dat de elf me niet hoort.

'"En die Marni-schoenen die ik met Suze heb gezien, niet die met die leren hakken, maar die andere."' Ze leest nog steeds voor, met een stem die door de speakers schalt. 'Weet iemand wat hiermee wordt bedoeld? En...' Ze tuurt weer naar het kaartje. 'Staat daar: "Een broertje of zusje voor Minnie"? Is Minnie je pop, schatje? O, wat snoezig!'

'Hou op!' roep ik ontdaan, en ik werk me tussen de kleine kinderen door naar voren. 'Dat is vertrouwelijk! Dat had niemand mogen zien!'

'En bovenal, lieve Kerstman, wens ik dat Luke...'

'Hou op!' In mijn radeloosheid lanceer ik mezelf zo ongeveer het podium op. 'Dat is privé! Dat is iets tussen de Kerstman en mij!' Ik bereik de elf en wring het kaartje uit haar hand.

'Au!' roept ze.

'Neem me niet kwalijk,' hijg ik. 'Maar ik ben Becky.'

'Ben jíj Becky?' Ze knijpt haar ogen tot spleetjes, tuurt door haar mascarawimpers naar me en kijkt nog eens naar het kaartje. Ik zie dat het haar begint te dagen. Haar gezicht wordt iets vriendelijker en ze geeft het kaartje terug.

'Ik hoop dat je kerstwens wordt vervuld,' zegt ze zacht, buiten het bereik van de microfoon.

'Dank je.' Ik aarzel even en voeg er dan aan toe: 'Insgelijks, wat je ook hebt gewenst. Vrolijk kerstfeest.'

Ik draai me om, klaar om terug te gaan naar mam – en ontdek Lukes donkere ogen in de massa hoofden. Daar staat hij, ergens achteraan.

Mijn maag maakt een salto. Hoeveel heeft hij precies gehoord?

Hij komt nu naar me toe, tussen de ouders en kinderen door laverend, met een ondoorgrondelijk gezicht.

'O, hallo,' zeg ik zo achteloos mogelijk. 'Dus... Ze hebben mijn verlanglijst voorgelezen, is het niet gek?'

'Hm.' Hij verraadt niets.

Er valt een onbehaaglijke stilte tussen ons.

Hij heeft zijn naam gehoord, dat weet ik. Een echtgenote heeft een onfeilbare intuïtie voor zulke dingen. Hij heeft zijn naam gehoord en nu vraagt hij zich af wat ik voor hem heb gewenst.

Tenzij hij gewoon aan zijn e-mails denkt, natuurlijk.

'Mammie!' snerpt een bekend stemmetje door mijn hoofd, en ik ben Luke op slag vergeten.

'Minnie.' Ik draai me om en kan haar een panisch moment lang niet vinden.

'Was dat Minnie?' Luke is ook geschrokken. 'Waar is ze?'

'Ze was net nog bij mam... Shit.' Ik pak Lukes arm en wijs ontzet naar het podium.

Daar zit Minnie op een van de rendieren, dat ze bij zijn oren heeft gepakt. Hoe is ze daar in godsnaam gekomen?

'Neem me niet kwalijk...' Ik stommel tussen de ouders en kinderen door. 'Minnie, kom eraf!'

'Paardje!' Minnie schopt vrolijk tegen het rendier, wat een lelijke buts in het papier-maché achterlaat.

'Wil iemand dat kind alstublieft weghalen?' zegt een elf in de microfoon. 'Willen de ouders van dit kind alstublieft nú naar voren komen?'

'Ik ben haar maar heel even uit het oog verloren!' zegt mam verontwaardigd als Luke en ik haar bereiken. 'Ze rende gewoon weg!'

'Oké, Minnie,' zegt Luke streng, en hij beent het podium op. 'Het is uit met de pret!'

'Glijbaan!' Ze klautert op de slee. 'Mijn glijbaan!'

'Het is geen glijbaan, en je moet eraf.' Hij slaat een arm om Minnies middel en trekt, maar ze heeft haar benen door de zitting gehaakt en omklemt de slee met de kracht van een superheld.

'Wilt u haar daar weghalen, alstublieft,' zegt de elf, die haar best moet doen om beleefd te blijven.

Ik pak Minnies schouders.

'Oké,' prevel ik naar Luke. 'Jij pakt haar benen. We trekken haar eraf. Op drie. Eén, twee, drie...'

O, nee. O... shit.

Ik weet niet wat er is gebeurd. Ik weet niet wát we hebben gedaan, maar die hele rottige slee stort in. Alle cadeautjes vallen in de kunstsneeuw. Voordat ik met mijn ogen kan knipperen, stormt een zee van kinderen naar voren om ze te pakken terwijl hun ouders roepen dat ze nú terug moeten komen, anders gaat het kerstfeest niet door.

Het is een slagveld.

'Cadeautje!' brult Minnie, die haar armen uitstrekt en naar Lukes borst schopt. 'Cadeautje!'

'Haal dat rotkind daar weg!' barst de elf woedend uit. Haar ogen glijden vals over mam en mij, en zelfs over Janice en Martin, die uit het niets zijn opgedoken, allebei in een feestelijke trui met rendieren en beladen met tassen van de kerstkortingwinkel. 'U moet allemaal onmiddellijk vertrekken.'

'Maar we zijn net aan de beurt,' merk ik nederig op. 'Het spijt me echt heel erg van dat rendier, maar we zullen de schade vergoeden...'

'Absoluut,' valt Luke me bij.

'Maar mijn dochter heeft zich erop verheugd de Kerstman te zien...'

'Ik ben bang dat we een regeltje hebben,' zegt de elf sarcastisch. 'Kinderen die de slee van de Kerstman mollen, verspelen hun bezoekje. Uw dochter is hierbij verbannen uit de kerststal.'

'Verbannen?' Ik gaap haar ontdaan aan. 'Bedoel je...'

'Jullie zijn zelfs allemáál verbannen.' Ze wijst met een paarse harsnagel naar de uitgang.

'Nou, dat noem ik nog eens kerstsfeer!' bemoeit mam zich ermee. 'We zijn trouwe klanten en die slee is kennelijk maar een beetje in elkaar geflanst, en ik heb zin om hiermee naar de Consumentenbond te gaan!'

'Ga nou maar gewoon weg.' De elf staat nog steeds met uitgestrekte arm te wijzen.

Diep gekwetst pak ik de handvatten van de buggy. We sjokken allemaal teleurgesteld zwijgend weg, en dan zien we pap in zijn waterdichte jack op ons afrennen. Zijn grijzende haar zit een beetje warrig.

'Heb ik het gemist? Heb je de Kerstman gezien, Minnie, lieverd?'

'Nee.' Ik kan het bijna niet over mijn lippen krijgen. 'We zijn de kerststal uit gestuurd.' Paps gezicht betrekt.

'O, jee. O, hemel.' Hij slaakt een diepe zucht. 'Niet wéér.'

'Toch wel.'

'Op hoeveel keer zitten we nou?' vraagt Janice met een gekweld gezicht.

'Vier.' Ik kijk naar Minnie, die nu natuurlijk ingetogen Lukes hand vasthoudt en er engelachtig bij staat.

'Wat was het deze keer?' vraagt pap. 'Ze heeft de Kerstman toch niet gebeten, hoop ik?'

'Nee!' schiet ik in de verdediging. 'Natuurlijk niet.'

Dat hele Kerstman-bij-Harrods-gebeten-incident was een groot misverstand. En die Kerstman was een aansteller. Hij hoefde echt niet naar de Spoedeisende hulp.

'Het kwam door Luke en mij. We hebben de slee gemold toen we probeerden haar van een rendier te krijgen.'

'Aha.' Pap knikt filosofisch en we gaan allemaal mistroostig op weg naar de uitgang.

'Minnie is wel een dondersteen, hè?' zegt Janice even later schuchter.

'Kleine rakker!' zegt Martin, en hij kietelt Minnie onder haar kin. 'Je hebt er je handen aan vol!'

Misschien ben ik iets te gevoelig, maar al dat gepraat over 'handen vol', 'rakkers' en 'donderstenen' raakt opeens een gevoelige plek.

'Jullie vinden Minnie toch niet verwend?' vraag ik zonder enige inleiding, en ik blijf stokstijf op de marmeren vloer staan. 'Eerlijk zeggen.'

Janice ademt hoorbaar in. 'Nou...' begint ze met een vragende blik op Martin. 'Ik wilde er niet over beginnen, maar...'

'Verwend?' snijdt mam haar met een lachje de pas af. 'Nonsens! Er is niets mis met Minnie, hè, schatje van me? Ze weet gewoon wat ze wil!' Ze aait Minnie vol genegenheid over haar bol en kijkt weer op. 'Becky, lieverd, jij was net zo op haar leeftijd. Preciés hetzelfde.'

Ik ben op slag gerustgesteld. Mam zegt altijd net wat ik nodig heb. Ik kijk naar Luke, maar tot mijn verbazing beantwoordt hij mijn opgeluchte glimlach niet. Hij ziet eruit alsof hij is gegrepen door een nieuw, schrikwekkend idee.

'Dank je wel, mam.' Ik geef haar een dankbare knuffel. 'Jij maakt alles altijd weer goed. Kom op, we gaan naar huis.'

Tegen de tijd dat Minnie in bed ligt, ben ik weer helemaal blij. Ik voel me zelfs echt feestelijk. Dít is waar Kerstmis om draait: bisschopswijn, pasteitjes en *White Christmas* op tv. We hebben Minnies sok opgehangen (mooi roodgeblokt, uit de Conran-winkel) en een glas sherry neergezet voor de Kerstman, en nu zijn Luke en ik in onze slaapkamer Minnies cadeautjes aan het inpakken.

Pap en mam zijn echt heel royaal geweest. Ze hebben ons de hele bovenverdieping van hun huis ter beschikking gesteld, zodat we veel privacy hebben. Het enige minpuntje is dat onze kleerkast niet echt groot is, maar dat geeft niet, want ik heb de kast van de logeerkamer ook in gebruik genomen, en ik heb al mijn schoenen op de boekenplanken op de overloop gezet (ik heb de boeken in dozen gestopt; er was toch geen mens die ze las).

Ik heb ook nog een roe in paps werkkamer opgehangen voor mijn jassen en feestjurken, en een paar hoedendozen in het rommelkamertje gezet. En mijn make-upspullen staan allemaal op de eettafel, die de ideale maat heeft, alsof hij voor make-up is gemáákt. Mijn mascararollers liggen in de bestekla, mijn steiltangen passen precies op het serveerwagentje en ik heb al mijn tijdschriften op stapels op de stoelen gelegd.

Ik heb ook een paar kleinigheden in de garage opgeslagen, zoals mijn oude laarzen, en die prachtige set oude hutkoffers die ik bij een antiekwinkel heb gekocht, en mijn trilplaat (die ik op eBay heb gekocht en echt eens moet gaan gebruiken). Het begint er een beetje vol te worden, geloof ik, maar pap zet zijn auto toch nooit in de garage.

Luke heeft een legpuzzel ingepakt, reikt naar een magisch tekenbord, kijkt om zich heen en fronst zijn voorhoofd.

'Hoeveel cadeautjes krijgt Minnie eigenlijk?'

'Net zoveel als anders,' zeg ik afwerend.

Al ben ik eerlijk gezegd zelf ook een beetje geschrokken. Ik was vergeten hoeveel ik in de loop van het jaar uit catalogi en op braderieën had gekocht en verstopt.

'Dit is leerzaam.' Ik trek snel het prijskaartje van het tekenbord. 'En het was spotgoedkoop. Neem nog wat bisschopswijn!' Ik schenk hem nog een glas in en pak een mutsje met twee rode glitterpompons. Het is snoezig, en ze hadden het ook in babymaatjes.

Als we een baby kregen, kon die net zo'n mutsje met pompons op als Minnie. De mensen zouden ze 'de kinderen met de pomponmutsjes' noemen.

Opeens krijg ik een bekoorlijk visioen waarin ik met Minnie op straat loop. Zij duwt haar poppenwagen met een pop erin en ik een kinderwagen met een echte baby erin. Ze zou een vriend of vriendin voor het leven hebben. Het zou allemaal zo perfect zijn...

'Becky? Plakband? Bécky?'

Het dringt nu pas tot me door dat Luke al een keer of vier mijn naam heeft gezegd. 'O! Sorry! Alsjeblieft. Is dit niet mooi?' Ik zwaai met de rode pompons naar Luke. 'Ze hadden ze ook voor baby's.'

Ik laat een veelzeggende stilte vallen om het woord 'baby's' in de lucht te laten hangen en zet al mijn huwelijkse gedachtekrachten in.

'Dit plakband is waardeloos. Ik kan het begin niet meer vinden.' Hij gooit het rolletje ongeduldig van zich af.

Hm. Hoezo, gedachtekracht? Misschien moet ik het onderwerp tersluiks aan de orde stellen. Suze heeft haar man Tarkie ooit zó tersluiks overgehaald met haar op een compleet verzorgde vakantie naar Disneyland te gaan, dat hij pas in het vliegtuig begreep waar ze naartoe gingen. Tarkie is natuurlijk wel Tarkie (lief, naïef en meestal met zijn gedachten bij Wagner of schapen). En Luke is natuurlijk wel Luke (altijd bij de tijd en altijd bang dat ik iets in mijn schild voer. Wat niet zo is).

'Goh, wat een fantastisch nieuws over Arcodas,' zeg ik langs mijn neus weg. 'En over het huis.'

'Goed, hè?' Er breekt heel even een glimlach op zijn gezicht door.

'Alles valt op zijn plaats. Alsof alle stukjes van de puzzel op hun plaats vallen. Tenminste, bíjna alle stukjes.' Ik laat weer een veelzeggende stilte vallen, maar Luke merkt het niet eens.

Waarom zou je veelzeggende stiltes in je gesprekken laten vallen als toch niemand het merkt? Ik ben die tersluiksheid zat. Het is een zwaar overschat middel.

'Luke, laten we nog een kind maken!' flap ik eruit. 'Vannacht!'

Het blijft stil. Even vraag ik me af of Luke me wel heeft gehoord, maar dan kijkt hij verbluft op.

'Ben je gek geworden?'

Ik kijk hem beledigd aan.

'Natuurlijk niet! Ik vind dat we Minnie een broertje of zusje moeten geven, jij niet?'

'Bloempje van me.' Luke, die gehurkt zat, leunt achterover op zijn hielen. 'We kunnen dat ene kind niet eens in de hand houden, laat staan dat we er twee zouden hebben. Je hebt toch gezien hoe ze zich vandaag heeft misdragen?'

Nee, hè. Begint hij nou ook al?

'Wat wil je daarmee zeggen?' vraag ik tegen wil en dank gekwetst. 'Vind jíj Minnie verwend?'

'Dat beweer ik niet,' zegt Luke omzichtig, 'maar je moet toegeven dat ze onhanteerbaar is.'

'Niet waar!'

'Kijk maar naar de feiten. Ze is uit vier kerststallen verbannen.' Hij telt ze op zijn vingers af. 'En uit St. Paul's Cathedral. Om nog maar te zwijgen van dat incident bij Harvey Nichols en het fiasco bij mij op kantoor.'

Wil hij haar dat de rest van haar leven blijven nadragen? Je moet geen dure kunst aan de muren hangen, zo denk ik erover. Die mensen horen te werken, niet de hele dag rond te drentelen om kunst te bekijken.

'Ze heeft gewoon pit,' verdedig ik Minnie. 'Misschien zou een baby haar goeddoen.'

'En ons tot waanzin drijven.' Luke schudt zijn hoofd. 'Becky, laten we geen overhaaste beslissingen nemen, oké?'

Ik voel me verpletterd. Ik wil wél overhaaste beslissingen nemen. Ik wil twee kinderen met allebei zo'n mutsje met pompons op.

'Luke, ik heb er echt goed over nagedacht. Ik wil dat Minnie een vriendje of vriendinnetje voor het leven krijgt en niet opgroeit als enig kind. En ik wil dat onze kinderen ongeveer van dezelfde leeftijd zijn, er moeten geen jaren tussen zitten. En ik heb nog voor honderd pond aan cadeaubonnen van Baby World over!' schiet me plotseling te binnen. 'Die zijn niet zo lang meer geldig!'

'Becky.' Luke kijkt vertwijfeld naar het plafond. 'We gaan niet nog een kind nemen, alleen maar omdat we nog wat cadeaubonnen van Baby World hebben.'

'Dat is de reden ook niet,' zeg ik verontwaardigd. 'Dat was alleen maar een bijkomende reden.'

Net iets voor hem om zich daarin vast te bijten. Hij probeert het echte probleem te ontlopen.

'Wat bedoel je nou eigenlijk? Dat je nóóit een tweede kind wilt?'

Er flitst iets afwerends over Lukes gezicht. Hij geeft niet meteen antwoord, maar pakt eerst het cadeautje in. Hij vouwt alle hoekjes precies recht en drukt het plakband aan met de nagel van zijn duim. Hij lijkt sprekend op iemand die een gesprek over een heikele kwestie wil uitstellen.

Ik kijk met stijgende ontzetting toe. Sinds wanneer is een tweede kind een heikele kwestie?

'Misschien zou ik nog wel een kind willen,' zegt hij dan eindelijk. 'In theorie. Ooit.'

Kan het minder enthousiast?

'Juist,' breng ik moeizaam uit. 'Op zo'n manier.'

'Becky, begrijp me niet verkeerd. De komst van Minnie was... verbijsterend. Ik zou niet meer van haar kunnen houden dan ik al doe, dat weet je.'

36

Hij kijkt me recht aan en ik ben te eerlijk om iets anders te doen dan zwijgend knikken.

'Maar we zijn nog niet toe aan een tweede kind. Zie het onder ogen, Becky, we hebben een hels jaar achter de rug, we hebben nog niet eens een eigen huis, Minnie is onhandelbaar, we hebben al genoeg op ons bordje... Laten we het voorlopig vergeten. Geniet van Kerstmis, geniet van ons drieën. Misschien kunnen we het er over een jaar nog eens over hebben.'

Over een jáár?

'Maar dat duurt nog een eeuwigheid.' Tot mijn afgrijzen hoor ik een lichte beving in mijn stem. 'Ik hoopte dat we volgend jaar met Kerstmis al een tweede kind zouden hébben! Ik heb de perfecte namen al in gedachten voor als we het vannacht verwekken. Rudolf of Sneeuwklokje.'

'O, Becky.' Luke pakt mijn beide handen en zucht. 'Als we eens één dag zonder brokken door konden komen, zou ik er misschien anders over denken.'

'We kunnen makkelijk een dag doorkomen. Zo erg is ze niet!'

Hij gaat weer op zijn hielen zitten. 'Heeft Minnie ooit een dag geen ravage aangericht?'

'Oké,' zeg ik rebels. 'Wacht maar. Ik ga een Minnie-incidentenboek beginnen en ik wil wedden dat het leeg blijft. Ik wil wedden dat Minnie morgen een engeltje is.'

Ik ga zwijgend verder met inpakken en scheur het plakband met een extra krak af om Luke te laten merken hoe gekwetst ik me voel. Waarschijnlijk heeft hij nooit kinderen gewild. Waarschijnlijk heeft hij last van Minnie en mij. Waarschijnlijk was hij het liefst single gebleven, dan kon hij lekker de hele dag in zijn sportwagen rondzoeven. Ik wist het wel.

'Zo, zijn dat alle cadeautjes?' zeg ik uiteindelijk terwijl ik een grote strik met stippels met een klap op het laatste pakje laat neerkomen.

'Nou... Eigenlijk heb ik nog iets,' zegt Luke schaapachtig. 'Ik kon de verleiding niet weerstaan.'

Hij loopt naar de kleerkast en rommelt helemaal achterin, voorbij zijn schoenen. Hij draait zich om en ik zie dat hij een sjofele kartonnen doos in zijn handen houdt. Hij zet hem op de vloer en haalt er behoedzaam een oud speelgoedtheater uit. Het is van hout, met verschoten verf, echte fluwelen toneelgordijntjes en zelfs kleine schijnwerpertjes.

'Wauw,' verzucht ik. 'Ongelooflijk. Waar heb je dat op de kop getikt?'

'Op eBay. Ik had er net zo een vroeger. Dezelfde decors en personages, alles.'

Ik kijk sprakeloos toe hoe hij aan de touwtjes trekt en de gordijnen krakend openschuiven. Het toneel is aangekleed met ongelooflijk gedetailleerd beschilderde decors uit *Een midzomernachtsdroom*. Er is een binnendecor met zuilen, een stukje bos met een beekje en een bemoste oever en een dicht woud met ver weg op de achtergrond de torens van een kasteel. Er zijn piepkleine houten figuurtjes in kostuum, zelfs een met een ezelskop. Dat moet... Puck zijn.

Nee, niet Puck. Die andere. Oberon?

Oké, zodra Luke naar beneden gaat, googel ik snel even 'Midzomernachtsdroom'.

'Ik speelde er samen met Annabel mee.' Luke lijkt helemaal in de ban te zijn van het theatertje. 'Toen was ik een jaar of... zes? Het was alsof je in een andere wereld stapte. Kijk, alle decors staan op rails. Het is een subliem staaltje vakmanschap.'

Ik zie hem de poppetjes heen en weer schuiven en voel mijn hart naar hem uitgaan. Ik heb Luke nog nooit nostalgisch gezien, echt nooit.

'Nou, zorg maar dat Minnie het niet kapotmaakt,' zeg ik vriendelijk.

'Dat komt wel goed.' Hij glimlacht. 'Op eerste kerstdag gaan we samen een voorstelling geven.'

Nu voel ik me een tikje schuldig. Ik neem het terug. Misschien heeft Luke geen last van Minnie en mij. Hij heeft een zwaar jaar achter de rug, meer niet.

Wat ik moet doen, is een mammie-Minniegesprekje voeren. Haar de situatie uitleggen. Dan gaat ze zich beter gedragen, Luke bedenkt zich en alles komt op zijn pootjes terecht.

3

Oké, Kerstmis telt niet. Dat weet iedereen.

Je kunt niet van een peuter verwachten dat ze zich voorbeeldig gedraagt wanneer alles zo opwindend is en ze overal snoep en versieringen ziet. En het is geen wonder dat Minnie vannacht om drie uur wakker werd en gilde dat we moesten komen. Ze wilde ons gewoon laten zien wat er in haar sok zat. Ieder ander kind had hetzelfde gedaan.

Maar goed, ik heb de eerste bladzij al uit het Incidentenboek gescheurd en door de papierversnipperaar gehaald. Iedereen heeft recht op een tweede kans.

Ik neem een slokje koffie en reik vrolijk naar een Quality Street. God, ik ben gek op Kerstmis. Het hele huis ruikt naar kalkoen, er klinken kerstliedjes uit de boxen en pap zit bij het haardvuur noten te kraken. Ik kijk om me heen en voel een warme gloed vanbinnen bij het zien van de woonkamer: de boom met de twinkelende lichtjes en het kerststalletje dat we al hadden toen ik nog klein was (het kindeke Jezus is al jaren zoek, maar we hebben een wasknijper in het kribbetje gelegd).

Toen Minnie vanochtend haar sok zag, kreeg ze ogen als schoteltjes. Ze kon het gewoon niet bevatten. 'Sok? Sók?' zei ze telkens, alsof ze het echt niet kon geloven.

'Becky?' roept mam. Ik loop de gang in en zie haar in haar kerstschort in de keukendeur staan. 'Welke kerstsurprises zullen we bij de lunch geven? Die met spelletjes of die met luxecadeautjes?'

'Wat dacht je van die van de Duitse markt?' stel ik voor. 'Met die houten speelgoedjes erin?'

'Goed idee!' Mams gezicht klaart op. 'Die was ik vergeten.'

'Ja, ik heb de papieren hier...' zegt Luke in zijn telefoon terwijl hij

langs me heen naar de trap loopt. 'Als jij even naar die overeen-
komst met Sanderson zou willen kijken... Ja. Ik kom om drie uur
naar de zaak. Ik moet eerst hier een paar dingen afhandelen. Ik zie
je, Gary.'

'Luke!' zeg ik verontwaardigd zodra hij klaar is. 'Kerstmis is niet
"een paar dingen afhandelen".'

'Dat ben ik met je eens,' zegt Luke, die zijn pas niet eens inhoudt.
'Daar staat weer tegenover dat het geen Kerstmis ís.'

Nou ja. Kan hij niet in de stemming komen?

'Wel waar.'

'In de wereld van Bloomwood misschien. Verder is het overal
28 december en gaan de mensen weer door met hun leven.'

Hij is ook zo prozaïsch.

'Oké, misschien is het niet echt eerste kerstdag,' zeg ik verbolgen,
'maar dit is ons tweede kerstfeest. Ons speciale kerstfeest voor Jess
en Tom, en dat is net zo belangrijk, en je zou best iets feestelijker
mogen doen!'

Dat hele idee van twee kerstfeesten is super. Ik vind zelfs dat we
het elk jaar zo zouden moeten doen. We zouden er een familietra-
ditie van kunnen maken.

'Schat van mijn hart.' Luke blijft halverwege de trap staan en telt
op zijn vingers af. 'Eén, het is niet net zo belangrijk. Twee, ik moet
die deal vandaag rond zien te krijgen. Drie, Tom en Jess zijn er nog
niet eens.'

Jess en Tom hebben vannacht ge-sms't dat hun vlucht uit Chili
vertraging had. Vanaf dat moment komt Janice zo om het kwartier
naar ons huis om te vragen of we al iets hebben gehoord, en zouden
we alsjeblieft nog eens op internet kunnen kijken, en is er iets op het
nieuws over ongelukken of kapingen?

Ze is nog opgefokter dan anders en we weten allemaal waarom:
ze hoopt uit alle macht dat Tom Jess ten huwelijk heeft gevraagd.
Tom schijnt in zijn laatste mailtje aan haar te hebben geschreven dat
hij haar 'iets moest vertellen'. Ik hoorde haar pas nog met mam praten, en het is wel duidelijk dat ze staat te springen om een bruiloft.
Ze heeft allerlei nieuwe ideeën voor bloemstukken, het bruidspaar
zou bij de magnolia gefotografeerd kunnen worden en het zou 'de

herinnering aan dat ondankbare snolletje uitwissen'. (Lucy. Toms eerste vrouw. Een ontzettende trut, neem dat maar van mij aan.)

'Nu we het er toch over hebben, waarom heeft Minnie vanochtend in vredesnaam nóg een sok gekregen?' vraagt Luke boos. 'Wie had dat bedacht?'

'Eh... de Kerstman,' zeg ik een beetje opstandig. 'Trouwens, heb je wel gemerkt hoe lief ze vandaag is?'

Minnie helpt mam al de hele ochtend in de keuken en ze heeft zich absoluut perfect gedragen, afgezien van een momentje met de mixer waarover ik Luke niets ga vertellen.

'Dat zal best...' begint Luke, en dan gaat de bel. 'Dat kunnen ze nog niet zijn.' Hij kijkt verwonderd op zijn horloge. 'Ze zitten nog in de lucht.'

'Is dat Jess?' roept mam opgewonden vanuit de keuken. 'Heeft iemand Janice ge-sms't?'

'Het kan Jess nog niet zijn!' roep ik terug. 'Ik denk dat Suze vroeger is gekomen.' Ik ren naar de voordeur, zwaai hem open... en ja hoor, daar staat het hele gezin Cleath-Stuart, en het is een plaatje.

Suze is adembenemend in een zwarte jas van schapenleer waar een waterval lang, blond haar overheen stroomt, Tarquin is gewoon Tarquin in een stokoude Barbour en de drie kinderen zijn een en al spillebenen, grote ogen en Fair Isle-truien.

'Suze!' Ik sla mijn armen om haar heen.

'Bex! Vrolijk kerstfeest!'

'Vrolijk kerstfeest!' roept Clemmie, die op haar duim zuigt en Suzes hand stevig vasthoudt.

'En een gelukkig jieuwnaar!' vult Ernest aan. Hij is mijn petekind en begint al zo'n knokige, aristocratische bonenstaak te worden. ('Gelukkig jieuwnaar' is een oude uitdrukking van de familie Cleath-Stuart, net als 'hartelijk gecondoleerd' in plaats van 'gefeliciteerd'. Ze hebben er zoveel dat ze eens een spiekbriefje zouden moeten opstellen.) Ernest kijkt vragend op naar Suze, die hem bemoedigend toeknikt, en reikt me dan zo vormelijk de hand alsof we op de receptie van de ambassadeur aan elkaar worden voorgesteld. Ik schud zijn hand ernstig en knuffel hem vervolgens tot hij begint te giechelen.

'Suzie, schat! Vrolijk kerstfeest!' Mam dribbelt de gang in en omhelst haar hartelijk. 'En Tark...' Ze verstijft. 'Hoogheid...' Ze kijkt nerveus naar mij. 'Uwe graaf... schap... heid...'

'Eh... alstublieft, mevrouw Bloomwood,' zegt Tarkie blozend. 'Zeg maar gewoon Tarquin.' Een paar maanden geleden is Tarkies grootvader bezweken aan een longontsteking. Wat heel tragisch was en alles, maar hij was wél zesennegentig. Maar goed, waar het om gaat, is dat Tarkies vader de titel van graaf heeft geërfd, en dat Tarkie nu lord is! Hij is lord Tarquin Cleath-Stuart, en Suze is 'lady'. Het is allemaal zo volwassen en kakkineus dat ik het amper kan bevatten. Bovendien hebben ze nu nóg meer ziljoenen geld, grond en spullen dan ze al hadden. Hun nieuwe huis staat in Hampshire, maar een halfuurtje rijden van hier. Het heet Letherby Hall, het lijkt sprekend op Brideshead Castle uit *Brideshead Revisited* en ze wonen er niet eens het hele jaar door, ze hebben ook nog een huis in Londen.

Je zou denken dat Tarkie wel een nieuwe sjaal zou kunnen betalen. Hij wikkelt een tot op de draad versleten, rafelig ding van zijn nek dat eruitziet alsof zijn oude nanny het twintig jaar geleden heeft gebreid. Wat waarschijnlijk ook zo is.

'Heb je mooie kerstcadeaus gekregen, Tarkie?' vraag ik.

Ik heb een echt cool aromatherapie-verstuifding voor hem gekocht dat hij vast prachtig zal vinden. Nou ja, Suze zal het prachtig vinden.

'Absoluut.' Hij knikt verwoed. 'Suze heeft me een schitterend merinolam cadeau gedaan. Ik was echt verrast.'

'O, wat goed!' roep ik uit. 'Is merino net zoiets als Tiffany?'

'Tiffany?' vraagt Tarkie perplex. 'Nooit van gehoord. Is dat een nieuw ras?'

'Nee! Het juweliersbedrijf! Weet je, misschien zou je ze kunnen combineren,' zeg ik in een plotselinge inval. 'Dat zou cool zijn. Is het art deco?'

Tarkie snapt er niets meer van, en dan proest Suze opeens van het lachen.

'Bex, ik heb hem geen lamp gegeven, maar een lam. Een jong schaap.'

Een schaap? Wat is dat nou voor kerstcadeau?

'O, op die manier.' Ik moet mijn enthousiasme uit mijn tenen trekken. 'Natuurlijk. Een schaap! Eh... enig.'

'Wees maar niet bang, ik heb hem ook een jas gegeven,' zegt Suze grinnikend.

'Voor als ik er met de fiets op uitga,' vult Tarkie aan. 'Hij is echt super, schat.'

Ik weet al dat ik nu niet: 'O, gaaf, een Belstaff?' moet vragen. Als Tarkie het over een fiets heeft, bedoelt hij iets anders dan de meeste andere mensen. En inderdaad, Suze scrolt door de foto's op haar mobieltje en laat me een foto zien van Tarkie in een tweedjasje op een originele vélocipède. Hij heeft ladingen antieke fietsen; hij leent ze zelfs wel eens uit aan tv-productiemaatschappijen en vertelt er dan bij hoe ze vroeger werden bereden. Alleen luisteren ze niet altijd naar hem, en dan ziet Tarkie het programma op tv en dan doen ze het fout en wordt hij helemaal terneergeslagen.

'Als alle kinderen nu eens naar de keuken kwamen voor een glas limonade en een koekje?' Mam drijft Ernest, Clementine en Wilfred als een kloek voor zich uit. 'Waar is Minnie? Minnie, lieverd, je vriendjes zijn er!'

Minnie schiet als een pijl uit een boog vanuit de keuken de gang in, gekleed in haar donkerrode kerstjurk, het mutsje met de rode glitterpompons en een paar roze elfenvleugels waar ze geen afstand meer van wil doen sinds ze ze uit haar sok heeft gehaald.

'Ketchup!' zegt ze triomfantelijk, en ze richt de flacon op Suzes schitterende jas.

De angst slaat me om het hart.

O, nee. O, nee. Nee toch? Hoe heeft ze die te pakken gekregen? We zetten de ketchup tegenwoordig altijd op de hoogste plank, na...

'Minnie, nee. Néé.' Ik probeer de flacon af te pakken, maar ze duikt weg. 'Minnie, geef hier, wáág het niet...'

'Ketchup!' Voordat ik met mijn ogen kan knipperen, spuit de rode straal al door de lucht.

'Néé!'

'Minnie!'

'Suze!'

Het is net *Apocalypse Now*; ik zie alles in vertraagde beelden. Suze die naar adem snakt en achteruitdeinst, en Tarquin die voor haar springt, en de enorme klodder ketchup die op zijn Barbour landt.

Ik durf niet naar Luke te kijken.

'Geef hier!' Ik gris de ketchup uit Minnies hand. 'Stoute meid! Suze, Tarkie, het spijt me ontzettend...'

'Mijn excuses voor het verschrikkelijke gedrag van onze dochter,' zegt Luke met een veelbetekenende ondertoon in zijn stem.

'O, geeft niks,' zegt Suze. 'Ze deed het vast niet expres, hè, lieverd?' Ze woelt door Minnies haar.

'Natuurlijk niet,' valt Tarkie haar bij. 'Niets aan de hand. Als ik even...' Hij gebaart onhandig naar de van zijn Barbour druipende ketchup.

'Natuurlijk.' Ik neem de jas haastig van hem over. 'Goed verdedigd, Tarkie,' moet ik er wel bewonderend aan toevoegen. 'Je was echt snel.'

'O, het stelt niets voor,' zegt hij verlegen. 'Dat had elke fatsoenlijke vent gedaan.'

Zo zie je maar weer dat Tarkie Suze echt aanbidt. Hij sprong zonder ook maar even te aarzelen voor haar. Eigenlijk is het best romantisch.

Zou Luke een klodder ketchup voor mij willen opvangen? Ik zou het hem later kunnen vragen. Tussen neus en lippen door.

'Luke,' zegt Tarquin een beetje timide bij het handen schudden. 'Zou ik je iets mogen voorleggen?'

'Geen probleem,' zegt Luke verbaasd. 'Zullen we naar de woonkamer gaan?'

'Ik neem de kinderen mee naar de keuken en ik zal die jas schoonmaken...' Mam neemt de jas van me aan.

'En Bex, jij kunt mij alles laten zien wat je in de uitverkoop hebt gekocht!' zegt Suze opgewonden, en ik geef haar onopvallend een schop. 'Ik bedoel, eh... wij kunnen over de kinderen praten,' verbetert ze snel.

We gaan languit op mijn bed liggen en ik begin alles uit te pakken wat ik op tweede kerstdag heb gekocht. Het is net als vroeger, toen Suze en ik een flatje in Fulham deelden.

'Dít ga ik bij de doop dragen.' Ik schud mijn gloednieuwe jurk in Russische stijl uit.

'Fantastisch!' zegt Suze, die mijn nieuwe leren jas past. 'Nog mooier dan op de foto.'

Ik had Suze wat foto's van de uitverkoop ge-sms't waar ze haar mening over heeft gegeven, en toen stuurde zij mij een paar foto's waarop Tarkie en zij fazanten meppen of duiven katapulteren of wat ze ook maar deden. Suze is ontzettend lief en loyaal, net als de koningin. Er komt geen klacht over haar lippen, maar zeg nou eerlijk: waar zou jíj liever zijn? In de vrieskou op de hei of in Selfridges met zeventig procent korting?

'En... ta-dáá!'

Ik pak mijn topaankoop. Mijn Ally Smith-vest met de fameuze knoop, een beperkte oplage.

'O, mijn god!' snerpt Suze. 'Waar heb je dat vandaan? Was het afgeprijsd?'

'Zestig procent! Maar honderdtien pond.'

'Moet je die knoop zien.' Suze steekt haar hand uit en aait er begerig over.

'Goed, hè?' Ik kijk haar stralend aan. 'Ik ga het zo vaak dragen dat het zichzelf zó heeft terugverdiend...'

De deur gaat open en Luke komt binnen.

'O, hoi.' Voordat ik het goed en wel besef, schuif ik in een reflex een uitverkooptas onder het bed.

Niet dat hij er iets op tegen heeft, dat niet. Ik bedoel, het is mijn geld, ik heb het zelf verdiend, ik mag ermee doen wat ik wil. Alleen, toen mam en ik op tweede kerstdag om zeven uur 's ochtends al stonden te steigeren om naar de uitverkoop te gaan, keek Luke ons verbijsterd aan, waarna hij naar alle cadeaus keek die nog onder de boom lagen en zei: 'Hebben jullie gisteren niet genoeg gekregen?'

Wat maar aantoont hoe weinig hij ervan begrijpt. Kerstcadeaus en de uitverkoop zijn twee totaal verschillende dingen. Het zijn net... verschillende voedselgroepen.

'Bex heeft ongelooflijke koopjes op de kop getikt,' zegt Suze solidair. 'Vind je haar nieuwe vest niet prachtig?'

Luke kijkt naar het vest. Hij draait zich om, neemt mij even op en kijkt nog eens naar het vest. Dan fronst hij zijn voorhoofd alsof hij iets niet begrijpt.

'Hoe duur was het?'

'Honderdtien,' zeg ik afwerend. 'Zestig procent korting. Het is een designerstuk, beperkte oplage.'

'Dus... je hebt honderdtien pond uitgegeven aan een vest dat exact hetzelfde is als het vest dat je nu aanhebt.'

'Wát?' Ik kijk verwonderd naar beneden. 'Natuurlijk niet. Het is totaal anders.'

'Er is geen verschil!'

'Welles! Hoe kom je erbij?'

In de stilte die valt, kijken we elkaar aan met een blik van: ben ik met een krankzinnige getrouwd?

'Ze zijn allebei gebroken wit,' telt Luke op zijn vingers af. 'Ze hebben allebei een grote knoop. Het zijn allebei vesten. Geen verschil.'

Is hij blind?

'Maar de knoop zit op een andere plááts,' leg ik uit. 'Dat verandert de hele vorm. En dit vest heeft uitlopende mouwen. Ze lijken totaal niet op elkaar, toch, Suze?'

'Een verschil van dag en nacht.' Suze knikt nadrukkelijk.

Ik zie duidelijk aan Lukes gezicht dat hij er niets van snapt. Soms vraag ik me af hoe iemand die zo weinig opmerkt, zo geslaagd kan zijn in het leven.

'En die knoop is róód,' voegt Suze er gedienstig aan toe.

'Precies!' Ik wijs naar de bovenmaatse knoop met kristallen, het handelsmerk van Ally Smith. 'Daar gaat het om, om die verbijsterende knoop. Het is een soort... signatuur.'

'Dus jij telt honderd pond neer voor een knoop.'

God, wat kan hij soms irritant zijn.

'Het is een investéring,' zeg ik ijzig. 'Ik zei net nog tegen Suze dat ik het zo vaak ga dragen dat het zichzelf terugverdient.'

'Hoe vaak mag dat wezen? Twee keer?'

Ik kijk hem in opperste verontwaardiging aan.

'Natuurlijk niet. Ik denk dat ik het...' – ik denk even na, want ik wil volkomen realistisch blijven – '... honderd keer ga dragen. Dan kost elke keer één pond tien. Me dunkt dat ik me wel een pond tien kan veroorloven voor een designer klassieker van zijn tijd, vind je ook niet?'

Luke maakt een snuivend geluid. 'Becky, heb jij óóit iets honderd keer gedragen? Ik zou het al een succes vinden als je het één keer droeg.'

O, hadeha.

'Ik durf te wedden dat ik het honderd keer ga dragen. Minimaal.' Ik schud vastbesloten het oude vest van mijn schouders en trek het nieuwe aan. 'Zie je wel? Ik heb het al één keer aangehad.'

Ik zal hem leren. Ik ga het wel dúízend keer dragen.

'Ik moet weg. Tarquin zit op me te wachten.' Luke werpt een vorsende blik op Suze. 'Wat een onderneming hebben jullie geërfd.'

'Ja, ik weet het,' zegt Suze. 'Die arme Tarkie was er helemaal overstuur van, dus toen heb ik gezegd dat jij wel raad zou weten.'

'Nou, daar ben ik blij om.' Luke, die wat papieren uit zijn dossierkast heeft opgediept, duwt de la met een klap dicht en loopt weg. 'Tot straks.'

'Waar ging dat over?' vraag ik verbaasd. 'Wat voor onderneming?'

'O, dat Shetland Shortbread-gedoe,' zegt Suze vaag. 'Het is best groot, en nu is het van ons...'

Wacht even. Terugspoelen.

'Is Shetland Shortbread van jullie?' Ik gaap haar verbluft aan. 'Die rode trommels met spritsen die je bij Waitrose kunt kopen?'

'Precies!' zegt Suze vrolijk. 'Ze zijn echt zalig. Ze bakken ze op een van de boerderijen.'

Ik sta paf. Wat heeft Suze nog meer geërfd? Quality Street? Kit-Kat?

O, dat zou gaaf zijn. Ik vraag me af hoeveel ze gratis krijgt. Misschien... een grote doos per jaar?

Nee, dat is onzin. Minstens tien dozen per jaar, toch?

Nadat ik Suze al mijn kleren heb laten zien, wip ik naar beneden om koffie te zetten en bij de kinderen te kijken. Als ik terugkom, zie ik Suze door de rommelige kamer lopen en mijn spullen bekijken, zoals ze altijd doet. Ze kijkt op van de stapel oude foto's in haar hand die ik nog moet inplakken. 'Bex, is het niet ongelooflijk dat jullie hier eindelijk weggaan? Het voelt alsof jullie hier al een eeuwigheid wonen.'

'Het ís ook een eeuwigheid. Al twee jaar!'

'Wat vinden je ouders ervan?'

'Ik heb het ze nog niet verteld.' Ik kijk naar de deur en vervolg zacht: 'Ik denk dat ze ons echt zullen missen. Ik maak me er zelfs zorgen om.'

Pap en mam zijn er nu eenmaal aan gewend ons om zich heen te hebben, en vooral Minnie. Telkens wanneer de verkoop van een huis niet doorging, waren ze stiekem blij, heeft mam me een keer verteld.

'God, ja, natuurlijk.' Suze trekt een tobberig gezicht. 'Ze zullen er kapot van zijn. Die arme moeder van jou zal heel veel steun nodig hebben.' Ze krijgt een inval. 'Misschien kun je therapie voor haar regelen? Ze hebben vast wel praatgroepen voor mensen met het legenestsyndroom of zo.'

'Ik voel me heel schuldig,' zeg ik met een zucht, 'maar we kunnen hier toch niet eeuwig blijven? Ik bedoel, we moeten een eigen plekje hebben.'

'Natuurlijk,' valt Suze me bij. 'Wees maar niet bang, je ouders komen er wel overheen. Kom op, laat me dat huis zien! Hoe ziet het eruit? Wat moet eraan gedaan worden?'

'Nou, er hoeft niet echt iets aan gedaan te worden,' beken ik terwijl ik haar de brochure geef. 'Het is opgeknapt door een projectontwikkelaar.'

'Acht slaapkamers!' Suze trekt haar wenkbrauwen op. 'Wauw!'

'Ik weet het. Het is ongelooflijk! Vanbinnen is het stukken groter dan het er vanbuiten uitziet. En het is allemaal pasgeverfd en alles, maar we moeten er wel onze eigen stempel op drukken, hè?'

'O, zeker.' Suze knikt wijs.

Suze begrijpt het stukken beter dan Luke, die het huis trouwens nog niet eens vanbinnen heeft gezien. Toen ik tegen hem zei dat we onze eigen stempel erop moesten drukken, zei hij: 'Wat is er mis met de stempel van een ander?'

'Ik heb al van alles bedacht,' vertel ik enthousiast. 'We zouden in de hal bijvoorbeeld een coole kapstok kunnen zetten met alleen een Alexander Wang-tas met beslag op de bodem eraan. Dat zou echt een statement zijn.' Ik tast onder het bed naar de schets die ik heb gemaakt en laat hem aan Suze zien.

'Wauw,' zegt Suze ademloos. 'Dat ziet er fantastisch uit. Heb jij een Alexander Wang-tas?'

'Die moet ik nog kopen,' zeg ik. 'En ernaast misschien een wand-tafeltje met wat sieraden van Lara Bohinc erop?'

'Ik ben gek op Lara Bohinc!' zegt Suze enthousiast. 'Heb jij siera-den van haar? Die heb je me nooit laten zien!'

'Nee, nou ja, die moet ik ook nog kopen.' Ik zie haar gezicht en voeg er haastig aan toe: 'Maar ik bedoel, het zou toch niet voor me-zelf zijn? Het zou voor het húís zijn.'

Suze kijkt me even aan. Zo keek ze ook naar me toen ik samen met haar als telefonische waarzegster wilde beginnen (wat ik nog steeds een goed idee vind).

'Dus jij wilt een tas en sieraden voor je húís kopen?' zegt ze ten slotte.

'Ja! Waarom niet?'

'Bex, geen mens koopt tassen en sieraden voor zijn huis.'

'Nou, misschien zouden de mensen dat wel moeten doen! Mis-schien zouden hun huizen er dan mooier uitzien! En trouwens, geen paniek, ik ga ook een bank kopen.' Ik gooi een stapel interieurtijd-schriften naar haar toe. 'Toe maar, zoek maar een mooie voor me uit.'

Een halfuur later ligt het bed bezaaid met interieurtijdschriften en liggen we ons allebei zwijgend te verlustigen in foto's van ongeloof-lijke, immense banken van oranje fluweel, trappen met ingebouwde verlichting en keukens met gepolijst graniet in combinatie met deu-ren van hergebruikt hout. Het probleem is dat mijn huis op ál die foto's moet lijken, allemaal tegelijk.

Suze kijkt weer in de brochure van het huis. 'Jullie hebben een megakelder! Wat gaan jullie daarmee doen?'

'Goeie vraag!' Ik kijk op. 'Ik vind dat het een fitnessruimte moet worden, maar Luke wil er zijn stomme ouwe wijn opslaan en proe-verijen organiseren.'

'Wijnproeverijen?' Suze trekt haar neus op. 'Alsjeblieft, neem een fitnesszaaltje. We zouden samen pilates kunnen doen!'

'Precies! Dat zou toch cool zijn? Maar Luke heeft al die kostbare flessen wijn in de opslag en hij verheugt zich er ontzettend op ze er weer uit te halen.'

Dat is iets van Luke wat ik nooit zal begrijpen: zijn liefde voor wijn van een ziljoen terwijl je voor een tientje al een lekkere pinot grigio hebt en van het wisselgeld nog een rok kunt kopen.

'Dus, er komt een slaapkamer voor Luke en jou...' zegt Suze, die nog in de brochure kijkt. 'Een voor Minnie...'

'Een voor kleren.'

'Een voor schoenen?'

'Zeker weten. En een voor make-up.'

'Goh!' Suze kijkt geboeid op. 'Een make-upkamer! Vindt Luke dat goed?'

'Ik noem het de bibliotheek,' leg ik uit.

'Maar dan zijn er nog drie slaapkamers over.' Suze trekt suggestief haar wenkbrauwen naar me op. 'Hebben jullie al plannen om ze... te vullen?'

Zie je nou? Daarom had ik beter met Suze kunnen trouwen. Zíj begrijpt me.

'Was het maar waar.' Ik zucht diep. 'Weet je, Luke wil niet nog een kind.'

'Echt niet?' Suze kijkt me geschrokken aan. 'Waarom niet?'

'Hij zegt dat Minnie te wild is en dat we er geen twee aankunnen en dat we gewoon blij moeten zijn met wat we hebben. Hij houdt zijn poot stijf.' Ik laat mistroostig mijn schouders zakken en blader in een artikel over antieke badkuipen.

'Kun je hem niet gewoon... bespringen?' zegt Suze na enig nadenken. 'En per ongeluk-expres de pil vergeten en zeggen dat je er niets aan kon doen? Als het kind er eenmaal is, vindt hij het fantastisch.'

Ik kan niet beweren dat het niet in me opgekomen is. Stiekem. Maar ik kon het gewoon niet.

'Nee,' zeg ik hoofdschuddend. 'Ik wil hem er niet in laten lopen. Ik wil dat hij zélf nog een kind wil.'

'Misschien bedenkt hij zich wel bij de doop.' Suze fleurt op. 'Weet je, bij Ernies doop hebben wij besloten dat we er nog een wilden. Ernie zag er zo aanbiddelijk uit, en het leek ons zo leuk hem een broertje of zusje te geven dat we besloten er voor te gaan. Uiteindelijk kwamen er natuurlijk twéé bij,' schiet haar dan te binnen, 'maar dat zal jou niet overkomen.'

'Ik weet het niet.' Ik verzamel moed voor de grote vraag. Ik wil het niet vragen, maar ik moet dapper zijn. 'Suze, wil je mijn vraag eerlijk beantwoorden? Echt helemaal eerlijk?'

'Oké,' zegt ze waakzaam, 'als je maar niet vraagt hoe vaak we het per week doen.'

Huh? Waar komt dát vandaan? Ja, nou wil ik onmiddellijk weten hoe vaak ze het doen. Vast nooit. Of onophoudelijk. God, ik wil wedden dat ze als konijnen tekeergaan. Ik wil wedden dat Tarkie en zij...

Maar goed.

'Het gaat niet over seks.' Ik dwing mezelf terug naar het onderwerp. 'Het is... Vind jij Minnie verwend?'

Ik voel dat ik al angstig in elkaar krimp. Stel dat ze ja zegt? Stel dat mijn beste vriendin Minnie een monster vindt? Ik zou diep gekwetst zijn.

'Nee!' zegt Suze prompt. 'Natuurlijk is Minnie niet verwend. Het is een schatje. Ze is alleen een beetje... onstuimig. Maar dat is juist goed! Er zijn geen volmaakte kinderen.'

'De jouwe zijn wel volmaakt,' zeg ik knorrig. 'Die hebben nooit eens iets.'

'O, mijn god! Maak je een geintje?' Suze schiet overeind en legt de brochure weg. 'We hebben ontzettend veel problemen met Ernie. Zijn juf laat ons de hele tijd naar school komen. Hij is hopeloos in alle vakken behalve Duits, en ze géven niet eens Duits.'

'O, Suze,' zeg ik meelevend.

Ik hoef niet te vragen waarom Ernies Duits zo goed is. Tarquin vindt Wagner de enige componist die het beluisteren waard is en laat al zijn kinderen elke avond meeluisteren. Begrijp me niet verkeerd, Ernie is mijn petekind en ik ben gek op hem, maar de laatste keer dat ik bij Suze was, heeft hij me het hele verhaal verteld over de meesterzangers of zoiets en het duurde uren en ik verveelde me kapot.

'Ik ben bij de directrice geroepen,' vervolgt Suze paniekerig. 'Wat moet ik beginnen wanneer ze hem van school stuurt?'

Ik ben mijn eigen problemen op slag vergeten, sla een arm om Suze heen en geef haar een kneepje. Ik ben woest. Hoe durft iemand Suze van streek te maken? En wie zijn die debielen eigenlijk? Ik heb de school gezien toen Suze en ik Ernie een keer kwamen afhalen. Het is een snobistische instelling met lila schoolblazers en het schoolgeld is een miljoen per semester of zo, terwijl de kinderen geen middageten krijgen. Waarschijnlijk hebben ze het er te druk met hun geld tellen om echt talent op waarde te schatten.

'Het komt vast wel goed,' zeg ik stoer. 'En als ze Ernie niet willen, moet het wel een school van likmevestje zijn.'

Als ik die directrice ooit tegenkom, zal ik haar eens heel duidelijk zeggen hoe ik erover denk. Ik ben tenslotte Ernies peetmoeder. Misschien zou ik zelfs mee moeten gaan naar die afspraak om mijn mening te geven. Net als ik het aan Suze wil voorstellen, slaat ze met haar hand op het bed.

'Ik weet het al, Bex! Ik heb het. Je moet een nanny nemen.'

'Een nánny?' Ik kijk haar met grote ogen aan.

'Wie past er nu op Minnie wanneer jij aan het werk bent? Je moeder nog steeds?'

Ik knik. Sinds mijn zwangerschapsverlof werk ik tweeënhalve dag per week bij The Look als personal shopper. Mam past dan op Minnie, wat super is, want ik kan haar gewoon in de keuken aan het ontbijt achterlaten en ze merkt het nauwelijks als ik wegga.

'Brengt je moeder haar naar de peuterspeelzaal?'

Ik trek een grimas. 'Niet echt.'

Mam heeft het niet zo op peuterspeelzalen. Ze is een keer naar TikTak gegaan, maar toen kreeg ze ruzie met een andere grootmoeder over wie de beste Miss Marple op tv is, en ze is er nooit meer teruggekomen.

'Wat doen ze dan?'

'Nou, dat varieert,' zeg ik vrijblijvend. 'Allemaal leerzame dingen...'

Het is een leugentje om bestwil. Ik weet niet beter of ze volgen altijd hetzelfde stramien: shoppen, theedrinken in de lunchroom van Debenhams en dan naar huis, Disney-dvd's kijken.

God, misschien heeft Suze wel gelijk. Misschien heeft Minnie meer structuur nodig. Misschien is dát het.

'Een nanny voedt haar wel op,' zegt Suze vol overtuiging. 'En ze zorgt ook nog eens voor haar maaltijden en de was en alles, en dan ziet Luke dat het allemaal op rolletjes kan lopen. En dan bedenkt hij zich meteen. Neem dat maar van mij aan.'

Ik wíst dat Suze raad zou weten. Dit is de oplossing. Een nanny!

Ik zie een kruising tussen Mary Poppins en Mrs. Doubtfire voor me, lekker knus met een schort en een lepeltje suiker en veel wijze, nuchtere woorden. Het hele huis wordt sereen en ruikt naar brood in de oven. Minnie wordt een engelachtig kind dat stilletjes leerzaam zit te kleien met een schortje voor, en Luke sleept me mee naar bed en brengt me in vervoering.

Ik bedoel, alleen vanwege die vervoering zou het al de moeite waard zijn.

'Iedereen gaat tegenwoordig naar Ultimate Nannies. Het is een hit.' Suze heeft mijn laptop al opengeklapt en de website gevonden. 'Kijk maar eens. Ik ga even beneden kijken hoe het met de kinderen is.'

Ik neem de laptop van haar over en kijk naar de kop van de website: ULTIMATE NANNIES: HOE UW KINDEREN HET SUCCES VAN DE TOEKOMST WORDEN ALS UITGEBALANCEERDE, TALENTVOLLE VOLWASSENEN.

Ik scrol naar beneden en mijn mond zakt open. Krijg nou wat. Die nannies lijken totaal niet op Mrs. Doubtfire. Ze lijken op Elle McPherson. Ze hebben allemaal een volmaakt gebit, een volmaakt platte, gespierde buik en een intelligente glimlach.

Onze moderne, gediplomeerde nanny's zijn liefdevol, betrouwbaar en hoogopgeleid. Ze nemen de opvoeding van uw kind over en zorgen voor uitgebalanceerde maaltijden. Ze stimuleren de lichamelijke, emotionele en intellectuele ontwikkeling van uw kind. Onze nanny's zijn zeer deskundig op het gebied van voeding, veiligheid, culturele verrijking en creatief spel. Velen

van hen spreken vloeiend Frans of Mandarijn en/of kunnen lesgeven in muziek, de Japanse rekenmethode, vechtsporten of ballet.

Ik scrol langs foto's van glimlachende meiden met lang, glanzend
haar die vegetarische risotto bereiden, met een bal in de tuin spelen
of in een judopak poseren en voel me op alle fronten tekortschieten.
Geen wonder dat Minnie driftbuien heeft. Het komt doordat niemand haar vechtsporten leert, of sushi met haar maakt. Ik heb haar
al die tijd van alles onthouden. Jamtaartjes maken met mam in de
keuken lijkt opeens armzalig. We maken het deeg niet eens zelf, dat
halen we uit een pakje. We móéten een ultieme nanny in dienst
nemen, en wel zo snel mogelijk.

Alleen – het is maar een kleinigheid – wil ik wel een meisje met
glanzend haar dat in haar strakke spijkerbroek en sushischort door
de keuken huppelt? Stel dat het meteen klikt tussen Luke en haar?
Stel dat hij ook 'vechtsport'lessen wil?

Ik aarzel even met mijn hand boven de muismat. Kom op. Ik
moet me volwassen opstellen. Ik moet denken aan alle voordelen
die het voor Minnie zou hebben. Ik moet erom denken dat ik een
liefdevolle, trouwe echtgenoot heb, en dat ik er de vorige keer helemaal naast zat toen ik dacht dat hij iets had met een vrouw met
glanzend rood haar van wie ik me de naam niet eens wil herinneren (zie je nou, Venetia? Zo weinig beteken je voor me).

Daar komt nog bij dat als die nanny echt heel sexy is en dansend
haar heeft, ik het altijd nog zo kan regelen dat Luke haar nooit te
zien krijgt. In een vlaag van vastberadenheid vul ik het formulier in
en klik op verzenden. Dit is de remedie! Haal er een deskundige bij.
Ik zal alleen mam nog moeten ompraten. Die heeft het niet zo op
nanny's. Of kinderdagverblijven. Of zelfs maar een babysit. Maar
dat komt gewoon doordat ze te veel naar die waargebeurde verhalen over krankzinnige nanny's kijkt. Ik bedoel, niet iedere nanny
kan toch een stalker zijn die zich voor een dode vrouw uitgeeft en
door de FBI op de hielen wordt gezet?

En wil ze geen talentvol, uitgebalanceerd kleinkind? Wil ze niet
dat Minnie het succes van de toekomst wordt?

Nou dan.

Ik loop naar beneden, waar Suze, Luke en Tarquin in de woonkamer zitten. Op de tafel staat een lege koffiepot naast een grote warwinkel aan papieren, en je kunt wel zien dat er hard is gewerkt.

'Je moet Shetland Shortbread als een mérk zien,' zegt Luke. 'Jullie hebben iets in handen wat wereldwijd een groot succes kan worden, maar jullie moeten aan de naamsbekendheid werken. Zoek een verhaal, een persoonlijkheid, een uniek verkoopargument, een ínvalshoek. Maak duidelijk waar het merk voor staat.' Hij ziet er energiek en enthousiast uit, zoals altijd wanneer hij de mogelijkheden van een nieuw project ziet.

Tarquin daarentegen lijkt op een konijntje in de bundel van de koplampen.

'Absoluut,' zegt hij nerveus. 'Waar het merk voor staat. Ahem... Suze, schat, Luke heeft ons enorm goed geholpen. Hoe kunnen we je bedanken?'

'Nee, het stelt niets voor.' Luke geeft hem een klap op zijn schouder. 'Maar je moet orde op zaken stellen, Tarquin. Een effectief zakelijk team opzetten, je strategie bepalen en van daaruit werken.'

Ik onderdruk een giechel. Zelfs ík weet dat Tarquin niet het strategische type is.

'Ik zal die contracten voor je doornemen en je mijn mening geven.' Luke pakt zijn BlackBerry. 'Ik weet dat je mensen ze hebben goedgekeurd, maar zoals ik al zei, kun je er volgens mij meer uit halen.'

'Nee, Luke,' stribbelt Tarquin zwakjes tegen. 'Je hebt me al veel te veel tijd en advies gegeven...'

'Doe niet zo gek.' Luke glimlacht naar hem en zet zijn BlackBerry aan.

Tarquins benige gezicht loopt rood aan. Hij werpt een gekwelde blik op Suze en schraapt handenwringend zijn keel.

'Luke, ik weet dat jij je eigen bedrijf hebt,' flapt hij er dan opeens uit, 'maar ik zou je heel graag een baan willen aanbieden. Zakelijk manager van mijn hele vermogen, alle bedrijven. Tegen elk salaris. Noem je voorwaarden maar.'

'Een báán?' zegt Luke geschrokken.

'O, ja!' Suze klapt enthousiast in haar handen. 'Een geniaal idee!

Het zou super zijn. We kunnen jullie ook woonruimte bieden, hè?' Ze kijkt naar Tarkie. 'Dat kasteeltje in Perthshire zou ideaal zijn! Ik bedoel, het is lang niet zo mooi als jullie huis in Maida Vale,' voegt ze er loyaal aan toe, 'maar bij wijze van tweede huis?'

'Mijn voorwaarden?' zegt Luke bedachtzaam.

'Ja,' beaamt Tarkie, die maar een fractie van een seconde aarzelt. 'Ja, je zegt het maar.'

'Ik doe het voor zestig procent van de bruto winst,' kaatst Luke terug.

Er valt een verbouwereerde stilte. Ik geloof mijn oren niet. Overweegt Luke serieus Brandon Communications op te geven om het vermogen van Cleath-Stuart te beheren?

Zouden we in een kasteel gaan wonen?

O, mijn god. We zouden een Schotse clan worden. We zouden onze eigen Schotse ruit kunnen nemen! Knalroze met zilver en zwart. Het zou de 'McBloomwood van Brandon'-ruit zijn, en we zouden Schots gaan dansen en Luke zou een kilt met zo'n buidel erop dragen...

'Ik, eh...' Tarquin werpt een verwilderde blik op Suze. 'Ahem. Dat klinkt... redelijk...'

'Tarquin!' Luke ontploft zowat. 'Natuurlijk is zestig procent niet redelijk! En daarom heb jij een nieuwe zakelijk adviseur nodig die je kunt vertrouwen, en dat is waarom ik een bespreking voor je ga regelen met een paar adviseurs die ik je van harte kan aanbevelen, en ik ga mee om te zorgen dat je alles begrijpt...' Hij tikt op zijn BlackBerry, die begint te gonzen als een kwade bij, en breekt zijn zin af. 'Sorry, ik krijg een paar berichten binnen...' Hij tuurt naar het scherm, zet grote ogen op en sms't iets terug.

'Ik wist wel dat Luke het nooit echt zou doen,' zegt Suze spijtig tegen mij. 'Hij zou zijn bedrijf nooit opgeven.'

'Nee,' zeg ik hoofdschuddend, al voel ik me stiekem een beetje teleurgesteld. In gedachten woonde ik al op een kasteel en had ik ons tweede kind Morag genoemd.

'Nou, maar ik wil je toch bedanken,' zegt Tarquin met die bekakte, stijve stem van hem. 'Een lunch? Of mag ik je een weekendje jagen aanbieden? Of... een zomer in ons huis in Frankrijk? Of...'

'God allemáchtig,' prevelt Luke opeens. Hij lijkt verbijsterd te zijn door wat hij op zijn BlackBerry leest.

'Wat is er?' zeg ik meteen. 'Is er iets?'

Luke kijkt op en lijkt nu pas te beseffen dat we allemaal naar hem kijken.

'Niks.' Hij zet die gladde glimlach op die betekent dat hij er niet over wil praten. 'Becky, ik moet weg. Ik ben bang dat het laat wordt vanavond.'

'Je mag niet weg!' zeg ik ontdaan. 'Hoe moet het dan met ons tweede kerstfeest? Met Jess en Tom?'

'Doe ze de groeten,' roept Luke op weg naar buiten.

'Wat is er aan de hand?' roep ik hem na. 'Is het echt zo erg?' Maar hij geeft geen antwoord, en even later slaat de voordeur dicht.

'Wie is daar aan de deur?' klinkt mams stem door de gang. 'Is daar iemand?'

'Het was Luke maar,' roep ik terug. 'Hij moet naar zijn werk, het is crisis...'

Ik hoor de voordeur opengaan en dan roept pap: 'Niks crisis. Jess! Tom! Welkom!'

Is Jéss hier? O, mijn god!

Ik ren met Suze op mijn hielen de gang in en daar is ze dan, nog net zo lang, dun en gespierd als altijd, diepbruin en met kort, door de zon gebleekt haar, in een grijze sweater met capuchon op een verschoten zwarte spijkerbroek.

'Becky.' Ze omhelst me en laat haar kolossale rugzak op de vloer glijden. 'Fijn je te zien. We zagen Luke net wegstormen. Ha, Suze.'

'Welkom thuis! Hallo, Tom!'

'Heeft iemand Janice ge-sms't?' Mam komt uit de keuken gerend. 'Weet Janice het al?'

'Ik roep wel over de schutting,' zegt pap. 'Dat gaat veel sneller dan sms'en.'

'Sneller dan sms'en?' repliceert mam. 'Onzin! Een sms gaat zo snel als de tijd, Graham. Dat is nu moderne technologie.'

'Denk je dat jij sneller een sms kunt versturen dan ik over de schutting kan roepen?' zegt pap honend. 'Probeer dat maar eens. Tegen de tijd dat jij je mobieltje hebt gepakt...'

'Tegen de tijd dat jij naar de schutting bent gelopen, heb ik mijn sms al verstuurd!' Mam heeft haar mobieltje al in de aanslag.

'Janice!' roept pap terwijl hij zich over de oprit haast. 'Janice, Tom is er! Zie je nou?' roept hij triomfantelijk naar mam. 'Degelijke, ouderwetse, rechtstreekse communicatie. De menselijke stem.'

'Ik was vergeten hoe je ouders waren,' zegt Tom met een lach in zijn stem tegen mij, en ik grinnik terug. Hij ziet er goed uit. Alerter dan vroeger, ongeschoren en met minder bolle wangen. Alsof hij eindelijk in zijn gezicht is gegroeid. En hij heeft kauwgom in zijn mond, dus die adem is geen punt. 'Jane,' zegt hij tegen mijn moeder, 'ik ga toch naar huis, dus je hoeft mijn moeder niet te sms'en...'

Mam luistert niet. 'Jij denkt toch ook dat sms'en sneller gaat, Becky?' zegt ze vol overtuiging terwijl ze op de toetsen van haar mobieltje tikt. 'Zeg eens tegen je vader dat hij uit zijn hol moet komen.'

Maar ik geef geen antwoord. Jess trekt de rits van haar sweater naar beneden en ik kijk gefascineerd naar haar hand. Ze draagt een ring! Om haar ringvinger! Oké, het is niet bepaald een solitairdiamant van Cartier. Hij is van been of hout of zo, en er is iets als een grijs kiezeltje in gezet.

Maar het is toch een ring! Om haar verlovingsvinger!

Ik vang Suzes blik, en zij heeft het duidelijk ook gezien. O, wat cool. Weer een bruiloft in de familie! Minnie kan bruidsmeisje zijn!

'Wat is er?' Mam kijkt achterdochtig van Suze naar mij. 'Waarom kijken jullie... O!' Nu ziet ze de ring ook.

Tom is weggelopen en Jess zit over haar rugzak gebogen, zonder ons op te merken. Mam mimet een lang, ingewikkeld verhaal boven haar hoofd en herhaalt het nog een paar keer, gefrustreerd omdat we het niet kunnen volgen. Dan begint ze te gebaren, en ik krijg een lachstuip.

'Kom mee naar de woonkamer!' proest ik naar Jess. 'Lekker zitten. Je zult wel uitgeput zijn.'

'Ik zal theezetten,' zegt mam knikkend.

Net iets voor Jess om zich in het geniep te verloven en er niets over te zeggen. Ik had in haar plaats meteen geroepen: 'Raad eens? Kijk eens naar mijn kiezelring!'

'Jess!' klinkt de hoge stem van Janice bij de voordeur. Ze heeft haar haar net weer giftig rood geverfd, en ze heeft lila oogschaduw op die bij haar schoenen én haar armband past. 'Schat! Welkom thuis!'

Haar blik valt meteen op Jess' ring. Metéén. Haar kin schiet omhoog, ze hapt naar adem en kijkt dan naar mam.

Als ik nu niet wegloop, krijg ik echt de slappe lach. Ik ga met mam mee naar de keuken, waar de kinderen allemaal naar *De kleine zeemeermin* zitten te kijken. Terwijl we theezetten en broodjes ham voor de kinderen smeren, smiespelen we over de ring en wanneer Jess en Tom het aan iedereen gaan vertellen.

'We moeten ons allemaal naturél gedragen,' zegt mam terwijl ze twee flessen champagne in de vriezer zet om ze snel te laten afkoelen. 'Net doen of we niets hebben gezien. Laten ze het ons maar vertellen wanneer ze er zelf aan toe zijn.'

Ja, vast. Wanneer we de woonkamer binnenkomen, zit Jess op de bank, zich kennelijk niet bewust van Janice, Martin, pap en Suze, die in een hoefijzer tegenover haar zitten en naar haar ring kijken alsof die radioactief oplicht. Ik ga zitten, kijk door het raam en zie Tarquin en Ernie in de tuin. Tarkie maakt rare, lange armgebaren, en Ernie doet hem na. Ik stoot Suze aan en zeg zacht: 'Ik wist niet dat Tarkie aan tai chi deed! Hij is echt goed!'

Suze draait haar hoofd en kijkt naar buiten. 'Dat is geen tai chi! Ze oefenen vliegvissen.'

Tarkie en Ernie lijken er allebei compleet in op te gaan. Ze zien er zelfs aandoenlijk uit, als een papabeer die zijn jong leert jagen in een natuurdocumentaire (even los van het feit dat ze proberen denkbeeldige vissen te vangen. Met denkbeeldige hengels).

'Weet je, Ernie heeft al een forel gevangen in onze rivier!' zegt Suze trots. 'Met maar een klein beetje hulp.'

Zie je nou? Ik wist wel dat hij getalenteerd was. Het is wel duidelijk dat hij op de verkeerde school zit. Hij zou naar de visvangschool moeten.

'Zo!' zegt mam opgewekt. 'Kopje thee, Jess?'

'Ja, graag.' Jess knikt. Mam schenkt thee in en er valt een stilte. Een kleine 'heeft er nog iemand iets aan te kondigen?'-stilte. Maar Tom en Jess zeggen niets.

Janice brengt haar kopje naar haar mond, zet het weer neer en ademt beverig uit, alsof ze de spanning niet meer kan verdragen. Dan klaart haar gezicht op.

'Je cadeautje, Jess, ik heb iets voor je gemaakt...' Ze galoppeert zo ongeveer naar de kerstboom, pakt een cadeau en begint er zelf het pakpapier af te scheuren. 'Zelfgemaakte handcrème met honing,' zegt ze ademloos. 'Ik had je toch verteld dat ik tegenwoordig cosmetica maak met alleen maar natuurlijke ingrediënten? Probeer maar eens!'

Janice houdt de handcrème onder Jess' neus. We kijken allemaal gebiologeerd naar Jess, die haar ring afdoet, haar handen insmeert en zonder iets te zeggen de ring weer omdoet.

Leuk geprobeerd, Janice, wil ik zeggen. Een goede poging.

'Lekker.' Jess snuift aan haar hand. 'Dank je wel, Janice. Wat goed van je dat je je eigen crème maakt.'

'We hebben allemaal ecodingen voor je, lieverd,' zegt mam vriendelijk. 'We weten hoe je bent, met je chloorverf en natuurlijke vezels. Er is een wereld voor ons opengegaan, hè, Becky?'

'Nou, gelukkig maar.' Jess neemt een slokje thee. 'Het is ongelooflijk hoe de Westerse consumenten zich nog steeds laten bedriegen.'

'Ik weet het.' Ik schud meewarig mijn hoofd. 'Ze hebben geen idéé.'

'Ze vallen voor alles met het woordje "groen" erop,' zegt Jess hoofdschuddend. 'Er schijnt een door en door gemeen, onverantwoordelijk bedrijf te zijn dat yogamatjes verkoopt die zijn gemaakt van giftige computeronderdelen. Die brengen ze aan de man met de aanbeveling dat ze "gerecycled" zijn. De Guatamalteekse kinderen die ze maken, krijgen er astma van.' Ze stompt kwaad tegen de bank. 'Hoe kan iemand zo stom zijn te denken dat dat een goed idee is?'

'Goh, wat je zegt.' Ik slik iets weg, mijn gezicht gloeit en ik durf mam niet aan te kijken. 'Wat een idioten moeten dat zijn. Zo, ik zal de cadeautjes even ordenen...' Ik loop zo naturel mogelijk naar de kerstboom en schuif de Guatamalteekse yogamat met mijn voet achter de gordijnen. Dat was de laatste keer dat ik die zogenaamd groene rotcatalogus geloofde. Ze zeiden dat ze mensen híélpen, niet dat ze ze astma bezorgden! En wat moet ik Jess nu geven?

'Mijn cadeautje voor jou is nog niet aangekomen,' zeg ik tegen Jess als ik weer ga zitten. 'Maar het zijn, eh... aardappelen. Een mud. Ik weet hoe lekker je ze vindt. En de zak kun je later gebruiken als organische, gerecyclede boodschappentas.'

'Goh,' zegt Jess verbouwereerd. 'Dank je wel, Becky.' Ze neemt nog een slok thee. 'Zo, en hoe is het met de voorbereidingen voor de doop?'

'Heel goed, dank je.' Ik grijp de kans om het over iets anders te hebben met beide handen aan. 'We hebben een Russisch thema. We serveren blini's met kaviaar en wodka, en ik heb al een beeldige jurk voor Minnie...'

'Hebben jullie al een tweede voornaam gekozen?' mengt mam zich in het gesprek. 'Want dominee Parker heeft gisteren gebeld om ernaar te vragen. Je zult echt een besluit moeten nemen, schat.'

'Doe ik ook!' zeg ik afwerend. 'Het is alleen zo moeilijk!'

We konden het niet eens worden over Minnies tweede voornaam toen we haar gingen aangeven. (Oké, ik geef toe dat het ruzie werd. Luke reageerde volkomen onredelijk op Dior. En op Temperley. En ik zou mijn dochter nooit Gertrude noemen, ook al is het een naam uit Shakespeare.) We lieten haar dus gewoon inschrijven als Minnie Brandon en spraken af dat we de andere naam bij de doop zouden geven. Het probleem is alleen dat het steeds moeilijker wordt. En Luke schiet in de lach wanneer hij mijn ideeën leest en dan zegt hij: 'Wat moet ze ook met een tweede voornaam?', wat écht niet helpt.

'Zo, Tom, heb je nog nieuws?' flapt Janice er opeens radeloos uit. 'Is er iets gebeurd? Heb je iets te vertellen? Groot, klein, maakt niet uit. Nou?' ze leunt naar voren op haar stoel als een zeehond op een ton die een vis wil vangen.

'Goh, ja.' Tom grinnikt bijna onmerkbaar. 'Toevallig wel.' Dan kijken Jess en hij elkaar aan met zo'n 'zullen we het vertellen?'-blik.

O, mijn god.

Het is echt waar! Ze zijn verloofd!

Mam en Janice zitten verstijfd op de bank; Janice ziet eruit alsof ze elk moment kan ploffen. Suze geeft me een knipoog en ik lach blij terug. Het gaat zo leuk worden! We kunnen vast bruidstijdschriften kopen en ik ga Jess helpen haar trouwjurk uit te zoeken en dat wordt géén saai gerecycled hennepgeval, ook al is dat groener...

'Jess en ik willen jullie graag vertellen...' – Tom kijkt blij van de een naar de ander – '... dat we getrouwd zijn.'

4

We zijn allemaal nog in shock. Ik bedoel, het is natuurlijk geweldig dat Tom en Jess getrouwd zijn. Het is super. Alleen hebben we allemaal het gevoel dat we een stap hebben gemist.

Moesten ze nou echt in Chili in een achterafstadhuisje trouwen met maar twee getuigen zonder ons zelfs maar via Skype te laten meekijken? We hadden er een feest van kunnen maken. We hadden op ze kunnen drinken. Jess zegt dat ze niet eens champagne hebben gedronken, maar plaatselijk gebrouwen bier.

Bíér.

Er zijn een paar dingen aan Jess die ik niet begrijp en nooit zal begrijpen ook. Geen trouwjurk. Geen bloemen. Geen fotoalbum. Geen champagne. Het enige wat haar bruiloft haar heeft opgeleverd, is een echtgenoot.

(Ik bedoel, als je gaat trouwen, is de echtgenoot natuurlijk de hoofdzaak. Absoluut. Dat hoeft geen betoog. Maar toch, nog niet eens een paar nieuwe schóénen?)

En die arme Janice! Toen Tom het nieuws vertelde, betrok haar gezicht op slag. Je kon zien dat ze wanhopig haar best deed om blij te kijken en mee te leven, alsof een bruiloft ver weg in Chili waar ze niet eens voor was uitgenodigd precies was waar ze al die tijd op had gehoopt. Alleen dook er steeds een verraderlijk traantje in haar ooghoek op. Zeker toen Jess zei dat ze geen receptie op de golfclub wilden, en geen verlanglijst bij John Lewis, en toen ze keihard weigerde een gehuurde trouwjurk aan te trekken en met Janice en Martin in de tuin voor foto's te poseren.

Janice zat er zo sip bij dat ik me bijna beschikbaar had gesteld. Het klonk best leuk, en ik had pas nog een paar ongelooflijke trouwjurken in de etalage van Liberty gezien...

Nou ja, dat was niet wat ze wilden, denk ik.

Ik doe lipgloss op en zet een pas achteruit om in de spiegel te kijken. Ik hoop maar dat Janice vandaag iets vrolijker is. We zouden tenslotte iets vieren.

Ik strijk mijn rok glad en draai een pirouette voor de spiegel. Ik heb een fantastische diepblauwe jurk aan met nepbont langs de zoom, hoge knooplaarzen en om het af te maken een mof van nepbont. En dan heb ik ook nog een lange jas met gevlochten biezen en een enorme muts van nepbont.

Minnie zit op bed al mijn hoeden te passen, haar meest geliefde tijdverdrijf. Zij heeft ook een jurkje met nepbont aan, en witte laarsjes die aan een kunstschaatsster doen denken. Ik word zo opgeslokt door dat Russische thema dat ik zelfs met het idee speel haar 'Minska' te laten dopen.

Minska Katinka Karenina Brodsky Brandon.

'Kom op, Minska!' zeg ik om te horen hoe het klinkt. 'Tijd om je te laten dopen! Zet die hoed af.'

'Van mij.' Ze omklemt mijn rode Phillip Treacy met de lange veer. 'Míjn hoed.'

Ze ziet er zo schattig uit dat ik het niet over mijn hart kan verkrijgen de hoed van haar hoofd te trekken. En ik zou de veer kunnen knakken. En maakt het echt iets uit of ze een hoed draagt?

'Goed, lieverd,' geef ik toe. 'Je mag die hoed op. Ga je mee?' Ik steek mijn hand uit.

'Van mij.' Ze grijpt de Balenciaga-tas die op het bed lag. 'Van mij. Van míj!'

'Minnie, dat is mammies tas,' wijs ik haar op redelijke toon terecht. 'Jij hebt je eigen tasje. Zullen we het gaan zoeken?'

'Van míj! Míjn tas!' krijst ze woedend, en ze deinst achteruit om me te ontwijken. Ze klampt zich aan de Balenciaga-tas vast alsof het de laatste reddingsboei op zee is en ze niet van plan is die aan een ander af te staan.

'Minnie…' verzucht ik.

Ik moet toegeven dat ze een punt heeft. Die Balenciaga is veel mooier dan haar eigen speelgoedtasje. Laten we het zo stellen: als ik werd gedoopt, zou ik óók een Balenciaga-tas willen.

'Nou, goed dan. Jij neemt die tas, dan neem ik de Miu Miu wel. Maar alleen vandaag. Geef me nu die zonnebril...'

'Van míj! Hébben!'

Ze omklemt de vintage jarenzeventigzonnebril die ze eerder van mijn toilettafel heeft gegrist. De glazen in de vorm van roze hartjes glijden telkens van haar neus.

'Minnie, je kunt je niet laten dopen met een zonnebril op. Doe niet zo mal!' zeg ik zo streng als ik kan.

Al ziet ze er eigenlijk best cool uit met die muts, de roze zonnebril en de Balenciaga-tas.

'Nou... vooruit dan maar,' zeg ik uiteindelijk. 'Als je hem maar niet stukmaakt.'

We staan samen in onze Russische jurken voor de spiegel en ik word overspoeld door trots. Minnie ziet er schitterend uit. Misschien heeft Suze wel gelijk. Misschien komt Luke vandaag echt op andere gedachten. Als hij haar zo schattig ziet, smelt zijn hart en besluit hij ter plekke dat hij tien koters wil.

(Of nee, als hij dat maar laat. Ik ga echt geen tien keer bevallen. Twee keer is al veel, en ik ga het de volgende keer alleen redden door aan die mutsjes met pompons te denken.)

Over Luke gesproken, waar is hij? Hij moest vanochtend even naar kantoor, maar hij heeft gezworen dat hij om elf uur terug zou zijn. En het is nu al tien over.

Alles goed? sms ik snel. **Bijna thuis hopelijk?** Dan stop ik mijn mobieltje in mijn tas en pak Minnie bij haar arm.

'Kom op,' zeg ik stralend tegen haar. 'Tijd voor je grote dag.'

Op de trap naar beneden hoor ik de cateraars al redderen, en pap die in zichzelf neuriet terwijl hij zijn stropdas strikt. Er staan bloemstukken in de hal en op de tafel worden glazen neergezet.

'Ik bel je vanuit de kerk...' zegt mam, die uit de keuken komt, over haar schouder.

'Hé, mam.' Ik kijk haar verbaasd aan. Ze heeft de Japanse kimono aan die Janice voor haar uit Tokio heeft meegebracht, haar haar zit in een strak knotje en ze heeft zijden muiltjes aan haar voeten. 'Waarom heb je dat aan? Had je je niet al moeten omkleden?'

'Ik draag dit, snoes.' Ze klopt op de kimono. 'Die heb ik van Janice gekregen, weet je nog? Pure zijde. Topkwaliteit.'

Heb ik iets gemist?

'Hij is heel mooi, maar wel Japans. We hebben een Russisch thema, weet je nog?'

'O.' Mam kijkt afwezig om zich heen. 'Tja, ik denk niet dat het iets uitmaakt...'

'Toch wel!'

'O, schat.' Mam trekt een lelijk gezicht. 'Je weet dat ik uitslag krijg van bont. Ik wil die kimono al zo lang een keer dragen. En Janice heeft een beeldige Japanse bruidsjas, die zul je prachtig vinden...'

'Wat, wou je zeggen dat Janice ook in Japanse kleding komt?' onderbreek ik haar verontwaardigd.

Ik had het kunnen weten! Al sinds Janice terug is van haar vakantie in Tokio en bridgeavondjes met sushi ging houden, wil mam een feest met een Japans thema. Maar waar het om gaat, is dat ik het voor het zeggen heb, en ik heb gezegd dat het thema Rússisch was.

'Neem me niet kwalijk!' Een vrolijke vrouw van het cateringbedrijf komt met een zilveren blad met stolp de keuken uit. 'Waar zal ik de oosterse schotels neerzetten, Jane?'

Wát?

'Pardon!' Ik draai me als door een wesp gestoken om naar de vrouw. 'Ik had Russisch eten besteld! Kaviaar, gerookte zalm, Russische cakejes, wodka...'

'Plus oosterse hapjes, sushi en sashimi.' De vrouw kijkt me geschrokken aan. 'Ja toch? En sake.'

'Ja, dat klopt,' zegt mam snel. 'Zet maar in de keuken, Noreen, dank je wel.'

Ik sla mijn armen over elkaar en kijk mam kwaad aan. 'Wie heeft er sushi besteld?'

'Ik heb misschien een paar dingetjes aan het menu toegevoegd,' zegt mam ontwijkend. 'Voor de variatie.'

'Maar we hebben een Rússisch thema!'

Ik heb zin om te stampvoeten. Wat heb je nou aan een thema als niemand zich eraan houdt en iedereen maar zijn eigen, totaal andere thema kiest zonder jou iets te vertellen?

'We kunnen twee thema's hebben, lieverd!' stelt mam opgewekt voor.

'Nee, dat kan niet!'

'Het kan een samensmelting van Russisch en Japans zijn.' Ze knikt triomfantelijk. 'Alle beroemdheden doen tegenwoordig aan fusion.'

'Maar…' Dan bedenk ik iets.

Japans-Russische fusion. Dat is eigenlijk best cool. Had ik het zelf maar bedacht.

'Je kunt eetstokjes in je haar steken. Het zou je beeldig staan!'

'Nou, goed dan,' geef ik uiteindelijk onwillig toe. 'Dat zou wel kunnen, ja.' Ik pak mijn mobieltje en stuur snel een sms naar Suze en Danny:

Nieuw thema voor vandaag is Russisch-Japanse fusion. CU! Xxx

Ik krijg meteen een *ping* terug van Suze.

Japans? Hoe moet dat? S x

Eetstokjes in haar? sms ik terug.

Mam heeft al een paar zwartlaqué eetstokjes tevoorschijn gehaald en probeert ze in mijn haar te steken. 'We moeten een speld hebben,' prevelt ze. 'Zo, en hoe is het met Luke?'

'Die wil geen stokjes in zijn haar.' Ik schud mijn hoofd. 'Wat het thema ook is.'

'Nee, gekkie!' Mam klakt met haar tong. 'Ik bedoel, is hij al bijna thuis?'

We kijken allebei in een reflex op ons horloge. Luke heeft tig keer gezworen dat hij niet te laat zou komen voor de doop.

Ik bedoel, dat doet hij niet. Hij komt echt wel op tijd.

God mag weten wat die kolossale megacrisis op zijn werk inhoudt. Hij wil er niets over zeggen, zelfs niet om welke cliënt het gaat, maar er moet iets flink in de soep zijn gelopen, want hij is de afgelopen dagen bijna niet thuis geweest, en als hij belt, hangt hij na een seconde of drie weer op. Ik pak mijn mobieltje weer en sms:

Bijna terug? Waar blijf je?

Even later hoor ik de *ping* van zijn antwoord: **Doe best. L**

Doe best? Wat bedoelt hij daarmee? Zit hij al in de auto of niet? Hij zou nog op kantoor kunnen zitten. Ik voel een steek onder mijn ribben. Hij mag niet te laat komen voor de doop van zijn bloedeigen dochter. Dat mág niet.

'Waar is Luke?' vraagt pap in het voorbijgaan. 'Is hij al ergens te bekennen?'

'Nog niet.'

'Dat wordt wel op het nippertje, hè?' Pap trekt zijn wenkbrauwen op.

'Hij komt wel.' Ik glimlach zelfverzekerd, met moeite. 'We hebben nog tijd zat.'

Maar Luke komt maar niet en hij komt maar niet. De mensen van de catering hebben alles neergezet. We zijn klaar. Om tien over half een sta ik met Minnie in de gang op de uitkijk. Ik heb Luke een tijd om de vijf minuten ge-sms't, maar ik heb het opgegeven. Dit lijkt niet echt. Waar blijft hij? Hoe kan hij er nou níét zijn?

'Lieverd, we moeten weg,' zegt mam, die opeens achter me staat. 'De kerk zal nu wel vollopen.'

'Maar...' Ik draai me om en zie haar zenuwachtige gezicht. Ze heeft gelijk. We kunnen de mensen niet in de steek laten. 'Goed. We gaan.'

Op weg naar buiten pak ik mijn mobieltje en stuur nog een sms, die ik wazig zie door mijn tranen.

Luke, gaan nu naar kerk. Je mist doop.

Ik gesp Minnie in haar zitje in paps auto en schuif naast haar. Ik zie dat pap en mam zich tot het uiterste moeten inspannen om niets lelijks over Luke te zeggen.

'Hij zal wel een goede reden hebben,' zegt pap wanneer hij de straat in draait. Het blijft stil, want we kunnen natuurlijk geen enkele goede reden bedenken.

'Wat was er ook alweer, schat?' vraagt mam omzichtig. 'Een crisis?'

'Zoiets.' Ik kijk strak door het zijraam. 'Iets ergs. Maar misschien waait het over. Meer weet ik niet.'

Mijn mobieltje zegt opeens *ping*.

Becky, spijt me. Nog hier. Neem zsm helikopter. Wacht op me. L

Ik gaap ongelovig naar het schermpje. Helikopter? Komt hij met een helikopter?

Opeens voel ik me iets vrolijker. Ik kan Luke bijna vergeven dat hij ervandoor is gegaan en zo geheimzinnig doet. Net als ik pap en mam nonchalant over de heli wil vertellen, krijg ik weer een sms. **Kan nog even duren. Stront aan knikker.**

Hoezo, stront? sms ik gefrustreerd terug. **Hoezo, knikker?**

Maar er komt geen antwoord. Argh, wat kan hij toch irritant zijn. Hij moet altijd zo geheimzinnig doen. Waarschijnlijk gaat het om een saai investeringsfonds dat net een paar ziljoen minder heeft opgeleverd dan de bedoeling was. Boeiend.

De kerk zit al vol mensen. Ik loop rond en begroet mams bridge-vriendinnen, van wie de helft in Japans kostuum is gekomen (ik heb nog een enorme appel met mam te schillen straks). Ik hoor mezelf een keer of vijftig zeggen dat het 'een Japans-Russisch fusionthema is' en dat 'Luke al in de heli zit'. Dan neemt mam Minnie bij de hand en loopt met haar door het gangpad, en ik hoor iedereen vertederde geluidjes maken.

'Bex!' Ik draai me om en zie Suze, adembenemend in een paarse jas met borduursels, met bont afgezette laarzen en een paar houten roerstokjes van Starbucks in haar opgestoken haar.

'Meer kon ik niet doen,' zegt ze, en ze gebaart kwaad naar de stokjes. 'Russisch, had je gezegd. Hoe is Japans er zo opeens bij gekomen?'

'Het komt door mam!' Net als ik het hele verhaal wil vertellen, komt dominee Parker naar me toe, indrukwekkend in zijn ruisende witte gewaad.

'O hallo!' zeg ik stralend. 'Hoe maakt u het?'

Dominee Parker is top. Hij is niet zo'n supervrome dominee die je schuldgevoelens over alles bezorgt. Hij is meer zo'n dominee die vindt dat je best een lekkere borrel vóór de lunch mag drinken. Zijn vrouw werkt in Londen en hij is altijd bruin en hij rijdt in een Jaguar.

'Heel goed.' Hij schudt me hartelijk de hand. 'Fijn je te zien, Rebecca. En het is heel charmant, dat Japanse thema van je. Ik ben zelf een sushiliefhebber.'

'Het is eigenlijk Japans-Russische fusion,' verbeter ik hem met klem. 'We hebben ook blini's, en wodka.'

'Nee, maar!' zegt de dominee stralend. 'Goed, ik heb begrepen dat Luke is opgehouden?'

'Hij komt er zo aan.' Ik kruis mijn vingers op mijn rug. 'Hij kan er elk moment zijn.'

'Mooi zo, want ik zit een béétje krap in mijn tijd. En heb je de andere voornamen van jullie dochter al gekozen? Kun je ze voor me opschrijven?'

O, god.

'Bijna.' Ik trek een gekweld gezicht. 'Ik heb ze bijna...'

'Kom op, Rebecca,' zegt de dominee een tikje ongeduldig. 'Ik kan je dochter niet dopen als ik haar namen niet weet.'

Nou ja, over duimschroeven gesproken. Ik dacht dat dominees vol begrip hoorden te zijn.

'Ik wil tijdens het gebed een definitieve keus maken,' zeg ik. Ik zie zijn ijzige blik en voeg er snel aan toe: 'Terwijl ik aan het bidden ben, natuurlijk. U weet wel. Ik zou inspiratie kunnen putten uit de Heilige Schrift.' Ik pak lukraak een Bijbel in de hoop een wit voetje te halen. 'Heel inspirerend. Misschien ga ik voor Eva. Of Maria.'

Het probleem met dominee Parker is dat hij me al te lang kent. Hij trekt alleen sceptisch zijn wenkbrauwen op en zegt: 'Zijn de peetouders er ook? Geschikte mensen, hoop ik?'

'Uiteraard!' Ik duw Suze naar voren, die de dominee een hand geeft en meteen begint te ratelen over de plafondschildering in de kerk. Is die soms laatnegentiende-eeuws?

Suze is een toppertje. Ze weet altijd precies wat ze tegen iedereen moet zeggen. Nu heeft ze het over het glas-in-lood. Waar haalt ze het allemaal vandaan? Ze moet het op de meisjesschool hebben opgepikt, na de schuimgebakjes. Ik ben eerlijk gezegd niet zo geïnteresseerd in glas-in-lood, dus blader ik maar wat in de Bijbel.

Goh. Delilah. Dát is pas cool.

'Jezus christus, Becky!' klinkt een stem met een vertrouwd, Amerikaans accent in mijn oren. Ik hoor mams vriendinnen geagiteerd fluisteren en dan roept iemand: 'Wie is dát in godsnaam?'

Dit kan maar één ding betekenen.

'Danny!' Ik draai me vliegensvlug om. 'Je bent gekomen!' jubel ik.

Ik heb Danny zo ontzettend lang niet gezien. Hij is dunner dan ooit en hij draagt een golvende leren jas in kozakkenstijl met een strakke broek van zwart skai en legerlaarzen eronder. Bovendien heeft hij een minuscuul wit hondje aan een riem bij zich dat ik nog nooit heb gezien. Ik wil hem omhelzen, maar hij steekt een hand op alsof hij een mededeling van het hoogste belang gaat doen.

'Dit thema?' zegt hij verbijsterd. 'Japans-schuine streep-Russische fusie? Kolere. Kan het verdomme nóg geïnspireerder? En mijn nieuwe hond is toevallig een shitzu!'

'Néé!' Opeens dringt het tot me door dat dominee Parker vlak bij ons staat. 'Eh… dominee… dit is Danny Kovitz. De peetvader.'

'O, tjeesus.' Danny slaat een hand voor zijn mond. 'Neem me niet kwalijk, dominee. Mooie kerk,' voegt hij er in het rond gebarend aan toe. 'Mooi ingericht. Hebt u een kleurenconsulent ingeschakeld?'

'Heel vriendelijk van u.' Dominee Parker glimlacht strak naar Danny. 'Maar zou u tijdens de dienst uw gepeperde taal voor u kunnen houden?'

'Danny is een beroemde modeontwerper,' zeg ik snel.

'Hou op, zeg.' Danny lacht bescheiden. 'Niet beroemd. Eerder… befaamd. Berúcht.' Hij richt zich tot mij en vervolgt zacht: 'Waar is Luke? Hij móet me helpen. Jarek belt me elke dag. Hij dreigt, zeg maar, langs te komen.' Danny's stem wordt panisch schel. 'Ik doe niet aan confrontaties, dat weet je toch?'

Jarek is Danny's zakelijke manager geweest. We hebben hem vorig jaar leren kennen en het werd ons al snel duidelijk dat hij een groot deel van Danny's geld inpikte, maar in wezen weinig meer deed dan gratis in Danny's kleren lopen en veel lunchen op kosten van de zaak. Luke heeft gezorgd dat hij werd ontslagen, en hij heeft Danny te verstaan gegeven dat hij mensen geen baan moet geven op grond van hun gave kapsel.

'Ik dacht dat je allemaal nieuwe telefoonnummers had genomen,' zeg ik verwonderd. 'Ik dacht dat je Jareks telefoontjes niet meer zou aannemen.'

'Heb ik ook niet gedaan,' schiet Danny in de verdediging. 'Eerst

71

niet. Maar toen had hij kaartjes voor een geweldig festival op Bali, dus daar gingen we samen heen, en toen had hij mijn nieuwe mobiele nummer, dus...'

'Danny! Ben je met hem naar een festival gegaan? Nadat je hem had ontslagen?'

Danny kijkt me betrapt aan.

'Oké, ik heb het verkloot. Waar is Luke?' Hij kijkt smekend om zich heen. 'Kan Luke niet met hem praten?'

'Ik weet niet waar Luke is,' zeg ik kattiger dan de bedoeling was. 'Hij is onderweg in een helikopter.'

'Een helikopter?' Danny trekt zijn wenkbrauwen op. 'Heel dynamisch. Komt hij aan een touw naar beneden, als een commando?'

'Nee,' zeg ik vertwijfeld. 'Doe niet zo gek.'

Hoewel, nu ik erover nadenk, misschien doet hij dat wel. Ik bedoel, waar kun je hier met een helikopter landen?

Ik pak mijn mobieltje en sms naar Luke: Zit je al in heli? Waar ga je landen? Op dak?

'O, mijn god. Zie je die aristocraat?' Danny heeft Tarquin gespot. 'Wees stil, mijn kloppend kruis.'

'Danny!' Ik geef hem een por en kijk naar dominee Parker, die gelukkig is weggelopen. 'We zijn in de kerk, weet je nog?'

Danny heeft altijd een oogje op Tarquin gehad, en ik moet toegeven dat hij er vandaag bijzonder uitziet. Hij draagt een wit, wijd overhemd op een zwarte kniebroek onder een dikke jas in militaire stijl. Zijn donkere haar is helemaal verwaaid, wat een grote verbetering is ten opzichte van zijn normale non-kapsel, en zijn benige wezelgezicht lijkt bijna geciseleerd in de schemering van de kerk.

'Dat is mijn nieuwe collectie, vlak voor mijn neus.' Danny maakt een schets van Tarquin op het een of andere oude boek. 'Engelse adel gecombineerd met Russische prins.'

'Hij is Schots,' wijs ik hem terecht.

'Nog beter. Ik trek hem een kilt aan.'

'Danny!' Ik vang een glimp op van de schets en begin te giechelen. 'Zoiets kun je niet tekenen in de kerk!'

Die tekening van Tarquin is niet waarheidsgetrouw. Hij is zelfs obsceen. Al heb ik ooit van Suzes moeder gehoord dat alle mannen uit de familie Cleath-Stuart bijzonder groot geschapen zijn. Misschien is die tekening wel waarheidsgetrouwer dan ik denk.

'Zo, waar is mijn petekind?' Danny scheurt de bladzij uit het boek, vouwt hem op en begint aan een nieuwe tekening.

'Die is met mam mee...' Ik kijk zoekend om me heen en zie haar een meter of tien verderop bij een groep vriendinnen van mam staan. O, god, wat doet ze nou weer? Er hangen een stuk of vijf handtassen aan haar armen, en nu trekt ze hard aan de schoudertas van een dame op leeftijd en gilt: 'Van míj!'

'Zo lief!' zegt de dame met een tinkelend lachje. 'Kijk eens, Minnie?' Ze hangt de schoudertas om Minnies nek, en Minnie wankelt weg, vastberaden alle tassen omklemmend.

'Leuke Balenciaga,' merkt Danny op. 'Het ideale accessoire voor wanneer je wordt gedoopt.'

Ik knik. 'Daarom mocht ze hem ook van me lenen.'

'En jij hebt je beholpen met de Miu Miu, terwijl ik heel zeker weet dat je die al een jaar hebt, terwijl de Balenciaga nieuw is...' Danny slaakt een melodramatische zucht. 'Ik kan me geen mooier voorbeeld van moederliefde voorstellen.'

'Kop dicht!' Ik geef hem een duw. 'Tekenen, jij!'

Terwijl ik hem zie tekenen, krijg ik opeens een inval. Als Danny zijn volgende collectie echt op Tarkie baseert, kunnen ze de krachten misschien bundelen. Misschien kan Tarkie de show combineren met een promotie van Shetland Shortbread! Ik ben een zakelijk genie. Luke zal diep onder de indruk zijn. Net als ik Suze mijn fantastische idee wil vertellen, galmt dominee Parkers stem door de kerk.

'Wil iedereen gaan zitten?' Hij drijft ons naar de banken. 'Dan kunnen we beginnen.'

Beginnen? Nu al?

Zijn witte gewaad ruist langs me en ik trek er zenuwachtig aan. 'Eh, Luke is er nog niet, dus als we het nog heel even kunnen uitstellen...'

'Kind, we hebben al twintig minuten gewacht,' zegt dominee Parker met een ijzig glimlachje. 'Als je man het niet redt...'

'Natuurlijk redt hij het wel!' zeg ik verbolgen. 'Hij is onderweg. Hij kan elk moment...'

'Van míj!' Een hoge, vreugdevolle kreet vult de lucht en mijn hele lijf verstijft van schrik. Ik kijk panisch naar de voorkant van de kerk en voel hoe mijn maag zich omdraait.

Minnie is over de balustrade geklauterd en staat nu bij het altaar, waar ze de tassen een voor een boven de vloer omkeert. Achter me hoor ik de ontzette gilletjes van mams vriendinnen, die moeten toekijken hoe al hun spullen over de vloer rollen.

Ik ren het gangpad in. 'Minnie!' roep ik. 'Niet doen!'

'Van míj!' Ze schudt vrolijk een Burberry-schoudertas uit, waar een waterval aan kleingeld uit valt. Het hele altaar is een rommeltje van tassen, geld, poederdozen, lippenstiften en haarborstels.

'Dit is je dóóp!' zeg ik woest in Minnies oor. 'Je hoort je te gedragen! Anders krijg je géén broertje of zusje!'

Minnie toont geen enkel berouw, ook niet wanneer mams vriendinnen en masse naar voren komen en kreetjes slakend en met hun tong klakkend hun tassen en geld bij elkaar beginnen te rapen.

De consternatie heeft ook een positieve kant: de doop is even uitgesteld. Maar de dominee drijft iedereen al snel weer naar de banken.

'Wil iedereen alstublieft gaan zitten? We moeten echt beginnen...'

'Hoe moet het nou met Luke?' fluistert mam gespannen terwijl ze gaat zitten.

'Hij redt het wel,' zeg ik met alle overtuiging die ik kan opbrengen.

Ik moet de boel gewoon zien te rekken tot hij komt. Er moet vast ook veel gebeden en gepreekt worden. Het komt wel goed.

Oké. Ik ga de aartsbisschop van Canterbury schrijven. Die doopplechtigheden zijn naar mijn mening véél te kort.

We zitten allemaal op de voorste banken van de kerk. We hebben een gebed of twee gehad en de dominee heeft iets gezegd over het afzweren van het kwade. We hebben met zijn allen een psalm gezongen en Minnie heeft intussen twee gezangenboeken verscheurd (het was de enige manier om haar koest te houden. Ik geef de kerk wel wat geld). En nu heeft de dominee ons plotseling gevraagd rond de doopvont te komen staan, en ik raak in paniek.

We kúnnen nog niet met water gaan spetteren. Ik laat Luke het grote moment niet missen. Hij heeft nog geen teken van leven gegeven. Hij beantwoordt mijn sms'jes niet. Ik hoop tegen beter weten in dat hij zijn BlackBerry heeft uitgeschakeld omdat die de apparatuur van de helikopter kan beïnvloeden. Ik luister met gespitste oren of ik buiten geronk hoor.

'Minnie?' vraagt dominee Parker met een glimlach. 'Ben je zover?'

'Wacht!' roep ik vertwijfeld naar de mensen die al overeind zijn gekomen. 'Vóór de feitelijke doop wil, eh… Minnies peetmoeder, Suze Cleath-Stuart, een gelegenheidsgedicht declameren. Ja toch, Suze?'

Suze draait zich op haar stoel om en fluistert: 'Wat?'

'Suze, alsjeblíéft,' sis ik terug. 'Ik moet tijd rekken, anders mist Luke de doop!'

'Ik ken helemaal geen gedichten,' pruttelt Suze terwijl ze opstaat.

'Lees maar iets uit het gezangenboek voor! Iets langs!'

Suze wendt de blik hemelwaarts, pakt een gezangenboek, loopt naar voren en glimlacht naar de gemeente.

'Ik wil graag iets voorlezen…' Ze slaat het boek open en bladert erin. '"Er kwamen drie koningen". ' Ze schraapt haar keel. 'Er kwamen drie koningen met ene ster. Zij kwamen van bij en zij kwamen van ver…'

Suze is top. Ze leest in een slakkengangetje en herhaalt het refrein telkens twee keer.

'Heel mooi.' Dominee Parker onderdrukt een geeuw. 'Als u nu rond de doopvont wilt komen staan…'

'Wacht!' Ik draai me op de bank om. 'Eh… Minnies peetvader Danny Kovitz zal nu…' Ik kijk Danny smekend aan. 'Hij zal ook… een gedicht voordragen?' *Alsjeblieft*, zeg ik geluidloos, en Danny geeft me een knipoog.

'Ter ere van de doop van mijn petekind zal ik nu "The Real Slim Shady" van Eminem ten gehore brengen,' zegt hij zelfbewust.

Gadver. Ik hoop dat dominee Parker niet al te goed luistert.

Danny is niet de beste rapper van de wereld, maar tegen de tijd dat hij klaar is, klapt en juicht iedereen, zelfs mams bridgevriendinnen. Danny geeft dus nog een toegift: 'Stan', met Suze als Dido. Vervolgens dragen Tom en Jess hun steentje bij in de vorm van een Zuid-Amerikaans gebed voor kinderen, dat eigenlijk best ontroerend is. Daarna zingt pap 'Que Sera, Sera' en iedereen zingt het refrein mee. Martin geeft de maat aan met een eetstokje van Janice.

Dominee Parker begint echt de pest in te krijgen.

'Dank u wel, allemaal, voor de interessante bijdragen,' zegt hij, zich verbijtend. 'Als iedereen zich dan nu rond de doopvont wil verzamelen...'

'Wacht!' onderbreek ik hem. 'Als Minnies moeder wil ik graag nog een toespraakje houden.'

'Rebecca!' valt dominee Parker uit. 'We moeten echt verder.'

'Ik zal het kort houden!'

Ik ren naar de voorkant van de kerk, waarbij ik bijna struikel in mijn haast. Ik blijf gewoon praten tot Luke er is. Er zit niets anders op.

'Welkom, vrienden en familie.' Ik kijk om me heen, dominee Parkers ijzige blik mijdend. 'Wat een bijzondere dag is dit. Een heel bijzondere dag. Minnie wordt vandaag gedoopt.'

Ik zwijg even alsof ik het wil laten bezinken en kijk snel naar mijn mobieltje. Niets.

'Maar wat bedóélen we daarmee?' Ik steek een vinger op, net als de dominee tijdens zijn preken. 'Of zijn we hier gewoon voor de lol?'

Er trekt een geboeide rimpeling door het publiek en een paar mensen stoten elkaar smiespelend aan. Ik voel me best gevleid. Ik had niet gedacht dat mijn toespraak zoveel beroering zou veroorzaken.

'Want het is geen kunst om door het leven te gaan zonder ooit aan de bloemen te ruiken.' Ik knik veelbetekenend, en er wordt weer gefluisterd en gepord.

Ik krijg ongelooflijk veel respons! Misschien moet ik gaan preken! Ik ben onmiskenbaar een natuurtalent, en ik heb veel diepe gedachten.

'Het zet je aan het denken, hè?' vervolg ik. 'Maar wat bedoelen we met dénken?'

Iedereen is nu aan het fluisteren. Mensen geven iPhones aan elkaar door en wijzen naar iets. Wat is er aan de hand?

'Ik bedoel, waarom zijn we hier gekomen?' Mijn stem wordt opgeslokt door het geroezemoes.

'Wat gebeurt er?' roep ik uit. 'Waar kijken jullie allemaal naar?' Zelfs pap en mam staren als gebiologeerd naar iets op mams Black-Berry.

'Becky, je kunt hier maar beter even naar kijken,' zegt pap met een rare stem. Hij staat op en geeft me de BlackBerry, en ik zie een nieuwslezer op de website van de BBC.

'... het laatste nieuws is dat de Bank of London noodkapitaal heeft aangenomen van de Bank of England. Dit na dagen geheime onderhandelingen, waarbij directies hun uiterste best deden de situatie te redden...'

De nieuwslezer praat door, maar ik hoor hem niet meer. Ik ben in de ban van de beelden van een paar mannen in pak die met strakke gezichten uit de Bank of England komen. Een van die mannen is Luke. Is Luke bij de Bank of England geweest?

O, god. Is hij nú bij de Bank of England?

Nu komt er een groepje ernstig kijkende commentators rond een tafel in beeld, samen met die jonge presentatrice met de bril die nooit iemand laat uitpraten.

'Het komt er dus eigenlijk op neer dat de Bank of London is gespróngen, nietwaar?' zegt ze op die krachtige toon van haar.

'Gesprongen is wel heel sterk uitgedrukt...' begint een van de commentators, maar de rest gaat verloren in het tumult dat uitbreekt in de kerk.

'Hij is gesprongen!'

'De Bank of London is failliet!'

'Maar daar staat al ons geld!' roept mam hysterisch. 'Graham, doe iets. Haal het daar weg! Ga ons geld halen!'

'Ons vakantiespaarpotje,' kreunt Janice.

'Mijn pensioen!' Een man op leeftijd hijst zich overeind.

'Laten we er geen drama van maken,' zegt Jess boven het rumoer uit. 'Ik weet zeker dat niemand zijn geld kwijt is, we hebben bank-garantie...' Maar niemand luistert naar haar.

'Mijn aandelen!' Dominee Parker schudt zijn gewaad van zich af en haast zich naar de deur van de kerk.

'U kunt niet zomaar weggaan!' roep ik hem verbijsterd na. 'U hebt Minnie nog niet gedoopt!' Maar hij luistert helemaal niet, en tot mijn verbazing rent mam achter hem aan.

'Mam! Kom terug!'

Ik pak Minnie bij de hand voordat zij er ook vandoor kan gaan. Iedereen loopt weg. Binnen de kortste keren is er niemand meer in de kerk behalve Minnie, Suze, Jess, Tom en Danny. We kijken elkaar allemaal aan en hollen dan alsof we het zo hebben afgesproken naar de uitgang van de kerk. We stormen door de grote houten deur naar buiten... en blijven dan ontzet op het bordes staan.

'Jezusmina,' hijgt Danny.

Het krioelt van de mensen op straat. Het zijn er minstens twee-honderd, misschien wel driehonderd. Ze stromen allemaal naar het piepkleine kantoortje van de Bank of London, waar zich al een rij heeft gevormd. Ik zie mam verwoed vechten om een plaatsje, en do-minee Parker, die zich schaamteloos voor een oud vrouwtje dringt terwijl een jonge, panische medewerker van de bank probeert orde te houden.

Terwijl ik met open mond toekijk, wordt mijn aandacht afgeleid: ik zie recht tegenover de kerk een gestalte in de menigte. Een don-kere helm van haar, een bleek gezicht, een Jackie O-zonnebril, een pied-de-coqpakje...

Ik knijp ongelovig mijn ogen tot spleetjes. Is dat...

Dat kan toch niet...

Elinor?

Maar terwijl ik probeer haar scherper te zien, verdwijnt ze – of wie ze ook is – in de massa. Ik wrijf mijn ogen uit en kijk nog eens, maar ik zie alleen nog maar een politieman die uit het niets is op-gedoken en de mensen van de straat probeert te krijgen.

Bizar. Ik zal het me wel verbeeld hebben.

'Moet je die smeris zien,' zegt Danny genietend. 'Hij trekt het niet meer. Nog even en hij pakt zijn taser.'

'O, mijn god!' Suze snakt naar adem en wijst naar boven.

Dit kan niet waar zijn. Nu klimmen er mensen op het dak van de bank. Ik wissel een perplexe blik met Suze. Het is alsof er ruimtewezens zijn geland, of alsof er een oorlog is uitgebroken of zoiets. Ik heb nog nooit zoiets gezien, van mijn lang zal ze leven niet.

5

Nou ja, ik heb nu tenminste een verklaring. Ik kan het Luke nu tenminste vergeven. Dit is zo ongeveer de eerste keer dat hij het over een 'megacrisis' op zijn werk heeft gehad, en het ís ook echt een grote crisis. De mensen kunnen over niets anders meer praten. Alle nieuwszenders hebben het erover.

Ik heb Luke aan de telefoon gehad en hij komt zo snel mogelijk naar huis, maar hij kon echt niet weg. Hij zat bij de Bank of England met allemaal topmensen te praten, en nu probeert hij de situatie 'te hanteren' en 'de schade te beperken'. Alle vestigingen van de Bank of London zijn belegerd. Naar het schijnt gaat de premier hoogstpersoonlijk een verklaring afleggen en iedereen vragen rustig te blijven (wat een grote vergissing is, als je het mij vraagt. Mam is er al van overtuigd dat het een complot van de regering is).

'Thee?' Pap komt de woonkamer in, waar Danny, Suze, Tarquin, Jess, Tom en ik zitten, allemaal nog een beetje daas. De tv staat op Sky News en ze laten telkens hetzelfde filmpje zien, dat van Luke met een strak gezicht en al zijn net zo strak kijkende bankierscliënten.

'Zo.' Pap zet het blad neer. 'Wat een toestand. Ga je de doop verzetten?'

'Het zal wel moeten, denk ik,' zeg ik met een knikje, en ik kijk om me heen. 'Wanneer kunnen jullie allemaal?'

'De rest van januari komt niet zo goed uit.' Danny pakt zijn Black-Berry en tuurt ernaar. 'Maar januari volgend jaar is nog helemaal leeg,' voegt hij er monter aan toe.

'We hebben zoveel jachtpartijen...' Suze vist haar Smythson-agendaatje uit haar tas.

'En vergeet ons uitstapje naar het Lake District niet,' vult pap aan.

God, wat heeft iedereen het druk. Uiteindelijk laat ik iedereen opschrijven wanneer hij of zij de komende maanden tijd heeft. Jess tekent een rooster, kruist alle dagen af en kijkt wat er overblijft.

'Er zijn drie mogelijkheden,' stelt ze vast. '18 februari, 11 maart of 7 april, een vrijdag.'

'7 april?' Ik kijk op. 'Dat is Lukes verjaardag.'

'Dat heb ik nooit geweten,' zegt Suze verbaasd. 'Ik heb zelfs nooit geweten dat Luke een verjaardag hád.'

'Hij heeft het niet zo op verjaardagen,' leg ik uit. 'Telkens wanneer ik een feestje voor hem op poten zet, zegt hij het af vanwege iets op zijn werk.'

Het is een van de dingen aan Luke waar ik met mijn hoofd niet bij kan. Hij raakt niet over zijn toeren van cadeautjes, hij laat niet doorschemeren wat voor taart hij wil en hij streept de dagen niet af op de kalender. Hij was zelfs een keer stomverbaasd toen ik met het blad met zijn verjaardagsontbijt de kamer in kwam kletteren. Hoe kun je je eigen verjaardag nou vergeten?

Ik kijk weer naar het tv-scherm. Daar stapt hij weer uit de Bank of England, met nog diepere rimpels in zijn voorhoofd dan anders. Ik voel genegenheid voor hem opwellen. Hij heeft zo'n rotjaar achter de rug, hij verdient wel iets leuks. Ik zou een feest voor hem moeten geven. Of hij dat nou wil of niet. Ook al zal hij proberen het af te zeggen.

Opeens weet ik het.

'Hé, zal ik Luke met een feestje verrassen?' Ik kijk opgewonden om me heen. 'Hij denkt dat het gewoon Minnies verzette doop is... maar in het echt is het ook zijn verjaardagsfeest!'

Opeens zie ik voor me hoe Luke een donkere kamer in loopt en een hele massa mensen opeens 'gefeliciteerd!' roept. En Lukes mond zakt open, en hij is helemaal sprakeloos van verbazing...

O, god. Dat moet ik doen. Ik móét het doen.

'Goed plan, Bex!' Suzes ogen lichten op.

'Waanzinnig idee.' Danny, die zit te sms'en, kijkt op. 'Wat wordt het thema?'

'Weet ik niet, maar het moet echt cool zijn. Iets wat Luke leuk vindt.'

Ik heb nog nooit een surpriseparty gegeven, maar zo moeilijk kan

81

het toch niet zijn? Ik bedoel, het is net een gewoon feest, alleen hou je het geheim. Eitje.

'Becky, is dit wel de goede tijd voor een feestje?' vraagt Jess met gefronst voorhoofd. 'Ik bedoel, stel dat het waar is?' Ze gebaart naar de tv, die nog steeds op het Bank of London-verhaal staat. 'Stel dat dit het begin is van een financiële ramp?'

Net iets voor Jess. Net iets voor haar om tijdens een leuk gesprek over een feest over een 'financiële ramp' te beginnen.

'Nou, dan moet iedereen toch opgevrolijkt worden?' bijt ik van me af. 'Reden te meer.'

Jess vertrekt geen spier. 'Ik zeg alleen dat je voorzichtig moet zijn, zeker in een tijd als deze. Heb je wel geld om een feest te geven?'

Nou ja, zeg. Wat moet dit voorstellen, een potje 'Wie wil een bemoeizieke grote zus zijn'?

'Wie weet.' Ik haal achteloos mijn schouders op. 'Misschien heb ik wel een speciaal spaarpotje voor zulke gelegenheden.'

In de stilte die valt, hoor ik Danny gnuiven. Tom lacht spottend en ik kijk hem kwaad aan. Heb ik ooit spottend gelachen om zijn projecten? Heb ik spottend gelachen toen hij dat bespottelijke zomerhuis in Janice' tuin bouwde? (Nou, misschien wel. Maar daar gaat het niet om. Een zomerhuis is iets heel anders dan een feest.)

Het ergste is nog wel dat zelfs Suze een grimas trekt alsof ze niet wil lachen, maar er niets aan kan doen. Ze ziet me kijken en bloost schuldbewust.

'Het hoeft toch geen duur feest te worden?' zegt ze snel. 'Je zou een ingetogen feest kunnen geven, Bex. Een zuinig feest!'

'Dat is waar,' zegt Jess knikkend. 'Tom kan perzikwijn maken. Die is lang niet slecht. En ik wil met alle plezier koken.'

Zelfgemaakte perzikwijn?

'En de muziek kan van een iPod komen...' oppert Tom.

'Ík bedien de iPod,' mengt Danny zich in het gesprek.

'We kunnen slingers uit papier knippen...'

Ik kijk vol afgrijzen om me heen. Er gaat één bankje failliet en opeens moeten we doen alsof het oorlog is, tulpenbollen eten en een naad achter op onze benen tekenen omdat we geen geld hebben voor kousen?

'Ik wil geen stom feest met zelfgemaakte perzikwijn en een iPod voor Luke geven!' roep ik uit. 'Ik wil een waanzinnig feest! Ik wil een tent buiten met een band, en catering, en overal prachtige lichtjes... en vermaak! Jongleurs en vuurvreters en zo.'

'Maar je kunt toch ook een leuk feest geven zonder vuurvreters?' brengt Suze ertegen in.

'Ik wil geen léúk feest,' zeg ik neerbuigend. 'Als ik een surpriseparty voor Luke geef, wil ik dat hij paf staat. Ik wil hem van de sokken blazen. Ik wil dat hij... een volle minuut sprakeloos is. Minimaal.'

Mijn vrienden kijken elkaar allemaal aan.

'Wat nou?' Ik kijk van het ene gezicht naar het andere. 'Wat is daar mis mee?'

'Kom op, Becky, het zou een fortuin kosten,' zegt Jess bot. 'Waar wil je het geld vandaan halen?'

'Ik... ik weet het niet,' zeg ik opstandig. 'Extra hard werken, misschien?'

'Je kunt het nooit geheimhouden voor Luke,' doet Tom een duit in het zakje. 'In geen miljoen jaar.'

Ik voel verontwaardiging opkomen; niet alleen tegenover hem, maar tegenover het hele stel, zelfs Suze. Waarom moeten ze overal een domper op zetten?

'O, jawel!' repliceer ik woest. 'Wacht maar. Ik organiseer een geweldig feest, en ik hou het absoluut geheim voor Luke...'

'Wat hou je geheim voor Luke?' klinkt zijn diepe stem vanuit de gang, en ik spring bijna een meter de lucht in. Godsamme, hoe kan dat nou? Ik bereid dat feest pas twee minuten voor en ik heb het nu al bijna verraden. Ik heb nog net tijd om angstig naar Suze te kijken en dan komt Luke binnen. Hij heeft Minnie op zijn arm en maakt een verbazend opgewekte indruk.

'Ben je nu al terug?' vraag ik wanneer hij me een zoen geeft. 'Is het al klaar?'

'Ik kom alleen wat schone kleren pakken, jammer genoeg,' zegt hij spijtig. 'Dit is nog lang niet klaar.'

'Eh, Luke, wat je me net hoorde zeggen over "het geheimhouden voor Luke"?' Ik schraap mijn keel. 'Je bent zeker wel benieuwd waar ik het over had?'

'Het is in me opgekomen ernaar te informeren.' Luke trekt vragend zijn wenkbrauwen op.

'Nou, het is gewoon dat ik, eh... dat ik je niet wilde vertellen wat een toestand het was. Bij de Bank of London. Het was een slagveld. Ik was bang dat het je gestrest zou maken, dus vroeg ik iedereen hier er niet over te praten, ja toch?'

Ik kijk streng de gezichten af en Suze zegt braaf: 'Absoluut!'

'Maak je geen zorgen,' zegt Luke droog. 'Ik heb het ergste al gezien.' Hij tilt zijn hand op en woelt door Minnies haar. 'Ik begrijp dat ze haar grote moment is misgelopen?'

'De dominee rende gewoon met iedereen mee naar de bank! Maar het geeft niet,' voeg ik er behoedzaam aan toe. 'Want we zijn van plan de doop te verzetten. Naar een datum in de toekomst.'

In dit stadium wil ik de exacte datum nog niet noemen.

'Prima.' Luke knikt afwezig. 'Is er nog wat te eten?'

'Bergen,' zeg ik knikkend. Net als ik wil opstaan om wat blini's voor hem te halen, komt mam de kamer in, een beetje rood aangelopen van alle sake die ze heeft gedronken.

'Hoor eens, schatten,' zegt ze tegen Luke en mij, 'dominee Parker is hier. Hij wil jullie spreken. Zal ik hem hierheen sturen?'

'Ja, goed,' zeg ik verbaasd. 'Prima!'

Ik heb dominee Parker nog nooit zo schaapachtig gezien. Hij komt zonder zijn oogverblindende glimlach binnen en durft ons niet in de ogen te kijken.

'Rebecca en Luke, mijn oprechte verontschuldigingen,' zegt hij. 'Ik heb nooit eerder een dienst halverwege afgebroken. Ik weet niet wat me bezielde.'

'Geeft niet,' zeg ik grootmoedig. 'We zijn er al overheen.'

'Ik neem aan dat jullie je dochter nog steeds willen laten dopen?'

'Natuurlijk!' zeg ik gretig. 'We hadden het er net over. We zijn er al uit.'

'Gelukkig maar.' De dominee kijkt om zich heen. 'Nou, iedereen is aanwezig en geteld, dus...' Voordat ik het goed en wel in de gaten heb, pakt hij een flesje, draait het open en sprenkelt water op Minnies voorhoofd. 'Minnie, ik doop je in de naam van de Vader, de Zoon en de Heilige Geest. Amen.'

'Hè?' zeg ik zwakjes, maar hij luistert niet. Hij zet een kruis in olie op Minnies voorhoofd.

'Welkom in de kerk, kind. Moge de Here je zegenen en behoeden.' Hij tast in zijn zak naar een kaars, die hij aan mij geeft. 'Gefeliciteerd, Rebecca.' Hij wendt zich tot mam. 'Zei u dat er sushi was?'

Ik ben sprakeloos van ontzetting.

Minnie? Alleen maar 'Minnie'?

'Bedoelt u dat ze nu is gedoopt?' vraag ik zodra ik mijn stem heb teruggevonden. 'Ze is klaar?'

'Inderdaad,' zegt de dominee voldaan. 'Als ik aan iets begin, maak ik het ook graag af. Nogmaals mijn excuses voor de onderbreking. Goedenavond, allemaal.'

Hij beent weg voordat ik met mijn ogen kan knipperen en ik kijk hem woest na. Hij heeft niet eens naar een tweede voornaam gevrááígd. En ik wist het bijna!

'Minnie Brandon.' Luke hijst zijn dochter vrolijk op zijn schouders. 'Een prima naam.' Ik werp hem een dreigende blik toe. 'Ik ga een hapje eten,' vervolgt hij. 'Tot zo.'

Luke sluit de deur achter zich en ik laat mijn adem ontsnappen als een leeglopende ballon. De anderen zitten er ook beduusd bij.

'Goh, dat kwam een beetje onverwacht,' merkt Tom op.

'Dus de zevende april hoeft niet meer?' vraagt Danny.

'Misschien maar beter ook,' zegt Jess. 'Becky, ik zeg het niet graag... maar dat feest was nooit gelukt.'

'Wel waar.' Ik kijk haar kwaad aan.

'Maar goed,' komt Suze snel tussenbeide, 'het doet er niet meer toe, want het is van de baan. Het is niet meer belangrijk.'

Ik voel me verongelijkt. Iedereen gaat er zomaar van uit dat ik het idee zal laten varen, hè? Iedereen gaat ervan uit dat ik het niet kan. Die mensen zouden mijn vrienden moeten zijn. Ze zouden in me moeten geloven.

Nou, ik zal ze een poepje laten ruiken.

'Het is wél belangrijk. En het is níét van de baan.' Ik kijk van de een naar de ander, steeds vastbeslotener. 'Ik laat mijn plannen niet bederven door die stomme dominee. Ik ga nog steeds een surprise-party voor Lukes verjaardag geven. En ik hou het goedkoop, en ik hou het compleet geheim voor Luke en hij zal niet weten wat hem overkomt.'

Lekker puh, kan ik nog net op tijd inslikken.

'Bex...' Suze kijkt naar de anderen. 'We denken niet dat je het niet kunt...'

'Wel waar!' zeg ik verontwaardigd. 'Dat is precies wat jullie zeiden! Nou, jullie zullen nog raar staan te kijken.'

'Nou, hoe zit het?' Danny, die de afgelopen vijf minuten heeft zitten sms'en, kijkt op van zijn iPhone. Volgens mij heeft hij niet eens gemerkt dat Minnie is gedoopt. 'Gaat het feest door of niet?'

'O,' zeg ik resoluut. 'Het gaat door, zeker weten.'

Mensen die van feest weten

Ik
Suze
Tarquin
Danny
Jess
Tom

Totaal = 6

6

Ik schiet al lekker op met het feest. Ik ben zelfs best trots op mezelf, in aanmerking genomen dat ik geen professionele partyplanner of zo ben. Ik heb een speciaal notitieboekje gekocht dat ik heb vermomd door 'Laarzen met hakken – mogelijke opties' op de voorkant te schrijven. En ik heb al een uitgebreide lijst van dingen die ik nog moet doen, die er zo uitziet:

Feest – nog doen

Feesttent – waar huren? Waar zetten? Hoe groot?

Vuurvreters – waar boeken??

Jongleurs – waar boeken???

Thema – wat?

Eten – wat? hoe? (chocoladefontein?)

Drinken – géén perzikwijn

Dansen – dansvloer installeren. Glimmend? Zwart-wit geblokt, oplichtend, net als in Saturday Night Fever?

Gasten – wie? Oude vrienden traceren? (Venetia Carter en Sacha de Bonneville zijn níét uitgenodigd)

Outfit – zwarte Balmain-jurk met lovertjes met Zanotti-sandalen met kristallen en brede armband van Philippe Audibert?
Zeegroene Roland Mouret-jurk met Prada-schoenen met bandjes?
Rode mini-jurk van Azzaro met zwarte Louboutins?

Oké, het is nog niet helemaal in kannen en kruiken, maar het allerbelangrijkste is ervoor zorgen dat Luke op 7 april vrij heeft en geen zakenreis voor die dag boekt of zoiets. Wat inhoudt dat ik een handlanger moet zien te strikken.

Ik wacht tot ik alleen in de keuken ben voordat ik opbel.

'Met het kantoor van Luke Brandon, wat kan ik voor u doen?' klinken de perfecte stembuigingen over de lijn.

Lukes assistente heet Bonnie, en ze werkt nu een jaar voor hem. Ze is in de veertig en heeft middelblond haar dat ze altijd in dezelfde perfecte wrong draagt. En ze draagt altijd zedige tweedjurken en pumps en zal nooit haar stem verheffen. Op de feesten van Brandon Communications is zij altijd degene die zich met een glaasje water afzijdig houdt en het leuk lijkt te vinden om alleen maar toe te kijken. Ik heb een paar keer geprobeerd een praatje met haar aan te knopen, maar ze maakt een gereserveerde indruk.

Maar goed, ze schijnt echt een toppertje te zijn. Luke heeft een paar keer pech gehad voordat hij Bonnie aannam, en ik heb nooit iemand zo enthousiast gezien als hij toen Bonnie net was begonnen. Ze schijnt ongelooflijk efficiënt en discreet te zijn en al zijn wensen op bijna telepathische wijze voor te zijn. Ik zou er bijna bang van worden, maar ik kan me niet goed voorstellen dat Bonnie ooit seks zou willen.

'Ha, Bonnie,' zeg ik. 'Met Becky. De vrouw van Luke.'

'Becky! Hoe is het?'

Dat is ook zoiets. Ze klinkt altijd alsof ze blij is me te horen, al denkt ze vast: o, shit, daar heb je zijn vrouw weer.

'Goed, dank je, en met jou?'

'Uitstekend. Wil je Luke spreken?'

'Nee, eigenlijk moest ik jou hebben, Bonnie. Ik wil een sur...' Ik kijk overmand door paranoia om me heen, want Luke zou vroeg thuis kunnen komen om me te verrassen en op ditzelfde moment op zijn tenen achter me kunnen staan, met uitgestrekte armen. Maar hij is er niet.

Hm. Waarom doet hij dat toch nooit?

Voor de extra zekerheid doe ik de keukendeur dicht en zet een stoel onder de klink. Wat is dit allemaal spannend en stiekem. Ik voel me net die Franse verzetsmeisjes uit *'Allo' Allo!*

'Becky, ben je er nog?' vraagt Bonnie. 'Hallo, Becky?'

'Luister goed, ik zeg dit maar één keer,' fluister ik met een grafstem. 'Ik geef een surpriseparty voor Lukes verjaardag. Het is topgeheim en jij bent de zevende op de wereld die het mag weten.'

Ik voeg er bijna aan toe: *en nu moet ik je vermoorden.*

'Neem me niet kwalijk, Becky...' Bonnie klinkt confuus. 'Ik kan je niet verstaan. Kun je iets harder praten?'

Godsamme.

'Een feest!' zeg ik hardop. 'Ik geef op 7 april een feest voor Luke. En het moet een verrassing blijven, dus kun jij die datum vrijhouden in zijn agenda en een smoes verzinnen?'

'7 april,' herhaalt Bonnie onverstoorbaar. 'Dat kan niet zo moeilijk zijn.'

Zie je nou? Daarom is ze een briljante assistente. Ze gedraagt zich alsof ze dit al een miljoen keer heeft gedaan.

'En ik wil al zijn vrienden van kantoor uitnodigen, dus zouden die de zevende ook vrij kunnen houden? Zorg dat het niet verdacht overkomt. En zeg nog tegen niemand waar het om gaat. Misschien kun je zeggen dat er een grote brandoefening is? O, en je moet een verjaardagskaart rond laten gaan,' schiet me plotseling te binnen, 'om hem om de tuin te leiden. Je weet wel, vlak voor zijn verjaardag. En als Luke over zijn verjaardag begint, wat hij niet doet, maar áls hij erover begint, moet je gewoon zeggen...'

'Becky...' onderbreekt Bonnie me vriendelijk, 'kunnen we dit niet beter persoonlijk bespreken?'

Resultaat! Ik verbreek stralend de verbinding. Alles valt op zijn plaats. Bonnie heeft al aangeboden een gastenlijst op te stellen en volgende week gaan we samen lunchen. Nu moet ik alleen nog een locatie kiezen.

Mijn blik dwaalt naar buiten. De tuin zou ideaal zijn, maar hoe moeten we het feest dan geheimhouden voor Luke?

'Heb je het al gehoord?' Mam dribbelt de keuken in, op de voet gevolgd door Minnie. Ze heeft rode wangen en ademt gejaagd. 'Het is niet alleen de Bank of London! Alle banken zijn kaartenhuizen! Ze staan allemaal op instorten! Graham, heb je 't al gehoord?' vervolgt ze geagiteerd tegen pap, die net binnenkomt. 'Het hele bankenstelsel staat op instorten!'

'Geen goede zaak,' zegt pap hoofdschuddend terwijl hij water opzet.

Ik kijk niet meer naar het nieuws omdat het te deprimerend is, maar de Bank of London-crisis sleept zich voort als een soapserie. De geldautomaten zijn buiten werking gesteld en er hebben mensen stenen door de ramen van het hoofdkantoor gegooid. De premier heeft de mensen gisteren op tv opgeroepen hun geld bij de bank te laten staan, maar daar werd iedereen nog hysterischer van. (Ik wist het wel. Had ik het niet gezegd? Ze zouden mij als regeringsadviseur moeten aanstellen.)

'Luke zegt dat we ons geld echt niet kwijtraken,' zeg ik voorzichtig.

'O, zegt Luke dat?' stuift mam op. 'En zou Luke ons kunnen vertellen welke andere financiële instellingen er op springen staan? Of is dat te veel gevraagd?'

Ze vergeeft het hem nooit meer, hè?

'Mam,' zeg ik voor de zoveelste keer. 'Luke had het ons niet kunnen vertellen. Het was vertrouwelijke, gevoelige informatie. En jij zou het aan heel Oxshott hebben verteld!'

'Ik zou het níét aan heel Oxshott hebben verteld!' zegt ze vinnig. 'Ik had Janice en Martin en nog een paar dierbare vrienden gewaarschuwd, meer niet. En nu raken we waarschijnlijk alles kwijt. Alles.' Ze werpt me een verwijtende blik toe, alsof het allemaal mijn schuld is.

'Mam, we raken vast niet alles kwijt,' zeg ik zo overtuigend en geruststellend mogelijk.

'Ik hoorde vanochtend een commentator op de radio de anarchie voorspellen! De beschaving gaat ten onder! Het is oorlog!'

'Kom, kom, Jane.' Pap klopt haar op haar schouder. 'Niet zo hard van stapel lopen. Misschien moeten we de broekriem aanhalen. Een beetje bezuinigen. Wij allemáál, Becky,' besluit hij met een veelbetekenende blik op mij.

Ik moet me wel gekwetst voelen. Waar was die blik nou voor nodig? Pardon, ik ben volwassen, hoor. Ik ben móéder. Als je weer bij je ouders intrekt, behandelen ze je prompt weer als een tiener die het geld voor haar buspas heeft uitgegeven aan een paar beenwarmers.

Wat ik maar één keertje heb gedaan.

'Die arme Janice is zo van streek dat ze ziek in bed is gekropen,' zegt mam zachtjes, alsof Janice ons vanuit haar huis zou kunnen horen. 'Het nieuws van Jess en Tom was al erg genoeg.'

'Arme Janice,' zeggen pap en ik in een reflex en als uit één mond.

'Ze had echt haar zinnen op die bruiloft gezet. Ik bedoel, ik weet wel dat de jongere generatie de dingen anders wil doen, maar echt, is het nou zo moeilijk om gesluierd naar het altaar te lopen? Janice had de tafelversiering en de cadeautjes voor de gasten al gepland. Wat moet ze nu met al die zilverkleurige stof?'

Mam rebbelt door, maar ik ben in de ban van een geniale inval.

De tuin van Janice. Natuurlijk! Als we daar een feesttent neerzetten, zoekt Luke er niets achter! Dan denkt hij gewoon dat Martin en Janice zelf een feest geven!

'... en niet één trouwfoto voor op de schoorsteenmantel...' Mam is nog steeds stoom aan het afblazen.

'Hé, mam,' onderbreek ik haar. 'Moet je horen. Niets tegen Luke zeggen, maar ik ga een surpriseparty voor zijn verjaardag geven. En nou dacht ik... zou Janice het goedvinden als we het bij haar in de tuin deden?'

Het blijft stil. Pap en mam kijken me vreemd aan.

'Een feestje, lieverd?' Mam klinkt gespannen. 'Met een paar goede vrienden, bedoel je?'

'Nee! Een groot feest! Met een tent en alles.'

Nu kijken pap en mam elkaar aan.

'Wat nou?' zeg ik geïrriteerd.

'Dat klinkt nogal... groot.'

'Het wordt ook groot,' zeg ik opstandig. 'En geweldig. Er komt een dansvloer met verlichting eronder, en er komen vuurvreters, en Luke zal niet weten hoe hij het heeft.'

Ik denk er elke nacht aan, en ik zie altijd hetzelfde beeld voor me: Luke die verbijsterd naar het meest waanzinnige feest van de wereld kijkt en letterlijk met stomheid geslagen is. Ik kan niet wáchten.

'Vuurvreters?' herhaalt mam zorgelijk. 'Becky, schat...'

'Dat wordt George Michael van voren af aan,' bromt pap onheilspellend naar mam, en ik snak naar adem. Dat is tégen onze familieregels. We zouden de naam George Michael nooit meer noemen.

We zetten de radio zelfs uit als 'Careless Whisper' wordt gedraaid.

'Dat heb ik gehoord, pap, dank je wel.' Ik werp hem een vernietigende blik toe. 'En dat wordt het níét.'

Het George Michael-incident was zo pijnlijk dat ik er liever niet aan terug wil denken. Dat doe ik dus niet. Maar ik werd dertien en de hele klas dacht dat George Michael op mijn verjaardagsfeest kwam optreden, want dat had ik gezegd. En ze kwamen allemaal met hun handtekeningboekjes en fototoestellen...

Als ik er alleen maar aan denk, word ik al misselijk.

Meisjes van dertien zijn vals.

En ik had het níét verzonnen, zoals iedereen zei. Echt niet. Ik had de fanclub gebeld en de man die ik aan de lijn kreeg, zei dat George vast heel graag had willen komen en ik... had het een beetje verkeerd begrepen.

'En weet je nog, Graham, de elfjes?' Mam slaat een hand tegen haar voorhoofd. 'Al die snikkende, hysterische kleine meisjes?'

Waarom moeten ouders de hele tijd oude koeien uit de sloot halen? Oké, misschien had ik mijn schoolvriendinnetjes niet mogen vertellen dat ik echte elfjes in mijn tuin had en dat iedereen een wens mocht doen op mijn vijfde verjaardag. En vervolgens had ik niet moeten zeggen dat de elfjes zich hadden bedacht omdat niemand me een cadeautje had gegeven dat mooi genoeg was.

Maar toen was ik víjf. Als je vijf bent, doe je dingen. Dat wil niet zeggen dat je ze op je achtentwintigste ook nog doet.

'Willen jullie nog iets uit mijn verleden oprakelen?' vraag ik beledigd.

'Lieverd...' Mam legt een hand op mijn schouder. 'Ik zeg alleen... verjaardagsfeesten zijn niet je sterkste punt. Nee toch?'

'Nou, maar dit wordt super,' repliceer ik. Mam blijft me gespannen aankijken.

'Als je maar niet te veel belóóft, schattebout.'

'Waarom neem je Luke niet gewoon mee uit eten?' oppert pap. 'Bij The King's Arms hebben ze heerlijke dagschotels.'

Oké, ik verklaar mijn familie en vrienden nu officieel hopeloos. *The King's Arms?*

'Ik wil geen stomme daghap in een eetcafé! Ik wil een féést voor Luke geven. En dat ga ik doen ook, al denken jullie dat het een ramp wordt…'

'Nee hoor!' zegt mam met een blik naar pap. 'Dat zeiden we niet, en we kunnen je vast wel helpen…'

'Dat hoeft niet,' zeg ik uit de hoogte. 'Ik heb alle hulp die ik nodig heb, dank je wel.' Voordat ze iets terug kunnen zeggen, schrijd ik de keuken uit. Ik weet dat het heel onvolwassen en puberaal van me is, maar wees eerlijk. Ouders zijn zo… irritánt.

En trouwens, ze hebben het helemaal mis, want een surpriseparty geven is een eitje. Waarom doe ik het niet vaker? Tegen de avond heb ik het helemaal geregeld. Op 7 april komt er een feesttent in de tuin van Janice. Janice en Martin doen graag mee en ze hebben gezworen het geheim te houden (net als de loodgieter die hun kraan kwam repareren en het hele gesprek heeft gehoord. Hij heeft met zijn hand op zijn hart beloofd geen woord te zeggen).

Een minpuntje is dat mam nóg hysterischer is dan ze al was. Ze heeft een griezelig verhaal op de radio gehoord over de nationale schuld van Groot-Brittannië, die een groot zwart gat zou zijn, en over de pensioenfondsen die op springen staan. Over een tijdje bestaat er in feite geen geld meer, of zoiets. Daarom houden we familieberaad. Minnie ligt in bed en wij zitten met een fles wijn om de keukentafel.

'Zo,' begint pap. 'Het is wel duidelijk dat het een beetje een… toestand is in de wereld.'

'Ik heb net in de kelder gekeken,' zegt mam beverig. 'We hebben al dat flessenwater nog dat we hadden ingeslagen voor de millenniumramp. En acht dozen blikvoer, en alle kaarsen. Ik denk dat we het wel drie maanden kunnen volhouden, al weet ik niet hoe het met Minnie moet…'

'Jane, het is geen belegering,' zegt pap korzelig. 'De supermarkt is nog open, hoor.'

'Je weet het maar nooit! We moeten op alles voorbereid zijn! In de krant stond…'

'Maar we kunnen geldzorgen krijgen,' kapt pap haar met een ernstig gezicht af. 'Wij allemaal. Ik stel dus voor dat we allemaal proberen BP's te vinden.'

Er valt een neerslachtige stilte aan tafel. We hebben geen van allen zin om BP's te vinden. Het is paps afkorting voor bezuinigingsposten en het is nooit leuk.

'Ik weet wel waar het geld blijft,' zegt mam verwijtend. 'Het gaat naar die luxe geroosterde nootjes van Marks & Spencer die jij per se wilt hebben, Graham. Weet je wel wat die kosten? En jij hangt maar voor de tv en propt ze met handen tegelijk in je mond...'

'Onzin,' valt pap uit. 'Weet je wáár het geld naartoe gaat? Naar jam. Hoeveel potten jam hebben we nodig? Wie wil er nou...' – hij trekt lukraak een pot jam uit de kast – '... kruisbessen- en vlierbloesemjam?'

Die heb ik toevallig op een braderie gekocht.

'Wat wil je dan dat ik doe?' roept mam verontwaardigd uit. 'Overleven op één rottige pot goedkope smurrie van knollen en kleurstoffen?'

'Misschien wel! Misschien moeten we bij een goedkopere supermarkt gaan inslaan. We zijn gepensioneerd, Jane. We kunnen niet meer op grote voet leven.'

'Het komt door de koffie,' zegt mam. 'Die hoe-heten-ze-capsules van Becky. Nexpresco.'

'Ja!' Pap leeft opeens op. 'Ik ben het volkomen met je eens. Veel te duur, zonde van het geld. Wat kost zo'n capsule?'

Ze kijken me allebei beschuldigend aan.

'Ik moet goede koffie hebben!' zeg ik vol afgrijzen. 'Dat is mijn enige luxe!'

Ik kan niet én bij mijn ouders wonen én slechte koffie drinken. Dat is menselijkerwijs niet mogelijk.

'Als je het mij vraagt, komt het door de tv,' kaats ik terug. 'Jullie zetten hem te hard. Dat vreet energie.'

'Doe niet zo idioot,' repliceert mam zuur.

'Nou, het komt níét door de koffie.'

'Ik vind dat we vanaf morgen geen jam meer moeten kopen,' zegt pap. 'Geen jam, geen spread...'

'Zal ik dan al het eten maar schrappen?' snerpt mam. 'Ik schrap

95

al het eten wel, Graham, want dat is kennelijk zonde van het geld…'

'Trouwens, Nespresso is een miljoen keer goedkoper dan buiten de deur koffiedrinken,' probeer ik duidelijk te maken. 'En jullie betalen die capsules niet eens, ik koop ze zelf op internet, dus…'

We hebben het zo druk met bekvechten dat ik niet meteen merk dat Luke in de deuropening staat. Zijn mondhoeken trillen.

'Hé, hallo!' Ik spring op, blij dat ik weg kan. 'Hoe gaat het? Alles goed?'

'Prima.' Hij knikt. 'Ik kwam alleen even langs om Minnie welterusten te wensen. Ze sliep al.' Hij glimlacht spijtig en ik voel een steekje medeleven. Hij ziet Minnie de laatste tijd amper nog.

'Ze heeft al haar speelgoed weer mee naar bed genomen,' vertel ik. 'Ook haar poppenhuis.'

'Alweer?' Hij lacht.

Minnies nieuwste gril is uit bed klimmen nadat ik haar welterusten heb gewenst, al haar speelgoed bij elkaar rapen en alles meenemen naar haar bed, zodat ze er zelf bijna niet meer bij past. Toen ik eerder op de avond even bij haar ging kijken, lag ze als een roos te slapen, met haar houten pony in haar armen, bijna uit bed geduwd door een stuk of twintig knuffels en het poppenhuis op het dekbed.

'Luke!' Mam ziet hem nu ook eindelijk en onderbreekt haar tirade tegen pap, die volgens haar nooit geroosterd brood eet bij het ontbijt en dus niet weet waar hij het over heeft. 'We hadden het net over de situatie.'

'Situatie?' Hij trekt vragend zijn wenkbrauwen naar me op.

'We proberen allemaal manieren te bedenken om te bezuinigen,' leg ik uit. Ik hoop dat Luke zal zeggen: *wat een bespottelijk idee, het ziet er weer goed uit, laten we een fles champagne opentrekken*, maar hij knikt bedachtzaam.

'Dat is geen slecht idee, als je ziet hoe het nu gaat.'

'Maar hoe gaat het dan?' vraagt mam met overslaande stem. 'Luke, jij kunt het weten. Heeft de krant gelijk of niet? Want ik hoorde iemand op de radio zeggen dat er een domino-effect zou komen. En wij zijn de dominostenen!'

'Nee, dat zijn we niet.' Pap wendt de blik ten hemel. 'De bánken zijn de dominostenen.'

'Nou, wat zijn we dan?' Mam kijkt hem kwaad aan. 'De dobbelstenen?'

'Jane,' komt Luke tactvol tussenbeide, 'je moet niet alles geloven wat de media beweren. De meningen kunnen extreem zijn. In feite is het nog te vroeg om er iets over te zeggen. Wat ik wél kan zeggen is dat het vertrouwen is gekelderd en dat er grote paniek heerst. Niet alleen bij de banken, maar in alle sectoren. De vraag is of die paniek gerechtvaardigd is.'

Ik zie dat mam er geen genoegen mee neemt.

'Maar wat zeggen de deskúndigen dan?' dringt ze aan.

'Luke ís deskundig!' meng ik me verontwaardigd in de discussie.

'De economische goeroes zijn helaas niet helderziend.' Luke haalt zijn schouders op. 'En ze zijn het niet altijd met elkaar eens. Ik hou het erop dat het nooit verkeerd is om voorzichtig te zijn.'

'Absoluut.' Pap knikt goedkeurend. 'Dat zei ik ook net. Onze uitgaven zijn uit de hand gelopen, Jane, crisis of geen crisis. Dit kostte maar liefst vier pond!' Hij gebaart naar de pot kruisbessenjam. 'Vier pónd!'

'Ook goed.' Mam kijkt pap kwaad aan. 'Ik ga voortaan alleen nog naar de Pondknaller. Ben je dan tevreden, Graham?'

'Ik doe mee!' zeg ik solidair.

Ik ben nog nooit in een Pondknaller geweest, maar ze moeten goed zijn. Ik bedoel, alles kost er maar een pond, om maar iets te noemen.

'Schat, zo straatarm zijn we nog niet.' Luke drukt een zoen op mijn voorhoofd. 'Als je het mij vraagt, zou jij het makkelijkst kunnen bezuinigen door eens iets wat vaker dan één keer te dragen.'

Niet weer, hè?

'Ik draag mijn kleren echt wel vaker,' zeg ik verbolgen. 'Jij overdrijft altijd...'

'Hoe vaak heb je dat vest met die rode knoop gedragen?' vraagt hij langs zijn neus weg.

'Dat is... Ik...' Hoe moet ik me hieruit redden?

Shit. Waarom heb ik dat vest niet gedragen? Ik weet niet eens waar het is. Heb ik het met Kerstmis ergens laten liggen?

'Honderd keer, had je toch gezegd?' Luke lijkt ervan te genieten. 'Ja toch?'

'Ik ben van plan het honderd keer te dragen,' zeg ik ijzig. 'Ik heb niet gezegd wanneer precies.'

'Hoeveel kleren heb je eigenlijk in je kasten opgeslagen?'

'Ik... eh...'

'Heb je wel enig idee?'

'Te veel,' snuift pap. 'Telt die laarzenrommel in mijn garage ook mee?'

'Enig idee?' houdt Luke vol.

'Ik... Het is niet...' Ik weet me geen raad.

Wat is dat ook voor vraag? *Hoeveel kleren heb je?* Het slaat nergens op.

'Hoeveel kleren heb jíj?' sla ik terug. Luke denkt er ongeveer een nanoseconde over na.

'Negen pakken, waarvan er een paar te oud zijn om nog te dragen. Iets van dertig overhemden. Een stuk of vijftig stropdassen. Ik zou ze eens moeten uitzoeken. Avondkleding. Ik hoef het komende jaar niets nieuws te kopen, behalve sokken dan.' Hij schokschoudert. 'En dat ga ik niet doen ook. Niet in het huidige klimaat. Ik denk niet dat ik de goede signalen zou afgeven als ik in een nieuw maatpak op kantoor aan kwam zetten.'

Luke staat nooit met zijn mond vol tanden.

'Nou, maar jij bent een man. Dat is anders. Ik werk in de modewereld, weet je nog?'

'Ja,' zegt hij toegeeflijk. 'Ik zeg alleen dat als je je kleren een keer of drie droeg voordat je iets nieuws kocht, je kledinguitgaven naar beneden zouden kunnen.' Hij haalt zijn schouders op. 'Je wilde toch ideeën om te bezuinigen?'

Ja, maar niet zúlke ideeën. Ik wilde ideeën over dingen die me niets kunnen schelen, zoals benzine of verzekeringen, maar nu voel ik me in het nauw gedreven.

'Goed!' Ik sla mijn armen over elkaar. 'Ik zal al mijn kledingstukken drie keer dragen voordat ik het zelfs maar in mijn hoofd haal weer te gaan shoppen. Ben je nu tevreden?'

'Ja.' Hij glimlacht breed naar me. 'En ik geef mijn autoplannen op. Voorlopig.'

'Echt waar?'

'Zoals ik al zei.' Hij schokschoudert. 'Dit is niet het moment.'

Nu voel ik me een beetje deemoedig. Luke was van plan een nieuwe auto te kopen zodra de zaak-Arcodas achter de rug was. Het was de beloning, zeg maar. We hadden al een proefrit gemaakt en alles.

Tja, als hij dat kan opgeven, kan ik mijn kleren ook wel drie keer dragen voordat ik weer ga shoppen. Zo'n beproeving is het niet.

Trouwens, waarschijnlijk heb ik niet eens zo gek veel kleren. Ik probeer mijn garderobe voor me te zien. Ik bedoel, het zijn toch maar wat topjes, broeken en jurken? En een paar dingen die ik achterin heb gestouwd. Ik ben er in een paar weken doorheen.

Dan schrik ik. 'We mogen toch nog wel kleertjes voor Minnie kopen?' vraag ik angstig. 'En mag ze haar zakgeld houden?'

Ik ben er al helemaal aan gewend dat Minnie zakgeld heeft. Ze heeft nog een voorschot van een halfjaar uitgegeven bij de uitverkoop van Bambino, waar ze fantastische regenlaarsjes met glitters heeft gekocht voor de halve prijs. Het leert haar ook te budgetteren, want ik heb het allemaal genoteerd.

Luke schiet in de lach. 'Natuurlijk mag Minnie haar zakgeld houden! En als ze nieuwe kleren nodig heeft, heeft ze die nodig. Ze is in de groei.'

'Prima,' zeg ik, en ik probeer niet jaloers te zijn.

Kinderen boffen maar. Groeide ik maar in drie maanden uit al mijn kleren, zodat ik alles nieuw kon kopen.

'Maar goed, Becky, de Bloomwood-stijl was toch Méér Geld Maken?' onderbreekt Luke mijn gedachten. Hij trekt een stoel bij en schenkt zichzelf een glas wijn in. 'Misschien kun je weer fulltime gaan werken, nu we toch een nanny nemen.'

Argh! Nee! Het is alsof hij zonder waarschuwing een schot heeft gelost; ik voel zelfs dat ik in elkaar krimp. Waarom moest hij zonder enige inleiding het woord 'nanny' laten vallen? Ik wilde mam voorzichtig voorbereiden, eventueel via babbeltjes in het algemeen over au pairs.

'Een nanny?' Mams stem wordt op slag venijnig. 'Wat voor nanny? Waar hebben jullie het over?'

Ze kan 'nanny' laten klinken als 'seriemoordenaar'.

Ik durf haar nauwelijks aan te kijken.

'We dachten gewoon... Het zou een goed idee kunnen zijn om deskundige hulp in te roepen...' Ik kuch. 'Ik bedoel...'

'Minnie is verwend,' zegt Luke plompverloren. 'Ze heeft regels en structuur nodig.'

Mam kijkt hem diep beledigd aan.

'Niet dat jíj haar verwent, mam, natuurlijk niet,' voeg ik er snel aan toe. 'Alleen... Er is een fantastisch bureau, Ultimate Nannies, dat je helpt een evenwichtig, talentvol kind op te voeden. Ze hebben diploma's in vechtsport en alles.'

'Vechtsport?' herhaalt mam verbijsterd. 'Wat moet Minnie met vechtsport, het arme kind?'

'En ze zijn opgeleid in routine en kinderpsychologie...' Ik kijk radeloos naar Luke.

'We denken dat het goed voor Minnie is,' zegt Luke gedecideerd. 'Volgende week komen er een paar kandidaten op gesprek en ik weet zeker dat we het allemaal prima met elkaar zullen kunnen vinden.'

'Tja.' Mam lijkt er geen woorden voor te hebben. 'Tja.' Ze neemt een teug wijn. 'Op zo'n manier. Alles wordt anders.'

'We hadden alles natuurlijk sowieso heel anders moeten regelen,' begint Luke, 'in aanmerking genomen dat we – au!' Ik geef hem een harde trap tegen zijn enkel en kijk hem woedend aan.

Heeft hij dan geen greintje tact? Wil hij alles er zomaar uitflappen, hier, nu?

We kunnen mam niet vertellen dat we gaan verhuizen. Niet boven op al het andere. Dat wordt de laatste druppel. Het zou haar de das omdoen. Ze zou in een depressie wegzakken en waarschijnlijk uiteindelijk een zenuwinzinking krijgen.

'Hè?' Mam kijkt met waakzame kraaloogjes van Luke naar mij. 'In aanmerking genomen dat jullie wát?'

'Niks!' zeg ik gauw. 'Eh, zullen we tv gaan kijken?'

'Becky?' Ik zie een zenuwtrekje op mams gezicht. 'Wat is er? Wat verzwijgen jullie voor me?'

O, god, nu sta ik voor het blok. Als we haar niet vertellen hoe het zit, denkt ze dat er iets vreselijks is gebeurd. En dit is tenslotte een familieberaad. Misschien is het toch het juiste moment om het nieuws te vertellen.

'Oké.' Ik neem een grote teug wijn om moed te verzamelen. 'Het zit zo, mam. Luke en ik hebben een heerlijk huis in Maida Vale gevonden. En ons bod is geaccepteerd. En deze keer lijkt het echt door te gaan. Wat betekent dat we...' Ik haal diep adem en pers er dan uit: 'Mam, we gaan op onszelf wonen.'

Er valt een verbijsterde, ongelovige stilte in de keuken. Niemand lijkt iets te kunnen zeggen.

Ik kijk gekweld naar Luke. Dit is verschrikkelijk. Ik wist dat het erg zou zijn, maar ik had nooit gedacht dat het zó erg zou zijn.

'Jullie... gaan weg?' stamelt mam ten slotte. 'Gaan jullie echt bij ons weg?'

Ze is er kapot van. Dat zie je zo. Ik voel de tranen al opwellen.

'Ja, we gaan verhuizen. Over een week of vier, waarschijnlijk.' Ik slik het brok in mijn keel weg. 'We moeten onze eigen plek hebben. Dat moet je toch begrijpen, mam. Maar we komen heel vaak op bezoek, en jullie blijven Minnie zien, dat beloof ik, en...'

Luistert mam wel?

'Ze gaan weg! Ze gaan wég.' Ze pakt paps arm. 'Hoorde je dat, Graham?'

Wacht even. Zó kapot klinkt ze nu ook weer niet. Ze klinkt zelfs... opgetogen.

'Is het echt waar?' Pap knijpt zijn ogen tot spleetjes.

'Het ziet er wel naar uit.' Luke knikt.

'Dan kunnen we weer etentjes geven,' zegt mam ademloos. 'We kunnen de eettafel weer gebruiken! We kunnen logés ontvangen!'

'Ik kan mijn werkplaats weer gebruiken,' valt pap haar zwakjes bij. 'Eindelijk.'

'Ik krijg mijn kleerkast terug! En de bijkeuken!' Mam lijkt bijna roezig van opwinding. 'O, Graham!' Tot mijn grote verbazing drukt ze een zoen op paps wang. 'Ik moet Janice bellen om haar het goede nieuws te vertellen!'

Het goede nieuws? Hoe zit het dan met het legenestsyndroom? Hoezo, wegzakken in een depressie?

'Maar je zei dat je niet wilde dat we weggingen!' zeg ik veront-

101

waardigd. 'Je zei dat je blij was dat die andere huizen niet door waren gegaan omdat je ons niet wilde missen!'

'Dat was gelógen, schat,' zegt mam vrolijk. 'We wilden je niet kwetsen.' Ze houdt haar mobieltje bij haar oor. 'Hallo, Janice, met mij! Ze gaan weg! Ja! Over vier weken! Hoort zegt het voort!'

Oké. Nou ben ik pas echt gekwetst. Heeft de hele búúrt zitten wachten tot we weggingen?

Becky Brandon (geboren Bloomwood)
Officiële kledinginventaris

<u>Jeans (vervolg)</u>
J Brand – driekwart
J Brand – bootcut
Goldsign – skinny zwart
7 For All Mankind – met scheuren (twee maten te klein)
Balmain – zwart met scheuren
Notify – zwart
Notify – zwart (nog in tas nooit gedragen)
Theory – skinny stretch
7 For All Mankind – inktblauw
7 For All Mankind – met studs
7 For All Mankind – afgeknipte pijpen
Acne – rafels op knie
Acne – met scheuren (compleet met merkjes)
Cavalli – gerafeld met lovertjes (nog in tas)
Paige Premium Denim – wijd
True Religion – grijs, vintage stonewash

<u>Sportkleding</u>
Stella McCartney yogabroek
Stella McCartney mouwloos topje
Zwart balletpak (nooit gedragen)
Roze spitzen (nooit gedragen)
Zwarte Legging – Sweaty Betty
Grijze legging – Nike (nog in tas met bon en merkjes)
Roze legging (met bies) – Pineapple
Zwarte legging 'anticellulitis' (nooit gedragen, nog in verpakking)
Zwarte legging – Gap
Grijze legging – American Apparel
Hip Hop dancebroek met graffiti (nooit gedragen)
Kunstschaatspakje met pailletten

American football outfit (voor halloweenfeest)
Fred Perry-tennisjurk (wit)
Fred Perry-tennisjurk (lichtblauw)
Professioneel dragracing-pak (nog in doos)

Whitehall Place 180/4
Londen SW1

Mw. R. Brandon
Dennenlust
Elton Road 43
Oxshott
Surrey

Londen, 18 januari 2006

Beste Rebecca,

Dank je voor je brief aan de minister van Financiën, die aan mij is
doorgezonden.

Ik wil je namens hem bedanken voor de gedachte dat je 'weet hoe hij zich
voelt' en je ideeën om 'uit deze puinhoop te komen'. Je vaders principes
'BP' en 'MGM' lijken steekhoudend, evenals het advies 'eens rond te kijken
en een paar dingen te verkopen die je toch niet gebruikt'.

Ook bedankt voor *Beheers je budget* van David E. Barton, een boek dat ik
nog niet kende. Ik weet niet of de minister het in zijn bezit heeft, maar ik
zal het zeker doorgeven aan het ministerie, samen met het advies 'alles op
te schrijven wat hij uitgeeft'.

Nogmaals bedankt voor je belangstelling.

Met vriendelijke groet,

Edwin Tredwell,
Hoofd Beleidsresearch

7

Waarom heb ik zo ontzettend veel kleren? Waarom?

Ik heb eindelijk de ronde door het huis gedaan, alle kleren bij elkaar geraapt en ze geteld. Het is een complete ramp. Daar kom ik nooit in een paar weken doorheen. Het gaat me eerder twee jaar kosten.

Hoe kom ik aan al die spijkerbroeken? En T-shirts? En oude vesten die ik glad was vergeten?

Daar staat tegenover dat ik een Whistles-jas heb gevonden die ik ook was vergeten en die me super zal staan met een riem erom. En True Religion-skinny jeans, nog in de plastic tas, weggemoffeld onder een berg cadeausetjes van Lancôme.

Anderzijds zit ik met een stuk of achttien grijze T-shirts, allemaal even lubberig en vormeloos. Ik kan me niet herinneren dat ik er ooit ook maar één heb gekocht. En wat afgrijselijke dingen uit de uitverkoop. Het ergste is nog wel dat Luke aan Jess heeft verteld dat ik de balans ging opmaken van mijn kleren en dat zij heeft besloten me te komen helpen. Ik kon dus niet doen wat ik van plan was, namelijk alle kleren waar ik van gruw in een vuilniszak proppen en het huis uit smokkelen.

Jess was genadeloos. Ze liet me een lijst opstellen met alles erop, en ik mocht niets overslaan. Niet die rampzalige hotpants, niet dat walgelijke kastanjebruine leren gilet (wat bezíelde me?) en zelfs niet al die T-shirts en schoenen die ik gratis heb gekregen bij abonnementen op tijdschriften. En dan heb ik het nog niet eens over die bizarre Indiase kleren die ik tijdens onze huwelijksreis heb gekocht.

Als ik dat giletje drie keer in het openbaar moet dragen, wordt het mijn dood.

Ik kijk neerslachtig naar mijn spiegelbeeld. Ik heb een van mijn triljoen nooit gedragen witte topjes aan met een lang vest en een gilet op een zwarte broek. Alleen zo kan ik dit overleven: door elke dag zo veel mogelijk laagjes over elkaar heen te dragen. Desondanks kan ik volgens Jess' berekening pas op 23 oktober weer gaan shoppen, en het is pas januari. Ik kan wel janken. Die stomme, stomme banken ook.

Ik hoopte stiekem dat die hele financiële crisis binnen de kortste keren zou overwaaien en dat iedereen dan zou zeggen: 'Haha, wat stom van ons, wat een storm in een glas water!' Net als die keer toen er een ontsnapte tijger in Oxshott zou rondlopen en iedereen hysterisch werd; het bleek uiteindelijk een kat te zijn.

Maar geen mens zegt: 'Haha, stom van ons.' De kranten staan er nog steeds vol van en iedereen is nog steeds tobberig. Vanochtend heeft mam nadrukkelijk haar geroosterde brood zonder jam gegeten en de hele tijd rancuneuze blikken op pap geworpen. Ik probeerde in somberheid verzonken niet naar de Dior-advertentie achter op paps krant te kijken en zelfs Minnie was stil.

Nu, op mijn werk, is het nog deprimerender. Ik leid de afdeling personal shopping van The Look, een warenhuis in Oxford Street. In het begin liep het niet zo goed, maar de laatste tijd draait het als een tierelier. We hebben allerlei evenementen georganiseerd en veel aandacht van de media gekregen. De winst ging omhoog en we hebben zelfs allemaal een bonus gekregen!

Maar vandaag is het een treurige bedoening. De verdieping damesmode is uitgestorven en bijna alle afspraken met de personal shoppers zijn afgezegd. Het is een treurige aanblik, zo'n lijst afspraken met 'afgezegd' achter elke naam.

'Iedereen was zogenaamd verkouden,' vertelt Jasmine, mijn collega, wanneer ik ontmoedigd in de agenda blader. 'Hadden ze niets originelers kunnen verzinnen?'

'Zoals?'

Jasmine tikt op de toonbank met haar lichtgroene nagels, die ontzettend vloeken bij haar violette ogen met luipaardprint (gekleurde lenzen zijn haar nieuwe modetrend. Ze heeft van zichzelf een blauw en een groen oog, dus ze is al gewend dat mensen ernaar kijken en zich afvragen of ze wel echt zijn, zegt ze).

'Dat ze naar de afkickkliniek moeten,' zegt ze uiteindelijk. 'Of dat ze in elkaar zijn geslagen door hun cokeverslaafde man en dat ze naar een geheim blijf-van-mijn-lijfhuis moeten. Zoiets zou ik zeggen.'

God, Jasmine heeft een verwrongen geest. We zouden niet méér van elkaar kunnen verschillen, wij tweeën. Jasmine gedraagt zich alsof niets haar raakt, ook haar eigen cliënten niet. Ze zegt tegen mensen dat ze er hopeloos uitzien, dat ze geen stijl hebben, dat ze hun kleren beter kunnen weggooien... en dan mikt ze schouderophalend een kledingstuk naar zo'n vrouw, en die trekt het aan en ziet er dan zo spectaculair uit dat ze het wel móét kopen. Soms wordt zo'n cliënte helemaal zwijmelig of probeert Jasmine te knuffelen, en dan draait ze met haar ogen en zegt 'tjeesus'.

'Ze zouden ook eerlijk kunnen zijn.' Jasmine schudt haar lange geblondeerde haar over haar schouders. 'Ze zouden kunnen zeggen: "Ik heb geen geld meer, die klotebank heeft het allemaal verspeeld."' Ze gebaart om zich heen en vervolgt bijna vrolijk: 'Je beseft toch wel dat deze tent straks moet sluiten? Het hele land kan eigenlijk wel inpakken. Het is een puinzooi. Ik denk dat ik maar in Marokko ga wonen.' Ze werpt een wantrouwige blik op mijn topje. 'Is dat geen Chloe van twee seizoenen terug?'

Jasmine zou Jasmine niet zijn als ze het niet zag. Ik weet niet wat ik moet zeggen: 'Nee, het is van een klein merk dat jij niet kent,' of: 'Ja, het is vintage,' maar dan zegt een timide stem: 'Becky?' Ik kijk verbaasd om en zie Davina, een van mijn vaste cliënten, aarzelend bij de ingang staan. Ik had haar bijna niet herkend met die regenjas, een sjaaltje om haar hoofd en een zonnebril op.

'Davina! Je bent gekomen! Fijn je te zien!'

Davina is in de dertig en specialist in het Guys Ziekenhuis. Ze is een wereldexpert op het gebied van oogaandoeningen en eigenlijk ook op het gebied van Prada-schoenen, want die verzamelt ze al sinds haar achttiende. Ze had vandaag een afspraak om een nieuwe avondjurk uit te zoeken, maar in de agenda stond dat ze had afgezegd.

'Ik zou hier niet moeten zijn.' Ze kijkt waakzaam om zich heen. 'Ik heb tegen mijn man gezegd dat ik had afgebeld. Hij... maakt zich zorgen.'

'Dat doet iedereen,' zeg ik begripvol. 'Zal ik je jas aannemen?'
Davina komt niet in beweging.

'Ik weet het niet,' zegt ze uiteindelijk gekweld. 'Ik zou hier niet moeten zijn. We hebben er ruzie over gehad. Hij vroeg waar ik een nieuwe jurk voor nodig had, en hij zei dat het niet de tijd was om met geld te smijten, maar ik heb een Taylor-onderzoeksbeurs gekregen. Mijn afdeling geeft een feestje voor me om het te vieren.' Ik hoor aan haar stem dat ze geëmotioneerd raakt. 'Het is iets gigantisch, die beurs. Het is een ongelooflijke eer. Ik heb er hard voor gewerkt, en ik krijg er nooit meer een, en ik heb geld voor een jurk. Ik heb het gespaard en het staat veilig. We bankieren niet eens bij de Bank of London!'

Ze klinkt zo van streek dat ik haar opeens wel kan zoenen. Davina doet nooit iets impulsiefs. Ze denkt na over elk stuk dat ze koopt en gaat voor klassieke, goed gemaakte kleren. Waarschijnlijk heeft ze zich al tijden verheugd op die nieuwe jurk.

Wat een vrek, die man van haar. Hij zou juist trots moeten zijn dat zijn vrouw een beurs heeft gewonnen.

'Kom je even binnen?' probeer ik het nog eens. 'Een kopje koffie drinken?'

'Ik weet het niet,' zegt ze weer kleintjes. 'Het is zo moeilijk. Ik zou hier niet moeten zijn.'

'Maar je bent er,' zeg ik vriendelijk. 'Wanneer is je feestje?'

'Vrijdagavond.' Ze zet haar zonnebril af, masseert haar slapen en kijkt dan opeens over mijn schouder naar het kledingrek in mijn paskamer. Daar hangen alle jurken die ik vorige week voor haar heb uitgezocht. Ik had tegen Jasmine gezegd dat ze ze klaar moest hangen.

Er hangen een paar schitterende stukken aan dat rek. Ze zouden Davina allemaal even fantastisch staan. Ik zie dat ze steeds begeriger gaat kijken.

'Zijn dat...'

'Een paar ideetjes.'

'Nee.' Ze schudt wanhopig haar hoofd. 'Ik kan me gewoon niet in iets nieuws vertonen.'

Ik kan de verleiding niet weerstaan en vraag: 'Maar zou je man

109

wel zíén dat het een nieuwe jurk was?' Ik zie haar erover nadenken. 'Misschien niet,' zegt ze ten slotte. Haar voorhoofd wordt glad... en dan trekken de zorgenrimpels er weer in. 'Maar ik kan onmogelijk thuiskomen met winkeltassen. Of iets laten bezorgen. Of iets op mijn werk laten bezorgen. Dan zien de anderen het en gaan erover kletsen, en dan krijgt mijn man het te horen. Dat is het nadeel van allebei in hetzelfde ziekenhuis werken.'

'Hoe kun je dan een jurk kopen?' vraagt Jasmine bot. 'Als je hem niet mee kunt nemen of laten bezorgen?'

'Ik weet het niet,' zegt Davina verslagen. 'O, dit is hopeloos. Ik had niet moeten komen.'

'Natuurlijk wel!' zeg ik resoluut. 'Opgeven is niet onze stijl. Kom mee, drink een kop koffie en kijk naar de jurken. Ik verzin er wel wat op.'

Zodra Davina de jurk van Philosophy by Alberta Ferretti past, weten we het allebei zeker. Die móét ze hebben. Het is een zwart met donkerbruine hemdjurk met een sleepje van vliesdun chiffon, hij kost vijfhonderd pond en hij is elke cent waard.

Nu moet ik dus verzinnen hoe we dit gaan aanpakken. Tegen de tijd dat Davina haar eigen kleren weer aanheeft en de broodjes heeft opgegeten die ik voor haar had besteld, weet ik het. Hierbij introduceren we een nieuwe, exclusieve personal shopservice bij The Look: DS (Discreet Shoppen). Tegen de lunch heb ik niet alleen alles voor Davina geregeld, maar ook nog een paar andere ideeën bedacht. Ik heb er zelfs snel een mailtje over opgesteld, dat zo begint: 'Voelt u zich schuldig als u shopt in deze donkere tijden? Hebt u behoefte aan een hoger niveau van discretie?'

Ik wil niet opscheppen, maar ik ben best trots op mijn ideeën. Cliënten kunnen naar de afdeling personal shopping komen, hun nieuwe kleren uitzoeken en dan, met het oog op de discretie, uit de volgende manieren van aflevering kiezen.

1. De kleren hangen klaar om per fiets bij de cliënt thuis te worden afgeleverd op een geschikt tijdstip (wanneer er verder niemand thuis is).

110

2. De kleren worden bezorgd in een kartonnen doos met het opschrift KOPIEERPAPIER of MAANDVERBAND.

3. Een medewerker (Jasmine of ik) geeft zich uit voor een vriendin
die op bezoek komt en biedt de kleren aan als 'afdankertjes'.

4. Een medewerker (Jasmine of ik) geeft zich uit voor schoonmaak-
ster en verstopt de kleren op een van tevoren afgesproken plek.

5. Tegen een hogere vergoeding kunnen medewerkers van The
Look (Jasmine en ik) een kraampje 'voor het goede doel' neerzetten op een van tevoren afgesproken locatie, waar de cliënt de kleren voor een schijntje kan kopen waar haar partner bij is (deze
optie is misschien geschikter voor groepen shoppers).

Davina gaat voor de optie 'kopieerpapier'. Toen ze wegging, straal-
den haar ogen van blijdschap. Ze gaf me een dikke zoen en zei dat
ze me foto's van het feestje zou sturen en dat ik haar hele dag goed
had gemaakt. Nou, ze verdient het. Ze ziet er adembenemend uit in
die jurk en ze zal dat feestje nooit meer vergeten. Ik ga helemaal in
mijn nopjes naar mijn lunchafspraak met Bonnie.

Het enige twijfeltje dat zo nu en dan knaagt, is dat ik het 'Discreet
Shoppen'-programma niet aan mijn bazen heb voorgelegd. Aan de
bedrijfsleider bijvoorbeeld, of het hoofd marketing. Strikt genomen
zou ik zo'n nieuw initiatief pas mogen toepassen nadat zij het hebben goedgekeurd, maar weet je, het zijn mánnen. Ze zouden het
nooit begrijpen. Waarschijnlijk zouden ze alleen maar stomme be-
zwaren verzinnen en in de tussentijd zouden we al onze cliënten
kwijtraken.

Ik doe dus wat ik moet doen. Ja, ik weet het zeker.

Ik heb met Bonnie afgesproken in een restaurant vlak bij Brandon
Communications en als ik binnenkom, zit ze er al, zo decent als altijd in een beige tweedjurk en platte lakschoenen.

Als ik Bonnie zie, is ze altijd afstandelijk en onberispelijk, bijna
niet menselijk, maar ik wéét dat ze een verborgen kant heeft, want
die heb ik gezien. Op het laatste kerstfeest van Brandon C zag ik
haar toevallig vanaf de dansvloer, net toen we allemaal als gekken
met 'Dancing Queen' meebrulden. Bonnie zat alleen aan een tafel en
terwijl ik keek, pakte ze tersluiks een van de laatste hazelnootbon-

bons van een schaaltje. Toen nog een. Ze liep om de hele tafel heen en verorberde discreet alle hazelnootbonbons. Ze vouwde zelfs de papiertjes netjes op en stopte ze in haar avondtasje. Ik heb het nooit aan iemand verteld, zelfs niet aan Luke, want iets zei me dat ze het verschrikkelijk zou vinden als iemand haar had gezien. Laat staan dat ze ermee geplaagd zou worden.

'Becky,' begroet ze me met haar zachte, welluidende stem. 'Wat leuk je te zien. Ik heb al wat bronwater besteld...'

'Super!' Ik lach stralend naar haar. 'En hartstikke bedankt dat je me wilt helpen.'

'O, kleine moeite. Goed, laat maar eens zien wat je al hebt gedaan.'

Ze pakt een plastic map en begint bedrukte vellen over de tafel uit te waaieren.

'Gasten... contactpersonen... dieetvoorschriften...'

Ik kijk met grote ogen van verbazing naar de papieren. Luke heeft gelijk, Bonnie is ongelooflijk. Ze heeft een complete gastenlijst samengesteld uit Lukes adresboek op kantoor en zijn privéboekje, met adressen, telefoonnummers en een beschrijvinkje bij iedere gast.

'Iedereen op kantoor houdt de avond van de zevende april vrij,' vervolgt ze. 'Ik heb Gary in vertrouwen genomen, en we hebben een complete trainingssessie bedacht. Kijk maar...'

Ik kijk sprakeloos naar het vel papier dat ze me aanreikt. Het is het schema van een 'Brandon Communications Trainingssessie' die om vijf uur 's middags begint en tot 's avonds laat doorgaat, met 'drankjes', 'groepsactiviteiten' en 'discussiekringen'. Wat ziet dat er echt uit! Onderaan staat zelfs de naam van een 'facilitair bedrijf'.

'Dit is geniaal,' zeg ik zodra ik weer kan praten. 'Absoluut geweldig. Bonnie, ontzettend bedankt...'

'Nu hoef je in elk geval nog niemand van het bedrijf de waarheid te vertellen.' Ze glimlacht fijntjes. 'Dit soort dingen kun je maar het beste zo lang mogelijk geheimhouden.'

'Absoluut!' zeg ik vurig. 'Hoe minder mensen het weten, hoe beter. Ik heb een lijst van iedereen die het weet, en die hou ik goed in de gaten.'

'Je lijkt het goed voor elkaar te hebben.' Ze glimlacht bemoedigend naar me. 'En hoe is het met de organisatie van het feest zelf?'

'Heel goed,' zeg ik prompt. 'Ik bedoel... ik heb nog niet álles rond...'

'Heb je overwogen een partyplanner in de arm te nemen?' vraagt Bonnie vriendelijk. 'Of een van die conciërgeservices? Er is er een die een aantal van mijn werkgevers heeft gebruikt, The Service. Heel efficiënt, ik kan ze aanbevelen.'

Ze pakt een notitieboekje en schrijft een telefoonnummer op. 'Ze kunnen je vast helpen met organiseren, inkoop, het inhuren van personeel en wat je verder ook maar nodig hebt. Het is maar een idee, hoor.'

'Dank je wel!' Ik neem het papiertje aan en stop het in mijn tas. Misschien is het geen gek idee. Ik bedoel, niet dat ik echt hulp nodig heb, maar gewoon om de laatste dingetjes te regelen.

De ober komt. We bestellen allebei een salade en we krijgen vers water. Terwijl Bonnie kleine, afgepaste slokjes neemt, moet ik wel nieuwsgierig naar haar kijken. Dit is de Andere Vrouw in Lukes leven, welbeschouwd. (Niet op de manier van Camilla Parker-Bowles. Absoluut niet. Ik ga mezelf niet nog eens aanpraten dat Luke een verhouding heeft en privédetectives inhuren en helemaal in de stress schieten om niks.)

'Wil jij geen wijn, Becky?' zegt Bonnie opeens. 'Ik moet nog werken, vrees ik...' Ze glimlacht spijtig.

'Ik ook.' Ik knik, nog steeds gebiologeerd door Bonnie.

Ze brengt meer tijd door met Luke dan ik. Ze weet alles over belangrijke aspecten van zijn leven waarover hij mij nooit iets vertelt. Waarschijnlijk kan ze me allerlei boeiende dingen over hem vertellen.

'Zo... Hoe is Luke als baas?' vraag ik voordat ik me kan bedwingen.

'Bewonderenswaardig.' Bonnie glimlacht en pakt een stukje brood uit het mandje.

Bewonderenswaardig. Net iets voor Bonnie, zo'n uitspraak. Discreet, nietszeggend. Daar kom ik niet verder mee.

'In welke zin precies?'

Bonnie kijkt me bevreemd aan, en het dringt met een schok tot me door dat ik klink alsof ik naar complimentjes zit te vissen.

'Nou ja, hij kan niet volmaakt zijn,' voeg ik er snel aan toe. 'Hij moet toch dingen doen waar jij je aan ergert.'

'Dat hoor je mij niet zeggen.' Ze glimlacht weer zonder iets prijs te geven en neemt een slokje water.

Wil ze elke vraag op die manier afwimpelen? Opeens heb ik zin om door haar professionele masker heen te breken. Misschien kan ik haar omkopen met een hazelnootbonbon?

'Kom op, Bonnie,' dring ik aan. 'Er moet toch iets aan Luke zijn waar je je aan ergert? Wat mij bijvoorbeeld ergert, is dat hij altijd telefoontjes aanneemt terwijl we zitten te praten.'

'Echt.' Bonnie lacht omzichtig. 'Ik zou het niet weten.'

'O, jawel.' Ik leun over het tafelblad. 'Bonnie, ik weet dat je professioneel bent, en dat respecteer ik. Ik ben net zo. Maar dit is onder ons. We kunnen eerlijk tegen elkaar zijn. Ik ga hier niet weg voordat je me iets hebt genoemd wat je aan hem ergert.'

Bonnie is rood geworden en kijkt telkens naar de deur alsof ze wil vluchten.

'Hé,' zeg ik om haar aandacht te trekken, 'hier zitten we dan samen, de twee vrouwen die het vaakst bij Luke zijn. Wij kennen hem beter dan wie ook. Moeten we onze ervaringen niet met elkaar delen en van elkaar leren? Ik ga het hem echt niet vertellen, hoor,' voeg ik eraan toe, want misschien is ze daar bang voor. 'Dit blijft onder ons, ik zweer het.'

Het blijft lang stil. Zou ik eindelijk tot haar doordringen?

'Eén dingetje maar,' probeer ik haar te paaien. 'Eén piepklein dingetje...'

Bonnie neemt een teug water alsof ze zich moed indrinkt.

'Nou,' zegt ze dan eindelijk, 'dat gedoe met de verjaardagskaarten is wel een tikje frustrerend.'

'De verjaardagskaarten?'

'Voor het personeel, begrijp je?' Ze knippert met haar ogen. 'Ik heb een stapel voor het hele jaar gemaakt waar hij alleen maar zijn naam op hoeft te zetten, maar hij komt er maar niet aan toe. Wat wel begrijpelijk is, hij heeft het heel druk...'

'Ik zorg wel dat hij ze tekent,' zeg ik kordaat. 'Laat dat maar aan mij over.'

'Becky.' Bonnie trekt wit weg. 'Niet doen alsjeblieft, dat bedoelde ik niet...'

'Wees maar niet bang,' zeg ik sussend, 'ik zal het heel subtiel aanpakken.'

Bonnie lijkt er nog niet gerust op te zijn. 'Ik wil je er niet bij betrekken...'

'Maar ik ben er al bij betrokken! Ik ben zijn vrouw! En ik vind het beestachtig dat hij de moeite niet wil nemen om de verjaardagskaarten voor zijn eigen medewerkers te tekenen. Weet je hoe het zit?' voeg ik er betweterig aan toe. 'Hij geeft niets om zijn eigen verjaardag, dus denkt hij dat anderen net zo zijn. Het zou niet eens in hem opkomen dat iemand anders het wel belangrijk vindt.'

'Aha.' Bonnie knikt peinzend. 'Ja. Daar zit iets in.'

'Goed, wanneer is de volgende jarig? Wie staat er boven aan de lijst?'

'Nou, eigenlijk...' Bonnie krijgt blosjes op haar wangen. 'Ik ben zelf over twee weken jarig...'

'Perfect! Nou, ik zorg wel dat hij de kaarten dan heeft getekend...' Er schiet me iets te binnen. 'En wat gaat hij je geven? Wat heeft hij je met Kerstmis gegeven? Iets moois, hoop ik?'

'Natuurlijk! Ik heb iets heel moois van hem gekregen!' Bonnie klinkt krampachtig vrolijk. 'Deze schitterende armband.'

Ze schudt haar arm en er valt een gouden schakelarmband naar beneden die onder haar mouw zat. Ik kijk er perplex naar. Heeft Luke haar die armband gegeven?

Ik bedoel, het is geen lelijke armband, maar hij past totaal niet bij Bonnies haar, of haar stijl, of wat dan ook. Geen wonder dat ze hem in haar mouw verstopt. En waarschijnlijk denkt ze dat ze hem elke dag naar haar werk om moet, de ziel.

Waar heeft hij dat ding eigenlijk gekocht, bij nietszeggendecadeautjesvoorjesecretaresse.com? Waarom heeft hij míj niets gevraagd?

Het begint me duidelijk te worden. We moeten de handen ineenslaan, Bonnie en ik. We moeten samenspannen.

'Bonnie,' zeg ik bedachtzaam, 'heb je zin in een écht drankje?'

'O, nee,' begint ze.

'Kom op,' haal ik haar over. 'Als je één glaasje tussen de middag drinkt, kun je je werk nog wel goed doen. En ik beloof je dat ik er met geen woord over zal reppen.'

'Nou,' geeft Bonnie toe, 'misschien een kleine vermout met ijs?'

Joepie! *Go girl!*

Tegen de tijd dat we onze salade ophebben en aan de koffie zitten, zijn we allebei een stuk relaxter. Ik heb Bonnie aan het lachen gemaakt met anekdotes over Luke en de yogalessen tijdens onze huwelijksreis, en zij heeft mij verteld over een vroegere baas die in de lotushouding wilde gaan zitten en naar de Spoedeisende hulp moest (ze was te discreet om zijn naam te noemen. Ik zal het moeten googelen). En bovenal heb ik mijn plan beraamd.

'Bonnie,' begin ik wanneer de ober de rekening komt brengen, die ik weggris voordat ze iets kan zeggen, 'ik wil je nog een keer ontzettend bedanken voor je hulp bij het feest.'

'Echt, het is geen moeite...'

'En dat heeft me op een idee gebracht. We kunnen elkaar helpen!' Mijn stem schiet enthousiast omhoog. 'We kunnen onze krachten bundelen. Stel je voor wat we kunnen bereiken als we een team vormen! Luke hoeft er niets van te weten. Het blijft ons geheimpje.'

Zodra ik 'geheimpje' zeg, lijkt Bonnie zich niet meer op haar gemak te voelen.

'Becky, ik vond het heel gezellig,' begint ze, 'en ik stel het op prijs dat je wilt helpen, maar...'

'Dus laten we contact houden, oké?' kap ik haar af. 'Zet mijn nummer onder een sneltoets. En als je wilt dat ik Luke een zetje geef, bel je maar. Of het nu om iets groots gaat of om een kleinigheid, ik zal mijn best doen.'

Ze doet haar mond open om tegen te stribbelen. Ze mág nu niet meer terugkrabbelen.

'Bonnie, toe. Brandon Communications gaat me echt aan het hart,' zeg ik met een plotselinge warmte. 'En misschien zou ik een steentje kunnen bijdragen. Maar daar kom ik alleen achter als jij me op de hoogte houdt! Anders sta ik machteloos! Luke wil me beschermen, maar hij beseft niet dat hij me buitensluit. Laat me alsjeblieft helpen.'

116

Bonnie lijkt van haar stuk gebracht door mijn toespraakje, maar ergens is het waar: sinds Luke me niet naar het proces liet gaan, voel ik me buitengesloten (oké, het was geen proces. De hoorzitting. Hoe het ook heette).

'Tja,' zegt Bonnie uiteindelijk. 'Zo had ik het nog niet bekeken. Ik wil het je natuurlijk met genoegen laten weten als ik denk dat je iets kunt... bijdragen.'

'Super!' zeg ik stralend. 'En misschien kun jij in ruil ook iets voor mij doen?'

'Natuurlijk.' Bonnie ziet eruit alsof ze het niet meer kan bijbenen. 'Graag. Had je iets speciaals in gedachten?'

'Ja, toevallig heb ik een verzoekje.' Ik neem een slok cappuccino. 'Ik zou je echt heel dankbaar zijn als je het wilde doen.'

'Heeft het iets met het feest te maken?' Bonnie heeft haar notitieboekje en pen alweer in de aanslag.

'Nee, het is iets algemeners.' Ik leun over het tafelblad. 'Zou je tegen Luke willen zeggen dat een fitnesszaal beter is dan een wijnkelder?'

Bonnie gaapt me verbijsterd aan.

'Pardon?' zegt ze dan.

'We zijn een huis aan het kopen,' leg ik uit, 'en Luke wil een wijnkelder, maar ik wil een fitnesszaaltje. Zou je hem duidelijk kunnen maken dat een fitnesszaal een betere keus is?'

'Becky...' zegt Bonnie confuus. 'Dit lijkt me echt niet gepast...'

'Alsjeblíéft?' jengel ik. 'Bonnie, weet je wel hoeveel waarde Luke aan jouw mening hecht? Hij luistert altijd naar je. Jij hebt invloed op hem!'

Bonnie lijkt naar woorden te zoeken. 'Maar... hoe zou ik het onderwerp in hemelsnaam ter sprake moeten brengen?'

'Eitje!' zeg ik vol overtuiging. 'Je doet alsof je er een artikel over zit te lezen en dan zeg je langs je neus weg dat je nóóit een huis zou kopen met een kelder waarin alleen maar wijn opgeslagen kan worden. Je zegt dat jij veel liever een fitnesszaal zou willen hebben. En dan kun je nog zeggen dat wijnproeverijen naar jouw idee overschat en saai zijn,' besluit ik.

'Maar Becky...'

'Dan helpen we elkaar echt. Girlpower.' Ik glimlach zo innemend mogelijk naar haar. 'We zijn zusters.'

'Nou... Ik zal mijn best doen om het ter sprake te brengen,' zegt Bonnie ten slotte. 'Ik kan niets beloven, maar...'

'Je bent top! En als er nog iets is wat ik voor je kan doen of tegen Luke moet zeggen, stuur je maar een sms. Het maakt niet uit wat.' Ik reik haar het schaaltje met After Eight aan. 'Op ons! Team Becky en Bonnie!'

8

Na de lunch loop ik opgetogen over straat. Bonnie is ongelooflijk. Ze is met kilometers voorsprong de beste assistente die Luke ooit heeft gehad en we worden een fantastisch duo. En ik heb dat evenementenbureau ook al gebeld en met de afdeling feesten gesproken. Het gaat allemaal zó makkelijk!

Waarom heb ik in vredesnaam nooit eerder een evenementenbureau ingeschakeld? Iedereen leek heel aardig en het lijkt alsof niets te veel moeite is. We móéten lid worden. Volgens de ingeblikte stem die praat terwijl je wacht, kunnen ze alles voor je doen, van het bemachtigen van uitverkochte schouwburgkaartjes tot het charteren van een vliegtuig of zorgen dat iemand je midden in de Navajawoestijn een kop thee brengt.

Je snapt me wel. Als je dat zou willen.

'Hallo!' Er komt een vrolijk klinkende man aan de lijn. 'Becky? Je spreekt met Rupert. Harry heeft me de grote lijnen verteld. Je wilt de ultieme surpriseparty voor je man geven.'

'Ja! Met vuurvreters en jongleurs en een feesttent en een disco.'

'Oké, eens zien...' Ik hoor hem bladzijden omslaan. 'We hebben onlangs een verjaardagsfeest georganiseerd met driehonderd gasten in bedoeïenententen. Er waren jongleurs, vuurvreters, drie internationale buffetten, een met sterren verlichte dansvloer, de jarige jet maakte haar entree op een olifant, er waren onderscheiden cameramensen om alles vast te leggen...'

Het horen van de opsomming beneemt me al de adem.

'Dat wil ik ook,' zeg ik. 'Precies zo. Het klinkt ongelooflijk.'

'Prima.' Rupert lacht. 'Nou, misschien kunnen we een afspraak maken om de puntjes op de i te zetten, dan zou je onze hele evenementenportefeuille kunnen doornemen...'

119

'Graag!' zeg ik blij. 'Ik heet Becky, ik zal je mijn nummer geven...'

'Nog een kleinigheid,' zegt Rupert vriendelijk nadat ik hem mijn mobiele nummer heb gegeven. 'Je zult lid moeten worden van The Service. Ik bedoel, dat kunnen we natuurlijk extra snel regelen...'

'Heel graag,' zeg ik resoluut. 'Dat was ik toch al van plan.'

O, wat gaaf. We krijgen een particuliere evenementenservice! Dan kunnen we naar concerten en de beste hotels en geheime clubs. Ik had het jaren geleden al moeten doen...

'Dus ik zal je die formulieren vanmiddag nog mailen...' zegt Rupert.

'Super! Wat kost het?' Daar had ik nog niet aan gedacht.

'Alles is bij het jaarlijkse bedrag inbegrepen,' antwoordt Rupert gelikt. 'Wij verrassen onze leden niet met extra kosten, zoals sommige van onze concurrenten! En voor je man en jou zou het zes worden.'

'O, goh,' zeg ik aarzelend. 'Zes... honderd pond, bedoel je?'

'Duizend.' Hij lacht er relaxed bij. 'Vrees ik.'

Zesduizend pond? Alleen voor het lidmaatschap? Jemig.

Ik bedoel, het zal het vast wel waard zijn, maar...

'En...' Ik moet iets wegslikken voordat ik het durf te vragen. 'Dat feest waar we het over hadden, met de tenten en jongleurs en alles? Hoeveel zou dat ongeveer gaan kosten?'

'Dat viel lager uit dan het budget, daar zul je wel blij om zijn...' – Rupert lacht even – '... en het was alles bij elkaar tweehonderddertig.'

Ik voel me een beetje wankel. Tweehonderddertigduizend pond?

'Becky? Ben je er nog? We kunnen natuurlijk ook met een veel lager budget werken!' Hij klinkt vrolijk en luchthartig. 'We beginnen meestal bij een ton...'

'Juist!' Mijn stem klinkt een beetje schril. 'Super! Eh... weet je, eigenlijk... nu ik erover nadenk... We zijn nog maar net aan het plannen. Dus misschien kan ik je beter later terugbellen voor een afspraak. Heel erg bedankt. Tot ziens.'

Ik schakel mijn mobieltje uit voordat mijn wangen nog roder kunnen worden. Tweehonderddertigduizend pond? Voor een feestje? Ik bedoel, ik ben natuurlijk hartstikke gek op Luke, maar tweehonderddertigduizend...

'Becky?'

Ik kijk op en spring een meter de lucht in. Het is Luke. Wat doet Luke hier? Hij staat een meter of drie bij me vandaan verbijsterd naar me te kijken. Dan besef ik tot mijn afgrijzen dat ik de transparante map vol gastenlijsten, trainingsgegevens en al het andere onder mijn arm heb. Ik sta op het punt alles te verraden.

'Wat een verrassing!' Luke loopt op me af om me te zoenen en ik probeer haastig de map weg te moffelen, maar laat hem in mijn paniek op de stoep vallen.

'Wacht maar.' Luke bukt zich.

'Nee!' piep ik. 'Dat is geheim! Ik bedoel, het is vertrouwelijk. Personal shoppinggegevens van een lid van de koninklijke familie van Saoedi-Arabië. Het ligt heel gevoelig.' Ik duik naar de map, vouw hem zo goed mogelijk dicht en prop alles in mijn tas. 'Zo.' Ik kom weer boven en glimlach verkrampt. 'Zo... alles goed?'

Luke geeft geen antwoord. Hij kijkt me aan met die blik. Zo'n 'er is iets niet pluis'-blik.

'Becky, wat is er? Was je op weg naar me toe?'

'Nee!' zeg ik bits. 'Natuurlijk niet!'

'Wat doe je hier dan?'

Ik besef dat ik een grote vergissing heb begaan. Ik had moeten zeggen dat ik wél naar hem toe wilde.

'Ik, eh...' Ik probeer snel te bedenken wat ik op dit uur in deze postcode te zoeken zou kunnen hebben. 'Ik wil de stad beter leren kennen. Ik doe het per postcode. Je zou SE24 moeten zien, daar is het super!'

Het blijft stil.

'Becky...' Luke harkt met zijn handen door zijn dikke, donkere haar. 'Wees eens eerlijk. Heb je... financiële problemen? Ben je met iemand gaan praten?'

Wat?

'Nee!' roep ik beledigd uit. 'Natuurlijk niet! Ik bedoel... ik heb niet meer financiële problemen dan anders,' besluit ik om eerlijk te zijn. 'Dat is net iets voor jou, Luke. Je komt me op straat tegen en gaat er meteen van uit dat ik schulden heb!'

Ik bedoel, ik heb ook schulden, maar daar gaat het niet om.

'Wat moet ik dán denken?' roept hij verhit. 'Je doet geheimzinnig, je verstopt papieren voor me, er moet toch iets aan de hand zijn...'

O, god, god, ik moet hem afleiden.

'Goed dan!' zeg ik. 'Je hebt me door. Ik was... Ik heb...' Ik zoek wanhopig naar een uitvlucht. 'Botox laten inspuiten.'

Lukes mond zakt open en ik maak van de gelegenheid gebruik om mijn tas dicht te ritsen.

'Botox?' zegt hij ongelovig.

'Ja,' zeg ik opstandig. 'Botox. Ik wilde het je niet vertellen. Daarom deed ik zo vreemd.'

Zo. Perfect.

'Botox,' zegt hij nog eens. 'Je hebt je laten bótoxen.'

'Ja!'

Opeens besef ik dat mijn gezicht te levendig is. Ik probeer het helemaal strak en uitdrukkingsloos te maken, zodat ik op zo'n beroemdheid van middelbare leeftijd lijk, maar het is al te laat. Luke tuurt aandachtig naar mijn gezicht.

'Waar heb je je laten inspuiten?'

'Eh... hier.' Ik wijs aarzelend naar mijn slaap. 'En... daar. En hier.'

'Maar...' Luke kijkt me verwonderd aan. 'Dan horen de rimpeltjes toch te verdwijnen?'

Wát? Hij durft wel. Ik heb helemaal geen rimpeltjes! Ja, misschien een heel fijn lijntje hier en daar, maar dat kun je nauwelijks zien.

'Het is heel subtiel,' zeg ik nadrukkelijk. 'Het is de nieuwe techniek. *Less is more.*'

Luke zucht. 'Becky, wat heb je daarvoor betaald? Waar heb je het laten doen? Want er zijn meisjes op kantoor die zich hebben laten botoxen, en ik moet zeggen...'

O, god. Ik moet snel over iets anders beginnen, anders stelt hij nog voor meteen naar die kliniek te gaan om ons geld terug te eisen.

'Het was maar een heel klein beetje,' zeg ik snel. 'Ik was er eigenlijk voor... een andere behandeling.'

'Iets anders?' Luke kijkt me met grote ogen aan. 'Wat dan in vredesnaam?'

Mijn geest is volkomen leeg. Behandeling, behandeling. Wat laten mensen doen?

'Borsten,' hoor ik mezelf zeggen. 'Een borstvergroting.'

Ik zie aan zijn ontzette gezicht dat ik dit niet goed heb aangepakt.

'Een bórstvergroting?' brengt hij moeizaam uit. 'Heb jij je…'

'Nee! Ik… overwoog het gewoon.'

'Jezusmina.' Luke wrijft over zijn voorhoofd. 'Becky, we moeten erover praten. Niet hier op straat.' Hij pakt mijn arm stevig beet en trekt me mee een café in. Zodra we binnen zijn, draait hij zich naar me om en pakt me zo hard bij mijn schouders dat ik geschrokken naar adem hap.

'Becky, ik hou van je. Hoe je er ook uitziet. Wat voor figuur je ook hebt. En het idee dat jij dacht dat je stiekem… Ik verdraag het niet. Alsjeblieft, alsjeblieft, doe dat nooit meer.'

Ik had nooit verwacht dat hij zó zou reageren. Hij lijkt zelfs zo van streek dat ik me opeens verschrikkelijk schaam. Waarom moest ik zoiets stoms verzinnen? Had ik niet kunnen zeggen dat ik een cliënt op haar kantoor ging opzoeken? Er schieten me nu wel een miljoen goede smoezen te binnen, die allemaal niets met klinieken of borstvergrotingen te maken hebben.

'Luke, het spijt me,' stamel ik. 'Ik had het niet in mijn hoofd moeten halen. Ik wilde je niet bezorgd maken…'

'Jij bent volmaakt,' zegt hij bijna fel. 'Je hoeft geen haartje te veranderen. Geen sproet. Geen kleine teen. En als ik je het gevoel heb gegeven dat je zoiets zou moeten doen… dan is er iets mis met míj.'

Ik geloof dat dit het meest romantische is wat Luke ooit tegen me heeft gezegd. Ik voel de tranen opwellen.

'Het had niets met jou te maken,' snik ik. 'Het kwam door… je weet wel. De maatschappelijke druk en alles.'

'Heb je wel gecontroleerd of die kliniek veilig is?' Hij reikt naar mijn tas. 'Laat eens zien? Veel van die zogenaamde chirurgen zijn onverantwoordelijke kwakzalvers. Ik zal naar onze bedrijfsarts gaan…'

'Nee!' Ik klem mijn tas in een reflex aan mijn borst. 'Dat hoeft niet Luke, ik weet zeker dat die kliniek veilig is…'

'Nee, dat weet je níét!' Hij schreeuwt bijna van frustratie. 'Dat is verdomme een zware operatie, Becky! Besef je dat wel? En het idee dat jij stiekem je leven op het spel wilde zetten zonder zelfs maar aan Minnie of mij te dénken...'

'Ik zou mijn leven niet op het spel zetten,' breng ik er radeloos tegen in. 'Ik zou me nooit laten opereren zonder het tegen jou te zeggen! Dit is zo'n snelle, kleine ingreep waarbij je gewoon een injectie krijgt.'

'O, en dat maakt het goed?' Hij geeft geen millimeter toe. 'Dat klinkt nog onbetrouwbaarder. Wat houdt dat precies in?'

Ik weet zeker dat ik iets over snelle borstvergrotingen heb gelezen in *Marie Claire*, alleen ben ik de details vergeten.

'Het stelt niets voor. Het is heel veilig.' Ik wrijf over mijn neus om tijd te winnen. 'Ze tekenen het gebied af en spuiten een speciaal soort schuim in de, eh... haarvaten. En dan, eh... zet het uit.'

'Je bedoelt... dat ze worden ópgeblazen?' Luke gaapt me aan.

'Zoiets.' Ik probeer zelfverzekerd te klinken. 'Een beetje maar. Je weet wel. Een cup of twee.' Ik maak een naar ik hoop realistisch gebaar voor mijn borsten.

'In hoeveel tijd?'

Ik probeer iets geloofwaardigs te verzinnen.

'Ongeveer... een week.'

'Je borsten worden in de loop van een wéék opgeblazen?' Het lijkt hem te duizelen. Shit. Ik had een uur moeten zeggen.

'Het hangt van je lichaamstype af,' voeg ik er haastig aan toe. 'En van je... persoonlijke borstmetabolisme. Soms duurt het maar vijf minuten. Iedereen is anders. Maar goed, ik doe het niet. Je hebt gelijk, ik had nooit stiekem naar die kliniek moeten gaan.' Ik kijk innig naar hem op. 'Het spijt me, Luke. Ik ben het aan jou en Minnie verplicht mezelf niet in gevaar te brengen en ik heb mijn lesje nu geleerd.'

Ik hoopte dat Luke me een kus zou geven en me nog eens zou vertellen hoe perfect ik ben, maar zijn gezichtsuitdrukking is veranderd. Hij lijkt niet meer zo overstuur en gekweld als daarnet. Ik zie zelfs iets vertrouwds op zijn gezicht.

Iets wat grenst aan wantrouwen.

'Hoe heet die kliniek?' vraagt hij achteloos.

'Het is me even ontschoten.' Ik kuch. 'Maar goed, laten we erover ophouden, Luke, het spijt me ontzettend...'

'Je kunt het opzoeken.' Hij gebaart naar mijn tas.

'Dat zal ik doen.' Ik knik. 'Later. Wanneer ik een beetje ben bekomen van wat ik je heb aangedaan.'

Luke blijft me wantrouwig aankijken.

O, god. Hij heeft me door, hè? Hij heeft in elk geval door dat ik niet bij een kliniek ben geweest.

'Zullen we iets drinken?' zegt hij opeens.

'Eh… goed,' zeg ik met bonzend hart. 'Heb je daar wel tijd voor?'

'Ik kan wel een kwartiertje spijbelen.' Hij kijkt op zijn horloge. 'Niet tegen mijn assistente zeggen.'

'Natuurlijk niet,' zeg ik met een onnatuurlijk lachje. 'Ik ken haar niet eens!'

'Wel waar.' Luke werpt me een bevreemde blik toe en loopt naar de bar. 'Bonnie. Je hebt haar gesproken.'

'O ja. Natuurlijk.'

Ik zak op een stoel en wrik mijn verkrampte vingers los van mijn tas. Dat hele geheime feestgedoe is een berg stress, en ik ben nog maar net begonnen.

'Proost.' Luke komt met twee glazen wijn terug en we klinken.

We nippen in stilte. Luke kijkt telkens over zijn glas heen naar me. Dan, alsof hij een beslissing heeft genomen, zet hij zijn glas neer.

'Zo, goed nieuws. We hebben een paar nieuwe cliënten. Níét uit het bankwezen.'

'O!' Ik kijk geboeid op. 'Wie?'

Laat het Gucci zijn, laat het Gucci zijn…

'De eerste is een bedrijf in klimaattechnologie. Ze zoeken investeerders voor een nieuw project op het gebied van koolstofabsorptie en willen ons aan boord hebben. Het zou interessant kunnen zijn.'

Koolstofabsorptie. Hm.

'Fijn!' zeg ik enthousiast. 'Goed zo. En die andere?'

'Die andere is nogal een coup…' begint hij met twinkelende ogen. Dan aarzelt hij, kijkt even naar me en neemt nog een slokje wijn. 'Maar het is nog niet rond. Ik vertel het je wel als het zover is. Ik wil de goden niet verzoeken.'

'Nou, toch gefeliciteerd.' Ik hef mijn glas. 'Je kunt nu wel wat goed nieuws gebruiken.'

'Het gaat allemaal niet zo goed.' Hij trekt wrang zijn wenkbrauwen op. 'Hoe gaat het met jouw afdeling shopping? Daar zal het de laatste dagen ook niet echt storm hebben gelopen, denk ik.'

'Nou, toevállig...' Ik sta op het punt hem over mijn fantastische nieuwe systeem te vertellen om cliënten hun aankopen voor hun man geheim te laten houden.

Dan zie ik ervan af. Bij nader inzien kan ik het hem beter niet vertellen.

'We houden het hoofd boven water,' zeg ik dus maar. 'Je weet wel.'

Luke knikt, neemt nog een slokje wijn en leunt achterover in zijn stoel. 'Fijn dat we even met zijn tweetjes zijn, jij en ik. Je zou vaker deze kant op moeten komen. Maar misschien niet omdat je je wilt laten opereren.' Hij werpt me weer zo'n achterdochtige blik toe.

Gaat hij aandringen? Of niet? Ik weet het gewoon niet.

'Hé, heb je de e-mail over de nanny's gezien?' schakel ik snel op iets anders over. 'Zijn ze niet super?'

'Ja!' Hij knikt. 'Ik was onder de indruk.'

Ultimate Nannies heeft al stapels cv's doorgestuurd, en het ene ziet er nog mooier uit dan het andere! Er is er een die vijf talen spreekt, een die de Atlantische Oceaan over is gezeild en eentje die twee doctoraaldiploma's kunstgeschiedenis heeft. Als zij Minnie niet uitgebalanceerd en getalenteerd kunnen maken, weet ik het ook niet meer.

'Ik moest maar eens gaan.' Luke staat op en ik pak mijn tas. Op weg naar buiten blijft Luke even staan om me te kussen. 'Tot vanavond, Becky.'

'Ja.' Ik knik.

Ik ben ervan af. Hij laat het erbij zitten. Al zou hij in geen miljoen jaar geloven dat ik mijn borsten wilde laten vergroten.

Bedankt voor je vertrouwen, wil ik geluidloos naar hem seinen. *Ik deed niets ergs, echt niet.*

Ik hou mijn adem in en kijk hem na tot hij om de hoek verdwijnt. Dan zak ik op een bank, pak een spiegeltje en bestudeer mijn gezicht van heel dichtbij.

Oké, Luke weet van niets. Ik had bést botoxinjecties gehad kunnen hebben. Moet je dat volmaakt gladde stukje huid daar bij mijn haar zien. Luke is blind.

Als ik terugkom bij The Look, zit Jasmine aan de telefoon.

'Ja, twee uur, geen probleem,' zegt ze. 'Tot dan.' Ze hangt op en kijkt me triomfantelijk aan (wat betekent dat een van haar mondhoeken onwillig omhoogkrult. Jasmine is zo langzamerhand een open boek voor me). 'Nou, je plannetje werkt. Er hebben al drie cliënten gebeld die toch willen komen.'

'Wat goed!'

'En er zit nu ook iemand te wachten,' vervolgt Jasmine. 'Geen afspraak. Ze wil door jou geholpen worden, niemand anders. Ze loopt wat rond tot jij terug bent.'

'Oké,' zeg ik verbaasd. 'Ik kom er zo aan.'

Ik haast me naar mijn kleedkamer, zet mijn tas weg, breng nieuwe lipgloss aan en vraag me af wie die cliënt is. Er komen vaak mensen binnenwippen zonder afspraak, dus het kan iedereen zijn. God, als het maar niet die meid is die op Jennifer Aniston wil lijken, want dat zal haar in geen miljoen jaar lukken, hoeveel haltertopjes ze ook koopt...

'Rebecca?' onderbreekt een bekende, hautaine stem mijn gedachten. Ik verstijf even. Droom ik? Dan draai ik me met een tintelend gevoel in mijn nek om... en daar staat ze dan. Onberispelijk als altijd in een pistachegroen pakje, met een helm van haar, een al even onbeweeglijk gezicht en haar krokodillenleren Birkin aan haar ene magere arm.

Ze was het wel degelijk, flitst het door mijn hoofd. *Ze was het echt, daar bij de kerk.*

'Elinor!' pers ik eruit. 'Wat een... verrassing.'

Zachter kan ik het niet uitdrukken.

'Hallo, Rebecca.' Ze neemt de kleedkamer in zich op met een minachtende uitdrukking op haar gezicht, alsof ze niets beters had verwacht. Ze heeft wel lef, want hij is net opgeknapt.

'Eh, wat kan ik voor je doen?' vraag ik.

'Ik wil graag...' Er valt een lange, ongemakkelijke stilte. Het voelt alsof we in een toneelstuk staan en allebei onze tekst kwijt zijn. *Wat doe je hier in godsnaam?* zou ik eigenlijk willen zeggen. Of, heel eerlijk, alleen maar *huh?*

De stilte wordt lachwekkend. We kunnen hier niet eeuwig als twee etalagepoppen blijven staan. Elinor heeft tegen Jasmine gezegd dat ze een cliënt was. Nou, prima. Dan behandel ik haar ook zo. 'Zoek je iets speciaals?' Ik pak mijn notitieboekje alsof ze gewoon een cliënt is. 'Iets voor overdag misschien? We hebben net een paar stukken van Chanel binnengekregen die me wel jouw stijl lijken.'

'Goed,' zegt Elinor na een lange stilte.

Wát?

Gaat ze kleding passen? Hier? Echt?

'Oké,' zeg ik. Ik voel me een beetje onwezenlijk. 'Prima. Ik zal een paar stukken zoeken waarvan ik denk dat ze, eh... bij je passen.'

Ik ga de kleren zelf halen, loop terug naar de paskamer en geef ze aan Elinor.

'Pas maar zoveel of zo weinig als je wilt,' zeg ik beleefd. 'Ik ben vlakbij, mocht je me nodig hebben.'

Ik sluit de deur zacht achter me en slaak een geluidloze kreet. Elinor. Hier. Wat moet dat in godsnaam voorstellen? Moet ik het aan Luke vertellen? Het is té bizar. Opeens vind ik het jammer dat ik Luke niet heb gedwongen me te vertellen wat er precies tussen die twee is voorgevallen en wat voor vreselijke dingen ze heeft gezegd. Moet ik Elinor theatraal wegsturen en zeggen dat ze de deur van The Look nooit meer mag verduisteren?

Als ik dat doe, word ik waarschijnlijk ontslagen.

Na ongeveer een minuut gaat de deur open en zie ik Elinor met haar armen vol kleren staan. Ze kan niets hebben gepast in die korte tijd.

'Zal ik ze van je aannemen?' Ik dwing mezelf beleefd te blijven.

'Ja. Ze voldoen.' Elinor knikt.

Heb ik het wel goed begrepen?

'Je bedoelt... Je neemt ze?' zeg ik ongelovig. 'Je gaat ze kopen?'

'Inderdaad. Ja.' Ze fronst haar wenkbrauwen alsof het gesprek haar nu al irriteert.

Voor acht mille aan kleren? Zomaar? Mijn bonus wordt fantástisch.

'Oké. Fijn!' Ik probeer mijn blijdschap te verdoezelen. 'Moet er nog iets worden vermaakt of zo?'

Elinor schudt bijna onmerkbaar haar hoofd. Dit is officieel de meest bizarre afspraak die ik ooit heb gehad. De meeste vrouwen die acht mille aan kleren willen uitgeven, zouden op zijn minst uit de paskamer komen, een pirouette draaien en vragen: 'Wat vind je?'

Jasmine komt langs met een rek vol kleren en ik zie haar ongelovig naar Elinor kijken. Het is me ook een schouwspel, die Elinor met haar bleke, strakke, te dik opgemaakte gezicht, dooraderde handen vol edelstenen en haar staalharde, aanmatigende blik. Ze ziet er ook ouder uit, dringt het nu pas tot me door. Haar huid ziet er dun en perkamentachtig uit, en ik zie een paar grijze piekjes bij haar slaap die de kapper kennelijk heeft gemist (ik neem aan dat hij bij zonsopkomst wordt geëxecuteerd).

'Goed, kan ik verder nog iets voor je doen? Avondkleding? Accessoires?'

Elinor doet haar mond open. En weer dicht, en weer open. Zo te zien kost het haar veel moeite om iets te zeggen, en ik wacht gespannen af. Wil ze iets over Luke zeggen? Heeft ze slecht nieuws? Er moet een reden voor haar komst zijn.

'Avondkleding,' mompelt ze uiteindelijk.

Ja, vast. Dat is precies wat je wilde zeggen.

Ik haal zes avondjurken voor haar en ze neemt er drie. En dan nog twee tassen. En een stola. Dit begint een klucht te worden. Ze heeft nu zo'n twintig mille uitgegeven, maar ze kijkt me nog steeds niet recht aan en ze heeft nog steeds niet gezegd wat ze wilde zeggen.

'Wil je misschien… iets drinken?' zeg ik ten slotte zo normaal en vriendelijk mogelijk. 'Een kopje cappuccino? Thee? Een glaasje champagne?'

Er zijn geen soorten kleding meer. Ze kan niets meer kopen. Ze kan het niet langer uitstellen. Wat *het* ook mag zijn.

Elinor staat daar maar, met haar hoofd licht gebogen en haar handen om het hengsel van haar tas geklemd. Ik heb haar nog nooit zo timide meegemaakt. Het is bijna eng. En ze heeft me nog niet één keer beledigd, stel ik opeens verbijsterd vast. Ze heeft niet gezegd dat mijn schoenen snert zijn of dat mijn nagellak ordinair is. Wat mankeert haar? Is ze ziek?

Dan heft ze eindelijk langzaam haar hoofd, alsof het een enorme inspanning is.

'Rebecca?'

'Ja?' zeg ik nerveus. 'Wat is er?'

Wanneer ze weer iets zegt, praat ze zo zacht dat ik haar bijna niet kan verstaan.

'Ik wil mijn kleinkind zien.'

O, god. O, gottegottegot. Wat nu?

Mijn hoofd blijft de hele weg naar huis tollen. Dit had ik in geen miljoen jaar verwacht. Ik dacht dat Elinor totaal niet in Minnie geïnteresseerd was.

Toen Minnie net was geboren, kwam Elinor pas na een maand of drie op bezoek. Ze kwam onverwacht langs, liet haar chauffeur buiten wachten, keek in het wiegje en vroeg of Minnie gezond was. Toen we ja zeiden, vertrok ze weer. En terwijl de meeste mensen je schitterende cadeaus geven, zoals teddyberen of snoezige laarsjes, stuurde Elinor een afgrijselijke antieke pop met pijpenkrullen en enge ogen, als een pop uit een horrorfilm. Hij was zo griezelig dat mam hem niet in huis wilde hebben, en uiteindelijk heb ik hem via eBay verkocht (Elinor kan dus maar beter niet vragen of ze hem mag zien of zo).

En dat was allemaal nog vóór de grote ruzie tussen haar en Luke. Daarna hebben we haar naam eigenlijk niet meer genoemd. Toen ik een paar maanden voor Kerstmis aan Luke wilde vragen of we haar ook iets moesten geven, beet hij mijn hoofd er bijna af, en sindsdien durf ik niets meer over haar te zeggen.

Ik kan natuurlijk de makkelijkste weg kiezen. Ik kan haar kaartje weggooien en doen alsof ik haar nooit heb gezien. Het hele voorval uit mijn geheugen wissen. Ik bedoel, wat kan ze ertegen beginnen?

Maar op de een of andere manier… kan ik het niet over mijn hart verkrijgen. Ik heb Elinor nooit eerder kwetsbaar gezien; niet zoals vandaag. Terwijl ze gespannen mijn antwoord afwachtte, zag ik niet Elinor het ijskonijn, maar alleen een eenzame oude Elinor met perkamenten handen.

Zodra ik zei: 'Goed, ik zal het aan Luke vragen,' verviel ze weer in haar normale ondernul-gedrag: ze zei tegen me dat The Look niet kon tippen aan de winkels in Manhattan, dat de Engelsen niet wisten wat service was en dat er vlekjes op de vloerbedekking in de paskamer zaten.

Toch had ze me op de een of andere manier geraakt. Ik kan haar niet negeren. Ik kan haar kaartje niet weggooien. Ze mag dan een groot kreng van een ijskonijn zijn, ze is wél Minnies oma. Ze zijn elkaars vlees en bloed (je snapt me wel: als Elinor vlees of bloed zou hebben).

En het is tenslotte mogelijk dat Luke iets milder is geworden. Wat ik moet doen, is het onderwerp heel subtiel ter sprake brengen. Heel, heel voorzichtig, alsof ik met een olijftak zwaai. En dan zie ik wel hoe het gaat.

Ik wacht die avond dus tot Luke thuis is, Minnie welterusten heeft gezegd, een whisky heeft gedronken en zich uitkleedt voordat ik iets ter sprake breng.

'Luke... over je moeder...' begin ik aarzelend.

'Ik moest vandaag ook aan Annabel denken.' Luke kijkt met een zacht gezicht om. 'Pap heeft me vandaag een paar oude foto's van haar gemaild. Ik zal ze je laten zien.'

Goh, briljant begin, Becky. Ik had duidelijk moeten zeggen wélke moeder. Nu hij denkt dat ik over Annabel ben begonnen, is het onmogelijk naadloos op Elinor over te schakelen.

'Ik dacht eigenlijk aan... familiebanden,' probeer ik het opnieuw. 'En familietrekjes,' voeg ik er in een plotselinge inval aan toe. 'Op wie lijkt Minnie het meest, vind jij? Het is een ontzettende dramaqueen, net als mam, maar ze heeft jouw ogen... Volgens mij heeft ze van iedereen in de familie wel iets, zelfs van...' – mijn hart klopt in mijn keel – '... zelfs van je biologische moeder. Elinor.'

'Ik mag hopen van niet,' zegt Luke kortaf, en hij slaat een la dicht. Oké. Hij klinkt niet milder.

'Maar het is toch haar grootmoeder,' hou ik vol. 'Minnie zal toch wel íéts van haar weg hebben...'

'Ik zie het niet,' kapt hij me af. 'Het gaat om de opvoeding. Ik ben altijd de zoon van Annabel geweest, niet van dat mens.'

Jasses. *Dat mens*. Het is nog erger dan ik dacht.

'Juist,' zeg ik zwakjes.

Ik kan nu niet opeens zeggen: *hé, zullen we met Minnie naar Elinor gaan?* Niet nu. Ik zal het voorlopig moeten laten rusten.

'Zo, hoe was de rest van je dag?' verander ik van onderwerp.

'Niet slecht.' Hij knikt. 'En de jouwe? Goed teruggekomen?'

'Ja, prima,' zeg ik onschuldig. 'Ik heb een taxi genomen. Lief dat je het vraagt.'

'Een rare buurt voor een kliniek voor plastische chirurgie, dacht ik later,' vervolgt Luke achteloos. 'Niet wat je zou verwachten in het financiële district.'

Ik bega de vergissing hem aan te kijken... en zie een verraderlijke fonkeling in zijn ogen. Ik wist wel dat hij me doorhad.

Ik kan me er alleen nog maar uit bluffen.

'Ben je gek?' pareer ik. 'Het is juist logisch. Kijk maar naar al die afgetobde zakenmensen die daar rondlopen. Een enquête in een tijdschrift heeft laatst uitgewezen dat mensen in de financiële wereld veel eerder verouderen dan welke andere bevolkingsgroep ook, met wel twintig procent.'

Ik zuig het uit mijn duim, maar dat weet Luke toch niet? En ik durf te wedden dat het waar is.

'Weet je?' vervolg ik, want ik krijg een geniaal idee. 'Er kwam ook uit dat mensen minder snel verouderen als ze zich gekoesterd voelen door hun baas. En dan presteren ze ook beter.'

'Vast wel.' Luke kijkt naar zijn BlackBerry.

'Bazen zouden dat gevoel kunnen bevorderen door hun personeelsleden persoonlijke, ondertekende verjaardagskaarten te geven,' ga ik dapper door. 'Is dat niet boeiend? Geef jij je werknemers een persoonlijk kaartje?'

'Hm.' Luke knikt amper.

Het lef. *Nietes!* zou ik willen zeggen. *De hele stapel ligt nog op je kamer, zonder je naam erop!*

'O, fijn.' Ik dwing mezelf het nonchalant te zeggen. 'Want mensen schijnen heel blij te zijn als ze weten dat hun baas de kaart zelf heeft getekend in plaats van het door een assistente te laten opknappen of zo. Het verhoogt hun endorfinespiegel met vijftien procent.'

Luke houdt even op met sms'en. Yes! Ik ben tot hem doorgedrongen.

'Becky... Je leest echt veel kul.'

Kul?

'Dat heet toevallig wetenschappelijk onderzoek,' zeg ik waardig. 'Ik dacht dat je het interessant zou vinden om te weten dat een kleinigheid als een verjaardagskaart met je naam erop alle verschil van de wereld kan maken. Want veel bazen vergeten dat gewoon. Maar jij dus duidelijk niet.'

Ha. Steek die maar in je zak, meneer te-druk-om-te-tekenen.

'Fascinerend,' zegt hij uiteindelijk, maar hij reikt naar een potlood en maakt een aantekening op het lijstje van dingen die hij nog moet doen dat hij altijd in zijn zak heeft. Ik doe alsof ik het niet merk, maar vanbinnen lach ik voldaan.

Oké, ik vind dat we nu wel klaar zijn met dit gesprek, en ik heb geen zin om dat over botox nog eens dunnetjes over te doen, dus geeuw ik overdreven en zak in de kussens, klaar om in slaap te vallen.

Maar achter mijn dichte ogen zie ik Elinor nog. Ik voel me zelfs schúldig, wat heel vreemd is, en voor mij een gloednieuwe ervaring, maar ik weet op dit moment niet wat ik eraan kan doen.

O, nou ja. Ik zie morgen wel verder.

Van: Bonnie Seabright
Onderwerp: Kaarten
Datum: 23 januari 2006
Aan: Becky Brandon

Luke heeft alle verjaardagskaarten getekend! Veel dank! Bonnie!

Van: Becky Brandon
Onderwerp: Re: Kaarten
Datum: 24 januari 2006
Aan: Bonnie Seabright

Geen dank! Gil maar als er nog iets is.
Becky xxx
PS: Ben je al over de fitnesszaal begonnen?

Whitehall Place 180/4
Londen SW1

Mw. R. Brandon
Dennenlust
Elton Road 43
Oxshott
Surrey

Londen, 6 februari 2006

Beste Rebecca,

Dank voor je brief van 1 februari.

De minister heeft onlangs inderdaad een speech gehouden waarin hij benadrukte hoe belangrijk de detailhandel is voor de Britse economie.

Helaas zijn er op dit moment geen speciale onderscheidingen of ridderordes 'voor shoppen', zoals je voorstelt. Mocht er zo'n onderscheiding worden ingesteld, dan zal ik jouw naam zeker noemen.

Ik stuur je dan ook met dank je pakketje bonnen en winkelmerkjes terug, die ik met belangstelling heb bekeken. Ik ben het met je eens dat er 'echte toewijding aan het op peil houden van de economie' uit spreekt.

Vriendelijke groet.

Edwin Tredwell,
Hoofd Beleidsresearch

9

Er is een week voorbijgegaan, en ik weet nog steeds niet hoe het met Elinor moet. Eerlijk gezegd heb ik amper aan haar gedacht, zo druk heb ik het. We zijn overstroomd door cliënten die gebruik willen maken van onze discrete shoppingservice! Het is waanzinnig! De koppen van het tv-nieuws melden allemaal mismoedig dat de winkels leeg zijn en dat niemand nog gaat shoppen... maar dan zouden ze eens naar onze afdeling moeten komen. Het gonst hier van de bedrijvigheid!

En ik heb vandaag nog meer aan mijn hoofd dan anders, want onze nieuwe Ultimate Nanny gaat beginnen.

Ze heet Kyla en ze is super. Ze heeft een titel van Harvard en een master in kinderverzorging, en ze is bevoegd docent Mandarijn, tennis, fluit, gitaar, zingen en... nog iets, maar dat is me ontschoten. Harp, misschien. Ze is oorspronkelijk met een Amerikaans gezin meegekomen naar Groot-Brittannië, maar dat is weer terugverhuisd naar Boston en zij besloot te blijven omdat ze parttime promoveert aan Goldsmith en hier familie heeft. Ze wil dus maar drie dagen per week werken, wat ons heel goed uitkomt.

En ze heeft van die konijnentanden.

Echt immens, bedoel ik. Geen konijn, maar een eland.

Niet dat haar uiterlijk er iets toe doet, natuurlijk. Ik ben niet zo'n bevooroordeeld iemand die op uiterlijk discrimineert. Als ze een supermodellenglimlach van een miljoen had gehad, had ik haar ook aangenomen.

Maar toch. Die tanden namen me op de een of andere manier voor haar in. Daar komt nog bij dat haar haar allesbehalve danst.

Wat overigens niet op mijn lijstje van het sollicitatiegesprek stond. Toen ik *geen dansend haar* opschreef, ging dat over heel iets anders, en Luke hoefde me er echt niet mee te plagen. Kyla's haar viel me toevallig op, gewoon, belangstelling, en ze heeft een doffe bob met wat grijze haren erin.

Ze is dus perfect!

'Zo, komt Julie Andrews straks?' Mam komt de keuken in, waar Minnie zit te kleien en ik gedachteloos door eBay blader. Mam ziet waar ik naar kijk en ademt hoorbaar in. 'Becky, zit je te shoppen?'

'Nee!' zeg ik afwerend.

Dat ik op eBay zit, wil toch nog niet zeggen dat ik iets ga kopen? Ik heb echt geen behoefte aan een paar zeegroene, lakleren Chloe-schoenen, maar één keer gedragen, met Paypal te betalen. Ik hou gewoon bij wat er allemaal gebeurt. Zoals je de actualiteit bij-houdt.

'Ik hoop dat je Minnies lederhosen klaar hebt liggen?' vervolgt mam. 'En je fluitje?'

'Haha,' zeg ik beleefd.

Mam is nog steeds in haar wiek geschoten omdat we een nanny hebben genomen. Ze was nog dieper beledigd toen Luke en ik haar niet bij de sollicitatiegesprekken wilden hebben. Ze bleef achter de deur staan, waar ze *tuttut*-geluidjes maakte, met haar tong klakte en alle kandidates neerbuigend opnam. Toen ze Kyla's cv las, met al die aantekeningen over gitaar en zingen, waren de rapen gaar. Ze doopte haar prompt 'Julie Andrews' en hield niet meer op met zo-genaamd leuke grapjes over haar. Zelfs Janice doet mee. Ze noemt Luke 'kapitein Von Trapp', wat heel vervelend is, want dan ben ik dus óf de overleden echtgenote, óf de barones.

'Als ze kleren van de gordijnen wil maken, wil je dan zeggen dat ze die uit de blauwe kamer moet nemen?' zegt mam.

Ik doe maar alsof ik het niet heb gehoord. Trouwens, mijn mobiel-tje gaat. Ik zie dat het Luke is; hij zal wel benieuwd zijn.

'Hallo,' neem ik op. 'Ze is er nog niet.'

'Gelukkig.' Hij klinkt knetterig, alsof hij in een auto zit. 'Ik wilde nog even iets tegen je zeggen voordat ze komt. Becky, je moet wel éérlijk tegen haar zijn.'

Wat bedoelt hij daar nou mee?

'Ik ben altijd eerlijk!' zeg ik verontwaardigd.

'Die nanny moet de omvang van het probleem kennen,' vervolgt hij alsof ik niets heb gezegd. 'We hebben haar niet zomaar aangenomen. Het heeft geen zin om te doen alsof Minnie een heilige is. We moeten haar het hele verhaal vertellen, uiteenzetten welke problemen we hebben…'

'Ja, Luke!' zeg ik kattig. 'Laat die preek maar zitten. Ik zal haar alles vertellen.'

Alleen maar omdat ik tijdens het sollicitatiegesprek niet álles over Minnie heb verteld. Ik bedoel, wat moet ik dan doen, mijn eigen dochter afkraken? Ik heb dus een leugentje om bestwil verteld en gezegd dat Minnie zes weken achter elkaar de prijs voor het beste gedrag van de peutergroep had gewonnen. En Luke zei dat ik daarmee het hele doel van de onderneming ondermijnde en toen hebben we een beetje… een verhitte discussie gehad.

'Maar goed, daar is ze,' zeg ik wanneer ik de bel hoor. 'Ik moet rennen. Tot vanavond.'

Ik doe de deur open en daar staat Kyla, met een gitaar. Ik moet een giechel inslikken. Ze lijkt echt sprekend op Julie Andrews, maar dan in spijkerbroek. Zou ze over de weg hebben gehuppeld onder het zingen van 'Alles kan als jij het laat gebeuren'?

'Hallo, mevrouw Brandon.' Ze lacht vriendelijk al haar elandstanden bloot.

'Zeg toch Becky!' Ik loods haar naar binnen. 'Minnie is zo benieuwd naar je! Ze zit te kleien,' voeg ik er zelfvoldaan aan toe terwijl ik Kyla voorga naar de keuken. 'Ik begin 's ochtends graag met iets constructiefs.'

'Heel goed.' Kyla knikt verwoed. 'Ik kleide ook vaak met Eloise, mijn vorige pupil, toen ze nog klein was. Ze was heel getalenteerd. Ze heeft zelfs een prijs gewonnen voor een van haar creaties bij een plaatselijke competitie.' Ze glimlacht weemoedig. 'We waren allemaal heel trots op haar.'

'Fijn!' Ik glimlach terug. 'Zo, daar zijn we dan…' Ik maak zwierig de keukendeur open.

Shit. Minnie zit niet meer te kleien. Ze heeft de boel de boel gelaten en zit vrolijk op mijn laptop te timmeren.

'Minnie! Wat doe je nou?' Ik lach schel. 'Die is van mammie!'

Ik haast me naar haar toe, pak haar de laptop af... en dan kijk ik naar het scherm en voel het bloed in mijn aderen stollen. Ze staat op het punt £ 2.673.333.333 op de Chloe-schoenen te bieden.

'Minnie!' Ik gris de laptop weg.

'Van míj!' gilt Minnie woest. 'Míjn schoenen!'

'Werkt Minnie aan computerkunst?' Kyla komt vriendelijk glimlachend op me af en ik klap de laptop haastig dicht.

'Ze werkte even met... getallen,' zeg ik een beetje schril. 'Heb je zin in koffie? Minnie, ken je Kyla nog?'

Minnie werpt een laatdunkende blik op Kyla en begint de potjes Play-Doh tegen elkaar aan te slaan.

'Als u het goedvindt, maak ik de klei voortaan zelf, mevrouw Brandon,' zegt Kyla. 'Ik gebruik liever biologische bloem.'

Wauw. Biologische, zelfgemaakte klei. Zie je, daarom moet je een Ultimate Nanny hebben. Ik popel om op mijn werk over haar op te scheppen.

'En wanneer wil je haar Mandarijn gaan leren?' vraag ik, want ik weet dat Luke er benieuwd naar is.

Luke ziet het helemaal zitten dat Minnie Mandarijn gaat leren. Hij zegt telkens tegen me dat ze er later veel plezier van zal hebben. Het lijkt mij ook wel cool, maar ik ben ook een beetje bang. Stel dat Minnie straks vloeiend Mandarijn spreekt en ik haar niet meer kan verstaan? Moet ik het ook leren? Ik heb visioenen waarin Minnie als tiener me in het Mandarijn uitscheldt, terwijl ik als een gek in een taalgidsje blader.

'Dat hangt van haar aanleg af,' antwoordt Kyla. 'Ik ben met Eloise begonnen toen ze anderhalf was, maar dat was een uitzonderlijk kind. Hoogst intelligent en ontvankelijk. En ze wilde iedereen graag een plezier doen.'

'Dat klinkt geweldig,' zeg ik beleefd.

'O, Eloise is een zalig kind.' Kyla knikt verwoed. 'Ze skypet me nog elke dag uit Boston voor haar algebra en Mandarijn, om te oefenen. Vóórdat ze gaat trainen, natuurlijk. Ze turnt nu ook.'

Oké, nu begint die Eloise me de keel uit te hangen. Algebra, Mandarijn én turnen? Dat is gewoon opschepperij.

'Nou, Minnie is ook heel intelligent en ontvankelijk. Ze heeft zelfs… laatst haar eerste gedicht geschreven,' kan ik niet laten eraan toe te voegen.

'Heeft ze een gedicht geschreven?' Kyla lijkt voor het eerst onder de indruk te zijn. Ha. Lekker puh, Eloise. 'Kan ze al schrijven?'

'Ze heeft het voor me opgezegd en ik heb het opgeschreven,' antwoord ik na een korte stilte. 'Het was een gedicht in de traditie van de mondelinge overlevering.'

'Minnie, zeg je gedicht eens op?' jubelt Kyla naar Minnie. 'Hoe ging het?'

Minnie kijkt haar kwaad aan terwijl ze klei in haar neus propt.

'Ze zal het al wel vergeten zijn,' zeg ik snel, 'maar het was heel simpel en mooi. Het ging zo…' Ik schraap mijn keel. '"Waarom moeten de regendruppels vallen?"'

'Wauw.' Kyla is overdonderd. 'Wat mooi. Al die lágen.'

'Ja.' Ik knik ernstig. 'We willen het op onze kerstkaarten zetten.'

'Goed idee!' zegt Kyla enthousiast. 'Weet je, Eloise maakte altijd zelf prachtige kerstkaarten, en die verkocht ze voor een goed doel. Ze heeft de filantropieprijs van haar school gewonnen. St. Cuthbert's in Chelsea, ken je die school?'

St. Cuthbert's in Chelsea is de school waar Ernie op zit. Geen wonder dat hij zich daar ellendig voelt, tussen al die Eloises.

'Fantastisch! Is er wel iets wat Eloise niet kan?' Er zit een scherp kantje aan mijn stem, maar ik weet niet of Kyla het hoort.

'Nou, vandaag gaan Minnie en ik gewoon wat spelen, elkaar leren kennen…' Kyla klopt Minnie onder haar kin. 'Het is wel duidelijk dat ze superslim is, maar moet ik verder nog iets van haar weten? Heeft ze ook zwakke punten? Probleempjes?'

Ik glimlach even strak terug. Ik weet wat Luke heeft gezegd, maar ik ga liever dood dan dat ik zeg: 'Ja, toevallig is ze uit vier kerststallen verbannen en iedereen denkt dat ze losgeslagen is en daarom wil mijn man geen tweede kind.' Niet na wat ik allemaal over Sint-Eloise heb gehoord.

Trouwens, waarom zou ik Kyla tegen Minnie opzetten? Als ze haar vak verstaat, komt ze er zelf wel achter wat Minnies nukken zijn en helpt ze haar ervan af. Ik bedoel, dat is toch haar werk?

'Nee,' zeg ik uiteindelijk. 'Geen problemen. Minnie is een liefde-

140

vol, zorgzaam kind en we zijn er trots op dat we haar ouders mogen zijn.'

'Super!' Kyla ontbloot haar elandstanden in een brede glimlach. 'En lust ze alles? Groente? Erwten, worteltjes, broccoli? Eloise vond het enig om me te helpen risotto te maken met groente uit de tuin.'

Uiteraard. Het kind zal er wel een Michelin-ster voor hebben gekregen.

'Absoluut,' antwoord ik zonder een spier te vertrekken. 'Minnie is gek op groente. Ja toch, lieverd?'

Minnie heeft nog nooit van haar leven een wortel gegeten. Toen ik een keer had geprobeerd de worteltjes onder de korst van een ovengerecht te verstoppen, sabbelde ze de hele korst eraf en spuugde de worteltjes een voor een door de kamer.

Maar dat ga ik niet aan tante Perfect vertellen. Als ze zo'n supernanny is, kan ze Minnie ook wel worteltjes laten eten, nietwaar?

'Misschien heb jij zin om even weg te gaan, dan kunnen Minnie en ik kennismaken!' Kyla zegt vrolijk tegen Minnie: 'Wil je me je klei laten zien, Minnie?'

'Oké!' zeg ik. 'Tot straks.'

Ik loop achteruit de keuken uit met mijn kop koffie en bots bijna tegen mam op, die in de gang op de loer stond.

'Mam!' roep ik. 'Je bespioneert ons toch niet?'

'Kent ze "Edelweiss" al?' snuift mam. 'Of zitten we nog hertjes te kleien?'

Die arme mam. Ik zou echt moeten proberen haar op te vrolijken.

'Hé, zullen we samen gaan shoppen of zo?' zeg ik in een opwelling. 'Kyla wil Minnie leren kennen, en pap is thuis, mocht ze een probleem hebben…'

'Ik kan niet shoppen!' repliceert mam aangebrand. 'We zijn aan de bedelstaf geraakt, weet je nog? Ik heb al mijn bestellingen via Ocado al moeten afzeggen, hoor. Je vader was onvermurwbaar. Geen luxequiches meer, geen gerookte zalm… We zitten op een strikt rantsoen.' Mams stem trilt een beetje. 'Als ik ergens heen ga, moet het de Pondknaller zijn!'

Ik voel een steek van medeleven. Het verbaast me niets dat mam de laatste tijd zo somber is.

'Nou, dan gaan we toch naar de Pondknaller?' probeer ik haar over te halen. 'Kom op, het wordt leuk!'

Tegen de tijd dat ik mijn jas aanheb, heeft mam Janice gebeld, die ook mee wil naar de Pondknaller. En als we buiten komen, staat Jess in een stokoud ski-jack en een spijkerbroek op ons te wachten.

'Ha, Jess!' roep ik naar haar. 'Alles goed?'

Ik heb Jess al een eeuwigheid niet meer gezien. Tom en zij zijn vorige week een paar dagen naar Cumbria gegaan, en ik wist niet eens dat ze weer terug waren.

'Ik word gek,' gromt ze. 'Het is niet te harden. Heb jij ooit geprobeerd met Janice en Martin samen te leven?'

'Eh... nee.' Ik kan me voorstellen dat Janice en Jess het niet al te goed met elkaar kunnen vinden. 'Wat is er?'

'Eerst wilde ze per se dat we nog een keer gingen trouwen. Nu ze dat idee heeft opgegeven, wil ze dat we een kind nemen.'

'Nu al?' Ik voel een giechel opkomen. 'Jullie zijn net vijf minuten getrouwd!'

'Precies! Maar Janice blijft maar toespelingen maken. Ze zit de hele avond aan iets donzig geels te breien, maar ze wil niet zeggen wat het is.' Jess gaat zachter praten en zegt onheilspellend: 'Het is een babydekentje, ik weet het zeker.'

'Hèhè, we zijn er,' onderbreekt mam ons op de hoek van de winkelstraat.

Rechts van ons is een Pondknaller en links een 99p Shop. We nemen ze allebei weifelend op.

'Waar zullen we naartoe gaan?' zegt Janice uiteindelijk. 'De 99p Shop is íéts goedkoper, uiteraard...' Ze maakt haar zin niet af.

Mam kijkt verlangend naar Emma Jane Gifts aan de overkant, een ongelooflijk boetiekje vol kasjmieren truien en handgemaakt aardewerk waar we allebei graag rondsnuffelen. Ik zie zelfs een paar bridgevriendinnen van mam binnen die naar ons wuiven. Dan richt mam zich resoluut op, alsof ze ten strijde trekt, en loopt in de richting van de Pondknaller.

'Ik heb nog bepaalde principes, Janice,' zegt ze met ingehouden waardigheid, als een generaal die zijn gala-uniform aantrekt voor

142

het diner, ook al regent het bommen om hem heen. 'Ik geloof niet dat we al zo diep gezonken zijn dat we naar de 99p Shop moeten.'

'Oké,' piept Janice nerveus.

'Ik schaam me er niet voor hier gezien te worden,' vervolgt mam. 'Waar zou ik me voor schamen? Dit is onze nieuwe manier van leven en we zullen er maar aan moeten wennen. Als je vader zegt dat we knollenjam moeten eten, dan is dat maar zo.'

'Mam, hij heeft niet gezegd dat we knollenjam...' begin ik, maar mam schrijdt de winkel al in, met haar kin fier in de lucht. Ik wissel een blik met Jess en loop achter mam aan.

Wauw. Het is hier groter dan ik dacht. En wat een spullen! Mam heeft al een winkelmandje gepakt en legt er met rukkerige, onwillige beweginkjes louche ogende blikken vlees in.

'Je vader zal zijn smaakpapillen moeten aanpassen aan zijn portemonnee!' zegt ze terwijl ze nog een blik in het mandje laat kletteren. 'Misschien hebben we geen geld meer om gezond te eten! Misschien kunnen alleen de superrijken zich vitaminen veroorloven!'

'O, chocoladecrèmekoekjes!' roep ik uit. 'Neem daar een paar rollen van, mam. En Toblerones!'

Hé, daar zie ik een rek met wattenbolletjes. Ik zou wel gek zijn als ik geen voorraadje insloeg. Ik bedoel, dat is een vorm van zuinigheid. En daar zie ik make-upkwasten en zelfs wimperkrultangen! Voor een pond! Ik pak een mandje en begin het vol te laden.

'Jane!' roept Janice ademloos, en ze komt met een lading tuinlampen op zonne-energie aanzetten. 'Heb je die gezien? Die kunnen toch geen pond kosten?'

'Ik geloof dat alles een pond...' begin ik, maar ze tikt al een verkoopster op de schouder.

'Neem me niet kwalijk,' zegt ze beleefd, 'wat kosten deze lampen?'

Het meisje werpt haar een onmetelijk minachtende blik toe. 'Pond.'

'En dit?' Janice wijst naar een tuinslang.

'Pond. Alles kost een pond. Het is de Póndknaller, toch?'

'Maar... maar...' Janice lijkt op knappen te staan van opwinding. 'Dit is ongelooflijk. Beseffen jullie wel wat dit bij John Lewis zou kosten?'

143

Ik hoor mam in het volgende gangpad naar adem snakken, kijk op en zie haar met een stapel plastic bakjes zwaaien. Er is niets over van de martelares; haar ogen stralen. 'Janice! Tupperware!'

Net als ik met Janice mee wil lopen, zie ik een rek met slangenleren ceintuurs met glitters. Ongelooflijk. Ik bedoel, een ceintuur! Voor een pond! Ik wil geen dief van mijn eigen portemonnee zijn. En daar zie ik een hele lading extensions en pruiken... God, wat een briljante winkel. Waarom ben ik hier niet eerder naartoe gegaan?

Ik leg vijf ceintuurs en een assortiment pruiken in mijn mandje, mik er nog wat make-up van 'beroemde merken' bij (niet dat ik ooit van die merken heb gehoord) en drentel naar een rek met het opschrift: TWEEDEHANDS, RETOUR VAN CATERING, GEEN GARANTIE.

Wauw. Moet je kijken. Stapels plaatskaartjes en tafelconfetti en van alles. Perfect voor een party.

Ik kijk er even stilletjes naar en laat mijn gedachten malen. Ik kan natuurlijk geen spullen voor Lukes feest bij de Pondknaller inslaan. Dat zou echt vrekkig en gierig zijn.

Maar het kost maar een pond. En het zijn echte feestbenodigdheden. Zou Luke het erg vinden?

Laten we het zo stellen: hoe minder ik uitgeef aan plaatskaartjes en confetti... hoe meer ik overhou voor champagne. En alles kost maar een pond. Een pónd!

O, god, dit kan ik niet laten lopen. Het is een buitenkans. Ik leg haastig pakjes plaatskaartjes, partypoppers, tafelconfetti en servethouders in mijn mandje. Ik ga tegen niemand zeggen dat ik het bij de Pondknaller heb gekocht. Ik zeg dat ik alles heb laten ontwerpen door een gespecialiseerd evenementenbureau.

'Wil je nog een mandje?' vraagt Jess, die naast me opduikt.

'O, graag.' Ik neem het aan en leg er wat uitklapbare kandelaarversieringen in die ik net heb gezien. Ze zien er een beetje sjofel uit, maar dat ziet geen mens bij kaarslicht.

Jess knikt belangstellend naar mijn mandjes. 'Is dat voor Lukes feest? Hoe gaat het met de voorbereidingen?'

O, verdomme. Jess mag niet overal rondbazuinen dat de versieringen van de Pondknaller komen.

'Nee!' zeg ik snel. 'Natuurlijk niet! Ik ben alleen... inspiratie aan

144

het opdoen.' Dan zie ik dat Jess geen mandje heeft. 'Koop jij niets?' vraag ik. 'Moet je geen enveloppen van gerecycled materiaal kopen of zo?'

Ik had gedacht dat deze winkel spekje naar Jess' bekje zou zijn. Ze leest me altijd de les omdat ik te veel uitgeef, en waarom koop ik geen grootverpakkingen, en waarom leef ik niet van aardappelschillen?

'Nee, ik koop niets meer,' zegt Jess langs haar neus weg.

Hoor ik dat goed?

'Hoe bedoel je, je "koopt niets meer"?' zeg ik terwijl ik mijn tweede mandje vol blijf stouwen. 'Je moet wel dingen kopen. Iedereen koopt dingen.'

'Ik niet.' Ze schudt haar hoofd. 'Na onze tijd in Chili hebben Tom en ik besloten nulconsumenten te worden, of daar zo dicht mogelijk bij te komen. Wij doen alleen nog aan ruilhandel.'

'Ruilhandel?' Ik gaap haar aan. 'Hoe bedoel je, met kralen en spiegeltjes?'

Jess lacht snuivend. 'Nee, Becky. Met alles. Eten, kleding, verwarming… Als ik het niet kan ruilen, doe ik het niet.'

'Maar… met wie dan?' zeg ik ongelovig. 'Geen mens doet nog aan ruilhandel. Dat is iets uit de middeleeuwen.'

'Je zou ervan staan te kijken. Er zijn veel gelijkgezinden. Er zijn netwerken, websites…' Ze haalt haar schouders op. 'Vorige week heb ik zes uur tuinieren geruild voor een treinkaartje. Zo ben ik naar Scully gekomen. Het heeft me geen cent gekost.'

Ik kijk haar verbijsterd aan. Eerlijk gezegd voel ik me een beetje beledigd. Wij voelen ons allemaal ontzettend deugdzaam omdat we inkopen doen bij de Pondknaller, maar Jess moet iedereen weer aftroeven door nooit te shoppen, echt nooit. Het is echt iets voor haar. Straks verzint ze nog een vorm van antishoppen. Zoiets als antimaterie, of antizwaartekracht.

'Dus…' Ik krijg een idee. 'Zou ik ook aan ruilhandel kunnen doen?'

'Ja, natuurlijk,' zegt Jess. 'Je zou het zelfs móéten doen. Je kunt letterlijk alles krijgen. Kleding, eten, speelgoed… Ik zal je de links sturen van de websites die ik het vaakst gebruik.'

'Bedankt!'

Yes! Ik ga opgetogen verder met inslaan. Dit is de oplossing. Ik ga alles wat ik nodig heb voor Lukes feest ruilen voor andere dingen. Eitje. En die bekakte feestservice van een triljoen pond zoekt het maar uit. Wie heeft daar behoefte aan als je ook naar de Pondknaller en een ruilhandelwebsite kunt gaan?

Ooo... Star Wars-lampjes, twee snoeren voor een pond! En Yoda-borrelglaasjes.

Ik denk even na. Misschien zou het feest een Star Wars-thema kunnen krijgen. Ik bedoel, ik weet niet of Luke wel echt gek is op Star Wars, maar ik kan hem toch fan maken? Ik huur alle dvd's en stel voor lid te worden van de fanclub, en tegen 7 april is hij ervan bezeten.

Alleen zie ik nu ook prachtige slingers met discobolletjes. En schalen met nepedelstenen en het opschrift HET HOF VAN KONING ARTHUR, met bijpassende bokalen. O, god, nu sta ik in dubio.

Misschien kan het een jarenzeventigdisco/Star Wars/koning Arthur-combinatiefeest worden?

'Die kun je ook via ruilhandel krijgen,' zegt Jess, die afkeurend toekijkt terwijl ik een discobolslinger pak. 'Of, nog beter, je kunt ook feestversiering maken van gebruikte materialen. Dat is veel milieuvriendelijker.'

'Ja, hoor,' zeg ik geduldig. 'Ik moet stomme slingers uit krantenpapier knippen.'

'Ik heb het niet over slingers van krantenpapier!' zegt ze beledigd. 'Er zijn ontzettend veel creatieve ideeën op internet te vinden. Je kunt aluminiumfolie hergebruiken, plastic flessen versieren...'

Aluminiumfolie? Plastic flessen? Denkt ze dat ik zes ben?

'Kijk eens, Jess!' onderbreekt Janice' opgewekte stem ons. Ik kijk op en zie haar met een doosje de hoek om komen. 'Ik heb vitaminen gevonden! Foliumzuur! Dat is toch goed voor jullie jonge meiden?'

Jess en ik kijken elkaar veelbetekenend aan.

'Alleen als je zwanger wilt worden,' zegt Jess ijzig.

'Nou, ik mik het toch maar in mijn mandje.' Janice' achteloze houding is al te doorzichtig. 'En moet je dit zien! Een boek met babynamen! Duizend namen voor een pond! Jongens én meisjes.'

'Ongelooflijk,' pruttelt Jess, die afwerend haar armen om zichzelf heen slaat.

'Wat moet je met een boek met babynamen, Janice?' vraag ik.

'Nou...' Janice loopt rood aan en kijkt van Jess naar mij. 'Je weet het maar nooit...'

'Ik weet het wél!' barst Jess opeens uit. 'Luister, Janice. Ik ben niet zwanger, en ik word het ook niet. Tom en ik hebben besloten dat áls we een gezin willen, we een achtergesteld kind uit Zuid-Amerika adopteren. En het wordt geen baby, dus het heeft al een Zuid-Amerikaanse naam. Dus je mag je stomme foliumzuur en je boek met babynamen houden!'

Ze beent de winkel uit, Janice en mij sprakeloos achterlatend.

Een kind uit Zuid-Amerika! Wat is dat cool.

'Zei ze daarnet... dat ze willen adopteren?' zegt Janice uiteindelijk beverig.

'Ik vind het een uitstekend idee!' zeg ik op een toon die geen tegenspraak duldt. 'Hé, mam!' roep ik naar mam, die een mand vol droogbloemen laadt. 'Jess wil een kind uit Zuid-Amerika adopteren!'

'Goh!' Mams ogen lichten op. 'Wat enig!'

'En al mijn breiwerk dan?' Janice lijkt op het punt te staan in huilen uit te barsten. 'Ik heb een hele babyuitzet gebreid! Geel met wit, geschikt voor een jongetje of een meisje, en kerstkleertjes tot zijn of haar zesde!'

Oké, Janice is nu officieel krankzinnig.

'Nou, daar heeft toch niemand om gevraagd?' merk ik op. 'Misschien kun je het allemaal aan een goed doel geven.'

Ik geloof dat ik Jess word. Ik heb zelfs die hardheid in mijn stem. Maar zeg nou zelf! Waarom moest Janice in vredesnaam babykleertjes gaan breien voordat Jess en Tom zelfs maar verloofd waren?

'Ik bespreek het wel met Tom,' zegt Janice, die opeens een besluit genomen lijkt te hebben. 'Hij gaat alleen maar mee in dat malle plan om Jess een plezier te doen. Hij wil zijn eigen kind, ik weet het zeker. Hij wil onze genenpoel voortzetten. Martin stamt helemaal van Cromwell af, hoor. Hij heeft zijn stamboom laten opstellen.'

'Janice,' begin ik, 'ik zou me echt niet bemoeien...'

'Kijk!' Haar blik wordt opeens getrokken door het schap vóór haar. 'Tuinhandschoenen! Doorgestikt! Voor een pónd!'

Tijdens de rit naar huis zijn we allemaal opgewekt. We hebben ons te buiten moeten gaan aan een taxi, zoveel boodschappen hebben we bij ons – maar we hebben heel veel geld bespaard, dus wat maakt het uit?

Janice is niet meer over baby's of genenpoelen begonnen, maar ze trekt telkens dingen uit haar tas die ze aan ons laat zien.

'Een complete mondhygiëneset met spiegel! Voor een pond!' Ze kijkt om zich heen om zich ervan te verzekeren dat we allemaal net zo versteld staan als zij. 'Een miniatuur snookersetje! Voor een pond!'

Mam heeft zo te zien de hele voorraad tupperware opgekocht, ladingen keukengerei en grote ovenschotels, een paar flacons L'Oréal-shampoo met een Pools etiket, kunstbloemen, een grote doos verjaardagskaarten en een echt coole stokdweil met een roze-gestreept handvat die Minnie geweldig zal vinden.

En vlak voordat we weggingen vond ik nog een hele lading chique houten kleerhangers. Drie voor een pond, dat is echt een koopje. Ergens anders zouden ze minstens twee pond per stuk kosten. Ik heb er dus honderd gekocht.

Geholpen door de taxichauffeur strompelen we het huis in en laten onze tassen op de vloer vallen.

'Poeh!' zegt mam. 'Ik ben bekaf na al dat gezwoeg! Wil je een kop thee, lieverd? En zo'n chococrèmekoekje…' Net als ze in een Pond-knaller-tas staat te wroeten, komt pap uit zijn werkkamer. Hij gaapt ons even met open mond aan.

Het zal ook wel veel lijken, zeventien tassen. Je weet wel, als je er niet op had gerekend.

'Wat moet dit voorstellen?' zegt hij uiteindelijk. 'Wat is dat allemaal?'

'We zijn naar de Pondknaller geweest!' zeg ik blij. 'We zijn prima geslaagd!'

'Jane…' Pap kijkt perplex van de ene tas naar de andere. 'We zouden bezúínigen, weet je nog?'

Mam komt met haar hoofd uit de tas met etenswaren. Ze heeft blosjes op haar wangen. 'Ik héb ook bezuinigd. Heb je het niet gehoord? Ik heb inkopen gedaan bij de Pondknaller!'

'Heb je de hele wínkel leeg gekocht?' Pap kijkt naar de zee plastic tassen. 'Hebben ze nog iets over?'

O-o. Mam ademt in, en het is zo'n 'ik ben nog nooit van mijn leven zo diep beledigd'-ademhaling.

'Als je het zo nodig wilt weten, Graham, ik heb jachtschotel uit blik en koopjeskoekjes voor ons gekocht omdat we geen geld meer hebben voor Ocado!' Ze zwaait met de koekjes naar hem. 'Weet je wat deze kosten? Vijf rollen voor een pond! Is dat verkwisting?'

'Jane, ik heb nooit gezegd dat we geen geld meer hadden voor Ocado,' begint pap korzelig. 'Ik heb alleen maar gezegd...'

'Zal ik dan de volgende keer maar naar de 99p Shop gaan?' Mams stem wordt schril. 'Of de 10p Shop! Ben je dan tevreden? Of doe jíj de boodschappen liever? Misschien vind jij het leuk om elk dubbeltje om te draaien om dit gezin eten en kleding te geven?'

'Eten en kleding?' herhaalt pap schamper. 'Is dit eten en kleding?' Hij reikt naar de stokdweil.

'O, dus nu hebben we ook geen geld meer voor elementaire hygiëne?' Mam is rood van verontwaardiging. 'We zijn te arm om de vloer te dweilen?'

'We kunnen de vloer dweilen met die kast vol dweilen die we al hébben!' tiert pap. 'Als ik nog één stuk nutteloos schoonmaakgerei in dit huis zie...'

Hm. Ik geloof dat ik me stilletjes uit de voeten moet maken, voordat ze mij erbij betrekken en 'Becky is het met mij eens, hè, Becky?' beginnen te roepen.

Trouwens, ik ben stervensbenieuwd hoe het met Kyla en Minnie gaat.

Ze zijn twee uur onafgebroken samen geweest. Kyla heeft vast al een positieve invloed op Minnie. Misschien leert ze haar al Mandarijn of Frans. Of borduren!

Ik loop op mijn tenen naar de keukendeur in de hoop Minnie een madrigaal te horen zingen. Of misschien zegt ze wel *un, deux, trois* met een volmaakt accent, of misschien legt ze snel de stelling van

Pythagoras uit. In plaats daarvan hoor ik Kyla alleen maar zeggen: 'Minnie, kom op. Kom óp, nu!'

Ze klinkt een beetje mat, wat gek is. Ik had haar ingeschat als zo'n broccolisapmeisje met een onuitputtelijke energie.

'Hallo!' roep ik, en ik duw de deur open. 'Daar ben ik weer!' Tering. Wat krijgen we nou? Kyla sprankelt niet meer. Haar haar zit in de war, haar wangen zijn rood en er zit een veeg aardappelpuree op haar topje.

Minnie daarentegen zit in haar kinderstoel met een bord eten voor zich en lijkt zich kostelijk te vermaken.

'Zo!' zeg ik monter. 'Hebben jullie een fijne ochtend gehad?'

'Super!' Kyla glimlacht, maar het is zo'n glimlach op commando waaraan haar ogen niet meedoen. Eerlijk gezegd lijken haar ogen te zeggen: haal me hier weg, en wel nu.

Ik doe net of ik het niet merk. Ik doe alsof ik die ogen niet snap. En die om de rugleuning van de stoel geklemde handen.

'En, ben je al met een taal begonnen?' vraag ik bemoedigend.

'Nog niet.' Kyla ontbloot haar tanden weer. 'Ik zou eigenlijk even met u willen praten, kan dat?'

Ik heb zin om te zeggen: 'Nee, leer haar eerst maar Mandarijn', de deur dicht te doen en weg te rennen, maar zo gedraagt een verantwoordelijke moeder zich niet, immers?

'Natuurlijk!' Ik glimlach innemend naar Kyla. 'Wat is er?'

'Mevrouw Brandon,' zegt Kyla zacht, en ze loopt naar me toe. 'Minnie is een lief, charmant, intelligent kind, maar we hebben een paar... probleempjes gehad.'

'Probleempjes?' herhaal ik argeloos na maar een fractie van een seconde. 'Wat voor probleempjes?'

'Minnie is vandaag een paar keer een beetje koppig geweest. Is ze dat wel vaker?'

Ik wrijf over mijn neus om tijd te winnen. Als ik toegeef dat ik nog nooit iemand ben tegengekomen die zo koppig is als Minnie, heeft Kyla gewonnen. Ze hoort Minnie van haar koppigheid te genezen. Waarom heeft ze dat eigenlijk nog niet gedaan?

Trouwens, iedereen weet dat je kinderen geen etiket moet opplakken, daar krijgen ze maar complexen van.

'Koppig?' Ik frons mijn wenkbrauwen alsof ik stomverbaasd ben. 'Nee, dat is niets voor Minnie. Tegen mij doet ze nooit koppig,' voeg ik eraan toe om het af te maken. 'Ze is altijd een engeltje, hè, schatje?' Ik lach stralend naar Minnie.

'Juist.' Kyla is rood en ziet eruit alsof ze het zwaar te verduren heeft. 'Tja, misschien is het nog te vroeg om er iets over te zeggen, hè, Minnie? En dan nog iets...' Kyla gaat weer zachter praten. 'Ze wil geen worteltjes eten. Ik weet zeker dat ze zich aanstelt. U had toch gezegd dat ze worteltjes lust?'

'Absoluut,' zeg ik bijna zonder te aarzelen. 'Altijd. Kom op, Minnie, eet je worteltjes op!'

Ik loop naar de kinderstoel en kijk naar Minnies bord. De kip en de aardappeltjes zijn bijna op, maar er ligt nog een bergje volmaakt gekookte worteltjes, waar Minnie naar kijkt alsof het de Zwarte Dood is.

'Ik begrijp niet wat ik verkeerd doe,' zegt Kyla tobberig. 'Ik heb dit probleem nooit gehad met Eloise...'

'Kyla, wil je een mok voor me pakken?' zeg ik achteloos. Terwijl Kyla naar de mokken in de kast reikt, gris ik een worteltje van het bord, prop het in mijn mond en slik het zonder te kauwen door.

'Ze heeft er net een gegeten,' zeg ik tegen Kyla. Ik probeer niet al te voldaan te klinken.

'Heeft ze er een gegeten?' Kyla kijkt als door een wesp gestoken om. 'Maar... dat probeer ik al een kwartier!'

'Je moet de slag even te pakken krijgen,' zeg ik vriendelijk. 'Eh... zou je ook een karaf willen pakken?' Zodra ze zich afwendt, stop ik nog een wortel in mijn mond. Ik moet het Kyla nageven: die worteltjes zijn echt heerlijk.

'Heeft ze er nou weer een gegeten?' Ik zie Kyla gretig de worteltjes op het bord tellen. Gelukkig kan ik snel kauwen.

'Ja!' Ik schraap mijn keel. 'Goed zo, Minnie! Nu de rest opeten voor Kyla...'

Ik loop snel naar het aanrecht om koffie te zetten. Achter me hoor ik Kyla, die vastberaden vrolijk doet.

'Toe dan, Minnie! Lekkere worteltjes. Je hebt er al twee op, dus laat maar eens zien hoe snel je de rest kunt opeten!'

'Nééé!' krijst Minnie. Ik kijk om en zie haar de vork wegslaan. 'Géén wortel!'

O, god. Nog even, dan smijt ze alle wortels door de keuken...

'Weet je, Kyla,' zeg ik snel. 'Zou jij zo lief willen zijn wat boodschappen voor me naar boven te brengen? Alle tassen in de gang. Ik let wel op Minnie.'

'Ja hoor.' Kyla veegt het zweet van haar voorhoofd. 'Geen probleem.'

Ze is nog niet weg of ik ren naar Minnies kinderstoel en prop alle worteltjes in mijn mond. Mijn god, waarom moest ze er zovéél koken? Ik krijg ze amper in mijn mond, laat staan dat ik kan kauwen...

'Becky?' hoor ik achter me, en ik verstijf van ontzetting. 'Je moeder zei dat deze tassen naar de keuken moesten, klopt dat?'

Ik weet me geen raad. Mijn wangen staan bol van de wortels.

Oké, gewoon de andere kant op kijken. Ze kan mijn mond niet zien.

'Hmm-hmm,' breng ik uit.

'O, gossie! Heeft ze alles op?' Kyla laat de tassen uit haar handen vallen. 'Wat snel! Hoe kan dat, heeft ze ze verslonden?'

'Hmm-hmm.' Ik hou mijn hoofd afgewend en haal in een hopelijk veelzeggend gebaar mijn schouders op.

Nu komt Kyla naar de kinderstoel toe. Ik deins snel achteruit tot ik bij het raam sta, nog steeds met mijn gezicht afgewend. God, dit is verschrikkelijk. Mijn kaak begint zeer te doen van het binnenhouden van al die wortels en mijn gezicht wordt warm van de inspanning. Ik kauw even snel, dan nog een keer...

'Dit bestáát niet,' klinkt Kyla's stem uit het niets. Shit! Ze staat me van twee passen afstand aan te kijken. Hoe heeft ze me ongemerkt kunnen besluipen? Ik kijk snel naar mijn weerspiegeling in de roestvrijstalen koelkast.

O, god. Er steekt een stuk wortel uit mijn mond.

Kyla en ik staren elkaar woordeloos aan. Ik durf de wortel niet goed in mijn mond te duwen.

'Minnie heeft helemaal geen worteltjes gegeten, hè?' zegt Kyla beleefd, maar met een bepaalde ondertoon.

Ik kijk haar wanhopig aan. Als ik iets zeg, vallen er dan wortels op de vloer?

'Ik heb haar misschien geholpen,' mummel ik ten slotte. 'Een beetje.'

Kyla kijkt met stijgend ongeloof van mij naar Minnie en weer terug.

'Ik krijg zo'n gevoel dat ze ook geen gedicht heeft geschreven, hè?' zegt Kyla, en nu hoor ik echt sarcasme in haar stem. 'Mevrouw Brandon, ik kan alleen doelmatig met een gezin werken wanneer de communicatielijnen openstaan. U moet eerlijk zijn. En dat zit er hier duidelijk niet in. Sorry, Minnie. Ik hoop dat je een goede nanny vindt.'

'Je kunt ziet zomaar weggaan...' mummel ik verontwaardigd, en er vallen drie wortels uit mijn mond op de vloer.

Shit.

Van: cathy@ultimatenannies.uk.com
Onderwerp: Re: kleine gunst
Datum: 8 februari 2006
Aan: Becky Brandon

Geachte mevrouw Brandon,

Dank u voor uw telefoontje. Het spijt ons dat het niets is geworden tussen Kyla en u.

Helaas kunnen we geen Post-its – zoals u zegt – aan al onze medewerkers uitdelen zodat ze, als uw man opbelt, kunnen zeggen dat 'Kyla haar been heeft gebroken'.
Evenmin kunnen we u op stel en sprong een vervangster sturen 'die op Kyla lijkt'.

Als u een en ander nader wilt bespreken, kunt u telefonisch contact opnemen.

Met vriendelijke groet,
Cathy Ferris,
Algemeen directeur Ultimate Nannies

De officiële website voor mensen in de regio Oxshott
die aan ruilhandel willen doen.
'Het is leuk, het is gratis en het is voor iedereen!!!'

GEVRAAGD: DIVERSEN

Ref.10057
Gevraagd: grote feesttent voor tweehonderd mensen (voor één avond)
Aangeboden: Twee Marc Jacobs-handtassen, supercool, in zeer goede staat
Lid: BeckyB
Klik hier voor meer gegevens en foto's

Ref.10058
Gevraagd: dansvloer met verlichting (voor één avond)
Aangeboden: 20 onaangebroken cadeausetjes: Clarins, Lancôme, Estée Lauder enz.
Lid: BeckyB
Klik hier voor meer gegevens en foto's

Ref10059
Gevraagd: slaapzak en tent van biologische hennep
Aangeboden: 16 flessen zelfgemaakte perzikwijn
Lid: JessWebster
Klik hier voor meer gegevens en foto's

Ref10060
Gevraagd: 100 flessen champagne
Aangeboden: Power Plate-trilplaat, ongebruikt, nooit geprobeerd, plus plastic buikspiertrainer, Supermodel Stepper en In drie dagen Fit!-dvd met springtouw en boekje
Lid: BeckyB
Klik hier voor meer gegevens en foto's

Ref10061

Gevraagd: vuurwerk (moet aan het eind 'Gefeliciteerd Luke' in de lucht schrijven)
Aangeboden: Origineel art-decococktailkastje uit antiekwinkel in Manhattan, compleet met cocktailshakers
Lid: BeckyB
<u>Klik hier voor meer gegevens en foto's</u>

Pag. 1 van 6 Volgende

Whitehall Place 180/4
Londen SW1

Mw. R. Brandon
Dennenlust
Elton Road 43
Oxshott
Surrey

Londen, 10 februari 2006

Beste Rebecca,

Dank je voor je brief van 8 februari en al je suggesties.

Ruilhandel is zeker een idee om de economie te steunen, maar ik vraag me
af of het voor de minister van Financiën haalbaar is om 'wat oude troep in
musea die we niet nodig hebben' te ruilen voor 'wagonladingen Franse
kaas om uit te delen'. Ik ben ook bang dat het ondoenlijk is een
'ondergeschikt lid van de koninklijke familie' met de Verenigde Staten
te ruilen voor 'genoeg J. Crew-kleding voor iedereen'.

Niettemin mijn dank voor je aanhoudende betrokkenheid bij onze
economie.

Met vriendelijke groet,

Edwin Tredwell,
Hoofd Beleidsresearch

10

Ha. Fraai nannybureau is dat. Ik overweeg een klacht in te dienen bij de Nanny Ombudsman. Nannybureaus horen *vertrouwelijk* te zijn. En *discreet*. Het verhaal over de moeder en de wortels schijnt aan elk nannybureau in de stad doorgestuurd te zijn. Suze belde me schuldbewust op en zei dat iedereen op St. Cuthbert's het erover had en dat het het nieuwe broodje aap is, alleen eindigt het er nu mee dat Kyla en ik elkaar met wortels bekogelen.

Luke was niet onder de indruk, hoe vaak ik hem ook uitlegde dat Kyla sowieso volkomen ongeschikt voor ons was. En het bureau zegt dat het 'lastig' zou kunnen worden om een nieuwe Ultimate Nanny voor ons te vinden. Ik moest mam dus vragen in te springen en toen zei ze gepikeerd: 'O, dus nu ben ik wel goed genoeg?'

Om het nog erger te maken heb ik gisteren eindelijk eens goed naar mijn goedkope feestspullen van de Pondknaller gekeken. Ik maakte eerst een pakje plaatskaartjes open... en die waren voorbedrukt met de tekst HARTELIJK GEFELICITEERD, MIKE. Alle tweehonderd.

Ik heb even overwogen Luke de bijnaam Mike te geven. Ik bedoel, waarom zou hij geen bijnaampje mogen hebben? En waarom zou dat niet Mike zijn? Ik dacht dat als ik hem in lieve mailtjes Mikey noemde en pap en mam overhaalde hem Mike te noemen en ik misschien zelfs een paar keer 'o, Mike, Mike!' hijgde tijdens het vrijen, hij er waarschijnlijk wel vóór het feest aan gewend zou zijn.

Maar toen bleek op de servethouders GEFELICITEERD, LORRAINE te staan, dus dat plan heb ik maar laten schieten.

Er zijn in elk geval nog een páár lichtpuntjes. Mijn ruilhandel is nu al een triomf. Jess heeft gelijk, het is fantastisch! Waarom kopen mensen in vredesnaam nog iets als je ook kunt ruilen? Ik heb bergen reacties op mijn advertenties gekregen en ik heb vanavond een paar afspraken. Als het zo doorgaat, heb ik dat hele feest in een mum van tijd geregeld, gratis en voor niets!

Jess heeft me ook links gestuurd naar een paar websites met groene decoratie-ideeën en hoewel de meeste waardeloos zijn, heb ik iets heel cools gevonden. Je kunt oude plastic tassen aan repen knippen en daar pompons van maken, en die zien er echt goed uit. En ze zijn gratis! Die ben ik dus begonnen te maken wanneer Luke er niet is. Gelukkig heb ik al een redelijke hoeveelheid plastic tassen. De pompons van Selfridges-tassen zijn geweldig, met al dat vrolijke geel, en de groene van Harrods zien er ook chic uit. Nu alleen nog een paar witte. (Misschien moet ik daarvoor inkopen gaan doen bij de delicatessenwinkel van Harvey Nichols. Het is daar best duur, maar dat is de prijs die je betaalt voor je ecologisch verantwoorde gedrag.)

En dan is er nog een groot lichtpunt: ons nieuwe huis, dat nog steeds lijkt door te gaan. Ik ben er in mijn lunchpauze naartoe gegaan om Suze een rondleiding te geven, en het ziet er nog beter uit dan ik me herinnerde.

'Bex, het is super!' Suze stommelt met een opgetogen gezicht de trap af. 'Wat is het lícht! En boven is het gigantisch! Al die slaapkamers! Ze lijken uit het niets op te duiken!'

'Ongelooflijk, hè?' zeg ik stralend van trots.

'Zo zie je maar wat architecten kunnen.' Ze schudt verwonderd haar hoofd. 'En geen addertjes onder het gras? Geen haken en ogen?'

Die arme Suze heeft het tragische verhaal aangehoord van alle andere huizen die we wilden kopen.

'Geen vuiltje aan de lucht! Volgende week is de overdracht en twee weken daarna kunnen we erin. We hebben de verhuizers al besteld en alles.' Ik lach stralend naar Suze. 'Dit is voorbestemd.'

'Wat zul je opgelucht zijn.' Suze geeft me een knuffel. 'Ongelooflijk dat je nu eindelijk een huis hebt gevonden!'

'Ik weet het.' Ik trek aan haar mouw. 'Kom mee, de tuin bekijken!'

We lopen over het gazon naar de achtertuin, waar een grote eikenboom staat. Er zijn ook een schommel en allerlei klimtuig op een ondergrond van snippers boomschors.

'Je kinderen kunnen hier allemaal komen spelen,' verkondig ik trots.

'Dat zullen ze zalig vinden!' Suze gaat op de schommel zitten en zet af.

'Hoe is het met Ernie?' schiet het me plotseling te binnen. 'Hoe was het gesprek op school?'

'Dat hebben we nog niet gehad.' Suzes gezicht betrekt. 'Ik zie er als een berg tegen op. Ik moet volgende week voor een tentoonstelling naar school en ik weet zeker dat de directrice me dan in mijn kraag grijpt...' Ze breekt haar zin af. 'Hé, Bex, heb je geen zin om mee te gaan? Je zou mijn buffer kunnen zijn. Ze kan toch niet gemeen tegen me doen waar jij bij staat?'

'Natuurlijk ga ik met je mee!' Eerlijk gezegd popel ik om die directrice eens de wind van voren te geven.

'Het is een kunsttentoonstelling. De leerlingen hebben allemaal schilderijen gemaakt en wij gaan koffiedrinken en ze bekijken,' vertelt Suze. 'En dan moeten we de school een donatie geven.'

'Ik dacht dat je al schoolgeld betaalde,' zeg ik verbaasd. 'Waarom moet je een donatie geven?'

'Het schoolgeld is nog maar het begín,' zegt Suze op een toon alsof ik er niets van snap. 'Dan zijn er nog de inzamelingen en de goede doelen van de school en de collectes voor de docenten. Ik doe niets anders dan cheques uitschrijven.'

'En dan doen ze ook nog eens gemeen tegen je?'

'Ja,' zegt Suze sip. 'Maar het is een uitstekende school.'

God, dat hele gehannes met die school lijkt me een nachtmerrie. Misschien kan ik een alternatief vinden. Misschien kan ik Minnie thuis onderwijzen. O nee, niet thuis. Dat zou saai zijn. Ik kan haar lesgeven bij... Harvey Nicks! God, ja. Perfect. Ik zie me al met een café latte aan een tafeltje zitten terwijl ik Minnie interessante cultuurfeitjes uit de krant voorlees. We zouden kunnen rekenen met suikerklontjes en aardrijkskunde doen we in de zaal met internationale ontwerpers. De mensen zouden me 'het meisje dat haar kind lesgeeft in Harvey Nicks' noemen en ik zou een hele internationale trend in gang kunnen zetten van warenhuisonderwijs...

'Hé, Bex.' Suze, die niet meer schommelt, tuurt wantrouwig naar mijn fluwelen topje. 'Is dat mijn topje? Heb ik je dat niet geleend toen we net bij elkaar gingen wonen?' Ze komt van de schommel. 'En toen ik het terug wilde hebben, zei jij dat het per ongeluk in een kampvuur was verbrand, dat topje?'

'Eh…' Ik zet in een reflex een stap achteruit.

Er gaat me een lichtje op. Waarom heb ik gezegd dat het was verbrand? Ik weet het niet meer, het is te lang geleden.

'Ja!' Suze kijkt nog eens goed. 'Het is dat topje van Monsoon! Ik had het van Fenny geleend en jij had het weer van mij geleend en je zei dat je het niet meer kon vinden en toen zei je dat het was verbrand! Weet je wel hoe Fenny erover heeft gezeurd?'

'Ik geef het je wel terug,' zeg ik snel. 'Sorry.'

'Nu hoeft het niet meer.' Ze neemt me ongelovig op. 'Waarom draag jij het eigenlijk nog?'

'Omdat het tussen mijn kleren zat,' zeg ik mismoedig. 'En ik heb beloofd al mijn kleren drie keer te dragen voordat ik weer ga shoppen.'

'Wát?' zegt Suze overdonderd. 'Maar… waarom?'

'Nadat de bank failliet was gegaan, hebben we een afspraak gemaakt. Luke koopt geen nieuwe auto en ik geen nieuwe kleren. Pas in oktober weer.'

'Maar Bex…' Suze kijkt me bezorgd aan. 'Is dat niet slecht voor je gezondheid? Ik bedoel, is het niet geváárlijk om cold turkey af te kicken? Ik heb er een keer een tv-programma over gezien. Je wordt helemaal rillerig en je krijgt black-outs. Voel je je niet beverig?'

'Ja!' Ik kijk haar gefascineerd aan. 'Toen ik laatst langs de uitverkoop van Fenwicks liep, begon ik helemaal te trillen!'

O, mijn god. Het was niet in me opgekomen dat ik mijn gezondheid in gevaar kon brengen door niet meer te shoppen. Moet ik naar de dokter?

'En hoe zit het met Lukes feest?'

'Sst,' sis ik, en ik kijk achterdochtig om me heen in de lege tuin. 'Je hoeft het niet van de daken te schreeuwen! Wat is er met het feest?'

'Koop je geen nieuwe jurk?' fluistert Suze.

'Natuurlijk wel…' Dan dringt het tot me door.

161

Ik had er nog niet aan gedacht. Ik kan geen nieuwe jurk kopen voor Lukes feest, hè? Niet zolang we nog een afspraak hebben.

'Nee,' geef ik toe. 'Ik kan geen nieuwe jurk kopen. Ik zal iets ouds moeten dragen. Beloofd is beloofd.'

Opeens voel ik me een beetje mat. Ik bedoel, niet dat ik dat feest wilde geven om een nieuwe jurk te kunnen kopen, maar toch.

'En... hoe gaat het met het feest?' verbreekt Suze de stilte.

'Heel goed!' zeg ik prompt om haar af te schepen. 'Prima. Zodra de uitnodigingen klaar zijn, zal ik je er een sturen.'

'Fijn! En... heb je geen hulp nodig of zo?'

'Hulp?' zeg ik een beetje kattig. 'Waarom zou ik hulp nodig hebben? Ik heb alles in de hand.'

Ik zal haar eens iets laten zien. Wacht maar tot ze mijn plastic pompons ziet.

'Uitstekend! Nou, ik verheug me erop. Het wordt vast super.' Ze begint weer te schommelen en mijdt mijn blik.

Ze gelooft me zeker niet? Ik weet wel zeker dat ze me niet gelooft. Net als ik het haar voor de voeten wil gooien, hoor ik een kreet.

'Daar zijn ze! Die duivels!' Een rood aangelopen, gebarende man van middelbare leeftijd loopt uit het buurhuis naar ons toe.

'Wie is dat?' vraagt Suze zacht.

'Geen idee,' zeg ik. 'We hebben de buren nooit gezien. De makelaar zei dat er een oude man naast ons woonde. Hij was ziek en kwam nooit buiten...' Ik richt me tot de man. 'Kan ik iets voor u doen?'

'Voor me doen?' Hij kijkt me woedend aan. 'Je zou me kunnen uitleggen wat je met mijn huis hebt gedaan! Ik bel de politie!'

Suze en ik kijken elkaar angstig aan. Kom ik naast een gek te wonen?

'Ik heb niets met uw huis gedaan!' roep ik terug.

'Nou, wie heeft mijn slaapkamers dan gestolen?'

Pardon?

Voordat ik iets terug kan zeggen, stormt onze makelaar de tuin in. Hij heet Magnus, draagt krijtstreeppakken en heeft een zachte, discrete stem.

'Mevrouw Brandon, ik regel dit wel. Is er een probleem?' vervolgt hij tegen de man. 'Meneer...?'

'Evans.' De man loopt naar Magnus toe en ze voeren een gesprek over het tuinhek, waarvan ik niet meer dan flarden opvang. Aangezien in die flarden ook de woorden 'rechtbank', 'schande' en 'beroving op klaarlichte dag' voorkomen, weet ik niet meer hoe ik het heb.

'Er zal toch niets aan de hand zijn?' vraag ik angstig aan Suze.

'Natuurlijk niet,' zegt ze geruststellend. 'Het zal wel een misverstandje tussen buren zijn. Zo'n gevalletje dat je met een kop thee kunt oplossen. Misschien gaat het over... de heg!' zegt ze gehaast wanneer meneer Evans met zijn gebalde vuist naar Magnus begint te zwaaien.

'Kun je je zo druk maken om een heg?' vraag ik weifelend.

Het gesprek wordt luider en de flarden worden langer.

'... zelf een moker pakken... kwaaie duivels moeten straf hebben...'

'Uitstekend.' Magnus loopt lijkbleek over het gras naar ons toe. 'Mevrouw Brandon, er doet zich een probleempje voor met betrekking tot de slaapkamers van uw woning. Volgens deze buurman zijn er een paar... onttrokken aan zijn pand.'

'Hè?' Ik gaap hem wezenloos aan.

'Hij gelooft dat iemand de tussenmuur heeft uitgebroken en... zijn slaapkamers heeft gestolen. Drie, om precies te zijn.'

Suze snakt naar adem. 'Ik vónd het al zo groot!'

'Maar u had gezegd dat er acht slaapkamers waren! Het stond in de brochure!'

'Dat is waar.' Magnus lijkt zich steeds onbehaaglijker te voelen. 'De projectontwikkelaar had ons verteld dat het huis acht slaapkamers telde en we hadden geen reden om daaraan te twijfelen...'

'Dus hij heeft gewoon de muren boven eruit gesloopt en alle kamers ingepikt zonder dat iemand het in de gaten had?' Ik gaap Magnus ongelovig aan.

Hij kijkt nog ongeruster.

'Ik geloof dat de projectontwikkelaar de benodigde vergunningen heeft gekregen van de gemeente...'

'Hoe dan?' Meneer Evans, die duidelijk genoeg heeft van het wachten, doemt voor ons op. 'Door documenten te vervalsen en smeergeld uit te delen zeker! Ik kom terug uit Amerika, ga naar

163

boven om een tukje te doen en wat zie ik? Mijn halve bovenverdieping is weg! Dichtgemetseld! Iemand heeft mijn huis gestolen!'

'Waarom heeft niemand dat gezien?' vraagt Suze stoer. 'Was het niet een beetje achteloos van u om dat zomaar te laten gebeuren?'

'Mijn vader is doof en zo goed als blind!' Meneer Evans lijkt steeds bozer te worden. 'Zijn verzorgers lopen in en uit, maar die weten toch nergens van? Misbruik maken van weerloze mensen, dat is het.' Hij is bijna paars en zijn gelige ogen staan zo dreigend dat ik er bang van word.

'Het is mijn schuld niet! Ik heb niets gedaan! Ik wist het niet eens! En u mag uw slaapkamers houden,' voeg ik er in een opwelling aan toe. 'Of… misschien kunnen we ze van u kopen? Weet u, we zijn radeloos. We wonen bij mijn ouders in en we hebben een kind van twee…'

Ik kijk wanhopig naar meneer Evans, maar die laat zich niet vermurwen. Hij lijkt zelfs nog moordlustiger dan daarnet.

'Ik ga mijn advocaat bellen.' Hij draait zich op zijn hakken om en beent terug naar zijn huis.

'Wat houdt dit in?' vraag ik kwaad. 'Hoe gaat het nu verder?'

Magnus durft me niet eens aan te kijken.

'Ik vrees dat het een ingewikkelde zaak is. We zullen de akten moeten bekijken, juridisch advies inwinnen, misschien moet het huis in de oorspronkelijke staat worden teruggebracht, of mogelijk kunnen we iets regelen met meneer Evans… Ik denk dat u de verkoper met succes kunt aanklagen en er zou sprake kunnen zijn van fraude…'

Ik kijk hem met stijgende ontzetting aan. Ik wil geen fraudezaak, ik wil een huis.

'Dus de overdracht gaat niet door, volgende week?'

'Ik ben bang dat de hele verkoop voorlopig van de baan is.'

'Maar we moeten een huis hebben!' jammer ik. 'Dit is ons vijfde huis al!'

'Het spijt me.' Magnus pakt zijn gsm. 'Neem me niet kwalijk, ik moet onze juridische afdeling op de hoogte stellen.'

Hij loopt weg en ik kijk naar Suze. We zeggen even geen van beiden iets.

'Ongelooflijk,' zeg ik ten slotte. 'Rust er een vloek op ons?'

'Het komt wel goed,' zegt Suze hoopvol. 'Iedereen sleept iedereen voor de rechter en dan krijgen jullie uiteindelijk je huis. En als je toch nog een tijdje bij je moeder moet blijven, is ze vast dolblij.'

'Nee!' zeg ik radeloos. 'Dan wordt ze woest! Suze, ze heeft helemaal geen legenestsyndroom. We zaten er faliekant naast.'

'Hè?' zegt Suze verbluft. 'Maar ik dacht dat ze jullie ontzettend zou missen en dat ze suïcidaal zou worden.'

'Ze deed maar alsof! Ze telt de dagen tot we weggaan! De hele buurt kijkt ernaar uit!' Ik grijp wanhopig naar mijn hoofd. 'Wat moet ik nou doen?'

We kijken allebei zwijgend om ons heen in de winterse tuin.

Misschien kunnen we iets kraken, bedenk ik. Of we zetten een grote tent op in de tuin en dan maar hopen dat niemand ons ziet. We zouden alternatievelingen kunnen worden en in een nomadentent gaan wonen. Ik zou mezelf Regenboog kunnen noemen en Luke zou Wolf kunnen heten en Minnie Rent-over-gras-op-bandschoentjes.

'Wat ga je doen?' verstoort Suze een fantasie waarin we bij een kampvuur zitten en Luke, die WOLF op zijn knokkels getatoeëerd heeft, in een oude leren broek houthakt.

'Kweenie,' zeg ik radeloos. 'Ik zal er iets op moeten verzinnen.'

Bij thuiskomst tref ik mam en Minnie in de keuken aan, waar ze cakejes versieren, allebei met een schort voor. (Mam heeft die decoratieset bij de Pondknaller gekocht. De cakejes ook.) Ze gaan zo tevreden op in hun werk dat ze me niet zien, en gek genoeg zie ik zonder enige waarschuwing Elinor weer voor me in die paskamer, oud en triest en eenzaam en naar haar kleinkind vragend.

Ze heeft Minnie niet meer gezien sinds het kind nog in de wieg lag. Ze heeft al ontzettend veel van Minnies leventje gemist. Ik weet dat het haar eigen schuld is, en dat ze een loeder is, maar toch...

O, god. Ik voel me zo verscheurd. Moet ik zorgen dat Minnie haar leert kennen? Niet dat ik me kan voorstellen dat Elinor cakejes zou versieren, dat niet, maar ze zouden iets samen kunnen doen. De Chanel-catalogus doornemen, misschien.

Minnie sprenkelt zo geconcentreerd veelkleurige hageltjes over haar cakejes dat ik haar niet wil storen. Ze is rood van inspanning, haar neusje rimpelt en er zit glazuur met hageltjes aan haar wang geplakt. Terwijl ik naar haar kijk, lijkt mijn hart te smelten. Ik zou de rest van mijn leven kunnen kijken hoe zij met dat potje schudt. Dan krijgt ze me opeens in het vizier en haar gezicht licht op.

'Mammie! Hazeltjes!' Ze houdt trots het potje in de lucht.

'Goed zo, Minnie! Heb jij al die cakejes versierd?' Ik buk me en geef haar een zoen. Haar wangen zijn bestoven met poedersuiker – eigenlijk lijkt de hele keuken bedekt te zijn met een laagje poedersuiker.

'Eten.' Minnie biedt me hoopvol een cakeje aan. 'Hazeltjes eten.' Ze begint het cakeje in mijn mond te proppen.

'Jummie!' Er vallen kruimels op mijn kin en ik kan mijn lachen niet inhouden. 'Lekker.'

'Zo, Becky!' Mam kijkt op van haar slagroomspuit. 'Hoe was het huis?'

'O!' Ik land weer op aarde. 'Mooi.'

Wat min of meer waar is. Het is mooi, alleen is de helft gestolen.

'En de verhuizing is definitief?'

'Nou...' Ik wrijf wat hageltjes van mijn neus. 'Er zou een béétje vertraging kunnen optreden...'

'Vertraging?' Mam klinkt meteen gespannen. 'Wat voor vertraging?'

'Ik weet het nog niet,' krabbel ik haastig terug. 'Misschien is het niets.'

Ik neem mam aandachtig op. Haar schouders zijn gespannen. Dat is geen goed teken.

'Tja, áls er vertraging is,' zegt ze uiteindelijk, 'kunnen jullie natuurlijk hier blijven. We zouden het niet anders willen.'

O, god, wat klinkt ze ondraaglijk nobel en opofferingsgezind.

'Zo ver komt het vast niet!' zeg ik snel. 'Maar als het er toch van komt, kunnen we altijd... huren?' Ik krijg het amper uit mijn keel – en ja hoor, ze hapt als een haai die bloed ruikt.

'Huren? Jij gaat niet huren, Becky, dat is weggegooid geld!'

Mam is pathologisch tegen huren. Telkens wanneer ik probeerde voor te stellen dat Luke en ik iets zouden kunnen huren, gedroeg zij zich alsof we opzettelijk geld wilden betalen aan een verhuurder, alleen maar om haar te pesten. En wanneer ik te berde breng dat het op het vasteland van Europa doodnormaal is om te huren, haalt zij haar neus op en zegt neerbuigend: 'Het vasteland!'

'Becky, is er een probleem?' Mam houdt op met slagroom spuiten en kijkt me nu pas echt aan. 'Gaan jullie nou verhuizen of niet?'

Ik kan haar de waarheid niet vertellen. We zullen gewoon moeten vertrekken. Hoe dan ook.

'Natuurlijk gaan we verhuizen!' zeg ik monter. 'Uiteraard! Ik zei alleen dat er een beetje vertraging zou kunnen optreden, maar dat gebeurt waarschijnlijk niet. Over drie weken zijn we weg.' Ik ren de keuken uit voor ze nog iets kan vragen.

Oké. Ik heb dus drie weken om het probleem met het huis op te lossen. Of een andere oplossing te vinden. Of een nomadentent te kopen.

God, wat zijn die nomadententen duur. Ik heb er net op internet naar gezocht. Duizenden ponden voor een lapje tentzeil. Ik weet dus niet of we dat wel gaan doen. Ik weet helemáál niet wat we gaan doen.

Maar daar wil ik nu niet aan denken, want ik ga voor het eerst ruilhandelen. Pap en mam zijn uit, Luke heeft een zakendiner en Minnie ligt in bed, dus ik heb het rijk alleen. Spannend! Dit is het begin van een heel nieuwe manier van leven. Zero-consumptie, milieuvriendelijk, ethisch ruilen binnen de plaatselijke gemeenschap. Zoals het leven zou móéten zijn. Misschien ga ik wel nooit meer shoppen. De mensen zouden me 'het meisje dat nooit shopt' noemen.

Mijn eerste ruiler, Clare, komt om zeven uur met een feesttent, en zij krijgt van mij twee tassen van Marc Jacobs, wat me een eerlijke ruil lijkt, vooral omdat ik die tassen toch nooit meer gebruik. Ik heb ze in vloeipapier gewikkeld en in de oorspronkelijke verpakking gestopt, en voor de aardigheid heb ik er een Marc Jacobs-sleutelring bij gedaan. Het enige probleem dat ik kan voorzien, is dat die tent, als hij echt groot is, misschien moeilijk in de garage te stouwen is, maar het lukt me vast wel.

Daarna komt Daryl de vuurvreter, die zijn diensten aanbiedt in ruil voor een Luella-enveloptasje (wat een beetje vreemd lijkt, maar misschien wil hij het voor zijn vriendin hebben of zo). En dan komt er een jongleur voor een paar Gina-sandalen. En een vrouw die hapjes maakt die ze aanbiedt in ruil voor een jas van Missoni (daar zal ik met pijn in mijn hart afstand van doen, maar op de jas van Banana Republic die ik eerst had aangeboden, kwam geen enkele reactie).

Die vuurvreter vind ik het spannendst. Hij heeft beloofd me een demonstratie te geven en alles. Misschien komt hij wel in glitter-kostuum! De bel gaat en ik ren opgewonden naar de voordeur. Dat moet de feesttent zijn!

'Hallo!' Ik zwaai de deur open, half-en-half verwachtend een grote feesttent in bruiloftsstijl te zien, helemaal opgezet en verlicht in de voortuin.

'Hoi.' Een mager meisje neemt me zijdelings op. Ze is maar een jaar of zestien, met een gordijn sluik haar aan weerszijden van haar bleke gezicht, en ze lijkt geen feesttent bij zich te hebben, of ze moet hem wel heel klein hebben opgevouwen.

'Ben jij Clare?' vraag ik confuus.

'Ja.' Ze knikt en ik krijg een vleug pepermuntkauwgom in mijn neus.

'Kom jij een feesttent voor twee tassen van Marc Jacobs ruilen?'

Het blijft lang stil, alsof ze erover na moet denken.

'Mag ik de tassen zien?' vraagt ze dan.

Dit loopt niet helemaal zoals ik had verwacht.

'Mag ik de tent zien?' pareer ik. 'Hoe groot is hij? Passen er twee-honderd mensen in? Is hij gestreept?'

Het blijft weer stil.

'Mijn pa verhuurt feesttenten,' zegt ze uiteindelijk. 'Ik kan er wel een voor je ritselen, ik zweer het.'

Ze kan er wel een rítselen? Wat is dit voor stomme ruilhandel?

'Je had hem zullen brengen!' zeg ik verontwaardigd.

'Ja, nou, dat ging dus niet, oké?' zegt ze narrig. 'Maar het komt wel goed. Wanneer moet je hem hebben? Zijn dat de tassen?' Ze heeft haar begerige oog op de Marc Jacobs-tassen aan mijn voeten laten vallen.

'Ja,' zeg ik onwillig.

'Mag ik even kijken?'

'Ach, ja.'

Ze pakt de eerste uit, een grote grijze, en snakt naar adem. Haar hele gezicht licht op. Ik leef onwillekeurig met haar mee. Ik kan zien dat ze ook een handtassenliefhebster is.

'God, wat mooi. Ik móét hem hebben.' Ze heeft hem al over haar schouder gehangen en draait hem alle kanten op. 'Waar is de andere?'

'Hé, je krijgt ze alleen in ruil voor een feesttent...'

'Ha, Daryl.' Clare steekt haar hand op naar een andere slungelige tiener die het pad op komt, een jongen in een strakke spijkerbroek met zwartgeverfd haar en een rugzak.

Is dát de vuurvreter?

'Ken je hem?' zeg ik een tikje ongelovig.

'We zitten samen op de modeacademie.' Clare kauwt op haar kauwgom. 'Daar hebben we je advertenties gezien.'

'Hoi.' Daryl sjokt naar ons toe en steekt een slap handje naar me op. 'Ik ben Daryl.'

'Ben jij echt vuurvreter?' Ik neem hem sceptisch op. Ik had me een mannelijker type voorgesteld, zonnebankbruin met hagelwitte tanden en in een string met lovertjes. Maar ik mag niet zo bevooroordeeld zijn. Misschien is hij in het circus opgegroeid of zo.

'Ja.' Hij knikt een paar keer en knijpt nerveus met zijn ogen.

'En jij wilt mijn Luella-enveloptasje hebben?'

'Ik verzamel stukken van Luella.' Hij knikt vurig. 'Ik ben gek op Luella.'

'Daryl ontwerpt tassen,' mengt Clare zich in het gesprek. 'Hij is heel getalenteerd, zeg maar. Waar heb je die gekocht?' Ze kijkt weer verliefd naar de Marc Jacobs-tas.

'Bij Barneys in New York.'

'Barneys?' hijgt ze. 'Ben je daar geweest? Hoe is het?'

'Ik heb er zelfs gewerkt.'

'Dat bestáát niet.' Nu kijkt Daryl me met grote ogen vol ontzag aan. 'Ik ben aan het sparen voor een reis naar New York.'

'Wij allebei.' Clare knikt verwoed. 'Ik was vóór Kerstmis tot honderdzestig pond gekomen, maar toen kwam de uitverkoop. En ik ben bij Vivienne Westwood geweest.' Ze trekt een gekweld gezicht.

'Ik ben bij Paul Smith geweest,' zegt Daryl met een zucht. 'Nu zit ik weer op dertig pond.'

'Ik zit op min tachtig,' zegt Clare mismoedig. 'Ik moet mijn vader terugbetalen. Hij had iets van: "Wat moet je met nog een jasje?" en ik had iets van: "Pap! Het is wel Vivienne Wéstwood, hoor!" En hij keek me zo aan van: huh?'

'Ik weet precies hoe je je voelt,' flap ik er meelevend uit. 'Ze snappen het gewoon niet. Welk jasje was het? Toch niet dat ongelooflijke rode met de voering?'

'Ja!' Haar gezicht licht op. 'Die was het! En die waanzinnige schoenen... Ik moet ergens een foto hebben...' Ze pakt haar mobieltje en begint te scrollen.

Ze is net zoals ik! Ik heb ook foto's van al mijn lievelingskleren.

'Mag ik de Luella even vasthouden?' vraagt Daryl verlegen terwijl ik Clares Westwood-schoenen bewonder.

'Natuurlijk! Alsjeblieft.' Ik geef hem het tasje en hij kijkt er eerbiedig naar. 'Zo... misschien moeten we maar eens ter zake komen. Kun je een demonstratie vuurvreten geven? Het is voor een feest. Het moet er echt cool uitzien.'

Het blijft heel even stil. 'Ja, oké,' zegt Daryl dan. 'Ik zal het laten zien.'

Hij zet zijn rugzak op de grond, rommelt er even in en haalt er een lange houten stok uit, die hij met een zippo aansteekt.

Dat lijkt helemaal niet op een echte vuurvretersstok. Het lijkt op een stuk bamboe uit de tuin.

'Kom op, Daryl,' zegt Clare, die geconcentreerd toekijkt. 'Je kunt het.'

Daryl legt zijn hoofd in zijn nek, zodat ik zijn magere hals kan zien, en heft de stok. Met bevende hand brengt hij de vlam tot op een paar centimeter van zijn mond, krimpt in elkaar en trekt de stok weg.

'Sorry,' mompelt hij. 'Best heet.'

'Je kunt het!' zegt Clare weer bemoedigend. 'Kom op. Denk maar aan Luella.'

'Oké.' Hij doet zijn ogen dicht en lijkt moed te verzamelen. 'Ik kan het. Ik kan het.'

De stok staat nu half in brand. Oké, die jongen kan geen echte vuurvreter zijn.

'Wacht!' roep ik wanneer hij de vlammende stok weer naar zijn mond brengt. 'Heb je dit wel vaker gedaan?'

'Ik heb het van YouTube afgekeken,' zegt Daryl. Het zweet parelt op zijn voorhoofd. 'Ik kan het wel.'

YouTube?

'Uitblazen, Daryl,' zegt Clare nerveus. 'Denk erom, úítblazen.'

Hij heft de stok weer, met bevende hand. Een oranje vlammenzee laait op. Straks steekt hij ons allemaal nog in de fik.

'Kom op,' prevelt hij in zichzelf. 'Kom op dan, Daryl.'

'Hou op!' roep ik vol afgrijzen. 'Straks bezeer je je nog! Hé, je mag die tas wel hebben, oké? Je kríjgt hem van me! Als je je gezicht maar niet brandt!'

'Echt waar?' Daryl, die er een beetje wit en beverig uitziet, laat de stok zakken en maakt een sprongetje als de vlam langs zijn hand likt. 'Au! Kut!' Hij laat de stok vallen en schudt met zijn hand, en we zien de vlam langzaam doven.

'Je bent helemaal geen vuurvreter, hè?' zeg ik uiteindelijk.

'Nee.' Hij schuifelt met zijn voet. 'Ik wilde dat tasje gewoon hebben. Mag ik het echt meenemen?'

Ik kan het hem niet kwalijk nemen. Als ik een advertentie zag waarin een designertas werd aangeboden in ruil voor vuurvreters-diensten, zou ik waarschijnlijk ook net doen alsof ik kon vuur-vreten. Toch voel ik me een beetje ontgoocheld. Hoe moet het nu met Lukes feest?

'Oké,' zeg ik met een zucht. 'Neem maar mee.'

Ik kijk naar Clare, die hoopvol terugkijkt, met haar arm nog om de grijze tas van Marc Jacobs. Eerlijk gezegd gebruik ik allebei die tassen niet meer. En iets zegt me dat ik er nooit een feesttent voor zal krijgen.

'En Clare, jij mag die tassen van Marc Jacobs houden, als je ze wilt hebben.'

'Heftig!' Ze knapt bijna van blijdschap. 'Zeker weten? Zal ik… je auto wassen of zo?'

171

'Nee, dank je!' Ik schiet tegen wil en dank in de lach.

Clare straalt helemaal. 'Dit is echt waanzinnig. O, kijk, daar komt Julie.'

'Zeg maar niets meer,' zeg ik. 'Ook een vriendin van jullie.'

Een blond meisje met drie gekleurde ballen in haar handen komt het tuinpad opgelopen.

'Hallo!' Ze glimlacht onzeker. 'Ik ben de jongleur. Voor de Gina-sandalen.'

'Kun je jongleren?' vraag ik bot.

'Nou…' Ze kijkt gespannen naar Clare, die een grimas naar haar trekt en haar hoofd schudt. 'Eh… Ik ben een snelle leerling.'

Daryl, Clare en Julie lopen samen weg en ik zak op het stoepje, sla mijn armen om mijn knieën en staar in het niets. Ik moet me wel somber voelen. Mooie ruilhandel was dat. Ik bedoel, niet dat ik met tegenzin spullen weggeef, het was zelfs een genoegen om te zien dat mijn dingen een goed tehuis kregen. En ze waren alle drie heel dankbaar.

Maar toch was het niet echt een geslaagde transactie, hè? Ruil-handel is waardeloos, als je het mij vraagt, en ik snap niet waarom ik Jess ooit heb geloofd. Ik ben drie tassen en een paar sandalen lich-ter en het heeft me niets opgeleverd. Het feest is nog niets opge-schoten… en we hebben geen huis… en we moeten hier weg… Mijn hoofd zakt steeds verder naar voren, en het dringt niet meteen tot me door dat een vriendelijke stem zegt:

'Rebecca?'

Ik kijk op en zie een vrouw in een net mantelpakje met een dien-blad.

'Ik ben Erica,' zegt ze. 'Van Oxshottmarketplace.com? Met de hapjes in ruil voor de Missoni-jas? Ik heb een paar dingen meege-bracht, dan kun je kiezen.'

Ik hijs me moeizaam overeind en neem Erica wantrouwig op. 'Kun je wel echt koken?'

Erica lacht en gebaart naar het blad. 'Proef zelf maar,' zegt ze.

Ik pak zonder iets te zeggen een hapje en zet mijn tanden erin. Het is een pasteitje met garnaal en chili en het is heerlijk, net als het broodje avocado met mozzarella.

172

Tegen de tijd dat ik alles heb geproefd, voel ik me een miljoen keer beter. Erica is een echte cateraar! Ze gaat van alles maken en ze dient het zelf op. En die Missoni-jas staat haar ook nog eens prachtig, helemaal wanneer ik er een lakleren ceintuur en een paar hoge, glimmende Prada-laarzen bij heb gedaan (ze snijden altijd in mijn schenen en ik draag ze toch nooit) en haar een ander kapsel heb gegeven.

En ze zei dat als ik haar de catering voor het hele feest wilde laten verzorgen, ze best nog wat meer wilde ruilen!

Ik gloei van trots. Het is gelukt! Kijk mij nou. Ik doe aan ruilhandel binnen mijn plaatselijke gemeenschap, milieuvriendelijk en nobel, en ik gebruik alles wat de aarde te bieden heeft zoals het was bedóéld. Zonder geld, zonder creditcards en zonder verspilling. Wacht maar tot Jess het hoort!

Ik drentel tevreden naar binnen en kijk even bij Minnie. Dan zet ik mijn laptop aan en kijk gewoon uit belangstelling op Erica's website. Wauw. Het is echt indrukwekkend. Daar staat ze, helemaal chic en professioneel in haar schort. En daar is een bladzij met aanbevelingen... en een lijst met feestmenu's... en...

Wát?

Ik kijk geschokt naar de webpagina. Dit is niet te geloven.

De Missoni-jas, Prada-laarzen en ceintuur die ik heb geruild, waren samen minimaal zestienhonderd pond waard... en hier staat dat ik exact dezelfde hoeveelheid hapjes voor twaalfhonderd pond had kunnen krijgen als ik de 'Speciale Hapjesdeal' had genomen.

Ik heb vierhonderd pond te veel uitgegeven. Geen wonder dat ze zo gretig was.

Ik sluit ziedend de computer af. Ik had van het begin af aan gelijk. Ruilhandel is een stom, waardeloos systeem en het is niet zómaar uit de mode geraakt en ik doe dit nooit, maar dan ook nooit meer. Er is toch niks mis met geld?

DR. JAMES LINFOOT
HARLEY STREET 36
LONDEN W1

Rebecca Brandon
Dennenlust
Elton Road 43
Oxshott
Surrey

Londen, 17 februari 2006

Beste Rebecca,

Dank voor je brief van 15 februari jl.

Ik ben inderdaad hart-longarts, en het speet me van je symptomen te horen. Het lijkt me echter niet waarschijnlijk dat ze zijn veroorzaakt door 'cold turkey afkicken van het shoppen'.

Ik ben het niet met je eens dat het onontkoombaar is 'een paar dingen te kopen in het belang van je gezondheid', en ik kan je ook geen recept verstrekken 'om te gaan shoppen'.

Wanneer de symptomen aanhouden, raad ik je aan je huisarts te consulteren.

Met vriendelijke groet,

Dr. James Linfoot

Whitehall Place 180/4
Londen SW1

Mw. R. Brandon
Dennenlust
Elton Road 43
Oxshott
Surrey

Londen, 20 februari 2006

Beste Rebecca,

Dank je voor je brief van 16 februari.

Ik begrijp je onvrede met betrekking tot je recente ruilhandelervaring.
Als ik de kans krijg, zal ik de minister inderdaad waarschuwen dat
'ruilhandelen uiteindelijk toch niet de juiste weg is'. Maak je geen zorgen:
hij is nog niet begonnen 'al onze spullen met die van Frankrijk te ruilen'.

Mocht het een troost zijn: de onvolkomenheden van niet-liquide financiële
instrumenten zijn altijd een bron van frustratie geweest voor investeerders.
Toevallig werk ik momenteel aan een verhandeling getiteld 'Een
geschiedenis van de taxatie en prijsstelling van niet-liquide investeringen
sinds 1600' voor *Monetaire economie*. Met jouw toestemming zou ik graag
jouw voorbeeld van de teleurstellende ruilhandel gebruiken om mijn stuk
wat 'jeu' te geven. Mocht je dat willen, dan zal ik je uiteraard in een
voetnoot vermelden.

Met vriendelijke groet,

Edwin Tredwell,
Hoofd Beleidsresearch

Alaris Publicaties bv
Postbus 45
Londen E16 4JK

Mw. R. Brandon
Dennenlust
Elton Road 43
Oxshott
Surrey

Londen, 27 februari 2006

Beste Rebecca,

Bedankt voor je demo-cd 'Becky's inspirerende toespraken', die we inmiddels hebben beluisterd. De toespraken waren heel geanimeerd en sommige anekdotes hoogst vermakelijk.

Je stelt dat je 'diepe, spirituele boodschap luid en duidelijk overkomt'. Helaas waren wij er na verschillende malen aandachtig luisteren nog niet precies achter wat je boodschap inhield. Je teksten leken verschillende boodschappen te behelzen, waarvan sommige tegenstrijdig waren.

Om die reden zullen we geen twaalfdelige cd-box uitgeven waarvoor we tv-reclame gaan maken, zoals jij voorstelt.

Hoogachtend,

Celia Hereford,
Redacteur Mind-Body-Spirit

11

Het gaat door. Het gaat echt, definitief door. De uitnodigingen voor het feest zijn verstuurd! Er is geen weg terug meer.

Bonnie heeft gisteren de uiteindelijke gastenlijst naar mijn geheime feestaccount gemaild. Ik laat mijn blik erover dwalen en word opeens een tikje nerveus. Ik was vergeten hoeveel mensen Luke kent. Er zijn een paar heel belangrijke, volwassen mensen uitgenodigd, zoals de voorzitter van de raad van bestuur van Foreland Investments en de complete directie van de Bank of London. Er staat zelfs een hoogwaardige excellentie St. John Gardner-Stone op de lijst, wat heel beangstigend klinkt. Ik kan niet geloven dat Luke bevriend is met een bisschop. Ik heb hem even snel gegoogeld, en toen ik zijn enorme, wollige baard zag, vond ik het nog ongeloofwaardiger.

Er komen tweehonderd voorname, belangrijke mensen naar het feest, en ik heb nog niet eens een tent. Ik heb geen nieuwe reacties op mijn advertenties gekregen en ik kan met geen mogelijkheid een tent van zo'n chic bedrijf huren. Als ik eraan denk, verkrampt mijn maag van de zenuwen, maar ik moet optimistisch blijven. Het lukt me wel. Het moet gewoon. En ik heb de hapjes al, en de tafelconfetti van de Pondknaller, en ik heb al veertig pompons gemaakt...

Zou ik een feesttent kunnen máken? Van winkeltassen?

Opeens zie ik een perfecte patchwork feesttent voor me waarop honderden namen van ontwerpers oplichten...

Nee. Wel realistisch blijven. Mijn grens ligt bij pompons.

Er is wel een lichtpuntje: ik heb het fantastische plan opgevat het feest te laten sponsoren. Ik heb bergen brieven geschreven aan de marketingmanagers van bedrijven als Dom Perignon en Bacardi, waarin ik uitleg wat een geweldige kans het voor ze is om in één adem te worden genoemd met zo'n glamoureus, spectaculair evenement. Als een paar van die mensen ons gratis dingen sturen, zitten we al goed (en ik heb ze natuurlijk geheimhouding laten zweren. Als iemand zijn mond voorbijpraat, is hij er geweest).

Ik kijk zenuwachtig naar mezelf en klop een stofje van Minnies roze tweedjasje. We lopen over Piccadilly en ik ben nog nooit van mijn leven zo gespannen geweest. Nog tweehonderd meter, dan zijn we bij het Ritz, en in het Ritz zit Elinor in een suite te wachten, en daar gaan we nu naartoe.

Ik kan nauwelijks geloven dat ik dit heb gedaan. Ik heb een geheime ontmoeting bekokstoofd. Ik heb helemaal niets tegen Luke gezegd. Het voelt als hoogverraad, maar toch... voelt het ook alsof ik het gewoon móét doen. Ik moet Elinor een kans geven haar kleinkind te leren kennen. Eén kansje maar.

En als het een ramp wordt of als Elinor iets afgrijselijks zegt, vertrek ik gewoon met Minnie en doe alsof er nooit iets is gebeurd.

Het Ritz is nog net zo voornaam en mooi als altijd, en opeens herinner ik me die keer dat ik hier een afspraakje had met Luke, nog vóórdat we een relatie kregen. Stel je voor dat ik toen al had geweten dat we zouden gaan trouwen en dat we een dochter zouden krijgen. Stel je voor dat ik toen al had geweten dat ik hem uiteindelijk zou bedriegen door stiekem een afspraak met zijn moeder te maken...

Nee. Niet doen. Niet aan denken.

We lopen het Ritz in, waar een zwartharige bruid staat in een ongelooflijke hemdjurk met een lange glittersleep en een diadeem, en opeens giert de begeerte door mijn lijf. God, wat zou ik graag nog een keer trouwen.

Ik bedoel, met Luke, vanzelfsprekend.

'Pin-ses.' Minnie zet ogen als schoteltjes op en wijst met een mollig vingertje naar de bruid. 'Pin-ses!'

De bruid draait zich om en glimlacht vriendelijk naar Minnie. Ze haalt een roze rozenknopje uit haar boeket, komt naar ons toe en geeft het aan Minnie, die naar haar lacht en dan naar de grootste, sappigste roos reikt.

'Nee, Minnie!' Ik pak net op tijd haar hand. 'Dank je wel,' zeg ik tegen de bruid. 'Je ziet er beeldig uit. Mijn dochter denkt dat je een prinses bent.'

'Pins?' Minnie kijkt om zich heen. 'Pins?' De bruid kijkt me aan en lacht.

'Daar is mijn prins, lieverd.' Ze wijst naar een man in jacquet die over het gedessineerde tapijt komt aanlopen.

Jasses. Hij is klein, vierkant, kalend en in de vijftig. Hij lijkt meer op een pad dan op een prins. Ik zie aan de frons in Minnies voorhoofd dat ze niet overtuigd is.

'Pins?' vraagt ze weer aan de bruid. 'Pins waar?'

'Gefeliciteerd en nog een fijne dag!' zeg ik snel. 'We moeten maar eens gaan...' Ik trek Minnie snel mee, maar haar hoge stemmetje blijft vragen: 'Pins waar?'

Ik hoop half-en-half dat de man achter de balie zal zeggen: 'Het spijt me, maar Elinor Sherman is niet aanwezig,' en dat we de boel dan kunnen vergeten en lekker naar Hamleys kunnen gaan, maar ze heeft het personeel kennelijk voorbereid, want de man springt meteen in de houding en zegt: 'Juist ja, het bezoek voor mevrouw Sherman,' en gaat zelf met me mee in de lift omhoog. Voordat ik het goed en wel besef, sta ik in een voorname gang en klop met bevende hand op de deur.

Misschien was dit een verschrikkelijk idee. O, god. Dat was het, hè? Een verschrikkelijk, verschrikkelijk, slécht idee...

'Rebecca.' Elinor maakt de deur zo onverwacht open dat ik een gilletje van schrik slaak.

'Hallo.' Ik pak Minnies hand steviger beet en we gapen elkaar allemaal aan. Elinor is gekleed in wit bouclé met gigantische parels om haar nek. Ze lijkt nog dunner en kijkt met vreemd grote ogen van Minnie naar mij.

Ze is báng, besef ik opeens.

Alles staat op zijn kop. Ik was altijd doodsbang voor háár.

'Kom binnen.' Ze stapt opzij en ik loop met Minnie de kamer in, die schitterend is, met weelderige meubelen en uitzicht op Green Park, en er staat een tafel met koffie en een dure etagère met petitfours en van alles. Ik loods Minnie naar een harde bank en til haar erop. Elinor gaat ook zitten, en de stilte die dan valt, is zo geladen en onbehaaglijk dat ik wel kan krijsen. Dan haalt Elinor adem.

'Wil je een kopje thee?' vraagt ze aan Minnie.

Minnie zet alleen maar grote ogen op. Elinor lijkt haar te intimideren.

'Het is earl grey,' vervolgt Elinor. 'Ik kan ook andere thee bestellen, als je dat liever hebt.'

Vraagt ze aan een kind van twéé wat voor thee ze wil? Heeft ze wel ooit contact gehad met een kind van twee?

Hm. Nee, waarschijnlijk niet.

'Elinor...' begin ik tactvol. 'Ze drinkt geen thee. Ze weet niet eens wat thee is. Heet!' roep ik er streng achteraan, want Minnie duikt op de pot af. 'Néé, Minnie.'

'O.' Elinor lijkt van haar stuk gebracht.

'Maar ze mag wel een koekje,' zeg ik dus snel.

Ik vind die koekjes er ook wel lekker uitzien. En die cakejes.

Elinor pakt een koekje tussen haar vingertoppen, legt het op een schoteltje met een vergulde rand en geeft het aan Minnie. Is ze niet goed wijs? Een porseleinen schoteltje van onschatbare waarde van het Ritz... en een peuter? Ik zie al voor me hoe Minnie het schoteltje laat vallen of expres kapot gooit, hoe ze het koekje verkruimelt, er hoe dan ook een puinhoop van maakt, en ik zou het liefst mijn handen voor mijn ogen slaan.

Maar tot mijn verbijstering blijft Minnie kaarsrecht zitten, met het schoteltje op haar schoot en zonder het koekje aan te raken, nog steeds strak naar Elinor kijkend, die haar lijkt te fascineren. Elinor lijkt ook gefascineerd door Minnie.

'Minnie, ik ben je grootmoeder,' zegt ze vormelijk. 'Je mag me wel... grootmoeder noemen.'

'Goo-boe,' zegt Minnie aarzelend.

Opeens slaat de paniek me om het hart. Minnie mag niet links en rechts 'goo-boe' zeggen. Dan wil Luke weten wie of wat 'goo-boe' is.

Ik kan niet eens doen alsof ze het over mam heeft, want Minnie noemt haar 'oba', wat iets heel anders is.

'Nee,' zeg ik snel. 'Ik wil niet dat ze je grootmoeder of goo-boe of zoiets noemt, want dan zegt ze het thuis ook en dan komt Luke erachter. Hij weet niet dat ik hier ben.' Ik voel de spanning op mijn stem slaan. 'En hij mag het niet weten. Oké?'

Elinor zegt niets. Ze wacht tot ik ben uitgesproken, begrijp ik. Ik ben echt degene die hier de lakens uitdeelt.

'Ze mag je...' – ik zoek naar iets onschuldigs en onpersoonlijks – '... mevrouw noemen. Mevrouw. Minnie, dit is mevrouw. Kun je dat zeggen?'

'Mouw.' Minnie kijkt weifelend naar Elinor.

'Ik ben mevrouw,' zegt Elinor na een korte stilte, en opeens voel ik medelijden met haar, wat bespottelijk is, want het is allemaal haar eigen schuld omdat ze zo'n kreng van een ijskonijn is. Toch is het een beetje sneu om in een hotelsuite te zitten en als 'mevrouw' te worden voorgesteld aan je eigen kleinkind.

'Ik heb een aardigheidje gekocht.' Elinor staat abrupt op en loopt naar de slaapkamer. Ik grijp die kans aan om Minnies rok glad te strijken en een petitfour in mijn mond te proppen. God, wat zalig. 'Alsjeblieft.' Elinor houdt me stijfjes een doos voor.

Het is een legpuzzel van een impressionistisch schilderij. Tweehonderd stukjes.

Nou ja. Zo'n puzzel kan Minnie met geen mogelijkheid maken. Ze zal hem eerder opeten.

'Mooi!' zeg ik. 'Misschien kunnen we hem samen maken!'

'Ik vind puzzels leuk,' zegt Elinor. Mijn mond zakt bijna open. Dit is nieuw. Ik heb Elinor nog nooit horen zeggen dat ze iets 'leuk' vond.

'Nou, eh... dan maak ik hem open...'

Ik maak de doos open en schud de stukjes op tafel in de zekerheid dat Minnie ze zal weggrissen en in de theepot stoppen of zoiets.

'Om een legpuzzel te maken, moet je systematisch te werk gaan,' zegt Elinor tegen Minnie. 'Eerst draaien we alle stukjes om.'

Elinor begint stukjes om te draaien en Minnie pakt een handvol.

'Nee,' zegt Elinor, en ze werpt Minnie zo'n soort ijzige blik toe die vroeger maakte dat ik het liefst door de grond wilde zakken. 'Zo doe je dat niet.'

Minnie lijkt even te verstijven met de puzzelstukjes nog in haar knuistje geklemd, alsof ze probeert te peilen hoe serieus Elinor is.

Ze kijken elkaar strak aan en ze zien er allebei dodelijk vastberaden uit, ik denk zelfs...

O, mijn god, ze lijken op elkaar.

Ik geloof dat ik moet hyperventileren of dat ik ga flauwvallen of zoiets. Het is me nooit opgevallen, maar Minnie heeft dezelfde ogen, diezelfde vooruitgestoken kin en dezelfde heerszuchtige blik.

Mijn grootste nachtmerrie is werkelijkheid geworden. Ik heb een kleine Elinor gebaard. Ik pak een schuimgebakje en knabbel erop. Ik heb suiker nodig, tegen de shock.

'Geef die stukjes maar aan mij,' zegt Elinor tegen Minnie – en Minnie doet het.

Waarom gedraagt Minnie zich zo voorbeeldig? Wat is er aan de hand?

Elinor kijkt strak naar de puzzelstukjes die ze op tafel sorteert. Kolere. Ze vindt het echt leuk, hè?

'Hoe gaat het met Luke?' zegt ze zonder op te kijken, en ik verstijf.

'Eh... goed.' Ik neem een slokje thee en vind het opeens jammer dat er geen cognac in zit. Lukes naam maakt me al schichtig. Ik hoor hier niet te zijn; Minnie hoort hier niet te zijn; als Luke er ooit achter komt... 'We moeten zo weg,' zeg ik plompverloren. 'Minnie, nog vijf minuten.'

Ik vind het ongelooflijk dat ik zo kordaat optreed. In het verleden was het altijd Elinor die op haar eigen voorwaarden binnenzeilde en weer vertrok, en wij mochten naar haar pijpen dansen.

'Luke en ik hebben... onenigheid gehad.' Elinor houdt haar hoofd resoluut over de puzzelstukjes gebogen.

Ik weet niet wat me overkomt. Elinor brengt zelden gevoelige familieonderwerpen ter sprake.

'Ik weet het,' zeg ik na een korte stilte.

'Luke heeft karaktereigenschappen die ik...' – ze zwijgt weer even – '... maar moeilijk kan begrijpen.'

'Elinor, ik kan me er echt niet mee bemoeien,' zeg ik opgelaten. 'Ik kan er niet met je over praten. Het is iets tussen Luke en jou. Ik weet niet eens wat er is gebeurd, behalve dan dat je iets over Annabel hebt gezegd...'

Verbeeld ik het me, of trekt er iets over Elinors gezicht? Haar handen zijn nog bezig met de stukjes, maar haar ogen turen in het niets. 'Luke... aanbad dat mens,' zegt ze.

Weer 'dat mens'. Ja, en dat is precies hoe Luke jou ook noemt, zou ik willen zeggen, maar dat doe ik natuurlijk niet. Ik neem nog een slok thee en kijk met stijgende verwondering naar Elinor. Wie weet wat er onder dat gelakte haar gebeurt. Heeft ze al die tijd over haar ruzie met Luke gepiekerd? Heeft ze eindelijk door hoe ze zichzelf tekort heeft gedaan? Beseft ze nu eindelijk wat ze al die tijd heeft gemist?

Ik heb nog nooit zo'n mysterie gekend als Elinor. Ik wil niets liever dan in haar hoofd kruipen, één keertje maar, om te zien wat haar drijft.

'Ik heb haar maar één keer gezien.' Elinor kijkt vragend op. 'Ze leek me niet bijster verfijnd. Of elegant.'

'Heb je dat tegen Luke gezegd?' roep ik woedend uit. 'Dat Annabel niet verfijnd of elegant was? Geen wonder dat hij je heeft laten zitten. Ze is overléden, Elinor. Hij is er kapot van.'

'Nee,' zegt Elinor, en nu zie ik echt een spiertje onder haar oog trillen. Het moet de enige vierkante millimeter zijn die niet is gebotoxt. 'Dat heb ik niet gezegd. Ik probeer alleen maar te begrijpen waarom hij zo extreem reageerde.'

'Luke reageert nooit extreem,' zeg ik kwaad.

Oké, dat is niet helemaal waar. Ik moet toegeven dat Luke wel eens extreem op iets heeft gereageerd, maar zeg nou zelf. Ik heb zin om Elinor met haar zilveren theepot op haar kop te meppen.

'Hij hield van haar,' zegt ze nu, maar ik kan niet horen of het een constatering is of een vraag.

'Ja! Hij was dol op haar!' Ik kijk Elinor woest aan. 'Natuurlijk!'

'Waarom?'

Ik kijk haar achterdochtig aan. Probeert ze op de een of andere manier te scoren? Dan besef ik dat ze het meent. Ze vraagt me echt waarom.

'Hoe bedoel je, waarom?' snauw ik gefrustreerd. 'Hoe kun je het vragen? Ze was zijn móéder!'

Er valt een doordringende stilte. Mijn woorden blijven in de lucht hangen. Ik voel een prikkelend, onprettig gevoel over me heen komen. Want Annabel wás Lukes moeder natuurlijk niet. Strikt genomen is Elinor zijn moeder. In die zin dat Annabel wel wist hoe je moedert.

Elinor heeft er geen benul van wat het moederschap inhoudt. Anders had ze Luke en zijn vader nooit in de steek gelaten toen Luke nog heel klein was. Anders had ze hem de rug niet toegekeerd toen hij haar op zijn veertiende in New York opzocht. Ik zal nooit vergeten hoe hij me vertelde dat hij buiten haar appartementencomplex wachtte, ernaar snakkend die mythische, glamoureuze moeder te ontmoeten die hij nog nooit had gezien. Hoe ze ten slotte naar buiten kwam, onberispelijk en mooi als een vorstin. Luke zei dat ze hem aan de overkant van de straat zag staan, dat ze heel goed moest hebben geweten wie hij was... maar deed alsof ze hem niet herkende. Ze stapte gewoon in een taxi en reed weg. En ze zagen elkaar pas weer terug toen Luke al volwassen was.

Het is dus niet zo gek dat Elinor een beetje een obsessie voor hem werd. En uiteraard stelde ze hem keer op keer teleur. Annabel begreep het volkomen en bleef Luke met eindeloos geduld steunen, ook toen Luke ouder werd en in Elinors ban raakte. Ze wist dat hij zich liet verblinden door zijn biologische moeder; ze wist dat hij door haar gekwetst zou worden. Ze wilde hem alleen maar zo goed mogelijk beschermen, zoals iedere moeder zou willen.

Terwijl Elinor... Elinor heeft echt geen idee.

Ergens zou ik willen zeggen: 'Weet je wat, Elinor? Vergeet het maar, je zult het toch nooit begrijpen.' Maar iets in mij wil de uitdaging aannemen. Ik wil proberen haar te dwingen het te begrijpen, ook al is het een verloren zaak. Ik haal diep adem in een poging mijn gedachten op een rijtje te zetten. Het voelt alsof ik haar een vreemde taal wil leren.

'Annabel hield van Luke,' zeg ik uiteindelijk terwijl ik mijn servet steeds kleiner opvouw. 'Onvoorwaardelijk. Ze hield van hem om al zijn goede eigenschappen en al zijn tekortkomingen. En ze hoefde er niets voor terug.'

Zolang ik Luke ken, heeft Elinor alleen belangstelling voor hem getoond wanneer hij iets voor haar kon doen, wanneer hij geld voor haar stomme goede doel kon inzamelen of zijn glorie op haar kon laten afstralen. Zelfs de bruiloft die ze voor ons in het Plaza had georganiseerd, draaide alleen om haar en háár status.

'Annabel had alles voor Luke over.' Ik kijk strak naar mijn servet. 'En ze zou er nooit een beloning of prestatie voor hebben terugverwacht. Ze was trots op zijn succes, uiteraard, maar ze had hoe dan ook van hem gehouden. Wát hij ook maar had bereikt. Hij was gewoon haar zoon en ze hield van hem. En ze draaide de kraan van die liefde nooit dicht. Ik denk dat ze het niet eens had gekund.'

Ik voel een brok in mijn keel. We zagen Annabel zelden, maar haar dood heeft mij ook geraakt. Ik kan soms bijna niet geloven dat ze er niet meer is.

'En trouwens, dat je het maar weet, ze was wél elegant en verfijnd,' kan ik niet nalaten er een beetje vinnig aan toe te voegen. 'Want toen Luke vaker naar New York ging en jou leerde kennen, zei ze alleen maar positieve dingen over je. Ze hield zoveel van Luke dat ze dat liever deed om hem gelukkig te maken dan hem ooit te laten voelen dat het haar kwetste. Dat is best een elegante en verfijnde manier om je te gedragen, als je het mij vraagt.'

Tot mijn afgrijzen zijn mijn ogen vochtig. Ik had hier niet aan moeten beginnen. Ik wrijf mijn tranen woest weg en pak Minnie bij de hand.

'We moeten weg, Min. Bedankt voor de thee, Elinor.'

Ik zoek mijn tas. Ik moet hier weg. Ik trek Minnie niet eens haar jas aan, maar pak hem gewoon en loop ermee naar de deur. Dan slaat Elinors stem tegen mijn achterhoofd.

'Ik wil Minnie graag nog eens zien.'

Tegen wil en dank draai ik me naar haar om. Ze zit stram op haar stoel, zo bleek en ondoorgrondelijk als altijd. Ik weet niet of ze wel iets heeft gehoord van wat ik heb gezegd, laat staan of het tot haar is doorgedrongen.

'Ik zou het...' zegt ze moeizaam. 'Ik zou het zeer op prijs stellen als je zo vriendelijk zou willen zijn nog een ontmoeting tussen Minnie en mij te regelen.'

Ze zou 'het zeer op prijs stellen'. God, de rollen zijn echt omgedraaid.

'Ik weet het niet,' zeg ik na een stilte. 'Misschien.'

De gedachten buitelen door mijn hoofd. Dit was niet bedoeld als het begin van een soort routine. Het was als iets eenmaligs bedoeld. Ik heb toch al het gevoel dat ik Luke heb bedrogen. En Annabel. En iedereen. Wat dóé ik hier eigenlijk?

Tegelijkertijd kan ik het beeld niet van me afschudden: Minnie en Elinor die elkaar zwijgend aankijken, allebei even gefascineerd.

Als ik zorg dat ze elkaar nooit meer te zien krijgen, herhaal ik dan niet gewoon wat Luke is overkomen? Zal Minnie een complex krijgen en mij later verwijten dat ik haar de kans niet heb gegeven haar grootmoeder te zien?

O, god, het is allemaal veel te ingewikkeld. Ik trek dit niet. Ik wil een gewone, ongecompliceerde familie met oma's die vriendelijke oude dametjes zijn die bij de haard zitten te breien.

'Ik weet het niet,' zeg ik nog eens. 'We moeten weg.'

'Tot ziens, Minnie.' Elinor steekt een hand op, zo stram als de koningin.

'Dag mouw,' zegt Minnie vrolijk.

Opeens zie ik dat de zak van Minnies jurk vol puzzelstukjes zit. Ik zou ze terug moeten geven aan Elinor, anders zou ze een eeuwigheid kunnen proberen een incomplete puzzel te maken. En dat zou heel vervelend en frustrerend voor haar zijn, niet dan?

Als rijp, volwassen mens zou ik ze echt terug moeten geven.

'Nou, tot ziens,' zeg ik. Ik loop de kamer uit en trek de deur achter me dicht.

Ik word de hele weg naar huis overspoeld door schuldgevoel en paranoia. Ik mag níémand vertellen waar ik vandaag ben geweest. Ze zouden het toch niet begrijpen en Luke zou er kapot van zijn. Of hij wordt woest. Of allebei.

Op weg naar de keuken zet ik me schrap voor een kruisverhoor, want mam zal wel willen weten wat Minnie en ik de hele dag hebben uitgevoerd, maar ze kijkt gewoon op van haar stoel aan de keukentafel en zegt: 'Hallo, schat.' Iets aan haar hoge, gespannen stem maakt dat ik nog eens goed naar haar kijk. Haar wangen zijn ook verdacht rood, zie ik.

'Ha, mam. Alles goed?' Mijn blik zakt naar de donkerblauwe sok in haar hand. 'Wat doe je daar?'

'Nou.' Kennelijk heeft ze zitten wachten tot ik het vroeg. 'Zie je dat niet? Ik stop de sokken van je vader, aangezien we te nooddrúftig zijn om nieuwe te kopen...'

'Dat heb je mij niet horen zeggen!' Pap komt achter me aan de keuken binnen.

'... maar nu zegt hij dat ze "niet te dragen" zijn!' besluit mam. 'Vind jij dit "niet te dragen", Becky?'

'Eh...'

Ik inspecteer de sok die ze me toesteekt. Ik wil niets lelijks over mams stopwerk zeggen, maar het ziet er een beetje bultig uit, met grote, dikke, knalblauwe wollen steken. Ik zou die sok in elk geval niet graag aantrekken.

'Kun je geen nieuwe sokken kopen bij de Pondknaller?' stel ik voor.

'Nieuwe sokken? En wie zal dat betalen, als ik vragen mag?' zegt mam schril, alsof ik heb geopperd dat pap de mooiste maatsokken met geborduurde initialen in Jermyn Street zou kunnen laten maken.

'Nou, eh... Ze kosten maar een pond...'

'Ik heb al sokken besteld bij John Lewis,' zegt pap op een toon alsof de sok daarmee af is.

'John Lewis!' Mams stem wordt nog schriller. 'O, dus nu hebben we geld genoeg voor John Lewis. Ik begrijp het al, Graham, voor jou gelden andere regels dan voor mij. Nou, als je maar weet hoe ik erover denk...'

'Jane, stel je niet aan. Je weet net zo goed als ik dat een paar sokken ons de kop niet kan kosten...'

Ik neem Minnie onopvallend bij de hand en glip met haar de keuken uit.

Pap en mam zijn de laatste tijd heel prikkelbaar, vooral mam. Gelukkig heb ik Minnie op weg naar huis haar avondeten gegeven bij Pizza Express, zodat ze alleen nog in bad hoeft. Dan drinkt ze nog een glas melk en als ze dan in bed ligt, kan ik inloggen op mijn geheime e-mailaccount om te zien of er al reacties zijn...

'Becky.' Lukes stem maakt me zo aan het schrikken dat ik een meter de lucht in spring. Daar is hij al, op weg naar beneden. Waarom is hij zo vroeg thuis? Weet hij dat ik bij Elinor ben geweest? Vermoedt hij iets?

Niet doen. Kalm blijven, Becky. Hij vermoedt helemaal niets. Hij heeft een bespreking met een cliënt gehad in Brighton, meer niet.

'Hé, hallo,' zeg ik vrolijk. 'Minnie en ik zijn net... weg geweest.'

'Dat zie ik, ja.' Luke kijkt me onderzoekend aan. 'Hoe is het met mijn meisje?' Hij is onder aan de trap aangekomen en tilt Minnie in zijn armen op.

'Mouw,' zegt Minnie ernstig.

'Mouw?' Luke kietelt haar onder haar kin. 'Wat voor mouw, poppenkop?'

'Mouw,' herhaalt Minnie met grote, eerbiedige ogen. 'Puz-zel.'

Argh! Sinds wanneer kan Minnie 'puzzel' zeggen? Waarom moet ze haar woordenschat juist nú uitbreiden? Welke andere woorden gaat ze er nog uitflappen? 'Elinor'? 'Ritz'? 'Raad eens pappie, ik heb vandaag mijn andere oma gezien'?

'Puz-zel.' Dan plukt ze opeens de puzzelstukjes uit haar zak en laat ze aan Luke zien. 'Mouw.'

'Haha!' zeg ik snel. 'We hebben puzzels bekeken in de speelgoedwinkel en er was er een bij van de Mona Lisa. Ik denk dat ze daarom telkens "puzzel" en "mevrouw" zegt.'

'Thee,' voegt Minnie eraan toe.

'En we hebben theegedronken,' beaam ik wanhopig. 'Wij samen. Alleen wij tweetjes.'

Zeg nou niet 'goo-boe', in godsnaam, zeg het niet...

'Klinkt goed.' Luke zet Minnie neer. 'Trouwens, ik heb net een telefoontje gehad van Michaels assistente.'

'Michael!' zeg ik afwezig. 'Wat leuk. Hoe is het met hem?'

Michael is een van onze oudste vrienden, en hij woont in Amerika. Hij is een eeuwigheid Lukes compagnon geweest, maar nu is hij min of meer met pensioen.

'Ik weet het niet. Het was een beetje vreemd.' Luke haalt een Post-it tevoorschijn en kijkt er niet-begrijpend naar. 'De lijn was slecht, maar ik gelóóf dat zijn assistente iets over 7 april zei. Dat Michael niet naar het feest kon komen?'

Feest?
Feest?

De wereld lijkt stil te staan. Ik staar Luke vol afgrijzen aan, als verlamd. Mijn hart bonst in mijn hoofd.

Hoe kwam Michaels assistente erbij om op te bellen? Ze had moeten mailen. Het hoort geheim te blijven. Heb ik dat er niet groot genoeg bij gezet? Heb ik het niet heel duidelijk gemaakt?

'Had hij ons voor iets uitgenodigd?' Luke kijkt me stomverbaasd aan. 'Ik herinner me geen uitnodiging.'

'Ik ook niet,' breng ik na een stilte die zes uur lijkt te duren moeizaam uit. 'Zo te horen is het een misverstand.'

'We kunnen hoe dan ook niet naar Amerika.' Luke kijkt met gefronst voorhoofd naar de Post-it. 'Het is gewoon geen haalbare kaart. En volgens mij hebben we die dag al iets. Een trainingscongres of zo.'

'Precies.' Ik knik verwoed. 'Precies. Goed, zal ik Michael erover terugbellen?' Ik doe mijn uiterste best de Post-it uit Lukes hand te pakken zonder hem weg te grissen. 'Laat het maar aan mij over. Ik wilde toch al vragen hoe het met zijn dochter is. Ze komt wel eens naar The Look als ze in Londen is.'

'Uiteraard. Waar zou ze anders naartoe moeten?' Luke glimlacht ontwapenend naar me, maar ik kan zijn glimlach niet beantwoorden.

'Dus… zou jij Minnie in bad willen doen?' Ik probeer het kalm te zeggen. 'Ik moet even snel iemand bellen.'

'Ja hoor.' Luke draait zich om. 'Kom op, Min, in bad.'

Ik wacht tot ze boven zijn en ren dan naar buiten om Bonnie te bellen.

'Ramp! Catastrofe!' zeg ik voordat ze goed en wel heeft opgenomen. 'Een assistente van een gast heeft Luke opgebeld over het feest! Ik bedoel, ik heb de boel kunnen redden… maar als dat nou niet was gelukt?'

'Hemeltje,' zegt Bonnie ontdaan. 'Wat vervelend.'

'Ik had "niet opbellen" op de uitnodiging gezet!' ratel ik bijna hysterisch. 'Kan het nog duidelijker? Stel dat er meer mensen bellen? Wat moet ik dan?'

'Becky, geen paniek,' zegt Bonnie. 'Ik zal er eens over nadenken.

189

Zullen we morgen samen ontbijten en een plan opstellen? Ik zal tegen Luke zeggen dat ik iets later kom.'

'Oké. Hartstikke bedankt, Bonnie. Tot morgen.'

Mijn hartslag komt langzaam tot bedaren. Echt, een surpriseparty organiseren is zoiets als de hele tijd zonder enige waarschuwing de honderd meter sprint moeten doen. Het is nog beter dan een personal coach.

Goh, misschien word ik wel superfit zonder er moeite voor te doen. Dat zou pas cool zijn.

Ik berg mijn mobieltje op en net als ik weer naar binnen wil gaan, hoor ik een auto achter me. Er rijdt een grote witte bestelbus de inrit op, wat vreemd is.

'Hallo.' Ik loop aarzelend naar de cabine. 'Kan ik iets voor u doen?'

Een vent van achter in de veertig met donkere stoppels en een enorme, getatoeëerde onderarm in een T-shirt leunt door het zijraam.

'Ben jij dat ruilmeisje? Becky?'

'Hè?' Ik kijk hem verbaasd aan. Wat is dit nou weer? Ik heb de laatste tijd geen advertenties geplaatst. Of hij moet de nieuwste Prada-zonnebril willen ruilen voor een blauwe Missoni-sjaal.

Wat me op de een of andere manier niet waarschijnlijk lijkt.

'Mijn dochter had je toch een feesttent beloofd? Clare? Zestien?'

Is dit Clares vader? Opeens zie ik een akelige frons tussen zijn ogen. Shit. Hij ziet er best eng uit. Wil hij me uitfoeteren omdat ik zaken heb gedaan met een minderjarige?

'Ja, maar...'

'De aap kwam gisteren uit de mouw. Mijn vrouw wilde weten waar ze die tassen van jou vandaan had. Dat had Clare nooit mogen doen.'

'Ik had niet in de gaten dat ze nog zo jong was,' zeg ik snel. 'Het spijt me...'

'Denk jij dat zo'n feesttent maar een paar handtassen kost?' zegt hij dreigend.

O, god. Denkt hij dat ik zijn dochter een poot wilde uitdraaien?

'Nee! Ik bedoel... Ik weet het niet!' Mijn stem slaat over van de zenuwen. 'Ik hoopte gewoon dat iemand een feesttent had die hij niet meer nodig had, u weet wel, die maar ergens slingerde...'

Opeens dringt het tot me door dat het badkamerraam boven openstaat. Shit.

'Kunnen we fluisteren, alstublieft?' Ik ga dichter bij de cabine staan. 'Het moet allemaal geheim blijven. En als mijn man naar buiten komt... dan komt u me fruit verkopen, goed?'

Clares vader kijkt me verbijsterd aan en zegt dan: 'Wat zijn die tassen eigenlijk waard?'

'Nieuw ongeveer duizend pond per stuk. Ik bedoel, het hangt ervan af hoe dol je op Marc Jacobs bent, denk ik...'

'Duizend pond.' Hij schudt ongelovig zijn hoofd. 'Die meid is gestoord, verdomme.'

Ik durf hem niet bij te vallen of tegen te spreken. Trouwens, misschien heeft hij het wel over míj.

Clares vader kijkt me opeens weer recht aan. 'Goed dan,' verzucht hij. 'Als mijn dochter jou een feesttent heeft beloofd, krijg jij een feesttent van me. Geen toeters en bellen, je zult hem zelf moeten opzetten, maar het is rustig momenteel. Ik regel wel iets voor je.'

Ik kan mijn oren bijna niet geloven.

'Krijg ik een feesttent van u?' Ik sla een hand voor mijn mond. 'O, mijn god. Weet u wel dat u mijn redder in de nood bent?'

Clares vader lacht blaffend en reikt me zijn kaartje aan. 'Een van mijn jongens neemt wel contact met je op. Zeg maar tegen hem wanneer en dat Cliff ervan weet, dan komt het in orde.' Hij schakelt knarsend en rijdt achteruit weg.

'Dank je wel, Cliff!' roep ik hem na. 'Wens Clare veel plezier met de tassen!'

Ik kan wel dansen. Ik kan wel juichen. Ik heb een feesttent! En hij kostte geen duizend pond, en het is allemaal geregeld. Ik wíst wel dat ik het kon.

Whitehall Place 180/4
Londen SW1

Mw. R. Brandon
Dennenlust
Elton Road 43
Oxshott
Surrey

Londen, 28 februari 2006

Beste Rebecca,

Dank je voor je snelle antwoord. Heel vriendelijk van je dat je je
toestemming meteen hebt gegeven.

Om je vraag te beantwoorden: *Monetaire economie* is jammer genoeg geen
geïllustreerd tijdschrift, en het heeft geen fotoredacteur of stylist. Ik zal de
foto's van de Missoni-jas, riem en laarzen die je had meegestuurd dan ook
niet kunnen gebruiken, maar mijn dank voor de vriendelijke geste. Ik stuur
ze je hierbij retour.

Met vriendelijke groet,

Edwin Tredwell,
Hoofd Beleidsresearch

192

12

Deze keer hebben we in een restaurant in het centrum afgesproken,
ver weg van Lukes kantoor. Wanneer ik aankom, zie ik Bonnie al
aan een tafel in een hoek zitten, onberispelijk in een koraalroze
pakje en de oorbellen met pareltjes die ik Luke als verjaardagscadeautje aan haar heb laten geven. Ze lijkt zich prima op haar
gemak te voelen, zoals ze daar bedaard in haar eentje met geheven
hoofd thee zit te drinken. Alsof ze altijd alleen in restaurants zit.

'Wat staan die oorbellen je goed!' zeg ik terwijl ik op het bankje
tegenover haar schuif.

'Ze zijn prachtig!' zegt Bonnie, en ze raakt er een aan. 'Ik hoop dat
je mijn bedankbriefje hebt ontvangen, Becky. Hoe heb je dat in
hemelsnaam voor elkaar gekregen?'

'Ik heb het heel subtiel aangepakt,' zeg ik trots. 'Ik had ze op internet gevonden en toen zei ik tegen Luke dat ik ze voor mezelf wilde
hebben. En toen zei ik: "Nee, toch niet. Ze zijn beter voor iemand met
een donkerder haarkleur, zoals je assistente Bonnie, misschien"!'

Ik verzwijg wijselijk dat ik het een keer of vijf heb moeten zeggen,
steeds luider, voordat Luke zelfs maar opkeek van zijn laptop.

'Je bent er heel bedreven in,' zegt Bonnie met een zucht. 'Ik heb
minder geluk gehad met je fitnesszaaltje in de kelder, jammer genoeg. Ik heb wel geprobéérd het ter sprake te brengen...'

'O, laat maar. Het huis is voorlopig toch van de baan.' Ik pak de
kaart en leg hem afwezig weer weg. 'Ik maak me meer zorgen om
het feest. Het is toch ongelooflijk wat er gisteren is gebeurd?'

'De mensen zijn zo laks als het om uitnodigingen gaat.' Bonnie
klakt afkeurend met haar tong. 'Ze lezen ze nooit goed.'

'Wat moet ik nu doen?' Ik hoop dat Bonnie al een slimme oplossing heeft bedacht, en ja hoor, ze knikt kalm.

'Ik heb een idee. We nemen persoonlijk contact op met alle gasten, benadrukken nog eens dat het feest topgeheim moet blijven en voorkomen zo dat er meer ongelukken gebeuren.'

'Ja,' zeg ik peinzend. 'Ja, dat is een goed plan. Ik zal de lijst morgen meenemen naar mijn werk.'

'Mag ik voorstellen dat ik de telefoontjes afhandel?' zegt Bonnie omzichtig. 'Als jij het doet, wekt dat de indruk dat jij de contactpersoon bent, maar dat moet je juist níét zijn. We moeten je zoveel mogelijk afzonderen van de gasten om meer vergissingen te voorkomen.'

'Maar dat is veel te veel werk! Dat red je niet!'

'Ik vind het helemaal niet erg. Heus, ik doe het graag.' Ze aarzelt even. 'Ik vind het zelfs leuk!'

'Nou… bedankt!'

Er draait een ober om ons heen en ik bestel een dubbele cappuccino, want ik heb behoefte aan cafeïne. Zo'n feest is meer werk dan ik had gedacht. Ik heb spierpijn in mijn handen van het verknippen van plastic tassen voor pompons (ik heb er nu tweeënzeventig) en ik ben continu bang dat Luke per ongeluk mijn map met aantekeningen vindt. Ik heb vannacht gedroomd dat hij thuiskwam, net toen ik in een enorme beslagkom stond te roeren voor zijn verjaardagstaart, en toen moest ik doen alsof het voor het ontbijt was en hij zei telkens: 'Maar ik wil geen taart als ontbijt.'

Het was een stomme droom, want ik ga écht geen taart voor tweehonderd man bakken.

O, god, dat moet ik ook op de lijst zetten. *Taart bestellen.*

'Becky, lieverd, maak je niet zo druk,' zegt Bonnie alsof ze mijn gedachten kan lezen. 'Er gebeuren altijd onverwachte dingen, maar volgens mij heb je het feest goed in de hand. Weet je,' vervolgt ze zacht, 'Lukes personeel is heel loyaal. Iedereen is blij met deze kans om hem te laten merken hoe hij wordt gewaardeerd.'

'O!' Ik voel een warme tinteling. 'Nou, gelukkig maar.'

'Ik heb nog nooit een baas gehad die zo vastberaden voor zijn personeel opkomt. Als er lastige klanten of klachten zijn, wil Luke de problemen altijd zelf oplossen. Zijn naam staat boven de deur, zegt hij, dus moet hij de kritiek over zich heen laten komen. Dat kan

194

natuurlijk ook een zwakte zijn,' voegt ze er bedachtzaam aan toe, en ze neemt nog een slokje thee. 'Volgens mij zou hij meer moeten delegeren.'

Ik bekijk Bonnie opeens met andere ogen. Hoeveel merkt ze op terwijl ze stilletjes in haar hoekje naar iedereen kijkt?

'Die nieuwe koolstof-weet-ik-veel cliënt klinkt cool,' zeg ik in de hoop haar meer informatie te ontlokken.

'O, ja. Luke was er heel blij mee. Hij probeerde natuurlijk er niet te veel van te verwachten, maar ik merk het altijd wanneer een bespreking echt belangrijk voor hem is...' – Bonnie glimlacht fijntjes – '... want dan strikt hij zijn stropdas opnieuw.'

'Ja!' roep ik opgetogen, want ik herken het. 'Dat doet hij thuis ook!'

We glimlachen naar elkaar en ik neem een slokje cappuccino. Ergens voelt het raar om achter Lukes rug om over hem te praten, maar het is ook heel prettig om een vertrouweling te hebben. Niemand anders kent Lukes hebbelijkheidjes zo goed.

'Raak je altijd bevriend met de vrouw van je baas?' Ik kan me niet bedwingen. 'Of met de man?'

'Niet echt.' Ze lijkt het bijna grappig te vinden. 'Die vrouwen zien mij niet als... een geschikte vriendin, denk ik.'

Ik heb foto's gezien van lady Zara Forrest, de vrouw van Bonnies vorige baas. Ze heeft een kuuroord in Notting Hill en wordt constant geïnterviewd. Ik kan me inderdaad niet voorstellen dat ze met Bonnie op stap zou gaan.

'Tja, het zal wel logischer zijn dat je bevriend raakt met andere mensen binnen het bedrijf,' zeg ik snel. 'Er lijkt een prima sfeer te hangen...'

'Ja,' zegt Bonnie. 'Al zit ik natuurlijk in een lastige positie, als Lukes assistente. Ik moet bepaalde dingen voor me houden, en dat schept afstand tussen mij en de anderen.' Ze glimlacht. 'Zo gaat dat altijd.'

Ze is eenzaam.

Het komt als een klap aan. Ze zou natuurlijk een druk sociaal leven buiten haar werk kunnen hebben, maar op de een of andere manier betwijfel ik dat. Luke heeft me ooit verteld dat ze altijd beschikbaar is in het weekend, dat ze zijn mails altijd binnen het uur beantwoordt en dat hij daar zo blij om is. Misschien is het fantastisch voor hem, maar hoe zit het met haar?

'Nou, ik vind het echt fijn dat wíj elkaar wel beter hebben leren kennen,' zeg ik hartelijk. 'Ik had toch gezegd dat we een goed team zouden zijn? Trouwens, ik ben bezig met de aircosituatie.'

Het is véél te koud in Lukes kantoor. Het verbaast me niets dat Bonnie er zit te rillen.

'Dank je wel!' Ze lacht met kuiltjes in haar wangen. 'Kan ik ook nog iets voor jou doen?'

'Er moet iets zijn...' Ik neem een slok koffie terwijl ik erover nadenk. 'O ja! Weet je wel, die nieuwe douchegel van Luke? Vind je die niet stinken?'

'Douchegel?' Bonnie lijkt ervan te schrikken. 'Tja, ik mag niets zeggen...'

'Je moet het hebben geroken. Die met rozemarijn en ginseng? Ik vind het vreselijk, maar hij zegt dat hij er wakker van wordt. Nou, als jij zegt dat je het ook vreselijk vindt, houdt hij er misschien mee op.'

'Lieve Becky.' Bonnie kijkt me aan. 'Ik kan echt niet over iets zo intiems als douchegel beginnen.'

'O, jawel! Natuurlijk wel! Neem maar van mij aan dat Luke een hoge dunk heeft van jouw mening. Hij zou zich niet beledigd voelen. En die blauwe stropdas met autootjes van hem, kun je tegen hem zeggen dat die ook afgrijselijk is?'

'Becky, echt...'

'Kom op.' Ik glimlach innemend naar haar, als echtgenote en assistente onder elkaar. 'Jij moet die das toch ook hopeloos vinden?'

'Nou...' Bonnie lijkt zich niet op haar gemak te voelen. Natuurlijk niet. Ik pak mijn koekje uit en vermaal het peinzend.

Dan krijg ik opeens een geweldige inval. Ze zou Luke op nog een heel belangrijke manier voor me kunnen beïnvloeden. Eventueel.

'Bonnie... ben jij enig kind?' vraag ik.

'Nee, ik heb een broer.'

Perfect!

'Nou, als je de kans krijgt... zou je dan tegen Luke kunnen zeggen dat je broer heel belangrijk voor je is? En zou je hem dan kunnen vragen of hij meer kinderen wil na Minnie en zeggen dat je het heel fijn zou vinden als hij dat wilde? En dat hij een beetje moet opschieten?'

Bonnie zit erbij alsof ze het in Keulen hoort donderen.

'Becky! Dat zijn echt mijn zaken niet. Ik kan echt niet...'

'Ja, dat kun je wel!' zeg ik bemoedigend. 'Ik wil dolgraag nog een kind, en ik weet dat hij het diep in zijn hart ook wil, en naar jou luistert hij wel.'

'Maar...'

'Alleen als de gelegenheid zich voordoet,' zeg ik geruststellend. 'Als het toevallig ter sprake komt. Zullen we afrekenen?'

Als we buiten staan, geef ik Bonnie in een opwelling een zoen.

'Hartstikke bedankt voor alles, Bon. Je bent top!'

Ik had een eeuwigheid geleden al vriendschap met Bonnie moeten sluiten. De volgende keer laat ik haar tegen Luke zeggen dat hij met me naar Mauritius moet.

'Welnee.' Ze lijkt nog een tikje nerveus, maar ze glimlacht naar me. 'En maak je maar niet druk om het feest. Ik weet zeker dat Luke niets vermoedt.'

'Dat weet ik nog zo net niet.' Ik kijk in een aanval van paranoia naar links en naar rechts. 'Had ik je al verteld dat ik hem na onze lunch ben tegengekomen? Ik zei tegen hem dat ik me had laten botoxen, maar hij geloofde me niet, en nu kijkt hij telkens naar me alsof hij weet dat ik iets in mijn schild voer...' Ik zie Bonnies gezicht. 'Wat is er?'

'Nou snap ik het!' roept ze uit. Ze trekt me uit de stroom voetgangers op de stoep. 'Becky, toen Luke die middag terugkwam op kantoor, vroeg hij me of er dure kledingwinkels in de buurt waren geopend. Ik dacht dat het een soort marktonderzoek was, maar nu vraag ik me af of hij dacht dat je stiekem...' Ze doet er tactvol het zwijgen toe.

'Had geshopt?' zeg ik ongelovig. 'Dacht hij dat ik liep te shóppen?'

'Het zou kunnen, nietwaar?' Haar ogen twinkelen. 'Het zou een goede dekmantel zijn.'

'Maar... je begrijpt het niet! Ik heb Luke beloofd dat ik niet meer

197

zou gaan shoppen! We hebben een afspraak sinds die bank failliet is gegaan! En daar hou ik me aan!'

Het duizelt me, zo verontwaardigd ben ik. Dacht Luke dat ik mijn belofte had gebroken en me indekte met een verhaal over botox? Keek hij daarom de hele tijd zo achterdochtig naar mijn tas?

Ik heb zin om zijn kantoor binnen te marcheren, hem mijn tas bij wijze van handschoen toe te werpen en te verklaren: 'Rebecca Brandon geboren Bloomwood houdt altijd woord, heer!' En misschien nodig ik hem dan uit voor een duel.

'O, jee.' Bonnie kijkt me zorgelijk aan. 'Becky, het was maar een veronderstelling...'

'Nee, ik weet zeker dat je gelijk hebt. Hij denkt dat ik liep te shoppen. Nou, prima. Hij denkt maar.' Ik steek fier mijn kin in de lucht. 'Ik kan het als dekmantel gebruiken.'

Als Luke me ervan verdenkt dat ik in het geniep aan het shoppen ben, zal hij niet op het idee komen dat ik stiekem een feest organiseer. Ik loop vastbesloten de straat uit. Als Luke denkt dat ik 'shop'... dan ga ik 'shoppen' ook. Niet te zuinig.

Als ik Luke die avond thuis hoor komen, ben ik er klaar voor. Ik heb een nooit eerder gedragen appelgroene trui aan (een grote miskoop, wat beziélde me?) waar het prijskaartje nog aan hangt. Daaroverheen draag ik die leren jas uit de uitverkoop waar ik het Whistles-merkje zorgvuldig weer zo aan heb bevestigd dat het uit de mouw piept, plus een sjaal, een ketting en een knaloranje ceintuur die ik geen van alle ooit heb aangehad.

Ik bedoel, ik was wel van plan ze te dragen. Je weet wel. Als het juiste moment zich aandiende.

Ik heb een paar chique plastic tassen gepakt die boven in de kast lagen en ze zo onder de keukentafel gezet dat je ze net kunt zien. Ik heb wat vloeipapier met het Prada-logo in de afvalbak in de keuken gegooid en een paar oude bonnetjes half achter de magnetron verstopt. Minnie, die me in haar pyjama en ochtendjas op de voet volgt, kijkt verwonderd toe terwijl ze een broodje honing eet. Zodra ik Luke naar de keuken hoor komen, zeg ik voor de zekerheid 'sst!' tegen haar.

'Sst!' zegt ze me prompt na, en ze drukt een vinger tegen haar lippen. 'Sst, mammie!' Ze kijkt er zo ernstig bij dat ik onwillekeurig in de lach schiet. Dan neem ik mijn mooiste fashionista-houding in bij de roestvrijstalen koelkast en doe alsof ik mezelf bekijk. Wanneer Luke binnenkomt, maak ik een overtuigend sprongetje.

'Luke, je maakt me aan het schrikken!' zeg ik betrapt. Ik trek haastig de leren jas uit, waarbij ik ervoor zorg dat het roze merkje goed zichtbaar is. 'Ik was gewoon, eh... Het is niets. Helemaal niets!' Ik prop de jas op en hou hem achter mijn rug. Luke neemt me bevreemd op, loopt naar de koelkast en pakt een biertje.

Goh. Misschien had ik de bonnen in de koelkast moeten verstoppen.

Nee. Te doorzichtig.

'Sst, pappie!' zegt Minnie gewichtig tegen Luke, met haar vinger nog op haar lippen. 'Verstoppie.'

Ze dacht dat ik verstoppertje aan het spelen was. Het is haar lievelingsspelletje, alleen wordt het iets anders gespeeld. Je telt maar tot drie en je moet tegen haar zeggen waar je je gaat verstoppen. En als het haar beurt is, verstopt ze zich altijd op dezelfde plek, namelijk midden in de kamer.

'Ik kom zo spelen, poppenkop.' Luke neemt een teug bier. 'Boeiend truitje,' zegt hij met opgetrokken wenkbrauwen. Gelijk heeft hij, want ik ben net een zuurtje.

'Dat is stokoud!' verdedig ik me meteen. 'Ik heb het een eeuwigheid geleden gekocht. Vraag maar aan Suze. Bel haar maar op als je me niet gelooft. Toe dan!'

'Becky...' Luke lacht. 'Ik heb nooit gezegd dat ik je niet geloof. Waarom ben je zo wantrouwig?'

'Omdat... Zomaar!' Ik loop naar de tafel en schop de tassen er opvallend onopvallend onder. Ik zie Lukes ogen naar beneden flitsen en de tassen spotten.

Ha! Het werkt!

'Zo, wat heb je vandaag gedaan?' vraagt hij vriendelijk.

'Niks! Ik ben nergens geweest! God, je ondervraagt me altijd zo, Luke.' Ik stop de ketting onder mijn trui alsof ik hem wil verbergen.

Luke doet zijn mond open om iets te zeggen, maar bedenkt zich en trekt een bierblikje uit het plastic.

Gooi het weg… smeek ik geluidloos. *Toe dan, gooi het weg…*

Yes!

Ik zou choreograaf moeten worden. Net als Luke de afvalbak open wil maken, spring ik op hem af en leg precies op tijd mijn hand op het handvat.

'Laat mij maar,' zeg ik supernonchalant. 'Geen punt. Ik doe het wel.'

'Ik gooi dit gewoon weg,' zegt Luke verwonderd. Hij tilt het deksel weer op en ik laat hem een blik op het Prada-vloeipapier werpen voordat ik het handvat weer pak.

'Ik zei toch dat ik het wel zou doen!' zeg ik verhit.

'Becky, het is al goed.' Hij trekt het deksel helemaal open en het vloeipapier wappert met de tocht omhoog alsof het wil zeggen: daar ben ik! Kijk dan naar me! Prada!

We kijken er allebei zwijgend naar.

'Goh, wat doet dat hier?' roep ik dan met een hoge, gekunstelde stem, en ik duw het papier weer in de bak. 'Dat is oud. Echt heel oud. Ik bedoel, ik zou niet weten wanneer ik voor het laatst bij Prada ben geweest. Of iets van Prada heb gekocht. Of zoiets!'

Ik struikel over mijn woorden en ik heb nog nooit zó schuldig geklonken.

Ik begin me zelfs schuldig te vóélen. Ik voel me alsof ik net mijn hele creditcard heb geplunderd en al mijn aankopen onder het bed heb verstopt.

'Becky…' Luke haalt een hand over zijn voorhoofd. 'Wat is er in godsnaam aan de hand?'

'Niets!'

'Niets.' Hij werpt me een sceptische blik toe.

'Echt niets.' Ik probeer resoluut en zelfverzekerd te klinken, hoewel ik me begin af te vragen of ik het er niet te dik op heb gelegd.

Misschien is hij er geen moment in getrapt. Misschien denkt hij: zo, ze is in elk geval níét wezen shoppen dus wat zou ze dan proberen te verbergen? Ha, ik weet het al, een feest.

We kijken elkaar even woordeloos aan. Ik hijg en klem mijn hand nog om het handvat van de afvalbak.

'Gevonden?' verbreekt Minnies stem de betovering. Ze staat midden in de kamer, met haar handen stevig tegen haar ogen gedrukt, want zo verstopt ze zich.

'Becky!' Pap duikt in de deuropening op. 'Lieverd, je kunt beter even komen. Er is een bestelling voor je.'

'O, goh,' zeg ik verbaasd. Ik verwacht niets. Wat kan het zijn?

'Gevonden?' jengelt Minnie. 'Gevónden?'

'Gevónden!' zeggen Luke en ik snel als uit één mond. 'Goed zo, Minnie!' voeg ik eraan toe wanneer ze haar ogen opendoet en stralend van trots naar ons kijkt. 'Heel goed verstopt!' Ik kijk weer naar pap. 'Van wie is die bestelling?'

'Het is een busje van fashionforwardgirl.com,' zegt pap terwijl we met hem meelopen. 'Ik geloof dat het best veel is.'

'Echt?' Ik frons mijn voorhoofd. 'Dat kan niet kloppen. Ik heb niets op fashionforwardgirl.com besteld. Ik bedoel, de laatste tijd niet.'

Ik zie dat Luke me onderzoekend opneemt en voel dat ik begin te blozen. 'Echt niet, oké? Het moet een vergissing zijn.'

'Pakket voor Rebecca Brandon,' zegt de koerier wanneer ik bij de voordeur ben. 'Als u hier even wilt tekenen…' Hij houdt me een elektronisch apparaatje en een stylus voor.

'Wacht even!' Ik steek mijn handen op. 'Ik teken niets. Ik heb niets bij fashioforwardgirl.com besteld! Ik bedoel, ik kan me niet herínneren dat ik iets heb besteld…'

'Toch wel,' zegt de bezorger verveeld, alsof hij het vaker heeft gehoord. 'Zestien stuks.'

'Zéstien?' Mijn mond zakt open.

'Ik zal u de orderbevestiging laten zien, als u wilt.' Hij trekt een vertwijfeld gezicht en loopt naar zijn busje.

Zestien stuks?

Oké, dit slaat nergens op. Hoe kan ik nou zestien dingen hebben besteld bij fashionforwardgirl.com en me er niets van herinneren? Word ik seniel?

Daarnet deed ik nog alsof ik me schuldig voelde over mijn shopgedrag, en nu wordt het allemaal werkelijkheid, als in een boze droom. Hoe kan dit? Ligt het aan mij?

Dan zie ik opeens dat Luke en pap elkaar over mijn hoofd heen veelbetekenend aankijken.

'Ik heb het niet gedaan!' zeg ik overstuur. 'Ik heb niets besteld! Het moet een bizarre computerfout zijn.'

'Becky, niet weer die smoes van de computerfout,' zegt Luke verveeld.

'Het is geen smoes, het is echt zo! Ik heb dit niet besteld.'

'Nou, íémand moet het gedaan hebben...'

'Misschien is mijn identiteit gestolen.' Dan krijg ik een idee. 'Of misschien heb ik geslaapshopt!'

O, mijn god. Nu valt alles op zijn plaats. Dit verklaart alles. Ik ben een geheime slaapshopper. Ik zie voor me hoe ik geluidloos uit bed stap, met een glazige blik in mijn ogen naar beneden ga, de computer aanzet, mijn creditcardgegevens invoer...

Maar waarom heb ik dan die waanzinnige tas van Net-à-Porter niet gekocht waar ik naar smacht? Heeft mijn slaapshoppende ik dan geen smaak?

Zou ik mijn slaapshoppende zelf een briefje kunnen sturen?

'Sláápshoppen?' Luke trekt een wenkbrauw op. 'Die is nieuw.'

'Nee, niet waar,' repliceer ik. 'Slaapwandelen is een gangbare aandoening, Luke, zoek het maar op. En ik neem aan dat slaapshoppen ook heel gewoon is.'

Hoe langer ik erover nadenk, hoe meer ik geloof dat het waar is. Het zou zoveel verklaren. Ik begin zelfs een beetje rancuneus te worden ten opzichte van al die mensen die het me in de loop der jaren moeilijk hebben gemaakt. Ik wil wedden dat ze wel een toontje lager zouden zingen als ze wisten dat ik aan een heel bijzondere medische aandoening lijd.

'Het is heel gevaarlijk om een slaapshopper wakker te maken,' leg ik Luke uit. 'Dat kan een hartaanval veroorzaken. Je moet de patiënt gewoon zijn gang laten gaan.'

'Aha.' Lukes ene mondhoek trekt. 'Dus als jij in je pyjama de hele winkel van Jimmy Choo leegkoopt, moet ik je je gang laten gaan omdat je anders doodgaat aan een hartinfarct?'

'Alleen als het midden in de nacht is en ik glazig uit mijn ogen kijk,' verduidelijk ik.

'Lieveling.' Luke lacht blaffend. 'Het is altijd midden in de nacht en je kijkt er altijd glazig bij.'

Hij durft wel.

'Ik kijk niet altijd glazig!' stuif ik op, en dan komt de bezorger terug.

'Kijk maar.' Hij stopt een vel papier in mijn hand. 'Zestien jassen van Miu Miu, groen.'

'Zestien jassen?' Ik kijk ongelovig naar het papier. 'Waarom zou ik in vredesnaam zestien jassen bestellen, allemaal in dezelfde maat en dezelfde kleur?'

Eerlijk gezegd heb ik die jas online bekeken, en ik heb hem zelfs in mijn winkelwagentje gelegd, maar ik heb nooit echt...

De gedachte maakt plotseling plaats voor een verschrikkelijk beeld. Mijn laptop, open in de keuken. Op die pagina. Minnie, die op een stoel klautert...

O, mijn god, dit kan niet waar zijn.

'Minnie, heb jij op de toetsen van mammies computer gedrukt?' Ik kijk haar onthutst aan.

'Dat meen je niet,' zegt Luke verbijsterd. 'Dat kan ze niet!'

'O, jawel! Ze kan met gemak een muis bedienen. En fashionforwardgirl werkt met één muisklik. Als ze maar lang genoeg op het toetsenbord heeft gerammeld en vaak genoeg heeft geklikt...'

'Wil je zeggen dat Mínnie die jassen heeft besteld?' Pap is al net zo verbijsterd als Luke.

'Nou, als ík het niet heb gedaan, en Lúke was het ook niet...'

'Waar wilt u ze hebben?' onderbreekt de bezorger ons. 'Achter de deur?'

'Nee, ik wil ze niet! Neem ze maar mee terug.'

'Dat zal niet gaan.' Hij schudt zijn hoofd. 'Als u ze wilt retourneren, moet u ze aannemen, het retourformulier invullen en ze terugsturen.'

'Maar waarom zou ik ze aannemen?' zeg ik gefrustreerd. 'Ik wíl ze niet.'

'Nou, als u weer eens iets niet wilt, raad ik u aan het niet te bestellen,' zegt de bezorger, en hij lacht schor om zijn eigen geestigheid. Voor ik het goed en wel besef, tilt hij een grote doos uit de laadruimte van de bestelbus. Een doos ter grootte van pap.

'Zijn dat ze allemaal? Dat valt eigenlijk wel mee...'

'Dat is er één,' helpt de bezorger me uit de droom. 'Ze worden allemaal afzonderlijk verpakt en hangend aan een roe afgeleverd.' Hij heeft de volgende doos al te pakken. Ik kijk vol afgrijzen toe. Wat moeten we met zestien gigantische jassen in dozen?

'Je bent heel stout, Minnie.' Ik kan het niet laten mijn frustratie op haar af te reageren. 'Je mag geen Miu Miu-jassen op internet bestellen. En ik ga… je zakgeld deze week inhouden!'

'Míjn doos!' Minnie reikt hebberig naar de dozen, met haar broodje honing nog in haar hand.

'Wat is dit allemaal?' Mam komt naar buiten. 'Wat stelt dat voor?' Ze gebaart naar de enorme dozen, die op een rij rechtopstaande doodskisten lijken.

'Een misverstand,' zeg ik gejaagd. 'Ze blijven niet. Ik stuur ze zo snel mogelijk terug.'

'Dat is acht…' De bezorger zet weer een doos neer. Ik zie hem gnuiven.

'Het zijn er zestien in totaal,' zegt pap. 'Misschien passen er een paar in de garage.'

'Maar die is al vol!' zegt mam.

'Of in de eetkamer…'

'Nee.' Mam schudt wild met haar hoofd. 'Nee. Nee. Becky, het is echt welletjes, hoor je? Het is afgelopen! We kunnen je spullen niet meer aan!'

'Het is maar voor een paar dagen…'

'Dat zeg je altijd! Dat zei je ook toen je hier kwam wonen. We kunnen het niet meer! *We kunnen je spullen niet meer aan!*' roept ze hysterisch.

'Het is nog maar drie weken, Jane.' Pap pakt haar schouders. 'Kom op. Drie weken. Dat redden we wel. We gaan de dagen een voor een aftellen, weet je nog? Dag voor dag. Ja?'

Het is alsof hij haar door een bevalling loodst, of door een krijgsgevangenenkamp. Staat ons verblijf hier voor hen gelijk aan een krijgsgevangenenkamp?

Opeens schaam ik me rot. Ik kan dit mam niet langer aandoen. We moeten hier weg. We moeten nu meteen weg, voordat ze krankzinnig wordt.

'Het is geen drie weken meer!' zeg ik gejaagd. 'Het is nog maar...
drie dagen! Dat wilde ik jullie net vertellen. We gaan over drie
dagen weg!'

'Drie dagen?' herhaalt Luke ongelovig.

'Ja! Drie dagen!' Ik durf hem niet aan te kijken.

Drie dagen, dat moet genoeg zijn om onze spullen in te pakken.
En een huurhuis te vinden.

'Wat zeg je?' Mam kijkt op van paps borst. 'Drie dagen?'

'Ja! We konden opeens in het huis, dus we gaan weg. Dat wilde
ik al eerder vertellen.'

'Ga je echt over drie dagen weg?' hakkelt mam, alsof ze het niet
durft te geloven.

'Erewoord.' Ik knik.

'Halleluja,' zegt de bezorger. 'Wilt u hier tekenen, dame?' Dan
kijkt hij opeens naar zijn bus. 'Hé! Jongedame!'

Ik volg zijn blik en snak naar adem. Shit. Minnie is in de cabine
van de bus geklauterd.

'Rijden!' roept ze opgetogen met haar handen op het stuur. 'Ikke
rijden!'

'Sorry.' Ik ren erheen. 'Minnie, wat doe je nou...' Ik sla een hand
voor mijn mond.

Het hele stuur zit onder de honing. De voorbank, het zijraam en
de versnellingspook zijn versierd met honing en kruimels.

'Minnie!' fluister ik woedend. 'Stoute meid! Wat heb je gedáán?'
Dan krijg ik een verschrikkelijk idee. 'Waar is je broodje? Wat heb je
ermee gedaan? Waar heb je...'

Mijn blik valt op het ingebouwde cassettedeck.

O, shitterdeshit.

De bezorger was verbazend aardig, in aanmerking genomen dat hij
net zestien jassen had afgegeven bij een vrouw die ze niet wilde,
waarna de dochter van die vrouw een broodje honing in zijn cassettedeck propte. Het kostte maar iets van een halfuur om alles
schoon te krijgen en we hebben hem een super-de-luxe vervanging
aangeboden.

De bestelbus rijdt weg. Pap en mam lopen naar de keuken om

thee te drinken en Luke sleept me zo ongeveer mee naar boven.

'Drie dagen?' fluistert hij. 'Gaan we over drie dagen verhuizen?'

'Het moet wel, Luke! Moet je horen, ik heb het allemaal uitgedacht. We zoeken een huurhuis, we zeggen tegen mam dat we naar ons nieuwe huis gaan en iedereen is blij.'

Luke kijkt me aan alsof ik niet goed wijs ben.

'Maar dan wil ze komen kijken, Becky. Had je daar niet aan gedacht?'

'We verbieden het! We stellen het uit tot het huis is ingericht. We zeggen dat alles eerst perfect moet zijn. Luke, we hebben geen keus,' zeg ik afwerend. 'Als we hier nog langer blijven, krijgt ze een zenuwinzinking!'

Luke pruttelt iets. Het klinkt een beetje als: 'Je bezorgt míj een zenuwinzinking.'

'Nou, weet jij iets beters?' zeg ik, en Luke is stil.

'En Minnie?' vraagt hij uiteindelijk.

'Hoe bedoel je? Die gaat met ons mee, natuurlijk!'

'Dat bedoelde ik niet.' Hij klakt met zijn tong. 'Ik bedoel, wat gaan we eraan doen? Jij bent toch net zo verontrust over wat er daarnet is gebeurd als ik?'

'Dat broodje honing?' zeg ik verbluft. 'Kom op, Luke, chillen. Het was gewoon een ongelukje, dat hebben alle kinderen wel eens…'

'Je wilt het niet zien! Becky, ze wordt met de dag wilder. Ik vind dat we drastische maatregelen moeten nemen, en jij?'

Drastische maatregelen? Wat bedoelt hij daar nou weer mee?

'Nee, dat vind ik niet.' Er loopt een rilling over mijn rug. 'Ik vind niet dat ze "drastische maatregelen" nodig heeft, wat dat ook moge zijn.'

'Nou, ik wel.' Zijn gezicht staat ernstig en hij kijkt me net niet recht aan. 'Ik ga een paar mensen bellen.'

Wie?

'Luke, Minnie is echt geen probleemkind, hoor,' zeg ik met een plotseling beverig stemmetje. 'En wie wil je eigenlijk bellen? Je mag niemand bellen zonder eerst met mij te overleggen!'

'Je zou het toch niet goedvinden,' zegt hij vertwijfeld. 'Becky, een van ons tweeën moet ingrijpen. Ik ga een paar pedagogen raadplegen.' Hij pakt zijn BlackBerry en kijkt naar het scherm, en er knapt iets in me.

'Hoezo, pedagogen? Wat bedoel je?' Ik gris de BlackBerry uit zijn hand. 'Zeg op!'

'Geef terug,' zegt hij met een harde, schorre stem en hij pakt me het toestel af.

Ik kijk hem geschrokken aan. Mijn wangen gloeien. Hij meende het echt. Ik mocht het niet zien. Gaat het om Minnie of... om iets anders?

'Wat is er zo geheim?' vraag ik uiteindelijk. 'Luke, wat verberg je voor me?'

'Niets,' snauwt hij. 'Werk onder handen. Ruwe opzetjes. Gevoelig materiaal. Ik wil niet dat iemand anders het ziet.'

Ja hoor. Zijn ogen flitsen telkens naar zijn BlackBerry. Hij liegt. Ik weet het zeker.

'Luke, je verbergt iets voor me.' Ik slik moeizaam. 'Dat voel ik. We zijn een stel! We horen geen geheimen voor elkaar te hebben!'

'De pot verwijt de ketel!' Hij legt zijn hoofd in zijn nek en schatert. 'Lieveling, ik weet niet of je hebt geshopt, of een enorme schuld hebt, of je echt laat botoxen... maar er is iets gaande wat ik niet mag weten. Ja toch?'

Shit.

'Niet waar!' roep ik fel. 'Absoluut niet!'

Laat hem denken dat ik heb geshopt, alsjeblieft, laat hem denken dat ik heb geshopt...

Na een akelige, tintelige stilte haalt Luke zijn schouders op.

'Ook goed. Nou, dan heeft niemand iets te verbergen.'

'Prima.' Ik steek mijn kin naar voren. 'Mee eens.'

13

Zodra ik de volgende ochtend op ben, spreek ik op Bonnies antwoordapparaat in dat ze me terug moet bellen en dat het dringend is. Zij kan me wel vertellen wat er aan de hand is. Beneden aan de ontbijttafel is de sfeer gespannen. Luke kijkt telkens waakzaam naar me, alsof hij niet weet hoe hij het moet aanpakken.

'Zo,' zegt hij dan plotseling gekunsteld vrolijk. 'Het wordt een grote dag vandaag. Ik probeer een afspraak te maken met de rechterhand van sir Bernard Cross, Christian Scott-Hughes. Sir Bernard zou de klimaattechnologie wel eens een warm hart kunnen toedragen.'

God, wat is hij doorzichtig. Hij wil me niet vertellen wat er op het scherm van zijn BlackBerry stond... en dus vertelt hij me een saai oud nieuwtje over klimaattechnologie, alsof ik daarin zou trappen.

'Leuk,' zeg ik beleefd.

Eigenlijk ben ik wel onder de indruk. Sir Bernard Cross is gigantisch (in beide betekenissen: hij is altijd in het nieuws, want hij is een filantropische miljardair met allerlei extreme standpunten, en hij weegt minstens honderdvijftig kilo).

'Christian Scott-Hughes is sir Bernards algemeen directeur en hij is heel invloedrijk,' zegt Luke. 'Als we hem kunnen overtuigen, zijn we al over de helft.'

'Waarom maak je geen afspraak met Bernard Cross zelf?' vraag ik. Luke lacht.

'Schat van me, sir Bernard maakt niet zomaar een afspraak met je,' zegt hij. 'Dan kun je net zo goed zeggen: "Zullen we bij de koningin langsgaan?" Dat doe je niet. Je werkt je door de lagen heen naar boven. Zo werkt dat.'

Ik snap het niet. Als ik met de koningin wilde praten, zou ik me daarop richten. Maar het heeft geen zin om dat tegen Luke te zeggen, want dan geeft hij me gewoon een preek over dat ik de complexiteit van zijn werk niet begrijp, net als die keer toen ik voorstelde al zijn single cliënten aan elkaar te koppelen.

Trouwens, sir Bernard Buikmans kan me gestolen worden.

'Hoe is het met jou?' Luke drinkt zijn koffie op. 'Alles goed op het werk?'

'Het draait als een tierelier,' zeg ik zelfingenomen. 'Onze agenda is voller dan ooit en de bedrijfsleider heeft me pas nog gemaild dat ik geniaal ben.'

Luke lacht ongelovig. 'Ik snap niet hoe je het doet. De hele economie ligt op zijn gat, maar jij speelt het klaar om nog steeds dure designerkleding te verkopen...' Hij trekt opeens wit weg. 'Becky, zeg alsjeblieft dat je niet alles aan jezelf verkoopt.'

Ik stik bijna, zo beledigd ben ik. Om te beginnen heb ik hem iets beloofd, en daar hou ik me aan. En als het toch waar was, waarom zou ik dan een rok aanhebben die ik vijf jaar geleden bij Barneys heb gekocht?

'Als je het echt wilt weten,' zeg ik uit de hoogte, 'kan ik je vertellen dat wij van The Look een unieke benadering van mode verkopen hebben die ons door de barre tijden heen helpt.'

Ik ga niet uitleggen dat 'uniek' betekent dat we de kleren verstoppen in dozen voor printpapier. Luke hoeft toch niet elk saai wissewasje van mijn werk te weten?

'Nou, gefeliciteerd.' Luke glimlacht ontwapenend naar me. 'Ik moet weg. Doe de groetjes aan Suze.'

Ik heb voor mijn werk met Suze afgesproken. We gaan Ernies kunsttentoonstelling op zijn school bekijken en hopelijk komen we de directrice tegen (ik heb allemaal bijtende opmerkingen paraat. Tegen de tijd dat ik met haar klaar ben, staat ze te trillen op haar benen). Daarna gaan we samen naar The Look voor de grote koppelverkoopbespreking.

Dat is nog een reden waarom ik momenteel zo hoog aangeschreven sta op mijn werk: mijn idee om Danny's nieuwe collectie te koppelen aan Shetland Shortbread is ingeslagen als een bom! De hele collectie draait om Schotse ruiten, dus het klopt als een bus. Er zijn speciale aanbiedingen en gezamenlijke publiciteit, en alles gaat in samenwerking met het Britse Wolsecretariaat en de promofoto's zijn bij Tarkie op de boerderij gemaakt, met uitgemergelde modellen tussen Tarkies schapen. Het mooiste is nog wel dat het allemaal mijn idee was, en dat iedereen nu diep onder de indruk is.

Jasmine zei pas nog dat ze me misschien wel in de directie willen opnemen! Toen heb ik natuurlijk met een bescheiden lachje gezegd: 'O, doe niet zo gek,' maar ik weet al wat ik naar de eerste vergadering zou kunnen dragen: een waanzinnig zachtgeel jasje uit de nieuwe Burberry Prorsum-collectie op een donkere krijtstreepbroek. (Ik bedoel, als je in een directie wordt opgenomen, móét je wel nieuwe kleren kopen. Dat hoort zelfs Luke te weten.)

Terwijl ik op weg ben naar St. Cuthbert's, krijg ik twee mailtjes binnen die me in juichstemming brengen. Het eerste is van Bonnie, gisteravond verstuurd. Ze schrijft dat er al drieënveertig mensen hebben toegezegd naar het feest te komen. Drieënveertig! Ongelooflijk dat Luke zo geliefd is!

Nee, dat kwam er verkeerd uit. Natuurlijk is Luke geliefd.

Maar toch, drieënveertig in drie dagen! En dat is nog los van alle medewerkers van Brandon Communications, die nog niet weten dat er een feest is, maar denken dat ze naar een trainingsbijeenkomst gaan.

Het tweede mailtje komt van Kentish English Sparkling Wine. Ze willen de wijn voor het feest leveren! Ze sturen me vijftig flessen! Het enige wat ze ervoor terug willen, is toestemming om een persbericht uit te geven en foto's te publiceren van Luke en zijn vrienden die van hun kwaliteitsproduct genieten. Ik bedoel, ik heb die Kentish English-sprankelwijn nog nooit geproefd, maar hij is vast zalig.

Ik loop trots door. Wat doe ik het toch goed! Ik heb de feesttent al, de wijn, de hapjes en de pompons, en ik heb ook nog eens een echte vuurvreter ingehuurd, Alonzo, die desgewenst ook als countryzanger kan optreden. (Niet onder het vuurvreten. Hij kleedt zich om en dan heet hij Alvin.).

St. Cuthbert's staat aan zo'n protserig wit plein met overal hekken met spijlen en pleisterwerk, en als ik bijna bij het gebouw ben, belt Suze.

'Suze!' begroet ik haar. 'Ik kom net bij de school aan. Waar zie ik je?'

'Ik ben er niet! Ik ben bij de dokter,' zegt Suze wanhopig. 'Ernie heeft verschrikkelijk veel pijn in zijn oor. We zijn de hele nacht in touw geweest. Ik kan ook niet mee naar The Look.'

'O, arme jij... Zal ik dan maar gewoon weggaan?'

'Nee, doe niet zo mal! Ga naar die tentoonstelling en pak een koekje. Ze zijn vast heerlijk. De helft van de moeders heeft een patisseriecursus gedaan. En je kunt altijd naar Ernies schilderij kijken,' voegt ze eraan toe alsof het haar nu pas te binnen schiet.

'Natuurlijk ga ik naar Ernies schilderij kijken!' zeg ik gedecideerd. 'En zodra Ernie is opgeknapt, moeten we een afspraak maken.'

'Absoluut.' Suze is even stil. 'Dus... hoe is het met je?' zegt ze dan. 'Hoe gaat het met de voorbereidingen voor het feest?'

'Super, dank je,' zeg ik blij. 'Ik heb alles in de hand.'

'Want Tarkie en ik hadden een goed idee, als je koffie serveert...'

Ik ben meteen gepikeerd. Niemand gelooft dat ik dit kan, hè? Iedereen gaat ervan uit dat ik volslagen incompetent ben en niet eens fatsoenlijk koffie kan serveren.

'Suze, voor de laatste keer, ik heb je hulp niet nodig!' De woorden floepen eruit voordat ik er iets tegen kan doen. 'Ik kan het wel alleen! Laat me met rust!'

Ik heb meteen spijt van mijn uitbarsting. Het blijft stil aan de andere kant en ik voel een blos opkomen.

'Suze...' Ik slik. 'Ik wilde niet...'

'Weet je Bex, soms wíllen mensen gewoon helpen,' kapt ze me af. Haar stem klinkt beverig. 'En het gaat niet altijd allemaal om jóú, oké? We denken echt niet dat je het niet kunt. Waar het om gaat, is dat Luke niet alleen jouw man is, maar ook onze vriend, en dat we iets voor hem wilden doen. Tarkie kwam op het idee die lui van Shetland Shortbread een speciaal spritsrecept voor Luke te laten bedenken. Dan konden we het op het feest bij de koffie serveren. Maar geen punt, als je zo snel op de kast zit, hoeft het niet. Laat maar. Ik moet ophangen.'

'Suze...'

Te laat. Ze is al weg. Ik bel terug, maar krijg in gesprek.

O, god. Ze klonk echt gekwetst. Misschien was ik een beetje opvliegend, maar hoe kon ik nou weten dat ze speciale spritsen had?

Ik sta even voor me uit te kijken en me klein te voelen. Zal ik haar een sms sturen?

Nee. Ze is te boos op me. Ik wacht tot ze een beetje is afgekoeld. En er een nachtje over heeft kunnen slapen, misschien.

Ik kan nu niets doen, dus kan ik net zo goed een koekje gaan eten.

Ik loop door de poort van de school langs alle babbelende moeders en volg de pijlen naar de tentoonstelling, die wordt gehouden in een ruime, lichte hal met parket, en ik zie nu al wat Suze bedoelde met die koekjes. Ik zie een grote schragentafel vol snoepkleurige bitterkoekjes en minibrownies met chocola, en veel afgetrainde moeders in heupbroeken die met een kop koffie in de hand vijandige blikken werpen op het lekkers. Er heeft er niet één een koekje gepakt, dus waar doen ze al die moeite voor?

'Hallo!' Ik loop naar de goedverzorgde blonde vrouw achter de tafel. 'Mag ik een chocoladebrownie, alsjeblieft?'

'Natuurlijk!' Ze overhandigt me een flintertje koek in een servetje. 'Dat is dan vijf pond, alsjeblieft.'

Vijf pond? Voor twee happen?

'We doen het voor de school!' Ze lacht met een getinkel dat naar ijspegels klinkt en stopt mijn briefje van vijf in een met vilt bekleed geldkistje dat is afgezet met geblokt katoen. 'Zo, ben jij een nieuwe bakmoeder? Want we verwachtten die versierde peperkoekhuisjes wel dinsdag, en de reacties waren een beetje teleurstellend...'

'Ik ben geen moeder,' verbeter ik haar snel. 'Niet van een leerling hier, in elk geval. Ik kom gewoon even kijken. Mijn dochter gaat nog niet naar school.'

'O, op zo'n manier.' De belangstelling in haar ogen dooft. 'Waar gaat je dochter straks naartoe?'

'Ik weet het nog niet,' zeg ik met mijn mond vol brownie, die overigens verrukkelijk smaakt. 'Ze is pas twee.'

'Twee maanden.' De vrouw knikt alsof ze er alles van weet. 'Tja, dan moet je aan de slag...'

212

'Nee, twee.' Ik slik de hap door. 'Twee jaar.'

'Twee jaar?' De vrouw kijkt me gefascineerd aan. 'En je hebt nog geen school?'

'Eh... nee.'

'Je hebt haar nog nergens ingeschreven?' Ze gaapt me met grote, nerveuze ogen aan. 'Nergens?'

Oké, ik flip op dat mens met haar superwitte tanden en gestreste manier van doen. Ik bedoel, ik weet wel dat scholen vol raken en alles, maar kom op zeg, zelfs de wachtlijst voor die nieuwe Prada-tas was maar een jaar. Geen school kan toch zeker exclusiever zijn dan een Prada-tas in beperkte oplage?

'Hartelijk dank voor de brownie!' Ik maak me snel uit de voeten. Nu voel ik me helemaal gespannen, alsof ik de boot heb gemist terwijl ik niet eens wist dat er een boot wás. Ze zouden een *Vogue* voor scholen moeten hebben. Ze zouden een rubriek 'school van de maand' moeten hebben, en de nieuwste schooltrends en tabellen van alle wachtlijsten. Dan zou je weten waar je aan toe was.

Nou ja, ik ga er niet over tobben. We krijgen Minnie vast wel op een geweldige school.

Waar zouden de kinderen van Madonna op school zitten? Ik bedoel, niet dat ik Minnie alleen vanwege de beroemdheden naar een school zou sturen natuurlijk, maar toch.

Misschien zoek ik het op internet op. Gewoon uit belangstelling.

Ik koop een kop koffie en ga de schilderijen bekijken. Het zijn voornamelijk bloemen, en wanneer ik bij Ernies schilderij kom, in de hoek, schrik ik een beetje. Het is... anders. Het is heel donker en vlekkerig, en het stelt een schaap voor tegen een donkere achtergrond, het zou de hei kunnen zijn...

O. Nu ik nog eens goed kijk, krijg ik de indruk dat het schaap dood is.

Tja. Er is toch niets mis mee, een dood schaap schilderen? En dat bloed druppelt wel realistisch uit zijn bek. Dat ga ik tegen Suze zeggen als het weer goed is. Ja. Ik zeg: 'Ik vond dat bloed echt geweldig! Het had zo'n... dynamiek!'

'... walgelijk gewoon!'

'Goor!'

Opeens word ik me bewust van een groepje meisjes dat ook naar het schilderij kijkt. Een van hen heeft volmaakte vlechtjes in haar blonde haar en drukt een hand tegen haar mond.

'Ik ben misselijk,' verkondigt ze. 'Weten jullie wie dit heeft gemaakt? Ernest.'

'Die tekent altíjd schapen,' zegt een ander meisje neerbuigend. 'Hij kan niets anders tekenen.'

De meisjes giechelen allemaal vals en ik kijk ernaar, woedend. Ze lijken allemaal op kleine versies van Alicia Billenkont. Er gaat een bel en ze rennen allemaal weg. Maar goed ook, want anders had ik waarschijnlijk iets grofs en onvolwassens gezegd met het woord 'trutten' erin.

Dan zie ik een vrouw met donker, opgestoken haar en een vorstelijke uitstraling die door de zaal loopt, beleefd glimlacht en hier en daar een praatje maakt. Ik wacht gespannen tot ze dichterbij komt.

Ja! Dacht ik het niet? Ze heeft een naamplaatje op haar vest waarop staat: DRS. H. GRAYSON, DIRECTRICE. Dat is die vrouw die het Ernie zo moeilijk maakt.

Nou, ik zal het háár eens moeilijk maken, helemaal nu ik me nog schuldig voel omdat ik tegen Suze ben uitgevaren.

'Hallo.' Ze glimlacht naar me en reikt me haar hand. 'Ik ben bang dat u mijn geheugen moet opfrissen, bent u van de bakmoeders?'

'Nee, ik heb geen leerlingen op deze school,' begin ik. 'Ik ben...'

Ik wilde van wal steken met: 'Ik ben de peetmoeder van Ernest Cleath-Stuart en ik heb een appeltje met u te schillen,' maar opeens weet ik iets nog veel beters. Geen mens kent me hier, immers?

'Eigenlijk... ben ik kunstscout,' zeg ik koeltjes.

'Kunstscout?' Daar heeft ze niet van terug.

'Ja. Ik ben professor Rebecca Bloomwood van de jeugdafdeling van het Guggenheim. Sorry, ik heb mijn kaartje niet bij me.' Ik schud haar hand op een afgemeten, zakelijke manier. 'Ik ben hier voor zaken. Wij scouts bezoeken graag incognito exposities op scholen om het nieuwe talent dat doorbreekt te evalueren. En ik heb hier een talent gevonden.'

Ik wijs naar Ernies donkere, vlekkerige schilderij. De directrice volgt mijn blik weifelend.

'Dat is van Ernest Cleath-Stuart,' zegt ze uiteindelijk. 'Een boeiend kind, Ernest...'

'En ongelóóflijk getalenteerd, maar dat hoef ik u vast niet meer te vertellen.' Ik knik gewichtig. 'Kijk maar hoe subtiel hij zijn boodschap uitdraagt in de... textuur.' Ik gebaar naar het schaap. 'Kijk naar die vormtaal. Je kunt het makkelijk onderschatten, maar ik zag het meteen, als kenner.'

De directrice tuurt met gefronst voorhoofd naar het schilderij.

'Precies,' zegt ze ten slotte.

'Ik weet zeker dat een uitstekende school als de uwe dit unieke talent naar boven haalt en het kind koestert.' Ik glimlach met priemende oogjes naar haar. 'Want neem maar van mij aan dat u hier iets heel bijzonders hebt. Heeft hij een beurs voor de kunstacademie?'

'Ernest? Een beurs?' De directrice lijkt paf te staan. 'Nou, nee...'

'Ik voorzie dat andere scholen dit uitzonderlijke talent zullen willen wegkapen.' Ik glimlach nog eens met een indringende blik en kijk op mijn horloge. 'Ik moet nu helaas gaan, maar bedankt voor uw tijd...'

'Ik laat u wat werk van andere leerlingen zien!' zegt de directrice, die zich achter me aan haast op weg naar de deur. 'Dit is van een heel talentvol meisje, Eloise Gibbons, dat ons inmiddels heeft verlaten...' Ze gebaart naar een schilderij van een veld klaprozen dat sprekend op een Van Gogh lijkt.

'Geen originaliteit,' zeg ik minachtend na er amper een blik op te hebben geworpen. 'Dank u vriendelijk. Tot ziens.'

Ik been snel door de poort de stoep op, met mijn lippen op elkaar geklemd om het niet uit te schateren. Ha. Misschien krijgen ze nu eens waardering voor Ernie. En ik meende het! Oké, het was een beetje raar, maar toch vond ik Ernies dode schaap het beste werk van de hele school.

Zodra ik bij The Look aankom, zie ik aan de limo die voor de winkel staat en het groepje meisjes bij de ingang dat handtekeningen op hun T-shirts vergelijkt, dat Danny er al is.

Ik ga naar de vergaderkamer op de bovenste verdieping en wanneer ik binnenkom, blijken ze al begonnen te zijn. Overal staan schalen Shetland Shortbread, en de muren zijn behangen met foto's van de nieuwe collectie, en er zitten allemaal zakenmensen rond de tafel. Danny zit als een pauw in het midden in een knalblauw met groen jasje op een spijkerbroek. Hij krijgt me in het oog, wuift en klopt op de stoel naast de zijne.

Alle hoogste bazen van The Look zijn er, en nog wat mensen die ik niet ken die van Shetland Shortbread moeten zijn, en Lukes vriend Damian, die Tarkies adviseur is geworden. Brenda van de afdeling marketing geeft een PowerPoint-presentatie, en ze is nu bij een grafiek van de voorafbestellingen van de nieuwe collectie van Danny Kovitz, afgezet tegen vorig jaar.

'Echt geweldig,' zegt ze. 'We hebben nog nooit zoveel reacties gekregen. Dus dank je, Danny Kovitz, voor de fijne samenwerking, en dank je, Shetland Shortbread, voor het meedoen, en op de vruchtbare samenwerking!'

'Jullie hebben het waanzinnig goed gedaan,' zegt Danny. 'Hé, Becky, je had mee moeten gaan naar Schotland voor de reportage! Het was kicken!' Hij wendt zich tot een jongen met roodgeverfd haar die achter zijn stoel wacht, een van zijn vijf ziljoen assistenten, denk ik, en vraagt: 'Is mijn doedelzak al aangekomen, Zane?'

'Eh...' Zane trekt zijn mobieltje al. 'Ik kan het nagaan...' zegt hij nerveus.

'Heb je een doedelzak gekocht?' Ik moet wel giechelen. 'Kun jij doedelzak spelen?'

'Het is een accessoire. Neem maar van mij aan dat doedelzakken de nieuwe handtassen worden. Hé, je zou ook doedelzakken in de etalage moeten gebruiken,' zegt Danny tegen Kathy, het hoofd merchandising, die meteen haar notitieboekje pakt, 'doedelzakken' opschrijft en er drie strepen onder zet.

'We zijn ook heel enthousiast over alle publiciteit die we voorafgaand aan de lancering hebben gekregen,' vervolgt Brenda. 'We zijn al genoemd in *Vogue* en *The Telegraph* en ik heb begrepen dat lord Cleath-Stuart onlangs een interview heeft gegeven aan *Style Central*.'

'Staat Tarkie in *Style Central*?' vraag ik verbaasd, en ik onderdruk een giechel. *Style Central* is hét trendtijdschrift voor avant-garde-ontwerpers en moderedacteuren die in dure buurten als Hoxton wonen. En Tarkie is... nou ja... Tarkie. Ik bedoel, hij loopt nog in zijn cricketshirt van Eton.

'Samen met mij, hoor,' zegt Danny om me gerust te stellen. 'Wees maar niet bang, ik heb het woord gedaan. Fantástische foto's, trouwens,' voegt hij eraan toe. 'Hij was niet bang om grenzen te verleggen. Tarquin heeft een experimenteel kantje, zeg maar, wist je dat?'

'Echt?' zeg ik sceptisch. Hebben we het wel over dezelfde Tarkie? Tarkie die zijn gezicht nog altijd met carbolzeep wast, hoeveel flacons dure gezichtsreiniger Suze ook voor hem koopt?

'Goed.' Onze bedrijfsleider Trevor neemt het woord, en iedereen luistert. 'Nu we hier allemaal toch zijn, wil ik graag nog iemand aan deze tafel een compliment maken. Becky was het personeelslid dat de inspiratie had voor deze samenwerking. Om te beginnen was het al haar idee om Danny Kovitz naar de winkel te halen, en nu smeedt ze ook nog eens een band met Shetland Shortbread. Petje af, Becky!'

Er klinkt hier en daar applaus en ik kijk bescheiden om me heen, maar Trevor steekt zijn hand al op om er een eind aan te maken.

'Ik ben nog niet klaar. Zoals we allemaal terdege beseffen, zijn het zware tijden voor de detailhandel, en toch heeft Becky's afdeling de afgelopen maand een omzetstíjging van zeventien procent gehaald!'

Hij zwijgt even voor het effect en iedereen kijkt me vol ontzag of hatelijk aan. Gavin, de bedrijfsleider herenkleding, heeft rode vlekken in zijn nek en een nurkse frons in zijn voorhoofd.

'En de aanbevelingen die Becky van haar cliënten krijgt, zijn echt ongelooflijk,' vervolgt Trevor. 'Jamie, wil je er een paar voorlezen?'

'Natuurlijk!' Jamie van de klantenservice knikt enthousiast. 'Hier heb ik er een van Davina Rogers, medisch specialist. "Geachte heer, mag ik u complimenteren met uw afdeling personal shopping in het algemeen en Rebecca Brandon in het bijzonder? Haar vooruitziende blik en discrete benadering van het shoppen in deze tijden hebben een wereld van verschil voor me gemaakt. Ik zal nog vaak terugkomen."'

Ik gloei van plezier. Ik had geen idee dat Davina een brief zou sturen! Ze heeft een foto van zichzelf op de receptie gemaild, en ze zag er adembenemend uit in die jurk van Alberta Ferretti.

'Ik heb er nog een.' Jamie pakt een volgend vel papier. '"Eindelijk iemand die begrijpt waar shoppende vrouwen behoefte aan hebben! Ontzettend bedankt, Chloe Hill."'

Ik herinner me Chloe nog wel. Ze had een stuk of tien stukken uit de nieuwe collectie van Marc Jacobs gekocht en alles in de winkel gelaten. De volgende dag zou Jasmine naar haar huis gaan met de kleren in een vuilniszak en doen alsof ze een buurvrouw was die terugging naar Nieuw-Zeeland en kleren kwam brengen die ze niet meer wilde. Chloe's man was thuis, en hij slikte het voor zoete koek. (Alleen stelde hij Chloe voor ook wat kleren aan haar werkster te geven, en toen ze 'nooit van mijn leven' zei, beschuldigde hij haar van kleinzieligheid.)

'Ter ere van die prestatie,' zegt Trevor, 'willen we Becky graag een blijk van erkentelijkheid geven en vragen: hoe krijg je het voor elkaar?'

Tot mijn verbijstering tovert hij een boeket bloemen van onder de tafel vandaan en geeft het onder applaus aan me door.

'Het lijdt geen twijfel wie volgende maand tot werknemer van het jaar wordt uitgeroepen,' voegt Trevor er glunderend aan toe. 'Gefeliciteerd, Becky.'

'Wauw.' Ik bloos van blijdschap. 'Heel erg bedankt.'

Werknemer van het jaar! Wat cool! Dan krijg je vijfduizend pond!

'Maar nu serieus,' zegt Trevor plompverloren. 'Hoe heb je het gedaan, Becky? Kun je ons de sleutel tot je succes geven?'

Het applaus sterft weg. Iedereen wacht gespannen mijn antwoord af. Ik duw mijn gezicht in de bloemen en ruik eraan om tijd te winnen.

Want weet je... ik vraag me af of ik de sleutel tot mijn succes wel wíl geven. Iets zegt me dat niemand aan deze tafel iets zou snappen van kleding in vuilniszakken bezorgen. En al snapten ze het wel, dan zouden ze nog lastige vragen stellen, zoals wanneer we dit initiatief hebben ontplooid, wie het heeft goedgekeurd en hoe het in het bedrijfsbeleid past.

218

'Wie zal het zeggen?' Ik kijk glimlachend op. 'Misschien willen mijn cliënten gewoon de economie steunen.'

'Maar waarom alleen op jouw afdeling?' vraagt Trevor gefrustreerd. 'Becky, we willen jouw methodes bruikbaar maken voor álle afdelingen, of het nu om een bepaald product gaat, of om een verkooptechniek...'

'Misschien komt het door de inrichting van de afdeling?' oppert een jonge vent met een brilletje.

'Ja, dat zou kunnen!' zeg ik snel.

Maar Brenda schudt haar hoofd. Ze is best slim, Brenda, dat is het probleem.

'Volgens mij komt het door de service,' zegt ze. 'Jij weet kennelijk precies de juiste toon te treffen. Zou ik je een paar dagen mogen komen observeren?'

O, mijn god. Ik moet er niet aan denken dat Brenda bij ons komt gluren. Ze zou meteen doorhebben waar we mee bezig zijn en het aan Trevor verklikken.

'Liever niet,' zeg ik haastig. 'Jasmine en ik zijn een heel goed team, zonder anderen erbij. Ik ben bang dat als we aan die formule gaan knoeien, we het huidige succes zouden kunnen riskeren.'

Ik zie het woord 'riskeren' tot Trevor doordringen.

'Goed, dan wachten we daar nog even mee,' zegt hij zwaarwichtig. 'Ga maar gewoon zo door. Goed gewerkt, iedereen.' Hij schuift zijn stoel naar achteren en kijkt naar mij. 'Danny, Becky, hebben jullie zin om even te lunchen? We hebben bij Gordon Ramsey gereserveerd, schikt dat?'

'Ja, lekker!' zeg ik enthousiast.

Lunchen bij Gordon Ramsey met de bedrijfsleider! Werknemer van het jaar! Ik ben echt op weg naar de directie. Trevor neemt een telefoontje aan en Danny schuift zijn stoel naar de mijne.

'Zo, hoe gaat het met het feest?'

'Sst!' Ik kijk hem kwaad aan. 'Niet zo hard!'

'Want ik was vorige week namelijk op een fashionparty in Shoreditch, en toen moest ik aan je denken.' Hij biedt me een kauwgompje aan. 'Ik weet niet welke beveiligingsfirma jij gebruikt, maar die lui van Fifteen Star Security hebben zich echt misdragen. De uit-

smijters waren reteagressief en de parkeerservice was een puinhoop, dus als jij ze hebt geboekt, zou ik er nog maar eens goed over
nadenken.'

Ik sta even met mijn mond vol tanden.

Uitsmijters? Parkeerservice? Ik had niet eens aan uitsmijters en
parkeerservice gedácht.

'Nou, dan neem ik dat bedrijf natuurlijk niet,' zeg ik zo vastbesloten als ik kan.

'Cool.' Danny zwaait zijn voeten op een stoel. 'Wie neem je
dan?'

'Ik, eh... ik ben me nog aan het oriënteren.'

Niets aan de hand. Geen paniek. Ik zet het gewoon op mijn lijst.
Uitsmijters en parkeerservice boeken.

'Maar de gasten-wc's waren schítterend,' vervolgt Danny enthousiast. 'Die zaten in een aparte tent, en iedereen kreeg een voet-
massage. Neem jij ook voetmasseurs?'

Mijn keel wordt dichtgeknepen, zo ontzet ben ik.

Wc's. Shit. Hoe heb ik die kunnen vergeten? Dacht ik soms dat
die tweehonderd gasten de wc in Janice' badkamer wel konden gebruiken?

Ik pak onopvallend een balpen en schrijf 'wc's huren' op mijn
hand.

'Natuurlijk neem ik voetmasseurs.' Ik probeer het vanzelfsprekend
te laten klinken. 'En handmasseurs. En... reiki-mensen.'

Ik laat míjn feest niet overtroeven door een stom modepartijtje in
Shoreditch.

'Super.' Danny's ogen stralen. 'En Luke weet van niets?'

'Nee. En praat eens wat zachter!'

'Nou, dat blijft niet zo. Niemand heeft ooit een surpriseparty gegeven die echt een verrassing was.'

'Wel waar!' stribbel ik tegen, maar Danny schudt zijn hoofd.

'Geloof me maar, Becky. De een of andere debiel gaat zijn mond
voorbijpraten. Hé, kijk eens wat ik voor mijn petekind heb gemaakt?' Hij haalt een Schots geruit T-shirtje tevoorschijn waarop in
knalroze letters MINNIE ROCKS staat.

Zo gaat het nou altijd met Danny. Net als je hem wel kunt slaan omdat hij zo irritant is, doet hij iets ontzettend liefs en ben je weer helemaal dol op hem. Ik moet wel een arm om hem heen slaan en hem een zoen geven.

Maar o, god. Stel dat hij gelijk heeft?

Net als ik thuis aankom, gaat mijn mobieltje. Het is Bonnie, die me éíndelijk eens terugbelt.

'Bonnie!' Ik duik de struiken in. 'Alles goed?'

'Heel goed, dank je.' Bonnie klinkt een beetje gespannen, anders dan anders. 'Niets aan de hand.'

Ik kijk achterdochtig naar mijn mobieltje. 'Bonnie, wat is er? Je klinkt zo nerveus.'

'Nou, eigenlijk…' Bonnie zucht. 'Luke reageerde niet zo positief toen ik probeerde zijn douchegel ter sprake te brengen. Hij deed er zelfs heel wrevelig over.'

'O, sorry,' zeg ik schuldbewust. 'Nou ja, zit er maar niet over in. Het was het proberen waard. Hoe gaat het met het feest?'

'Er hebben vandaag weer heel veel mensen ja gezegd! Ik heb een dossier gemaakt van alle gegevens en speciale verzoekjes.'

'Speciale verzoekjes?' herhaal ik onzeker.

'Er hebben mensen om vegetarisch eten gevraagd, om koosjer eten, glutenvrij eten… Ik neem aan dat je cateringbedrijf dat wel regelt? Dan is er nog iemand die een wachtruimte voor zijn chauffeur wil hebben, iemand die ergens rustig borstvoeding wil kunnen geven, een minister wil zijn beveiligingsmensen vooraf het hele terrein laten verkennen…'

'Oké! Geen probleem!'

Ik probeer zelfverzekerd en capabel te klinken, maar diep vanbinnen voel ik me niet tegen mijn taak opgewassen. Sinds wanneer zijn verjaardagsfeestjes zo ingewikkeld?

'Becky?'

'Sorry.' Ik dwing mijn gedachten terug naar het gesprek. 'Bonnie, er is nog iets. Ik moet je iets vragen.' Ik haal diep adem. 'Houdt Luke iets voor me achter?'

Het blijft stil en mijn hart slaat een slag over. Ik wíst het wel.

'Gaat het over Minnie? Eerlijk zeggen.'

'Welnee!' zegt Bonnie geschrokken. 'Ik heb Luke helemaal niets over Minnie horen zeggen!'

'O.' Ik wrijf over mijn neus. 'Nou, heeft het dan iets met het werk te maken?'

Het blijft weer stil. Dat betekent natuurlijk 'ja'. Opeens krijg ik een gevoel van naderend onheil.

'Bonnie, we waren toch vriendinnen?' zeg ik uiteindelijk. 'Waarom kun je me niet vertellen wat er gaande is? Is het iets ergs? Komt er weer een rechtszaak?' Er trekken verschrikkelijke mogelijkheden aan me voorbij. 'Zit Luke in de problemen? Is hij faillíét?'

'Nee!' stelt Bonnie me haastig gerust. 'Toe, Becky, niet aan denken!'

'Nou, wat moet ik dan denken?' Mijn stem slaat geagiteerd over. 'Ik weet dat Luke me wil afschermen voor alle nare dingen, maar hoe kan ik hem nou helpen als ik niet weet wat er aan de hand is?'

'Becky, alsjeblieft, niet overstuur raken! Zo erg is het niet! Het is alleen... een nieuwe cliënt.'

'O.'

Ze neemt me de wind uit de zeilen. Hier had ik niet op gerekend, al schiet me nu wel te binnen dat Luke iets over een andere nieuwe cliënt heeft gezegd. Maar waarom is dat zo'n groot geheim?

'Wie is het?'

'Dat mag ik niet zeggen,' zegt Bonnie onwillig. 'Luke heeft me uitdrukkelijk gevraagd er niets over te zeggen. Hij was bang dat je anders... door het dolle heen zou raken. Hij wil eerst zeker weten dat het doorgaat.'

'Door het dolle heen?' Ik kijk verontwaardigd naar mijn mobieltje. 'Bonnie, je móét het me vertellen.'

'Het mag niet.'

'O, jawel! We zijn een team, weet je nog?'

'Echt niet,' zegt Bonnie gekweld. 'Becky, je moet beseffen dat Luke mijn baas is...'

'En ik ben je vriendin! Vriendinnen gaan vóór bazen! Dat weet iedereen.'

Het blijft even stil en dan fluistert Bonnie: 'Becky, ik moet nu ophangen. Ik spreek je morgen wel weer.'

Ze verbreekt de verbinding en ik zie mijn schermpje donker worden. Ik loop naar de wilg midden op ons grasveld in de voortuin en ga op de oude houten bank zitten. Eerlijk gezegd voel ik me een beetje uit het lood geslagen. Wat is er met Luke? En hoe breng ik dit feest tot een goed einde? Ik dacht dat ik zo lekker bezig was; ik was erg in mijn nopjes met mezelf, maar nu voel ik me panisch.

Beveiligingsmensen. Parkeerservice. Koosjer eten. Wc's. Voetmasseurs. O, god. O, gottegottegot. Hoe moet ik dat allemaal betalen? Waarom heb ik zoveel tijd besteed aan het maken van die stomme pompons? Waar moet ik nog méér aan denken?

Suze zou het wel weten. Suze gaat van het ene chique feest naar het andere, maar ik kan het haar niet vragen. Niet nu.

In een opwelling maak ik mijn BlackBerry open en scrol door de gastenlijst. Hoe meer namen ik lees, hoe beroerder ik me ga voelen. Waarom kan Luke geen normále vrienden hebben? Waarom moeten ze allemaal zo voornaam en belangrijk zijn? Die mensen zijn natuurlijk gewend aan indrukwekkende recepties in dure gelegenheden. Ze zijn marmeren pilaren gewend, en strijkkwartetten en obers in witte jasjes...

'Becky?' Mam kijkt me bezorgd aan vanuit de voordeur. 'Gaat het wel, lieverd?'

'Prima,' zeg ik opgewekt. 'Ik zat gewoon even... te denken.'

Ik ga haar in geen miljoen jaar bekennen dat ik me zorgen maak om het feest.

Mam gaat weer naar binnen en ik bijt op de nagel van mijn duim. Tja, ik heb geen keus, hè? Ik zal moeten zorgen voor uitsmijters, wc's, masseurs en al die andere dingen. En ervoor betalen... op de een of andere manier.

Bij de gedachte aan mijn financiën trek ik onwillekeurig een grimas. Ik kan geen geld opnemen van onze gezamenlijke rekening, want dat ziet Luke. En ik kan het niet opnemen van mijn eigen rekening, want daar valt niets van op te nemen. De bank zal mijn kredietlimiet echt niet verhogen. Op dit moment niet. En ik zit bij de helft van mijn creditcards al op de limiet. Die creditcardbedrijven zijn momenteel allemaal zo gíérig.

Zou ik Derek Smeats, mijn oude bankdirecteur, kunnen smeken

om een speciaal feestcrisiskrediet? Hij zou er vast wel begrip voor hebben. En hij heeft Luke altijd graag gemogen, en ik zou hem kunnen uitnodigen voor het feest...

Opeens schiet ik overeind. Nee. Ik weet het al. Ik vraag Trevor of hij me het geld wil voorschieten dat ik straks als werknemer van het jaar krijg. Dat kan hij toch niet weigeren? Niet nadat hij zoveel lovende dingen over me heeft gezegd.

Trouwens, als ik toch bezig ben... Waarom zou ik niet in één moeite door opslag vragen?

Ik ben zo opgelucht dat ik bijna hardop lach. Waarom heb ik daar niet eerder aan gedacht? Ik heb nota bene net een bos bloemen van hem gekregen. Mijn afdeling is met afstand de beste, die zwemt gewoon tegen de stroom op. Het lijdt geen twijfel dat ik opslag verdien. Ik vraag een vertrouwelijk gesprek aan en vraag kalm om een kleine, maar aanzienlijke salarisverhoging, en dan ben ik uit de brand, als ik die vijfduizend pond erbij optel.

Misschien een middelgrote, maar toch aanzienlijke salarisverhoging. Nog beter.

Intussen ga ik 'finesses organisatie dure luxeparty' googelen om te zien wat ik nog meer ben vergeten.

Ik sta met een stukken beter gevoel op van de bank, en net als ik naar binnen wil lopen, krijg ik een sms. Ik kijk naar het scherm en zie dat Bonnie de afzender is.

Lieve Becky,

Ik word verscheurd door schuldgevoelens. Ik vind dat jij gelijk hebt. Je vriendschap is me heel dierbaar geworden en de pijler van elke vriendschap hoort vertrouwen te zijn. Ik zal je dus vertrouwen en je apart de naam sms'en van de nieuwe cliënt over wie Luke je niets wil vertellen (met de beste bedoelingen, kan ik je verzekeren).

Wis die sms alsjeblieft meteen nadat je hem hebt gelezen. Ik hoop en geloof dat je het zult eerbiedigen dat ik iets op het spel zet door je deze informatie te geven. Probeer alsjeblieft niet aan Luke te laten merken dat je weet wie het is. Het zou enige zelfbeheersing jouwerzijds kunnen kosten.

Je toegenegen vriendin,
Bonnie

Ik vind het heel ontroerend. Bonnie is écht mijn vriendin. En ik de hare. Daar gaat het maar om. De naam van die cliënt kan me al bijna niets meer schelen. Ik bedoel, het is waarschijnlijk toch zo'n saaie financiële gigant van wie ik nog nooit heb gehoord.

Wat die opmerking over zelfbeheersing betreft... Nou ja. Mensen die in de pr werken, beginnen soms hun eigen hype te geloven, volgens mij. Ik klik op beantwoorden en sms terug:

Lieve Bonnie, Ontzettend bedankt. Je bent een fantastische vriendin. Wees maar niet bang, Luke zal aan niets merken dat ik de naam van zijn cliënt weet, en ik geloof niet dat 'zelfbeheersing' een probleem zal zijn...

Ik word onderbroken door een piepje. O, dat zou Bonnies tweede sms kunnen zijn. Ik kan net zo goed even kijken voordat ik verderga. Ik klik het bericht aan en wacht tot het op het scherm komt.

Het zijn maar twee woorden. Ik sta even als aan de grond genageld met mijn ogen te knipperen, niet in staat te verwerken wat ik zie.

Sage Seymour

Sage Seymour de actrice? Is zij de nieuwe cliënt? Maar... maar... hoe...

Nee, dat kan niet waar zijn. Het is belachelijk. Luke vertegenwoordigt geen filmsterren.

Anderzijds zou Bonnie het alleen zeggen als het...

Sage Seymour?

Hoe kan dat? Hoe is Luke van saaie oude banken overgestapt naar actrices? En waarom doet hij er zo geheimzinnig over?

Ik sta bijna te hyperventileren. Ik kijk telkens omhoog en dan weer naar het scherm om te controleren of het er nog staat.

Sage Seymour is de coolste actrice aller tijden. Ze zat in die film over de nazi's. Ze had die waanzinnige huidkleurige jurk met pailletten aan naar de Oscar-uitreikingen. Ik heb haar altijd al willen ontmoeten.

En Luke heeft haar al gezien? Hij werkt met haar?

Waarom heeft hij dat niet tegen me gezégd?

Suggesties
Google earth
Google maps
Google.com
Google wave
Google translate
Google chrome
Google voice

Geschiedenis
sage seymour luke brandon
sage seymour luke brandon nieuwe pr-man
sage seymour becky brandon
sage seymour mode
jimmy choo halve prijs
madonna kinderen school
claudia schiffer kinderen school
finesses organisatie dure luxeparty
finesses organisatie bescheiden luxeparty
parkeerservice oxshott
alexander wang handtas
alexander wang handtas uitverkoop
venetia carter ontmaskerd en geruïneerd
sage seymour roze zwembad
sage seymour nieuwe beste vriendin

14

Ik vind het ongelooflijk dat Luke me niets over Sage Seymour heeft verteld.

Ik zou nooit, maar dan ook nooit zoiets enorms voor hem verzwijgen. Ik ben zelfs gechoqueerd. Denkt hij dat een huwelijk zo in elkaar zit? Dat de ene partner een actrice mag kennen zonder het aan de andere te vertellen?

Ik mag hem natuurlijk niet laten merken dat ik het weet, want dan zou ik Bonnies vertrouwen beschamen, maar ik kan hem wél zo af en toe een bijtende blik toewerpen waarmee ik zeg: zo, dus er heeft iemand een groot geheim?

'Becky, is er iets?' Luke, die met twee enorme tassen naar de verhuisauto loopt, neemt me in het voorbijgaan onderzoekend op. De verhuizers zijn nu een uur bezig en we hebben bijna alles ingeladen.

'Nee,' zeg ik bits. 'Wat zou er kunnen zijn?' Luke kijkt nog even naar mijn gezicht en zucht dan.

'O, god. Ik weet het al.' Hij zet de tassen neer en slaat zijn armen om me heen. 'Ik weet dat het een moeilijke dag voor je is. Het is natuurlijk fantastisch dat we een plek voor onszelf krijgen, maar we hebben het hier goed gehad. Dit is de afsluiting van een tijdperk.'

Het is niet 'de afsluiting van een tijdperk'! kan ik wel gillen. Wat kan mij dat nou schelen? Het is 'waarom stel je me niet voor aan de beroemde actrice'?

Ongelooflijk dat ik zo'n waanzinnige kans heb moeten missen. We hadden intussen al samen uit eten kunnen zijn gegaan. Waarschijnlijk had het meteen geklikt. Sage en ik hadden telefoonnummers uitgewisseld en waren de dikste vriendinnen geworden, en ze zou me hebben uitgenodigd in haar huis in Malibu, waar ze dat zwembad met parelmoerroze mozaïektegeltjes heeft. Het ziet er fantastisch uit.

Ik zie ons al met een smoothie, dobberend op luchtbedden, over het leven kletsen. Zij had mij kunnen vertellen hoe ze aan die prachtige honingkleur in haar haar komt, en ik had haar kunnen vertellen waar het mis is gegaan met dat vorige vriendje van haar (want ik ben het totaal niet eens met die columnist in *Heat*: de breuk was níét onvermijdelijk). Daarna hadden we kunnen gaan shoppen, waarbij we werden betrapt door de paparazzi, en dan hadden we een heel nieuwe trend met sjaaltjes of zo in gang kunnen zetten.

Dat ontzegt Luke me allemaal. Moedwillig. Hij verdíént geen surpriseparty. Ik voel me zo verbolgen dat ik zin krijg om het tegen hem te zeggen.

'Becky?' Ik kijk op en zie Jess, die over het tuinpad komt aanlopen. 'Succes met je nieuwe huis,' zegt ze droog. 'Ik heb iets voor jullie.'

Ze overhandigt me een kolossale, bultige tas van stevig bruin papier en ik werp er een blik in. God allemachtig. Wat is dat in vredesnaam?

'Wauw, bedankt! Is het... gesponnen suiker?' vraag ik onzeker.

'Isolatiemateriaal,' zegt Jess. 'De huizen in dit land zijn schrikbarend slecht geïsoleerd. Gebruik het op zolder, dat bespaart energie.'

'Mooi!' Ik klop er behoedzaam op. 'Hé, hoe is het? Ik zie je nooit meer.'

'Ik ben bij vrienden geweest. Ik probeer hier nooit langer dan één avond achter elkaar te zijn.' Jess vervolgt zachter: 'Ze maakt me helemaal gek. Tom kan er ook niet meer tegen.'

'Janice?' fluister ik meelevend. 'Zeurt ze nog steeds over die baby?'

'Nog erger! Ze weet dat ze er niet over mag beginnen, want dan krijgt ze een grote bek van Tom. Ze heeft dus haar toevlucht genomen tot andere maatregelen.'

'Zoals?' vraag ik nieuwsgierig.

'Ze gaf me laatst een kruidendrankje. Ze vond me zo futloos, zei ze. Maar ik vertrouwde het niet, dus heb ik het op internet opgezocht. Het bleek een natuurlijk vruchtbaarheidsmiddel te zijn dat het libido versterkt.' Jess kijkt me verontwaardigd aan. 'Tom had er al drie koppen van op!'

'Néé!' Ik voel een giechel opkomen, maar Jess staat er zo woest bij dat ik hem bedwing.

'Gingen wij maar naar ons eigen huis.' Ze kijkt verlangend naar de verhuiswagen.

'Nou, dat kan toch?'

'Over een paar weken gaan we terug naar Zuid-Amerika,' zegt Jess schokschouderend. 'Het heeft geen zin en we kunnen het geld niet missen. Maar als ze nog één zo'n stréek uithaalt…'

'Kom anders bij ons!' zeg ik in een opwelling, en ik geef een kneepje in haar arm. 'Het wordt hartstikke leuk en ik beloof je dat ik je geen vruchtbaarheidsmiddelen zal geven.'

'Meen je dat?' Jess kijkt me verbaasd aan. 'Maar je ouders zeiden dat je geen mens wilde ontvangen tot je het huis helemaal af had.'

'Eh… min of meer.' Ik schraap mijn keel.

Ik heb nog geen kans gezien Jess uit te leggen hoe het in elkaar zit. Ik bel haar later wel vanuit ons huurhuis.

'Ben je zover?' roept Luke. Hij heeft onze auto gisteren bij het huis gezet, dus we rijden met de verhuiswagen mee. Ik heb nog nooit zoiets cools meegemaakt. Er is een hele rij stoelen voorin, dus er is plaats genoeg, zelfs voor Minnie, die al in haar zitje is gegespt met haar broodtrommeltje en haar rozijnen een voor een doorgeeft aan de chauffeur, die Alf heet en gelukkig heel geduldig lijkt.

We zouden echt zo'n vrachtwagen moeten kopen, mijmer ik. Ik bedoel, het is de perfecte gezinsauto. Je hoeft nooit meer bang te zijn dat je te veel koopt. We zouden allemaal voorin kunnen zitten en de mensen zouden ons 'het gezin met de coole vrachtwagen' noemen en…

'Becky?'

O. Oeps. Iedereen wacht op me.

Ik loop naar mam en geef haar een zoen. 'Tot gauw, mam. En heel erg bedankt dat je het met ons hebt uitgehouden.'

'O, schat.' Mam wuift mijn woorden weg. 'Doe niet zo mal.' Ze kijkt even naar pap. 'Zullen we…'

Pap knikt en schraapt verlegen zijn keel. 'Voordat je gaat, wil ik

229

nog een paar dingen zeggen, schat,' begint hij. Luke klautert met een vragend gezicht uit de cabine van de verhuiswagen en ik haal mijn schouders naar hem op. Ik had geen idee dat pap een toespraak wilde houden.

'Ik dacht dat het er nooit meer van zou komen.' Paps stem schalt over de oprit. 'Onze dochter heeft een huis gekocht!' Hij zwijgt plechtig. 'We zijn heel trots, ja toch, Jane?'

'We zeiden altijd, wie zou onze kleine Becky nou een hypotheek willen geven?' valt mam hem bij. 'We zaten er echt over in, lieverd! En nu heb je een prachtig huis in Maida Vale!'

Ik durf Luke niet aan te kijken. Ik sta zwijgend op mijn lip te bijten en ik ga me steeds ongemakkelijker voelen. Ik bedoel, ik weet wel dat we binnenkort een huis hebben, dus ik heb niet echt gelógen, maar toch.

'En dus, ter ere van de gelegenheid...' Pap schiet vol en schraapt zijn keel. 'Becky, we willen je dit graag geven.' Hij geeft me een in vloeipapier verpakt cadeautje.

'O, mijn god! Dat had je niet moeten doen!' Ik wikkel het vloeipapier eraf... en het is het schilderijtje van de vrouw met de bloemen. Het schilderij dat al zo lang ik me kan heugen boven op de overloop hangt.

'W-wát?' Ik kijk verbouwereerd op. 'Dat kan ik niet aannemen! Het hoort hier!'

'O, snoes.' Mam krijgt een verre blik in haar ogen. 'Toen je nog klein was, zei je altijd dat je dat schilderij in je kamer wilde, en dan zei ik: "Je krijgt het wanneer je een volwassen vrouw bent en je eigen huis hebt."' Ze bet haar ogen. 'En dat ben je nu, lieverd. Een volwassen vrouw die haar eigen huis heeft.'

Ik heb me nog nooit van mijn leven zo schuldig gevoeld.

'Goh... dank je wel, mam,' stamel ik. 'Ik voel me echt vereerd. Het krijgt een ereplekje in ons huis.'

'Misschien in die mooie hal!' stelt mam voor. 'Het zou heel mooi staan bij die schouw.'

'Ja, wie weet.' Mijn gezicht kookt zo langzamerhand.

O, god. Dit is niet te harden. We moeten zorgen dat de notaris er vaart achter zet. En zodra we in ons echte huis zitten, laten we pap en mam komen en dan hangen we het schilderij op en is alles weer goed.

'Zeg je het wanneer we mogen komen?' zegt mam verlangend.

'Nou... wij komen heel snel bij júllie,' omzeil ik een rechtstreeks antwoord. 'Ik bel je nog, mam.'

We klimmen allebei in de cabine van de verhuiswagen en Alf kijkt naar ons. Hij is zo gerimpeld dat hij wel honderddrie lijkt, al schijnt hij pas eenenzeventig te zijn. Hij heeft ons al verteld dat hij een slechte heup, een brakke schouder en een gammele borst heeft en dat de andere jongens hem bij het huis opwachten om hem te helpen met sjouwen. 'Klaar?' krast hij, en ik zie zijn gouden tand flitsen.

'Ja, rijden maar.'

'Wil de jongedame haar rozijnen terug?' Hij heeft al een hele vuist vol, zie ik nu. Er zitten ook uitgekauwde tussen.

'Minnie!' zeg ik verwijtend. 'Neem me niet kwalijk, geef maar...' Ik prop de rozijnen snel weer terug in Minnies trommeltje en slaak een zucht wanneer de verhuiswagen de straat op dendert.

'Zo, mevrouw de huizenbezitster,' zegt Luke sardonisch. 'Je zult wel apetrots zijn.'

'Kop dicht!' Ik sla mijn handen voor mijn gezicht. 'Moet je horen... het komt wel goed. Ik wacht een paar dagen en dan bel ik naar huis en verzin ik iets over een renovatie. Ik zeg dat we voorlopig iets hebben gehuurd. Niets aan de hand. En zodra we het huis écht hebben, geven we een groot diner voor iedereen.'

'Een kerstdiner, misschien,' zegt Luke knikkend. 'Volgend jaar.'

'Hè?' Ik kijk hem vol afgrijzen aan. 'Doe niet zo raar. Zó lang gaat het niet duren voordat we dat huis hebben. De notaris zei dat het allemaal snel kon worden uitgezocht!'

'Dat is notarisjargon voor volgend jaar Kerstmis.'

'Niet waar...'

'Is dat je moeder?' vraagt Alf langs zijn neus weg.

'Hè?'

'Een blauwe Volvo? Ze rijden achter ons aan.' Hij knikt naar zijn zijspiegel en ik kijk er ongelovig in. Daar zijn ze. In de auto, vlak achter ons. Wat bezielt mam om ons te volgen?

Ik pak mijn BlackBerry en druk de sneltoets in.

'Mam, waar ben je mee bézig?' zeg ik zonder enige inleiding.

'O, Becky!' gilt ze. 'Nou is het geen verrassing meer! Graham, ik had toch gezégd dat je meer afstand moest houden? Ze hebben ons gezien!'

'Mam, luister.' Ik weet dat ik gestrest klink, maar ik kan er niets aan doen. 'Je mag niet met ons mee. We hadden toch gezegd dat we zouden zeggen wanneer je op bezoek mocht komen?'

'Becky, schat.' Mam lacht. 'Dit is je eerste huis! Je eerste onroerend goed! Het kan ons niets schelen hoe het eruitziet!'

'Maar...'

'Lieverd, ik weet wel wat je hebt gezegd, en eerlijk gezegd waren we ook van plan je je privacy te gunnen, maar we konden de verleiding gewoon niet weerstaan! We kunnen je niet zomaar laten verhuizen zonder je te helpen. Ik heb krentenbollen bij me en pap heeft zijn gereedschapskist bij zich. We zorgen dat je de boel in een wip tiptop in orde hebt...'

Mijn hart bonst in mijn keel. Ik kan ze echt niet naar een waardeloos huurhuis brengen. Niet na paps toespraak.

'We zouden zelfs even bij je nieuwe buren kunnen langsgaan,' praat mam vrolijk door. 'Misschien worden het wel je beste vrienden, Becky. Ik bedoel maar, kijk naar Janice en mij, na dertig jaar nog steeds vriendinnen. Ik weet nog goed dat we in het huis kwamen wonen, en toen kwam Janice langs met een fles sherry... O, pap vraagt of je het adres nog eens wilt zeggen, voor het geval we elkaar kwijtraken.'

Ik denk als een razende na.

'Mam, ik kan je niet verstaan... Je valt weg...' Ik wrijf met mijn BlackBerry langs mijn tas om een hard ritselgeluid te maken, zet hem uit en kijk Luke aan. 'Het komt goed. Ze hebben het adres niet.' Ik draai me naar Alf toe en zeg gespannen: 'We moeten ze afschudden!'

'Afschudden?'

'Ja! Zoals in politiefilms. Duik maar een steegje in of zo.'

'Een steegje?' zegt Alf verbaasd. 'Wat voor steegje, kind?'

'Weet ik veel! Zoek er maar een. Je weet wel, zoals bij die autoachtervolgingen!' Ziet hij dan nooit een film?

'Mijn vrouw wil geloof ik dat je tegen het verkeer in een smalle

232

straat in scheurt, een fruitkraam omkiepert, mensen schreeuwend weg laat stuiven, keert en er op die manier in slaagt mijn schoonouders af te schudden,' zegt Luke droog. 'Ik neem aan dat je stuntverhuizer bent?'

'Kop dicht.' Ik stomp tegen zijn borst. 'Begrijp je wel wat een toestand dit is?'

'Als het aan mij lag, was het nooit zo'n toestand geworden,' zegt hij kalm, 'want dan hadden we je ouders gewoon verteld hoe het zat.'

We stoppen voor rood. Pap en mam stoppen naast ons en wuiven vrolijk, en ik trek een grimas en wuif terug.

'Oké,' zeg ik tegen Alf. 'Zodra het licht op groen springt, geef je plankgas!'

'Lieverd, dit is een vrachtwagen, hoor, geen Ferrari.'

Het licht springt op groen en ik wapper met mijn handen, maar Alf werpt me een vermanende blik toe en schakelt op zijn dooie akkertje.

Nou ja. Zal ik vragen of ik zelf mag rijden?

'Sorry, lui. Even tanken.' Alf slaat af naar een tankstation en ja hoor, de Volvo van pap en mam gaat mee. Even later stapt mam uit, dribbelt naar ons toe en klopt op het portier.

'Alles goed?' roept ze.

'Ja hoor!' Ik draai het raampje naar beneden en glimlach stralend. 'Alleen even tanken.'

'Want weet je, ik heb Janice aan de lijn. Je vindt het toch niet erg als zij ook meegaat, schat?'

Wát?

Voordat ik iets terug kan zeggen, praat mam verder in haar mobieltje. 'Ja, we zijn nu bij dat BP-station met het café erbij... Tot zo!' Ze richt zich weer tot mij. 'Janice en Martin zaten al in de auto, ze kwamen net terug van yoga... Daar zijn ze al!' Ze wuift verwoed naar een zwarte Audi die aan komt rijden. 'Joehoe!'

'Becky!' Janice leunt door het raampje. 'Je vindt het toch wel goed? Je moeder heeft ons álles over het huis verteld. Zo spannend!'

'Rij maar achter ons aan,' zegt mam tegen Martin. 'En wij volgen de verhuiswagen.'

Ongelooflijk. We hebben een konvooi.

'Zet "Maida Vale" in je gps, Martin,' zegt mam bazig. 'Als we elkaar dan tóch kwijtraken… Becky, wat is het adres?' roept ze opeens naar mij.

'Ik, eh… Ik sms het wel…'

Ik moet haar de waarheid vertellen. Het moet wel. Nu meteen.

'Weet je, mam…' Ik slik en kijk hulpeloos naar Luke, maar die is uitgestapt en staat te telefoneren.

'Nee, dat is verdomme níét oké,' hoor ik hem zeggen.

O, god, wat kijkt hij kwaad. Wat is er aan de hand?

'Becky.' Ik schrik van Janice, die uit het niets opduikt en met haar ogen knipperend door het raam de cabine in kijkt. Ze heeft knalroze yogakleren aan die pijn doen aan mijn ogen, compleet met sokken en klompschoenen. Een superhip model van negentien zou er heel misschien nét mee wegkomen. 'Ik wilde even een woordje met je wisselen, nu Luke uit de buurt is.' Ze vervolgt bijna fluisterend: 'Over het f-e-e-s-t. Ik heb laatst in *Hello!* over dat "Royal Fashion"-feest gelezen. Heb je het gezien?'

Ik knik afwezig en kijk naar Luke. Hij is verder weg gelopen, maar ik ben er vrij zeker van dat hij tegen iemand tekeergaat. En ik ben er vrij zeker van dat ik niet zou willen dat Minnie hoorde wat voor taal hij uitsloeg.

Heeft hij ruzie met Sage Seymour? Verbreekt hij alle banden met haar voordat ik zelfs maar de kans heb gekregen haar te ontmoeten en haar beste vriendin te worden? In dat geval vermóórd ik hem.

'… en ze hadden een make-upruimte voor alle beroemdheden!' besluit Janice zwierig. 'Snap je?'

Ik moet iets hebben gemist.

'Sorry, Janice,' zeg ik met een verontschuldigende glimlach. 'Ik kon je even niet volgen.'

'Ik ben visagíste, schat,' zegt ze op een toon alsof het vanzelf spreekt. 'En ik ben graag bereid een make-upruimte te bemannen. Ik zal alle gasten opmaken! Dat is mijn cadeautje voor Luke.'

Ik ben sprakeloos. Janice ís geen visagiste. Ze heeft een cursusje op het opleidingscentrum voor volwassenen gedaan, waar ze heeft geleerd hoe je perzikkleurige blusher en highlighter in dassenstrepen aanbrengt op plastic poppenwangen, en nu wil ze opeens de gasten op mijn feest opmaken?

'Janice, dat is heel lief aangeboden,' zeg ik zo overtuigend als ik kan, 'maar dan mis je het feest.'

'We kunnen in ploegendienst werken!' zegt ze triomfantelijk. 'Ik heb een heel vriendinnenteam, hoor! We hebben de cursus samen gedaan, dus we gebruiken allemaal dezelfde technieken.'

Het idee van een heel team Janices, allemaal met een palet zilverig glimmende oogschaduw, maakt me een beetje duizelig.

'Goh,' breng ik moeizaam uit. 'Nou, dat zou me wat zijn.'

Oké. Ik moet dit boven aan mijn lijstje van dingen die ik nog moet doen zetten: *Janice* NIET *de gasten laten opmaken.*

'Ik ga maar,' zegt ze theatraal hijgend. 'Luke komt eraan.'

Voordat ik nog iets kan zeggen, glipt zij weg naar haar eigen auto en klimt Luke weer in de cabine.

'Ongelooflijk.' Hij ademt gejaagd en zijn kaakspieren zijn keihard gespannen. 'Ongelóóflijk.'

'Wat is er?' zeg ik nerveus. 'En niet vloeken waar Minnie bij is.'

'Becky, ik heb slecht nieuws.' Luke kijkt me recht aan. 'Het huurhuis gaat niet door. We krijgen het niet.'

Een fractie van een seconde denk ik dat hij een grapje maakt, maar er breekt geen lach bij hem door.

'Maar…'

'Een of andere debiel van het makelaarskantoor heeft het aan een ander verhuurd. Ze hebben de sleutel al en onze bemiddelaar heeft het net gehoord.'

'Maar het is van ons!' zeg ik met een schelle stem van paniek. 'We hebben dat huis nodig!'

'Ik weet het. Neem maar van mij aan dat zij het nu ook weten. Als ze niet binnen het uur iets anders hebben gevonden, trekken we op hun kosten in een hotel.' Hij zucht. 'Wat een klotezooi.'

Het duizelt me. Dit kan niet waar zijn.

'Ik kan het maar beter aan je ouders vertellen…' Luke zwaait het portier open.

'Nee!' kwaak ik. 'Dat kan niet!'

'Heb je een beter idee?'

Ik zie mam vanuit de Volvo naar me zwaaien en een seconde later krijg ik een sms'je binnen. **Zullen we, lieverd?**

'Laten we maar gewoon naar Maida Vale rijden.' Ik lik langs mijn droge lippen. 'Waarom niet? En hopelijk belt de makelaar onderweg. We verzinnen er wel iets op.'

Alf hijst zich in de cabine. 'Zijn jullie zover, mensen?'

'Ja,' zeg ik voordat Luke zijn mond open kan doen. 'Rijden maar.'

Het is een uur rijden naar Maida Vale, denk ik. Minimaal. En intussen zoeken ze een ander huis voor ons en dan gaan we daarheen en is er geen vuiltje meer aan de lucht. Het moet.

Alleen is het nog geen drie kwartier naar Maida Vale. Ongelooflijk. Waar is al het verkeer gebleven? Is er een complot tegen ons?

We rijden door de grootste winkelstraat en we hebben nog steeds geen huis. Vanbuiten lijk ik vreemd kalm, al galoppeert mijn hart panisch. Zolang we blijven rijden, is er niets aan de hand.

'Niet zo hard,' zeg ik weer tegen Alf. 'Neem een bochtige omweg. Hier afslaan!' Ik wijs naar een smalle straat.

Alf schudt zijn hoofd. 'Verboden links af te slaan.'

We hebben Alf het hele verhaal verteld. Of eigenlijk heeft hij het zelf uitgeknobbeld na Lukes tirade tegen de makelaar (Minnie is goddank in slaap gevallen. Een kind van twee slaapt overal doorheen). Luke is andere makelaars aan het bellen, maar tot nog toe heeft niemand een huurhuis in de aanbieding waar we over een kwartier in kunnen. Ik kan wel krijsen van frustratie. Waar zijn al die huizen? En waar is al het verkeer?

Ik kijk in de zijspiegel voor het geval pap en mam hebben afgehaakt of ons kwijt zijn, maar ze plakken nog steeds aan ons. Luke luistert een bericht op zijn telefoon af en ik kijk hem hoopvol aan, maar hij schudt zijn hoofd.

'Goed, waar moet ik nu heen?' Alf stopt bij een kruispunt, legt zijn armen op het vibrerende stuur en kijkt me aan.

'Weet ik niet,' zeg ik wanhopig. 'Kun je niet gewoon... in kringetjes rondrijden?'

'In kringetjes?' Hij lacht sardonisch naar me. 'Ziet dit eruit als een taxi?'

'Alsjeblieft? Even maar.'

Alf schudt zijn hoofd en slaat links af een straat met huizen in. We volgen het kanaal, slaan nog een keer af en zijn bijna meteen weer terug waar we zijn begonnen.

'Dat kringetje was te klein!' zeg ik wanhopig.

En ja, hoor, even later krijg ik een sms'je van mam: Schat, is je chauffeur verdwaald? We zijn hier al geweest. Pap vraagt het adres voor de gps.

'Becky.' Luke is klaar met zijn telefoon. 'We kunnen niet door Maida Vale blijven rijden tot we een huis hebben.'

'Geen geluk, jonker?' vraagt Alf, die respect voor Luke schijnt te hebben sinds hij hem tegen de makelaar hoorde vloeken. Ik geloof zelfs dat hij, in weerwil van al die sardonische blikken, best van het drama geniet.

'Nee,' zegt Luke. 'Becky, we moeten het opbiechten.'

'Nee. Nog niet. Laten we... Laten we ergens gaan lunchen!' zeg ik in een geniale inval. 'We vinden wel ergens een koffietentje of zo. Luke, ik heb een plan. Ik hou pap en mam bezig, en intussen ga jij naar de makelaar en dwing je hem ons een huis te geven.'

Alf slaat zijn ogen vertwijfeld ten hemel, maar geeft toe, en even later probeert hij de verhuiswagen op een vrij plekje tegenover een Café Rouge te draaien. Ik zie de anderen ook stoppen. Janice stapt uit om Martin met veel gewenk, gewijs en 'Martin, kijk uit!' te helpen manoeuvreren.

Ik gesp Minnie los en we stappen allemaal uit om de benen te strekken. Het voelt alsof ik dagen onafgebroken op de weg heb gezeten.

'Ha!' Ik wuif met een ontspannen, vrolijk gezicht naar de anderen, alsof we nooit een ander plan hebben gehad.

'Lieverd, wat is er aan de hand?' vraagt mam, die het eerst bij ons is. Ze tuurt naar de appartementen boven de winkels alsof een ervan opeens zou kunnen veranderen in een vrijstaand huis met een kelder en een dubbele garage.

'Becky wil natuurlijk weer tussen de winkels wonen.' Martin proest om zijn eigen gevatheid.

'Nee, hier gaan we niet wonen.' Ik lach zo natuurlijk mogelijk. 'We gaan even lunchen.'

Er valt een perplexe stilte.

'Lunchen?' zegt Janice uiteindelijk. 'Maar het is pas tien voor half-elf.'

'Ja, eh... De chauffeur moet lunchen. Arboregels,' improviseer ik, en ik werp Alf een veelzeggende blik toe. 'Ja toch, Alf?'

'Maar we moeten vlak bij het huis zijn,' zegt mam. 'Dit is krankjorum!'

'Weet ik,' zeg ik gauw, 'maar die regels zijn heel streng. We hebben geen keus.'

'Ik kan er ook niets aan doen,' speelt Alf het spelletje mee. 'Ik heb die regels niet gemaakt.'

'Mijn hemel,' zegt pap geërgerd. 'Ik heb nog nooit zoiets onzinnigs gehoord.' Hij wendt zich tot Alf. 'Hoor eens, kun je Becky niet bij het huis afzetten en dán gaan lunchen?'

'Regels zijn regels,' zegt Alf, die onverbiddelijk zijn hoofd schudt. 'Als ik die overtreed, kom ik voor de tuchtraad, en dan kan ik naar mijn baan fluiten. Ik neem nu de pauze waar ik recht op heb en jullie roepen me wel als jullie weg willen, hè?' Hij knipoogt naar me en loopt Café Rouge in.

God, hij is fantastisch. Ik kan hem wel zoenen.

'Nou ja!' zegt mam verontwaardigd. 'Nu weten we wat er aan dit land mankeert! Wie maakt die regels eigenlijk? Ik ga een brief naar de *Daily World* sturen, en naar de premier...' We lopen Café Rouge in. Mam werpt in het voorbijgaan een kwaaie blik op Alf, die vrolijk naar haar wuift.

'We moeten maar veel bestellen,' zeg ik wanneer we een tafel hebben gevonden. 'Ik bedoel, we zullen nog wel even op Alf moeten wachten. Neem een broodje, een biefstuk... Ik trakteer... Minnie, néé.' Ik zet snel de suikerklontjes weg, voordat ze ze allemaal kan pakken.

'Waar is Luke?' zegt mam opeens.

'Bij de makelaar,' zeg ik naar waarheid.

'De sleutels halen,' zegt pap knikkend. 'Ik geloof dat ik een panini neem.'

Ik probeer de lunch zo lang mogelijk te rekken, maar niemand heeft om halfelf 's ochtends zin in biefstuk en er zijn grenzen aan het aantal croissants dat je kunt eten. We hebben allemaal twee cappuccino's gehad, ik heb nog niets van Luke gehoord en Minnie heeft de hele speelgoedkist al omgekeerd, en nu beginnen pap en mam ongedurig te worden, tot mijn grote ongerustheid.

'Dit is bespottelijk!' zegt mam, die ziet dat Alf nog een warme chocolademelk bestelt. 'Ik ga hier niet zitten wachten tot die dienstklopper zijn lunchpauze erop heeft zitten! Graham, blijf jij maar hier, dan gaan Becky en ik lopend naar het huis. Het is toch op loopafstand, lieverd?'

Ik schrik me wild.

'Dat lijkt me niet zo'n goed idee, mam,' zeg ik gejaagd. 'Ik vind dat we beter kunnen wachten tot Luke terug is, dan kunnen we met de verhuiswagen gaan.'

'Doe niet zo gek! We bellen Luke op om te zeggen dat wij vast naar het huis gaan. We pikken de sleutels onderweg wel op. Waar is het? Is het dichtbij?'

Mam raapt haar spullen al bij elkaar en pakt Minnies wanten. Dit gaat niet goed. Ik moet iedereen hier zien te houden.

'Ik weet niet precies waar het is,' zeg ik snel. 'Echt, we kunnen beter wachten. Laten we nog een kop koffie nemen...'

'Geen probleem!' Janice haalt een klein, in rood leer gebonden plattegrondboekje uit haar tas. 'Ik ga niet van huis zonder plattegrond!' verkondigt ze trots. 'Goed, hoe heet die straat, Becky? Ik heb hem in een wip gevonden!'

Shit.

Iedereen kijkt me verwachtingsvol aan. Zodra ik de naam van de straat noem, lopen ze er allemaal naartoe en dan weten ze hoe het zit.

'Ik, eh...' Ik wrijf langs mijn neus om tijd te rekken. 'Ik... weet het niet meer.'

'Je weet het niet meer?' herhaalt Janice confuus. 'Je eigen adres?'

'Schat,' zegt mam, die haar ongeduld met moeite bedwingt, 'je weet toch wel waar je woont?'

'Ik weet de straatnaam niet meer! Ik geloof dat het met een... b begint,' zeg ik in het wilde weg.

'Nou, bel Luke dan!'

'Die neemt niet op,' zeg ik snel. 'Hij zal het wel druk hebben.'

Pap en mam kijken elkaar aan alsof ze nu pas beseffen hoe achterlijk hun dochter is.

'Ik blijf hier niet meer zitten!' Mam klakt met haar tong. 'Becky, je zei dat het vlak bij de winkels was. We lopen gewoon rond, en als we er zijn, herken je het wel. Graham, blijf jij hier op Luke wachten.'

Ze staat op. Ik kan niets doen. Ik kijk wanhopig naar Alf en roep: 'We gaan even wandelen!'

'Becky, denk na,' zegt mam als iedereen behalve pap naar buiten loopt. 'Welke kant moeten we op?'

'Eh… die kant, geloof ik.' Ik wijs de verkeerde kant op en we komen allemaal in beweging.

'Is het Barnsdale Road?' vraagt Janice, die haar vinger langs de b's in het register laat glijden. 'Barnwood Close?'

'Ik dacht het niet…'

'Becky, kind!' schiet mam plotseling uit haar slof. 'Hoe kun je de naam van je eigen straat nou vergeten? Je bent huiseigenaar. Je moet je verantwoordelijkheid nemen! Je moet…'

'Pappie!' roept Minnie opeens blij. 'Pap-píéíé!'

Ze wijst door de ruit van het makelaarskantoor. Daar staat Luke een doodsbange Magnus de wind van voren te geven.

Shit. Waarom moest ik zo nodig hierheen lopen?

'Is dat je makelaar niet?' Mam kijkt omhoog naar het bordje RIPLEY & CO. 'Komt dat even goed uit! We kunnen binnen het adres vragen en de sleutels halen! Goed zo, Minnie!'

'Luke lijkt nogal boos te zijn,' merkt Janice op. Luke staat woest naar Magnus te gebaren. 'Gaat het om de afspraken over wat wel en niet zou blijven, lieverd? Want dan zeg ik: het is de moeite niet. Dan nemen ze dat douchegordijn maar mee. Zorg dat je niet bij de rechter belandt, zoals mijn broer…'

'Kom op, Becky!' zegt mam, die al bijna bij de deur is. 'Wat is er?'

Ik blijf als verlamd staan.

'Mam…' zeg ik met verstikte stem. 'Ik… ik moet je iets vertellen. Over het huis. Eigenlijk… ben ik niet helemaal eerlijk geweest.'

Mam blijft staan en draait zich om. Ze heeft rode vlekken op haar wangen.

240

'Ik wist het. Ik wíst het gewoon. Je verzwijgt iets voor ons, Becky. Wat is het?' Opeens betrekt haar gezicht alsof ze aan iets gruwelijks denkt. 'Is het geen vrijstaand huis?'

'Jawel, maar...'

'Heeft het geen dubbele garage?'

Ik hoor Janice en Martin naar adem snakken. Parkeerruimte is zoiets als gewijde grond in Surrey.

'Dat is het niet. Ik...' Ik adem zo snel dat ik bijna niet meer kan praten. 'Ik...'

'Mevrouw Brandon.' Een man in pak die me niet bekend voorkomt rept zich uit het makelaarskantoor naar me toe. 'David Ripley, directeur.' Hij geeft me een hand. 'Blijf toch niet buiten in de kou staan. Laat me u in elk geval een kop koffie aanbieden. Ik ben me goed bewust van uw onaangename situatie, en u mag van mij aannemen dat we alles doen wat in onze macht ligt om u zo snel mogelijk een huis aan te bieden.'

Ik durf niet naar mam te kijken. Ik durf niemand aan te kijken. Het enige wat me nu nog kan redden, is een plotselinge tornado.

'Een huis aanbieden?' herhaalt mam verbouwereerd.

'We trekken het ons erg aan dat we het huis twee keer hebben verhuurd,' vervolgt David Ripley. 'U krijgt de borgsom onmiddellijk terug...'

'Verhúúrd?'

Mams stem klinkt zo scherp dat ze zelfs doordringt tot David Ripley, die prompt naar haar kijkt.

'Neem me niet kwalijk, is dit uw moeder?' Hij geeft haar een hand. 'Hoe maakt u het? Ik kan u verzekeren dat we er alles aan zullen doen om uw dochter een huis...'

'Maar ze hééft een huis!' snerpt mam. 'Ze heeft een kóóphuis! We komen de sleutels halen! Wat zouden we anders in Maida Vale komen doen?'

David Ripley kijkt niet-begrijpend van mam naar mij.

'Neem me niet kwalijk... Is er iets wat ik nog niet weet?'

'Nee.' Ik kan wel door de grond zakken. 'Mijn moeder heeft... niet het hele plaatje. Ik moet haar even spreken.'

'Aha.' David Ripley steekt tactvol zijn handen op en stapt achteruit naar zijn kantoor. 'Goed, als ik iets voor u kan doen, ik ben binnen.'

'Mam...' Ik slik. 'Ik weet dat ik het je had moeten vertellen...'

'Martin,' zegt Janice zacht, en Martin en zij lopen discreet naar de etalage van een reisbureau. Mam staat daar maar, met een van onbegrip en teleurstelling gefronst voorhoofd.

Ik kan opeens wel janken. Mijn ouders waren zo trots op me omdat ik mijn allereerste huis had gekocht. Ze hebben het aan al hun vrienden verteld. En ik heb alles weer verprutst, zoals gewoonlijk.

'Er was iets met het koophuis,' mompel ik met neergeslagen ogen. 'En we durfden het je niet te vertellen omdat je zo baalde van onze rommel bij jullie thuis, dus toen hebben we iets gehuurd, maar dat is ook niet doorgegaan. Dus... nu zijn we dakloos.' Ik dwing mezelf op te kijken. 'Het spijt me.'

'We hebben dat hele eind gereden... en jij hebt geen huis?'

'Ja. Ik bedoel, we krijgen wel een huis, maar...'

'Bedoel je... dat je ons welbewust hebt voorgelogen? Je hebt pap zijn toespraakje laten houden, je hebt ons dat schilderij laten geven... en het was allemaal gelógen?'

'Het was niet echt gelógen...'

'O, wat was het dan?' barst mam plotseling uit, en ik krimp in elkaar. 'We sjouwen allemaal door Maida Vale; Janice en Martin hebben al die moeite gedaan; we hebben al cadeautjes voor het nieuwe huis gekocht...'

'Ik had gezegd dat jullie niet mochten komen!' schiet ik in de verdediging, maar mam hoort me niet.

'Alles wat jij doet, draait op een ramp uit, Becky! Alles is fantasie! Wat zal je vader zeggen? Weet je wel hoe teleurgesteld hij zal zijn?'

'We krijgen wel een huis!' zeg ik radeloos. 'Echt wel, ik beloof het! En tot die tijd mag je het schilderij terug hebben.'

'Dit is weer precíes George Michael...'

'Nietes!' kap ik haar gekwetst af. 'Het is níet weer precies George Michael.' Ik strijk woest een plotse traan weg. 'Het is gewoon... een kinkje in de kabel.'

'Er is altijd een kinkje in de kabel, kind. Altijd!' Mam klinkt alsof

242

ze buiten zichzelf is van woede. 'Met het feest zal het wel net zo gaan…'

'Néé!' brul ik. 'En ik heb je toch niet gevráágd of je dat hele eind mee wilde rijden? Of cadeautjes voor me wilde kopen? En als je niet op Lukes feest wilt komen, mam, dan blijf je maar weg! Graag zelfs!'

De tranen stromen nu over mijn wangen, en ik zie Janice en Martin zo geconcentreerd naar de speciale aanbiedingen naar Marokko kijken alsof ze er meteen naartoe willen.

'Nee!' Minnie kijkt ontredderd naar me op. 'Niet huilen!'

'Oké,' klinkt Lukes stem opeens, en wanneer ik opkijk, zie ik hem naar ons toe lopen. 'Het is geregeld. We gaan voorlopig…' Hij zwijgt en kijkt van mam naar mij. 'Wat is hier aan de hand?'

Mam klemt haar lippen op elkaar.

'Niets,' mompel ik verdrietig. 'We… praatten gewoon.'

'Juist,' zegt Luke, die er duidelijk niets van snapt. 'Goed, ik heb een serviceappartement met twee slaapkamers in The West Place geregeld tot ze iets anders voor ons hebben.'

'The West Place!' Janice draait zich om. 'Dat hebben we op tv gezien! Weet je nog, Martin, dat mooie nieuwe hotel met een kuuroord op het dak? Met al dat mozaïek?'

'Ja, nou ja, ik laat me niet in de luren leggen.' Luke glimlacht even naar haar. 'We kunnen er vandaag in, onze spullen gaan in de opslag…' Hij voelt de spanning in de lucht en zwijgt. 'Dus… vind je dat goed? Becky?'

'Geef het maar aan mam,' zeg ik zonder erbij na te denken. 'Pap en mam hebben er recht op.'

'Ooo-ké,' zegt Luke aarzelend. 'Tja, zo kan het natuurlijk ook…'

'We zijn pap en mam al die tijd tot last geweest en nu hebben we ze teleurgesteld. We moeten hun dat luxeappartement gunnen. En dan… zien we wel weer.'

Ik staar in het niets; ik kan het niet opbrengen mam aan te kijken. Luke kijkt vragend van de een naar de ander, en ik zie dat Janice druk naar hem mimet.

'Jane?' zegt Luke uiteindelijk. 'Wil je dat? Een tijdje in The West Place logeren?'

'Heel graag,' zegt mam op afgemeten, krampachtige toon. 'Dank je, Luke. Ik zal het tegen Graham zeggen.'

Het is wel duidelijk dat mam mij ook niet kan aankijken. Het is maar goed dat we straks niet meer bij elkaar wonen.

'Ik ga met Minnie etalages kijken,' zeg ik, en ik pak Minnies hand. 'Zeg het maar als we naar huis kunnen.'

Uiteindelijk zijn we om vier uur thuis. Pap en mam zijn eerst teruggegaan om wat spullen in te pakken en Luke heeft ze naar het serviceappartement gebracht, dat ongelooflijk chic schijnt te zijn, al wil ik er niets over horen.

Ik heb Minnie eten gegeven en *Peppa Pig* opgezet, en net als ik somber in de vlammen van het haardvuur zit te kijken, komt Luke terug. Hij loopt de kamer in en kijkt me aan.

'Kom op, Becky. Wat is er met je moeder en jou aan de hand?'

'Sst!' zegt Minnie verbolgen, en ze wijst naar de tv. 'Peppa!'

'Niets.' Ik wend mijn gezicht af.

'Er is iets,' houdt Luke vol, en hij hurkt bij mijn stoel. 'Ik heb jullie nog nooit zo meegemaakt.'

Ik kijk hem zwijgend aan, in beslag genomen door het antwoord.

Ze denkt dat ik geen feest voor je kan geven. Ze denkt dat het een grote flop wordt.

En diep vanbinnen ben ik als de dood dat ze gelijk heeft.

'Gewoon, moeder-dochterdingen,' zeg ik uiteindelijk.

'Hm.' Hij trekt sceptisch een wenkbrauw op. 'Nou, ik ben blij dat we even alleen zijn. Ik moet iets met je bespreken.'

Hij trekt een stoel bij en ik kijk nerveus toe.

'Je had gelijk, Becky,' zegt Luke openhartig. 'Ik heb iets voor je verzwegen, en dat spijt me, maar ik wilde het zeker weten voordat ik iets zei.'

Ik fleur prompt op. Nu gaat hij me over Sage Seymour vertellen! Yes! Misschien hebben we vanavond een afspraak met zijn allen! Misschien neemt hij ons mee uit eten bij het Ivy of zo! Ik weet dat Sage op het moment opnames heeft in de Pinewood Studios, want ik heb haar gegoogeld (alleen omdat ik belangstelling heb voor de carrière van mijn man en hem wil steunen, zoals elke vrouw zou willen).

O, dat maakt deze pestdag weer helemaal goed. En ik kan die Nanette Lepore-jurk aan die ik nog nooit heb gedragen, met mijn roze Vivienne Westwood-schoenen eronder.

'Wees maar niet bang, Luke,' zeg ik stralend. 'Ik weet dat je discreet moet zijn.'

Misschien wil ze mij als personal shopper! Misschien heeft Luke me aanbevolen! Ik kan haar kleding uitzoeken voor de Oscar-uitreikingen. Ik zou zélf naar de Oscar-uitreikingen kunnen gaan. Ik bedoel, ze zal toch iemand moeten hebben die oplet of haar zoom wel recht...

'Ik ben onlangs benaderd door een van mijn relaties. Iemand die... sterren vertegenwoordigt,' zegt Luke bedachtzaam.

'Echt waar?' Ik probeer nonchalant te klinken. 'Wat voor sterren?'

'Heb je misschien ooit gehoord van een zekere...'

Of ik van haar heb gehóórd? Is hij niet goed snik? Ze heeft nota bene een Oscar! Ze is een van de beroemdste vrouwen van de wereld!

'Natuurlijk,' flap ik er opgewonden uit, en op hetzelfde moment zegt hij: '... Nanny Sue?'

We kijken elkaar even confuus aan.

'Nanny Sue?' herhaal ik dan.

'Ze schijnt een expert te zijn op het gebied van kinderopvoeding.' Luke schokschoudert. 'Ze heeft een tv-programma. Ik had nog nooit van haar gehoord.'

Ik kan hem wel een mep geven, zo gefrustreerd voel ik me. Ten eerste heb ik natúúrlijk van Nanny Sue gehoord, en dat hij haar niet kent, komt gewoon doordat hij te weinig tv-kijkt. Ten tweede wil ik wel eens weten waarom we het over haar hebben, en niet over Sage Seymour.

'Ja,' zeg ik onwillig. 'Ik heb haar boek. Hoezo?'

'Ze schijnt iets nieuws op te willen zetten. Een soort...' – hij aarzelt even en kijkt me niet aan – '... een kindergedragsmanagement-kamp.'

Dat kan hij niet menen.

'Wil je Minnie naar een opvoedingskamp sturen?' De woorden stokken in mijn keel. 'Maar... maar... dat is bespottelijk! Ze is pas twee! Ze zouden haar niet eens aannemen.'

'In uitzonderingsgevallen willen ze zulke jonge kinderen wel toelaten.'

Het duizelt me. Ik zat blij te denken dat hij me ging vertellen dat we vanavond met een filmster cocktails gaan drinken... en dan vertelt hij me dat hij onze dochter wil wegsturen?

'Is het...' Ik slik iets weg. 'Intern?'

De gedachte bezorgt me een hol gevoel. Hij wil haar naar een kostschool voor stoute kinderen sturen. Opeens zie ik een beeld voor me van Minnie in een blazer met biezen; ze zit met gebogen hoofd in een hoekje met een bord waarop staat IK MAG GEEN ZESTIEN JASSEN OP INTERNET KOPEN.

'Natuurlijk niet!' zegt Luke ontzet. 'Het is gewoon een programma voor kinderen met bepaalde gedragsproblemen. En het is maar een idee.' Hij wrijft in zijn nek, nog steeds zonder me aan te kijken. 'Ik heb die Nanny Sue al gesproken. Ik heb de situatie uitgelegd en ze toonde veel begrip. Als we willen, komt ze Minnie evalueren en dan geeft ze advies. Ik heb dus een afspraak gemaakt.'

'Wát?' Ik geloof mijn oren niet. 'Heb je haar al gespróken?'

'Ik wilde gewoon weten wat er allemaal mogelijk is.' Nu kijkt Luke me eindelijk aan. 'Becky, ik zie er net zo tegen op als jij, maar we moeten toch íéts doen.'

Nee, dat hoeft niet! zou ik willen gillen. *En we hoeven al helemaal geen onbekenden in huis te halen die ons wel even gaan zeggen wat we moeten doen!*

Maar ik zie aan hem dat zijn besluit vaststaat. Het is net als die keer tijdens onze huwelijksreis toen hij besloot dat we niet met het vliegtuig, maar met de trein naar Lahore zouden gaan. Er is niets meer aan te doen.

Nou, mij best. Hij huurt maar zoveel opvoedingsgoeroes als hij wil. Niemand kan mij Minnie afpakken. Laat Nanny Sue haar best maar doen. Ik kan haar wel aan. Wacht maar.

Rebecca Brandon
Dennenlust
Elton Road 43
Oxshott
Surrey

Londen, 3 maart 2006

Beste Rebecca,

Dank voor je brief van 1 maart.

Ik heb nog nooit van 'slaapshoppen' gehoord. Ik kan je dus niet de Latijnse naam geven, en ook kan ik niet aan je man schrijven dat hij 'je medische toestand moet respecteren'.

Wanneer de symptomen aanhouden, raad ik je aan je huisarts te consulteren.

Met vriendelijke groet,

James Linfoot

15

Zo, dus nu praat ik niet meer met mam en ook nog amper met Luke.
We zijn ruim een week verder. Vandaag komt Nanny Sue, en ik
ben er helemaal klaar voor. Ik voel me net een gladiator, op het punt
de arena in te gaan met zo'n bol met spijkers om mee te zwaaien en
een knuppel, maar ik ben nog steeds woest op Luke. Ik word zelfs
hoe langer hoe kwaaier. Hoe durft hij dat allemaal te regelen zonder
met mij te overleggen? We zitten aan het ontbijt en we hebben
amper een woord gewisseld. Al helemaal niet over Nanny Sue.

'Wil je nog melk, Minnie?' zeg ik ijzig, en ik reik voor Luke langs
naar de kan. Luke zucht.

'Becky, zo kunnen we niet doorgaan. We moeten praten.'

'Oké, dan praten we.' Ik haal mijn schouders op. 'Waarover? Het
weer?'

'Nou... hoe gaat het op je werk?'

'Goed.' Ik roer rumoerig in mijn koffie.

'Uitstekend!' zegt Luke zo hartelijk dat ik in elkaar wil krimpen.
'Bij ons ziet het er ook goed uit. Het ziet ernaar uit dat we nu elke
dag een definitieve afspraak met Christian Scott-Hughes kunnen
maken. Daar heeft de cliënt meer dan een jaar op gewacht, dus hij
is wild enthousiast.'

Joeperdepoepie. Alsof ik geïnteresseerd ben in een saaie bespreking met Christian Scott-Hughes.

'Fijn voor je,' zeg ik beleefd.

'Jammer genoeg moet ik mijn assistente vandaag op haar kop
geven. Dat is minder goed.' Hij zucht. 'Ik had het niet zien aankomen.'

Wát? Wat gaat hij doen?

Ik kijk op, want ik hou die afstandelijkheid niet meer vol. Gaat hij

Bonnie op haar kop geven? Hoe kan hij dat nou doen? Ze is perfect! Een schat!

'Maar… ik dacht dat je gek op haar was,' zeg ik op een toon alsof het me maar matig kan boeien. 'Ik dacht dat ze de beste assistente was die je ooit had gehad.'

'Dat dacht ik, ja, maar de laatste tijd gedraagt ze zich…' – Luke aarzelt – '… ongepast, een ander woord heb ik er niet voor.'

Ik kan me niet voorstellen dat Bonnie zich ook maar een seconde ongepast zou gedragen.

'Hoe bedoel je? Wat doet ze dan?'

'Het is gek.' Luke strijkt verwonderd met een hand over zijn voorhoofd. 'Meestal gedraagt ze zich onberispelijk discreet en tactvol, maar dan snijdt ze opeens een onderwerp aan dat haar gewoon niets aangaat. Ze had nota bene commentaar op mijn dóúchegel.' Luke fronst afkeurend zijn voorhoofd. 'Dat is onprofessioneel gedrag, vind je ook niet?'

Ik voel de blos naar mijn wangen kruipen. 'Eh… vast wel…'

'Ze heeft meer opmerkingen gemaakt, nog bemoeizieker en persoonlijker. Eerlijk gezegd heb ik haar niet aangenomen omdat ik haar mening over mijn gezin of over mijn huis wilde horen. Of over mijn stropdassen.'

Shit. Shit! Dit is allemaal mijn schuld, maar dat kan ik niet zomaar zeggen, toch?

'Nou, ik vind dat je haar nog een kans moet geven,' zeg ik snel. 'Je wilt haar toch niet van streek maken? Waarschijnlijk wilde ze gewoon een praatje maken. Ze zal vast niet nog eens zo bemoeizuchtig doen. Ik weet het zelfs wel zeker.'

Want ik ga haar meteen bellen om te zeggen dat ze geen adviezen meer moet geven.

Luke kijkt me bevreemd aan. 'Waar maak je je druk om? Ik dacht dat je haar niet eens kende.'

'Ik ken haar ook niet! Ik vind alleen dat je mensen een kans moet geven. En ik vind dat je haar een tweede kans moet geven. Hoe heet ze ook alweer, Bobbie?' voeg ik er argeloos aan toe.

'Bonnie,' verbetert Luke.

'Bónnie.' Ik knik. 'Natuurlijk. Ik heb haar maar één keer gezien,' voeg ik er voor de zekerheid aan toe. 'Een eeuwigheid geleden.'

Ik werp heimelijk een blik op Luke, die niets lijkt te vermoeden, goddank.

'Ik moet ervandoor.' Hij veegt zijn mond af en staat op. 'Nou... ik hoop dat het goed gaat vandaag.' Hij geeft Minnie een zoen. 'Succes, poppenkop.'

'Ze doet niet mee aan de Olympische Spelen,' bijt ik hem toe. 'Je hoeft haar geen succes te wensen.'

'Laat me toch maar weten hoe het is gegaan.' Hij aarzelt schutterig. 'Becky, ik weet hoe je erover denkt... over vandaag. Maar ik geloof echt dat dit de doorbraak zou kunnen zijn die we nodig hebben.'

Ik neem niet eens de moeite iets terug te zeggen. Ik ga een opvoedingsdeskundige die mijn kind wil vangen voor een strafkamp echt geen 'doorbraak' laten bewerkstelligen, over mijn lijk.

Om tien uur zit ik er klaar voor. Het huis is voorbereid, ik ben voorbereid en zelfs Minnie heeft haar onschuldigst uitziende Marie Chantal-overgooiertje aan.

Ik heb mijn huiswerk gedaan. Om te beginnen heb ik Nanny Sues website opgezocht en alles gelezen (helaas stond er nog niets over het opvoedingskamp in, alleen de mededeling: 'Mijn nieuwe serie gedragsmanagementcursussen voor kinderen en volwassenen gaat binnenkort van start – blijf opletten.' Ha. Het verbaast me niets dat ze zo stiekem doet).

Toen heb ik al haar dvd's gekocht en ze van voor tot achter bekeken, en het is telkens hetzelfde liedje. Er is steeds een gezin met rondrennende kinderen en ruziënde ouders en vaak een oude afgedankte koelkast in de tuin of gevaarlijke stopcontacten of zoiets. Dan komt Nanny Sue erbij, die van een afstandje nauwlettend toekijkt en zegt: 'Ik wil weten hoe het gezin Ellis écht is,' wat betekent: jullie doen van alles fout, maar ik ga nog niet zeggen wát.

Uiteindelijk komen de ouders na een enorme scheldpartij altijd bij Nanny Sue uithuilen, en dan vertellen ze haar hun levensverhaal. En elke keer opnieuw pakt ze haar doos tissues en zegt ernstig: 'Ik denk dat er meer aan de hand is dan het gedrag van de kinderen, hè?' en dan knikken ze en vertellen alles over hun seksleven, problemen op het werk of een familietragedie, en dan hoor je droevige muziek en begin je zelf ook te huilen.

Ik bedoel, het is een uitgekauwde formule, en je moet wel heel goedgelovig zijn om er in te tuinen.

En nu wil ze het drama kennelijk opkrikken door alle kinderen mee te nemen naar een opvoedingskamp ergens in de genadeloze wildernis van Utah of Arizona, en als de kinderen dan met de ouders worden herenigd, zijn de beelden nog hartverscheurender.

Nou, maar ik doe niet mee. Mooi niet.

Ik kijk om me heen in de keuken om te controleren of alles in orde is. Ik heb een groot vel op de koelkast gehangen met gouden sterren voor goed gedrag, en de onderste traptree is het Stoute Plekje, en er ligt een berg pedagogisch verantwoord speelgoed op tafel, maar als ik een beetje geluk heb, is mijn eerste salvo raak en komt ze er niet eens aan toe.

Wat je níét tegen Nanny Sue kunt zeggen, is dat je kind geen problemen heeft, want dan heeft ze je door en weet ze er toch nog een paar te vinden. Ik moet dus nog uitgekookter te werk gaan.

De bel gaat en ik verstijf.

'Kom op, Min,' zeg ik zacht. 'We gaan die gemene kinderdeskundige de deur uit werken.'

Ik doe de deur open – en daar staat ze dan. Nanny Sue in eigen persoon, met de blonde bob die haar handelsmerk is, haar kleine neusje en haar roze lippenstift. In het echt lijkt ze kleiner, en ze draagt een spijkerbroek, een gestreepte blouse en zo'n doorgestikt paardrij-jasje. Ik had gedacht dat ze haar blauwe uniform met hoedje aan zou hebben, net als op tv. Ik verwacht zelfs zo half-en-half dat de begintune nu wordt ingezet en een voice-over zal zeggen: 'Vandaag is Nanny Sue naar huize Brandon geroepen...'

'Rebecca? Ik ben Nanny Sue,' zegt ze met haar vertrouwde brouwende accent.

'Nanny Sue! Goddank! Ik ben zo blij dat je er bent!' roep ik theatraal. 'We weten ons geen raad meer! Je moet ons helpen, nu meteen!'

'Echt?' zegt Nanny Sue beduusd.

'Ja! Heeft mijn man niet verteld hoe wanhopig we zijn? Dit is Minnie, ons dochtertje van twee.'

251

'Hallo, Minnie, hoe maak je het?' Nanny Sue zakt door haar knieën om met Minnie te babbelen en ik wacht ongeduldig tot ze zich weer opricht.

'De problemen die we met haar hebben, niet te geloven! Het is gênant. Om je dood te schamen. Ik durf het amper te bekennen.' Ik laat mijn stem een beetje beven. 'Ze wil niet leren hoe ze haar veters moet strikken. Ik heb het geprobeerd... mijn man heeft het geprobeerd... iedereen heeft het geprobeerd, maar ze vertikt het!'

In de stilte die valt, hou ik mijn gespannen moedergezicht angstvallig intact. Nanny Sue is van haar stuk gebracht, zo te zien. Ha.

'Rebecca,' zegt ze, 'Minnie is nog heel jong. Ik verwacht niet dat een kind van twee al zelf haar veters kan strikken.'

'O!' Ik fleur meteen op. 'Goh, op díé manier. Nou, dat is dan in orde! Verder hebben we geen problemen met haar. Ontzettend bedankt, Nanny Sue, stuur de rekening maar naar mijn man, ik zal je niet langer ophouden, toedeloe.'

En voordat ze iets kan zeggen, sla ik de voordeur dicht.

Gelukt! Ik geef Minnie een high five en loop naar de keuken voor een KitKat om het te vieren, maar dan gaat de bel weer.

Is ze nog niet weg?

Ik gluur door het spionnetje en zie dat ze geduldig staat te wachten.

Wat wil ze? Ze heeft ons probleem opgelost. Ze kan vertrekken.

'Rebecca?' roept ze door de deur. 'Ben je daar?'

'Hallo!' roept Minnie.

'Sst!' sis ik. 'Stil!'

'Rebecca, je man heeft me gevraagd je dochter te evalueren en jullie beiden op de hoogte te stellen van mijn bevindingen. Dat kan ik echt niet in een minuut.'

'Ze hoeft niet geëvalueerd te worden!' roep ik door de deur.

Nanny Sue blijft gewoon staan, nog steeds met die geduldige glimlach op haar gezicht. Wíl ze dan geen vrije dag?

Ik voel me eerlijk gezegd een beetje verslagen. Ik dacht dat ze gewoon de benen zou nemen. Stel dat ze aan Luke vertelt dat ik haar niet binnen wilde laten? Stel dat we weer zo'n enorme ruzie krijgen?

O, god. Misschien kan ik haar maar beter binnenlaten, haar

die zogenaamde evaluatie laten doen en haar de deur uit werken. 'Ook goed.' Ik zwaai de deur open. 'Kom binnen, maar mijn dochter hééft geen problemen. En ik weet precies wat je van plan bent en wat je gaat zeggen, en we hebben al een Stout Plekje.'

'Mijn hemel.' Nanny Sues ogen twinkelen. 'Goh, je bent me vóór, hè?' Ze stapt over de drempel en lacht stralend van Minnie naar mij. 'Je hoeft echt niet bang of bezorgd te zijn. Ik wil alleen maar zien hoe een gewone dag er voor jullie uitziet. Doe maar gewoon wat je altijd doet. Ik wil zien hoe het gezin Brandon écht is.'

Ik wist het! Dat is de eerste valstrik. Op tv heeft het gezin geen plannen voor de dag of weigert het kind de tv uit te zetten en wordt het dikke ruzie, maar ik heb haar wel door. Ik heb me op dit moment voorbereid, voor je weet maar nooit; ik heb zelfs met Minnie geoefend.

'Goh, ik weet niet,' zeg ik peinzend. 'Wat vind jij, Minnie? Zullen we iets bakken?' Ik klak met mijn tong. 'O, nee, ik bedenk opeens dat het biologische op de steen gemalen meel op is. Misschien kunnen we huisjes maken van kartonnen dozen, dan mag jij ze met loodvrije verf beschilderen.'

Ik kijk veelbetekenend naar Minnie. Dit is haar seintje. Nu moet zij zeggen: 'Wandelen! Natuur!' Ik heb met haar gerepeteerd en alles, maar ze kijkt alleen verlangend naar de tv in de woonkamer.

'Peppa Pig,' begint ze. 'Míjn Peppa Pig...'

'We kunnen geen echt varken zien, liever,' onderbreek ik haar haastig, 'maar we kunnen wel een natuurwandeling maken en over het milieu praten!'

Ik ben best trots op dat idee van een natuurwandeling. Het staat voor goed ouderschap en het is ook nog eens een eitje. Je loopt gewoon wat en zo nu en dan zeg je: 'Kijk, een dennenappel! Een eekhoorn!' En dan moet Nanny Sue bekennen dat ze verslagen is. Ze zal ons een tien moeten geven en zeggen dat ze niets kan verbeteren aan het ideale gezin, en Luke trapt er met open ogen in.

Ik trek Minnie haar laarzen aan (piepkleine roze Uggs, zó snoezig) en trek vier strikken van donkergrijs fluweel met klittenband achterop uit mijn tas. Ik heb ze gisteren gemaakt, en ze zien er goed uit.

'Laten we de Stoute Strikken maar meenemen,' zeg ik nadrukkelijk.

'Stoute Strikken?' vraagt Nanny Sue beleefd.

'Ja, ik zag op tv dat je buiten geen Stout Plekje hebt. Daarom heb ik een Stoute Strik uitgevonden. Het is simpel, maar doeltreffend. Wanneer je kind stout is, druk je gewoon zo'n strik op haar jasje.'

'Aha.' Nanny Sue geeft geen commentaar, maar dat is natuurlijk omdat ze groen ziet van jaloezie en er zélf op had willen komen.

Nee echt, misschien moet ik zelf maar kinderexpert worden. Ik heb veel meer ideeën dan Nanny Sue, en ik zou ook nog eens mode-adviezen kunnen geven.

Ik drijf haar het huis uit en loop het tuinpad af. 'Kijk, Minnie, een vogel!' Ik wijs naar het een of andere beest dat een boom uit klapwiekt. 'Misschien wordt hij bedreigd,' voeg ik er plechtig aan toe. 'We moeten onze natuur beschérmen.'

'Een merel?' zegt Nanny Sue licht ironisch. 'Zou dat een bedreigde diersoort zijn?'

'Ik gedraag me groen.' Ik werp haar een verwijtende blik toe. Weet ze dan niets van het milieu?

We lopen een tijdje en ik wijs een paar eekhoorns aan. Nu komen we bij de rij winkels aan het eind van mams straat, en onwillekeurig kijk ik even naar rechts om te zien wat ze bij de antiekwinkel hebben.

'Shop!' zegt Minnie, die aan mijn hand trekt.

'Nee, we gaan niet shoppen, Minnie,' zeg ik met een toegeeflijke glimlach. 'We gaan een natuurwandeling maken, weet je nog? Naar de natúúr kijken.'

'Shop! Taxi!' Ze steekt zelfbewust haar hand uit en gilt nog harder: 'Taxi! Taxíéíé!' Even later rolt de voorste van de rij taxi's naar ons toe.

'Minnie! We gaan niet met de taxi! Ik weet niet waarom ze dat deed,' zeg ik tegen Nanny Sue. 'We nemen echt niet elke dag een taxi…'

'Minnie!' dondert een vrolijke stem. 'Hoe is het met mijn beste klantje?'

Shit. Het is Pete, die ons meestal naar Kingston rijdt om te shoppen. Ik bedoel, zó vaak is dat nou ook weer niet.

'Pete brengt ons wel eens naar het... het... educatieve spelcentrum,' zeg ik gauw tegen Nanny Sue.

'Taxíéíé!' Minnie krijgt zo'n rode, boze stierenkop. O, god. Ze mag geen driftaanval krijgen waar Nanny Sue bij is. Misschien kunnen we toch een taxi ergens naartoe nemen.

'Zo.' Pete leunt uit zijn raampje. 'Waar gaan we vandaag naartoe, schoonheden van me?'

'Star-bucks,' zegt Minnie duidelijk articulerend voordat ik iets kan zeggen. 'Starbucks-shops.'

'Hetzelfde maar weer, dus?' zegt Pete opgewekt. 'Spring er maar in!'

Ik voel dat ik knalrood word.

'Minnie, we gaan niet naar Starbucks!' snerp ik. 'Wat een... bespottelijk idee. Pete, wil je ons alsjeblieft naar het educatieve spelcentrum brengen? In Leatherhead, waar we zo vaak naartoe gaan?'

In mijn wanhoop kijk ik hem strak aan om langs telepathische weg te voorkomen dat hij zegt: 'Waar heb je het over?'

'Muffin?' Minnie richt haar hoopvolle ogen op mij. 'Muffin Starbucks?'

'Nee, Minnie,' snauw ik. 'En nu lief zijn, anders krijg je een Stoute Strik.' Ik haal een Stoute Strik uit mijn tas en zwaai er dreigend mee. Minnie steekt meteen haar handjes uit.

'Van mij! Hébben!'

Het was niet de bedoeling dat ze een Stoute Strik zou wíllen.

'Later misschien,' zeg ik geagiteerd, en ik stop het ding weer in mijn tas. Dit is allemaal de schuld van Nanny Sue. Ze brengt me van mijn à propos.

We stappen in, ik gesp Minnie vast en Pete voegt in.

'Rebecca,' zegt Nanny Sue vriendelijk, 'als je boodschappen moet doen, laat je dan niet door mij weerhouden. Ik ga met alle plezier winkelen, of wat je normaal ook maar zou doen.'

'Dit!' Ik probeer niet krampachtig te klinken. 'Dit is wat we normaal doen! Educatief spel! Eet iets, lieverd,' zeg ik tegen Minnie, en ik geef haar een tarwekoek uit de natuurwinkel. Ze kijkt er wantrouwig naar, likt eraan, gooit hem op de vloer en gilt: 'Muffin! Muffin Stárbucks!'

Mijn gezicht wordt vuurrood.

'Starbucks is... de naam van de kat van een vriendin,' improviseer ik wanhopig. 'En haar andere kat heet Muffin. Minnie is dol op dieren, hè, schat?'

'Heb je het nieuwe winkelcentrum gezien?' klinkt Petes montere stem vanaf de voorstoel. 'Het is eindelijk open!'

We staan in de rij voor de snelweg en opeens zie ik waar Pete naar wijst. Een gigantisch reclamebord met de tekst:

HEATHFIELD STAD!

LUXE OUTLETSHOPPING-CENTRUM

OPENING VANDAAG!

Wauw. Ze hebben het al een eeuwigheid over de opening van dat centrum. Mijn ogen glijden verder langs de tekst omlaag:

VANDAAG SPECIALE OPENINGSAANBIEDINGEN!

GRATIS CADEAU VOOR IEDEREEN!

VOLGENDE AFSLAG!

Een gratis cadeau voor iedereen?

Ik bedoel, het zal wel niets zijn om je over op te winden. Een minuscule geurkaars of één bonbon of zoiets. En die winkels stellen vast ook niet veel voor. Trouwens, ik ben niet eens geïnteresseerd in een nieuw winkelcentrum, want we gáán immers niet shoppen? We gaan educatieve dingen doen die de banden versterken.

'Moet je die wolken zien,' zeg ik tegen Minnie, en ik wijs door het raampje, me sterk bewust van Nanny Sues aanwezigheid. 'Weet je hoe wolken worden gemaakt, lieverd? Van, eh... van water.'

Heb ik het over waterdamp of over stoom?

'Burberry,' zegt Pete geboeid. 'Dat is pas kwaliteit. Mijn zwager haalt allemaal neppers uit Hong Kong, en hij zegt...'

Burberry? Ik kijk met een ruk opzij en zie weer een gigantisch reclamebord, nu met een lijst van alle merken die in het centrum worden verkocht.

Burberry. Matthew Williamson. Dolce&Gabbana. O, mijn god.

Anya Hindmarch. Temperley. Vivienne Westwood. *Alexander McQueen?* En allemaal afgeprijsd. Op een steenworp afstand?

De taxi kruipt weer vooruit en ik word panisch. Straks zijn we die afslag voorbij. Dan is het te laat.

Oké, laten we er goed over nadenken. Laten we rationeel blijven. Ik weet wel dat we naar Leatherhead zouden gaan om in een ballenbak te spartelen, maar weet je... Nanny Sue zei dat ze het niet erg vond om naar de winkels te gaan. Dat heeft ze letterlijk gezegd.

Niet dat ik iets voor mezelf zou kopen, natuurlijk. Ik hou me aan mijn belofte. Maar dit is een gloednieuw, hypermodern winkelcentrum met afbraakprijzen en gratis cadeaus. We kunnen het niet zomaar links laten liggen. Dat... deugt niet. Het is ondankbaar. Het druist tegen de natuurwetten in. En ik mag toch zeker wel dingen voor Minnie kopen? Je kind in de kleren steken is een van de taken van een moeder.

Ik kijk weer naar de lijst. Petit Bateau. Ralph Lauren Girls and Boys. Funky Baby. Urban Kid. Ik krijg geen lucht meer. Hier hoef ik niet over na te denken.

'Weet je, ik bedenk opeens dat ik nog sokken voor Minnie moet kopen,' zeg ik langs mijn neus weg. 'We zouden dus even naar dat nieuwe winkelcentrum kunnen gaan in plaats van naar het educatieve spelcentrum. Wat vind jij?'

Nanny Sue steekt haar handen op. 'Ik laat het helemaal aan jou over.'

'Dus, eh, Pete, wil je ons toch maar naar het nieuwe winkelcentrum brengen?' Ik zeg nog iets harder: 'Dank je wel!'

'Laat ik mijn kofferbak dan maar uitruimen, hè?' Hij kijkt grinnikend naar me om. 'Voor al je tassen.'

Ik glimlach zwakjes terug. Ik zeg later wel tegen Nanny Sue dat hij een raar soort humor heeft.

'Zo, dus je houdt wel van shoppen, Rebecca?' vraagt Nanny Sue vriendelijk.

Ik doe alsof ik er even over na moet denken.

'Niet dat ik ervan hóú,' zeg ik uiteindelijk. 'Zo zou ik het niet willen noemen. Ik bedoel, het moet gebeuren, hè? De voorraadkast aanvullen.' Ik haal spijtig mijn schouders op. 'Het is een noodzakelijk karweitje voor iedere verantwoordelijke moeder.'

We komen aan bij de hoofdingang, die kolossale glazen deuren heeft die uitkomen op een gigantisch atrium. Er staan palmbomen, een waterval klettert langs een stalen muur naar beneden en als we binnenkomen, zie ik in de verte de woorden VALENTINO en JIMMY CHOO al naar me fonkelen. De lucht ruikt naar kaneelgebak en stromende cappuccinoautomaten, vermengd met de geur van duur leer en exclusieve parfums en... nou ja, nieuwheid.

'Goed, waar moet je naartoe?' vraagt Nanny Sue om zich heen kijkend. 'Je moest toch sokken hebben?'

'Ik, eh...'

Ik kan niet meer helder denken. Mulberry is vlak voor me en ik heb een ongelooflijke tas in de etalage gezien. 'Eh...' Ik roep mezelf tot de orde. 'Ja. Sokken.'

Kindersokken. Níét van Valentino. Níét van Jimmy Choo. Níét van Mulberry, o, god, wat zou die tas kosten?

Ophouden. Niet kijken. Ik koop niets voor mezelf. Het komt niet eens in me op.

'Van míj! Popje hebben!' rukt Minnies stem me terug naar de werkelijkheid. Ze staat voor de winkel van Gucci en wijst naar een etalagepop.

'Dat is geen popje, lieverd, niet om mee te spelen! Kom mee.' Ik pak haar bij de hand en trek haar resoluut mee naar de plattegrond. 'We gaan sokken voor je kopen.'

We lopen naar de Kids' Zone, waar alle kinderwinkels bij elkaar zitten. De klanten worden begroet door een clown, er staan met speelgoed beladen kramen en het hele gebied doet feestelijk aan.

'Boek!' Minnie stevent rechtstreeks op een kraam af en pakt een groot, roze boek met elfjes voorop. 'Mijn boek.'

Ha! Ik kijk triomfantelijk naar Nanny Sue. Mijn dochter heeft het educatieve boek gekozen, niet het ordinaire plastic!

'Natuurlijk mag je een boek kopen, Minnie,' zeg ik luid. 'We trekken het van je zakgeld af.' Ik wend me tot Nanny Sue. 'Ik leer Minnie budgetteren. Ik schrijf precies op waar ze haar zakgeld aan uitgeeft.'

Ik pak mijn kleine grijze Smythson-notitieboekje met 'Minnies zakgeld' op de voorkant. (Ik heb het speciaal laten drukken. Het was wel duur, maar het is ook een investering in het financiële verantwoordelijkheidsgevoel van mijn dochter.)

'Man!' Minnie heeft nu ook een poppenkastpop gepakt. 'Man hebben! Van míj!'

'Eh…' Ik kijk weifelend naar de poppenkastpop. Hij ziet er lief uit, en we hebben nog geen poppenkastpoppen. 'Nou, vooruit dan maar. Maar wel van je zakgeld. Begrijp je dat, lieverd?' zeg ik superverstaanbaar. 'Je moet het van je zak-geld betalen.'

'Hemeltje!' zegt Nanny Sue op weg naar de kassa. 'Hoeveel zakgeld krijgt Minnie eigenlijk?'

'Een half pond per week,' zeg ik terwijl ik mijn portemonnee pak. 'Maar ze mag een voorschot nemen en dat later terugbetalen. Zo leert ze budgetteren.'

'Ik begrijp het niet,' dramt Nanny Sue door. 'In welke zin budgetteert ze dan?'

Nou ja. Ze is wel sloom voor een zogenaamde expert.

'Het komt allemaal in het bóék.' Ik noteer de prijs van het boek en de poppenkastpop, sla het notitieboekje dicht en lach stralend naar Minnie. 'Kom, we gaan sokken voor je uitzoeken, schatje.'

God, wat ben ik toch dol op Funky Kid. Ze veranderen elk seizoen de inrichting, en vandaag is het net een boerenschuur, met houten balken en balen nepstro. Ze hebben er fantastische kinderkleren, zoals gekke tricot vestjes met een capuchon en doorgestikte jasjes met applicaties. Ik vind schattige sokjes met kersen of bananen langs de bovenrand voor de helft van de prijs, £ 4,99 en stop van allebei een paar in mijn mandje.

'Zo,' zegt Nanny Sue kordaat. 'Gelukt. Zullen we naar de kassa gaan?'

Ik geef geen antwoord, want ik word afgeleid door een rek met overgooiertjes. Ik herinner ze me uit de catalogus. Ze zijn van mintgroen ladyroy met een witte bies in kruissteek. Ze zijn echt waanzinnig, en ze zijn zeventig procent afgeprijsd! Ik kijk snel, maar ze hebben ze niet meer voor kinderen van twee tot drie jaar oud. Die zijn natuurlijk al weggekaapt. Shit.

'Pardon?' vraag ik aan een passerende verkoopster. 'Hebt u deze nog in maat 92?' Ze trekt een grimas.

'Sorry, maar ik denk het niet. Ze vliegen weg.'

'Heeft Minnie een overgooier nodig?' vraagt Nanny Sue achter me.

Ik begin die Nanny Sue met haar onzinnige vragen een beetje zat te worden.

'Het is een koopje, voor die kwaliteit,' zeg ik zalvend. 'Ik vind altijd dat je als verantwoordelijke moeder op de koopjes moet letten, vind je ook niet, Nanny Sue? Ik denk zelfs...' Ik krijg een geniale inval. 'Ik denk zelfs dat ik maar vast voor volgend jaar insla.'

Ik pak een overgooier in maat 104. Perfect! Waarom heb ik daar niet eerder aan gedacht? Ik pak er ook nog een in het rood en zet dan koers naar een rek met lichtroze regenjasjes met bloemen op de capuchon. Ze zijn er niet in kleine maten, maar ik vind een maat 140. Ik bedoel, Minnie moet zo rond haar zevende toch ook een jas hebben?

En daar hangt een snoezig fluwelen jasje in maat 164 voor maar twintig pond, en het was honderdtwintig! Het zou ontzettend stom zijn om dat te laten hangen.

Ik vul mijn mandje met steeds meer kledingstukken. Ongelooflijk, wat heb ik een vooruitziende blik! Ik heb Minnies basisstukken voor de komende tien jaar al zo'n beetje binnen, spotgoedkoop! Ik hoef verder niets meer voor haar te kopen!

Ik reken af in een warme gloed van zelfvoldaanheid. Ik moet hónderden ponden hebben bespaard.

'Goh!' zegt Nanny Sue stomverbaasd wanneer ik drie immense tassen in ontvangst neem. 'Je hebt veel meer gekocht dan een paar sokken!'

'Gewoon vooruitdenken,' zeg ik op wijze, moederlijke toon. 'Kinderen groeien zo snel, daar moet je op voorbereid zijn. Zullen we ergens koffie gaan drinken?'

'Starbucks?' stelt Minnie prompt voor. Ze heeft me scherp in de gaten gehouden, en ze wilde die roze regenjas in maat 140 per se aan, al sleept hij over de vloer. 'Starbucks-muffin?'

'Ja, misschien moeten we naar zo'n ketenbedrijf.' Ik doe mijn best om spijtig te klinken. 'Misschien hebben ze hier geen klein biologisch koffietentje.'

Ik kijk op de kaart en vind het horecaplein, dat we alleen langs alle dure designerwinkels kunnen bereiken. Geen punt. Ik red het wel. Ik kijk gewoon niet in de etalages.

We beginnen te lopen en ik kijk strak voor me, naar die puntige metalen sculptuur die aan het plafond hangt. Het gaat goed. Het gaat prima. Ik ben er al aan gewénd om niet te shoppen. Ik mis het amper...

O, mijn god, die Burberry-jas met ruches van de catwalk. Daar, in de etalage. Ik vraag me af hoe duur...

'Gaat het wel?' zegt Nanny Sue opeens opmerkzaam. 'Rebecca, je bent toch niet ziek?'

'Welnee!' Mijn stem klinkt een beetje verstikt. Ik heb al zo lang niet meer geshopt. Ik voel een soort druk in me ontstaan; een soort borrelende wanhoop.

Maar ik mag er niet aan toegeven. Ik heb het aan Luke beloofd. Ik heb het beloofd.

Denk aan iets anders. Ja. Net als toen ik die zwangerschapscursus deed en ze zeiden dat je moet ademhalen om jezelf van de pijn af te leiden. Ik ga ademhalen om mezelf van het shoppen af te leiden.

Adem in... adem uit... adem in... O, mijn god, een Temperley-jurk.

Mijn benen weigeren dienst. Het is een wit met gouden Temperley-avondjurk in een winkel die Jurken Halve Prijs heet. Er zit ongelooflijk borduursel langs de halslijn en de rok golft naar beneden en het totaal lijkt zó van de rode loper te komen. En er hangt een bordje bij: VANDAAG 20% EXTRA KORTING.

Ik kijk door de ruit en mijn vingers omklemmen de winkeltassen. Ik mag die jurk niet kopen. Ik mag er niet eens naar kijken.

Maar op de een of andere manier... kan ik me ook niet bewegen. Mijn voeten hebben wortelgeschoten in de glanzende marmeren vloer.

'Rebecca?' Nanny Sue blijft ook staan. Ze kijkt naar de jurk en klakt afkeurend met haar tong. 'Die jurken zijn verschrikkelijk duur, hè? Zelfs in de uitverkoop.'

Is dat alles wat ze kan zeggen? Het is de mooiste jurk van de wereld voor een fractie van de prijs en als ik Luke die stómme belofte niet had gedaan…

O, mijn god. Ik weet de oplossing. Dit zou zelfs de oplossing voor veel dingen kunnen zijn.

'Minnie?' Ik kijk haar aan. 'Mijn lieve, dierbare kleine meisje.' Ik zak door mijn knieën en omvat haar gezicht teder met mijn handen. 'Schatje… wil jij een Temperley-jurk voor je eenentwintigste verjaardag?'

Minnie zegt niets terug, want ze begrijpt niet wat ik haar aanbied. Wie zou er geen Temperley-jurk willen voor haar eenentwintigste verjaardag? En tegen de tijd dat zij eenentwintig wordt, is het een zeldzaam vintage stuk! Wat zullen haar vriendinnen jaloers zijn! Ze zeggen vast: 'God, Minnie, had míjn moeder maar zo'n jurk voor me gekocht toen ik twee was.' De mensen zullen haar 'het meisje met de vintage Temperley-jurk' noemen.

En ik zou hem van haar kunnen lenen voor Lukes feest. Gewoon, om hem voor haar uit te proberen.

'Muffin?' vraagt Minnie hoopvol.

'Jurk,' zeg ik gedecideerd. 'Voor jóú, Minnie. Je verjaardagscadeautje!' Ik trek haar kordaat mee de winkel in, zonder notitie te nemen van Nanny Sues verbijsterde gezicht. Binnen tien seconden heb ik alles gezien en weet ik dat de Temperley-jurk het mooiste is wat ze hebben. Ik wíst wel dat het een koopje was.

'Hallo!' zeg ik ademloos tegen de verkoopster. 'Ik wil die Temperley-jurk, alsjeblieft. Althans… hij is voor mijn dochter. Ik koop hem een tijdje van tevoren,' voeg ik er met een lachje aan toe. 'Voor haar eenentwintigste verjaardag.'

De verkoopster kijkt van Minnie naar mij. Dan kijkt ze naar haar collega alsof ze hulp nodig heeft.

'Ik weet zeker dat ze later dezelfde maat krijgt als ik,' vervolg ik, 'dus ik kan hem voor haar passen. Vind je het geen mooie jurk, Minnie?'

'Niet jurk.' Ze fronst haar wenkbrauwen.

'Schatje, het is een Témperley.' Ik hou haar de jurk voor. 'Die zal je beeldig staan! Ooit.'

'Niet jurk!' Minnie rent naar de andere kant van de winkel en klautert in een open la.

'Minnie!' roep ik. 'Kom eruit! Sorry,' vervolg ik over mijn schouder naar de verkoopster.

'Muffin!' gilt ze terwijl ik haar uit de la probeer te trekken. 'Wil muffin!'

'Je krijgt een muffin nadat we die jurk hebben gekocht,' zeg ik sussend. 'Het is zo gepiept...'

'Niet jurk!' Ze wurmt zich op de een of andere manier uit mijn greep en dribbelt naar de etalage. 'Popje! Mijn popje!'

Nu grijpt ze een blote etalagepop.

'Minnie, wil je daarmee ophouden, lieverd?' Ik probeer niet zo overstuur te klinken als ik me voel. 'Kom terug!'

'Popje hebben!' Ze sleept de hele etalagepop van de verhoging de winkel in. Hij valt kletterend op de vloer en ze slaat haar armen eromheen. 'Van míj!'

'Laat los, Minnie,' zeg ik. 'Dat is geen popje. Ze denkt dat het een pop is,' wend ik me tot de verkoopster, en ik probeer zorgeloos te lachen. 'Zijn kinderen niet kostelijk?'

De verkoopster lacht niet mee. Ze glimlacht niet eens.

'Wilt u zorgen dat ze die pop loslaat, alstublieft?' zegt ze.

'Natuurlijk! Sorry...' Met een rood gezicht trek ik uit alle macht aan Minnie, maar ze klampt zich aan de pop vast alsof haar leven ervan afhangt.

'Kom op, Minnie.' Ik doe mijn best om haar op een relaxte manier over te halen. 'Kom op, lieverd. Loslaten.'

'Néé!' krijst ze. 'Popje hébben!'

'Wat is hier gaande?' zegt een bitse stem achter me. 'Wat doet dat kind? Wil iemand haar alsjeblieft in bedwang houden?'

Mijn maag verkrampt. Ik ken die dreinerige, giftige stem. Ik draai me als door een wesp gestoken om – en ja hoor, daar staat de elf die ons uit de kerststal heeft verbannen. Ze heeft nog steeds paarse nagels en een bespottelijk nepbruin decolleté, maar ze draagt nu een zwart pak met een badge waarop ASSISTENT-BEDRIJFS-LEIDER staat.

'U weer!' Ze knijpt haar ogen tot spleetjes.

'Hé, hallo,' zeg ik nerveus. 'Leuk je weer te zien. Alles goed met de Kerstman?'

'Wilt u uw kind daar alstublieft weghalen?' zegt ze met klem.

'Eh… oké. Geen punt.'

Ik kijk naar Minnie, die zich nog steeds aan de pop vastklampt alsof het een reddingsboei is. Ik kan haar alleen los krijgen door elk vingertje afzonderlijk van de pop te pellen. Ik heb tien handen nodig.

'Zouden we… die pop misschien kunnen kopen?'

Zodra ik het gezicht van de nepbruine elf zie, heb ik spijt van mijn vraag.

'Kom op, Minnie. Loslaten.' Ik probeer kordaat en monter te klinken, als een moeder in een wasmiddelreclame. 'Zeg maar dag, popje!'

'Néééé!' Ze klemt zich nog steviger vast.

'Laat los!' Ik slaag er met uiterste krachtsinspanning in één hand los te wrikken, maar ze omklemt de pop meteen weer.

'Van míj!'

'Haal je dochter van die pop af!' snauwt de elf. 'Er komen klanten binnen. Haal haar daar weg!'

'Ik doe mijn best,' zeg ik wanhopig. 'Minnie, ik koop wel een popje voor je. Ik koop wel twéé popjes voor je!'

Een groep meiden met tassen is blijven staan om naar ons te kijken, en er begint er een te giechelen.

'Minnie, je krijgt een Stoute Strik!' Ik ben helemaal warm en over mijn toeren. 'En je moet op het Stoute Plekje zitten! En je krijgt nooit meer iets lekkers! En de Kerstman verhuist naar Mars, en de Tandenfee ook…' Ik wil haar bij haar voeten pakken, maar ze schopt tegen mijn scheen. 'Au! Minnie!'

'Popje!' blèrt ze.

'Weet je wat?' barst de elf opeens woest uit. 'Neem die pop maar mee. Vertrek gewoon met die rotpop!'

'Echt?' Ik gaap haar verwilderd aan.

'Ja! Je doet maar! Als je maar weggaat! Wég!'

Minnie ligt nog languit op de pop, die ze uit alle macht omklemt. Ik pak hem met twee handen beet en trek hem tussen mijn benen mee alsof het een lijk is. Op de een of andere manier slaag ik erin hem hijgend van inspanning naar buiten te slepen, en dan laat ik hem los en kijk op.

Nanny Sue is met ons mee naar buiten gelopen met mijn drie winkeltassen. Nu kijkt ze zwijgend naar Minnie en mij, met een ondoorgrondelijke uitdrukking op haar gezicht.

Opeens lijkt het alsof ik uit een trance ontwaak. Opeens zie ik alles wat er daarnet is gebeurd door de ogen van Nanny Sue. Ik slik een paar keer en probeer een luchtige opmerking te bedenken in de trant van 'tja, kinderen, hè?' maar er wil me niets te binnen schieten en bovendien is mijn mond kurkdroog van de zenuwen. Hoe heb ik dit kunnen laten gebeuren? In de tv-serie is nog nooit iemand een winkel uit gegooid. Ik ben erger dan al die gezinnen met koelkasten in de tuin.

Wat zal ze in haar evaluatie schrijven? Wat gaat ze aan Luke vertellen? Wat zou ze aanbevelen?

'Ben je klaar met shoppen?' vraagt ze kalm en vriendelijk, alsof we niet door iedereen worden aangestaard.

Ik knik zwijgend. Mijn gezicht gloeit.

'Minnie,' zegt Nanny Sue. 'Ik ben bang dat je dat arme popje pijn doet. Zullen we haar nu loslaten en iets lekkers voor je kopen? We kunnen popje ook iets geven.'

Minnie draait haar hoofd, kijkt even wantrouwig naar Nanny Sue – en klimt van de etalagepop af.

'Goed zo,' zegt Nanny Sue. 'We laten popje hier, want hier woont ze.' Ze tilt de pop rechtop en zet hem tegen de deur. 'Dan gaan we nu iets te drinken voor je zoeken. Zeg maar: "Ja, Nanny Sue."'

'Ja Neddie Sjoe,' papegaait Minnie gedwee.

Hè? Hoe krijgt ze dat voor elkaar?

'Rebecca, ga je mee?'

Op de een of andere manier lukt het me mijn ene been voor het andere te zetten en mee te lopen. Nanny Sue praat, maar ik versta er geen woord van. Ik ben te misselijk van angst. Ze gaat in haar verslag schrijven dat Minnie een speciale behandeling in een opvoedingskamp moet ondergaan. Ik weet het zeker. En Luke doet alles wat ze zegt. Wat moet ik nu beginnen?

Die avond om negen uur ijsbeer ik volslagen van streek door het huis in afwachting van Luke.

Dit is het ergste moment van ons huwelijk. Met afstand. Want als het erop aankomt, zal ik gedwongen zijn een veilig onderkomen te zoeken met Minnie. Dan kan ik Luke nooit meer zien, ik moet onze namen veranderen en vergetelheid zoeken in alcohol en drugs.

Nou ja. In het ergste geval.

Ik hoor zijn sleutel in de deur en verstijf.

'Becky?' Hij loopt naar de keuken. 'Ik dacht dat je me zou bellen! Hoe ging het?'

'Goed! We hebben geshopt en, eh... koffiegedronken.' Ik klink ontzettend gekunsteld en houterig, maar Luke lijkt het niet te merken, waaruit maar weer eens blijkt hoe weinig opmerkzaam hij is.

'En, wat vond ze van Minnie?'

'Niet zo gek veel. Je weet wel. Ik neem aan dat ze dat later gaat zeggen. Wanneer ze haar conclusies heeft getrokken.'

'Hm.' Luke knikt en trekt zijn das los. Hij loopt naar de koelkast, maar blijft bij de tafel staan. 'Je BlackBerry knippert.'

'O, echt waar?' zeg ik zogenaamd verbaasd. 'Goh, dan heb ik zeker een bericht! Wil jij het afluisteren? Ik ben zó moe.'

'Als je wilt.' Luke kijkt me bevreemd aan, pakt de BlackBerry en belt de voicemail terwijl hij een flesje bier uit de koelkast pakt.

'Zij is het.' Hij kijkt op, plotseling waakzaam. 'Het is Nanny Sue.'

'Echt?' Ik probeer stomverbaasd te klinken. 'Nou... zet haar op de luidspreker!'

Het vertrouwde brouwende accent vult de keuken en we luisteren allebei roerloos.

'... volledige verslag later, maar ik moest gewoon even kwijt dat Minnie een betoverend kind is. Het was me een genoegen om bij haar en uw vrouw te zijn. Becky is een weergaloze moeder en ik kan absoluut geen problemen in het gezin constateren. Goed gedaan! Tot ziens.'

'Wauw!' roep ik uit. 'Ongelooflijk, hè? Nu kunnen we dit achter ons laten en verdergaan met ons leven.'

Luke heeft nog geen vin verroerd. Nu draait hij zich om en kijkt me lang en indringend aan.

266

'Becky.'

'Ja?' Ik glimlach nerveus naar hem.

'Was dat toevallig Janice die met een accent praatte?'

Wát? Hoe komt hij erbij?

Ik bedoel, oké, het was Janice, maar ze had haar stem perfect vermomd. Ik was echt onder de indruk.

'Nee!' zeg ik uit het lood geslagen. 'Het was Nanny Sue, en ik vind het beledigend dat je zoiets vraagt.'

'Goed. Nou, ik zal haar even bellen om erover te praten.' Hij pakt zijn eigen BlackBerry.

'Nee, niet doen!' piep ik.

Waarom is hij zo achterdochtig? Het is een grote karakterfout. Dat zal ik hem zeggen ook, een dezer dagen.

'Dan stoor je haar,' improviseer ik. 'Het is asociaal om zo laat nog te bellen.'

'Is dat je enige zorg?' Hij trekt zijn wenkbrauwen op. 'Asociaal gedrag?'

'Ja!' zeg ik opstandig. 'Natuurlijk.'

'Nou, dan stuur ik haar een mailtje.'

O, god. Dit gaat niet volgens plan. Ik dacht in elk geval wat tijd te winnen.

'Oké, al goed! Het was Janice!' zeg ik wanhopig als Luke begint te bellen. 'Maar ik had geen keus! Luke, het was verschrikkelijk. Het was een fiasco. Minnie is uit een winkel gezet omdat ze een etalagepop had gestolen en Nanny Sue zei helemaal niets, ze kéék alleen maar zo, en ik weet al wat ze gaat aanbevelen, maar ik kan Minnie niet naar een opvoedingskamp in Utah sturen, dat kan ik gewoon niet. En als je me wilt dwingen, vraag ik een contactverbod aan en dan moeten we naar de rechter en wordt het net *Kramer vs. Kramer* en dan raakt ze voor het leven getekend en dat is dan allemaal jouw schuld!'

De tranen stromen als uit het niets over mijn wangen.

'Wat?' Luke kijkt me verbijsterd aan. 'Utah?'

'Of Arizona. Of weet ik veel. Ik kan het niet, Luke.' Ik wrijf in mijn ogen en voel me precies Meryl Streep. 'Dat mag je niet van me vragen.'

'Dat vráág ik ook niet van je! Jezus.' Hij lijkt helemaal overdonderd. 'Wie heeft er in godsnaam iets over Utah gezegd?'

'Ik, eh...' Ik weet het niet meer, maar het moet íémand geweest zijn.

'Ik heb die vrouw in de arm genomen omdat ik dacht dat ze ons wat opvoedingsadviezen kon geven. Als we er wat aan hebben, mag ze blijven, en anders niet.'

Luke zegt het zo achteloos dat ik met mijn ogen sta te knipperen van verbazing.

Hij heeft dat tv-programma nooit gezien, bedenk ik dan opeens. Hij weet niet hoe Nanny Sue in je leven komt en alles overhoophaalt en dat jij uiteindelijk op haar schouder uithuilt.

'Ik geloof in luisteren naar deskundigen,' zegt Luke bedaard. 'Nu ze Minnie heeft gezien, moeten we horen wat ze ons adviseert, maar daar blijft het bij, afgesproken?'

Hoe kan hij een situatie die op een groot, verward spinnenweb lijkt terugbrengen tot een enkele draad? Hoe doet hij dat toch?

'Ik kan Minnie niet wegsturen.' Mijn stem beeft nog na. 'Je zult ons van elkaar moeten wríkken.'

'Becky, er wordt niet gewrikt,' zegt Luke geduldig. 'We vragen Nanny Sue wat we kunnen doen zonder Minnie weg te sturen. Oké? Drama voorbij?'

Ik voel me op het verkeerde been gezet. Eerlijk gezegd was ik helemaal klaar voor nog wat méér drama.

'Oké,' zeg ik uiteindelijk.

Luke wipt de dop van zijn bier en grinnikt naar me. Dan fronst hij verbaasd zijn voorhoofd. 'Wat is dit?' Hij trekt een plaatskaartje van de bodem van de fles. 'HARTELIJK GEFELICITEERD, MIKE. Wie is Mike?'

Shit. Hoe is dat daar terechtgekomen?

'Geen idee!' Ik pak het kaartje van hem af en maak er snel een prop van. 'Bizar. Dat moet in de winkel gebeurd zijn. Zullen we, eh... tv-kijken?'

Nu we het huis voor onszelf hebben, hoeven we niet meer de hele tijd naar het snookeren te kijken. Of naar waargebeurde misdaden. Of documentaires over de Koude Oorlog. We kruipen tegen elkaar aan op de bank, de gasvlammen flakkeren erop los en Luke zit te zappen. Opeens kijkt hij me aan.

'Becky… je gelooft toch niet echt dat ik Minnie ooit weg zou sturen? Ik bedoel, denk je dat ik zo'n soort vader ben?'

Hij ziet er bezorgd uit en opeens voel ik me een beetje schuldig. Eerlijk gezegd dacht ik dat, ja.

'Eh…' Voordat ik meer kan zeggen, gaat mijn BlackBerry. 'Dat is Suze,' zeg ik gespannen. 'Laat ik dit maar…' Ik loop snel de kamer uit en haal diep adem. 'Hallo, Suze?'

Ik heb Suze een paar sms'jes gestuurd sinds onze miniruzie, maar we hebben elkaar niet meer gesproken. Zou ze nog boos op me zijn? Durf ik over de spritsen te beginnen?

'Heb je *Style Central* gezien?' knalt haar stem over de lijn. Daar had ik niet op gerekend. 'Heb je het gezien? Een fietskoerier is hem net komen brengen. Ik geloofde mijn ogen niet.'

'Wat? O, het interview met Tarkie, bedoel je? Ziet het er goed uit? Danny zei dat Tarkie heel experimenteel was…'

'Experimenteel? Noemt hij dat zo? Boeiende woordkeuze. Ik had iets toepasselijkers kunnen verzinnen.'

Suzes stem heeft een rare, sarcastische ondertoon. Wat is er aan de hand? Suze is nooit sarcastisch.

'Suze… gaat het wel?' vraag ik nerveus.

'Nee, het gaat niet! Ik had Tarkie nooit zonder mij naar die fotoreportage moeten laten gaan. Ik had Danny nooit moeten vertrouwen. Wat bezielde me? Waar waren Tarkies adviseurs? Wie heeft die fotoreportage geredigeerd? Want wie het ook was, ik doe hem een proces aan…'

'Suze!' probeer ik haar woordenvloed in te dammen. 'Zeg op. Wat is er?'

'Ze hebben Tarkie leren sm-kleren aangetrokken!' barst ze uit. 'Dát is er! Hij lijkt wel een homomodel!'

O, god. Tarkie kan er best… metroseksueel uitzien. En Suze is daar overgevoelig voor.

'Kom op, Suze,' zeg ik sussend. 'Hij ziet er vast niet homo uit…'

'O, jawel! En ze hebben het met opzet gedaan! Ze reppen er met geen woord over dat hij getrouwd is en kinderen heeft! Het gaat allemaal over die sexy lord Tarquin met zijn "afgetrainde borstspie-ren" en "wat zou er onder zijn kilt zitten?" En ze hebben allemaal suggestieve rekwisieten gebruikt…' Ik hoor haar zo ongeveer hui-veren. 'Ik vermoord Danny. Ik vermoord hem!'

Ze moet overdrijven. Anderzijds kan Suze vechten als een leeu-win voor haar dierbaren.

'Het is vast niet zo erg als je denkt…' begin ik.

'O, denk je dat?' roept ze woedend. 'Nou, wacht maar tot je het ziet. En ik snap niet waarom je voor hem opkomt, Bex. Hij heeft jou ook verraden.'

Ik geloof dat Suze lichtelijk krankzinnig is geworden. Hoe zou Danny mij in vredesnaam kunnen verraden in een interview over zijn nieuwe collectie?

'Oké, Suze,' zeg ik geduldig. 'Hoe heeft Danny me dan verraden?'

'Lukes feest. Hij heeft zijn mond voorbijgepraat.'

Ik ben nog nooit zo snel de trap op gestormd. Binnen een halve minuut zit ik achter mijn laptop koortsachtig op de website van *Style Central* te zoeken. En daar staat het, vlak onder een stemmige zwart-witfoto van Tarkie die houthakt in een strak wit T-shirtje en een bijna obsceen laag hangende kilt (hij heeft een mooi wasbordje, Tarkie. Dat was me nooit opgevallen).

'Kovitz is bezig met het lanceren van een meubellijn en een life-stylewebsite,' lees ik. 'Heeft deze modewervelwind ook nog wel eens vrije tijd? "Ja hoor," zegt Kovitz lachend. "Ik hou van feesten. Ik ga een paar weken naar Goa en daarna kom ik terug voor een surpriseparty. Voor Luke Brandon, toevallig de man van Rebecca Brandon, de vrouw die deze hele samenwerking op stapel heeft ge-zet." Zo is de modecirkel weer rond.'

Ik lees het drie keer, en elke keer wordt mijn ademhaling jachtiger. Ik vermoord Danny. Ik vermóórd hem.

Van: Becky Brandon
Onderwerp: DRINGENDE BOODSCHAP!!!
Datum: 13 maart 2006
Aan: Abonnees@stylecentral-magazine.com

Beste lezers van *Style Central*,

Tijdens het lezen van het nieuwste nummer van *Style Central* zou u kunnen zijn opgevallen dat Danny Kovitz een opmerking maakt over een surpriseparty voor mijn man, Luke Brandon.

Mag ik u alstublieft uit de grond van mijn hart vragen dit te VERGETEN en UIT UW HOOFD TE ZETTEN? Mocht u mijn man kennen, zeg er dan alstublieft niets over. Het moet een VERRASSING zijn.

Het zou nog beter zijn als u de pagina zou willen uitscheuren en vernietigen.

Mijn oprechte dank,

Rebecca Brandon (geboren Bloomwood)

Mensen die van feest weten

Ik
Suze
Tarquin
Danny
Jess
Tom
Mam
Pap
Janice
Martin
Bonnie
Die drie vrouwen aan de tafel naast de onze die zaten mee te luisteren
Gary
De loodgieter van Janice
Rupert en Jamie van The Service
De marketingmanagers van Bollinger, Dom Perignon, Bacardi, Veuve
    Cliquot, Party Time Beverages, Jacob's Creek, Kentish English Sparkling
    Wine
Cliff van de feesttent
Manicure (ik was zo gestrest dat ik met iémand moest praten, en ze
    heeft beloofd het geheim te houden)
165 genode gasten (los van de mensen van Brandon C)
500 lezers van Style Central

Totaal: 692
O, god.

16

Waarom moest hij dat nou vertellen? Waaróm?

En Suze heeft gelijk, een van die foto's van Tarkie kan echt niet door de beugel.

Ik heb wel twintig berichten op Danny's mobieltje ingesproken, steeds woedender, en gisteravond heeft hij eindelijk teruggebeld, net toen ik Minnie in bad deed, en een boodschap ingesproken om zichzelf te verdedigen. Hij heeft wel lef.

'Becky, oké, moet je horen. Die gast is buiten zijn boekje gegaan. Ik had het hem in vertrouwen verteld! We zaten gewoon wat te kletsen na het interview! Trouwens, wat doet het ertoe? Geen mens leest *Style Central*. In elk geval niemand die Luke kent.'

Toegegeven, dat is waar. En dat is het enige wat me troost biedt: *Style Central* heeft maar een stuk of vijfhonderd lezers. Ik bedoel, die zijn wel allemaal heel cool en belangrijk en ze hebben veel invloed op het gebied van mode en design, maar waar het om gaat, is dat ze Luke niet kennen.

De ochtend nadat Suze had gebeld, heb ik meteen de hoofdredacteur gebeld en hem gesmeekt me contact te laten opnemen met alle abonnees, en uiteindelijk heeft hij toegezegd een e-mail door te sturen waarin ik iedereen vraag niets te zeggen. We zijn nu twee weken verder en er lijkt nog niets te zijn uitgelekt. Ik denk dat ik de uitbraak een halt heb toegeroepen, maar ik kan me nog steeds niet ontspannen.

Eigenlijk ben ik helemaal uit mijn doen. Ik slaap niet goed en mijn haar zit afgrijselijk. In zekere zin heb ik het feest nu beter onder controle, want ik heb alles gehuurd waar ik nog niet aan had gedacht, zoals verwarming, wc's en vloeren, maar het is allemaal zo dúúr. Al mijn creditcards zitten aan de limiet en het begint griezelig te worden. Ik had gisteren een heel akelig gesprek met de dame van de chemische toiletten (ik moet voorzichtiger zijn met het opnemen van de telefoon) die wilde weten waar mijn voorschot bleef en helemaal niet meeleefde toen ik zei dat ik net een nood-wortelkanaalbehandeling had ondergaan.

Ik besefte gewoon niet… Ik bedoel, ik had er niet bij stilgestaan…

Afijn. Vandaag is de grote dag. Ik schrijd daar naar binnen in mijn chicste aankomend-directielidpak en op moordhakken. Trevor is terug van vakantie en ik heb om elf uur een afspraak met hem. En ik ga hem om het 'werknemer van het jaar'-geld en opslag vragen. Met ingang van nu.

Ik kom best zenuwachtig op mijn werk aan. Ik heb nog nooit opslag gevraagd, al zegt Luke altijd dat het doodnormaal en gepast is. Hij zegt dat hij respect heeft voor mensen die weten wat ze waard zijn. Nou, ik geloof dat ik precies 7.200 pond meer waard ben dan ik nu verdien (zoveel heb ik nodig voor het feest, heb ik uitgerekend. Misschien vraag ik acht, voor de zekerheid).

Ik ga geen scène schoppen. Ik blijf gewoon vasthoudend en ter zake. Ik zeg: 'Trevor, ik heb de markt gepeild, en ik heb berekend dat een personal shopper van mijn kaliber achtduizend pond méér waard is. Zou je me dat vandaag alvast kunnen uitbetalen?'

Of eigenlijk… Laten we er tienduizend van maken. Dat is een mooi rond bedrag.

En wat is tienduizend pond in het grote geheel der dingen? The Look is een gigantisch warenhuis met een fantastische omzet en ze kunnen zich makkelijk tienduizend pond veroorloven voor een gewaardeerd werknemer en potentieel directielid. Ik bedoel, Elinor had in een minuut of vijf veel meer dan tienduizend pond uitgegeven op mijn afdeling. Wat ik zou kunnen laten vallen als het penibel wordt.

Terwijl ik op de roltrap sta, zoemt mijn BlackBerry dat ik twee nieuwe mailtjes heb. Het verlichtingsbedrijf en de beveiligingsfirma hebben eindelijk iets van zich laten horen. Ik lees de offertes een voor een – en als ik daarmee klaar ben, sta ik zo wankel op mijn benen dat ik bovenaan bijna van de roltrap kukel. Ze willen allebei een bedrag met drie nullen dat met een vier begint, en een voorschot van de helft, onmiddellijk te betalen omdat ik zo lang heb gewacht met boeken.

Goed, laten we het even uitrekenen. In totaal moet ik nu...

Oké. Geen paniek. Het is zo simpel als wat. Om dit feest te laten slagen, heb ik... vijftien mille nodig.

Vijftien mille? Ga ik mijn baas echt om vijftienduizend pond vragen? Met een stalen gezicht?

Ik wil hysterisch lachen, of nog liever weglopen, maar dat kan niet. Ik heb geen keus. Ik moet mijn poot stijf houden. Ik moet gelóven dat ik vijftienduizend pond meer waard ben. Ja. Dat ben ik.

Op onze afdeling aangekomen duik ik in een paskamer, sluit hem af, haal drie keer diep adem en kijk naar mezelf in de spiegel.

'Trevor,' zeg ik zo zelfverzekerd mogelijk, 'ik heb de markt gepeild, en volgens mijn berekening is een personal shopper van mijn kaliber vijftienduizend pond meer waard dan ik nu verdien. Zo mogelijk wil ik dat bedrag vandaag ontvangen. Contant of op mijn rekening.'

Het ging best goed. Afgezien van die beverige stem. En het naar adem snakken toen ik bij vijftienduizend kwam.

Misschien moet ik eerst tienduizend vragen, en dan, net als hij de cheque wil uitschrijven, gauw zeggen: 'Of nee, ik bedoelde vijftienduizend.'

Nee. Slecht idee.

Mijn maag keert zich bijna om. Nu zou ik graag 'mensen' willen hebben, net als Danny. Hij hoeft nooit iemand om geld te vragen, sterker nog, hij gedraagt zich alsof het niet eens bestaat.

'Becky?' Jasmine klopt op de deur. 'Je klant is er.'

Oké. Ik zal moeten improviseren. Of hopen dat iemand me een echt ontzettend dikke fooi geeft.

Een pluspuntje is wel dat het die ochtend goed loopt. Wanneer ik om halfelf koffie ga halen, zitten we vol. Jasmine en ik hebben allebei een-op-eenafspraken en er komen ook nog klanten zonder afspraak binnen. We gunnen onze vaste klanten altijd de mooie paskamers, ook als ze geen afspraak hebben gemaakt. We hebben een hoekje met een cappuccinoapparaat, banken en schalen met snoep om je lekker te voelen. Ik heb zelfs een paar klanten die hier regelmatig een afspraak maken om bij te kletsen in plaats van in een café.

Ik kijk om me heen, hoor de vertrouwde geluiden van hangers, ritsen, geklets en gelach en moet wel trots op mezelf zijn. De rest van de winkel mag het dan moeilijk hebben, op mijn afdeling is het warm, blij en bedrijvig.

Jasmine pakt een lading Paul Smith-blouses in, slaat ze op de kassa aan en kijkt met opgetrokken wenkbrauwen naar mij.

'Kijk eens wat ik van internet heb geplukt?' Ze haalt een plastic hes tevoorschijn met de opdruk OFFICESUPPLIES.COM. 'Die draag ik als ik kleren ga bezorgen. Geen mens valt me lastig.'

'Wauw,' zeg ik vol ontzag. 'Heel grondig van je.'

'Mijn bezorgnaam is Gwen,' zegt ze knikkend. 'Ik heb een hele, tweede persoonlijkheid gecreëerd. Gwen rookt niet, en ze is Vissen.'

'Eh... super!' Soms vraag ik me af of Jasmine niet te ver gaat met ons geheimzinnige gedoe. 'Hé, Louise!'

Jasmines klant is bij de kassa aangekomen. Het is Louise Sullivan, die drie kinderen en haar eigen online-delicatessenwinkel heeft en altijd loopt te stressen of ze haar buikje nu wel of niet zal laten weghalen, wat bespottelijk is. Ze ziet er fantastisch uit. Het is niet háár schuld dat haar man geen greintje tact heeft en graag harde grappen maakt.

'Neem je de kleren mee of moeten ze discreet worden bezorgd?' zegt Jasmine terwijl ze Louises creditcard door de machine haalt.

'Ik kan wel één tas meenemen, denk ik,' zegt Louise, en ze bijt op haar onderlip. 'Maar meer ook niet.'

'Geen punt.' Jasmine knikt zakelijk. 'Dus... zullen we de rest afgeven in een kopieerpapierdoos?'

'Nou...' Louise steekt een hand in haar boodschappentas. 'Ik heb dit bij me.' Het is een doos waarop LIGURIA OLIJFOLIE is gestempeld.

'Móói.' Ik zie dat Jasmine met respect naar Louise kijkt. 'Dan wordt het de olijfolie.' Ze neemt de doos aan. 'Morgenavond?'

'Wie van jullie is Becky?' vraagt een mannenstem, en we schrikken alle drie. Er komen niet vaak mannen op deze verdieping, maar nu beent er een man met een vlezig gezicht en een leren jack naar ons toe. Hij heeft een doos bij zich waar KOPIEERPAPIER op staat en hij kijkt kwaad.

Ik krijg een angstig vermoeden. Ik hoop maar dat hij echt kopieerpapier komt brengen.

'Ik!' zeg ik vrolijk terwijl Jasmine de olijfoliedoos onder de toonbank verstopt en Louise zich snel uit de voeten maakt. 'Kan ik iets voor u doen?'

'Wat moet dit voorstellen, verdomme?' Hij zwaait dreigend met de doos naar me. 'Wat is dit?'

'Eh... een doos? Wilt u een afspraak met een personal shopper maken, meneer?' vervolg ik snel. 'De afdeling mannenkleding zit eigenlijk op de eerste verdieping...'

'Ik hoef geen kleren,' zegt hij onheilspellend. 'Ik wil antwoord.'

Hij zet de doos hard op de toonbank en maakt hem open. Jasmine en ik kijken elkaar veelbetekenend aan. Het is de Preenjurk die ik vorige week aan Ariane Raynor heb verkocht. O, god, dit moet Arianes man zijn. Hij zou vroeger popster zijn geweest, maar hij heeft al jaren geen hit meer gehad. Die man die heeft geprobeerd de au pair te versieren en zijn schaamhaar bijwerkt terwijl hij naar *Desperate Housewives* kijkt (we kletsen heel wat af, Ariane en ik).

'"Discreet shoppen."' Hij haalt een vel papier uit zijn zak en citeert op sarcastische toon: '"De kleren worden bezorgd in een kartonnen doos met het opschrift KOPIEERPAPIER of MAANDVERBAND."'

Shit.

'Ze is aan het shoppen geweest, hè?' Hij smijt het vel op de toonbank en geeft er een dreun op. 'Hoeveel heeft ze uitgegeven?'

Mijn BlackBerry piept dat ik een sms heb en ik zie Jasmine kijken. Ik klik het bericht stiekem aan en zie dat het van haar komt.

Ariane is hier om iets te laten vermaken!!! Terwijl jij met Victoria bezig was, heb ik haar in paskamer 3 gezet. Moet ik haar waarschuwen?

Ik knik onopvallend naar Jasmine en wend me weer tot de man van Ariane.

'Meneer...'

'Raynor.'

'Meneer Raynor, daar kan ik helaas niets over zeggen,' zeg ik gladjes. 'Ik moet de privacy van mijn cliënten respecteren. Misschien kunt u een andere keer terugkomen?'

'Jasmine?' klikt Arianes markante stem uit een van de paskamers. 'Kun je even naar die zoom kijken? Ik geloof namelijk niet…' Het geluid wordt abrupt afgebroken, alsof iemand haar smoort, maar het is te laat. Ik zie de herkenning op het gezicht van haar man.

'Is dat Ariane?' Er trekt verbijstering over zijn gezicht. 'Is ze nou wéér aan het shoppen?'

Nee, pummel, zou ik willen zeggen, ze laat iets vermaken aan een jurk van twee jaar geleden. En trouwens, hoe zit het met die Bang & Olufsen-installatie in je tweede huis die je zo nodig moest vervangen? Dat kost triljoenen meer dan zo'n jurk.

In plaats daarvan glimlach ik poeslief en zeg: 'De afspraken met onze cliënten zijn vertrouwelijk. Goed, als dat alles was…'

'Nee!' Hij verheft zijn stem tot een geblaf. 'Ariane, hier komen, nu!'

'Meneer, wilt u hier alstublieft niet schreeuwen,' zeg ik kalm terwijl ik mijn telefoon pak en naar Jasmine sms: **Arianes man woest. Laat haar door personeelsuitgang vertrekken.**

'Ariane, ik heb je wel gehoord!' roept hij dreigend. 'Ik weet dat je tegen me hebt gelogen!' Hij loopt naar de paskamers, maar ik versper hem de weg.

'Ik kan u hier niet binnenlaten,' zeg ik met een glimlach. 'Op de afdeling personal shopping worden alleen cliënten toegelaten. Ik reken op uw begrip.'

'Begrip?' Nu richt hij zijn toorn op mij. 'Ik zal je eens zeggen wat ik begrijp. Jullie zitten allemaal in het complot, stelletje heksen. Kopieerpapier, verdomme.' Hij slaat met zijn vuist op de doos. 'Ze zouden jullie achter tralies moeten zetten.'

Ik krimp onwillekeurig in elkaar. Ik zie zijn bloeddoorlopen blauwe ogen en vraag me af of hij heeft gedronken.

'Het is gewoon een discrete verpakkingsoptie,' zeg ik zo bedaard mogelijk. 'Niet iedere vrouw wil in deze tijd te koop lopen met dure merken.'

'Vast niet.' Hij kijkt me vals aan. 'En al helemaal niet als haar man het kan zien. Is dit een spelletje "wie kan haar vent het beste plukken"?'

Ik snak naar adem, zo verontwaardigd ben ik.

'De meeste cliënten hebben toevallig hun eigen inkomen,' zeg ik krampachtig beleefd. 'En me dunkt dat ze zelf mogen weten waar ze het aan besteden, toch? Ik geloof dat Arianes meubelzaak goed draait, is het niet?'

Ik moet hem wel een beetje stangen. Ik weet dat hij zich bedreigd voelt door Arianes succes. Dat zegt ze elke keer wanneer ik haar zie. En dan zegt ze dat ze bij hem weg wil. En tegen het eind van de afspraak moet ze huilen en zegt ze dat ze zoveel van hem houdt.

Echt, shoppen is beter dan therapie, altijd. Het kost hetzelfde en je houdt er een jurk aan over.

'Ariane!' Hij wil zich langs me heen wringen.

'Niet doen!' Ik pak zijn arm en zeg nu echt razend: 'Ik zeg toch dat er alleen cliënten worden toegelaten…'

'Uit de weg!' Hij duwt mijn arm opzij alsof ik een pop ben.

Oké. Nu wordt het een principekwestie. Geen mens banjert langs me heen naar míjn afdeling.

'Nee! U gaat daar niet heen!' Ik pak hem bij de schouders, maar hij is te sterk. 'Jasmine!' roep ik al worstelend. 'Breng de klanten in veiligheid!'

'Laat me erlangs, verdomme!'

'Deze afdeling is privé…' Ik hijg van inspanning.

'Wat is hier in hemelsnaam aan de hand?' schalt een diepe stem achter me, en mijn greep verslapt. Ik draai me om, maar ik weet al dat het Trevor is. Gavin, die achter hem staat, gnuift alsof hij naar een soort striptease kijkt. Trevor kijkt me aan met een strenge 'hier moet wel een heel goede reden voor zijn'-blik en ik haal mijn schouders op om over te brengen dat die goede reden er inderdaad is.

Trevor wendt zich tot meneer Raynor en ik zie opeens ontzag op zijn gezicht. 'Mijn hemel! Bent u… Doug Raynor?'

Ja, hoor. hij kent natuurlijk weer een stokoude rocker waar verder nooit iemand van heeft gehoord.

'Ja.' Doug Raynor maakt zich lang. 'Dat ben ik.'

'Meneer Raynor, het is ons een grote eer u hier in The Look te ontvangen.' Trevor is op slag de kruiperige bedrijfsleider ten voeten uit. 'We zijn allemaal grote fans van u. Als ik iets voor u kan doen…'

279

'Toevallig wel, ja,' kapt Doug Raynor hem af. 'U kunt me vertellen wat dit hier allemaal te betekenen heeft. Jullie mogen het discreet shoppen noemen; ik noem het bedrog.' Hij slaat weer op het vel papier op de toonbank. 'Ik ga morgen de *Daily World* bellen. Om jullie aan de kaak te stellen.'

'Wat is dat?' zegt Trevor verwonderd. '"Discreet shoppen"? Weet ik hiervan?'

'Het is, eh…' Ik lijk opeens een mond vol watten te hebben. 'Ik wilde erover vertellen…'

Terwijl Trevor zwijgend de hele folder leest, voel ik het bloed naar mijn wangen stijgen. Wanneer hij ten slotte opkijkt, zijn zijn ogen twee zwarte, afkeurende gaten.

Nee. Het is nog erger dan afkeuring. Hij kijkt me aan alsof hij me wil vermoorden. Gavin leest over zijn schouder mee.

'Jullie geven je uit voor wérksters?' Hij lacht snuivend. 'Jezus, Becky…'

'Is dit een verantwoordelijke manier van doen?' bemoeit Doug Raynor zich er kwaad tegenaan. 'Hoort een warenhuis zich zo te gedragen? Het is misdadig bedrog, dat is het!'

'Gavin.' Trevor is nu volledig gericht op het beperken van de schade. 'Wees zo vriendelijk met meneer Raynor naar de afdeling herenkleding te gaan en hem een nieuw pak aan te bieden, met onze complimenten. Meneer Raynor, mag ik u daarna een glas champagne in de oesterbar aanbieden? Dan kunt u me precies vertellen wat u dwarszit.'

'Ja. En ik heb heel wat op mijn lever, dat kan ik u wel zeggen.' Doug Raynor wordt duidelijk heen en weer geslingerd: hij wil nog wat schreeuwen, maar hij wil ook wel een gratis pak. Uiteindelijk laat hij zich door Gavin meetronen. Jasmine heeft zich in een paskamer verstopt.

Nu ben ik alleen met Trevor in een onheilspellende stilte.

'Je… je was toch benieuwd naar het geheim van ons succes?' hakkel ik. 'Nou, nu weet je het.'

Trevor zegt niets. Hij omklemt de folder en leest de tekst nog eens door. Hoe langer hij zwijgt, hoe onzekerder ik word. Hij is onmiskenbaar boos… maar is hij niet ook een beetje onder de indruk? Zou

hij kunnen zeggen dat dit het soort gedurfde lef is dat de detailhandel nodig heeft? Zou hij kunnen zeggen dat dit hem doet denken aan de krankzinnige stunt die hij heeft uitgehaald toen híj net
begon en dat hij me graag als mentor onder zijn hoede wil nemen?

'Becky.' Hij kijkt eindelijk op en mijn hart zingt van hoop. Zijn
ogen zijn geen zwarte gaten meer. Hij ziet er kalm uit. Ik geloof dat
het goed komt! 'Wilde je me vandaag daarom zien? Heb je daarom
een afspraak om elf uur gemaakt?'

Hij klinkt zo redelijk dat ik me ontspan. 'Eigenlijk niet, nee. Ik
wilde iets anders bespreken.'

Er valt weer een stilte tussen ons. Opeens vraag ik me af of dit
geen uitgelezen moment is om over opslag te beginnen. Ik bedoel,
ja, die folder heeft hem kwaad gemaakt, maar dat zal toch geen invloed hebben op mijn vooruitzichten voor de lange termijn? Zeker
niet wanneer hij mijn mentor wordt.

Juist. Ik doe het.

Alleen vraag ik niet om vijftien. Ik vraag maar tien.

Nee, twaalf.

Ik haal diep adem en bal mijn vuisten.

'Trevor, ik heb de markt gepeild en ik heb berekend dat een personal shopper van mijn kaliber...'

'Becky...' praat hij door me heen alsof hij me niet eens hoort, 'dit
zogenaamde initiatief van jou is niet goedgekeurd, ongepast en
achterbaks.'

Hij klinkt zo kil en afstandelijk dat ik ervan schrik. Oké, laat die
opslag maar even zitten. Ik ga alleen voor het 'werknemer van het
jaar'-geld. Ik bedoel, hij kan nog zo kwaad zijn, maar dát kan hij me
toch zeker niet afpakken?

'Eh, Trevor, weet je nog dat je zei dat ik werknemer van het jaar
zou worden?' probeer ik het nog eens zenuwachtig. 'Nou, ik vroeg
me af...'

'Werknemer van het jaar? Maak je een geintje?' Zijn stem is zo
staalhard dat ik nerveus achteruitdeins.

Opeens valt het me op dat zijn mond een strakke lijn is. O, god,
ik had het mis. Hij is écht kwaad. Op die verschrikkelijke, ingehouden, griezelige manier. Het zweet staat me plotseling in de handen.

'Je gedrag beschadigt het imago van The Look,' vervolgt hij onverbiddelijk. 'Je hebt mij en de andere bedrijfsleiders bedrogen. Je bent tegen alle principes en protocollen van de organisatie in gegaan en hebt tumult veroorzaakt ten overstaan van de klanten. Dit is een serieuze schending van de gedragscode. Om nog maar te zwijgen van het feit dat je de hele winkel te schande hebt gemaakt in aanwezigheid van Doug Raynor, een grote ster. Zou hij hier ooit nog komen shoppen, denk je?'

'Ik weet dat ik eerst toestemming had moeten vragen,' ratel ik, 'en het spijt me ontzettend, maar hierdoor is mijn omzet gestegen! Door Discreet Shoppen! Al mijn cliënten zijn er gek op. Ik bedoel, ze hebben zelfs brieven geschreven om te zeggen hoe blij ze ermee zijn. Het gonst hier, iedereen is blij, iedereen koopt van alles...'

Trevor hoort geen woord van wat ik zeg.

'Becky, het spijt me, maar je bent tot nader order geschorst.' Hij kijkt naar me alsof ik een onsmakelijk insect ben. 'Ga je spullen pakken, alsjeblieft, en verdwijn.'

17

Ik zit verdoofd door de schok in de ondergrondse. Vorige week was ik de held. Ik zou in de directie komen. Ik kreeg een bos bloemen. En nu ben ik schandelijk geschorst.

Ze gaan een intern onderzoek houden. Ze vatten de zaak ernstig op. Jasmine keek verbijsterd toe terwijl ik mijn spullen uit mijn kluisje pakte, maar Trevor stond erbij, dus ze kon alleen snel 'bel me!' prevelen toen ik wegging.

Vervolgens bracht Trevor me helemaal tot aan de personeelsuitgang, alsof ik zou kunnen proberen iets te jatten of zo. Ik heb me nog nooit van mijn leven zo diep vernederd gevoeld.

Hoewel, misschien wel, bij nader inzien. Maar dit was beslist net zo erg als al die andere keren.

Geen 'werknemer van het jaar'-geld. Geen opslag. Misschien niet eens een baan meer. Wat moet ik beginnen? Hoe moet ik het feest bekostigen? Ik probeer er kalm over na te denken, maar mijn borst verkrampt telkens van angst.

Kunnen we de wc's misschien afzeggen, en tegen iedereen zeggen dat hij naar de wc moet gaan voordat hij naar het feest komt? Zouden pap en Martin voor uitsmijter willen spelen? Ik wil zelf best voor de parkeerservice zorgen, mocht de nood aan de man komen. O, god...

Ik zie mijn spiegelbeeld in het raam van de ondergrondse. Mijn ogen zijn groot en glazig. Ik lijk op een gestoorde krankzinnige. Misschien gaat het zo. Iemand besluit een surpriseparty te geven en dan bezwijkt hij onder de druk en stort zijn hele leven in. Misschien zijn surpriseparty's wel de belangrijkste oorzaak van geestesziekten. Het zou me niets verbazen.

Ik heb met Minnie en Janice afgesproken bij station Waterloo, en wanneer ik ze zie, trek ik onwillekeurig een grimas, zo blij en zorgeloos zien ze eruit.

'We hebben zo'n leuke ochtend gehad!' zegt Janice enthousiast zodra ik bij haar ben. 'Ja toch, Minnie? We hebben al mijn paastaarten gebakken en in de vriezer gezet.'

'Dank je wel, Janice.' Ik breng een zwak glimlachje op. 'Ik stel het echt op prijs.'

Janice is echt een toppertje: zodra ze hoorde dat pap en mam naar The West Place gingen, bood ze aan op Minnie te passen wanneer ik moest werken. Ze heeft een hele kast vol speelgoed gekocht, al heb ik haar gesmeekt dat niet te doen, en Minnie allerlei nieuwe kinderversjes geleerd. Het enige minpuntje is dat ze nu nog nadrukkelijker tegen Jess over kleinkinderen schijnt te beginnen en diepe zuchten slaakt wanneer ze Minnies vingerverfwerkjes ophangt.

'Het was me een genoegen! Je zegt het maar. En… heb je al iets van je moeder gehoord?' vraagt ze aarzelend.

'Nee, jij?'

Janice knikt. 'Ze hebben het super! Het appartement moet schitterend zijn. Ze zijn al twee keer naar het toneel geweest en ze hebben een modderpakking genomen. Allebei tegelijk!'

'Fijn.' Ik sla mijn ogen neer. 'Nou… ik ben blij dat ze het naar hun zin hebben.'

'Praten jullie nog steeds niet met elkaar, lieverd?' vraagt Janice bezorgd.

'Ik denk het niet.'

Mam en ik hebben nog nooit niet met elkaar willen praten. Ik ken de spelregels niet, maar als ze me niets over een modderpakking vertelt, zullen we nog wel gebrouilleerd zijn.

'Goed, ik laat jullie met rust…' Janice geeft me Minnies wanten. 'Ik ga naar een knutselbeurs, kerstinkopen doen. Waar gaan Minnie en jij naartoe?'

'Green Park,' zeg ik na een korte stilte. Het is min of meer waar. Het Ritz is vlak bij Green Park.

Als we op Piccadilly uit de ondergrondse komen, jagen er grijze wolken door de lucht, alsof ze hun kans hebben afgewacht, en opeens begint het te regenen. Ik zet Minnies capuchon op en sjok mismoedig verder. Wat me ook zou kunnen opfleuren, theedrinken met Elinor staat níét op de lijst.

Ze wacht ons op in dezelfde voorname suite als de vorige keer, gekleed in een ijsblauwe jurk, en er liggen drie nieuwe legpuzzels op tafel.

'Mouw!' Minnies hele gezicht licht op en ze rent naar Elinor toe om zich in haar armen te storten. Er trekt een flits van ontreddering en verwarring over Elinors gezicht, en ondanks mijn sombere stemming moet ik bijna giechelen.

'Zo, Minnie,' zegt Elinor onhandig, bijna kortaf. 'Je kunt maar beter gaan zitten.'

Minnie hangt nog steeds aan haar, en Elinor geeft haar houterig een schouderklopje. Ik vraag me af of ze ooit eerder door een klein kind is geknuffeld.

Nou ja, door Luke, denk ik. Voordat ze hem in de steek liet. Bij de gedachte alleen al krijg ik buikpijn.

Er staat een uitgebreid theegarnituur op tafel, net als de vorige keer, maar ik ben te overstuur om te kunnen eten. Ik wil deze beproeving gewoon achter de rug hebben en weggaan.

'Wacht even, Minnie,' zegt Elinor als Minnie naast me op de bank klautert. 'Ik heb speciaal voor jou een taart gekocht.'

Ze loopt naar een dressoir tegen de zijmuur. Als ze zich weer omdraait, nu met een zilveren blad met een stolp erop, heeft ze een zweem van blosjes op haar wangen en… zie ik daar een half minuscuul glimlachje? Is Elinor… opgewonden?

Ze zet het blad op tafel en tilt de zilveren stolp op.

O, lieve god. Wat kost zoiets?

Het is een hartvormige taart met perfect fondantglazuur, roze truffels en gekonfijte kersen in een symmetrisch patroon langs de rand en een volmaakt gespoten naam in het midden: *Minnie*.

'Zie je?' Elinor kijkt afwachtend naar Minnie. 'Vind je hem mooi?'

'Taart!' zegt Minnie met een gulzige vonk in haar ogen. 'Taart hébben!'

'Het is niet zomaar een taart,' zegt Elinor een tikje bits. 'Het is een taart met jouw naam erop. Zie je dat niet?'

'Elinor... ze kan nog niet lezen,' leg ik tactvol uit. 'Daar is ze nog niet oud genoeg voor.'

'O,' zegt Elinor van haar stuk gebracht. 'Juist.' Ze staat daar maar, nog steeds met die zilveren stolp in haar hand, en ik zie dat ze teleurgesteld is.

'Maar hij is heel mooi,' zeg ik snel. 'Heel attent van je.'

Ik vind het echt ontroerend dat ze al die moeite heeft gedaan. Ik zou die taart zelfs graag op de foto zetten, maar wat zou ik dan tegen Luke moeten zeggen?

Elinor snijdt een punt af en geeft hem aan Minnie, die erop aanvalt en alles vol slagroom en kruimels smeert. Ik pak haastig wat servetjes om de troep in te dammen, maar tot mijn verbazing reageert Elinor minder verontwaardigd dan ik had verwacht. Ze vertrekt zelfs geen spier wanneer er een gekonfijte kers over de onberispelijke vloerbedekking van het Ritz rolt.

'Goed, ik heb een paar nieuwe legpuzzels gekocht,' zegt ze, en ze neemt een slokje thee. 'Vooral deze van de Notre Dame is boeiend.'

De Notre Dame? Voor een kind van twee? Is ze niet goed snik? Wat is er mis met Maisy Muis?

Maar gek genoeg luistert Minnie gefascineerd naar Elinor, die haar uitleg geeft over grijstinten en de noodzaak met de randen te beginnen. Wanneer Elinor de puzzel uit de doos wipt, kijkt ze met grote ogen toe, en ze reikt alleen timide naar een stukje wanneer Elinor zegt dat het mag. Ze kijkt telkens vragend naar me, alsof ze wil dat ik meedoe, maar ik kan het niet opbrengen om zo'n stomme puzzel te maken. De spanning trekt door me heen als een stalen draad die steeds strakker wordt aangehaald. Wat moet ik doen? Wat moet ik doen?

Opeens gaat mijn mobieltje en ik spring bijna van de bank, zo nerveus ben ik. Stel dat het The Look is om te zeggen dat het onderzoek is afgerond en dat ik ontslagen ben? Stel dat het Luke is en hij Elinors stem hoort?

Maar als ik op het scherm kijk, zie ik dat het Bonnie is.

'Neem me niet kwalijk, Elinor,' zeg ik gehaast, en ik loop naar de andere kant van de immense kamer. 'Ha, Bonnie, wat is er?'

'Kind, ik heb niet veel tijd,' zegt Bonnie gejaagd, 'maar er is een probleem.'

'Een probleem?' Er trekt een schok door me heen. 'Hoe bedoel je?'

Laat het iets kleins zijn, alsjeblieft. Laat het alsjeblieft zijn dat er nog iemand allergisch is voor nootjes. Ik kan er niets groots meer bij hebben…

'Ik weet niet of je je ervan bewust bent, maar Luke probeert een afspraak te maken met Christian Scott-Hughes, de rechterhand van sir Bernard…'

'… Cross,' vul ik aan. 'Ja, hij heeft het nergens anders meer over.'

'Nou, ze hebben een datum geprikt, de enige datum dat Christian tijd heeft. Op 7 april.'

Ik voel een akelige scheut. 'Hoe laat?'

'Rond de lunch.'

Ik laat mijn ingehouden adem ontsnappen. 'Nou, dan kan het toch…'

'In Parijs.'

'Parijs?' Ik kijk vol afgrijzen naar het toestel.

'Ze willen daar overnachten. Luke heeft me gevraagd de vlucht en een hotel te boeken.'

Nee. Nee. Het kan niet waar zijn.

'Maar hij mág niet naar Parijs! Zeg maar dat zijn agenda vol zit! Of bel naar Christian Scott-Hughes' kantoor en zeg…'

'Becky, je snapt het niet.' Bonnie klinkt net zo gekweld als ik me voel. 'Christian Scott-Hughes is een drukbezet man. Deze afspraak was al een krachttoer. Als we die verzetten, duurt het weer een paar maanden. Ik kan het gewoon niet doen…'

'En die hele zogenaamde training dan die je hebt bekokstoofd?'

'Luke ziet ervan af. Het is niet belangrijk genoeg, zegt hij.'

Ik kijk zonder iets te zien naar een schilderij van een meisje met een rode hoed in een vergulde lijst. Het duizelt me. Luke mag niet op de dag van zijn feest naar Parijs. Het mag gewoon niet.

'Je zult de afspraak toch moeten verzetten,' zeg ik wanhopig. 'Verzin maar iets. Wat dan ook!'

'Ik heb het geprobeerd!' Bonnie klinkt alsof ze aan het eind van haar Latijn is. 'Geloof me maar, ik heb mijn best gedaan! Ik heb laten doorschemeren dat hij echt naar die training zou moeten gaan, ik heb een lunch met zijn sponsors verzonnen… Ik heb hem er zelfs op

287

gewezen dat hij die dag jarig is. Hij lachte er gewoon om. Hij wil niet naar me luisteren. Becky…' – ze zucht – '… ik weet dat je hem wilde verrassen, maar ik denk dat je hem de waarheid zult moeten vertellen.'

'Nee!' Ik kijk ontsteld naar het scherm.

'Er zit niets anders op…'

'Wel waar!'

'Becky, is die verrassing echt zó belangrijk?'

'Ja!' roep ik uit, en opeens moet ik bijna huilen. 'Ja!' Ik weet dat ze me nu gestoord en onlogisch vindt, en misschien heeft ze gelijk, maar ik ga het nu niet opgeven.

Ik verbreek bevend de verbinding. Het is alsof die stalen draad weer een stukje strakker wordt gespannen, zodat ik nu bijna geen lucht meer krijg. Zonder te weten wat ik doe loop ik terug naar de bank, pak een gesuikerd broodje en prop het in mijn mond. Dan nog een. Misschien kan ik beter nadenken op suiker.

Hoe voorkom ik dat Luke naar Parijs gaat? Moet ik zijn paspoort verstoppen? Hem ontvoeren? Een geniaal, waterdicht excuus vinden dat hem thuishoudt?

Dan dringt het tot me door dat Elinor niet meer puzzelt, maar haar kille blik op mij laat rusten. Als ze nu zegt dat mijn schoenen sleets zijn, gooi ik dat broodje naar haar kop.

'Rebecca, gaat het wel goed met je? Was het slecht nieuws?'

Ik doe in een reflex mijn mond open om te zeggen dat er niets aan de hand is, maar… ik kan het niet. Ik ben niet sterk genoeg om blij te blijven doen. Niet tegenover iemand die er niet eens toe doet.

'Ik heb me wel eens beter gevoeld, eerlijk gezegd.' Ik schenk mezelf beverig een kop thee in en mik er drie klontjes in, zodat de thee over de rand klotst.

'Wil je misschien een cognacje? Of een sterke cocktail?'

Ik neem haar een tikje achterdochtig op. Elinor? Die mij een cocktail aanbiedt? Is het een steek onder water?

Nee. Haar gezicht staat ernstig. Ik geloof dat ze het meent. En weet je? Het is tijden geleden dat iemand me zo'n goed aanbod heeft gedaan.

'Ja, graag,' zeg ik dus. 'Ik wil graag een sterke cocktail.'

Elinor geeft me de kaart van de roomservice. Ik bestel een cocktail met wodka, appelsap en appellikeur, die een nanoseconde later al wordt gebracht. Ik nip er dankbaar van en zodra de alcohol mijn bloed bereikt, voel ik me al iets beter. Pas halverwege houdt het beven op. God, ik zou wel drie van die dingen lusten.

Elinor zit nog bedaard te puzzelen, alsof er niets aan de hand is, maar dan kijkt ze kalm op en vraagt nog eens: 'Heb je slecht nieuws gekregen?'

'Zoiets.' Ik neem nog een slokje van mijn cocktail. Iets aan het zitten in deze kamer werkt vervreemdend. Het is net alsof we compleet zijn afgezonderd van de echte wereld, alsof we in een luchtbel zitten. Niemand weet dat ik hier ben. Het is net alsof het allemaal niet echt is.

Opeens voel ik de overweldigende drang mijn hart uit te storten. Ik bedoel, aan wie kan Elinor het doorvertellen? Niemand.

'Ik ben een feest voor Lukes verjaardag aan het organiseren.' Ik roer in mijn cocktail. 'Een grote surpriseparty. Over twee weken.'

Elinor vertrekt geen spier, al kan het niet makkelijk zijn om te horen dat je enige kind een surpriseparty krijgt zonder dat jij er iets vanaf weet, laat staan dat je bent uitgenodigd.

'Ik kon je niet uitnodigen,' vervolg ik botweg. 'Dat weet je.' *Ook al had ik het gewild*, voeg ik er niet aan toe.

Elinor beweegt haar hoofd ongeveer een millimeter, en ik ploeg door.

'Er zaten allerlei haken en ogen aan.' Ik wrijf over mijn gezicht. 'Ik bedoel, ik stond al stijf van de stress, en nu heb ik net gehoord dat Luke een afspraak met ene Christian Scott-Hughes heeft gemaakt op de dag van het feest, in Parijs. En die wil hij niet verzetten. Hij kijkt al een eeuwigheid uit naar die ontmoeting. Zijn assistente weet zich geen raad meer en ik ook niet. Of ik verstop zijn paspoort, en dan wordt hij woest, of we verplaatsen het hele feest op de een of andere manier naar Parijs, of ik haal gewoon bakzeil en vertel hem hoe het zit...'

Ik doe er mismoedig het zwijgen toe. Ik wil het niet aan Luke vertellen, het is het laatste wat ik wil, maar ik heb het akelige gevoel dat het daarop uit zou kunnen draaien.

'Ik heb het al die tijd geheimgehouden.' Ik knabbel aan het partje van wodka doordrenkte appel. 'Luke heeft geen idee wat ik in mijn schild voer. Ik kan het niet over mijn hart verkrijgen de verrassing te bederven, maar wat moet ik anders?'

Er wordt op de deur geklopt en er komt een ober binnen met een cocktail. Hij pakt zwijgend mijn lege glas, zet het volle ervoor in de plaats en zweeft weer weg.

Ik staar hem stompzinnig na. Gaat dat altijd zo hier? Of komt het door Elinor?

'Bedoel je Christian Scott-Hughes, die voor sir Bernard Cross werkt?' informeert Elinor, die niets heeft gezegd over de tweede cocktail.

'Precies. Luke doet wanhopige pogingen Bernard Cross aan de haak te slaan voor een milieucliënt.'

Ik neem een slokje van mijn tweede cocktail, die net zo verrukkelijk is als de eerste, en kijk op om te zien of Elinor met me meeleeft. Als ze normaal was, had ze nu al 'arm kind!' gezegd of me zelfs geknuffeld, maar haar gezicht staat net zo strak en afstandelijk als altijd.

'Ik ken Bernard wel,' zegt ze uiteindelijk. 'We hebben elkaar in Saint-Tropez op zijn jacht ontmoet. Een charmante man.'

Joepie. Net iets voor Elinor. Ik vertrouw haar mijn problemen toe, en het enige wat zij kan doen is snoeven op haar superieure netwerk. En trouwens, wéét Elinor eigenlijk wel wat het woord 'charmant' betekent? Misschien is ze in de war met 'rijk'. Dat zou veel verklaren.

'Je zult hem vast wel kennen,' zeg ik. 'Fijn voor je.' Ik weet dat ik onbeschoft doe, maar het kan me niet schelen. Denkt ze dat ik er iets om geef op hoeveel stomme jachten ze is geweest? Ik vis het partje appel uit de tweede cocktail en prop het in mijn mond, maar niet voordat Minnie het heeft gezien.

'Appel! Míjn appel!' Ze probeert het partje uit mijn mond te plukken.

'Nee, Minnie,' zeg ik met mijn mond vol, en ik trek haar wriemelende vingertjes weg. 'Dat is jouw appel niet. Het is een grotemensenappel en nu is hij weg.'

'Míjn sap!' Nu richt ze haar aandacht op de cocktail. 'Sap hebben...'

'Ik wil wel met Bernard praten,' dringt Elinors kalme stem tot mijn oren door. 'Ik zou hem de situatie kunnen uitleggen en zorgen dat de afspraak wordt verzet. Luke komt nooit te weten wie erachter zat.'

Ik kijk Elinor verrast aan. Ze zit er zo afstandelijk bij dat ik mijn oren bijna niet kan geloven. Biedt ze echt aan me te hélpen? Kan zij mijn probleem zomaar de wereld uit helpen?

Er sprankelt iets in mijn maag. Het voelt een beetje als hoop.

Maar ik weet nu al dat ik mijn enthousiasme moet beteugelen. Ik mag er niet eens aan denken, laat staan hopen, laat staan... Ik bedoel, we hebben het wel over Elinor. *Elinor.* Luke zou me vermoorden als hij zelfs maar wist dat ik hier met Minnie zit, laat staan dat ik dingen over zijn werk heb verteld, laat staan dat ik me hulp heb laten aanbieden...

'Nee. Je kunt niets voor me doen. Het spijt me, maar het kan gewoon niet. Als Luke er ooit achter zou komen dat ik zelfs maar met je praat...' Ik word overspoeld door een vertrouwde angst en ik sta op en zet mijn cocktail op tafel. 'Ik ben hier al te lang. We moeten weg. Minnie, zeg maar "dag mevrouw".'

'Mouw!' Minnie stort zich op Elinors benen.

'Wat ga je dan doen?' Ze fronst haar voorhoofd in een soort emotieloze belangstelling, alsof ik een van haar puzzels ben en ze wil weten hoe hij wordt.

'Ik weet het niet,' zeg ik moedeloos. 'Ik zal er iets op moeten verzinnen.'

Ik kom terug in een leeg, stil huis. Op tafel ligt een briefje van Janice: *Assistente Nanny Sue heeft gebeld. Terugbellen s.v.p. voor afspraak over Minnie.*

Ik maak er in een reflex een prop van die ik in de afvalbak gooi, en dan zet ik thee voor mezelf en probeer de moed erin te houden. Kom op, Becky. Positief denken. Niet neerslachtig worden. Ik moet gewoon een oplossing verzinnen.

Maar hoewel ik extra veel suiker in mijn thee doe en met een potlood en papier aan tafel ga zitten, kan ik niets bedenken. Ik voel me blanco, leeg en verslagen. Net als ik me afvraag of ik nog een troostende cocktail voor mezelf zal mixen, wordt er gebeld. Ik loop verbaasd de gang in, doe open en zie een verweerde oude vent in een overall op de stoep staan. Hij heeft vieze handen en nog maar een stuk of drie tanden, en achter hem op de oprit staat een bestelbus.

'Feesttent?' zegt hij zonder enige inleiding.

Ik kijk hem even onzeker aan.

'Hallo?' Hij zwaait met een hand voor mijn gezicht. 'Had je een feesttent besteld?'

'Ja!' Ik ben er weer bij. 'Ja, graag!'

Eíndelijk eens goed nieuws. Dit is een teken! Nu zal alles zich ten goede keren. De gedachte aan de opbollende feesttent bij Janice in de tuin maakt me nu al opgewonden.

'Dus jij bent van het bedrijf van Cliff?' vraag ik terwijl de man de bestelbus openmaakt.

'Met zijn verontschuldigingen. De meeste jongens moesten naar een noodklus in Somerset. Het is een gekkenhuis.'

'Ik dacht dat het zo stil was,' zeg ik verbaasd.

'Er hebben mensen afgezegd, ja.' Hij knikt. 'En dan bedenken ze zich weer, hè? Dat gebeurt zo vaak. Het gros van onze tenten is naar het westen, maar Cliff zei dat je deze wel mocht hebben.'

Hij laadt een berg wit tentzeil uit op de inrit, en ik kijk er weifelend naar. Die tent is niet zo groot als ik had verwacht.

'Is dat een feesttent?'

'Een prieel, hè? Wat vochtplekken aan één kant, maar die krijg je er met bleek wel af.' Hij is alweer achter het stuur gekropen en start de motor. 'Tot ziens, meid.'

'Wacht!' roep ik. 'Waar moet ik hem inleveren?'

Ik zie hem glimlachen.

'Nee, het is goed zo. Deze mag je houden.'

De bestelbus rijdt weg en ik loop schoorvoetend naar de berg wit zeil. Misschien is hij groter dan hij lijkt.

'Deken!' Minnie stormt door de voordeur naar buiten, springt op het zeil en begint op en neer te hupsen.

'Dat is geen deken! Het is een... tent. Kom er eens af, lieverd. Even kijken.'

Ik til behoedzaam een laag op en schrik. Het zeil eronder is groen uitgeslagen van de schimmel. Ik til nog een hoek op en ontdek een gapende scheur.

Ik voel me een beetje licht in mijn hoofd. Dit was een onderdeel van het feest waarvan ik dacht dat ik het had geregeld. Het gaat me uren kosten om dat zeil schoon te maken en de scheur te repareren.

En het is niet eens een echte feesttent. Dit ding is piepklein. Daar kan ik toch geen tweehonderd mensen in kwijt?

Mijn hele lichaam beeft van de samengebalde paniek, maar ik heb geen keus. Het is dit of niets.

'Zo!' zeg ik zo monter als ik kan tegen Minnie. 'Zo... mammie moet dit schoonmaken, hè? Niet eraan zitten!' Ik sla haar hand weg van de groene schimmel.

'Pudding!' blèrt ze boos. 'Hébben!'

'Dat is geen pudding! Het is vies!'

Ik pak rubberhandschoenen, bleekwater en een borstel uit het gootsteenkastje, installeer Minnie veilig voor de tv en zet het op een schrobben. Ik dacht dat het bleekwater die groene troep zó zou oplossen, net als in de tv-spotjes, maar nee. De schimmel heeft zich aan het zeil gehecht en is op sommige plekken aangekoekt met modder. Het moet er al jaren zitten. Na tien minuten stevig borstelen heb ik zo'n vijftien vierkante centimeter schoongemaakt, en dan leun ik uitgeput achterover.

Ik kan dit hele geval niet schoonmaken.

Maar ik moet wel. Ik heb geen geld voor iets anders.

Ik schrob nog eens tien minuten en gooi de borstel in het teiltje met zwart geworden water en bleekmiddel. Ik heb pijn in mijn rug. Mijn hoofd bonkt. Ik strijk mijn haar uit mijn verhitte gezicht, misselijk van angst. Pas nu dringt de realiteit ten volle tot me door, zo erg als het maar kan, zonder roze bril. Hoe kwam ik erbij dat ik helemaal in mijn eentje een immens feest kon organiseren? Het is te veel.

Ik kan wel janken.

Nee. Ik ga niet huilen.

Zonder erbij na te denken pak ik mijn mobieltje uit mijn zak en toets met mijn duim Suzes snelkiesnummer in.

Ik ga haar niet om hulp vragen, zo ver kan ik niet gaan, maar als ze het zelf áánbiedt... zeg ik ja.

'Ha, Bex!' klinkt het prompt.

'Suze?' zeg ik beverig. 'Hoe is het nu?'

Ik begin niet meteen over het onderwerp. Ik wacht tot zij het feest ter sprake brengt en dan zie ik wel.

'Ik ben nog steeds woest!' zegt Suze fel. 'Weet je wat ik vandaag heb gedaan? Ik heb alle leden van Tarkies team bij elkaar geroepen voor een vergadering en gevraagd: "Waar waren jullie? Waarom was er niemand bij de opnames?" En weet je wat het ergste is? Er was wél iemand bij!' Suzes stem wordt schel van verontwaardiging. 'Hij zei dat hij wel vond dat het er vreemd uitzag, maar dat hij dacht dat het de nieuwste mode was en zich er niet mee wilde bemoeien. Ik zeg je, Bex, ik word Tarkies manager. Heb je nog iets van Danny gehoord?' voegt ze eraan toe. 'Want ik bel hem telkens, maar hij belt niet terug.'

'Nee, hij belt mij ook niet terug.' Ik hoor een gil en een bons op de achtergrond.

'Wilfie! Laat dat! Bex, ik moet ophangen. Hoe gaat het trouwens?' Ze zegt niets over het feest.

En opeens voel ik me diep vernederd. Ik kan het haar niet vertellen. Ik kan niet vertellen dat ik tot aan mijn knieën in een vieze feesttent sta, zonder geld, zonder baan en zonder enig idee hoe ik dat feest voor elkaar moet krijgen.

'Eh... goed! Ik spreek je nog wel, Suze...' Ik verbreek de verbinding en blijf even doodstil zitten. Het wordt kil en donker. Ik zie een lamp aanfloepen bij Janice en krijg een idee. Ik scrol door mijn contactenlijst en bel Jess.

Ik vraag of ze thee komt drinken, en dan ziet ze de tent en biedt aan te helpen schoonmaken. Vast wel. Ik had haar meteen om hulp moeten vragen. Ze is tenslotte mijn zusje!

'Ha, Jess!' zeg ik gretig zodra ze opneemt. 'Ben je in de buurt? Heb je zin in een kop thee of zo?'

'Tom en ik zitten in Staffordshire,' zegt ze, en ze klinkt ook ver weg. 'Ik doe wat onderzoek in het museum hier. Ik kon Janice geen minuut meer verdragen. Heb je al van haar laatste stunt gehoord?'

'Nou?'

'Ze had onze condooms gestolen! Gejat! Ze ontkende, maar ik weet het zeker. Hoe komen ónze condooms anders in háár la terecht? Ik zei tegen haar: "Zeg nou niet dat ze van jou zijn, Janice, want dat geloof ik toch niet." Ik bedoel, ze heeft waarschijnlijk nog nooit gehóórd van ethische Fair Trade-condooms, laat staan dat ze ze zou kopen. Het werd knallende ruzie. Martin schaamde zich zo dat hij zich in het boomhuis verstopte.'

Ondanks alles moet ik wel giechelen bij het idee van Jess en Janice die slaande ruzie maken om condooms.

'We moesten dus een paar dagen weg,' vervolgt Jess. 'Becky, ik kan haar niet uitstaan. Wat moet ik beginnen? Jij boft maar met je afwezige schoonmoeder.'

'Eh... ja.' Ik slik. 'Vast wel.'

'Hé, mijn batterij is bijna leeg, zal ik later terugbellen?'

'Oké!' Ik probeer het luchtig te zeggen. 'Groetjes aan Tom!'

Als het licht van mijn scherm dooft, lijkt de oprit donkerder dan ooit.

Ik laat mijn hoofd op mijn knieën zakken. Ik kan niet meer. Mijn laatste restje energie is opgeslorpt door die twee telefoontjes. Ik heb niets meer. Geen hoop, geen plannen, geen oplossingen. Hoe kwam ik erbij dat ik een feest kon geven? Ik moet krankzinnig zijn geweest.

Opeens rolt er een traan langs mijn neus, gevolgd door een tweede. Ik zal mijn nederlaag moeten erkennen. Ik zal het feest moeten afblazen. Er zit niets anders op. Het is gewoon te overweldigend immens. Ik kan het gewoon niet.

Ik snik en sla mijn handen voor mijn gezicht. Het is ongelooflijk dat ik het opgeef, maar wat moet ik anders?

Ik bel Bonnie om te vragen of ze alle gasten wil mailen. We verzinnen wel een smoes. Luke kan naar Parijs. Hij hoeft nooit te weten wat ik van plan was. Het leven gaat gewoon door. Het is de makkelijkste oplossing. Het is de enige oplossing.

'Rebecca?' Ik kijk met een ruk op, knipper met mijn ogen en zie een lange, schimmige gedaante voor me staan.

'Elinor?' De paniek is verstikkend. 'Wat doe jij hier? Je mag hier niet komen! Ik woon hier! Stel dat Luke je ziet, of mijn ouders...'

'Luke is er niet,' zegt Elinor bedaard. Ze heeft de duifgrijze Chanel-jas aan die ik haar heb verkocht, met de ceintuur strak om haar middel. 'Alleen Minnie en jij zijn thuis. Dat heeft mijn chauffeur nagetrokken voordat ik kwam.'

Haar chauffeur? Waar heeft ze die vandaan, van de Geheime Dienst of zo?

'Ik zal het kort houden.' Ze kijkt over mijn schouder, niet naar mij. 'Ik wil je nogmaals mijn hulp aanbieden. Ik geloof dat je die overhaast hebt afgewezen, om redenen waar ik alleen maar naar kan gissen. Ik geloof dat je iemand nodig hebt die sir Bernard Cross persoonlijk kent. Ik kan hem vragen Lukes afspraak te verzetten, en ik weet zeker dat hij dat zal doen.' Ze aarzelt. 'Als je wilt dat ik dat voor je doe, laat het me dan weten, alsjeblieft.'

'Dank je wel,' zeg ik mat, 'maar het hoeft niet meer. Ik ga het feest afblazen.'

Elinor kijkt me nu pas echt aan, en ik zie de verbazing in haar ogen verschijnen.

'Afblazen? Waarom?'

'Omdat ik het niet kan.' Er biggelt weer een traan langs mijn neus. 'Het is een ramp. Ik had via ruilhandel een feesttent bemachtigd, maar hij zit onder de schimmel, ik krijg hem nooit op tijd schoon en hij is nog te klein ook. En toen was mijn geld op, dus wilde ik opslag vragen, maar ik ben geschorst van mijn werk, en Luke moet toch naar Parijs...' Ik wrijf in mijn ogen. 'Wat heeft het voor zin? Waarom zou ik mijn best nog doen?'

Elinor laat haar kille blik over de tent glijden.

'Heb je niemand die je kan helpen? Je vriendin Susan, wellicht?'

God, ik had geen idee dat ze Suzes naam zelfs maar kende.

'Ik heb eigenlijk...' Ik bloos. 'Ik heb tegen al mijn vrienden gezegd dat ik geen hulp nodig had.'

Het is nu zo donker dat ik Elinor amper nog kan onderscheiden. Net als ik moed wil verzamelen om haar een kop thee aan te bieden, al hoop ik dat ze zal bedanken, zegt ze weer iets, nog houteriger en onhandiger dan anders.

'Ik heb de laatste weken veel over ons gesprek nagedacht. Je hebt mensenkennis, Rebecca. Ik heb Luke nooit zomaar iets gegeven. Er waren altijd… verwachtingen aan verbonden. Nu wil ik hem graag iets geven. Onvoorwaardelijk. En daarom wil ik je helpen.'

'Elinor…' Ik trek een grimas. 'Dat is heel vriendelijk van je, echt, maar het heeft geen zin, zoals ik al zei. Zelfs al gaat Luke niet naar Parijs, dan kan ik dit feest nog niet op tijd regelen.' Ik til een schimmelige lap tentzeil op en laat hem vallen. 'Moet ik híér tweehonderd mensen in ontvangen?'

'Dus je gooit het bijltje er maar bij neer?'

Haar toon steekt. Waar maakt ze zich druk om? Het is haar feest niet. Ze is niet eens uitgenodigd.

'Zoiets.' Ik schokschouder. 'Ja.'

'Ik vind het zorgwekkend.' Ze neemt me koel op. 'Bij mijn weten heb je nog nooit iets opgegeven. Je kunt misleid zijn, ja. Ongepolijst, ja. Impulsief, ja. Dwaas, ja.'

Wil ze me opvrolijken?

'Oké, dank je,' onderbreek ik haar. 'Ik snap het nu wel.'

'Maar je bent altijd vasthoudend,' vervolgt Elinor alsof ik niets heb gezegd. 'Je weigert altijd je gewonnen te geven, hoe het ook tegenzit. Het is een van de dingen die ik altijd aan je heb bewonderd.'

Ze heeft me *altijd bewonderd*? Nou breekt mijn klomp.

'Nou, maar misschien is dit gewoon te veel, oké?' zeg ik vermoeid. 'Misschien ben ik Supervrouw niet.'

'Waar een wil is, is een weg, als je de middelen maar hebt.'

'Ja, dat ís het hem nou juist!' barst ik gefrustreerd uit. 'Snap je het dan niet? Ik ben geschorst van mijn werk! Mijn creditcards zijn leeg! Ik heb verdomme geen…'

'Ik heb de middelen,' kapt Elinor me af.

Ik kijk haar even weifelend aan. Zegt ze daar… Ze bedoelt toch niet…

'Ik heb de middelen,' herhaalt ze. 'We zouden het… samen kunnen doen.'

O, mijn god.

Sámen? Wil ze samen met mij een feest geven?

'Elinor...' Het is zo'n absurd idee dat ik bijna moet lachen. 'Dat kun je niet menen. Luke zou... Hij zou...'

'Luke hoeft het niet te weten. Hij komt er nooit achter.' Ze zegt het zo gedecideerd dat ik haar verbijsterd aankijk. Ze meent het echt, hè?

'Mammie!' Minnie stormt het huis uit en blijft dan stokstijf staan. 'Mouw!' Ze stort zich verrukt in Elinors armen.

'Elinor...' Ik masseer mijn voorhoofd. 'Je kunt niet doodleuk... Weet je wel hoe erg het is? Weet je wel hoe Luke zou reageren als...'

'Dat weet ik heel goed. Daarom vraag ik jou om deze kans.' Haar gezicht is net zo uitgestreken als altijd, maar plotseling zie ik een zenuwtrekje bij haar oog dat me nooit eerder is opgevallen.

Het kan natuurlijk ook door de schemering komen.

'Ik kan Luke onmogelijk iets geven.' Ze zegt het zonder een greintje zelfmedelijden. 'Hij heeft me uit zijn leven gebannen. Hij wantrouwt me. Als ik probeerde hem iets te geven, zou hij het ongeopend terugsturen. Als jij mijn aanbod aanneemt, bied je me de kans Luke een onvoorwaardelijk cadeau te geven. Om het bij te leggen misschien zelfs.' Elinor zwijgt even.

'Het soort cadeau... dat zijn echte moeder hem zou hebben gegeven.'

Wát? Noemde ze Annabel zijn echte moeder?

Ik slik een paar keer. Het wordt me te heftig. Ik weet niet of ik dit aankan. Het was makkelijker toen Elinor nog gewoon die boze heks was die we nooit zagen.

'Als je mijn aanbod afwijst,' vervolgt ze zakelijk als altijd, 'ontneem je me dat voorrecht.'

'Puzzel?' Minnie reikt hoopvol in Elinors tas. 'Puzzel?'

'Hier, Minnie.' Elinor haalt een van de puzzels uit het Ritz uit haar tas en geeft hem aan Minnie. Dan kijkt ze me recht aan. 'Alsjeblieft?'

Mijn gedachten schieten machteloos heen en weer, als een flipperbal. Ik kan niet... Ik mag niet... Ik zou...

Luke komt er nooit achter...

Nee, ik kán het niet...

Maar dan hoefden we niet af te zeggen... Luke zou zijn feest krijgen...

'Misschien moet je erover nadenken,' zegt Elinor. Ik kijk naar haar op alsof ik haar voor het eerst zie. Zoals ze daar staat, met het hengsel van haar dure tas in twee gehandschoende handen en haar dat iets opwaait in de wind, ziet ze er bleek, oud en schimmig uit. En bijna... deemoedig.

Dat is nog het onbegrijpelijkste van alles. Elinor Sherman, de voornaamste, verwaandste vrouw van de wereld, heeft me deze ene keer niet gecommandeerd, gekoeioneerd of me de les gelezen; ze heeft me iets gevraagd. En nu staat ze nederig mijn antwoord af te wachten.

Of zo nederig als je kunt zijn wanneer je van top tot teen in Chanel bent gekleed en je chauffeur op je wacht.

'Oké,' zeg ik langzaam, en dan grinnik ik naar haar. 'Oké, Elinor. We hebben een deal.'

'Dank je.' Elinor aarzelt even. 'Rebecca, ik wil nog iets zeggen. Ik weet dat je je vast had voorgenomen dit feest zelf te geven. Ik weet dat je trots bent op je onafhankelijkheid, maar je moet niet onderschatten hoeveel plezier het anderen doet Luke iets te geven, op wat voor manier dan ook.'

'Mijn vriendin Suze zei ook al zoiets,' zeg ik nadenkend. 'Ze wilde wel helpen, maar het mocht niet van mij.'

Ik krimp onwillekeurig in elkaar bij de gedachte aan Suze die gekwetst zegt: 'Het gaat niet altijd allemaal om jóú, oké? We denken echt niet dat je het niet kunt. Waar het om gaat, is dat Luke niet alleen jouw man is, maar ook onze vriend, en dat we iets voor hem wilden doen.'

Ze wilde echt graag helpen. En ik was te trots om haar hulp aan te nemen. Ik heb het nog steeds niet echt gevraagd, toch? Ik heb gewacht tot ze het zou aanbieden. Nou, geen wonder dat ze dat niet heeft gedaan.

Opeens voel ik me de grootste trut aller tijden.

'Elinor, momentje...' Ik loop weg, pak mijn mobieltje en bel Suze nog eens.

'Bex?' zegt ze verbaasd. 'Gaat het wel?'

'Suze, moet je horen,' zeg ik gejaagd. 'Het spijt me ontzettend. Had ik je maar meteen gevraagd me met het feest te helpen. Ik vond dat spritsidee geweldig, en Luke zou heel ontroerd zijn. En ik wilde alleen even zeggen...' Ik slik iets weg. 'Is het nog niet te laat? Wil je nog helpen?'

Het blijft even stil en dan zegt Suze: 'Eerlijk zeggen, Bex. Heb je er een ongelooflijke puinhoop van gemaakt?'

'Ja!' zeg ik half lachend, half snikkend. 'Klopt.'

'Dan krijg ik vijf pond van Tarkie,' zegt ze voldaan. 'Goed, zeg maar wanneer, waar en wat ik moet doen.'

Kentish English Sparkling Wine
Huize Spandings
Mallenbury
Kent

Mw. R. Brandon
Dennenlust
Elton Road 43
Oxshott
Surrey

Mallenbury, 3 april 2006

Geachte mevrouw Brandon,

Hartelijk dank voor uw brief van 27 maart jongstleden.

Het doet me genoegen dat onze zending van vijftig flessen sprankelwijn u veilig heeft bereikt en dat u tijdens het proeven werd 'getroffen' door de krachtige, uitgesproken smaak. We zijn er heel trots op!

Ik heb er echter alle begrip voor dat u, zoals u zegt, de matigheids-beweging hebt ontdekt en hebt besloten uw feest alcoholvrij te houden. We zullen ervoor zorgen dat de flessen onverwijld worden opgehaald en wensen u een (nuchter) swingend feest toe!

Hoogachtend,

Paul Spry,
Marketingmanager

PS: We lanceren binnenkort een alcoholvrije sprankelwijn en ik stuur u hierbij tien flessen, met onze complimenten.

18

Er is zo ontzettend veel gebeurd. Over drie dagen is het zover. Ik kan het nauwelijks geloven. En eindelijk, éíndelijk loopt alles op rolletjes.

Elinor kent de gekste mensen. Ze kan dingen gewoon laten gebeuren. Ze wijst met haar benige vinger en het is geregeld. Althans, ze wijst met haar benige vinger naar een assistent en die zorgt dat het wordt geregeld.

Goed, je kunt niet echt met haar lachen. We geven elkaar niet bepaald een high five wanneer iets is gelukt. En ze lijkt het nut van chocola niet in te zien, laat staan dat ze eens een KitKat met me zou willen delen, maar de pluspunten zijn:

1) Ze wil dat Lukes feest een daverend succes wordt.
2) Ze heeft al een miljoen chique feesten gegeven.
3) Ze heeft bergen, bergen en nog eens bergen geld.

Ik bedoel, geld speelt gewoon geen rol meer. Zelfs Suze staat versteld van de manier waarop Elinor zonder met haar ogen te knipperen met geld strooit. Jess trekt het natuurlijk niet. Die drukt haar handen tegen haar oren en zegt dat ze het niet wil weten. En dan haalt ze haar handen weer weg en geeft Elinor een preek over duurzaamheid en verantwoordelijk materiaalgebruik. Tot mijn grote verbazing luistert Elinor altijd aandachtig, en ze heeft zelfs een paar keer gehoor gegeven aan Jess' voorstellen (maar níét het voorstel om mutsen te breien van gerecyclede wol voor de gasten, zodat we geen verwarming nodig hebben, goddank).

Echt, het feest wordt gewoon…

Ik bedoel, het wordt het grootste…

Nee, ik zeg niets meer. Daar ben ik te bijgelovig voor.

Het is zelfs best leuk, die supergeheime bijeenkomsten met zijn vijven (Suze, Jess, Bonnie, Elinor en ik). Elinor gaat altijd het eerst weg. Dan wachten wij ademloos tot ze buiten gehoorsafstand is en krijgen de slappe lach om iets wat ze heeft gezegd of gedaan. Ik bedoel, het grootste deel van de tijd is ze nog een ijskonijn, maar toch voelt het op een rare manier bijna of ze erbij hoort.

Het enige wat nog niet is opgelost, is die bespreking met Christian Scott-Hughes. Bernard Cross zit ergens in een retraiteoord in Zweden en is onbereikbaar, maar vandaag komt hij terug. Elinor heeft gezegd dat ze hem vanochtend zal bellen en dat ze zich niet laat afschepen. En ik geloof haar.

De grootste uitdaging die we nu nog hebben, is zorgen dat het feest de komende dagen nog geheim blijft voor Luke. Maar we hebben het al heel lang volgehouden; dan moet het tot vrijdag ook wel lukken. Bonnie gaat vandaag aan het voltallige personeel onthullen dat er geen training komt, maar een feest. Het zal wel commotie veroorzaken, dus hebben we besloten dat ik Luke met een smoes van kantoor moet houden. We gaan vanochtend dus een mogelijke school voor Minnie bekijken (ik heb tegen Luke gezegd dat we het al te lang hebben uitgesteld, en dat hij mee moet omdat ze anders kunnen denken dat we geen betrokken ouders zijn en nee, ik kán hem er niet gewoon later over vertellen).

'Klaar?' Luke komt de trap af, onberispelijk in een donkerblauw pak en zijn peperdure kasjmieren jas uit Milaan.

'Ja, klaar.' Ik ben klaar met mijn lippenstift en kijk naar mezelf in de gangspiegel. Op de school die we vandaag gaan bekijken, is het uniform rood met marineblauw, dus draag ik ook rood met marineblauw, om te laten merken hoe enthousiast we zijn. (Ik had bijna het hoedje met het schoolembleem van de website gekocht, maar dat leek me iets te ver gaan.)

'Nanny Sue heeft net gebeld,' vervolgt Luke. 'Ze komt om zes uur.'

'Leuk,' zeg ik na een korte stilte. Het heeft geen zin om te proberen hem Nanny Sue uit zijn hoofd te praten. Ik heb mijn best gedaan.

'Succes op de school!' zegt Janice, die op Minnie past. 'Maak je maar niet druk om ons, wij redden ons wel saampjes!' Ik kijk naar haar en ze knipoogt stiekem naar me.

Sinds het ontbijt heb ik al een stuk of tien geheime sms'jes met Janice uitgewisseld. De jongens van de feesttent komen vanochtend haar tuin inrichten, maar daar zeggen we natuurlijk niets over.

Net als ik de deur uit wil lopen, trekt Janice me terug.

'Schat, ik heb gisteren van je moeder gehoord,' fluistert ze gespannen.

'O?'

De makelaar kan met geen mogelijkheid een huurhuis voor ons vinden, dus zitten pap en mam nog steeds in The West Place, waar ze wel elke dag champagne zullen drinken en zich in modder laten verpakken, vermoed ik.

'Ze vertelde me dat ze geen uitnodiging had gekregen voor het feest.' Janice kijkt me angstig aan. 'Dat kan toch niet waar zijn, Becky, lieverd?'

Net iets voor mam. Proberen iedereen aan haar kant te krijgen. Trouwens, het is inderdaad niet waar. Ze heeft wel degelijk een uitnodiging gekregen.

'Waarom wil ze eigenlijk komen?' Ik weet dat ik narrig klink, maar ik kan er niets aan doen. 'Ze zei toch dat het een ramp zou worden?'

'Maar Becky, het wordt een fantastisch feest,' zegt Janice nerveus. 'Dat mag je haar niet laten missen.'

'Als ze wil, komt ze maar. Ze weet me te vinden.'

Mijn BlackBerry piept en ik haal hem tevoorschijn.

Ik heb een korte afspraak met Bernard geregeld. Ik hou je op de hoogte. Met vriendelijke groet, Elinor.

Elinor moet de laatste op aarde zijn die nog 'met vriendelijke groet' onder aan een sms zet. Maar vergeet niet dat 'vriendelijke groet' een stuk beter is dan '... verblijf ik, met de meeste minachting', waarmee ze ooit een brief aan mij heeft besloten.

Dank! sms ik terug. Ben benieuwd!

Ik loop naar buiten, stap in de auto en zie dan pas dat Luke de garage openmaakt. Shit. Shit! Hoe komt hij aan de sleutel? Die had ik verstopt, juist om te voorkomen dat hij in de garage zou kijken en de schimmelige feesttent plus honderdtweeëndertig pompons van plastic tassen zou vinden (die ik niet wegdoe, wat Elinor ook zegt.

Ik heb ze voor het feest gemaakt, ik heb er uren aan gewerkt en ze gaan mooi wel naar het feest).

'Nééé!' Ik werk me de auto uit en ren naar Luke om tussen hem en de garagedeur te duiken. 'Niet doen! Ik bedoel… wat zoek je? Ik pak het wel. Start jij de auto maar vast. Laat de auto warm worden.'

'Becky…' Luke kijkt me stomverbaasd aan. 'Wat is er?'

'Je… je wilt je mooie jas toch niet vies maken?'

'Nou, jij toch ook niet?' repliceert hij nuchter. 'Ik wil alleen de kaart even pakken. Die stomme gps doet het niet.' Hij reikt weer naar de deur, maar ik versper hem de weg.

'We kopen onderweg wel een kaart.'

'Kopen?' Hij kijkt me bevreemd aan. 'Waarom zouden we?'

'Een extra kaart komt altijd van pas.' Ik omklem de klink van de garagedeur. 'Leuk toch? We kunnen hem samen uitzoeken!'

'Maar we hébben er al een,' zegt hij geduldig. 'Laat me nou gewoon de garage in…'

Oké, dit vraagt om drastische maatregelen.

'Weet je wel hoe ik ernaar snak om iets te kopen?' roep ik theatraal, met de lange uithalen van een actrice in een stuk van Shakespeare. 'Ik mag al geen kleren meer kopen, en nu mag ik ook geen kaart meer kopen? Ik moet geld uitgeven, anders word ik gek!'

Ik sta te hijgen. Luke staat er zo beduusd bij dat ik bijna medelijden met hem krijg.

'Oké, Becky. Prima.' Hij stapt achteruit, waarbij hij me waakzaam in de gaten houdt. 'We stoppen wel bij een tankstation. Geen punt.'

'Goed.' Ik waaier mezelf koelte toe alsof ik overweldigd ben door emoties. 'Bedankt voor je begrip. Hoe kom je eigenlijk aan de sleutel van de garage?' vervolg ik langs mijn neus weg. 'Ik dacht dat hij zoek was.'

'Zo gek,' zegt Luke hoofdschuddend. 'Ik zocht hem, en toen zei ik hardop: "Waar is die sleutel toch?" en Minnie bracht me er zo naartoe. Ze moet hem zelf hebben verstopt!'

Nou ja. Dat was de laatste keer dat ik Minnie bij de voorbereidingen heb betrokken. Ze kan echt niets voor zich houden.

'Je raadt nooit waar hij was,' voegt Luke eraan toe terwijl hij start. 'In jouw beautycase. Dat geloof je toch niet?'

305

'Hoe is het mogelijk!' Ik probeer verbijsterd te klinken. 'Die kleine dondersteen!'

'Trouwens, heb je zin om vrijdag met me mee te gaan naar Parijs?' vraagt Luke achteloos terwijl hij achteruitrijdt.

Ik ben zo verbluft dat ik niets kan zeggen. Ik kijk hem wezenloos aan terwijl de gedachten door mijn hoofd buitelen. Wat moet ik zeggen? Wat zou een spontane reactie zijn?

'Parijs?' breng ik ten slotte moeizaam uit. 'Hoe bedoel je?'

'Ik ga naar Parijs voor die bespreking, weet je nog? Ik dacht dat Minnie en jij misschien ook zin hadden om te gaan. We zouden het weekend eraan vast kunnen knopen. Het is mijn verjaardag, weet je nog?'

Het woord 'verjaardag' ploft als een handgranaat in de auto. Wat moet ik zeggen? Doe ik alsof ik het ben vergeten? Alsof ik hem niet heb gehoord?

Nee. Doe gewoon, Becky. Doe gewóón.

'Eh... o ja?' Ik slik. 'Goh, ja, dat is ook zo! Nou, dat klinkt enig.'

'We zullen de vrijdagavond met mijn cliënten moeten doorbrengen, vrees ik, maar dan zouden we in elk geval iets te vieren moeten hebben. Ik bedoel, wanneer we Christian eenmaal hebben gesproken, zijn we al vlak bij een ontmoeting met sir Bernard zelf!' zegt Luke uitgelaten. 'Ik laat Bonnie de reis wel regelen. Afgesproken?'

'Super!' Ik glimlach zwakjes. 'Ik moet alleen Suze even een sms'je sturen...'

Ik pak mijn BlackBerry en sms snel aan Bonnie: Luke wil ons vrijdag meenemen naar Parijs! Géén tickets reserveren!

Echt, als dit zo doorgaat, stort ik in.

Nee, niet waar. Niets aan de hand. Elinor werkt eraan. Diep ademhalen. Nog maar drie dagen.

Hardy House is een veel leukere school dan St. Cuthbert's, stel ik direct vast. Om te beginnen heeft de secretaresse die ons begroet een coole Pippa Small-ketting om. En er zijn geen leerlingen die Eloise heten (ik heb het gevraagd). En ze bakken zelf koekjes.

Terwijl we van onze koffie nippen en de koekjes eten, kijken we uit op het speelplein, dat wordt omzoomd door kastanjebomen. Ik zie de rennende en huppelende meisjes en voel opeens een steek van verlangen. Ik zie al voor me hoe Minnie ertussen loopt. Het zou perfect zijn.

'Zou Minnie worden toegelaten?' vraag ik gespannen aan Luke.

'Vast wel.' Hij kijkt op van zijn BlackBerry. 'Waarom niet?'

'Omdat ze veel te veel aanmeldingen krijgen!'

Ik kijk nog eens naar het vel met de 'toelatingsprocedure' die ik heb gekregen. Er zijn zes fasen, te beginnen met het aanmeldings-formulier, en ten slotte de 'theemiddag: definitieve beoordeling'. Opeens begrijp ik waarom iedereen zo gestrest raakt van die scho-len. Ik doe het nu al in mijn broek. Stel dat Minnie alle cakejes weg-grist en 'hébben!' gilt? Dan willen ze haar nooit hebben.

'Luke, stop die BlackBerry eens weg!' sis ik. 'We moeten een goe-de indruk maken!' Ik pak een folder over beoordelingscriteria en net als ik erin zit te bladeren, gaat de deur open en komt de secre-taresse terug.

'Meneer en mevrouw Brandon? Hierheen, alstublieft.' Ze gaat ons voor door een korte gang die naar bijenwas ruikt. 'Het kantoor van de directrice,' zegt ze, en ze laat ons een gelambriseerde kamer in met een mahoniehouten bureau en groene stoelen. 'Mevrouw Bell, de huidige directrice, vertrekt aan het eind van het schooljaar en haar opvolgster is een paar dagen bij ons, dus leek het ons logisch als u haar te spreken kreeg. Ze komt zo.'

'Dank u,' zegt Luke charmant. 'En mag ik de school complimen-teren met de heerlijke zelfgebakken koekjes?'

'Dank u wel!' Ze glimlacht. 'Ik kom zo terug met de nieuwe direc-trice. Ze heet mevrouw Grayson,' zegt ze terwijl ze wegloopt. 'Har-riet Grayson.'

'Zie je wel?' zegt Luke zacht. 'We maken een prima indruk.'

Ik kan niets terugzeggen. Ik ben verstijfd. Ken ik die naam niet?

Oké. Dit kan slecht aflopen. Ik moet hier weg, of Luke waarschu-wen of…

Maar de deur zwaait al open – en ze is het. Doctorandus Harriet Grayson, in hetzelfde tricot pakje. Ze loopt met een zakelijke glim-lach op ons af – en dan zie ik het kwartje vallen.

'Professor Bloomwood!' roept ze verbaasd uit. 'U bént toch professor Bloomwood?'

Er is geen ontkomen aan.

'Eh... ja!' zeg ik terwijl het bloed naar mijn wangen stijgt. 'Hallo!'

'Goh, wat een verrassing.' Ze lacht stralend naar Luke. 'Professor Bloomwood en ik kennen elkaar al. Uw man heet zeker Brandon?'

'Dat... dat klopt,' hakkel ik.

Ik waag het erop en kijk even naar Luke, maar dat had ik beter niet kunnen doen. Zijn gezicht maakt dat ik tegelijkertijd in lachen wil uitbarsten en de kamer uit rennen.

'Zit u ook in de kunstwereld, meneer Brandon?' zegt de directrice vriendelijk terwijl ze Luke een hand geeft.

'De kunstwereld?' zegt Luke na een iets te lange stilte.

'Nee hoor,' zeg ik snel. 'Absoluut niet. Maar goed, om ter zake te komen, we willen onze dochter Minnie graag naar deze school sturen. Wat een mooi speelplein. Die bomen!' Ik hoop dat we zo verder komen, maar Harriet Grayson kijkt me verwonderd aan.

'Dus u verhuist van New York naar Londen?'

'Eh... ja,' zeg ik na enig nadenken. 'Ja hè, schat?' Ik werp Luke een korte, maar wanhopige blik toe.

'Mijn hemel! Maar hoe moet het dan met uw werk in het Guggenheim, professor Bloomwood?'

'Het Guggenheim?' herhaalt Luke met enigszins verstikte stem.

'Ja, het Guggenheim. Absoluut.' Ik knik een paar keer om tijd te winnen. 'Ik zal het Guggenheim natuurlijk missen, maar ik ga me... op mijn eigen kunst richten.'

'Bent u zelf kunstenaar?' Harriet Grayson staat paf. 'Wat leuk! Schildert u?'

'Niet echt.' Ik kuch. 'Mijn werk is... Het is moeilijk in woorden te vatten...'

'Becky's kunst is uniek,' mengt Luke zich opeens in het gesprek. 'Ze creëert... onwerkelijke werelden. Fantasieën, zou je het kunnen noemen.'

Net als ik hem kwaad aankijk, wordt er op de deur geklopt.

'Meneer Brandon?' De secretaresse kijkt aarzelend de kamer in. 'Wilt u naar kantoor bellen? Het is dringend.'

'Neem me niet kwalijk,' zegt Luke verbaasd. 'Als ze me storen, moet het wel heel belangrijk zijn. Pardon.' Hij loopt de kamer uit en ik pak de brochure van de school en sla een willekeurige bladzij op.

'Zo!' zeg ik snel. 'Hier staat dat de kinderen elke dag lezen, maar wat houdt dat precies in?'

Goddank. Mevrouw Grayson kletst een minuut of vijf over leesprogramma's en ik knik intelligent. Dan stel ik een vraag over het gebouw waar de exacte vakken worden gegeven, die me weer drie minuten uitstel oplevert. Net als ik over het netballen wil beginnen, gaat de deur weer open.

Ik gaap Luke verbaasd aan. Hij straalt helemaal. Hij ziet eruit alsof hij de hoofdprijs heeft gewonnen. Wat kan er...

O, mijn god. Elinor heeft het hem geflikt!

Oké, nu popel ik om mijn berichten te lezen.

'Neem me niet kwalijk,' zegt Luke beleefd tegen mevrouw Grayson. 'Ik moet voor dringende zaken terug naar kantoor, maar Becky kan blijven voor de rondleiding.'

'Nee!' Ik spring als door een wesp gestoken overeind. 'Ik bedoel... dat doe ik liever samen met jou, schat. Het spijt me ontzettend, mevrouw Grayson...'

'Het geeft niet,' zegt ze met een glimlach. 'En mag ik nogmaals zeggen wat een genoegen het is u te zien, professor? Weet u, uw advies met betrekking tot de kleine Ernest Cleath-Stuart was van onschatbare waarde.'

Ik voel dat Luke naast me zijn oren spitst. 'Waar gaat het over?' vraagt hij beleefd.

'Het hoort gewoon bij mijn werk,' zeg ik haastig. 'Het heeft niets om het lijf...'

'Dat ben ik niet met u eens!' Mevrouw Grayson richt zich tot Luke. 'Professor Bloomwood heeft met haar scherpe oog gezien dat een van mijn leerlingen van St. Cuthbert's talent heeft,' vertelt ze. 'Een jongen met, laten we zeggen... problemen. Maar sinds we hem de kunstprijs hebben gegeven, is hij helemaal uit zijn schulp gekropen. Het is gewoon een ander kind geworden!'

'Aha.' Nu heeft Luke het door. 'Juist.' Hij kijkt met mildere ogen naar me. 'Tja, professor Bloomwood is heel goed in dat soort dingen.'

We lopen zonder iets te zeggen door de gangen van de school naar buiten, schuiven in de auto en kijken elkaar even zwijgend aan.

'Zo.' Luke trekt vragend een wenkbrauw op. 'Professor.'

'Luke…'

'Niets tegen Suze zeggen.' Hij knikt. 'Ik snap het. En Becky… goed gedaan. Alleen kunnen we Minnie nu nooit meer naar deze school sturen, besef je dat wel?'

'Ja,' zeg ik sip. 'En ik vond het er echt leuk.'

'We vinden wel een andere.' Hij geeft een kneepje in mijn knie, pakt zijn BlackBerry en toetst een nummer. 'Hallo, Gary? Ik kom er zo aan. Ja, ik weet het, ongelooflijk nieuws!'

Ik zet stiekem mijn eigen BlackBerry aan en hoor het piepen van binnenkomende berichten. Het eerste is van Elinor.

Ik heb Bernard gesproken. Met vriendelijke groet, Elinor.

Zomaar. Opgelost, zonder gedoe. Hoe beter ik Elinor leer kennen, hoe ongelooflijker ik haar ga vinden. Luke moet een paar van haar genen hebben geërfd. Die vastberaden, staalharde, elk-obstakel-vermorzelende genen. Al zal ik dat nooit tegen hem zeggen.

'Zo… wat is er aan de hand?' zeg ik onschuldig wanneer Luke start. 'Vanwaar die opwinding op het werk?'

'Weet je nog, dat reisje naar Parijs?' Luke kijkt over zijn schouder om te keren. 'Ik ben bang dat het van de baan is. We hebben uiteindelijk toch geen bespreking met Christian Scott-Hughes – maar met de grote baas, vanmiddag al. Sir Bernard heeft zomaar besloten een halfuur voor ons vrij te maken! Sir Bernard Cross zelf!'

'Wauw.' Gelukkig kan ik goed acteren. 'Onvoorstélbaar!'

'Ongehoord.' Luke knikt, met zijn blik op de weg. 'We zijn allemaal nog in shock.'

'Nou, gefeliciteerd! Je verdient het!'

Bedankt, sms ik naar Elinor. Je bent een topper!!!

'Wat ík denk…' – Luke zwijgt even tot hij een lastige rotonde heeft genomen – '… is dat iemand een goed woordje voor me heeft gedaan. Zoiets gebeurt niet zomaar.' Hij werpt een blik op mij. 'Er moet ergens iemand achter zitten. Iemand met invloed.'

Mijn hart klopt in mijn keel, dus ik kan niet meteen iets terugzeggen.

'Echt waar?' zeg ik uiteindelijk. 'Wie zou dat moeten zijn?'

'Ik weet het niet. Moeilijk te zeggen.' Hij fronst peinzend zijn voorhoofd en grinnikt dan naar me. 'Maar wie het ook is, ik hou van hem.'

De rest van de middag zit ik op hete kolen. Alles loopt volgens plan – zolang elk onderdeel van het plan maar goed uitpakt. Als die bespreking maar goed gaat, als Luke maar niet besluit toch naar Parijs te gaan; als iedereen op kantoor zijn mond maar houdt...

Ik probeer een tafelschikking te maken, maar echt, het is nog ingewikkelder dan een sudoku en door mijn gepieker kan ik me niet concentreren. Janice komt telkens binnen met vragen als waar de ingang van de tent precies komt en Minnie ramt halverwege *Finding Nemo* een potlood in de dvd-speler. Het komt er dus op neer dat het vijf uur is en ik nog niet verder ben dan tafel 3 wanneer ik een sleutel in het slot hoor. Ik pak snel mijn tafelschema's bij elkaar en stop ze in de kast, achter paps 'Sounds of the Seventies'-cd-verzameling. Als Luke binnenkomt, zit ik op de bank een boek te lezen dat ik net van de vloer heb gegrist.

'Ha, hoe ging het?' Ik kijk op.

'Super. Echt fantastisch.' Luke straalt nog triomfantelijker dan vanochtend. 'Sir Bernard is geweldig. Hij was geconcentreerd, wilde luisteren, vond het interessant, we hebben allerlei boeiende nevenkwesties aangekaart...'

'Wat goed!' Ik glimlach, maar ik kan me nog niet helemaal ontspannen. Ik moet het zeker weten. 'Dus... je gaat definitief niet naar Parijs, vrijdag?'

'Ik ben bang van niet,' zegt Luke, 'maar als je wilt, kunnen we best gaan.'

'Nee!' Mijn stem schiet meters omhoog van opluchting. 'God, nee! Laten we gewoon... thuisblijven. Lekker chillen. Niksen.' Ik bazel, maar ik kan er niets aan doen. 'Dus al met al was het een goede dag.' Ik kijk hem stralend aan. 'Dat vraagt om champagne.'

'Ja, op één ding na.' Lukes gezicht betrekt even. 'Ik heb mijn assistente moeten waarschuwen. Niet het eind van de middag dat ik in gedachten had. Misschien moet ik haar wel ontslaan.'

311

Wát? De glimlach besterft me op de lippen.

'Bonnie, bedoel je? Maar... waarom dan? Je had gezegd dat je niets zou zeggen. Wat heeft ze gedaan?'

'Tja, het is heel teleurstellend,' verzucht Luke. 'Ze leek maandenlang de perfecte assistente. Ik had niets op haar aan te merken. Maar toen begon ze die ongepaste opmerkingen te maken waarover ik je al heb verteld, en de laatste tijd maakt ze een verstrooide indruk. En nu ben ik er zeker van dat ze clandestiene telefoontjes pleegt.'

O, god, o, god. Het komt allemaal door mij en het feest.

'Iedereen mag een keer bellen,' zeg ik gauw, maar Luke schudt zijn hoofd.

'Er zit meer achter. Ik heb mijn verdenkingen. In het gunstigste geval schnabbelt ze erbij naast haar baan; in het ongunstigste geval steelt ze bedrijfsgeheimen.'

'Dat zou ze nooit doen!' zeg ik onthutst. 'Ik ken haar. De eerlijkheid straalt ervan af.'

'Schat, jij bent goed van vertrouwen,' zegt Luke met een tedere glimlach, 'maar ik ben bang dat je je vergist. Er is iets niet pluis. Ik zag haar met een stapel papier die duidelijk niets te maken had met Brandon Communications. Daar komt nog bij dat ze de papieren schuldbewust onder haar bureau verstopte toen ze me zag aankomen. Ze had me kennelijk niet verwacht. Ik heb haar dus streng moeten toespreken.' Hij schokschoudert. 'Vervelend voor ons allebei, maar het is niet anders.'

'Ben je streng geweest?' vraag ik ontzet.

Ik zie het al voor me. Bonnie heeft vanmiddag de gastenlijst met me doorgenomen. Die moet ze onder haar bureau hebben gestopt. Ik vond al dat ze zo abrupt ophing.

'Wat heb je precies gezegd?' vraag ik. 'Heb je haar van streek gemaakt?'

'Doet het er iets toe?'

'Ja!' Ik voel frustratie opwellen. *Stomme idioot!* kan ik wel gillen. *Is het nooit in je opgekomen dat ze misschien meehelpt met het organiseren van je surpriseparty?*

Ik bedoel, ik ben natuurlijk wel blij dat het niet in hem is opgekomen, maar toch. Als Bonnie het zich maar niet te erg aantrekt. Ze

312

is zo goedaardig en lief; ik vind het een vreselijk idee dat Luke haar overstuur heeft gemaakt.

'Becky...' zegt Luke stomverbaasd. 'Wat is er toch?'

Ik kan niets meer zeggen, want dan verraad ik mezelf.

'Niks.' Ik schud mijn hoofd. 'Helemaal niks. Je zult vast wel gelijk hebben. Het is alleen zo... jammer.'

'Oké,' zegt Luke langzaam, en hij kijkt me lichtelijk verbaasd aan. 'Goed, ik ga me omkleden. Nanny Sue komt straks.'

Zodra hij weg is, ren ik naar de garderobekast beneden, bel Bonnie en krijg haar voicemail.

'Bonnie!' roep ik uit. 'Ik hoor net van Luke dat hij je een soort berisping heeft gegeven. Het spijt me ontzettend. Je weet dat hij het niet snapt. Als hij erachter komt hoe het zit, voelt hij zich vast verschrikkelijk. Maar goed, het goede nieuws is dat Parijs definitief niet doorgaat! Alles komt dus eindelijk op zijn pootjes terecht. Heb je het al aan iedereen bij Brandon C verteld? Bel me zodra je kunt.'

Ik verbreek de verbinding en hoor de bel.

Joepie. Daar zul je Nazi Sue hebben.

Nanny Sue heeft vandaag haar officiële blauwe uniform aan. Zoals ze daar op de bank zit, met een kop thee en haar opengeklapte laptop, is ze net een politievrouw die ons komt arresteren.

'Zo,' begint ze. Ze kijkt van mij naar Luke en dan glimlacht ze naar Minnie, die op de vloer zit te puzzelen. 'Het was me een genoegen tijd door te brengen met Becky en Minnie.'

Ik zeg niets terug. Ik val niet voor haar zogenaamd vriendelijke openingszet. Zo begint ze op tv ook altijd. Eerst is ze poeslief, maar dan slaat ze toe en aan het eind huilt iedereen bij haar uit en vraagt: 'Nanny Sue, hoe kan ik een beter mens worden?'

'Goed.' Ze slaat wat toetsen aan en er verschijnt een scherm op haar laptop met bovenin 'Minnie Brandon' in zwarte letters. 'Zoals jullie weten, heb ik onze ochtend samen gefilmd, zoals mijn gewoonte is. Alleen voor mijn eigen archief, hoor.'

'Wát?' Ik gaap haar aan. 'Dat meen je toch niet? Waar was die camera?'

'Op mijn revers.' Nanny Sue, die net zo geschrokken lijkt als ik, richt zich tot Luke. 'Ik dacht dat je dat tegen Becky zou zeggen?'

'Je wist het? Je hebt me niets verteld!' val ik Luke aan. 'Ik ben de hele tijd gefilmd en je hebt niets tegen me gezegd?'

'Het leek me beter zo. Ik was bang dat je, als je het wist…' Hij aarzelt even. 'Dat je je dan gekunsteld zou gedragen. Dat je een show zou opvoeren.'

'Dat zou ik nooit doen,' repliceer ik ziedend.

Nanny Sue scrolt door de beelden, en als ze even pauzeert vang ik een glimp op van mezelf terwijl ik aanstellerig over biologische klei praat.

'Dat doet er niet toe,' zeg ik snel. 'Spoel maar door.'

'En, wat vond je ervan, Nanny Sue?' Luke leunt voorover in zijn stoel, met zijn handen zenuwachtig om zijn knieën geklemd. 'Heb je ernstige problemen gesignaleerd?'

'Helaas is me inderdaad iets opgevallen wat me zorgen baarde,' zegt Nanny Sue ernstig. 'Ik zal het je laten zien… Kunnen jullie het scherm allebei zien?'

Wat is haar opgevallen? Wat het ook is, ze vergíst zich. Ik gloei van verontwaardiging. Wat geeft haar het recht bij ons binnen te dringen en ons te filmen en ons te zeggen wat er aan onze dochter mankeert? Wie zegt eigenlijk dat ze expert is?

'Wacht!' roep ik uit, en Nanny Sue zet verbaasd de film stil. 'Er zijn genoeg kinderen met pit, Nanny Sue. Dat wil nog niet zeggen dat ze verwend zijn. Dat wil niet zeggen dat ze problémen hebben. De menselijke aard is rijk geschakeerd en mooi. Sommige mensen zijn verlegen, andere juist uitbundig! Onze dochter is een fantastisch mensje en ik laat haar geest niet vermorzelen in een… onderdrukkend trainingskamp! En Luke is het met me eens!'

'Ik ook,' overrompelt Nanny Sue me.

'Hè?' zeg ik zwakjes.

'Volgens mij heeft Minnie absoluut geen problemen. Ze zou wel wat meer structuur en discipline in haar leven kunnen gebruiken, maar verder is het gewoon een levendige, normale peuter.'

'Normaal?' Ik gaap Nanny Sue stompzinnig aan.

'Normaal?' roept Luke uit. 'Is het normáál om mensen met ketchup te bespuiten?'

'Voor een tweejarige wel,' zegt Nanny Sue, die onze reacties grappig lijkt te vinden. 'Volkomen normaal. Ze verkent haar grenzen gewoon. Trouwens, wanneer heeft ze voor het laatst met ketchup gespoten?'

'Nou...' Luke kijkt me weifelend aan. 'Dat is me even ontschoten. Het is al een tijd geleden.'

'Ze heeft een eigen willetje, en bij vlagen lijkt ze jullie onder de duim te hebben. Ik stel voor dat ik een dag bij jullie kom om jullie adviezen te geven over het beheersen van dat wilde gedrag, maar jullie moeten echt niet denken dat jullie een probleemkind hebben. Minnie is een normáál kind. Een schat van een kind, zelfs.'

Ik ben zo van mijn stuk gebracht dat ik geen woord kan uitbrengen.

'Ze is heel intelligent,' vervolgt Nanny Sue, 'wat nog een hele uitdaging kan worden wanneer ze ouder wordt. Juist intelligente kinderen stellen hun ouders vaak op de proef...'

Ze begint weer over grenzen te praten, maar ik ben te opgetogen om goed te luisteren. Minnie is intelligent! Nanny Sue heeft gezegd dat mijn kind intelligent is! Een echte expert van de tv!

'Dus je gaat geen opvoedingskamp voorstellen?' onderbreek ik haar opgewekt.

'Wacht even, dat heb ik niet gezegd.' Nanny Sues gezicht wordt ernstig. 'Zoals ik al zei, is me iets opgevallen tijdens mijn observatie. En het baarde me zorgen. Kijk maar.'

Ze drukt een toets in en de film begint, maar tot mijn verrassing zie ik niet Minnie op het scherm, maar mezelf. Ik zit in de taxi op weg naar het winkelcentrum en de camera zoomt in op mijn handen.

'Waar zit je?' Luke tuurt naar het scherm. 'In een taxi?'

'We... hebben een uitje gemaakt. Moeten we dit echt zien?' Ik steek mijn hand uit om de laptop dicht te klappen, maar Nanny Sue draait hem behendig weg.

'We zouden dus even naar dat nieuwe winkelcentrum kunnen gaan in plaats van naar het educatieve spelcentrum,' hoor ik mezelf zeggen.

'Becky, wil je even naar je handen kijken?' Nanny Sue wijst met haar potlood. 'Ze beven. Moet je je vingers zien trekken. Dat begon toen we het bord van dat nieuwe winkelcentrum zagen, en volgens mij hield het pas op toen je iets had gekocht.'

'Ik heb gewoon onrustige vingers,' zeg ik met een luchtig lachje, maar Nanny Sue schudt haar hoofd.

'Ik wil je niet bang maken, Becky... maar is het ooit in je opgekomen dat je winkelverslaafd zou kunnen zijn?'

Ik hoor Luke snuiven, maar negeer hem.

'Winkelverslaafd?' herhaal ik op een toon alsof ik het woord niet eens ken. 'Eh... ik denk het niet...'

'Kijk eens naar die spanning in je kaakspieren.' Ze wijst naar het scherm. 'En hoe je op je stoel zit te trommelen.'

Nou ja. Sinds wanneer mag je niet meer op je stoel trommelen?

'Je straalt een soort radeloosheid uit,' houdt Nanny Sue vol. 'Wat ik hier zie, is een heftige reactie.'

'Niet waar!' Ik hoor dat ik te afwerend klink en krabbel meteen terug. 'Hoor eens, ik had al een tijdje niet meer geshopt, het is een nieuw winkelcentrum en ik ben ook maar een mens! Je kreeg gratis cadeaus! Ze hadden Jimmy Choo voor de halve prijs! En Burberry! Daar zou iedereen trekkerig van worden!'

Nanny Sue kijkt me even aan alsof ik zit te raaskallen en wendt zich tot Luke.

'Ik ga een reeks programma's voor volwassenen opzetten. We pakken allerlei stoornissen aan, van verslaving tot woede...'

'Wacht even,' kap ik haar ongelovig af. 'Zeg je nou dat je míj naar een opvoedingskamp wilt sturen? Luke, dat geloof je toch niet?'

Ik kijk hem aan in de verwachting dat hij lachend zal zeggen: 'Wat een bespottelijk idee,' maar ik zie een denkrimpel in zijn voorhoofd.

'Becky, ik dacht dat je had gezegd dat je een tijdje niet meer zou gaan shoppen. Ik dacht dat we een deal hadden.'

'Ik heb niet voor mezélf geshopt,' zeg ik wrevelig. 'Ik heb alleen een paar noodzakelijke kledingstukken voor Minnie gekocht. En alles was afgeprijsd!'

'Het is natuurlijk jouw leven,' zegt Nanny Sue, 'maar ik ben bang dat Minnie jouw neigingen gaat overnemen. Ze heeft al een vergevorderde kennis van merknamen, ze lijkt een onuitputtelijke hoeveelheid geld te mogen uitgeven...'

Dat doet de deur dicht.

'Dat is níét waar!' roep ik verontwaardigd uit. 'Ze geeft alleen maar haar zákgeld uit. Het staat allemaal in een speciaal boekje, dat heb ik je laten zien!' Ik vis Minnies zakgeldboekje uit mijn tas en duw het Nanny Sue onder haar neus. 'Weet je nog? Ik bedoel, ja, ze krijgt wel eens een voorschotje, maar ik heb haar uitgelegd dat ze het terug moet betalen.'

Nanny Sue bladert even in het boekje en kijkt me dan vreemd aan.

'Hoeveel zakgeld krijgt ze per week?'

'Vijftig pence,' zegt Luke. 'Voorlopig.'

Nanny Sue heeft een rekenmachine uit haar tas gepakt en is druk in de weer.

'Volgens mijn berekeningen...' – ze kijkt onverstoorbaar op – '... heeft Minnie haar "zakgeld" tot het jaar 2103 al uitgegeven.'

'Wat?' Ik kijk haar ontredderd aan.

'Wát?' Luke pakt het boekje en bladert erin. 'Wat heeft ze in jezusnaam allemaal gekocht?'

'Niet zo gek veel...'

Tot 2103? Dat kan toch niet kloppen? Ik zit als een idioot te hoofdrekenen terwijl Luke als een belastinginspecteur in Minnies boekje neust.

'Zes poppen?' Hij wijst priemend naar een bladzij. 'Op één dag?'

'Ze hoorden bij elkaar,' verdedig ik me. 'En ze hebben Franse namen! Dat is goed voor haar talen!'

'En wat is dit?' Luke is alweer bij een andere bladzij. 'Junior Dolcelaarzen?'

'Ze had ze pas nog aan! Die suède laarsjes. Je zei zelf nog dat ze er zo leuk uitzag!'

'Toen wist ik nog niet dat ze tweehonderd pond kostten!' tiert hij. 'Ik bedoel, jezus, Becky, het is nog maar een kind. Wat moet ze met die dure laarzen?'

Hij zit er echt geschokt bij. Eerlijk gezegd ben ik zelf ook een beetje geschrokken. Misschien had ik iets beter moeten bijhouden wat Minnie uitgaf.

'Hé, al goed, ik zet haar zakgeld voorlopig stop...'

317

Luke luistert niet eens naar me. Hij wendt zich weer tot Nanny Sue.

'Dus als we Becky niet helpen, kan Minnie zelf een shopaholic worden?'

Ik heb hem nog nooit zo ongerust gezien.

'Tja, verslavingen worden vaak doorgegeven binnen het gezin.' Ze praten met elkaar alsof ik er niet eens ben.

'Ik ben niet verslaafd,' zeg ik ziedend. 'En Minnie ook niet!' Ik gris het zakgeldboekje uit Lukes hand. Nanny Sue moet zich hebben verteld. Zoveel kunnen we niet hebben uitgegeven.

Minnie heeft efficiënt de spritsen op de salontafel weggewerkt, maar nu ziet ze het boekje.

'Zakgeld?' Haar ogen lichten op. 'Winkels?' Ze trekt aan mijn hand. 'Starbucks-shoppen?'

'Nu niet,' zeg ik snel.

'Shoppen! Shóppen!' Minnie rukt gefrustreerd aan mijn hand, alsof ik haar niet begrijp en haar daarom haar zin niet geef. Zo keek pap ook in Frankrijk, die keer toen we een elektrische ventilator wilden kopen en het Franse winkelpersoneel hem allemaal niet-begrijpend aankeek terwijl hij met zijn armen maaiend riep: 'Ventilator! Ventilátor! Electrique!'

'Shóppen.'

'Nee, Minnie!' snauw ik. 'Stil zijn!'

Minnie ziet eruit alsof ze haar hersenen pijnigt om een andere formulering te bedenken, en dan klaart haar gezicht op. 'Visa?'

Luke breekt zijn gesprek af en kijkt haar aan alsof hij het in Keulen hoort donderen.

'Hoorde ik haar "Visa" zeggen?'

'Is ze niet slim?' Ik lach iets te vrolijk. 'De dingen die kinderen zeggen...'

'Becky... dit is erg. Echt erg.'

Hij ziet er zo overstuur uit dat ik opeens een beklemd gevoel op mijn borst krijg.

'Het is niet erg!' zeg ik wanhopig. 'Ze is niet... Ik ben niet...' Ik klap hulpeloos mijn mond dicht. Even zegt niemand iets, behalve Minnie, die nog aan mijn arm trekt en 'Visa! Visa!' roept.

Uiteindelijk haal ik diep adem. 'Je denkt echt dat we een probleem hebben, hè? Nou, best, als jij vindt dat ik naar een opvoedingskamp moet, ga ik wel naar een opvoedingskamp.'

'Maak je geen zorgen, Becky!' Nanny Sue lacht naar me. 'Zo erg is het niet. Het is gewoon een cursus met gesprekken en gedragstherapie in ons hoofdkantoor in Londen, waar mensen die ver weg wonen ook gehuisvest kunnen worden. We houden workshops, een-op-eengesprekken, rollenspellen... Je vindt het vast leuk!'

Leuk?

Ze geeft me een folder, maar ik kan me er niet toe zetten er ook maar een blik op te werpen. Heb ik echt toegezegd naar zo'n kamp te gaan? Ik wist wel dat we Nanny Sue nooit meer binnen hadden moeten laten.

'Als het maar goed gaat met Minnie, dat is het belangrijkste,' verzucht Luke. 'We maakten ons echt zorgen.'

Nanny Sue neemt een slokje thee en kijkt van Luke naar mij. 'Even uit belangstelling... waarom dachten jullie eigenlijk dat ze problemen had?'

'Dat heb ik nooit gedacht,' zeg ik prompt. 'Dat dacht Luke. Hij zei dat we er geen kind bij konden hebben omdat we Minnie al niet in bedwang konden houden. Hij zei dat ze te wild was.'

Terwijl ik het zeg, dringt het tot me door. Nou heeft hij geen smoes meer! Bingo! Ik kijk Luke aan.

'Wil je nu dan wél een tweede kind? Je moet je bedenken.'

'Ik... weet het niet.' Luke voelt zich in het nauw gedreven. 'Zulke dingen doe je niet overhaast, Becky. Het is een grote stap...'

'Alles in het leven is een grote stap,' wuif ik zijn bezwaar weg. 'Wees niet zo'n angsthaas.' Ik wend me tot Nanny Sue. 'Jij vindt toch ook dat Minnie een broertje of zusje moet hebben? Jij denkt toch ook dat het goed voor haar zou zijn?'

Ha. Dat zal Luke leren. Hij wil Nanny Sue toch zo graag aan zijn kant hebben? Nou, dat spelletje kan ik ook spelen.

'Dat is een heel persoonlijke beslissing,' zegt Nanny Sue bedachtzaam, 'maar het kan soms nuttig zijn om zulke kwesties te bespreken. Luke, is er een bepaalde reden waarom je geen tweede kind wilt?'

319

'Nee,' zegt Luke na een lange stilte. 'Niet echt.' Hij voelt zich absoluut niet op zijn gemak, valt me op.

Waarom is dit zo'n heikel punt voor hem?

'Baby's werken natuurlijk wel ontwrichtend...' begint Nanny Sue.

'Minnie niet!' spring ik meteen voor haar in de bres. 'Ik bedoel, een klein beetje maar...' Dan schiet me iets te binnen. 'Is het vanwege die keer dat ze op je papieren had gekauwd? Toen kreeg ze tándjes, Luke, en je moet je werk niet op bed laten slingeren, en je had kopieën moeten maken...'

'Daar gaat het niet om!' valt Luke me plotseling driftig in de rede. 'Doe niet zo idioot. Dat zou geen geldige reden zijn. Dat zou niet...' Zijn stem, die vreemd krasserig klinkt, begeeft het. Hij heeft zijn gezicht afgewend, maar ik zie de spanning in zijn nek toenemen.

Wat ís er toch?

'Ik geloof dat hier meer achter zit dan het gedrag van kleine kinderen, hè, Luke?' zegt Nanny Sue zacht, en ik kijk met grote ogen toe. Het is net als op de tv! 'Neem rustig de tijd,' vervolgt ze, en Luke haalt diep adem. 'Er is geen haast bij.'

Het is stil, op Minnies gekauw op een sprits na. Ik durf geen vin te verroeren. De sfeer in de kamer is finaal omgeslagen. Wat zal hij zeggen?

'Het is geweldig om Minnie te hebben,' zegt Luke ten slotte een beetje schor, 'maar ik geloof niet dat ik net zo intens van een tweede kind zou kunnen houden. En dat risico mag ik niet nemen. Ik weet hoe het is om je als kind afgewezen en onbemind te voelen en dat zou ik mijn eigen kinderen nooit willen aandoen.'

Ik ben sprakeloos. Ik had geen idee dat Luke zich zo voelde. Geen benul.

'Waarom voelde je je afgewezen, Luke?' vraagt Nanny Sue met die zachte, begripvolle stem die ze altijd tegen het eind van het programma opzet.

'Mijn moeder heeft me in de steek gelaten toen ik nog klein was,' zegt Luke op een toon alsof hij het over het weer heeft. 'We zijn elkaar later wel weer tegengekomen, maar we hebben nooit... een band gekregen, zou je kunnen zeggen. Kortgeleden hebben we knallende ruzie gehad, en ik ben er vrij zeker van dat we elkaar nooit meer zullen spreken.'

'Juist.' Nanny Sue blijft er kalm onder. 'Heb je wel eens een verzoeningspoging gedaan? Of zij?'

'Mijn moeder denkt niet eens aan me,' zegt Luke met een wrang glimlachje. 'Neem dat maar van me aan.'

'Becky, ben jij op de hoogte van de situatie?' vraagt Nanny Sue aan mij. 'Denk jij ook dat Lukes moeder nooit aan hem denkt?'

Mijn gezicht wordt vuurrood en ik maak een piepgeluidje.

'Becky heeft nog erger de pest aan mijn moeder dan ik,' antwoordt Luke in mijn plaats, en hij lacht blaffend. 'Ja toch, lieverd? Ik weet zeker dat je opgelucht bent dat we haar nooit meer hoeven te zien.'

Ik neem een slok thee en voel mijn gezicht gloeien. Dit is ondraaglijk. Ik heb een stuk of tweehonderd sms'jes in mijn BlackBerry, allemaal van Elinor, en allemaal over Luke. Ze heeft deze week niets anders gedaan dan zich inspannen om hem het mooiste feest van de wereld te geven.

Maar dat kan ik niet zeggen. Wat kan ik zeggen?

'Ik ben opgevoed door een fantastische stiefmoeder,' vervolgt Luke. 'Dat was écht mijn moeder. Toch raak je dat gevoel dat je bent afgewezen nooit meer kwijt. Als ik nog een kind kreeg, en dat zou zich afgewezen voelen...' Hij trekt een grimas. 'Ik zou het niet kunnen.'

'Maar waarom zou het zich afgewezen voelen?' vraagt Nanny Sue vriendelijk. 'Het zou jouw kind zijn. Je zou van hem of haar houden.'

Het blijft lang stil, en dan schudt Luke zijn hoofd.

'Dat is het hem nou juist. Dat is mijn angst, zogezegd.' Zijn stem klinkt laag en hees. 'Ik kan me niet voorstellen dat ik mijn liefde over zoveel mensen zou kunnen verdelen. Ik hou van Becky. Ik hou van Minnie. Dan is het óp.' Hij wendt zich plotseling tot mij. 'Heb jij dat ook niet? Ben je niet bang dat je niet in staat zou zijn van nog een kind te houden?'

'Nou, nee,' zeg ik overdonderd. 'Ik heb meer het gevoel van... hoe meer, hoe beter.'

321

'Luke, jouw angst komt vaak voor,' zegt Nanny Sue. 'Heel veel ouders hebben die angst voordat ze aan een tweede kind beginnen. Ze kijken naar hun eerste beminde kind en voelen alleen schuldgevoel omdat er misschien niet genoeg liefde voor iedereen zal zijn.'

'Precies.' Hij krijgt een diepe rimpel in zijn voorhoofd. 'Dat is het precies. Het schuldgevoel.'

'Maar al die ouders hebben zonder uitzondering naderhand tegen me gezegd dat er wél genoeg liefde was. Meer dan genoeg.' Nanny Sues stem wordt nog zachter. 'Er is liefde in overvloed.'

Opeens voel ik het prikken in mijn ogen.

Nee, echt niet. Ik ga me níét door Nanny Sue aan het huilen laten maken.

'Je wist toch ook niet van tevoren hoeveel je van Minnie zou gaan houden?' zegt Nanny Sue ernstig tegen Luke. 'Maar daar heb je je niet door laten weerhouden.'

Luke zwijgt lang.

Ik hou mijn vingers stevig gekruist, besef ik. Van beide handen. En mijn tenen.

'Nou… nee,' zegt Luke ten slotte. 'Uiteindelijk zul je wel gewoon vertrouwen moeten hebben, denk ik.' Hij kijkt met een aarzelende glimlach naar me op en ik lach vrolijk stralend terug.

Nanny Sue is de knapste expert van de wereld, en ik ben gek op haar.

Een uur geleden hebben we afscheid genomen van Nanny Sue, beloofd altijd contact te houden en Minnie eindelijk in bed gestopt. Luke en ik lopen op onze tenen haar slaapkamer uit, leunen tegen de muur en kijken elkaar aan.

'Zo,' zegt Luke dan.

'Zo.'

'Wat denk je, wordt het een jongetje of een meisje?' Hij trekt me tegen zich aan en ik vlij me in zijn armen. 'Zou Minnie een broertje of zusje willen om de baas over te spelen?'

Ik vind het ongelooflijk dat hij zo praat. Ik kan niet geloven dat hij er zo relaxed over doet. Nanny Sue is geniaal (afgezien dan van het opvoedingskamp voor shopaholics, dat me afgrijselijk lijkt en waar ik me op de een of andere manier uit zal moeten draaien).

Ik doe mijn ogen dicht, leun tegen Lukes borst en voel me helemaal warm en verrukkelijk. Het feest is in kannen en kruiken. Luke wil nog een kind. Minnie is een schattig, intelligent kind. Nu kan ik me eindelijk ontspannen.

'We hebben veel om naar uit te kijken,' zeg ik tevreden.

'Mee eens.' Hij glimlacht terug, en dan gaat mijn telefoon. Ik zie dat het Bonnie is en bevrijd me uit Lukes armen om op te nemen.

'Hé, hallo,' zeg ik vriendelijk, maar op mijn hoede. 'Ik ben net met Luke…'

'Heeft hij zijn BlackBerry bij zich?' onderbreekt Bonnie me op een manier die niets voor haar is.

'Eh… ja, hij zet hem net aan,' zeg ik, en ik kijk naar Luke. Hij had hem uitgezet toen Nanny Sue kwam, wat maar bewijst hoeveel respect hij voor haar heeft.

'Pak hem af. Verzin een smoes! Hij mag er niet naar kijken!'

Ze klinkt hysterisch, en ik kom meteen in actie.

'Geef hier!' Ik gris de BlackBerry, die net begint te zoemen en te knipperen, uit Lukes hand. 'Sorry!' Ik lach snel om hem niet achterdochtig te maken. 'Het is… een vriendin van mijn werk die over verschillende modellen BlackBerry's wil praten. Je vindt het toch niet erg?'

'Hij mag ook niet naar zijn computer kijken!' toetert Bonnie in mijn oor. 'Niets met e-mail!'

'Luke, wil je een kop thee voor me zetten?' zeg ik met schrille stem. 'Nu meteen? Eigenlijk… voel ik me niet zo lekker. Kun je me thee op bed brengen? Met wat toast?'

'Eh… goed.' Luke kijkt me verwonderd aan. 'Wat is er?'

'Wc!' hijg ik, en ik haast me weg. 'Ga nou maar theezetten! Dank je wel!'

Ik ren naar onze slaapkamer, pak Lukes laptop van het bureau, verstop hem in mijn kleerkast en druk ademloos de telefoon weer tegen mijn oor. 'Bonnie, wat is er?'

'Becky, ik ben bang dat ik daarnet… een grote vergissing heb gemaakt,' zegt ze gejaagd ademend.

Een vergissing? Bónnie?

O, mijn god. Ze is onder de druk bezweken. Ze heeft iets ver-knald op het werk en nu moet ik haar sporen wissen. Misschien wil ze dat ik haar dek, of dat ik tegen Luke lieg, of e-mails van zijn computer wis. Ik voel me zowel geroerd door het vertrouwen dat ze in me stelt door zoiets van me te vragen als berouwvol omdat ik haar in die toestand heb gedreven.

'Was je van streek door Lukes standje?' vraag ik. 'Heb je daardoor een fout gemaakt?'

'Ik was een beetje uit mijn doen vanmiddag,' zegt ze aarzelend. 'Ja.'

'Ik wíst het!' Ik grijp naar mijn hoofd. 'Bonnie, het spijt me zo ontzettend. Was Luke echt boos op je?'

'Hij was niet onredelijk gezien de omstandigheden, maar ik moet bekennen dat ik van streek was...'

'Bonnie, ophouden,' zeg ik met een stem die beeft van vastberadenheid. 'Wat je ook hebt gedaan, wat voor fout je ook hebt gemaakt, hoeveel verlies Brandon Communications er ook door lijdt... het kán niet jouw schuld zijn. Ik laat je niet door Luke ontslaan. Ik verdedig je tot het uiterste!'

Opeens zie ik voor me hoe ik Bonnie bij haar pols pak, me met haar in Lukes kantoor posteer en zeg: 'Begrijp je wel wat een juweel deze vrouw is? Besef je wel wat een aanwinst ze is?'

'Becky, kind, maak je geen zorgen! Ik heb geen fout in mijn werk gemaakt,' onderbreekt Bonnie mijn dagdroom. 'Het gaat om het feest.'

'Het feest?' Er loopt een rilling over mijn rug. 'Wat heb je gedaan?'

'Zoals je weet, heb ik vandaag alle medewerkers op de hoogte gesteld van het feest. Ik heb een groepsmail gestuurd en alles ging goed. De mensen vinden het heel spannend en leuk.'

'Mooi.' Ik probeer mijn paniek in bedwang te houden. 'Dus... wat is er fout gegaan?'

'Daarna schoot me te binnen dat ik was vergeten te zeggen dat we als groep een verjaardagskaart zouden geven. Toen heb ik nog een e-mail gestuurd om te zeggen dat de kaart bij de receptie lag en dat Luke hem tijdens het feest zou krijgen. Net toen ik de spelling controleerde, dacht ik dat ik Luke hoorde. Toen heb ik in mijn verwarring de e-mail snel verstuurd en het venster gesloten.' Ze zwijgt even. 'Het drong pas later tot me door wat ik had gedaan.'

'Wat je had gedaan?' Mijn hart bonkt. 'O, god. Je hebt die mail ook aan Luke gestuurd, hè?'

'Ja, jammer genoeg wel,' zegt Bonnie na een korte aarzeling.

Ik ben zo geschrokken dat ik vonken in mijn hoofd voel. Adem in... adem uit...

'Niets aan de hand.' Ik sta er zelf versteld van hoe kalm ik klink, als een getrainde verpleegkundige van de Spoedeisende hulp. 'Geen paniek, Bonnie, ik wis die mail wel van zijn computer en zijn BlackBerry. Er is geen man overboord. Goddank heb je het op tijd ontdekt, anders...'

'Becky, je snapt het niet. Luke heeft die mail gekregen omdat hij op onze lijst van algemene relaties staat. Dáár heb ik die mail per ongeluk aan gestuurd.'

'Algemene relaties?' herhaal ik onzeker. 'Nou... wie zijn dat? Wie staan er op die lijst?'

'Rond de tienduizend financiële analisten, autoriteiten en mensen van de landelijke pers. Ik ben bang dat ze die mail allemaal hebben gekregen.'

Ik krijg weer een schok, maar nu zie ik geen vonkjes. Dit is een enorme, overdonderende, overweldigende tsunami van afgrijzen.

'*Tienduizend* mensen?'

'Ik heb natuurlijk meteen een correctie verstuurd en om algehele geheimhouding verzocht, maar ik ben bang dat het niet zo simpel is. Er komen reacties binnen. Felicitaties voor Luke. Zijn postvak zit vol. Hij heeft al zesenvijftig gelukwensen gekregen.'

Met een trillende duim klik ik Lukes postvak aan op zijn Black-Berry. Een lijst ongelezen e-mails vult het scherm.

Nog vele jaren, maatje!

Fijne verjaardag gewenst.

Hartelijk gefeliciteerd en de allerbeste wensen van het marketingteam van HSBC.

Ik hoor Lukes voetstappen op de trap en kan wel piepen van paniek. Ik moet die BlackBerry verstoppen. Ik moet alles verstoppen, deze ramp in de kiem smoren.

'Straks komt hij erachter!' fluister ik ontzet, en ik duik de badkamer in. 'We moeten die berichten wissen! We moeten er een eind aan maken!'

'Ik weet het,' zegt Bonnie wanhopig. 'Maar het schijnt dat die e-mail verder is doorgestuurd. Luke krijgt mails van Jan en alleman. Ik weet niet hoe we dat kunnen tegenhouden.'

'Maar het is geheim!' kerm ik. 'Snáppen ze dat dan niet?'

'Becky,' zegt Bonnie met een zucht, 'misschien heb je het geheim lang genoeg bewaard. Over twee dagen is het feest al. Wordt het geen tijd om het aan Luke te vertellen?'

Ik kijk gechoqueerd naar het toestel. Vindt ze dat ik het zomaar moet opgeven? Na alles wat er is gebeurd?

'Absoluut niet!' fluister ik verontwaardigd. 'Echt niet! Ik geef een surpriseparty voor hem, begrepen? Het is een verrássing. Ik zal Luke gewoon moeten afleiden van zijn e-mails en alles.'

'Kind, je kunt hem met geen mogelijkheid twee hele dagen van zijn e-mails afhouden...'

'Jawel! Ik maak zijn BlackBerry zoek, en ik verzin wel iets op zijn laptop... Laat de systeembeheerder al die e-mails wissen, als dat kan. Hou me op de hoogte. Bonnie, ik moet ophangen...'

'Becky?' roept Luke vanuit de slaapkamer. 'Gaat het, schat?'

Ik verbreek de verbinding, kijk met bonzend hart naar Lukes BlackBerry, leg hem op de tegelvloer en stamp er hard op. Zo. Pak aan, tienduizend mensen die allemaal mijn geheim willen verraden.

'Becky?'

Ik doe de deur open en zie Luke met een mok op een bord met twee geroosterde boterhammen staan.

'Gaat het wel?' Hij kijkt me bezorgd aan en houdt dan zijn vrije hand op. 'Mag ik mijn BlackBerry terug?'

'Ik... heb hem kapotgemaakt. Sorry.'

'Jezus!' Hij kijkt ontzet naar de zielige resten. 'Hoe heb je dat in vredesnaam voor elkaar gekregen?' Hij kijkt om zich heen. 'Waar is mijn laptop? Ik moet Bonnie mailen...'

'Nee!' gil ik zo snerpend dat hij geschrokken in elkaar krimpt, waardoor de thee over de rand van de mok klotst. 'Vergeet je laptop! Vergeet alles! Luke…' Ik probeer wanhopig iets te verzinnen. 'Ik… ovuleer!'

Yes!

'Hè?' Hij gaapt me wezenloos aan.

'Nu!' Ik knik gedecideerd. 'Op dit moment! Ik heb het net getest. Die tests zijn tegenwoordig heel precies. We moeten dus aan de slag! Snel! Minnie slaapt, we zijn alleen thuis…' Ik heupwieg suggestief op hem af, pak het bord met de mok uit zijn hand en zet het op een plank. 'Kom, schat,' zeg ik laag en hees. 'Laten we een kind maken.'

'Tja, het is een idee.' Ik knoop zijn overhemd open en trek het uit zijn broek, en zijn ogen beginnen te glimmen. 'Stel nooit uit tot morgen…'

'Wat je zegt.' Ik doe mijn ogen dicht en aai zo sensueel als ik kan over Lukes borst. 'Ik ben zó heet.'

Het is nog waar ook. Door al die door mijn lijf gierende adrenaline voel ik me echt heet en geprikkeld. Ik trek zijn overhemd helemaal uit, trek hem naar me toe en snuif zijn geur van zweet en aftershave op. Hm. Dit was een uitstekend idee.

'Ik ook,' zegt Luke zacht in mijn hals. Het is wel duidelijk dat hij zin heeft, en niet zo'n beetje ook. Prima. Dat levert me een paar uur op waarin hij niet eens aan zijn laptop of BlackBerry dénkt. Als ik het slim speel, zit ik zelfs goed tot morgenochtend. En dan…

O, god. Ik heb geen idee. Ik zal gewoon nog iets moeten verzinnen. Ik heb tijd genoeg om een plan te beramen.

Ik weet maar één ding zeker: Luke zal vrijdagavond een verrassing krijgen, al wordt het mijn dood.

19

Oké, dit wordt echt zo'n beetje mijn dood. Het is de volgende ochtend halfacht en ik ben bekaf, want telkens wanneer ik bijna in slaap viel, mompelde Luke iets over 'e-mails controleren' en moest ik weer van voren af aan beginnen met mijn zwoele nymfomanenact.

Wat natuurlijk ook best leuk was, maar nu zijn we allebei echt verzadigd. En dan bedoel ik ook echt. We hebben genoeg gehad (voorlopig, althans). En ik weet dat Luke straks aan zijn werk gaat denken. Ik heb hem tot nu toe in de slaapkamer weten te houden. Ik heb voor ons allemaal ontbijt op bed gemaakt, en hij drinkt zijn tweede kop koffie terwijl Minnie een stukje toast eet, maar hij kan nu elk moment op zijn horloge kijken en zeggen...

'Heb je mijn laptop gezien?' Hij kijkt op.

Ik wíst het.

'Eh... ben je hem kwijt?' draai ik eromheen.

'Hij moet hier ergens zijn...' Hij pakt zijn overhemd van de vloer.

'Vast wel.' Ik knik wijs. Ik heb de laptop uit de kamer gesmokkeld en achter de schoonmaakmiddelen in de kast in de bijkeuken verstopt. Vervolgens heb ik een strijkplank en een overvolle wasmand voor de kastdeur gezet. Hij vindt hem nooit.

'Ik moet Bonnie de situatie uitleggen...' Hij stapt uit bed en begint energiek te zoeken. 'Waar is dat rotding? Gisteravond was hij er nog! Ik word zeker dement. Mag ik jouw BlackBerry lenen?'

'Leeg,' jok ik soepel. 'Ik ben vergeten hem op te laden.'

'Dan neem ik de computer van je ouders wel...'

'Ze hebben het wachtwoord veranderd,' zeg ik snel. 'Je komt er niet meer in. Nog een kop koffie, schat?'

De telefoon op het nachtkastje gaat en ik neem zo natuurlijk mogelijk op.

'Hallo? O, Luke, het is voor jou!' zeg ik zo verbaasd als ik kan. 'Het is Gary!'

'Ha, Gary,' zegt Luke, die het toestel van me overneemt. 'Sorry, mijn BlackBerry is naar de…' Hij klapt zijn mond dicht en kijkt naar de telefoon. 'Wát?' roept hij dan uit. 'Maar Gary…'

Ik nip ingetogen van mijn koffie, kijk naar Luke en onderdruk een glimlach. Luke beëindigt het gesprek en kijkt me verbouwereerd aan.

'God allemachtig.' Hij zakt op het bed. 'Dat was Gary. Ik ben bang dat hij een zenuwinzinking heeft.'

'Dat méén je niet!' gil ik theatraal.

Die goeie ouwe Gary. Ik wist wel dat ik op hem kon rekenen.

'Hij zei dat hij me dringend moest spreken. Hij wil over het bedrijf praten, over zijn leven, hij kan de druk niet meer aan. Hij klonk echt alsof hij het niet meer aankon. Gary, nota bene!' Luke is verbijsterd. 'Ik bedoel, hij is wel de laatste van wie ik verwachtte dat hij overspannen zou raken. Hij is altijd zo'n rots geweest. Hij zei dat hij Londen niet meer kan zien en dat hij me ergens in het niemandsland in New Forest wil spreken, godsamme.'

Het is een vakantiehuisje waar Gary altijd met zijn gezin naartoe gaat. Er is geen internet en geen tv, en ook geen mobiel bereik. Gary en ik hebben vanochtend vroeg een gesprekje gehad. Hij zei dat hij dacht dat hij deze ochtend wel kon doen alsof hij een zenuwinzinking had, en intussen kan ik dan nieuwe plannen verzinnen.

'Je móét Gary voorrang geven,' zeg ik ernstig. 'Hij is tenslotte je rechterhand. Ik vind dat je naar hem toe moet gaan en naar hem moet luisteren.' Ik zie Luke weifelen en voeg er snel aan toe: 'Anders zou hij domme dingen kunnen doen. Dat risico wil je toch niet nemen? Bel Bonnie en vraag of ze je afspraken kan verzetten.'

Luke reikt in een reflex naar zijn zak om zijn BlackBerry te pakken – en dan weet hij het weer.

'God, wat een toestand.' Hij pakt binnensmonds vloekend het vaste toestel. 'Ik weet haar doorkiesnummer niet eens.'

'Het is…' Ik verbijt me. Shit. Ik moet opletten. 'Het is waarschijnlijk handiger om de centrale te bellen,' vul ik haastig aan. 'Hier!' Ik geef hem een oud Brandon Communications-notitieboekje en Luke

329

toetst naarstig het nummer in, met een diepe rimpel in zijn voor-hoofd.

Ik moet hard op mijn onderlip bijten om niet te lachen. O, wat is hij chagrijnig.

'Hallo, Maureen, met Luke. Mag ik Bonnie van je?' Hij neemt een slok koffie. 'Bonnie. Goddank. Je gelooft gewoon niet wat een drama het hier is. Ik heb geen BlackBerry en geen laptop. Ik heb net een krankzinnig telefoontje van Gary gehad, ik heb geen idee waar ik mee bezig ben...' Hij zwijgt en ik zie zijn gezicht langzaam ont-spannen.

'Goh, bedankt, Bonnie,' zegt hij dan. 'Dat zou geweldig zijn. Tot gauw. Heb je dit nummer? Oké. En... bedankt.' Hij hangt op en kijkt me aan. 'Bonnie stuurt een fietskoerier met een laptop hiernaartoe terwijl ik bij Gary ben. Als jij hem aanneemt, kan ik hem op de te-rugweg naar kantoor afhalen.'

'Wat een goed idee!' jubel ik, alsof ik het voor het eerst hoor en er niet al een stuk of vijftig e-mails over heb uitgewisseld. Ik kan de verleiding niet weerstaan om eraan toe te voegen: 'Gelukkig maar dat Bonnie zo efficiënt is, hè?'

Bonnie stuurt een speciaal aangepaste laptop waarmee Luke niet op internet kan komen wegens een 'defecte server'. De systeem-beheerder heeft Lukes e-mailaccount onbruikbaar gemaakt en een nepaccount voor hem aangemaakt. Daar stuurt Bonnie genoeg e-mails naartoe om Luke bezig te houden, zodat hij geen onraad ruikt, maar verder komt er niets op binnen. In wezen snijden we hem af van de virtuele beschaving.

'En ze stuurt een auto om me naar Gary te brengen, waar hij ook uithangt. Hij zou er over een minuut of twintig moeten zijn.' Luke kijkt weer met gefronste wenkbrauwen om zich heen. 'Ik weet zéker dat ik mijn laptop gisteren mee naar huis heb genomen. Ik weet het zéker.'

'Zit maar niet in over je laptop,' zeg ik zo sussend alsof ik een psy-chotische patiënt toespreek. 'Hé, heb jij zin om Minnie aan te kleden?'

Mijn BlackBerry trilt, en zodra Luke buiten gehoorsafstand is, neem ik zonder naar het scherm te kijken op.

'Ha, Bonnie?'

'Nee, met Davina.'

Ik ben zo op de gebeurtenissen van deze ochtend gefocust dat het een fractie van een seconde duurt voordat ik haar kan plaatsen.

'Davina?' Ik kan mijn verbazing niet verhullen. 'Hallo! Hoe is het met je?'

'Becky, arme stakker. Wat verschríkkelijk!' Een krankzinnig moment lang denk ik dat ze het over het bijna uitgekomen geheim van het feest heeft, maar dan begrijp ik wat ze bedoelt.

'O, dat.' Ik trek een grimas. 'Ja, ik weet het.'

'Wat is er gebéúrd?'

Ik heb helemaal geen zin om het allemaal nog eens door te nemen. Het was me net gelukt het uit mijn hoofd te zetten.

'Nou, mijn baas kwam achter de "Discreet shoppen"-service,' zeg ik zacht. 'En hij vond het maar niks. Ik ben dus geschorst en er komt een onderzoek.' Eerlijk gezegd ben ik de afgelopen dagen zo verwoed bezig geweest dat ik amper aan dat onderzoek heb gedacht.

'Maar je hebt ons leven gered!' roept Davina geëmotioneerd. 'We zijn het er allemaal over eens dat we dit niet pikken. We hebben gisteren vergaderd met een stel vaste klanten. Jasmine heeft het nieuws verspreid, toen hebben we een groepsmail verstuurd...'

'Jasmíne?' Ik kan me niet goed voorstellen dat Jasmine de strijdkrachten op de been heeft gebracht.

'We laten dit niet over ons heen komen. We gaan actie ondernemen. En die baas van jou zal er spijt van krijgen dat hij je dit heeft aangedaan.'

Ze is ontroerend fel. Jasmine ontroert me ook, maar wat kunnen ze eigenlijk doen? Misschien gaan ze samen een schriftelijke klacht indienen.

'Nou, bedankt, Davina. Ik stel het echt op prijs.'

'Ik hou je op de hoogte. Maar wat ik wilde vragen, Becky, gaat het wel goed met je? Kan ik iets voor je doen, wat dan ook? Ik heb de hele dag vrij, dus als je erover wilt praten, als ik je moet komen opvrolijken...'

Ik word overspoeld door dankbaarheid. Davina is echt een schat.

'Lief van je, maar het hoeft niet.' *Tenzij je op de een of andere manier mijn man kunt afleiden...*

Hé. Mijn gedachten komen abrupt tot stilstand. Davina is toch medisch specialist? Ze zou dus misschien...

Nee. Dat kan ik niet van haar vragen. Het is te veel.

Maar het zou mijn leven redden, en ze hééft het aangeboden...

'Nou, eigenlijk zou je me echt uit de brand kunnen helpen,' begin ik omzichtig. 'Maar het is wel iets groots...'

'Geeft niet! Zeg het maar!'

Davina is een topper. Tegen de tijd dat Luke met Minnie terugkomt naar de slaapkamer, is het plan rond. Davina en ik hebben Bonnie ge-sms't; alles is geregeld. Ik stop haastig mijn BlackBerry onder het dekbed en glimlach naar Luke, en dan, precies op het goede moment, gaat de telefoon.

'Hé, hallo, Bonnie,' zeg ik onschuldig. 'Ja, Luke is hier. Moet je hem spreken?'

Ik geef hem het toestel en nu moet ik nog harder op mijn onderlip bijten, zo verbluft staat Lukes gezicht.

'Een noodonderzoek?' zegt hij uiteindelijk kwaad.

O, god, niet lachen. Ik mag niet lachen.

'Dat kun je niet menen!' roept hij uit. 'Hoe kan een medische controle nou een nóódgeval zijn? Nou, zeg maar dat het niet schikt.' Ik zie hem gefrustreerd raken. 'Nou, zeg maar tegen de verzekeringsmaatschappij dat ze mijn rug op kunnen. Nou...'

Die Bonnie. Ze moet echt onvermurwbaar zijn aan haar kant van de lijn.

'Jezus christus.' Luke legt de telefoon met een klap op het nachtkastje. 'Het schijnt dat ik me vanmiddag volledig moet laten onderzoeken. Er is gedonder met de verzekering of zo.'

'Balen!' zeg ik meelevend.

Davina heeft beloofd Luke van top tot teen te onderzoeken. Het gaat minstens zes uur duren, hij krijgt een ziekenhuispon aan, kan geen laptop of mobieltje gebruiken en is volslagen onbereikbaar.

'Ik heb nog nooit zo'n bespottelijke crisisdag...' Hij harkt met twee handen door zijn haar, volkomen machteloos.

Luke is er echt niet aan gewend dat hij de touwtjes niet in handen heeft. Als ik niet wilde giechelen, zou ik medelijden met hem hebben.

'Nou ja.' Ik geef een liefdevol kneepje in zijn hand. 'Ga maar gewoon.' Ik kijk op mijn horloge. 'Komt de auto niet al bijna? Moet je je niet haasten?'

Terwijl Luke zijn jasje aantrekt, krijg ik een sms'je binnen en ik klik het stiekem aan. Het komt van Bonnie en het is heel kort en zakelijk: Becky, heb je YouTube gezien?

Oké. Net als ik denk dat het niet erger kan worden, wordt het nog erger.

De afdeling Marketing van Foreland Investeringen heeft een video gemaakt waarin iedereen 'Hartelijk gefeliciteerd, Luke!' in de camera zegt en die hebben ze op YouTube gezet onder de kop *Hartelijk gefeliciteerd, Luke Brandon!*

Ik word heen en weer geslingerd tussen diepe ontroering en de neiging de haren uit mijn hoofd te trekken. Ik bedoel, YouTube, mijn hemel! Hadden ze iets opvallenders kunnen doen? Hadden ze niet tot morgenavond kunnen wachten?

Om tien uur is het filmpje al honderdvijfenveertig keer bekeken, en maar tien keer door mij. Om elf uur, wanneer Janice en Suze komen, is het aantal gestegen tot 1.678 – en tot mijn ontzetting zijn er nóg twee filmpjes bij gekomen. Het ene is van Sacrum Vermogensbeheer, en daarin is 'Hartelijk gefeliciteerd, Luke Brandon' in paperclips op een bureau gespeld. Het andere is van Wetherby's, en daarin zingt de hele afdeling marketing 'Lang zal hij leven' voor de camera.

'Wat cool!' Suze kijkt ongelovig naar mijn laptop.

'Ja.' Tegen wil en dank voel ik me trots. Ik bedoel, al die mensen moeten echt dol op Luke zijn, anders zouden ze de moeite niet nemen om een video voor hem te maken, maar ik voel me ook nerveus. 'Maar als hij het nou ziet?'

'Hij krijgt het niet te zien,' zegt Suze zelfverzekerd. 'Waarom zou hij op YouTube kijken? Ik wil wedden dat hij dat nooit doet. Daar heeft hij het veel te druk voor. Alleen tragische gevallen zoals jij en ik zitten de hele dag op internet.'

Ik wil net beweren dat ik géén tragisch geval ben als er wordt gebeld. We schrikken allemaal.

'Dat zal hem toch niet zijn?' fluistert Janice snakkend naar adem, en ze drukt een hand op haar hart.

Nou ja. Janice stelt zich aan. Ik heb bijna geen koffie gemorst.

'Natuurlijk niet. Het zullen de mensen van de feesttent zijn.'

Maar die zijn het niet. Het is Danny. Hij staat op de stoep in een gehavende leren jas op een gescheurde spijkerbroek boven zilverkleurige Converse-basketbalschoenen, en er hangt een berg kledinghoezen over zijn arm.

'Kostuums, iemand?' zegt hij met een uitgestreken gezicht.

'Danny, je bent top!' Ik neem de hoezen over. 'Ongelooflijk dat je dat hebt gedaan!'

Ik gluur in een van de hoezen en zie een flits goudbrokaat, afgezet met flonkerend kant. O, mijn god. Ze zijn perfect.

'Tja, ik moest wel. Jezus. Die schoonmoeder van jou is net Stalin. Ik heb nog nooit zo'n vreselijke baas gehad.' Hij kijkt angstig om zich heen. 'Ze is hier toch niet, hoop ik?'

'Nu niet,' stel ik hem gerust, 'maar Suze wel, dus pas op. Ze is nog woedend op je vanwege die fotoreportage.'

'O.' Danny zet een stap achteruit alsof hij zich niet op zijn gemak voelt. 'Weet je, Suze begreep de esthetiek niet. Denk erom, ze is geen creatieveling…'

'Wel waar! Ze is kunstenares! Kijk maar naar haar fotolijstjes!'

'Goed dan.' Danny probeert een andere invalshoek. 'Goed dan, ze is wel creatief, maar ze begreep niets van de stijl die ik wilde…'

'O, jawel!' klinkt Suzes minachtende stem achter me. 'Ik heb je "stijl" maar al te goed begrepen! Je hebt Tarkie erin geluisd, Danny. Geef het maar toe!'

Danny kijkt haar even zwijgend aan, alsof hij nadenkt over zijn volgende zet. 'Ik geef het toe,' zegt hij dan. 'Kun je het me meteen vergeven, geen vragen, gewoon doorgaan?'

'Ik…' Suze aarzelt. 'Nou… vooruit dan maar.'

'Oké, ik heb hem erin geluisd. Ik vind jou ook een schat.' Danny zoent haar op haar wang en loopt langs me heen het huis in. 'Heb je koffie? Hé, Janice!' Hij begroet haar met zwier. 'Mijn stijlicoon! Mijn muze! Wat ís dat voor enige kleur lippenstift?'

'Hij is… onmogelijk!' Suze kijkt zo kwaad dat ik wil giechelen,

maar ik word afgeleid door een geluid buiten. Een grote vrachtwagen rijdt achteruit Janice' inrit op. Ik hoor de piepjes, en een vent
in spijkerbroek geeft aanwijzingen. Dat zal de feesttent zijn!

Oké, het feest kan echt beginnen.

Om vier uur die middag staat de tent in Janice' tuin. Hij is nog niet
versierd, maar hij ziet er toch al fantastisch uit, helemaal groot en
bol. (Mijn prieeltje is ook opgezet, aan de zijkant. Elinors tentjon-
gens hebben me er genadeloos mee gepest.) Ik moet zorgen dat
Luke er niets van ziet, maar tegen de tijd dat hij vanavond thuis-
komt, is het toch al donker. Janice vond dat ik alle gordijnen maar
dicht moest naaien, maar dat lijkt me alleen maar bizar.

Gary heeft zijn zenuwinzinking drie uur kunnen rekken, en nu
krijgt Luke zijn medische keuring ergens in een kelderruimte in het
ziekenhuis waar Davina werkt. Ze heeft me net opgebeld om te zeggen hoe het gaat.

'Ik laat hem een uur op de lopende band lopen om zijn hart te
controleren. Hij vindt het helemaal niet leuk,' zegt ze opgewekt.
'Waar gaat hij naartoe als hij bij mij klaar is?'

'Dat… weet ik nog niet,' beken ik. 'Ik bel je nog.'

Ik heb de volgende stap in het plan om Luke onwetend te houden
nog niet geregeld en ik begin me ongerust te maken, vooral omdat
er nu al dertien 'Gefeliciteerd, Luke Brandon'-filmpjes op YouTube
staan. Martin kijkt telkens even, en dan roept hij: 'Er is er weer een!'
En nu heeft iemand een website opgezet, happybirthdaylukebran-
don.com, met links naar alle filmpjes en een uitnodiging om je grap-
pige/grove/ontroerende verhalen over 'de financiële King of Spin'
(dat is Lukes bijnaam) te plaatsen.

Het duizelt me allemaal. Wie dóét er zoiets? Danny vermoedt dat
de hele financiële wereld op zijn gat ligt, waardoor iedereen zich
verveelt en dit maar als afleiding heeft aangegrepen.

'Nummer veertien is net de lucht in gegaan,' roept Martin vanachter zijn laptop. 'Een paar meiden van Prestwick pr die net zo
hees als Marilyn Monroe "Happy Birthday" zingen. Maar dan naakt.'

'Náákt?' Ik ren erheen, op de voet gevolgd door Suze.

Oké, ze zijn niet helemaal bloot. De cruciale lichaamsdelen gaan schuil achter kantoorplanten, dossiers en hoekjes van kopieermachines. Maar toch. Weten ze dan niet dat Luke getrouwd is? Vooral van die met die donkere krullen en wiegende heupen hoop ik dat ze níét op het feest komt.

'Wat ga je straks met Luke doen?' vraagt Suze, die me met Davina heeft horen praten. 'Ik bedoel, hij kan niet de hele dag gekeurd worden, toch? Hij moet het zo langzamerhand spuugzat zijn.'

'Ja.' Ik bijt op mijn onderlip. 'Bonnie zou hem ladingen e-mails kunnen sturen. Allemaal dichtbedrukte bladzijden, en ze zou kunnen zeggen dat het dringend is en dat hij alles meteen moet lezen.'

'En morgen?' gaat Suze door.

'Kweenie. Meer e-mails, denk ik.'

Suze schudt haar hoofd. 'Je moet iets groters hebben. Weet je niet iets wat gegarandeerd zijn aandacht zal trekken? Van Tarkie weet ik bijvoorbeeld precies wat ik zou zeggen. Ik zou zeggen dat het Historisch Genootschap had gebeld omdat ze kunnen bewijzen dat achter-achter-achteroom Albert het kanon uiteindelijk toch niet heeft afgevuurd. Hij zou alles meteen laten vallen.'

'Wauw.' Ik kijk Suze bewonderend aan. 'Dat is wel heel specifiek. Wie was achter-achter-achteroom Albert?'

Suze trekt een lelijk gezicht. 'Het is tamelijk saai. Wil je het echt weten?'

Hmm. Misschien niet.

'Waar het om gaat, is dat ik weet hoe Tarkie in elkaar zit,' zegt Suze. 'En jij kent Luke. Waar laat hij alles voor vallen?'

'Een crisis op zijn werk,' zeg ik na enig nadenken. 'Meer kan ik niet bedenken. Hij gaat er altijd direct op af als een grote cliënt problemen heeft.'

'Kun je dan een crisis op het werk in scène zetten?'

Misschien. In een opwelling pak ik mijn telefoon en bel Bonnie.

'Hé, Bonnie. Je moet meer voor me doen om Luke af te leiden. Zijn verjaardag is overal. Heb je nog naar YouTube gekeken?'

'O, Becky,' begint Bonnie sip, 'ik vind het zo erg. Had ik die mail maar niet verstuurd…'

'Dat doet er niet meer toe,' zeg ik snel, 'maar misschien kunnen we er ons voordeel mee doen dat iedereen het weet. Zou je zijn cliënten kunnen mailen dat we proberen Luke tot morgenavond in onwetendheid te houden, met het verzoek een crisis te verzinnen om hem bezig te houden?'

'Wat voor crisis?' vraagt Bonnie sceptisch.

'Weet ik veel! Ze kunnen doen alsof ze failliet gaan, of een seksschandaal verzinnen... maakt niet uit! Als ze hem maar een paar uur bezighouden. Zeg dat iedereen die een idee heeft jou moet bellen, dan kun jij de boel coördineren.'

Een van zijn cliënten verzint wel een list. Ik bedoel, als ze video's kunnen maken, kunnen ze toch ook een crisis in scène zetten?

Mijn telefoon gaat weer. Ik kijk naar het scherm, maar herken het nummer niet.

'Hallo?'

'Rebecca?' schalt een vrolijke stem.

'Ja,' zeg ik wantrouwig. 'Met wie spreek ik?'

'Met Eric Foreman van de *Daily World*. Ken je me nog?'

'Eric!' roep ik opgetogen. 'Hoe is het met jou?'

Eric is verslaggever bij de *Daily World*, en ik heb hem leren kennen toen ik nog financieel journalist was. Ik schreef stukjes voor hem, maar toen ik daarmee ophield, zijn we elkaar uit het oog verloren. Waarom heeft hij me nu opgespoord?

'Met mij gaat het goed, schoonheid. Ik ben een stukje in elkaar aan het flansen over de verjaardag van je echtgenoot en ik vroeg me af of je een citaat voor me had. Of Luke zelf, dat zou nog beter zijn. Is hij in de buurt?'

'Wát?' Ik kijk ontzet naar het scherm. 'Waarom schrijf je over zijn verjaardag?'

'Maak je een geintje? Het is een fantastische roddel. Heb je You-Tube al gezien? Heb je gezien hoeveel treffers hij heeft?'

'Ja,' zeg ik wanhopig, 'maar dat was de bedoeling niet. Het had geheim moeten blijven!'

Eric proestlacht oorverdovend. 'Is dat je citaat?' vraagt hij. '"Het had geheim moeten blijven"? Ik heb er al acht mailtjes over gekregen. Ik dacht dat het je eigen virtuele campagne was, schat.'

'Nee! Het moet ophouden!'

Hij buldert weer van het lachen. 'Het is nu niet meer in de hand te houden. Het gaat als een lopend vuurtje rond. Zelfs mensen die Luke niet kennen, geven het door. Wist je dat het marketingteam van Atlas Fondsbeheer in een retraiteoord in Kent zit? Ze hebben "Hartelijk gefeliciteerd, Luke" met hun auto's op het parkeerterrein geschreven. Ik heb de foto net binnengekregen. Die ga ik morgen voor de krant gebruiken, tenzij ik nog iets beters krijg.'

'Nee!' Ik gil bijna van afgrijzen. 'Dat kun je niet maken! Ik geef een surpriseparty voor Luke! Dat betekent dat het een verrássing moet zijn.' Ik gloei van frustratie. Is er dan geen mens die het snapt?

'O, het wordt steeds mooier. Dus hij heeft geen idee?'

'Nee!'

'En het feest is morgenavond?'

'Ja,' zeg ik zonder erbij na te denken, en dan kan ik mijn tong wel afbijten. Eric mag dan een vriend zijn, hij is eerst en vooral roddeljournalist.

'Laat hem dan geen letter in de *Daily World* lezen.' Eric lacht. 'Dit wordt mijn hoofdartikel. De financiële wereld moet eens opgevrolijkt worden na alles wat er de laatste tijd is gebeurd en jij, jongedame, hebt iedereen een reden gegeven om lol te maken. Dat laat ik me niet afpakken. De redacteur Algemene Zaken zal je ook nog wel bellen.'

'Maar...'

'En daar zal het niet bij blijven. Hou je vent dus maar uit de buurt van de pers.'

'Nee! Dat kun je niet maken!'

Maar hij heeft al opgehangen. Ik staar wezenloos naar mijn Black-Berry. Dit kan niet waar zijn. Mijn topgeheime surpriseparty waar niemand van mocht weten... komt in alle kranten?

Tegen de avond red ik het nog net, al staan er nu drieëntwintig felicitatievideo's op YouTube en heeft Eric al een stuk over Lukes feest op de financiële pagina van de onlineversie van de *Daily World* gezet. Ik heb een radeloze e-mail gestuurd aan alle gasten en de cliënten van Brandon Communications, waarin ik schrijf dat het feest nog steeds een verrassing is en vraag of ze alsjeblieft, alsjeblieft niets tegen Luke willen zeggen.

Bonnie heeft een fietskoerier met bergen werk gestuurd om Luke af te leiden en een paar behulpzame cliënten hebben toegezegd te proberen hem morgen bezig te houden met allerlei verzonnen problemen, maar ze klonken allemaal niet erg overtuigend. Eerlijk gezegd ben ik finaal over de rooie. We hebben nog een hele nacht en een dag te gaan en de hele wereld weet al van het feest en er staat een immense feesttent in de tuin van de buren te flapperen. Ik bedoel, hoe moet ik dit nog geheimhouden?

'Wees maar niet bang. Het duurt niet lang meer.' Suze, die haar jas en sjaal al aanheeft, geeft me een zoen. 'Ik ga ervandoor. Tot morgen, dan is het de grote dag!'

'Suze...' Ik pak haar handen. 'Ontzettend bedankt. Ik weet niet wat ik had moeten beginnen zonder jou, en Tarkie en... en alles...'

'Doe niet zo mal. Ik vind het leuk! Trouwens, Elinor heeft het meeste gedaan. En Bex...' Ze wordt opeens ernstig. 'Luke zal echt niet weten wat hem overkomt. Echt niet.'

'Denk je dat echt?'

'Ik weet het wel zeker. Het wordt spectaculair.' Ze geeft een kneepje in mijn handen. 'Laat ik maar gauw gaan, anders ziet hij me nog.'

Net als de voordeur in het slot valt, gaat mijn telefoon weer. Ik kijk er lusteloos naar. Ik heb vandaag zo lang getelefoneerd dat het voelt alsof mijn stembanden versleten zijn. Uiteindelijk heb ik toch de fut om op te nemen. Ik herken het nummer niet, maar dat is geen verrassing meer.

'Hallo, met Becky.'

'Becky?' zegt een zachte vrouwenstem. 'Je kent me niet, maar je spreekt met Sage Seymour.'

Wat krijgen we nou?

De adrenaline giert door mijn lijf, alsof ik drie blikjes Red Bull heb gedronken én olympisch goud heb gewonnen. Heb ik Sage Seymour aan de lijn? Weet ze hoe ik héét?

Sage Seymour zit ergens met een telefoon aan haar oor tegen me te praten. O, ik vraag me af wat ze aanheeft. Ik bedoel, niet op een ranzige manier, gewoon...

Kom op, Becky. Zég iets.

339

'O. Hé, hallo.' Ik doe wanhopige pogingen om cool te klinken, maar mijn stomme stem is drie octaven omhooggeschoten. 'Eh, hallo. Hallo!'

Ik lijk alleen nog maar 'hallo' te kunnen zeggen.

'Ik heb je man in de arm genomen voor wat publiciteitswerk,' zegt ze met die zangerige stem die me nu vertrouwd aandoet, 'maar dat weet je vast al.'

Ik pijnig mijn hersenen. Weet ik het al? Ik bedoel, officieel niet, natuurlijk, maar klinkt het niet idioot als ik zeg dat Luke me er niets over heeft verteld? Alsof het hem niet interesseert, of alsof hij nooit met zijn vrouw praat?

'Ik vind het zo spannend!' Ik slik. 'Ik ben een grote fan.'

Ik kan mezelf wel schieten, zo suf klink ik.

'Het was een beetje een vergezochte keus, maar weet je, ik was al die gladde praters in Hollywood zo zat. Jouw man had in tien minuten meer zinnige ideeën voor me dan tien van die sukkels in een heel jaar.'

Ik voel me trots. Ik wíst wel dat Luke het goed zou doen.

'Maar goed, ik heb van je feest gehoord,' vervolgt Sage nonchalant. 'Zo te horen wordt het een groots gebeuren.'

Huh? Hoe weet zij…

'J-ja,' hakkel ik. 'Ik bedoel, vrij groots…'

'Ik heb op YouTube gekeken. Geweldige felicitaties. Toen kreeg mijn assistent dat mailtje van Bonnie. Je wilt Luke afleiden, hè?'

'Ja! Het staat allemaal breeduit op internet, en het moest een grote verrassing zijn en…'

'Wat dacht je ervan als ik hem voor je afleid?' zegt Sage kalm. 'Ik zou kunnen eisen dat hij naar de set komt. De diva uithangen. Dat kan ik goed. Als hij er eenmaal is, pakken we hem wel in. We geven hem een rondleiding en houden hem bezig tot jij hem nodig hebt. Dan sturen we hem met een auto naar huis.'

'Wauw.' Ik slik. 'Dat zou fantastisch zijn.'

God, wat ben ik jaloers. Ík wil naar de set. Ík wil een rondleiding. Net als ik uit alle macht probeer te verzinnen waarom ik beslist mee moet, vervolgt Sage: 'Jij was vroeger toch op tv? In *Ochtendkoffie*?'

'Ja!' zeg ik perplex.

'Ik keek naar je als ik niet hoefde te werken. Je was grappig.'

'Goh… dank je wel!' hijg ik.

'We zouden een keer iets moeten gaan drinken.'

De hele wereld lijkt op zijn kop te staan. Ik omklem het toestel en vraag me af of ik droom. Heeft Sage Seymour voorgesteld iets te gaan drinken? Heeft een topactrice met een Oscar voorgesteld om iets te gaan drinken? Hier heb ik mijn hele leven van gedroomd. Ik bedoel, ik heb altijd het gevoel gehad dat het voorbestemd was. Heb ik het niet gezegd? Wist ik niet altijd al dat ik me in acteurs-kringen zou begeven?

Misschien worden we hartsvriendinnen!

Misschien mag ik haar bruidsmeisje zijn. Je weet wel, wanneer ze gaat trouwen of zo. Ik hoef niet degene te zijn die naast haar staat. Ik zou de derde kunnen zijn.

'Dat lijkt me… fantastisch,' pers ik er moeizaam uit.

'Cool. Nou, maak je maar niet druk meer om Luke. Het is gere-geld. En veel succes morgen! Tot ziens, Becky.'

Dan is ze zomaar weg. Ik sla koortsachtig haar nummer op. Sage Seymour. In mijn telefoon. Sage Seymour. Alsof ze gewoon een van mijn vrienden is.

O, mijn god, wat is dit cool.

Net als ik snel een sms'je aan Gary en Bonnie stuur – **Goed nieuws! Sage Seymour houdt Luke morgen bezig tot feest** – hoor ik Lukes sleu-tel in het slot. Ik stop mijn BlackBerry weg en pak een tijdschrift.

Oké. Doe gewoon. Ik heb níét net met mijn nieuwe hartsvriendin Sage Seymour gekletst.

'Hallo,' zeg ik naar Luke opkijkend. 'Hoe was je dag? Hoe was het met Gary?'

'God mag het weten,' zegt Luke hoofdschuddend. 'Hij bazelde maar wat. Ik heb tegen hem gezegd dat hij aan vakantie toe was.' Hij trekt met een lelijk gezicht zijn jas uit. 'Godsamme. Mijn arm. Ik heb een stuk of vijfduizend prikken gehad.'

'O jee!' zeg ik meelevend. 'Tja, ze waren vast allemaal nodig. Als het om je gezondheid gaat…'

'Ik heb nog nooit zo'n medisch onderzoek meegemaakt. Die dok-ter heeft me een úúr laten rennen.' Hij kijkt me ongelovig aan. 'En er waren zes vragenlijsten, met telkens dezelfde vragen. Die dingen worden door een volslagen debiel in elkaar gezet.'

Davina had me al verteld dat Luke de lastigste patiënt was die ze ooit had gehad en dat hij haar had verweten dat haar onderzoek een inefficiënte tijdverspilling was. Wat wel klopt, in aanmerking genomen dat ze er vier uur langer over heeft gedaan dan anders.

'Arme jij.' Ik onderdruk een lach. 'Tja, ik ben bang dat er een lading paperassen voor je is gebracht die je dringend moet lezen...'

Voor het geval je dacht dat je ook maar een minuut zou kunnen ontsnappen.

Ik zeul de doos vol brieven en contracten die Bonnie vanmiddag heeft laten bezorgen naar hem toe. Daar moet hij wel even zoet mee zijn.

'Even internetten.' Luke fleurt op. 'Is dat mijn nieuwe laptop? Uitstekend.'

Ik kijk kriebelig van de zenuwen toe hoe hij de laptop uitpakt, al weet ik dat hij veilig is. Ze hebben het beloofd. En ja, hoor, even later is Luke weer kwaad.

'Dat rotding heeft geen toegang tot internet!' Hij slaat een paar toetsen aan. 'Wat is er toch met die stomme server?'

'Mijn hemel,' zeg ik onschuldig. 'Nou ja, je kunt toch ook met dat werk beginnen? Laat die laptop morgen maar nakijken. Heb je al gegeten? Heb je trek in risotto? Janice heeft een pannetje gebracht.'

Net als ik in de keuken de risotto sta op te warmen, hoor ik Lukes telefoon gaan.

'Luke Brandon,' hoor ik hem nog net opnemen. 'O, Sage! Hallo daar. Wacht even...'

Hij doet de deur van de woonkamer dicht. Shit.

Ik aarzel even... maar loop dan op mijn tenen door de gang en druk mijn oor tegen de deur.

'Nou, dat spijt me,' hoor ik Luke zeggen. 'Natúúrlijk heb jij onze hoogste prioriteit. Sage... Luister nou, Sage... Dat zegt niemand, Sage...'

Yes! Het is wel duidelijk dat ze een briljante act opvoert. Ja, natuurlijk. Ze is actrice.

'Ja, natuurlijk kan ik... Om acht uur 's óchtends? De Pinewood Studios. Oké, prima. Dan zie ik je daar.'

Het is stil in de woonkamer, en net als ik overweeg terug naar de keuken te sluipen, hoor ik Lukes stem weer.

'Bonnie? Met Luke. Ik had Sage Seymour net aan de lijn. Ik ben bang dat ze al mijn angstige vermoedens heeft bevestigd. Een nachtmerrie van een mens. Ze staat erop dat ik morgen in alle vroegte naar haar opnames kom.' Hij luistert even. 'Nee, ik weet niet waarom! Het komt zomaar uit de lucht vallen! Ze kletste maar wat over persverklaringen en strategieën, ze gaat volkomen in zichzelf op, bang dat we niet genoeg voor haar doen... Maar goed, ik bel je op de terugweg naar kantoor wel weer.' Hij gaat zachter praten, zodat ik mijn oor nog steviger tegen de deur moet drukken. 'Goddank heb ik niets tegen Becky gezegd. Iets zei me dat ik beter kon wachten tot we zeker wisten dat het goed zou gaan...' Hij breekt zijn zin af. 'Nee!' zegt hij dan. 'Natuurlijk heb ik dat nog niet aan Becky verteld. Het is nog te vaag. We zien het wel als het zover is.'

Ik spits mijn oren. Wat is nog te vaag? Wat komt hoe ver?

'Tot morgen, Bonnie. Bedankt.'

Shit. Daar komt hij. Ik schicht terug naar de keuken, waar de risotto natuurlijk is aangebrand. Net als ik met ferme hand de aangekoekte stukjes door de rest roer, komt Luke de keuken in.

'Ik moet morgen vroeg weg,' zegt hij omzichtig. 'Naar een cliënt.'

'Eet dan maar snel iets.' Ik zet als een perfecte, nietsvermoedende echtgenote een bord voor hem op tafel. 'Het is een grote dag morgen. Je verjaardag, weet je nog?'

'Shit. Dat is ook zo.' Ik zie paniek over zijn gezicht trekken. 'Becky, je hebt toch geen plannen gemaakt, hoop ik? Je weet toch dat we die grote bedrijfstraining hebben? Het programma loopt door tot in de avond, ik weet niet hoe laat ik thuiskom...'

'Al goed,' zeg ik soepel. 'Wees maar niet bang! We kunnen zaterdag wel iets leuks gaan doen.'

O, god, ik hou het niet meer vol. Mijn mond blijft lichtelijk hysterisch trekken en het voelt alsof er luchtbellen boven mijn hoofd zweven.

Er staat een feesttent achter het raam! Morgen is je feest! Iedereen zit in het complot behalve jij!

Ongelooflijk dat hij nog niets doorheeft. Ongelooflijk dat ik het zo lang geheim heb kunnen houden. Het voelt alsof alles in mijn hoofd door een flinterdunne sluier aan het oog wordt onttrokken en Luke die sluier elk moment opzij kan trekken en alles kan zien.

'Becky...' Luke neemt me verwonderd op. 'Is er iets? Zit iets je dwars?'

'Hè?' Ik schrik. 'Nee! Niets! Doe niet zo gek.' Ik pak mijn wijnglas, neem een slok en lach zo overtuigend mogelijk naar Luke. 'Helemaal niet. Alles is dik in orde.'

Beheers je, Becky. Beheers je. Nog geen vierentwintig uur meer te gaan.

Mensen die van feest weten

Ik
Suze
Tarquin
Danny
Jess
Tom
Mam
Pap
Janice
Martin
Bonnie
Die drie vrouwen aan de tafel naast de onze die zaten mee te luisteren
Gary
De loodgieter van Janice
Rupert en Jamie van The Service
De marketingmanagers van Bollinger, Dom Perignon, Bacardi, Veuve
    Cliquot, Party Time Beverages, Jacob's Creek, Kentish English Sparkling
    Wine
Cliff van de feesttent
Manicure (ik was zo gestrest dat ik met iémand moest praten, en ze
    heeft beloofd het geheim te houden)
165 genode gasten (los van de mensen van Brandon C)
500 lezers van Style Central
Elinor
Ober in het Ritz (ik weet zeker dat hij meeluisterde)
Elinors personeel (6)
Cateraars (hoeveel weten het echt? Misschien maar één of twee?)
35 personeelsleden van Brandon C
10.000 relaties van Brandon C
95.578 gebruikers van YouTube (o, nu 98.471)
1,8 miljoen lezers van Daily World

Totaal: 1.909.208

Oké. Geen paniek. Als ze zich maar tot morgen koest houden.

20

En pardoes is het een dag later, drie uur 's middags. Nog geen víér uur meer te gaan.

Ik heb de hele dag niet kunnen zitten, ik heb pijn in mijn benen en mijn pols is verkrampt van het tegen mijn oor houden van mijn BlackBerry... maar we hebben het gered. We hebben het echt gered. Alles staat op zijn plaats en het ziet er adembenemend uit. Iedereen heeft zijn positie ingenomen. De teamleiders hebben hun laatste bespreking gehouden. Elinor draait op volle toeren. Jess en zij hebben een soort subteam gevormd, en ze zitten samen als gekken lijstjes af te vinken en elk detail nog eens te controleren. Het lijkt zelfs een soort wedstrijd tussen die twee te worden wie het snelst haken en ogen ontdekt en er iets op verzint, alsof ze kampioen feestprobleemoplossers zijn.

Jess zegt telkens tegen Elinor dat ze zoveel talent heeft en dat ze naar Chili zou moeten gaan om haar organisatorische vaardigheden in te zetten voor iets núttigs, en heeft ze ooit overwogen vrijwilligerswerk te doen? Dan zet Elinor alleen maar haar uitdrukkingsloze, ondoorgrondelijke gezicht op en zegt niets. (Ik moest Jess gisteren gewoon een keer van repliek dienen: wie zegt dat een feest níét nuttig is?)

Luke is nog bij Sage op de set in Pinewood en ze houdt me via sms'jes op de hoogte. Iedereen schijnt te weten hoe het zit, zowel de acteurs als de ploeg. Zodra Luke aankwam, hebben ze zijn nieuwe mobiele telefoon in beslag genomen en hem met een koptelefoon op in een regisseursstoel geduwd. Toen hij ongedurig werd, hebben ze hem een rondleiding langs alle sets en trailers gegeven. Toen kreeg hij een lunch. Vervolgens verzon Sage van alles om zich over te beklagen. Daarna hebben ze hem weer in de regisseursstoel geduwd.

Telkens wanneer hij iets tegen haar wil zeggen, zegt ze: 'Sst! Ik moet me concentreren!' of anders krijgt hij op zijn kop van de regisseur.

Het komt er dus op neer dat hij tot zes uur onder de pannen is. Dan belt Bonnie hem op dat ze per ongeluk een belangrijk contract naar ons huis heeft gestuurd en dat hij het vandaag nog moet ondertekenen, dus zou hij dat willen doen en het dan aan haar willen faxen? En hij wordt met de auto hierheen gebracht. En ik begroet hem bij de deur. En dan...

Telkens als ik eraan denk, krijg ik kippenvel. Ik kan niet wachten. Ik kan gewoon niet wachten!

De cateraars redderen in Janice' keuken. De feesttent is verlicht als een ruimteschip. Janice' tuin is een kermis van vlaggetjes en slingers.

Nu hoef ik alleen nog maar in bad te gaan, mijn nagels te doen en Minnie klaar te maken...

'Dag Becky, schat.'

Ik schrik zo van mams stem dat ik mijn kop thee bijna uit mijn handen laat vallen. Ze moet binnen zijn gekomen zonder dat ik iets hoorde.

Mijn maag verkrampt van de zenuwen. Ik ben hier nog niet aan toe. We hebben de afgelopen dagen alleen maar cryptische sms'jes uitgewisseld via Janice' mobieltje.

Het begon allemaal toen Janice pap en mam uitnodigde om voorafgaand aan het feest iets te komen drinken, waarop mam zei dat ze alleen wilde komen als ze door haar eigen dochter werd uitgenodigd. Janice sms'te terug dat ze zeker wist dat mam al wás uitgenodigd, had ze geen uitnodiging gekregen? Mam antwoordde korzelig dat ze was óntnodigd. Dus zei ik tegen Janice dat mam alleen ontnodigd was als ze dat zelf wilde. En mam zei dat ze zich niet ging opdringen als ze toch niet welkom was. Toen ging pap zich ermee bemoeien. Hij belde Janice en zei dat we ons allemaal aanstelden. En dat was zo'n beetje het laatste contact.

'O.' Ik slik. 'Dag mam. Ik dacht dat je nog in The West Place zat. Waar is pap?'

'Buiten, in de auto. Dus vanavond is het feest, begrijp ik?'

Haar stem klinkt zo stijfjes en gekwetst dat ik in elkaar krimp, maar tegelijkertijd kom ik in verzet. Zíj heeft de bloemetjes buitengezet met modderpakkingen en cocktails. Waarom is zij dan stijfjes en gekwetst?

'Ja.' Ik zwijg even en voeg er dan schouderophalend aan toe: 'Je had gelijk, trouwens. Het was echt bijna een ramp geworden. Uiteindelijk bleek ik het toch niet in mijn eentje te kunnen.'

'Schat, geen mens heeft ooit gezegd dat je het in je eentje moest kunnen. En het spijt me dat ik heb gezegd…' Mam zwijgt verlegen.

'Ja, het spijt mij ook,' zeg ik een beetje houterig. 'Ik hoop dat ik je vanavond niet teleurstel.'

'Ik wist niet dat ik was uitgenodigd.'

'Nou… ik wist niet dat je dat niet was.'

We staan van elkaar afgewend, allebei met onze kin in de lucht. Ik weet niet goed hoe het verder moet.

'O, snoes.' Mams kille pantser verbrokkelt het eerst. 'Laten we nou geen ruziemaken! Het spijt me dat ik ben begonnen over… je weet wel. Meneer Wham. Van Club Tropicana. *Wake me up before you go go.*'

'Ik weet wel wie je bedoelt,' zeg ik voordat ze het hele repertoire kan zingen.

'Ik wilde je niet afvallen. Ik was gewoon bezorgd, lieverd.'

'Mam, je hoeft je geen zorgen om mij te maken!' Ik sla mijn ogen ten hemel. 'Ik ben volwassen, weet je nog? Ik ben achtentwintig. Ik ben móéder.'

'Maar ik ook!' Ze slaat theatraal met haar hand tegen haar borst. 'Wacht maar af, kind. Het gaat nooit over! Nooit!'

O, mijn god. Is dat waar? Zit ik nog steeds in de stress over Minnie als ze een getrouwde vrouw van achtentwintig is?

Nee. Echt niet. Ik lijk totaal niet op mam. Tegen die tijd vermaak ik me kostelijk op een cruiseschip in het Caribisch gebied.

'Maar goed,' zegt mam. 'Pap en ik hebben de afgelopen dagen veel gepraat, in de stoomcabine en tijdens de massages…'

Nou ja. Zijn mijn ouders dat kuuroord wel eens úít geweest?

'Ik begrijp nu waarom je het nodig vond ons te misleiden met betrekking tot het huis,' zet mam blozend door. 'Het spijt me dat ik zo uit mijn slof schoot, schat. En ik besef dat ik een beetje… gespánnen was, die laatste paar weken.' Ze slaakt een diepe zucht. 'Het was gewoon lastig, met ons allemaal in huis… en dat bezuinigen hielp ook niet echt…'

'Ik weet het.' Ik loop op slag over van berouw. 'En we zijn heel dankbaar dat we bij jullie mochten wonen…'

'Daar hoef je niet dankbaar voor te zijn! Dit is je huis, lieverd!'

'Maar toch heeft het te lang geduurd. Geen wonder dat we het allemaal een beetje op onze heupen kregen. Het spijt me dat je zo gestrest raakte van al onze spullen, en het spijt me dat ik heb gelogen…' Nu is mijn pantser ook aan flarden. 'En natuurlijk moet je naar het feest komen, als je wilt.'

'Natuurlijk wil ik dat! Janice zegt dat het fantastisch wordt! Ze zegt dat ze make-up gaat bijwerken! Ze heeft drie extra Touche Éclat-stiften gekocht!'

Ik moet echt met Janice praten.

'Het wordt ook fantastisch. Wacht maar af.' Ik kan er niets aan doen, ik borrel over. 'Wacht maar tot je de verjaardagstaart ziet, mam. En de versieringen.'

'O, schat, kom hier.' Mam steekt haar armen naar me uit voor een knuffel en drukt me dicht tegen zich aan. 'Ik ben zó trots op je. Het wordt vast fantastisch! Janice zei dat het thema nu *Waan en eigenwaan* is, klopt dat? Luke zal er super uitzien als Mr. Darcy! Ik heb een hoedje met een strik onder de kin gekocht en pap een kniebroek, en ik ga mijn haar krullen…'

'Hè?' Ik maak me van haar los. 'Niks *Waan en eigenwaan*! Hoe komt ze erbij?'

'O.' Mam is van haar stuk gebracht. 'Nou, ik weet zeker dat Janice zei dat ze die beeldige jurk van de toneelvereniging wilde aantrekken…'

Nou ja, omdat Janice haar Mrs. Bennett-kostuum aan wil, heeft het feest opeens een Jane Austen-thema?

'Het thema is niet van Jane Austen, en het is al helemaal niet Japans, dus haal je maar niets in je hoofd over kimono's.'

'Nou, wat is het dan? Héb je wel een thema?'

'Zo'n beetje.' Ik sta even in tweestrijd, maar hak dan de knoop door. 'Kom maar kijken.'

Ik trek haar de keuken in, maak mijn archiefkistje open en haal

349

Danny's tekeningen eruit. 'Dit zijn de ontwerpen. Topgeheim. Je mag er met geen woord over praten, met niemand.'

Mam kijkt er even onzeker naar – en dan zie ik de herkenning op haar gezicht.

'O, Becky,' zegt ze. 'O, schat.'

'Ja.' Ik straal tegen wil en dank. 'Is het niet ongelooflijk?'

Ik was degene die erop stond dat een exclusief feest op maat Luke meer zou zeggen dan welke gast ook, en ik was degene die met het uiteindelijke idee kwam, maar eerlijk gezegd heeft Elinor het allemaal mogelijk gemaakt. Elinor en haar multimiljoenenmacht en haar multimiljoenen aan geld en haar absolute weigering zich nee te laten verkopen.

'Maar hoe heb je in vredesnaam…' Mam bladert verbijsterd door de ontwerpen.

'Ik heb hulp gehad,' zeg ik vaag. 'Veel hulp.'

De enige mensen die op de hoogte zijn van Elinors betrokkenheid zijn Suze, Jess, Bonnie en Danny. Elinor is er op de een of andere manier in geslaagd alles van achter de schermen te regisseren. De cateraars en het bedienend personeel weten niet beter of ik ben de baas en ik betaal de rekeningen. Zelfs Janice heeft geen benul.

Wat me naarmate de tijd verstrijkt een steeds onbehaaglijker gevoel bezorgt. Ik bedoel, Elinor heeft ontzettend veel gedaan. Die eer komt haar toe. Maar wat kan ik eraan doen?

'Wat heb je met Luke gedaan?' Mam kijkt om zich heen alsof ik hem in een kast heb opgesloten.

'Luke weet van niets. Hij is op een filmset met een nieuwe cliënt.'

'Een filmset?' vraagt mam met ogen als schoteltjes.

'Sst! Ik hoor het niet te weten! Ze houden hem nog drie uur bezig.' Ik kijk op mijn horloge. 'Dan komt hij hierheen en… verrassing!'

'En wat doe jij aan, Becky, kind?' onderbreekt mam mijn gedachten. 'Heb je iets nieuws gekocht?'

Ik doe alsof ik haar niet hoor. Ik heb de gedachte aan nieuwe kleren onderdrukt.

'Becky? Heb je iets gekocht?'

'Nee,' zeg ik uiteindelijk. 'Ik trek gewoon iets uit mijn kast aan.'

'Schat!' zegt mam verbluft. 'Dat is niets voor jou!'

'Weet ik.' Ik zak op een stoel en pluk een beetje ontmoedigd aan mijn nagels. 'Maar ik kon toch niet gaan shoppen? Ik had Luke beloofd het niet te doen.'

'Dat geldt toch zeker niet voor een feest? Ik bedoel, hij zou toch wel een uitzondering willen maken...'

'Ik wilde het er niet op wagen. Je begrijpt het niet, mam, hij neemt het zwaar op. Nanny Sue heeft gezegd dat ik shopaholic ben. Ze zegt dat ik naar een opvoedingskamp moet, anders wordt Minnie net zo.'

'Wát!' roept mam uit. Haar verontwaardiging doet me goed. 'Wat een kul! Daar moet je geen woord van geloven. Geldbeluste charlatans zijn het, stuk voor stuk. Opvoedingskamp klinkt mij in de oren als "zwendel". Je gaat toch niet, lieverd?'

Ik ben gek op mam. Ze zegt altijd precies wat ik wil horen.

'Kweenie. Misschien. Waar het om gaat, is dat Luke haar geloofde.' Ik zucht. 'En het is tenslotte zíjn verjaardag. Het is zíjn dag. Als ik een nieuwe jurk koop, is het toch zijn dag niet meer?'

Ik wil niet toegeven waar ik heimelijk bang voor ben: dat ik een briljante surpriseparty organiseer, maar het verpest wanneer Luke vraagt wat mijn nieuwe schoenen hebben gekost en we dikke ruzie krijgen.

'Mijn besluit staat dus vast, mam.' Ik kijk op. 'Ik ga niets nieuws kopen, punt uit.'

'Nou... goed zo, lieverd.' Ze lacht me bemoedigend toe. 'Weet je wat, laten we eens in je kast gaan kijken. Wie weet wat we vinden. Hop hop!'

Ik loop op loden voeten achter mam aan naar boven. Dit is waarom ik het outfitmoment heb uitgesteld. Iedereen komt vanavond in het nieuw, zelfs Minnie.

Maar goed. Het geeft niet. Ik heb iets beloofd en ik moet er maar het beste van zien te maken. Het is niet bepaald zo dat ik niets heb om aan te trekken.

'Goed, had je al een idee?' zegt mam wanneer we de kamer binnenkomen. 'Wat heb je allemaal al?'

'Misschien mijn zwartkanten jurk?' Ik probeer het opgewekt te zeggen. 'Of die blauwe jurk die ik voor Kerstmis aanhad? Of misschien...' Ik trek de kastdeur open en kan geen woord meer uitbrengen. Wat is dat?

Wat moet die gloednieuwe, chique kledinghoes van The Look in mijn kast? En waarom zit er een grote rode strik op?

'Maak open!' zegt mam opgewonden. 'Toe dan!'

Ik werp haar een wantrouwige blik toe en kijk in de hoes. Ik vang een glimp op van kostelijke donkergroene zijde en snak naar adem. Néé. Het is toch niet...

Ik trek de rits helemaal naar beneden, voor de zekerheid... en hij stroomt als een diepgroene, flonkerende rivier uit de hoes.

Het is de Valentino.

Het is de Valentino-jurk met de ene, met edelstenen bezette schouder die een maand geleden bij The Look is binnengekomen en die ik wel twintig keer heb gepast, maar nooit zou kunnen betalen en...

Opeens zie ik het kaartje aan de hanger. Ik vouw het klungelig open.

Voor Becky. Een kleinigheidje voor je om uit je kast te pakken.
Liefs, pap en mam.

'Mam.' Ik schiet vol en knipper woest met mijn ogen. 'Dat had je niet moeten doen. Dat had je echt niet...'

'Het komt door Janice!' Mam kan zich niet meer inhouden. 'Ze zei dat je niets nieuws ging kopen. Nou, dat konden we niet toestaan! Het gaat om onze kleine Becky! En op deze manier komt hij uit je kast, begrijp je? Snap je wel, schat?' Ze is buiten zichzelf van triomf. 'Hij hangt al in je kast! Je houdt je belofte aan Luke.'

'Ja, ik snap het,' zeg ik met een sniklach. 'Maar mam, dit is een Valentino! Die kost een fortuin!'

'Tja, goedkoop is anders!' Mam snuift. 'Weet je, Wendy's Boutique in Oxshott heeft avondkleding tegen uiterst redelijke prijzen en soms vraag ik me af waarom jullie meisjes...'

Ze ziet mijn gezicht en houdt haar mond. We hebben in de loop der jaren al vaak over Wendy's Boutique gekibbeld.

'Afijn. Ik heb je lieve collega Jasmine gevraagd wat ik moest kiezen en zij stelde meteen deze jurk voor. En ze heeft hem me met per-soneelskorting gegeven, en ik kreeg ook nog eens een dikke korting omdat hij beschadigd was!' besluit ze triomfantelijk.

'Beschadigd?' Ik tuur naar de jurk. 'Hij is niet beschadigd!'

'Ze heeft een knipje in de zoom gegeven,' zegt mam samenzweer-derig. 'Die meid is niet van gisteren. En al je lieve vriendinnen heb-ben de koppen bij elkaar gestoken en een bijdrage gegeven. Je hebt die jurk dus ook van hen.'

'Wat voor vriendinnen?' Ik volg het niet meer. 'Jasmine, bedoel je?'

'Nee! Al je winkelvriendinnen. Je cliëntes! Ze waren er allemaal, hoor. Ze hebben ook een kaart voor je getekend, waar heb ik hem?' Ze wroet in haar tas. 'Ha, daar.'

Ze geeft me een blanco Smythson-kaart waarop iemand heeft ge-schreven: *Becky, fantastische avond gewenst en tot heel gauw ziens bij The Look! Veel liefs van Davina, Chloe en je andere trouwe vriendinnen.*

Er staan een stuk of twintig namen onder de tekst, en ik lees ze met stijgende verbazing.

'Maar wat deden ze dan allemaal tegelijk in de winkel?'

'Hun geld terugvragen,' zegt mam op een toon alsof het vanzelf spreekt. 'Wist je dat niet? Ze zijn aan het lobbyen om je terug te krijgen!'

Ze overhandigt me een knalroze vel papier en ik kijk ongelovig naar de tekst. Is dít waar Davina het over had?

BECKY MOET TERUGKOMÈN!!!

Wij, de ondergetekenden, protesteren tegen de behandeling van onze gewaardeerde vriendin en modeconsulente, Becky Brandon (geboren Bloomwood).

Naar aanleiding van de harteloze, onrechtvaardige wijze waarop ze door The Look is behandeld, zullen wij

– De afdeling Personal Shopping **boycotten,**

– Het nieuws **verspreiden** onder onze vriendinnen en bekenden en

– Met onmiddellijke ingang overgaan tot **ontshoppen.**

'Ontshoppen?' Ik kijk giechelend op. 'Wat is dat?'

'Ze brengen alles terug wat ze hebben gekocht,' zegt mam voldaan. 'En gelijk hebben ze. Er stond een hele rij van die vrouwen, beeldig gekleed, en ze kwamen allemaal dure, nog ingepakte kleding terugbrengen. Ze kregen allemaal hun geld terug op hun gold card. Ik moet er niet aan denken wat het allemaal had gekost. Er was een vrouw met drie lange jurken van Yves Saint-Huppeldepup. Vijfduizend pond per stuk, begreep ik. Een blonde vrouw uit Rusland of daaromtrent?'

'Olenka?' zeg ik verbaasd. 'Ze had die jurken speciaal besteld. Heeft ze ze terúggebracht?'

'Ze smeet ze zó op de toonbank.' Mam maakt een zwierig gebaar. 'Een theatraal type, hè? "Déés is voer Becky en déés is voer Becky en déés is voer Becky," zei ze. Toen kwam de bedrijfsleider naar de afdeling.' Mam komt lekker op dreef. 'Reken maar dat hij de zenuwen kreeg toen hij zag hoe lang die rij was. Hij had het niet meer. "Dames, denk er alstublieft nog even over na," zei hij, en hij bood iedereen een gratis cappuccino aan, maar ze lachten hem vierkant uit!'

'Vast wel!' Ik zie al voor me hoe Trevor probeert mijn cliëntes te beteugelen. Het is een pittig stel.

'Dus ik mag een boon zijn als hij niet binnen een dag aan de lijn hangt om jou zijn excuses aan te bieden,' zegt mam zelfverzekerd. 'Naar wat ik heb gehoord, zou jij schadevergoeding van hen moeten eisen, lieverd.'

'Wacht.' Het bloed klopt opeens in mijn slapen. 'Wacht even. Mam, ik had je nooit verteld dat ik was geschorst van mijn werk.'

'Weet ik,' zegt ze laconiek. 'Ik moet toegeven dat ik een beetje verbaasd was. Ik bedoel, ik wist dat het je vrije dag was, maar ik wist niet dat je tegenwoordig elke dag vrij had!' Ze lacht vrolijk.

'Dus je kwam hier…' zeg ik ongelovig, 'en je wist dat ik was geschorst en je hebt er niets van gezegd?'

'Wat valt er te zeggen? Je komt er wel uit. We maken ons inderdaad zorgen om je, Becky, maar we hebben ook vertrouwen in je.' Mam geeft een klopje op mijn hand. 'Jij redt je wel.'

'O, mam.' Ik kijk van de Valentino naar haar lieve, vertrouwde gezicht en voel de tranen weer opwellen. 'Ongelooflijk dat je een jurk voor me hebt gekocht.'

'Tja, schat.' Ze geeft nog een klopje op mijn hand. 'We hebben het echt super gehad in The West Place, en daar wilden we je voor bedanken. Er horen ook schoenen bij!' Ze knikt naar een schoenendoos onder in de kast.

'Ook nog schoenen?' Ik pak de doos.

'Ja, Assepoester!' Mams ogen twinkelen. 'Ik hoorde dat zelfs Jess een beeldige nieuwe jurk aantrekt voor de gelegenheid.'

'Nu wel, ja.' Ik rol met mijn ogen.

Die jurk van Jess was echt een drama. Eerst wilde ze een saaie hemdjurk van ongebleekte katoen bestellen uit de bravelinzencatalogus. Toen zei ik dus dat ze iets glamoureuzer uit de hoek moest komen en toen vroeg zij uit de hoogte waarom ze voor die ene avond het wegwerpconsumentisme zou moeten ondersteunen, waarop ik zei: 'Ik bedoel dat je iets zou moeten lénen, dat doen alle beroemdheden, en het is veel verantwoorder dan iets nieuws uit een catalogus kopen,' en daar had ze niet van terug. Ze komt dus in een exclusieve jurk van Danny Kovitz en daar komt ze met geen mogelijkheid meer onderuit.

Net als ik opgewonden op de schoenendoos aanval, gaat mijn telefoon.

'Ik pak hem wel, kind.' Mam reikt naar de stoel waarop mijn mobieltje ligt. 'Het is…' Ze kijkt nog eens naar het scherm en haar mond zakt open. 'Sage Seymour? De actríce Sage Seymour?'

'Ja!' zeg ik met een giechel. 'Sst! Doe gewoon!'

Ik neem aan dat Sage me wil vertellen hoe het nu met Luke is. De vorige keer dat ze belde, zat hij een burrito te eten en met de choreograaf te praten.

'Ha, Sage! Hoe gaat het?'

'Hij is weg!' roept ze radeloos uit. 'Het spijt me ontzettend, maar we zijn hem kwijt.'

'Wát?' Ik zak op mijn hielen, met een stuk vloeipapier tussen mijn vingers. 'Maar… hoe kan dat?'

'Hij vertrok zomaar. Hij bestelde een taxi en weg was hij. Hij heeft zijn mobieltje niet eens opgehaald bij de floormanager. Ik zat bij de visagie, ik had geen idee…'

355

'Hoelang is hij al weg?'

'Een halfuur, zoiets?'

Een halfuur al? Mijn hart begint te bonzen. 'Waar is die taxi naar-toe? Kun je dat uitvissen?'

'Nee! Het was niet eens een auto van ons. Naar het schijnt had hij gezegd dat hij weg moest en de productieleider had hem een auto beloofd zodra er een vrij was, je weet wel, om hem aan het lijntje te houden... maar hij had geen geduld, denk ik.'

Dat is typisch iets voor Luke. Hij kan gewoon niet als een nor-maal mens stilzitten en ervan genieten dat hij op een filmset is. Nee, hij moet een auto regelen en naar zijn werk gaan. Beroemdheden zijn totaal niet aan hem besteed.

'Ik moet terug,' zegt Sage, 'maar Becky, het spijt me vreselijk. We hebben het verknald.' Ze klinkt alsof het haar echt spijt.

'Nee, doe niet zo gek! Je hebt het fantastisch gedaan. Het is niet jóúw schuld dat hij is weggegaan. Ik vind hem vast wel.'

'Nou, laat me horen hoe het afloopt, goed?'

'Natuurlijk.' Ik verbreek de verbinding, haal diep adem en kijk naar mam. 'Je gelooft het nooit. Luke is zoek. Geen mens weet waar hij uithangt.'

'Nou, bel hem dan, kind. Hij heeft zijn mobieltje...'

'Dat heeft hij níét!' kerm ik. 'Ik heb zijn BlackBerry kapotgemaakt en daar heeft hij een waardeloos ding voor in de plaats gekregen en dat heeft hij laten liggen. Ik weet niet waar hij die taxi heeft ge-huurd, ik bedoel, hij zal wel op weg zijn naar kantoor, maar ik weet niet...'

Het probleem dringt in volle omvang tot me door en de paniek klopt in mijn aderen. Stel dat hij niet op weg is naar kantoor? Stel dat hij naar huis gaat? Hij zou alles kunnen ontdekken voordat we klaar voor hem zijn.

'Oké.' Ik kom weer in actie. 'We moeten iedereen waarschuwen. Ik bel Bonnie, jij zegt het tegen Janice, we bellen alle taxibedrijven... We vinden hem wel.'

Binnen tien minuten heb ik iedereen in Janice' keuken verzameld voor een crisisnoodberaad.

Het is allemaal nog erger dan ik dacht. Bonnie heeft me net een e-mail doorgestuurd die Luke haar vanuit de studio had gestuurd, op de account van de productiemaatschappij. Hij mailde dat hij niet op tijd terug kon zijn voor het trainingsprogramma, dat het hem speet en dat hij haar een goed weekend wenste.

Wat dóét hij in godsnaam? Waar is hij naartóé?

Oké, Becky. Kalm blijven. Hij komt wel weer boven water.

'Goed,' begin ik tegen de groep. 'Oxshott, we zitten met een groot probleem. Luke is spoorloos verdwenen. Ik heb een kaart gemaakt.' Ik wijs naar mijn snel in elkaar geflanste kaart. 'Dit zijn de richtingen die hij kan hebben gekozen vanaf de Pinewood Studios. Ik denk dat we het noorden wel kunnen uitsluiten...'

'O!' roept Suze opeens, en ze kijkt op van haar telefoon. 'Tarkie zegt dat een lid van de koninklijke familie de clips op YouTube heeft gezien en Luke een felicitatie-sms'je wil sturen.' Ze ziet onze perplexe gezichten en voegt er verlegen aan toe: 'Ze zijn samen aan het jagen.'

'Welk lid?' Janice knijpt in haar handen. 'Toch niet prins William?'

'Dat heeft Tarkie er niet bij gezegd. Het zou ook prins Michael van Kent kunnen zijn,' zegt Suze verontschuldigend.

'O,' verzuchten we allemaal teleurgesteld.

'Of David Linley?' Janice fleurt weer op. 'Ik ben gek op zijn meubels, maar heb je die príjzen gezien?'

'Hou op!' Ik zwaai gefrustreerd met mijn armen. 'Opletten! Wie geeft er nu iets om meubels? Dit is een nóódgeval. Ten eerste moeten we iemand op de uitkijk zetten om Luke te onderscheppen wanneer hij hierheen komt. Ten tweede moeten we ons afvragen waar hij naartoe kan zijn. Ten derde...'

'Je telefoon,' onderbreekt mam me. Mijn BlackBerry ligt op tafel te trillen, en ik zie een Londens nummer dat ik niet ken op het scherm.

'Dat zou hem kunnen zijn!' zegt pap.

'Sst!'

'Stil!'

'Zet hem op de speaker!'

'Nee!'

'En nou stil allemaal!'

Het is alsof de terroristische ontvoerder na dagen wachten eindelijk contact opneemt. Iedereen houdt zich stil en kijkt met grote ogen naar me. Ik neem op.

'Hallo?'

'Becky?' Het is onmiskenbaar Lukes stem. En hij klinkt relaxed. Beseft hij wel hoe wij hier zitten te stressen?

'Hou hem aan de praat,' fluistert mam alsof ze een FBI-agent is en hem wil traceren.

'Ha, Luke! Waar zit je? Op kantoor?'

Goed zo. Hou je van den domme.

'Nee, toevallig niet. Ik zit in het Berkeley Hotel.' Ik hoor een glimlach in zijn stem. 'En ik wil Minnie en jou uitnodigen voor een verjaardagspartijtje. Als je zin hebt.'

Wat? Wát?

Ik zak met knikkende knieën op een stoel en probeer de vragende gezichten om me heen niet te zien.

'Hoe, eh... bedoel je?' stamel ik uiteindelijk.

Als hij zijn eigen verjaardagsfeest heeft georganiseerd zonder mij iets te vertellen, vermóórd ik hem. Ik meen het.

'Schat, ik merkte gisteravond dat je teleurgesteld was toen ik zei dat ik naar die training moest,' zegt Luke. 'Ik zag het aan je toet.'

Nee, niet waar! kan ik wel gillen. *Helemaal niet! Je vergist je!*

'O ja?' wring ik eruit.

'En dat zette me aan het denken. Het is wél mijn verjaardag, verdomme, dat moeten we vieren. We hebben een rotjaar achter de rug en we verdienen iets leuks. Laten we met zijn drieën lekker eten, een glaasje champagne drinken... en dan stoppen we Minnie bij de buren in bed en kunnen we een broertje of zusje voor haar maken.' Zijn stem heeft nog nooit zo verleidelijk en plagerig geklonken als nu. 'Nou, wat denk je? Ik heb de champagne al besteld.'

Ik geloof mijn oren niet. Op elk ander moment had ik het een hemelse uitnodiging gevonden. *Alleen nu niet.*

'Ja,' zeg ik zwakjes. 'Nou... dat klinkt heerlijk! Alleen... wacht even...'

Ik klem mijn hand over het toestel en kijk radeloos naar de anderen.

'Hij wil dat ik in een hotel champagne met hem kom drinken! Voor zijn verjaardag!'

'Maar vanavond is het feest!' zegt Janice, die er duidelijk op uit is de prijs voor de meest overbodige opmerking in de wacht te slepen.

'Dat wéét ik,' val ik uit, 'maar hoe kan ik nee zeggen zonder achterdocht te wekken?'

'Kun je het niet allebei doen?' oppert Suze. 'Champagne, intiem feestje, weet ik veel, en dan als een speer hierheen?'

Ik probeer het voor me te zien.

Champagne. Een etentje. Seks.

Binnen hoeveel tijd kunnen we dat voor elkaar krijgen? Een halfuur? Drie kwartier als het uitloopt? Dan zouden we nog ruim op tijd terug zijn.

'Ja,' besluit ik. 'Ik ga erheen, speel het spelletje mee en sleep hem zo snel mogelijk hierheen.'

'Niet treuzelen, kind,' zegt Janice ongerust.

'Het verkeer kan moordend zijn op dit uur,' valt Martin haar bij. 'Ik zou hem gewoon in zijn lurven pakken en weggaan.'

'Wil jij op Minnie passen, mam?'

'Natuurlijk, schat!'

'Oké.' Ik haal diep adem, haal mijn hand van de telefoon en zeg zo poeslief mogelijk: 'Luke, daar ben ik weer. Ik kom zo snel mogelijk, maar zonder Minnie. Mam is hier en die past op haar. Ik vind dat we onder ons moeten zijn, vind je ook niet?'

'Nog beter.' Hij lacht op die hese manier waar ik zo gek op ben en mijn maag verkrampt. Waarom moet hij uitgerekend vanavond de ideale echtgenoot spelen?

Nou ja. Maakt niet uit. Ik moet ervandoor.

'Tot straks!' zeg ik ademloos. 'Zoen!'

Luke heeft een suite gehuurd, en hij doet de deur open met een glas champagne in zijn hand. Er staat zachte, jazzy muziek op en hij draagt een kamerjas. Een *kamerjas*.

'Hé, hallo.' Hij glimlacht en leunt naar me over om me te kussen.

O, god. Dit gaat veel verder dan ik had gedacht. Hij is compleet omgeschakeld. Zijn ritme is trager, zijn stem lomer; ik heb hem sinds onze huwelijksreis niet meer zo ontspannen gezien. De suite is ook adembenemend, met gelambriseerde muren, pluchen banken en een kolossaal bed. Op elk ander moment...

'Hoi!' Ik maak me van hem los. 'Goh, wat een verrassing! Hoe... hoelang was je dit al van plan?'

'Het was echt een opwelling.' Luke grinnikt. 'Ik zou naar een saaie training gaan die Gary had georganiseerd, en toen dacht ik opeens: waarom?' Hij loopt naar de cocktailbar en vervolgt over zijn schouder: 'Eigenlijk komt het door jou.'

'Door míj?' Neemt hij me in de maling?

'Je hebt zo vaak gezegd dat we meer zouden moeten relaxen, genieten, rustig aan doen... En je hebt gelijk.' Hij streelt mijn haar. 'Ik hoop dat je onder de indruk bent?'

'Ja,' zeg ik met schrille stem. 'Het is super.'

'Nou, laten we dan maar relaxen. We hebben de hele avond.' Hij reikt me een glas aan en zoent me lang in mijn nek. 'Zal ik het bad laten vollopen? We passen er makkelijk samen in.' Een bád? Hoelang gaat dat duren? Dat idee moet ik meteen de kop indrukken. Ik moet er vaart achter zetten hier. Ik kijk op mijn horloge en schrik. Het is al later dan ik dacht. We moeten naar een feest. Er is geen tijd voor een bad.

Hoewel... Moet je zijn gezicht zien. Hij zou er kapot van zijn. En hij heeft zo zijn best gedaan en het is vast een heerlijk bad...

We zouden even snel kunnen baden. Erin, eruit, hupsakee, klaar.

'Goed plan! Laat mij maar!' Ik haast me naar de weelderige marmeren badkamer en zwiep de kraan open.

O, wauw. Toiletspulletjes van Asprey. Ik moet wel even aan de badolie ruiken. Hmm.

'Is het niet fantastisch?' Luke, die achter me aan is gekomen, slaat zijn sterke armen stevig om me heen. 'Wij tweetjes, de hele avond. Geen gehaast, geen gejacht...'

Oké, we hebben geen tijd voor dat 'hele avond'-gedoe.

'Luke, eh... we moeten het heel snel doen.' Ik draai me naar hem om terwijl ik wanhopig nadenk. 'We moeten het echt ontzettend snel doen, want... ik wil een jongetje.'

'Hé?' zegt Luke perplex. En terecht, want ik zuig het ter plekke uit mijn duim.

'Ja.' Ik knik ernstig. 'Ik heb er een boek over gelezen, en daar stond in dat je een vluggertje moest maken. Geen voorspel, gewoon... knallen.'

'Knallen?' herhaalt Luke weifelend.

Waarom kijkt hij zo onwillig? Hij zou juist blij moeten zijn. Ik bedoel, je moest eens weten hoe vaak...

Nou ja. Dat doet er nu even niet toe.

'Knallen.' Ik knik resoluut. 'Dus... kom op!'

Waarom komt hij niet in beweging? Waarom gaat hij op de rand van het bad zitten met een frons in zijn voorhoofd alsof hij voor een groot probleem staat?

'Becky,' zegt hij uiteindelijk, 'ik vind het niet prettig om op een jongetje of een meisje te mikken. Ik hou van Minnie. Ik zou heel graag nog een Minnie willen. En als jij ook maar even denkt dat ik naar een zoon verlang...'

'Nee! Helemaal niet!' zeg ik snel. 'Alleen... Waarom niet? En daarna kunnen we proberen een meisje te maken! Voor het evenwicht!'

Zelfs ík kan horen dat het nergens op slaat, maar dat is Luke gelukkig wel van me gewend.

'Het bad is vol!' Ik schiet uit mijn topje. 'Kom op!'

Oké, ik vind het dus niet nodig om gedetailleerd te vertellen wat er toen gebeurde. Trouwens, er zijn bijna geen details. Alleen dat we in het bad beginnen en onder de douche eindigen en er toch maar een minuut of veertien over doen, en Luke heeft geen idee dat ik hem subtiel opjaag.

Hoewel, eerlijk gezegd ben ik dat min of meer vergeten toen we eenmaal bezig waren. Of, anders gezegd: we joegen elkaar op. Ik wil niet opscheppen, maar ik denk dat we misschien wel een olympische medaille hadden kunnen winnen in de klasse 'paren onder water'. Of in 'waterballet vrije stijl'. Of in...

O. O ja. Opschieten.

Wat ik maar wil zeggen, is dat dit een fantastisch begin van de avond is. Ik ben zo stralend rozig dat ik niet eens blusher nodig heb! En als we ons aankleden en nu meteen weggaan...

'Wil je iets eten?'

Terwijl ik me haastig afdroog, loop ik naar de zitkamer, waar Luke, die zijn kamerjas alweer aanheeft, op de bank hangt.

'Kijk daar maar eens.' Hij wijst naar de schaal op tafel. 'Modecakejes.'

Modecakejes?

Ondanks alles moet ik ernaar kijken… en dan zucht ik van verrukking. Het is een hele schaal vol cakejes in de vorm van schoenen en tassen.

'Ze zijn allemaal geïnspireerd op een ander modeartikel,' zegt Luke trots. 'Ik dacht dat je het wel leuk zou vinden. Tast toe.' Hij reikt me een geglazuurde laars tot over de knie aan.

Hij is zo lekker dat ik wel kan janken. Dit is een avond om nooit te vergeten, en ik moet Luke wegslepen…

Misschien kan ik nog één cakeje nemen.

'Nog wat champagne?' Luke schenkt mijn glas weer vol.

En nog één glaasje champagne. Even snel.

'Is het niet heerlijk?' Luke trekt me naar zich toe en ik nestel me aan zijn borst en voel dat ik tot rust kom met het bonzen van zijn hart op mijn huid. 'Het was me het dagje wel.'

'Wat je zegt.' Ik neem een grote teug champagne.

'Het was vreemd bevrijdend om al mijn technologische snufjes kwijt te zijn. Ik zit nu al achtenveertig uur zonder e-mails, internet of zelfs maar een fatsoenlijke telefoon, en zal ik je eens wat zeggen? Ik leef nog.'

'Ik wist het wel.' Ik draai mijn hoofd en kijk naar hem op. 'Je zou elke week een BlackBerry-vrije dag moeten nemen. Het zou goed voor je zijn.'

'Misschien doe ik dat wel,' zegt Luke, wiens hand langs mijn dij omhoogkruipt. 'Misschien moeten we híér elke week een dag naartoe. Dat zou pas goed voor me zijn.'

'Ja, vast wel!' Ik giechel. 'Daar drink ik op!' Terwijl ik mijn glas hef, gaat mijn eigen BlackBerry, en ik verstijf.

'Niet opnemen,' zegt Luke ontspannen.

'Maar het is mam,' zeg ik terwijl ik het toestel pak en naar het scherm kijk. 'Er zou iets met Minnie kunnen zijn. Laat ik maar opnemen… Hallo?'

'Becky!' Mams stem klinkt zo schel en zenuwachtig dat ik me kapot schrik. 'Janice heeft net een verkeerswaarschuwing gezien! Een verschrikkelijke opstopping op de A3. Hoe gaat het daar? Ben je al onderweg?'

De paniek slaat me om het hart.

O, god. Waar ben ik mee bezig, met mijn champagne en cakejes? Ik werp een blik op Luke, die languit op de bank ligt in zijn kamerjas, met zijn ogen dicht. Zo te zien zou hij hier de hele nacht wel kunnen blijven.

'Eh, nog niet...'

'Nou, ga dan maar snel, lieverd! Je wilt niet vast komen te zitten!'

'Doe ik! We komen eraan. Tot straks.'

'Wat is er?' Luke doet zijn ene oog open terwijl ik de BlackBerry wegleg. Ik heb een seconde of tien om een compleet, overtuigend verhaal te verzinnen.

Oké. Ik heb het al.

'Luke, we moeten nu meteen naar huis,' zeg ik gespannen. 'Minnie is hysterisch omdat we haar geen van beiden een nachtzoen hebben gegeven. We moeten dus terug naar Oxshott om haar een zoen te geven en te wachten tot ze weer rustig is, en daarna kunnen we weer hierheen. Snel! Kleed je aan!' Ik wurm me al in mijn ondergoed.

'Naar huis?' Luke hijst zich overeind en kijkt me aan. 'Becky... ben je niet goed wijs? We gaan niet naar huis!'

'Minnie heeft het niet meer! Mam zei dat ze nog ziek zou worden als ze zo doorging. We kunnen haar niet zomaar aan haar lot overlaten!'

'Het komt wel goed. Ze valt zo in slaap en er is niets aan de hand.' Hij neemt bedaard een slokje champagne, wat me verontwaardigd maakt. Ik bedoel, Minnie is niet echt over haar toeren, maar stel dat het wel zo was?

'Hoe kun je dat nou zeggen? Het is ons kind!'

'En wij hebben een vrije avond! Dat is geen misdaad, Becky. We kunnen wel naar Oxshott gaan, maar ik garandeer je dat ze slaapt voordat we er zijn.'

'Maar zo kan ik me niet ontspannen! Zo kan ik niet genieten! Hoe kan ik hier champagne drinken terwijl mijn dochtertje…' – ik denk verwoed na – '… stuiptrekkingen heeft?'

'Stúíptrekkingen?'

'Mam zei dat ze zich ernstig zorgen maakte om Minnies gezondheid. Ze had nog nooit zoiets gezien, zei ze.' Ik kijk Luke tartend aan. 'Ik ga erheen, ook als jij hier blijft!'

Ik ben een ijzig moment lang bang dat hij zal zeggen: *Prima, je doet maar, ik zie je nog wel*, maar hij zet uiteindelijk zijn glas neer en zucht.

'Ook goed. Wat jij wilt. We gaan haar een nachtzoen geven.'

'Super! Perfect!' Ik kan mijn opluchting niet verbergen. 'Het is nog vroeg, we kunnen er nog een mooie avond van maken. We kunnen de cakejes en de champagne meenemen,' zeg ik nonchalant. 'Voor het geval we onderweg honger krijgen.'

Ik ga die schattige cakejes echt niet hier achterlaten. En zodra ik me heb aangekleed, ren ik naar de badkamer en stop alle miniflaconnetjes in mijn tas. Die laat ik hier ook niet liggen.

Net als ik zo'n beetje klaar ben en Luke zijn jas aantrekt, krijg ik een sms.

Al op wg nar Oxshott? Hier alles fantastisch en klaar!!!! Suze.

Bijna! sms ik terug. **Tot zo!**

In de lift op weg naar beneden glimlach ik nerveus naar Luke. Opeens dringt het tot me door. Het is bijna zover! Zijn verrassing! Na al die tijd, al die voorbereidingen…

Opeens knettert de opwinding als een schitterend vuurwerk door me heen en ik moet Luke wel even knuffelen. 'Alles goed?'

'Het zal wel.' Hij trekt zuur zijn wenkbrauwen op. 'Ik hoop maar dat we hier speciale engelen-van-ouderspunten voor scoren.'

'Vast wel.' Op de een of andere manier lukt het me tamelijk normaal te praten, maar ik plof bijna. Het is zover! Binnen een uur zijn we thuis en dan zakt Lukes mond open en is hij zo perplex dat hij geen woord kan uitbrengen…

Ik loods hem snel van de lift naar de foyer. Mijn benen zijn gewichtloos; mijn hele lijf tintelt van verwachting.

'Ga jij even vragen tot hoe laat de bar open is?' improviseer ik. 'Dan probeer ik een taxi aan te houden.'

Er staat al een taxi te wachten. Ik doe alsof ik hem zomaar van straat heb geplukt.

'Luke? Luke Brandon?'

Een kalende zakenman die tegen de receptiebalie geleund staat, kijkt op. Hij heeft te diep in het glaasje gekeken, zie ik meteen aan zijn bloeddoorlopen ogen.

'Hé, Don, hallo.' Luke glimlacht vluchtig naar hem. 'Alles goed? Dit is Donald Lister van Alderbury Consultancy,' stelt hij de man aan me voor. 'Dit is Becky, mijn vrouw.'

Ik zie een verrukt inzicht over het rood aangelopen gezicht van de man trekken.

'Wacht eens even! Shit! Luke Brandon! Jij bent het!' Hij wijst naar Luke alsof hij de prijs heeft gewonnen en zijn tien pond wil zien. 'Tering! Van harte, ouwe jongen! En, hoe was het?'

Het wordt me even zwart voor de ogen.

Oké, we moeten weg. Nu. Ik probeer niets van mijn paniek te laten merken, haak mijn arm door die van Luke en trek zachtjes, maar hij komt niet in beweging.

'Goed, dank je.' Luke glimlacht beleefd, maar ook verrast. 'Hoe weet jij dat in vredesnaam?'

'Maak je een geintje? Iedereen heeft...' De man ziet mijn gezicht en klapt zijn mond dicht. 'Shit.' Hij snuift verlegen. 'Ik heb het toch niet bedorven, hoop ik?'

Ik wil een gevatte, bijtende opmerking maken om hem uit te schakelen, ik wil terugspoelen, ik wil die stomme vent smoren, hem lozen, ga wég...

'Is de fuif vanavond?' De man slaat een hand voor zijn mond. 'Waren jullie op weg... O, shit.'

Ik wil me als een tijgerin op hem storten en zijn kop eraf scheuren met mijn tanden. Hou je kop, hou je kóp!

'Sorry, sorry. Ik heb niks gezegd.' Hij klopt een paar keer in de lucht als om zijn woorden te begraven en loopt dan haastig weg over de marmeren vloer.

Maar hij kan zijn woorden niet begraven. Ze dwarrelen nog als vliegende mieren door de lucht.

Voor het eerst in mijn leven was ik liever getrouwd geweest met een stomme holbewoner die nooit iets aanvoelt, maar Luke is niet achterlijk. En ik ken hem te goed. Iemand anders zou niets aan hem afzien, maar ik zie de radertjes malen. Ik zag precies wanneer het kwartje viel. Nu houdt hij zijn gezicht met zorg in de plooi, maar ik zie het in zijn ogen. Hij kijkt me aan en glimlacht.

'Nou… ik heb geen idee wat dát allemaal te betekenen had,' zegt hij iets te opgewekt.

Hij weet het.

Ik voel me verdoofd.

21

Tijdens de lange rit naar huis zeggen we bijna niets. Ik probeer eerst nog vrolijk te doen, maar alles wat ik zeg klinkt me vals en hol in de oren. We nemen de afslag naar Oxshott en we zijn er bijna en ik zou moeten overlopen van opwinding, maar dit is niet wat me voor ogen stond.

Onverhoeds rolt er een traan over mijn wang. Ik veeg hem snel weg, voordat Luke het kan zien.

'Becky...' zegt hij gekweld.

Super. Hij heeft het toch gezien. Zelfs mijn eigen stomme lijf verraadt alles.

We kijken elkaar even aan en het lijkt alsof de echtelijke telepathie eindelijk tussen ons op gang komt. Ik weet wat hij denkt. Ik weet wat hij voelt. Hij zou er alles voor overhebben om de tijd terug te draaien; hij zou er alles voor geven om het niet te weten. Maar hij kan het niet ont-weten.

'Becky...' Zijn verdrietige ogen nemen me onderzoekend op. 'Toe...'

'Niks aan de hand. Ik heb alleen...'

'Ik heb niet...'

We praten alleen in onbenullige, half afgemaakte zinnen, alsof we geen van beiden dichter bij de waarheid durven te komen. Dan lijkt Luke opeens een besluit te nemen, en hij trekt me naar zich toe.

'Het wordt wel een verrassing voor me,' zegt hij met een gedreven, lage stem. 'Echt wel. Ik weet van niets. Je moest eens weten hoe ontroerd...' Hij breekt zwaar ademend zijn zin af. 'Becky, trek het je niet aan, alsjeblieft...' Hij pakt mijn handen en houdt ze zo stevig vast dat ik een grimas trek.

Ik kan geen woord uitbrengen. Ik kan niet geloven dat we dit gesprek voeren.

367

'We zijn er bijna.' Ik veeg de tranen uit mijn ogen en kijk of mijn make-up nog goed zit. Suze staat klaar met mijn jurk, en Danny zorgt voor Lukes outfit.

Het komt wel goed, hou ik mezelf streng voor. Ook al loopt het niet precies zoals ik me had voorgesteld, het komt goed. Luke is er, ik ben er, hij krijgt zijn feest en het wordt fantastisch.

'Hartelijk gefeliciteerd, liefste,' zeg ik zacht wanneer de taxi Janice' oprit in draait, en ik geef een kneepje in Lukes hand.

'Wat... Waarom stoppen we hier?'

Luke doet heldhaftige pogingen om de meest verbaasde persoon van de wereld te spelen. Deed hij dat maar niet. Hij kan het niet zo goed.

'Stap uit...' Ik glimlach stralend naar hem en hoewel ik weet dat hij het weet, voel ik de opwinding toch weer bruisen. Ik bedoel, hij weet niet álles. Ik betaal de chauffeur en leid Luke door Janice' verduisterde huis. De mensen van de catering hebben zich in de keuken verstopt of zijn al in de feesttent, maar toch durf ik geen lampen aan te doen.

Au. Ik stoot mijn heup aan Janice' stomme tafel. Waarom heeft ze overal táfels staan?

'Oké, naar buiten...' Ik duw Luke door de glazen deur de tuin in. Daar staat de feesttent, helemaal opgetuigd met twinkelende lichtjes en vanbinnen ook verlicht, maar doodstil, alsof er geen tweehonderd mensen in zitten.

'Becky...' Luke blijft als aan de grond genageld staan, met grote ogen. 'Ongelooflijk. Ongelóóflijk dat je... Heb je dat allemaal zelf georganiseerd?'

'Kom mee!'

Ik sleep hem over de loper naar de ingang en voel mijn hart bonken. Als iedereen er maar is.

Natuurlijk is iedereen er.

Ik haal diep adem... en trek de tentflap open.

'*Surprise!*'

Het geluid is fenomenaal. Een kolossale massa gezichten kijkt ons aan. Ik herken er maar een paar. Janice staat vooraan in haar Mrs. Bennett-jurk, en Jess draagt een verbluffende, strakke zwarte hemdjurk met bijpassende, dramatische make-up. Ik kijk om me heen en voel me tegen wil en dank trots. Er hangen snoeren lichtjes en er zweven zilveren ballonnen met 'Hartelijk gefeliciteerd, Luke' erop in het lettertype van Brandon Communications. Overal hangen glanzende zogenaamde promotieposters en uitvergrote kranten-knipsels met verschillende koppen en verhalen over Luke Brandon (die heb ik allemaal zelf geschreven). Het pronkstuk is een enorm, van achteren verlicht bord zoals ze die ook maken voor perspre-sentaties van Brandon C. Er staan foto's op van Luke uit elk jaar van zijn leven, van baby tot volwassene, en de kop luidt: 'Luke – een topjaar'.

En vlak boven onze hoofden hangen mijn pompons, door de hele tent. We hebben ze aan snoeren lichtjes gehangen, als slingers, en ze zien er waanzinnig uit.

'Lang zal hij leven...' zet iemand in, en iedereen zingt van harte mee.

Ik werp een snelle blik op Luke.

'Wauw!' roept hij precies op dat moment, alsof het zo was afge-sproken. 'Dit is echt... Ik had geen idee!'

Hij spant zich tot het uiterste in om overrompeld te doen, dat moet ik hem nageven.

'Hij leve hoog, hij leve hoog...' zingt de massa nu. Luke, die het ene na het andere gezicht herkent, glimlacht en wuift naar iedereen. Zodra het zingen is afgelopen, neemt hij een glas aan van een ser-veerster en heft het naar het hele gezelschap.

'Stelletje rotzakken!' zegt hij, en er gaat een bulderend gelach op. Het trio in de hoek zet iets van Gershwin in en de mensen verdrin-gen zich rond Luke. Ik kijk naar hem terwijl hij iedereen begroet.

Hij was niet van zijn sokken geblazen. Hij was niet sprakeloos van verrassing. Maar eigenlijk wist ik dat ook wel. Zodra die vent in het Berkeley Hotel zijn mond opendeed, was het bekeken.

'Becky! Het is fantastisch!' Een vrouw van Brandon Communica-tions van wie me de naam even is ontschoten komt op me af. 'Heb je alles zelf versierd?'

Erica en haar mensen gaan met hapjes rond en ik zie Janice met een poederdoos op een chic blond meisje af lopen. Nee toch. Ik had

369

het nog zo tegen haar gezegd: géén make-up bijwerken. Ik moet haar snel de pas afsnijden, maar voordat ik een stap kan verzetten, biedt een grijzende man me een cocktail aan. Hij stelt zich voor als een oude collega van Luke en vraagt me hoelang ik erover heb gedaan om het feest te organiseren, en dan vraagt zijn vrouw (flodderjurk, te veel lippenstift) opgewonden of ik de clipjes op YouTube heb gezien, en voor ik het weet is er een kwartier voorbij waarin ik niets anders heb gedaan dan met onbekenden praten. Ik weet niet eens waar Luke is.

Er komt ook een tochtstroom door de flappen van de feesttent, en de mensen wijken geleidelijk aan van de ingang.

'Mensen! Ik wil graag iets zeggen,' vult Lukes gezaghebbende stem de tent, en alle mensen van Brandon Communications houden op slag hun mond en springen in de houding, alsof hij een bedrijfspresentatie gaat houden. De andere gasten volgen dat voorbeeld en binnen de kortste keren kun je een speld horen vallen.

'Ik wil alleen maar zeggen… Dank jullie wel.' Hij overziet de menigte glimlachende gezichten. 'Jullie allemaal. Ik sta er versteld van hoeveel oude vrienden er zijn gekomen, en ik verheug me erop met jullie bij te praten. Ongelooflijk dat jullie er allemaal van wisten, stelletje stiekemerds.' Er klinkt goedkeurend gelach in de tent. 'En ik vind het ongelooflijk hoe knap mijn vrouw dit heeft gedaan.' Hij kijkt naar mij. 'Becky, maak een buiging.'

Er wordt her en der geapplaudisseerd en ik maak braaf een buiging.

'Luke, wist je echt van niets?' roept de vrouw met te veel lippenstift. 'Had je geen flauw idee?'

Luke werpt me snel een waarschuwende blik toe; het zou je zomaar ontgaan.

'Nee, absoluut niet!' Hij klinkt een beetje gekunsteld. 'Ik had geen idee tot ik in de…' Hij breekt zijn zin af. 'Nou ja, ik vermoedde natuurlijk wel íéts toen we in de taxi…' Hij zwijgt weer en wrijft schutterig over zijn gezicht, en er valt een verwachtingsvolle stilte in de tent.

'Het zit zo.' Luke kijkt weer op, nu zonder zijn gebruikelijke, gepolijste masker. 'Ik wil niet tegen jullie liegen. Ik wil geen toneelspelen, want daar vind ik dit te belangrijk voor. Ik wil zeggen wat ik echt voel. Ja, iemand heeft zijn mond voorbijgepraat. Een beetje. Dus ja, ik verwachtte inderdaad... iets. Maar weten jullie? Zo'n feest als dit staat of valt niet met de verrassingsfactor. Het gaat erom dat iemand zoveel moeite voor je heeft gedaan dat je gewoon... steil achteroverslaat. En dat je denkt: wat heb ik gedaan om dit te verdienen?' Zijn stem beeft en hij zwijgt even. 'Ik ben de gelukkigste man van de wereld, en ik wil graag een dronk uitbrengen. Op Becky.'

Ik kijk naar mijn BlackBerry, waarop continu sms'jes binnenkomen, zodat ik maar met een half oor naar Lukes toespraak heb geluisterd, maar nu kijk ik op.

'Oké, Luke.' Ik mag van mezelf glimlachen. 'Je hebt het mis. Een feest als dit draait volledig om de verrassingsfactor. Pak je glas. Pak je jas. En loop met me mee, alsjeblieft. Wil iedereen zijn jas pakken en met ons meelopen...'

Daryl, Clare, Julie en drie van hun vrienden duiken uit het niets op en rollen efficiënt rekken met jassen naar binnen. De gasten kijken elkaar verbijsterd aan. Daryl knipoogt naar me en ik knipoog terug. Hij is echt top, die Daryl. Hij belde me een week geleden op om te zeggen dat hij echt stukken vooruit was gegaan met vuurvreten en graag nog een keer auditie wilde doen. Nee, dank je, zei ik, maar ik had een ander klusje voor hem. De zes tieners zijn allemaal tiptop gekleed in een wit overhemd met een gilet, en ik zie dat Clare haar Vivienne Westwood-schoenen aanheeft.

Luke verroert geen vin. Hij staat er verpletterd bij.

Ha!

'Becky...' Hij fronst zijn voorhoofd. 'Wat heeft dit in vredesnaam...'

Ha! Ha!

'Denk je dat dít je feest is?' zeg ik met een minachtend knikje naar de tent.

Bijna huppelend van de voorpret neem ik hem mee terug door Janice' huis naar de inrit. En daar staan ze. Als geroepen. Drie grote, gitzwarte bussen met witte opdruk:

LUKES ECHTE SURPRISEPARTY

'Wa…'

Lukes mond hangt open. Hij kan geen woord uitbrengen.

Yesss!

'Instappen jij,' zeg ik monter.

***

Ja, ik weet het, daar had ik niets over gezegd. Sorry.

Ik wílde het wel vertellen, maar ik was bang dat je je mond niet zou kunnen houden.

***

De sfeer in de bus is fantastisch. Het feestgehalte lijkt tien keer hoger te liggen. Er klinken telkens kreten als: 'Waar gaan we hééń?' en: 'Wist jij dit?', gevolgd door daverend gelach.

En Luke lijkt gewoon perplex te staan. Ik heb hem nog nooit zo perplex gezien. Ik moet hem vaker verrassen.

'Oké, blinddoek om…' zeg ik bij de afslag.

'Nee!' Hij schiet in de lach. 'Dat meen je niet…'

'Blinddoek om!' Ik wijs quasistreng met mijn vinger naar hem.

Het is best kicken, eigenlijk, om Luke helemaal in mijn macht te hebben. Ik trek de blinddoek strak aan en tuur door de voorruit van de bus. We zijn er bijna!

Vijf minuten, sms ik naar Suze, en ze sms't prompt oké terug. Ze wacht op me, samen met pap, mam, Minnie, Danny en de rest van Team 2.

O, ja. Ik had twee teams. Nou ja, dat was eigenlijk Elinors idee.

Ik weet dat Elinor er nog is, want Suze heeft me een paar minuten geleden ge-sms't dat Elinor fanatiek alle laatste details naliep en dat al het personeel doodsbang voor haar was.

We rijden de lange bomenlaan in. Ik zie alle gasten nieuwsgierig door de ramen van de bus kijken en druk mijn wijsvinger tegen mijn lippen. Niet dat Luke het zou raden, overigens. Hij is nog maar één keer in Suzes nieuwe huis geweest.

Ik zeg 'huis', maar ik bedoel 'kasteeltje met landerijen'.

We hebben echt op het laatste moment besloten hierheen te gaan. We waren van plan een zaal te huren en Elinor stond op het punt een ander evenement af te kopen (ze is volkomen genadeloos, net een getrainde huurmoordenaar), toen Suze opeens zei: 'Wacht! Wat dachten jullie van Letherby Hall?'

Ik geloof dat Suze soms vergeet hoeveel huizen Tarquin en zij hebben. Ze had in elk geval geen idee hoeveel slaapkamers dit huis heeft.

Maar goed. Toen we dat eenmaal hadden besloten, viel de rest op zijn plaats. Althans, de rest hebben we snel op zijn plaats geduwd. En het is de perfecte, meest romantische droomplek voor een feest. Ik hoor de mensen achter me *ooh* en *aah* roepen zodra ze het huis zien, dat twee voorname zijvleugels heeft, een koepel in het midden en overal Dorische zuilen. (Ik weet dat het Dorische zuilen zijn omdat Tarkie me dat heeft verteld. Eigenlijk hoop ik dat iemand me ernaar zal vragen.)

We stappen allemaal uit de bus de zwoele bries in en knerpen over het grind naar het verlichte bordes en de open deur. Ik leid Luke nog, en ik loods iedereen geluidloos naar binnen. We lopen over de eeuwenoude stenen vloer en even later staan we allemaal bij de voorname dubbele deur naar de Grote Zaal.

Ik hoor het gefluister, gegiechel en ge-'sst!' achter me. Nu voel ik de verwachting. Ik word bijna bang. Nu is het zover. Dit is het moment.

'Oké,' zeg ik een beetje beverig, en ik maak de blinddoek los. 'Luke... gefeliciteerd.'

Ik duw de deuren open en hoor een collectieve zucht als een bergbeek achter me, maar ik kijk alleen naar Lukes gezicht, dat spierwit is.

Als ik voor overdonderd en sprakeloos ging... is het me gelukt.

Hij zet verwonderd een pas naar voren. Dan nog een... en nog een.

De hele Grote Zaal is omgetoverd in het toneel van dat antieke speelgoedtheater dat Luke voor Minnie heeft gekocht; het speelgoedtheater van zijn jeugd. Alle decors van *Midzomernachtsdroom* zijn nauwgezet nagemaakt, met dezelfde struiken, bomen en kasteeltorens, een beek en mos. Tussen het gebladerte staan tafeltjes met stoelen genesteld. Een band speelt zachte, betoverende muziek. Her en der hangen meer van mijn pompons als grote bloemen in de bomen. Ik moet er wel trots op zijn. Ze zien er echt goed uit.

'Dit is...' Luke slikt iets weg. 'Dit is exact hetzelfde als...'

'Ja.' Ik knijp in zijn hand.

Dit was van meet af aan mijn plan, maar zonder Elinor had ik het nooit zo spectaculair kunnen verwezenlijken.

'Pappíéíé!' Minnie komt vanachter een boom aangerend in een beeldschone tulen elfenjurk met vleugels die Danny voor haar heeft gemaakt. 'Jarig! Pappie jarig!'

'Minnie!' Luke tilt haar met een verbluft gezicht op. 'Waar ben jij... Hoe heb je... Suze! Jane! Graham! Danny!' Iedereen komt uit zijn schuilplaats tevoorschijn en Luke draait confuus zijn hoofd van links naar rechts.

'Gefeliciteerd!'

'Verrassing!'

'Luke, lieverd, zeg eens iets! Toespraak!' Ongelooflijk. Mam richt een camcorder op Lukes gezicht. Ze wéét dat we een professionele cameraman hebben ingehuurd.

'Bonnie?' Luke kijkt nog perplexer als hij Bonnie van achter de waterval ziet opduiken, gekleed in een spectaculaire zeegroene jurk en met een schuchtere glimlach op haar gezicht. 'Zeg nou niet dat jij óók in het complot zat.'

'Een beetje maar.'

'Dit is gewoon... onwezenlijk.' Luke schudt zijn hoofd en kijkt weer om zich heen in de sprookjesachtige zaal. 'Wie weten er nog meer dat ik vandaag jarig ben?'

'Wie nog meer? Eh...' Ik wissel een blik met Bonnie en schiet bijna in de lach. 'Vrij veel mensen. Het grootste deel van de Londense financiële wereld.'

'De lezers van de *Daily World*,' vult Bonnie aan. 'En die van het stadsdagboek van de *Standard*, en er heeft ook net een stukje in *The Mail* gestaan.'

'Je hebt sms'jes van drie leden van de koninklijke familie,' voegt Suze er opgewekt aan toe.

'Vergeet YouTube niet!' doet pap een duit in het zakje. 'Bij de laatste telling was er honderdduizend keer gekeken!'

Luke kijkt alsof we allemaal krankzinnig zijn geworden. 'Jullie maken een geintje,' zegt hij, en we schudden allemaal van nee.

'Wacht maar tot je de huldeblijken ziet!' zegt mam. 'En je hebt je eigen felicitatiewebsite!'

'Maar... dit is gestoord.' Luke brengt een hand naar zijn hoofd. 'Ik vier mijn verjaardag nóóit. Wie kan er in godsnaam...'

'Becky heeft het heel druk gehad,' zegt Bonnie.

'Met proberen het gehéím te houden!' roep ik verontwaardigd uit. 'Met proberen mensen te laten ophouden met kletsen en dingen op het internet zetten! Alsof je probeert een inktvis in bedwang te krijgen.'

'Iets drinken, meneer?' Een oogverblindend mannelijk model in een van Danny's midzomernachtsdroomkostuums duikt uit het niets op. Zijn dijen zijn in bont gehuld, hij heeft een bladerkrans op zijn hoofd en zijn borst is bloot en gebruind, en bijzónder gespierd. (Ik denk dat Danny's eigen fantasie-interpretatie van *Een midzomernachtsdroom* neerkomt op een bos vol lekkere mannen.)

Het model houdt ons een houten blad voor dat op een plak van een boom lijkt, met daarop cocktails met zilveren labels. 'Ik kan u een Brandon, een Bloomwood of een Minnie aanbieden. En zouden meneer en mevrouw zich daarna willen omkleden voor de voorstelling?'

'De voorstelling?' Luke kijkt me vragend aan. Ik trek raadselachtig mijn wenkbrauwen op en geef nog een kneepje in zijn hand.

'Wacht maar af.'

Dit is het ongelooflijkste, uitzinnigste feest aller tijden. Het is gewoon zo.

Ik bedoel, ik weet wel dat ik heb geholpen het te organiseren en alles en dus niet zou mogen opscheppen. Ik weet dat ik heel bescheiden mezelf zou moeten wegcijferen en zeggen: 'O, het kon er wel mee door, denk ik,' of: 'Voor een feestje was het niet slecht,' en dan mijn schouders ophalen en over het weer beginnen.

Jammer dan, dat zit er niet in, ik ga je de waarheid vertellen. Die is dat dit het meest waanzinnige feest is, dat heeft iedereen gezegd, zelfs mensen die alle feesten aflopen, zoals de hoogwaardige excellentie St. John Gardner-Stone, die een schatje blijkt te zijn en goed is in klop-klopmopjes.

Tot nu toe verloopt alles perfect. Toen Luke zijn smokingjasje en ik mijn goddelijke groene jurk aanhad, gingen we aan een van de tafeltjes in de zaal zitten, met een glas in de hand, en een circusdansgezelschap voerde de meest verbijsterende acrobatische toeren op in de bomen van het bos, met dreunende muziek en flitsende lichten.

Toen kwamen de vuurvreters, een Tsjechische groep die verbluffende stunts uitvoert (ze hadden Alonzo/Alvin ook in hun programma opgenomen, want dat moest van mij, en hij stond er de hele tijd doodsbang en opgetogen bij).

Toen zakte er een gigantisch scherm vanaf het plafond naar beneden, kwam er muziek en werden alle YouTube-huldeblijken aan Luke vertoond, wat me bijna aan het huilen maakte.

Nou goed dan. Ik heb echt een traantje weggepinkt.

Niet dat het van die góéde films waren. Ik bedoel, een stel marketingmanagers uit Kettering dat beroerd 'Happy Birthday Luke da Man' in een beverige mobiele telefoon rapt is niet bepaald *The Shawshank Redemption*, maar het ging om het idee dat mensen die ik niet eens ken, Luke een fijne verjaardag wensen.

Toen kwamen er videoboodschappen van alle vrienden die niet aanwezig konden zijn, zoals Michael en Lukes vader, gevolgd door de berichten van de website die een voor een voorbijflitsten. En tot besluit werd er een clip vertoond waar ik niet eens van wist. Naar het schijnt had Suze hem een minuut of tien voordat wij aankwamen per e-mail gekregen. Het begon met Sage Seymour, die op haar filmset op een regisseursstoel zit en zegt: 'Luke, lieverd, waar zit je verdomme?' Ze doet alsof hij een scène met haar moet spelen en uiteindelijk wensen alle acteurs en medewerkers hem een fijne verjaardag. Zelfs de heel beroemde.

Zodra Sage op het scherm verscheen, draaide Luke zijn hoofd met een ruk mijn kant op en zei: 'Hoe heb je in jezusnaam...'

En ik kon een giechel niet bedwingen, en ik fluisterde in zijn oor:

'Luke, zie het maar onder ogen. Het heeft geen zin om te proberen dingen voor mij geheim te houden.'

Ik verwachtte dat hij in de lach zou schieten, maar dat deed hij niet. Eerlijk gezegd leek hij een beetje overstuur te zijn.

Toen gingen we voor een waanzinnig banket naar de Lange Galerij, die versierd was met bloemguirlandes en nog meer pompons (ik had er echt véél gemaakt). Er kwam geen eind aan de toespraken en Luke bedankte iedereen een triljoen keer en ik bedankte iedereen een triljoen keer. Toen hield Luke een ontroerende toespraak over Annabel en het speelgoedtheater en hoe hij die herinneringen koesterde, en dat hij hetzelfde theatertje voor Minnie had gekocht en hoopte dat zij ooit zulke herinneringen aan hém zou hebben. De zakdoeken kwamen overal tevoorschijn.

O, en hij zei nog wat lieve dingen over mij. Je weet wel.

Toen kwam de koffie met Suzes speciale 'Lukes walnootspritsen' en riep iedereen weer *ooh* en *aah*, en ik ving Suzes blik en mimede *dank je wel*.

Daarna gingen we naar de Oostelijke Zaal, waar een band speelde (al Suzes kamers hebben een naam). En nu wordt er gedanst, en in een andere enorme ruimte kun je op loungebanken naar sfeermuziek luisteren, en er drentelen nog steeds mensen rond in de Midzomernachtszaal, en straks komt er nog ijs, vuurwerk en een stand-up comedian, maar dat weet Luke nog niet.

Ik kijk naar hem vanaf mijn plekje bij de beek. Hij staat met Minnie in zijn armen in een kring van oude vrienden, en ik heb hem niet meer zo zien stralen sinds...

Ik weet het niet. Veel te lang.

Net als ik me afvraag wat voor cocktail ik nu eens zal gaan drinken, ruist Suze op me af in haar jurk, die, ik moet het toegeven, bijna nog fantastischer is dan de mijne. Hij is donkerpaars met een sleepje en ze heeft hem in Parijs bij Dior gekocht en wilde niet zeggen wat hij kostte, wat betekent dat het een skwiljoen moet zijn geweest.

'Bex, ik weet niet wat ik aan moet met...' Ze zwijgt en zegt dan geluidloos: *Elinor*.

'Wat is er met haar?' Ik kijk nerveus om me heen om te zien of

Luke ons kan horen. Suze leunt naar me over en fluistert in mijn oor: 'Ze is er nog.'

Ik schrik me rot. Is ze nog híér?

Elinor heeft wel een miljoen keer tegen me gezegd dat ze niet op het feest zou komen. Ze zei dat ze een halfuur voordat wij aankwamen zou vertrekken. Ik was er gewoon van uitgegaan dat ze dat had gedaan.

'Maar waar...' Ik kijk geagiteerd om me heen.

'Het is mijn schuld.' Suzes gezicht wordt huilerig. 'Ik kon het gewoon niet verdragen dat ze er niets van zou zien. Niet na alles wat ze heeft gedaan. Ik wist dat ze niet echt op het feest kon zijn, dus heb ik haar aangeboden zich in de Priesterpassage te verstoppen en van daaruit te kijken.'

Suze kijkt veelbetekenend omhoog en ik volg haar blik. Ter hoogte van de eerste verdieping zit een smeedijzeren balkonnetje dat me nooit eerder is opgevallen, maar er is niemand.

'Ik snap het niet,' zeg ik bête. 'Waar is ze dan?'

'Achter een geheim paneel met een kijkgaatje.' Suze bijt gespannen op haar onderlip. 'Ze zei dat ze alleen wilde zien dat Luke en jij aankwamen, dan wist ze dat alles goed was gegaan. Daarna zou ze wegglippen. Maar ik heb Tarkie net gevraagd om te kijken of haar auto er nog stond, en hij stond er nog. Ze moet er nog zijn! Ze heeft niets gegeten, ze staat daar maar in die krappe ruimte... en ik ben er niet gerust op. Stel dat ze ziek wordt? Ik bedoel, hoe oud ís ze eigenlijk?'

O, god. Dit zou helemaal verkeerd kunnen aflopen.

Ik werp een blik op Luke, maar die lacht om iets en ziet me niet eens. 'Kom mee, we gaan erheen.'

De trap naar de Priesterpassage is klein en smal en muf, en ik trek mijn kostelijke Valentino-jurk strak om me heen. Suze duwt voorzichtig de oude houten deur open en het eerste wat ik zie, zijn Elinors smalle, stramme schouders. Ze staat als een standbeeld met haar neus tegen het paneel voor haar gedrukt en hoort ons niet eens.

'Elinor?' fluister ik. Ze draait zich als door een wesp gestoken om en ik zie een vluchtige paniek op haar bleke gezicht.

'Niets aan de hand. Wij zijn het maar, Suze en ik. We hebben iets te eten voor je meegebracht.' Ik hou haar een schaal minidesserts van het banket voor, maar ze krimpt in elkaar.

'Ik moet weg.'

'Nee! Dat hoeft niet. We kwamen alleen even kijken of het goed met je ging.'

'Vermoedt Luke niet dat ik er ben?'

'Nee, absoluut niet.'

Het is even stil. Elinor neemt haar post weer in en ik kijk naar Suze, die haar schouders ophaalt alsof ze het ook niet meer weet.

'Luke en Minnie lijken een hechte band te hebben,' zegt Elinor met haar oog tegen het kijkgaatje. 'Hij gaat heel ongedwongen met haar om.'

'Eh… ja.'

'Met je ouders ook.'

Ik zeg niets terug. Het is allemaal te bizar. Hoe ben ik in deze situatie verzeild geraakt? Hoe kan ik in een piepklein, benauwd hol staan met mijn rijke kreng van een schoonmoeder, allebei verstopt voor de man die ons bindt?

En hoe kan ik zin hebben om haar een grote dikke warme echte familieknuffel te geven? Alsof ik haar onder mijn vleugels wil nemen, weg van dit donkere, verre schuilhol, naar het licht en de warmte van het feest? Ze heeft nog nooit zo kwetsbaar en alleen geleken als nu. Terwijl wij dankzij haar de avond van ons leven hebben.

'Het is geweldig daarbeneden.' Ik steek behoedzaam mijn hand uit en geef een kneepje in haar arm. 'De mensen zeggen allemaal dat ze nog nooit zo'n leuk feest hebben meegemaakt.'

'Heeft Luke het naar zijn zin?' Ze draait zich naar me om.

'O, god, nou! Hij wist niet wat hem overkwam! Heb je zijn gezícht gezien?'

'Je hebt zijn hele jaar goedgemaakt!' zegt Suze enthousiast knikkend. 'Hij was diep ontroerd. Hij heeft het hele bos bekeken, elk detail. Het zit zo knap in elkaar.'

Elinor zegt niets, maar ik zie een sprankje voldoening in haar ogen. Opeens kan ik er niet meer tegen. Dit deugt voor geen meter.

Luke moet het weten. Iedereen moet het weten. Er zat een kolossale stuwende kracht achter deze avond, en dat was Lukes moeder.

'Elinor, kom mee naar beneden,' flap ik eruit. 'Kom mee naar beneden en feest met ons mee.' Ik hoor Suze naar adem snakken, maar besteed er geen aandacht aan. 'Kom op. Ik zorg wel dat Luke het goedvindt.'

'Ik vrees dat dat niet mogelijk is.'

'O, jawel!'

'Ik moet weg. Nu. Ik ben al te lang gebleven.' Elinor klikt haar handtas open en haalt haar glacéhandschoenen eruit. O, god, nu heb ik haar afgeschrikt.

'Hé, ik weet dat jullie problemen hebben gehad,' probeer ik haar te overreden, 'maar dit is het perfecte moment om het goed te maken. Op zijn feest! En wanneer hij hoort dat jij hierachter zat... dan is hij gek op je! Hij móét wel gek op je zijn!'

'Dat is precies waarom ik niet naar beneden kan.' Haar stem klinkt zo wrang dat ik in elkaar krimp, maar dat kan natuurlijk ook door al dat stof hier komen. 'Ik heb dit feest niet gefinancierd om op een doorzichtige manier Lukes liefde te winnen.'

'Dat is niet... Ik bedoelde niet...'

'Ik ga niet naar beneden. Ik stort me niet in het feestgedruis. Hij mag niet weten dat ik iets met deze avond te maken heb. Je mag het hem nooit vertellen. Nooit, Rebecca, is dat duidelijk?'

Haar ogen vonken en ik deins geschrokken achteruit. Hoe kwetsbaar ze ook is, ze kan nog heel angstaanjagend zijn.

'Oké!' hijg ik.

'Er zijn geen voorwaarden verbonden aan deze avond. Ik heb het voor Luke gedaan.' Ze kijkt weer door het gaatje. 'Ik heb het voor Luke gedaan,' herhaalt ze bijna alsof ze het tegen zichzelf heeft.

Het blijft lang stil. Suze en ik kijken elkaar zenuwachtig aan, maar we durven geen van beiden iets te zeggen.

'Als ik naar beneden ging, als ik me als de weldoener bekendmaakte, zou ik het voor mezelf hebben gedaan.' Ze draait zich om en neemt me kalm op, met ogen die niets prijsgeven. 'Zoals je zo duidelijk hebt gezegd, is voor een onvoorwaardelijke daad geen tegenprestatie nodig.'

God, wat is ze streng voor zichzelf. Ik had in haar plaats allang bedacht hoe ik het allemaal voor Luke kon hebben gedaan, de nobele weldoener kon spelen én bij het feest aanwezig zou kunnen zijn.

'Dus... je gaat het hem nooit vertellen?' vraag ik voorzichtig.

'Nooit? Hij komt er nooit achter dat hij dit aan jou te danken heeft?'

'Nooit.' Elinor kijkt onaangedaan naar Suze. 'Wil je alsjeblieft opzij gaan? Dan kan ik weg.'

Is dat alles? Geen high fives, geen groepsknuffels, geen dat-moeten-we-gauw-nog-eens-doen?

'Elinor... wacht.' Ik steek mijn armen uit, maar ze reageert niet, dus schuifel ik in de kleine ruimte naar haar toe, maar ze lijkt nog steeds niet te snappen wat ik wil. Uiteindelijk sla ik mijn armen dus maar behoedzaam om haar knokige lijf en voel me net Minnie wanneer ze in het wilde weg een boom in het park omhelst.

Ik kan niet goed geloven dat dit echt gebeurt. Ik knuffel Elinor.

Ik. Ik knuffel Elinor. Omdat ik het wíl.

'Dank je wel,' zeg ik zacht. 'Voor alles.'

Elinor maakt zich strammer dan ooit van me los, geeft Suze en mij een knikje en glipt door de houten deur.

'Kunnen ze haar zien?' vraag ik gespannen aan Suze, die haar hoofd schudt.

'Er is een achteruitgang. Ik heb haar eerder de weg gewezen.'

Ik leun tegen de stoffige oude muur en slaak een diepe zucht. 'Wauw.'

'Ja.'

We kijken elkaar aan in de schemering en ik weet dat Suze dezelfde dingen denkt als ik.

'Zou hij ooit te weten komen dat zij het was?'

'Kweenie.' Ik schud mijn hoofd. 'Ik... ik weet het gewoon niet.' Ik kijk door het gaatje. 'Kom op, laten we maar naar beneden gaan.'

Het feest is in volle gang. Het wemelt overal van de gasten met drankjes en zilverkleurige feesthoedjes (die hebben ze bij het banket gekregen). Ze lopen door het midzomerwoud en kijken naar de waterval, die nu fantastisch kleurig wordt verlicht, of staan aan een van de roulettetafels. De obers circuleren met piepkleine passievruchtensorbets op lepels. Danny's modellen lopen ertussendoor in hun spectaculaire midzomernachtsdroomkostuums alsof ze zo uit een sprookjesland heel ver weg komen. Overal weerkaatst gelach, en geroezemoes, en het bonk-bonk van de band dreunt door de vloer, en zo nu en dan flitst er een laserstraal. Ik wil weer dansen.

Ik koers naar de cocktailbar, waar een speciaal uit New York ingevlogen barkeeper een groepje mensen vermaakt met cocktail-shakertrucjes. Daar tref ik tot mijn verbazing Jess en Janice aan, die met elkaar klinken en elkaar warm toelachen.

Wat krijgen we nou? Ik dacht dat ze elkaar niet konden luchten of zien.

'Ha!' Ik leg een hand op Jess' schouder. 'Hoe gaat het?' Ik draai me naar Janice toe. 'Ziet Jess er niet fenomenaal uit?'

'Absoluut super,' beaamt Janice. 'Wat een fantastische jurk!'

'Ja, hij is wel leuk,' zegt Jess, die verlegen aan de jurk plukt, waardoor ze de hals scheeftrekt. 'Lekker simpel. En van duurzame stof.'

Ze is onverbeterlijk. Zodra ik haar een complimentje maak, voelt ze zich niet meer op haar gemak en probeert ze het te bagatelliseren.

'Jess heeft hem van Danny geleend,' vertel ik aan Janice terwijl ik geduldig de hals weer rechttrek. 'Het is een prototype uit zijn nieuwe eco-couturecollectie. Wist je dat dit waarschijnlijk de duurste jurk van het feest is?' besluit ik luchtig. Het is nog waar ook, al heeft Suze een skwiljoen betaald voor de hare. 'Hij is duurder dan de mijne,' voeg ik eraan toe om het af te maken.

'Wat?' Jess trekt wit weg. 'Waar héb je het over?'

Haar gezicht is om je te bescheuren. Ik had dit weetje achtergehouden.

'O, zeker. Hij is namelijk gemaakt van handgesponnen zijde van scharrelrupsen,' verduidelijk ik. 'Ze moeten wachten tot de cocons vanzelf uit de bomen vallen, en ze gebruiken geen machines, en alle ambachtslieden krijgen een royaal salaris. Van deze zullen er maar een stuk of drie worden gemaakt. Zo'n jurk kost straks bij Browns…'

Ik leun naar Jess over en fluister het bedrag in haar oor. Ze kijkt alsof ze ter plekke door de grond wil zakken.

'Daar komt nog bij dat geen mens ter wereld nog iets uit die nieuwe collectie heeft gedragen,' deel ik haar mee. 'Besef je wel dat je een exclusief modeverhaal bent?'

Ieder ander zou het helemaal geweldig vinden om een exclusief modeverhaal te zijn, maar Jess lijkt het te besterven.

'Geníét ervan! Je ziet er fantastisch uit.' Ik sla een arm om Jess' schouders en knijp erin tot ze onwillig lacht.

'En, hebben jullie het naar je zin? Hebben jullie al gedanst?' Ik zie Janice' verzaligde gezicht en kan een glimlach niet onderdrukken. Zo te zien heeft ze zich de cocktails goed laten smaken.

'O, Becky,' barst Janice opeens los. 'Raad eens, kind, raad eens? Jess krijgt een baby!'

Hè? Ik kijk perplex van Jess naar Janice, naar Jess' buik, naar haar cocktail en weer naar Jess' gezicht. Ze kan niet...

O, mijn god, heeft Janice' vruchtbaarheidsmedicijn gewerkt? En waarom lijkt Jess zo in haar nopjes te zijn?

'Het is alleen maar een mogelijkheid,' verbetert Jess haar met een vertwijfelde blik naar boven. 'En het is geen baby. Hij is al drie.'

'Het is zo'n schatje!' roept Janice alsof Jess niets heeft gezegd. 'Mag Becky de foto zien?'

Ik kijk stomverwonderd naar Jess, die een foto uit haar avondtasje pakt en omdraait. Ik zie een grinnikend jochie met een bos zwart haar, een olijfkleurige huid en een paar sproeten op zijn neus.

Mijn hart smelt. Hij ziet er zo gek en vertederend uit dat ik bijna in de lach schiet, maar dat zou Jess kunnen kwetsen.

'Is dat...'

'Misschien.' Jess straalt. 'Het is nog in een vroeg stadium.'

'Jij zou echt ook eens aan adoptie moeten denken, Becky,' zegt Janice. Ze steekt haar borst trots naar voren, als een duif. 'Het is de enige verantwoorde manier om tegenwoordig nog kinderen te nemen, zoals ik al tegen je moeder zei. Angelina heeft ons het licht laten zien, uiteraard.'

Angelina heeft ons het licht laten zien? Is dit de vrouw die kortgeleden nog in alle staten was omdat haar zoon zijn genen misschien niet zou doorgeven? Ik kijk veelbetekenend naar Jess, maar die lacht alleen maar en haalt haar schouders op.

'Nou, succes!' zeg ik. 'Wanneer ben je… Ik bedoel, wanneer krijg je hem?'

'Het is nog in een vroeg stadium, zei ik al.' Jess kijkt zuinig. 'Misschien krijgen we geen toestemming, we zouden op allerlei punten kunnen worden afgewezen… Ik had je die foto beter niet kunnen laten zien.'

Ja, vast. Alsof Jess ooit iets niet zou lukken.

Ik word tante! Minnie krijgt een neefje!

'Nou, ik ben heel blij voor je.' Ik geef een kneepje in Jess' arm. 'En ik ben blij dat je je vermaakt, Janice.'

'O, schat, het is fantastisch! Ik weet dat je er heel veel moeite voor hebt gedaan…' – ze zwaait aangeschoten met haar arm – '… maar het is het waard.'

'Ja,' zegt Jess voordat ik iets kan zeggen. 'Het is het waard.' Ze kijkt me aan en glimlacht fijntjes.

Jess en Janice gaan op zoek naar Tom. Ik bestel een cocktail en terwijl ik daar sta, bijna als in een geluksdroom, zie ik Luke in de spiegel achter de bar. Hij staat aan een roulettetafel, geflankeerd door Minnie, die net boven het tafelblad uit piept. Hij ziet er compleet, volkomen, honderd procent gelukkig uit. Iedereen kijkt naar de enorme berg fiches, en wanneer het balletje blijft liggen, gaat er een gebulder op. Iedereen lacht en klopt elkaar op de rug, en Minnie kraait van verrukking.

De croupier begint aan haar babbel en de spelers zetten opnieuw in, en dan ziet Luke me opeens kijken. Hij knikt naar een bank in een stil hoekje en maakt zich los uit het gedrang, met Minnies hand stevig in de zijne.

'Snoepjes!' zegt Minnie triomfantelijk wanneer ze vlak bij me is, en ze laat me een hand vol rode en groene fiches zien.

'Lieverd, dat zijn geen snoepjes,' zeg ik lachend. 'Dat zijn fiches!' Ze snapt er niets van. 'Nee, niet vies, maar ook niet om te eten. Je kunt ze in geld veranderen aan de tovertafel!' Ik zie Lukes opgetrokken wenkbrauwen en vervolg snel: 'Je kunt er ook geld mee verliezen. Meestal verlies je. Je moet dus nooit gokken, Minnie. Gokken is heel stout.'

Zo. Een snelle dosis verantwoord ouderschap.

Luke laat zich op de bank zakken en ik volg zijn voorbeeld. Mijn oren tuiten van het dansen vlak bij de band, en mijn voeten beginnen zeer te doen... maar voor de rest ben ik in een roes van blijdschap. Het is zo'n totaal perfect feest. Het is beter dan ik had durven hopen. En het is nog niet eens afgelopen. Een paar van de beste dingen moeten nog komen!

'Was je verrast?' vraag ik voor de miljoenste keer, gewoon omdat ik het hem wil horen zeggen.

'Becky...' Luke schudt ongelovig zijn hoofd. 'Ik was niet zomaar verrast, ik was gewoon sprakeloos.'

'Mooi zo,' zeg ik voldaan. Ik neem een slokje van mijn cocktail (een Brandon) en zak weer achterover op de oude pluchen bank, met Minnie op schoot en Lukes arm om ons beiden heen. We nemen allebei even zwijgend het spektakel rondom ons op.

'Je kerstwens,' zegt Luke opeens. 'Je wenste iets voor mij, toen in het winkelcentrum, weet je nog?'

O, god, ik wíst dat hij het had gehoord. En hij heeft er al die tijd niets over gezegd.

'Wenste je dit feest?' vraagt hij door. 'Rende je daarom zo hard naar die elf om haar de mond te snoeren?'

Ik flits in gedachten terug naar de woorden die ik op dat kerstachtige papiertje krabbelde. Het lijkt nu wel een eeuwigheid geleden.

'Ja,' geef ik toe. 'Dat klopt. Ik wenste dat ik een surpriseparty voor je kon geven en dat je echt verrast zou zijn. En dat was je!'

'Je wens is vervuld,' zegt hij met een glimlach.

'Ja.' Ik kijk naar zijn gezicht, hef mijn hand en streel hem teder over zijn wang. 'Mijn wens is helemaal vervuld.'

'Nou, vertel dan maar eens.' Zijn ogen twinkelen plotseling. 'Welke aspecten van je vreemde gedrag van de laatste tijd mag ik toeschrijven aan het feest?'

'Mijn gedrag is niet vreemd.' Ik geef hem een stomp.

'Lieveling, je gedrag grensde aan krankzinnigheid. We moesten het heel snel doen omdat we een jongetje wilden?'

'Het feest.' Ik grinnik.

'Ovulatie?'

'Feest.'

'De botox? Die zogenaamde borstvergroting?' Ik moet wel giechelen als ik zijn gezicht zie.

'Het feest. Het was mijn eerste bespreking met Bonnie. O, en maak het haar niet meer moeilijk omdat ze iets over je douchegel heeft gezegd!' vervolg ik streng. 'Ik had haar gevraagd erover te beginnen. En over het fitnesszaaltje. En al die andere dingen die een beetje raar klonken.'

'Jíj?' Hij gaapt me aan. 'O, krijg nou wat...' Hij schudt zijn hoofd en ik zie de stukjes op hun plaats vallen. 'Waarom had ik dat in godsnaam niet door? Ik had kunnen weten dat ze niet zomaar opeens zo grillig kon zijn.' Dan schiet hem iets te binnen. 'En die zestien jassen? Hadden die ook met het feest te maken?'

'Eh... nee,' beken ik. 'Dat was echt Minnies schuld. Stoute Minnie,' zeg ik vermanend.

'Maar wat ik echt niet begrijp... Hoe heb je dit allemaal voor elkaar gekregen?' Hij maakt een weids armgebaar. 'Ik bedoel, Becky, dit is meer dan spectaculair. Dit is...'

Ik weet wat er achter zijn woorden schuilt. Hij wil het niet zeggen, maar hij is bang dat ik een megalening heb afgesloten voor het feest en hem pas morgen ga onthullen dat we op de fles zijn.

Nou ja, zou hij niet iets meer vertrouwen in me kunnen hebben?

Anderzijds heeft het geen zin om te doen alsof deze avond geen wagonladingen geld heeft gekost. Iedere idioot kan zien dat dit een dure grap was.

'Ik heb... hulp gehad,' zeg ik. 'Enorm veel hulp. Op alle fronten. Bonnie was geweldig,' zeg ik snel, voordat hij kan vragen wie me precies op financieel gebied heeft geholpen. 'Ze heeft alles gecoördineerd, de gastenlijst opgesteld, de uitnodigingen verstuurd...'

'Daarom deed ze natuurlijk zo schichtig.' Luke slaakt een spijtige zucht. 'Oké, ik snap het. Ik heb het echt verprutst. Ik ben haar een enorme bos bloemen schuldig.'

'Géén lelies,' zeg ik. 'Die koop je altijd voor haar en ze vindt ze vreselijk, maar ze is te beleefd om er iets van te zeggen. Neem liever lathyrus en ranonkel. Ik zou je ook kunnen vertellen wat ze de lekkerste Jo Malone-producten vindt.'

Luke kijkt me verbluft aan. 'Verder nog iets?'

'Van alles, mocht je het willen weten,' zeg ik opgewekt. 'Bonnie en ik zijn de dikste vriendinnen geworden. We vertellen elkaar alles.'

'O, is dat zo?' Zo te zien weet Luke niet goed wat hij ervan moet denken.

'We hebben echt een band gekregen door het hele gedoe. Het is zo'n lang verhaal geworden...' Ik neem een slok van mijn cocktail en schop mijn schoenen uit. Door alles met Luke door te nemen voelt het alsof iets opgefokts in mijn binnenste eindelijk tot bedaren komt. 'Je kunt het je niet voorstellen. Zorgen dat je niet op internet kon kijken, en je BlackBerry mollen...'

'Ja, dat vind ik nog steeds ongelooflijk.' Hij grijnst scheef, maar ik ben er niet gerust op dat hij écht om zijn vernielde BlackBerry kan lachen.

'En het ergste was nog wel die stomme bespreking in Parijs! O, mijn god, ik kon je wel wúrgen!' Ik schiet tegen wil en dank in de lach. 'We hadden allemaal iets van: wat nu? Hoe kunnen we dit verzetten? En jij was zo verdomde trots op jezelf...'

'Shit.' Ik zie het bij Luke bezinken. 'Nu je het zegt. Die bespreking zou vandaag zijn...' Hij denkt even na. 'Wacht eens even. Je wilt toch niet beweren...' Ik zie de radertjes in zijn hoofd malen. 'Dáár kunnen jullie toch niet achter zitten? Je wilt me toch niet vertellen dat jij op de een of andere manier persoonlijk hebt gezorgd dat sir Bernard Cross me te woord wilde staan?' Hij lacht verbaasd. 'Ik bedoel, als het om jou gaat, kijk ik nergens meer van op, Becky, maar dít...'

Ik blijf glimlachen, maar vanbinnen kan ik mezelf wel schoppen. Ik heb te veel gezegd. Ander onderwerp, snel.

'Nee, dat was ik niet echt. O, god, en die feesttent...' Ik begin gehaast aan een uitgebreid verslag van de ruilhandel rond de feesttent, en Luke lacht op precies de goede momenten, maar ik zie aan hem dat hij er niet helemaal bij is. Als ik klaar ben, valt er een stilte. Luke nipt peinzend van zijn drankje en ik weet precies waar hij met zijn gedachten zit.

'Ik heb altijd geweten dat er een invloedrijk persoon achter die afspraak moest zitten,' zegt hij ten slotte, starend in zijn glas. 'Dat heb ik toen al gezegd. Ik voelde dat een machtig iemand me van achter de schermen bijstond. En nu denk ik te weten wie dat was.' Hij kijkt op, recht in mijn ogen. 'Het spreekt vanzelf. En het is duidelijk waarom je het me niet wilt vertellen.'

Mijn hart staat stil. Mijn hand is verstijfd rond de steel van mijn glas. Wat is Luke toch scherp. Wat werkt zijn geest toch snel. Ik had me nooit iets mogen laten ontvallen.

Is hij nu boos?

Ik lik nerveus langs mijn lippen. 'Luke, ik mag echt niets zeggen.'

'Ik begrijp het.' Hij neemt een teug van zijn cocktail en we zwijgen allebei.

Terwijl we daar in het feestgewoel zitten, werp ik telkens angstige blikken op Luke. Hij is niet uit zijn vel gesprongen. Hij is niet weggestormd met de mededeling dat zijn hele avond nu bedorven is. Is hij minder verbitterd dan ik dacht?

Ik denk telkens aan Elinor, weggestopt in dat piepkleine muffe hokje. Had ik haar maar overgehaald te blijven... Had ik het op de een of andere manier kunnen goedmaken tussen die twee?

'Maar Becky, je beseft toch wel dat dit niet zomaar een kleine gunst is?' onderbreekt Luke mijn gedachten. 'Dit is immens. Ik bedoel, alles.' Hij gebaart naar de zaal en vervolgt zachter: 'Die... persoon. Die zat daar ook achter, hè?'

Ik knik langzaam. Als hij het al weet, hoef ik de schijn niet meer op te houden.

Luke blaast hoorbaar zijn adem uit en pakt zijn glas. 'Je weet dat ik die persoon zal moeten bedanken, Becky. Hoe dan ook. Ook als die persoon dat niet wil.'

'Dat... dat lijkt me fijn, Luke.' Ik slik iets weg. 'Heel fijn.'

Ik voel de tranen achter mijn oogleden branden. Alles is weer goed, zomaar. We maken een afspraak en ja, het zal even houterig en ongemakkelijk zijn, maar er komt een gesprek. En Luke ziet zijn moeder met Minnie samen. En dan beseft hij dat ze ook een andere kant heeft.

'Stel niet uit tot morgen...' Luke komt opeens energiek overeind. 'Weet je, ik heb niets gezegd, maar ik had de hele tijd al zo'n vermoeden dat Tarquin erachter zat. Hoe kent hij sir Bernard? Ze jagen zeker samen?'

Ik moet het even verwerken. Denkt hij dat *Tarquin* dit allemaal heeft geregeld?

'En natuurlijk heeft hij zijn uiterste best gedaan om iets terug te doen voor de hulp die ik hem eerder dit jaar heb geboden,' zegt Luke, 'maar deze ongekende gulheid was echt niet nodig geweest.' Hij kijkt om zich heen alsof hij het opnieuw niet kan geloven. 'Ik weet niet hoe ik hem ooit fatsoenlijk kan bedanken. En Suze. Ik neem aan dat ze het samen hebben gedaan?'

Nééé! Fout! Je zit er finaal naast!

Ik wil iets zeggen; hem op een ander spoor zetten. Maar wat kan ik doen? Ik mag Elinors vertrouwen niet beschamen, niet na alles wat ze heeft gezegd.

'Wacht even!' Ik hijs me overeind en zet Minnie op de bank. 'Luke, je mag niets zeggen...'

'Wees maar niet bang, Becky,' zegt hij met een glimlach. 'Ik zal niets verraden. Als ze incognito willen blijven, is dat maar zo, maar als mensen de moeite nemen om zoiets uitzonderlijks en speciaals als dit te verzorgen...' – ik zie hem stralen – '... mogen ze wel even in het zonnetje worden gezet, toch?'

Mijn hart zit in de knoop. Hij zou moeten weten wat zijn moeder voor hem heeft gedaan. Hij moet het weten, hij moet het weten.

'Kom op, Minnie, pappie moet een toespraakje houden.' Voordat ik iets kan doen, beent Luke de Oostelijke Zaal in. 'Suze?' Hij wenkt haar vrolijk in het voorbijgaan. 'Loop je even met me mee? Tarquin ook?'

'Wat is er aan de hand?' vraagt Suze, die met ons meeloopt. 'Wat wil Luke?'

'Hij denkt dat jullie erachter zitten,' zeg ik binnensmonds. 'Tarkie en jij. Hij denkt dat jullie sir Bernard voor hem hebben geregeld en dit allemaal hebben betaald. Hij wil jullie bedanken.'

'Dat meen je niet!' Suze blijft stokstijf staan, met donkere, zorgelijke ogen. 'Maar... wij waren het niet!'

'Nee! Maar hoe kan ik hem dat vertellen?'

We kijken elkaar gespannen aan.

'Vermoedt Luke dat Elinor er ook maar íéts mee te maken had?' zegt Suze uiteindelijk.

'Helemaal niet. Hij heeft haar niet één keer genoemd.'

Verder heeft hij de hele wereld genoemd. Zijn hele familie. Al zijn vrienden. Hij heeft iedereen in zijn toespraak genoemd, behalve haar.

Luke heeft het podium al beklommen en de zanger van de band geeft hem zijn microfoon.

'Dames en heren, mag ik even?' schalt zijn stem door de zaal. 'Er zijn vanavond veel bedankjes geweest, maar ik wil even aandacht vragen voor een heel bijzonder echtpaar. Ze hebben dit schitterende huis voor ons opengesteld, ons met een verbijsterende gastvrijheid ontvangen... en nog heel veel meer gedaan waar ik nu niet op in zal gaan...' Hij laat een veelbetekenende stilte vallen en ik zie Tarquin verwonderd naar Suze kijken. 'Als jullie maar weten, Suze en Tarquin, dat ik dit nooit zal vergeten. Op de Cleath-Stuarts.' Luke heft zijn glas en alle gasten op de dansvloer zeggen hem na en barsten uit in een daverend applaus.

Suze probeert charmant te glimlachen naar alle mensen die haar aankijken terwijl ze voor haar klappen.

'Ik voel me verschrikkelijk,' prevelt ze radeloos door de glimlachjes heen. 'En Elinor dan?'

'Ze wilde het zelf zo,' prevel ik terug. 'We kunnen er niets aan doen.'

Ik denk aan Elinor die nu in het donker naar huis zoeft met haar stramme schouders. Zonder iemand die op haar drinkt of naar haar glimlacht; er is zelfs niemand die een vluchtige gedachte aan haar wijdt. Dan neem ik me in stilte iets voor.

Op een dag zal Luke het weten. Hij zal het weten.

'We willen "New York, New York" horen!' roept iemand naar Luke, en er wordt overal gelachen.

'Echt niet.' Luke glimlacht zijn tanden bloot en geeft de microfoon terug aan de zanger, die onmiddellijk een volgend nummer inzet.

'Suze, schat,' zegt Tarquin, die ons heeft bereikt en er perplex uitziet. 'Wat bedoelde Luke in hemelsnaam...'

'Hij wilde ons gewoon bedanken voor de mooie vriendschap,' zegt ze opgewekt. 'Je weet wel.'

'Aha.' De rimpel trekt uit Tarquins voorhoofd. 'Royale kerel.' Er piept een stokoud etiketje uit zijn smokingjasje, zie ik opeens. *WFS Cleath-Stuart*, lees ik. Dat is nota bene zijn váder.

'Tarkie...' Ik wenk hem. 'Een stofje.' Ik stop het etiketje terug in zijn kraag en knipoog naar Suze, die meewarig haar hoofd schudt.

Luke baant zich langzaam een weg door de menigte, hier en daar knikkend of een praatje makend. Wanneer hij blijft staan om iets tegen Matt van Brandon C te zeggen, zie ik opeens dat Minnie naar Matts cocktailglas reikt en het naar haar mond brengt. Matt zelf heeft niets in de gaten.

'Minnie!' Ik storm erheen en pak het glas af. 'Nee! Jij gaat géén cocktails drinken! Luke, zag je dat?'

Vroeger was Luke over de rooie gegaan, maar nu tilt hij Minnie gewoon op en kijkt haar quasistreng aan.

'Kom op, Minnie, je kent de regels toch? Niet gokken en niet drinken, gesnopen? En niet shoppen op internet. Niet tot je minstens... drie bent.'

'Pappie jarig!' Minnie prikt hem met een cocktailparasolletje vol glitters.

'Ga nu maar even naar oma.' Luke zet Minnie neer en loodst haar naar mam. 'Ik moet even met mammie praten.' Tot mijn verbazing leidt hij me de dansvloer af. Wat wil hij met me bespreken?

Toch niet de Valentino-jurk, hoop ik? Nee. Ik heb hem vertéld dat ik die van mam had gekregen.

'Ik wilde er nog even mee wachten,' begint Luke wanneer we op een rustig plekje in het midzomernachtsbos zijn. 'Maar waarom zou ik het niet nu vertellen?'

'Precies.' Ik knik gespannen.

'Al weet je het waarschijnlijk al.' Hij slaat zijn ogen ten hemel. 'Ik bedoel, je wist in elk geval al dat Sage Seymour een cliënt van me is.'

'Wij partyplanners zien het als onze plicht alles te weten.' Ik glimlach liefjes naar hem. 'Ook de geheimpjes die onze mannen voor ons achter wilden houden.'

'En je hebt haar gesproken.'

'Meer dan eens, toevallig.' Ik zwiep nonchalant mijn haar over mijn schouder. 'We konden het goed met elkaar vinden. Ze wilde een keer iets met me gaan drinken.'

Suze bestierf het toen ik haar dat vertelde. Ze vroeg of ze mee mocht, vermomd als mijn assistente.

'Dus... je weet alles al?' dringt Luke aan. Hij wil duidelijk ergens naartoe, maar ik weet niet waar hij op doelt.

'Eh...'

'Je weet níet alles.' Hij neemt mijn gezicht onderzoekend op, alsof hij probeert er op die manier achter te komen.

'Misschien wel,' pareer ik.

Shit. Waarom weet ik niet alles?

'De makelaar heeft net gebeld en een boodschap aan Bonnie doorgegeven.' Begint hij nu over iets heel anders? 'Ze hebben een huurhuis voor ons gevonden, maar het hangt er natuurlijk maar van af.'

'Ja,' zeg ik wijs knikkend. 'Natuurlijk. Het hangt er maar van af. Van... van alles.'

Ik heb zin om erbij te zeggen: *maar wat dan?*

'Becky...' Luke kijkt me vreemd aan. 'Je hebt geen idee waar ik het over heb, hè?'

O, ik hou dit niet meer vol.

'Nee!' roep ik verontwaardigd. 'Zeg op!'

'Je hebt geen flauw vermoeden wat ik ga zeggen.' Hij slaat zijn armen over elkaar alsof hij zich kostelijk vermaakt.

'Het zal wel ontzettend saai zijn!' kaats ik terug. 'Ik wist het wel, maar ik ben het vergeten omdat het zo suf is.'

'Ook goed.' Hij schokschoudert. 'Laat maar. Het doet er niet toe. Zullen we teruggaan?'

God, hij drijft me tot waanzin.

'Zeg op.' Ik kijk hem kwaad aan. 'En wel nu. Anders krijg je geen cadeautasje. En er zitten echt gave dingen in.'

'Goed dan,' gaat Luke door de knieën. 'Nou, om even te beginnen bij wat je waarschijnlijk al weet...' Hij grinnikt naar me. 'Ik werk voor Sage Seymour.'

Ik voel trots opkomen. Mijn man werkt voor een filmster. Kan het cooler?

392

'En ze wil graag iemand van buiten de filmbusiness hebben die haar een frisse kijk op de dingen biedt. Dat wil ze zelfs zo graag...'
– Lukes mondhoeken trekken – '... dat ze me heeft gevraagd een tijdje in LA voor haar te komen werken. Ik zou met haar team samenwerken, wat contacten leggen, en als het echt heel goed gaat, zou ik een mediadivisie van Brandon Communications kunnen opzetten.' Hij ziet mijn gezicht en vervolgt geschrokken: 'Becky? Gaat het wel? Bécky?'

Ik kan geen woord uitbrengen. LA?

Hollywood?

'En... gaan we dan allemaal mee?' stamel ik zodra ik weer kan praten.

'Ja, dat was wel het plan. Gary kan de zaken hier wel een tijdje regelen, dus ik dacht aan een maand of drie. Al is jouw baan natuurlijk een zware overweging.' Hij kijkt me gespannen aan. 'Ik weet dat het goed gaat met je carrière, dat je hoopte in de directie te komen...'

Mijn baan. Shit. Hij weet het nog niet eens van mijn baan.

'Weet je, Luke?' zeg ik zo ernstig als ik kan. 'We zijn partners. We zijn een team. En als mijn carrière even op een zacht pitje moet worden gezet... dan moet dat maar. Daar gaat het om binnen een huwelijk. En ze hebben toch ook winkels in LA? En ik heb toch een werkvergunning?'

'Nou... super!' Hij heft zijn glas naar me. 'Dan hebben we een plan.'

Meent hij dat echt? Zomaar?

'Dus... we gaan naar Hollywood,' zeg ik voor de zekerheid. 'Voor drie maanden.'

'Ja.'

'Ik ben nog nooit in Hollywood geweest.'

'Nee.' Hij grinnikt. 'Leuk hè?'

Mijn hart spartelt als een vis. Hollywood! Ik, Becky Brandon geboren Bloomwood, naar Hollywood!

Luke zegt nog iets. Ik zie zijn mond bewegen, maar ik versta hem niet, zo vol zit mijn hoofd met verlokkelijke beelden. Ik, skeelerend op een promenade, helemaal gebruind en fit. Ik, over Sunset Boulevard zoevend in een cabrio. (Ik moet uitzoeken hoe je die Amerikaanse auto's bestuurt.) Sage en ik, chillend bij haar parelmoerroze zwembad in bikini's uit een superhippe boetiek, en Minnie snoezig in een zomerjurkje.

De mensen zouden me 'het meisje met het Engelse accent' noemen. Of misschien 'het meisje dat de beste vriendin is van Sage Seymour'. Of misschien... 'het meisje met de witte zonnebril'. (Ja, ik ga er morgen een kopen. Dat wordt mijn look.)

En de zon schijnt er altijd! En we kunnen smoothies drinken aan Rodeo Drive! En misschien gaan we naar de Oscar-uitreiking... misschien komen we Johnny Depp tegen... misschien kan ik een figurantenrolletje in een film spelen...

'Becky?' dringt Lukes stem eindelijk tot me door. 'Wat denk je ervan?'

Het voelt alsof mijn glimlach te breed is voor mijn hoofd.

'Wanneer gaan we?'

THE LOOK
Oxford Street 601
Londen W1

Mw. R. Brandon
Dennenlust
Elton Road 43
Oxshott
Surrey

Londen, 11 april 2006

Beste Rebecca,

Dank je voor je brief van 10 april jongstleden.

Het spijt me dat je mijn aanbod voor een nieuwe aanstelling bij The Look als directielid met een hoger salaris niet kunt aannemen. Je gezinsleven komt uiteraard op de eerste plaats, en je kunt ervan verzekerd zijn dat je functie voor je beschikbaar is als en wanneer je terugkomt uit Los Angeles.

De beste wensen voor je uitstapje,

Trevor Holden,
Bedrijfsleider

PS: Zou je al je cliënten alsjeblieft willen vragen geen kleding meer te retourneren? We weten ons geen raad meer.

NANNY SUE BV

Waar het gezinsleven op de eerste plaats komt...

Counselling - Workshops - Media - Hulpmiddelen voor ouders - Gastlezingen

Mw. R. Brandon
Dennenlust
Elton Road 43
Oxshott
Surrey

Londen, 12 april 2006

Beste Rebecca,

Dank je voor je brief van 10 april.

Het spijt me dat je uiteindelijk vanwege je reis naar Californië toch niet kunt deelnemen aan ons Koopverslavingsprogramma. Ik kan me voorstellen hoe teleurgesteld en 'ellendig' je je voelt.

Mocht het een troost zijn: ik weet zeker dat je vergelijkbare groepen in Los Angeles kunt vinden. Misschien zou je daar in therapie kunnen gaan?

Met de beste wensen,

Julia Summerton,
Manager kindercursussen

Centrale Afdelingseenheid
Monetair Beleid
Whitehall Place 180/4
Londen SW1

Mw. R. Brandon
Dennenlust
Elton Road 43
Oxshott
Surrey

Londen, 13 april 2006

Beste Rebecca,

Dank je voor je brief van 10 april jongstleden en de beste wensen voor je aanstaande uitstapje naar Los Angeles.

Jammer genoeg ben ik er vrij zeker van dat het vakblad *Monetaire economie* geen ruimte heeft voor een 'correspondent in LA', zoals jij voorstelt. Evenmin is de hoofdredacteur van plan 'de inhoud van het blad uit te breiden naar interessantere onderwerpen zoals films en roddels'.

Mochten zich echter andere kansen van dien aard voordoen, dan zal ik het je zeker laten weten.

Het beste, en behouden vaart!

Met vriendelijke groet,

Edwin Tredwell,
Hoofd Beleidsresearch

De Kerstman

Kerstwens

(post in de wensput, dan leest de Kerstman je wens!!!)

Lieve Kerstman,

Daar ben ik weer, Becky. Ik hoop dat het goed met u gaat.

Ik wil graag een Zac Posen-topje in aquamarijn, dat met de strik, maat 36.

En die Marni-schoenen die ik met Suze heb gezien, niet die met de leren hakken, maar die andere.

Een broertje of zusje voor Minnie.

En bovenal, lieve Kerstman, wens ik dat Luke eens volledig, voor honderd procent gelukkig zou kunnen zijn, dat hij eens relaxte en al die shit kon vergeten*. Eén keertje maar.

Dank u wel. Liefs, Becky xxx

*sorry